HEYNE BÜCHER

Das Buch

Charlie Muffin kann es einfach nicht glauben: Er, der für den britischen Geheimdienst die heißesten Eisen aus dem Feuer geholt hat, soll aufs Abstellgleis verfrachtet werden. Aus dem aktiven Agentenleben auszuscheiden, ist für ihn gleichbedeutend mit der Pensionierung. Innendienst soll er nun schieben und Lehrer für den Agentennachwuchs spielen. Und das ihm, dem der Ruf nacheilt, einer der größten Agenten der Geschichte zu sein, ein echter Ausbund an Raffinesse, aber auch an Bösartigkeit. Er hat sich stets das Motto der Geheimdienste dieser Welt zu seiner höchsten Lebensphilosophie gemacht: ›Die oberste Loyalität gilt immer mir.‹ Und deshalb hat er im Dienste seines Landes sogar seine große Liebe laufenlassen, die russische Agentin Natalia Fedova. Doch Charlie ist ein Stehaufmännchen, er findet immer wieder einen Weg nach oben. Als sein Topschüler John Gower auf seiner ersten Mission in einem chinesischen Kerker landet, ist Charlie sofort zur Stelle, um seinen Zögling da wieder herauszuholen. Aber daß Natalia Fedova schon seit längerem seine Spur verfolgt, weil sie ihm ein süßes Geheimnis mitzuteilen hat, erfährt Glückspilz Charlie erst viel später . . .

Ein Charlie-Muffin-Thriller, der es in vieler Hinsicht in sich hat.

Der Autor

Brian Freemantle, geboren 1936 im englischen Southampton, war Auslandskorrespondent, bevor er mit seinen Agentenromanen berühmt wurde. Er lebt heute in Winchester.

Im Wilhelm Heyne Verlag sind bereits erschienen: *Stochern im Nebel.* Ein Charlie-Muffin-Roman (05/16), *Kleine graue Mäuse.* Spionage-Thriller (05/60), *Bauernopfer.* Thriller (05/80).

BRIAN FREEMANTLE

DER LEHRLING

Ein Charlie-Muffin-Roman

Aus dem Englischen
von Sepp Leeb

Deutsche Erstausgabe

WILHELM HEYNE VERLAG
MÜNCHEN

HEYNE ALLGEMEINE REIHE
Nr. 01/10043

Für Mike und Helen Jackson,
in tiefer Zuneigung

Titel der Originalausgabe
CHARLIE'S APPRENTICE
erschienen 1993 bei Random House, England

Umwelthinweis:
Das Buch wurde auf
chlor- und säurefreiem Papier gedruckt.

Redaktion: Patrick Niemeyer

Printed in Germany 1997
Umschlagillustration: Stephen J. Gorman/XING-Art, München
Umschlaggestaltung: Atelier Ingrid Schütz, München
Gesamtherstellung: Ebner Ulm

ISBN 3-453-11640-2

Oh, laugh or mourn with me the rueful jest,
A cassock'd huntsman with a fiddling priest!

William Cowper,
›The Progress of Error‹

Für Mike und Helen Jackson,
in tiefer Zuneigung

Figuren und Handlung dieses Romans sind frei erfunden. Jede Ähnlichkeit mit lebenden oder verstorbenen Personen ist zufällig.

1

Der Titel war großkotziger als sonst – der heutige Erguß des Foreign Office nannte sich ›Die neuen Realitäten der Zukunft‹ –, aber der Inhalt war der gleiche, nur neu zusammengestellt und anders serviert: Haschee aus Resten von früher.

Charlie Muffin fand seinen Titel besser. Quatsch. So hatte er auch jede andere Analyse und Studie beurteilt, die sich mit der Auflösung der Sowjetunion in einen wackligen Staatenbund suspekter Republiken befaßte, die angeblich zu einer neuen Weltordnung führen sollten. Alles Quatsch. Das hatte er, wenn auch in einer für Staatsdiener leichter zu goutierenden Ausdrucksweise, in den Kommentaren zum Ausdruck gebracht, die er zu jeder neuen abstrusen Studie abgeben mußte. Natürlich würde er es auch mit diesem Erguß so halten – und genauso ignoriert werden, wie man ihn in letzter Zeit immer zu ignorieren schien.

Charlie hatte seine bevorzugte Abschußposition eingenommen, den Stuhl nach hinten gekippt, die Beine zur Entlastung der empfindlichen Füße über die herausgezogenen Schubladen gespreizt, der Papierkorb in der hintersten Ecke des Kaninchenstalls von einem Büro. Er visierte das Ziel an, richtete das Geschoß akribisch aus und feuerte den Papierflieger ab, den er sorgfältig aus der letzten Seite des Berichts gefaltet hatte, den er gerade gelesen hatte. Start glatt verlaufen, Steigflug volle Kraft voraus, aber dann sackte der Flugkörper ab – der anfängliche Schwung war weg – und stürzte zwischen den anderen Versagern ab, die bereits den absatzverdellten Boden übersäten, der nur spärlich bedeckt war von dem winzig kleinen Viereck ausgefransten Ministeriumsteppichs Güteklasse III. Das ergab einen Endstand von dreimal getroffen und siebenmal daneben. Schlecht. Wirklich? Nach der offiziellen Erfolgsstatistik für Geheimdienstoperationen waren drei von zehn ziemlich gut: beachtlich sogar, wenn man die Patzer berücksichtigte, die im Lauf einer Operation unweigerlich passierten. Andererseits beurteilte er hier nicht den Erfolg einer Geheimdienstoperation. Nur die Trefferquote von Papierfliegern, die er aus einem an sämtliche englische Geheimdienstabteilungen ergangenen Schreiben gefaltet hatte, in dem nach den tiefgreifenden politischen Umwandlungen und Neustrukturierungen in Europa und der ehemaligen Sowjetunion neue Richtlinien für die Beschaffung von nachrichtendienstlich relevantem Material aufgestellt wurden.

Seufzend hob Charlie die Füße, um seinen Stuhl in eine aufrechtere Position zu bringen. Ihm wurde bewußt, daß er bisher jede Prognose, die ihm zur Begutachtung vorgelegt worden war, mit Null bewertet hatte, und zwar unter Zugrundelegung einer bis zehn reichenden Notenskala. Damit hatte er einige Leute ziemlich vor den Kopf gestoßen, vor allem jene, deren Prognosen er als Blödsinn abgetan hatte. Überhaupt schien er die Leute ziemlich oft vor den Kopf zu stoßen, selbst wenn er das gar nicht wollte. Was auch hier der Fall war: Er war bloß ehrlich.

Charlie stand auf und schlurfte um den Schreibtisch herum. Seine ausgelatschten Hush Puppies wirkten noch ausgelatschter als sonst, weil er der Bequemlichkeit halber die Schuhbänder offen hatte: Kommandanten von Raketenabschußbasen brauchten keine eng sitzenden Schuhe. Er trug erst den Papierkorb zum Reißwolf, bevor er dann die Flieger, denen es am nötigen Antrieb gefehlt hatte, aufsammelte.

Wie stand es mit seinem Antrieb? Was waren für Charlie Muffin die neuen Realitäten der Zukunft? Das hätte er nur zu gern gewußt: Es gab sogar fast nichts, was er lieber gewußt hätte. Schon seit Monaten beschäftigten ihn die privaten Umbrüche und Ungewißheiten wesentlich mehr als die weltpolitischen Umwälzungen, zu denen er sich beruflich äußern mußte. Und sie waren bei weitem schwieriger einzuschätzen gewesen, um nicht zu sagen, unmöglich. Einige waren es auch jetzt noch: würden es immer bleiben, vermutete er. Die vertrauten – fast täglichen – Selbstvorwürfe setzten ein, und er stellte sich ihnen nach wie vor voll bitterer Reue.

Wo war sie? Lebendig? Tot? Glücklich? Traurig? Böse auf ihn? Er stoppte den Ablauf der Fragen bei der Frage, die er glaubte beantworten zu können, bei der, die er immer beantwortete. Wenn sie überlebt hatte, *mußte* ihm Natalia böse sein. Sie hatte allen Grund dazu. Er war verrückt gewesen, sie gehen zu lassen. So riskant es auch erschienen sein mochte – so riskant es zweifellos gewesen war –, er hätte sie dabehalten sollen. Er hätte einen Weg finden sollen. Statt diesem Zustand, diesem permanenten Vakuum.

Es gab keinen Zweifel – *konnte* gar keinen Zweifel geben –, daß sie im Zuge der neuen Freiheiten Moskau hatte verlassen dürfen, um für ihn den Lockvogel zu spielen und ihn in eine Falle zu locken. Aber sie hatte nicht wesentlich mitgemacht: hatte Sinn und Zweck des Komplotts gegen ihn nicht gekannt. Dessen war er sich nach so langer und reiflicher Überlegung sicher: sicherer, als er sich je einer Sache gewesen war, die sich nicht beweisen ließ, und er hatte beruflich schon mit einigem zu tun gehabt, was sich nicht beweisen ließ. Sie konnte nicht wissentlich mitgemacht haben, weil sie bei so etwas nie und nimmer mitgemacht hätte. Weil sie ihn liebte. Oder ihn zumindest damals geliebt hatte. Und wenn sie mit Repressalien gegen Eduard gedroht hatten? Die neuen Freiheiten hatten sich gerade erst abzuzeichnen begonnen, und Eduard war beim russischen Militär, wo er allen nur erdenklichen Drohungen und Schikanen ausgesetzt war. Charlie nahm an, daß sie sich ihrem Sohn zuliebe vielleicht hätte umstimmen lassen, auch wenn sie sich während ihres kurzen Wiedersehens in London bitter darüber beklagt hatte, wie sehr der Militärdienst den Jungen abgestumpft und verroht und zum genauen Ebenbild des trunksüchtigen Schürzenjägers von einem Ehemann gemacht hatte, der sie verlassen hatte.

Also schön, vielleicht war sie doch daran beteiligt gewesen. Ein bißchen zumindest. Und nur gegen ihren Willen, weil sie gezwungen worden war mitzumachen. Aber dann hätte sie ihn gewarnt. Gelegenheiten dazu hatte es gegeben, obwohl es keineswegs einfach gewesen wäre. Aber wenn sie gewußt hätte, was wirklich gespielt wurde, hätte sie eine dieser Gelegenheiten wahrgenommen, um ihn zu warnen.

Und wie sah es mit ihm aus? fragte sich Charlie streng. Ganz einfach. Er hatte sie im Stich gelassen. Er hatte es nicht geschafft, die letzte Meile – den letzten Schritt! – zu tun, seinen Selbsterhaltungstrieb zu ignorieren und die Verabredung einzuhalten: die Fluchtverabredung, zu der er sie zwar hatte erscheinen sehen, zu der er aber nicht aus seinem Versteck gekommen war.

Er hatte sie nicht nur im Stich gelassen. Er hatte sie verloren.

Wofür? Für den Job? Mit einem höhnischen Schnauben ließ sich Charlie wieder in seinen Schreibtischstuhl sinken. Für welchen Scheißjob? Schlecht durchdachte, naive Prognosen von Auswertern abzulehnen, die ihr Politikstudium in Cambridge mit lauter Einsen abgeschlossen hatten und nie über den Ärmelkanal gekommen waren? Monat für Monat auf die Zuteilung einer gescheiten Feldoperation zu warten, die nie kam? Und statt dessen Papierflieger zu bauen und sich mit Kindereien die Zeit zu vertreiben, ja, sich sogar selbst Punkte zu verleihen!

Welche neuen Realitäten würde es für seine Zukunft geben? Harte Realitäten, nahm er an. Vielleicht eine sehr unsichere Zukunft: vielleicht sogar überhaupt keine Zukunft. Sir Alistair Wilsons Ausscheiden aus dem Amt des Generaldirektors war nach seinem zweiten Herzinfarkt längst beschlossene Sache gewesen, und mit Sir Alistairs Pensionierung war auch ein sehr spezielles Arbeitsverhältnis zu Ende gegangen, ein sehr spezielles gegenseitiges Einverständnis. Was nichts mit Vetternwirtschaft oder Kriecherei oder auch Freundschaft zu tun gehabt hatte. Es war umfassende berufliche Wertschätzung zweier Männer gewesen, die in sehr konträren Lagern der englischen Gesellschaft aufgewachsen waren; jeder hatte den anderen respektiert, jeder hatte vom anderen profitiert, und jeder hatte dem anderen nie ganz über den Weg getraut.

Und zu alldem kam noch, daß Sir Alistair immer einen ganz vorzüglichen Islay Single Malt Whisky kredenzt hatte.

Beim neuen Generaldirektor hatte es nicht mal Supermarktwhisky gegeben. Erst zwei Treffen, seit Peter Miller die Amtsgeschäfte übernommen hatte: beide sehr förmlich, beide einführenden Charakters; ein gegenseitiges Umkreisen, das dem Abstecken und Markieren ihrer Territorien diente.

Miller war jemand, der vom Fach kam, und zwar von der Spionageabwehr, was er bei jedem, der wie Charlie die Zeichen zu lesen verstand, durchblicken ließ. Der einzige Wesenszug, den Charlie bisher ausmachen hatte können, war ein wortkarger, jedes Wort abwägender Argwohn gegen alles und jeden: fast unabdingbare Grundvoraussetzung für jemanden, dessen Aufgabe bisher darin bestanden hatte, Feinde im Innern aufzuspüren. War Millers Versetzung zur Abteilung für Auslandsoperationen ein weiterer Ausdruck der naiven Einschätzung der neuen Realitäten, Ausdruck des Glaubens, man brauchte sich nicht mehr um feindliche Aktivitäten im eigenen Land zu kümmern? Einige der Äußerungen, die Charlie in letzter Zeit zu lesen bekommen hatte, ließen diesen Schluß keineswegs so absurd erscheinen, wie man vielleicht hätte meinen können.

Charlie war gespannt, wie das dritte Treffen verlaufen würde. Mehr als gespannt. Auch voller Hoffnung, es könnte endlich eine Einsatzbesprechung sein, bei der er etwas Richtiges zu tun bekam. Mein Gott, wie er das hoffte! Er hatte den Termin für das Treffen schon vor einer Woche mitgeteilt bekommen; so war er zwar früher nicht zu einer Einsatzbesprechung gerufen worden, aber er maß dem nicht allzuviel Bedeutung bei. Miller war neu, und neue Leute brachten neue Gewohnheiten mit sich. Nicht alle

Einsätze waren dringend: Die meisten waren es sogar nicht. Vielleicht war es einer von denen, die Zeit erforderten: reifliche Überlegung und gründliche Planung. Vielleicht ...

Charlie brach den Gedankengang ab. War das nicht auch eine Kinderei: sich in einen jeder Grundlage entbehrenden Optimismus hineinzuspintisieren? Er hatte sein drittes Treffen mit dem Direktor, mehr nicht. Dumm und unprofessionell, seinen Kopf mit einer Menge grundloser Hoffnungen zu belasten. Das war nicht, wie man operierte: wie vor allem *er* nicht operierte. Nie. Widerwillig band sich Charlie die Schuhbänder zu und spreizte die Zehen, um sich zu vergewissern, daß die Schuhe möglichst bequem saßen. Dann stopfte er das saubere Hemd, das ihm beim Abschießen der Papierflieger herausgerutscht war, in die Hose zurück. Seine frisch gebügelte Anzugjacke hatte er auf einen Bügel gehängt, damit sie nicht verknitterte: Er konnte sich nicht erinnern, wann er sich das letzte Mal so feingemacht hatte.

Die überraschendste Neuerung war das Sekretariat, das seit seinem letzten Besuch im neunten Stock eingerichtet worden war. Es gab zwar nach wie vor die außen angelagerten Mitarbeiterbüros, aber das Allerheiligste selbst wurde nun von einer einzigen Frau kontrolliert. Sie war etwa fünfunddreißig, schätzte Charlie. Tizianrotes Haar, kurz geschnitten. Gute Titten. Ihre Beine waren unter dem Schreibtisch nicht zu sehen, aber in Anbetracht des Rests waren sie wahrscheinlich auch nicht übel. Nur schade, daß sie den Telefonhörer in ihrer Hand so gereizt ansah. Ohne etwas hineinzusprechen, legte sie ihn ziemlich unsanft auf die Gabel zurück.

Mit einem strahlenden Lächeln sagte Charlie: »Ich habe einen Termin beim Generaldirektor. Charlie Muffin.«

»Sie habe ich gerade zu erreichen versucht.« Sie lächelte nicht.

»Bin wegen des neuen Chefs extra früher gekommen! Eindruck schinden!«

»Er hat noch keine Zeit für Sie.« Sie deutete mit dem

Kopf auf die Reihe Stühle hinter ihm. Sie waren wie alles andere neu. »Nehmen Sie da so lange Platz.«

»Ich stehe lieber. Wie gefällt's Ihnen bei uns? Wir hatten bisher noch gar nicht Gelegenheit, ein bißchen zu reden.«

»Ich arbeite schon mehrere Jahre für den Generaldirektor und den stellvertretenden Direktor.« Dabei sah sie noch einmal mit besonderem Nachdruck auf die Stühle, auf die sie Charlie bereits aufmerksam gemacht hatte.

Direktor *und* stellvertretender Direktor! »Charlie Muffin«, wiederholte er in der Hoffnung, sie möchte sich ebenfalls vorstellen. Er hatte schon immer engen, manchmal sogar intimen Kontakt mit den persönlichen Mitarbeitern des Direktors gehabt: Insiderwissen war für jemand, der sich so gut absicherte wie Charlie, von unschätzbarem Wert. Die langjährige Sekretärin des Generaldirektors *und* seines Stellvertreters hätte eine fantastische Verbündete abgegeben.

»Ich habe Sie sehr wohl gehört.« Immer noch kein Lächeln.

Blöde Kuh, dachte Charlie und lächelte gewinnend: Wenn du es beim ersten Anlauf nicht schaffst, versuch's einfach noch mal – so lange, bis sie sich flachlegen. »Wenn Sie an Ihrem neuen Arbeitsplatz mal Hilfe brauchen, wenden Sie sich ruhig an mich.«

Sie seufzte schwer. »Ich bin Julia Robb. Es haben schon ziemlich viele Agenten mit mir ins Gespräch zu kommen versucht, seit ich für den Direktor und seinen Stellvertreter arbeite, und meistens wesentlich geschickter als Sie. Und alle aus demselben Grund, aus dem Sie es jetzt versuchen, wobei es manche auch noch darauf angelegt haben, mich ins Bett zu kriegen. Ich spreche niemals über Dinge, die ich höre oder sehe oder weiß. Und ich vögle auch nicht mit der ganzen Belegschaft rum. Habe ich irgend etwas vergessen?«

Charlie fand, daß das eindeutig ein Korb war. »Schätze nicht.«

Die verspätete Aufforderung, in das Büro des Direktors zu kommen, bot ihm eine Abgangsmöglichkeit, die er dankbar ergriff.

Nichts war von der gediegenen Clubatmosphäre geblieben, mit der sich Sir Alistair Wilson umgeben hatte: Verschwunden waren der verblichene Schreibtisch mit der lederbespannten Platte, die durchhängenden, gut eingesessenen Ledersessel, der tonnenförmige Getränkeschrank, normalerweise offen, und die stolze Zurschaustellung der Rosen, die der damalige Generaldirektor in seiner Freizeit gezüchtet hatte.

Jetzt war alles streng funktional. Das Mobiliar war zwar um Klassen besser als das in seinem Büro vier Etagen tiefer, aber Charlie vermutete, daß es aus derselben ministeriellen Versorgungsstelle kam. Jede Menge widerstandsfähiges Metall und widerstandsfähiges Plastik, und als Wandschmuck dienten in Massenproduktion hergestellte Ministeriumsdrucke mit Szenen aus dem London der Dikkens-Zeit. Charlie erinnerte das alles ein wenig an das Wartezimmer einer exklusiven Privatpraxis. Peter Miller sah auch ein bißchen wie der dazugehörige Arzt aus, obwohl sich Charlie nicht sicher war, ob er auch gut mit seinen Patienten umgehen konnte. Sein Haar hatte das vertrauenerweckende Grau eines Mannes mit Erfahrung. Die Brille hatte ein massives Horngestell, das linke Glas war dicker als das rechte. Aus dem Uhrentäschchen der Weste hing eine goldene Kette. Der blaue Nadelstreifenanzug saß gut, war aber nicht maßgeschneidert. Harrods, Konfektionsabteilung, vermutete Charlie. Zu seiner Überraschung trug Miller keinen Ring: Die meisten anderen Direktoren, unter denen er gearbeitet hatte, hatten ein Familienwappen vorweisen können. Trotzdem konnte sich Charlie nicht vorstellen, daß Miller wie er auf ein staatliches Gymnasium gegangen war.

Miller blieb mit abwesend ausdrucksloser Miene hinter seinem Schreibtisch und deutete auf den Besucherstuhl. Charlie griff danach und bemerkte erst jetzt einen zweiten, der seltsamerweise neben dem Schreibtisch des Direktors stand. Als er sich setzte, sah Charlie, daß der Schreibtisch absolut steril war: Nicht einmal ein gerahmtes Familienfoto stand darauf.

»Ich glaube, inzwischen hatte ich genügend Zeit, um mich einzuarbeiten«, begann Miller.

Der Mann hatte eine ausdruckslose, monotone Sprechweise, die Sorte Stimme, die in Supermärkten über Lautsprecher die Sonderangebote anpries. Charlie fand, sie paßte gut zu den Metallmöbeln. Er überlegte, was er darauf erwidern sollte. »Das braucht notgedrungen seine Zeit.«

»Ich habe mich zu einigen verwaltungstechnischen Änderungen entschlossen«, fuhr der Generaldirektor in blechern unpersönlichem Ton fort. »Meines Wissens hat sich mein Vorgänger sehr direkt in Feldoperationen eingeschaltet ...« Zum erstenmal der Ansatz von etwas, was als Lächeln hätte durchgehen können. Wahlweise, dachte Charlie, hätte es auch Schmerz sein können. »... Was unsere amerikanischen Kollegen einen Hands-on Controller nennen, jemand, der gern selbst mit anpackt?«

Charlie hörte sich Klatsch zwar an, trug aber keinen weiter. Und schon gar nicht hatte er vor, mit diesem Roboter über Sir Alistair zu diskutieren. »Jeder hat da seine eigenen Methoden.«

Miller sah darin offensichtlich keine ausweichende Standardfloskel und nickte. »Allerdings. Ich persönlich sehe mich für die Organisation als Ganzes zuständig. Ich beabsichtige nicht, mich von einer bestimmten Abteilung des Diensts vereinnahmen ...« Wieder dieses grimassenhafte Lächeln. »... oder, wie es einige vielleicht sogar nennen, ablenken zu lassen, so interessant – oder sogar spannend – diese Abteilung auch sein mag.«

Und so gefährlich diese Feldoperationen für die Karriere auch sein mochten, wenn etwas schiefging, ergänzte Charlie in Gedanken. Demnach war Miller also jemand, der es sich mit seinen politischen Dienstherrn auf keinen Fall verscherzen wollte und bei premierministerlichen Briefings und Geheimdienstausschußsitzungen immer auf Nummer Sicher ging. »Es ist immer das beste, sich einen möglichst breitgefächerten Eindruck zu verschaffen.«

Miller nickte wieder. »Meiner Empfehlung, die Besetzung des Postens des stellvertretenden Generaldirektors betreffend, wurde stattgegeben. Letztendlich trage selbstverständlich ich die Verantwortung, aber alle Entscheidungen, Sie betreffend, obliegen meinem Stellvertreter ...« Miller drehte seinen Kopf kaum merklich in Richtung Gegensprechanlage. Ohne daß er eine erkennbare Bewegung machte, um sie einzuschalten, sagte er: »Wenn Sie den stellvertretenden Generaldirektor jetzt bitte hereinbitten würden, Julia.«

Auf das Geräusch einer hinter ihm aufgehenden Tür drehte sich Charlie um und schaffte es, beim Eintritt einer Frau nur geringfügig später als Miller auf seine schmerzenden Füße zu stehen zu kommen.

»Patricia Elder, der neue Führungsoffizier, unter dem Sie künftig arbeiten werden«, stellte Miller vor.

Natalia Nikandrowa Fedowa hörte das vertraute Geräusch sofort und eilte ins Schlafzimmer: Das Kinderbett stand dicht neben ihrem, damit sie nachts nur die Hand auszustrecken brauchte. Das Baby war zwar wach, aber es war nichts Ernstes: sie nahm an, daß es nur Blähungen hatte. Das Baby lächelte, als sie ihm das Gesicht streichelte. Sicher nur Blähungen: Alexandra war viel zu klein, als daß es ein Lächeln des Erkennens hätte sein können. Die Kleine weiter streichelnd, drehte Natalia sie auf die Seite und sagte: »Ist ja gut, mein Schatz. Ist ja gut. Schlaf wieder schön.«

Das tat das Baby.

Jetzt lächelte auch Natalia, wehmütig allerdings. Denn sie dachte, wieviel folgsamer das Baby doch war als sein Vater.

2

Der Wind, stark genug, um den grauen Staub den weiten Weg von der Wüste Gobi bis nach Peking zu tragen, wäre erst in zwei Monaten fällig gewesen. Jeremy Snow hoffte, er möchte nicht zu lange anhalten. Die feinen Körnchen kratzten im Hals und juckten in den Augen. Letztes Jahr, als der Wind zur richtigen Zeit einsetzte, hatte er einen besonders schweren Asthmaanfall bekommen. Er hätte natürlich wie die Chinesen eine Gesichtsmaske tragen können, aber solange es nicht unbedingt nötig war, versuchte er es lieber ohne. Weil er es ständig eingeschärft bekam, war Snow immer peinlich darauf bedacht, nichts zu tun, wodurch er Anstoß erregen könnte. Letztes Jahr, als er eine Maske getragen hatte, war er das Gefühl nicht losgeworden, einige Chinesen dächten, er wolle sich über sie lustig machen. Eigentlich ein völlig unwichtiges Detail: Aber im Laufe seiner Zeit in China hatte Snow gelernt, wie wichtig es war, auf unwichtige Details zu achten. Sich kein Detail entgehen zu lassen, ob nun wichtig oder unwichtig, war schließlich eine der Aufgaben, die er, allerdings nur inoffiziell, unbemerkt und mit dem Wissen weniger, erfüllte.

Durch eine Pekinger Vorstadtgegend eilte Snow zu der mehr und mehr herunterkommenden katholischen Kirche, deren Weiterbestehen die Behören als ein hohles Symbol vermeintlicher Religionsfreiheit in ähnlicher Weise duldeten, wie sie Father Robertson als ein noch hohleres Symbol beibehielten. Snow wußte, Father Robertson wäre entsetzt gewesen, wenn er über seine zweite Funktion Bescheid gewußt hätte. Angesichts dessen, was der alte Geistliche während seiner fünfjährigen Inhaftierung in der Endphase der Kulturrevolution durchgemacht hatte, fand er das jedoch durchaus verständlich. Trotzdem fiel es Snow oft schwer, seine Ungeduld zu zügeln angesichts der händeringenden Nervosität und der ständigen Warnungen des alten Mannes, bei den Behörden nur ja nicht anzuecken.

Auch wenn durch den Verbleib von Father Robertson die Präsenz des Jesuitenordens in einem Land gewährleistet blieb, an dem den Jesuiten traditionsgemäß schon immer sehr viel gelegen war und in dem der Katholizismus offiziell immer noch geduldet wurde, hätten sich die Ordensoberen in Rom von der chinesischen Regierung unter keinen Umständen so weit für deren Zwecke einspannen lassen dürfen, daß sie Father Robertson nach seiner Freilassung in China zu bleiben gestatteten. Father Robertson war kein richtiger Soldat Christi mehr, nicht so, wie Snow einer war: schon seit seiner Kindheit im Priesterseminar einer gewesen war und auch immer einer sein würde, bereit, zu kämpfen wie ein Soldat, und bereit, zu leiden wie ein Soldat, wenn das von ihm verlangt würde. Genauso bereit zu leiden, wie sich Zhang Sulin nach dem Massaker auf dem Tiananmen-Platz zu leiden bereit erklärt hatte. Snow fragte sich oft, was aus Zhang geworden war: Der Mann war die beste Dissidentenquelle gewesen, die er je gehabt hatte. Genaugenommen die einzige. Und er war genauso plötzlich verschwunden, wie er aufgetaucht war.

Trotz des stechenden Staubs und trotz des dringenden Wunsches, sich in den Schutz der Kirche und des dazugehörigen Missionsgebäudes zurückzuziehen, blieb Snow kurz vor der Kreuzung abrupt stehen, um möglichst großen Abstand zu den Kloakenputzern zu halten, die mit ihren Eimern, überquellend von Exkrementen aus den spülungslosen Straßenabtritten, vorüberzogen: Der Gestank frischer menschlicher Ausscheidungen schnürte ihm noch stärker die Kehle zusammen als die kratzenden Staubkörner.

Snow mußte husten, nicht nur wegen des fürchterlichen Geruchs, sondern auch bei der Erinnerung an Father Robertsons Reaktion auf Tiananmen. Auf seine bestürzten Äußerungen hin hatte der gebrochene alte Mann tatsächlich eine Stelle aus dem Alten Testament zitiert – *Soll der Richter über die ganze Welt nicht recht tun?* Das war eines der ersten Male gewesen, daß Snow seine Verachtung offen gezeigt und sofort mit einer Stelle aus den Sprüchen gekontert hatte. *Gib nicht nach seiner Narrheit einem Toren Antwort, damit du nicht ihm selbst dich ähnlich machst! Gib nach seiner Narrheit einem Toren Antwort, damit er sich nicht weise dünke vor sich selbst!*

Noch während er das gesagt hatte, war ihm bereits klargeworden, daß er zu weit gegangen war – geradezu unverschämt aufmüpfig gewesen war –, aber es war ihm nun mal herausgerutscht, und der Schaden war nicht mehr gutzumachen, vielleicht nie mehr. Father Robertson hatte ihn aufgefordert, ihm eine Narrheit zu erklären, und Snow hatte sich gebührend entschuldigt und dann vorgebracht, ein Regime, das nicht einmal vor Völkermord zurückschrecke, müsse mit allen Mitteln gestürzt werden: und bekam als Antwort nur eine weitere Bibelstelle zu hören, diesmal über die Vergeblichkeit, Gewalt mit Gewalt zu bekämpfen, was überhaupt nichts mit dem zu tun hatte, was er gemeint hatte, und somit die ganze Diskussion hinfällig machte: wie jede politische Diskussion zwischen ihnen hinfällig war.

War Father Robertson je ein richtiger Jesuit gewesen? Bei einem Mann, der nur um seines Glaubens willen eine fünfjährige Haftstrafe verbüßt hatte, war eine solche Frage fast ein Sakrileg, aber insgeheim hegte Snow diesbezüglich dennoch massive Zweifel. Der alte Mann konnte zwar nach Bedarf jede beliebige Stelle aus dem Katechismus oder den Regeln des Ordensgründers Ignatius zitieren – was seine Methode war, konträren Meinungen zu begegnen –, aber dennoch hatte er nie den Glaubenseifer oder das Engagement anderer Jesuiten gezeigt, die Snow vor seiner Versetzung nach China kennengelernt hatte.

Er durfte nicht immer so gereizt auf den alten Mann reagieren, nahm sich Snow vor. Er war ein richtiger Soldat, im weltlichen wie im geistlichen Sinn: Und das war alles, was zählte. Hätte es nicht von äußerster Anmaßung und Arroganz gezeugt, hätte er sich als auserwählt betrachtet, eine Aufgabe zu erfüllen, die seine ganze Opferbereitschaft erforderte.

Der Gestank menschlicher Ausscheidungen hing noch

in der Luft, als Snow die Straße überquerte. Er bog in eine schmale Seitenstraße ein, und vor ihm tauchten die durchhängenden Schindeldächer der Kirchengebäude auf: Ihr Grün war bereits stumpf vom grauen Niederschlag der Wüste. Snows Ärger sprang von dem Mann, den sein Orden als seinen Vorgesetzten betrachtete, auf das über, was er als die Bedeutungslosigkeit seiner eigenen Funktion in Peking ansah. Er wurde von den chinesischen Behörden nur als Englischlehrer geduldet, nicht als Geistlicher. Um seine Aufenthaltsgenehmigung zu bekommen, spielte er das Theater mit, aber zugleich mußte er sich mit wachsender Ungeduld eingestehen, daß er nichts Richtiges zu tun hatte, zumindest nicht auf einem ihm angemessenen Niveau. Er mußte dringend raus aus Peking, in die Provinzen, Menschen kennenlernen, die hoffentlich weniger verängstigt waren, als das die Mehrheit der Leute in der Hauptstadt zu sein schien, sich in Mandarin oder einem der drei anderen Dialekte, die er beherrschte, über alles unterhalten, worüber sie zu sprechen bereit waren. Erst mußte er jedoch die Genehmigung Father Robertsons einholen, der ärgerlicherweise ermächtigt war, sein Veto einzulegen.

Er war froh, in die Kirche zu kommen und dem peitschenden Wind zu entrinnen. Gleich hinter der Tür schüttelte er sich wie ein Hund, der aus dem Regen kam. Einen Moment blieb er ganz ruhig im Vorraum stehen und wartete, bis das Spannungsgefühl in seiner Brust nachließ. Erst dann betrat er die Kirche, die wegen mangelnder Benutzung von einem anderen, dickeren Staub überzogen war. Ganz allein in dem hallenden, höhlenartigen Raum, vor einem Altar, dem jeder Schmuck versagt war, selbst die Bildnisse der Anbetung, hielt er kurz Andacht und betete wie jeden Tag um besonderen Beistand bei jeder der von ihm ausgeübten Funktionen.

Bevor er Father Robertson aufsuchte, goß er in der ehemaligen Sakristei aus einem Krug etwas Wasser in eine dazugehörige Schüssel und wusch sich den Staub von Gesicht und Händen.

Father Robertson saß völlig reglos an seinem Schreibtisch, als Snow schließlich sein Zimmer betrat. Er hielt den Kopf so tief über die wild darauf verstreuten Gegenstände gebeugt, daß er hätte schlafen können. Aus Erfahrung wußte Snow, daß er das nicht tat. Als er noch neu hier gewesen war, hatte er immer höflich darauf gewartet, Father Robertson möchte ihn auffordern, Platz zu nehmen, aber das tat er schon lange nicht mehr: Er schrammte sogar mit dem Stuhl über die blanken Dielen, um den älteren Mann überflüssigerweise darauf aufmerksam zu machen, daß jemand im Raum war.

Trotzdem dauerte es noch mehrere Minuten, bis sich Father Robertson bewegte und zur Seite blickte. Es war bei den Jesuiten nicht Brauch, eine Kutte zu tragen, und schon gar nicht in Peking. Father Robertson hatte eine ausgebeulte und formlose Hose an und ein gleichermaßen abgetragenes Hemd mit offenem Kragen. Sein schneeweißes Haar war dicht und lang und ohne Fasson: Snow hatte es den alten Mann nie kämmen sehen, nicht einmal, wenn sie zu offiziellen Anlässen eingeladen worden waren. Die blaßblauen Augen waren wäßrig, das faltige Gesicht ausgebleicht von den Jahren sonnenloser Haft.

»Ich habe den Wind gehört.« Das Lächeln war abwesend, eine Eigenschaft, die dem Mann fast ständig zu eigen war.

»Er kommt aus der Gobi«, meinte Snow.

»So früh nicht.«

»Dann wird er nicht lange anhalten.« Für den Whiskygeruch war es noch zu früh. Das würde erst später kommen.

»Wo waren Sie?«

»Ich habe einen Morgenspaziergang gemacht.« Snow war wieder am Hauptbahnhof gewesen. Vor drei Wochen hatte er beobachtet, wie auf der Strecke nach Shenyang ein umfangreiches Truppenkontingent nach Norden gefahren war. Das war weder in den Radionachrichten noch in irgendeiner Pekinger Zeitung erwähnt worden, aber damit hatte er auch nicht gerechnet.

»Das war sicher kein Vergnügen.«

»Ich bin froh, wieder zurückzusein.«

»Genau rechtzeitig zum Unterricht.«

Bestenfalls nahmen zwanzig Personen am Kurs teil, aber die Zahl der Teilnehmer schwankte. Snow hatte den Unterricht in der Kirche abhalten wollen, aber Father Robertson hatte sich nicht davon abbringen lassen, daß das als Provokation aufgefaßt werden könne, weshalb er nun im Pfarrsaal stattfand. Snow sagte: »Ich habe unterwegs nachgedacht. Mir steht noch Urlaub zu. Den würde ich jetzt gern nehmen. Um ein bißchen im Land herumzureisen.«

»Wohin?«

Zu Snows Überraschung kam nicht die sofortige Ablehnung, auf die seine früheren Vorschläge, sich das Land anzusehen, gestoßen waren. Er zuckte mit den Achseln. »Nach Shenyang vielleicht. Oder nach Süden, nach Wuhan oder Chongqing.«

»Lauter Orte, wo ich schon mal war«, sagte der Leiter der nicht mehr existierenden Mission. »Damals hatten die Leute noch keine Angst.« Die Nostalgie erinnerte ihn an etwas. »Dadurch könnten Sie Ihre Stellung hier gefährden.«

Welche Stellung? fragte sich Snow sarkastisch. »Natürlich habe ich nicht vor, mit irgend jemand offen über religiöse Fragen zu sprechen.«

»Trotzdem könnte es gefährlich werden.«

»Ich werde extrem vorsichtig sein.«

Father Robertson dachte eine Weile nach. »Stellen Sie einen Antrag, um zu sehen, wie man darauf reagiert.«

Die Einwilligung überraschte Snow noch mehr. »Ich könnte noch heute nachmittag zum Amt für Ausländerangelegenheiten fahren.«

»Lieber morgen«, entschied Father Robertson. »Sie werden hier nur als Englischlehrer geduldet. Folglich geht die Schule vor.«

Zum Unterricht erschienen fünfzehn Personen, darunter ein etwa zwanzigjähriger Mann, der bisher noch nie gekommen war. Snow vermutete, daß er Unterschlupf vor dem Staubsturm suchte. Er sprach gut Englisch, aber das Lesen bereitete ihm Schwierigkeiten. Snow glaubte ihm nicht, als er versprach, nächste Woche wiederzukommen.

Er überlegte, ob er gegen Father Robertsons Willen noch an diesem Tag ins Amt für Ausländerangelegenheiten zu kommen versuchen sollte, bevor es schloß, entschied sich dann aber dagegen. Er würde bis morgen warten, wenn kein Englischunterricht war. Das unumgängliche Amt für Ausländerangelegenheiten am Vormittag und das wichtigere Gong An Ju, das Amt für öffentliche Sicherheit, wahrscheinlich am Nachmittag.

»Und?« fragte Miller. Er streckte die Hand aus und streifte die ihre. Offensichtlich wollte er den kurzen Körperkontakt.

Patricia Elder drehte sich herum, um ihm direkter gegenüberzusitzen, und kam ihm, stets froh über solche intime Gesten, in Erwiderung seiner Berührung mit der Hand entgegen. »Schwer zu glauben, daß er tatsächlich alles getan hat, was in seiner Akte steht.«

In der Hoffnung, die Frau möchte nicht übervorsichtig sein, hatte Miller die Stirn noch immer in Falten gelegt. »Ich bin nicht sicher, ob das an seinem Äußeren liegt . . .«

». . . Ich schon«, unterbrach sie ihn, ihres vertrauten Verhältnisses gewiß. »Ich glaube, alles an Charlie Muffin zielt ganz bewußt auf Irreführung ab. Besonders sein Äußeres.«

»Ich hatte eigentlich angenommen, du würdest es ihm gleich jetzt sagen, wenn ich dabei bin. Um zum Ausdruck zu bringen, daß es mit meinem Einverständnis geschieht.«

Sie schüttelte den Kopf. »Es ist ganz wichtig, daß er von Anfang an merkt, daß nun Schluß ist mit dem Sonderstatus: vor allem gegenüber dem Generaldirektor. Ab sofort ist er nichts weiter als ein ganz gewöhnlicher Mitarbeiter, der Befehle entgegenzunehmen hat, wie und wann er sie erteilt bekommt. *Meine* Befehle. Deine Autorität sparen wir uns für den Fall auf, daß er mal gegen mich aufmuckt.«

»Hast du schon jemand ausgesucht?« fragte er.

Sie nickte. »John Gower. Universitätsabgänger. Hochmotiviert. Bester beim Verhörwiderstandstest.«

»Wann wirst du Muffin einweihen?«

Sie lächelte. »Wenn ich einen Vorteil daraus schlagen kann. Was noch nicht der Fall ist.«

Vier Etagen tiefer dachte Charlie Muffin nach: Er versuchte eine sehr persönliche – und deshalb enorm wichtige – Einschätzung seines augenblicklichen Stands vorzunehmen. Wenn er überhaupt noch einen Stand hatte. Eine Frau! Er sollte sich von einer Frau herumkommandieren lassen! Warum andererseits nicht? Warum der automatische Sexismus? Weil es so etwas noch nie gegeben hatte, deshalb warum nicht. Unter solchen Bedingungen hatte er noch nie arbeiten müssen. Das hatte nichts mit ihrem Geschlecht zu tun: Es hatte etwas mit zu vielen Veränderungen zum Schlechteren hin zu tun. Er hatte keine Chauvi-Probleme damit, daß Patricia Elder eine Frau war. Oder daß von ihm erwartet wurde, daß er tat, was sie ihm zu tun auftrug und wann sie es ihm zu tun auftrug. Er hoffte bloß, daß sie wirklich etwas von der Sache verstand, mehr nicht. Und das *war* chauvinistisch.

Sie hatte sich bei ihrem kurzen Treffen mächtig angestrengt, von vorneherein klarzustellen, wer die Vorgesetzte war und wer der Untergebene. Warum? Vielleicht war die herrische Art ein Zeichen von Nervosität, nichts als lautes Säbelgerassel, um ihn einzuschüchtern. Oder wollte sie damit unerschütterliches Selbstbewußtsein demonstrieren und zum Ausdruck bringen, daß er von jetzt an mehr denn je Untergebener war? Was gab es zu Patricia Elder selbst zu sagen? Kein Ehering, den man berücksichtigen mußte. Kein erkennbarer Dialekteinschlag, aber eine Art zu sprechen, die eindeutig das Produkt einer soliden Privatschulerziehung war. Die Oberweite nicht so, daß man nervös werden müßte, aber das Kostüm war hochgeschlossen gewesen und verbarg vielleicht eine Überraschung. Hübsche Beine, die sie auf seinen taxierenden Blick hin ohne Verlegenheit übereinandergeschlagen hatte: ausgeprägte Gesichtszüge, die Nase fast zu groß, nicht gemildert durch den kurzen Schnitt ihres ergrauenden Haars. Sie hätte es lieber länger tragen sollen. Interessanter Mund mit vollen Lippen und ungewöhnliche Augen, die kosmetisch vermutlich als braun bezeichnet würden, obwohl er sie eher schwarz fand. Sie hatte sie auch sehr direkt eingesetzt, hatte ihn beim Sprechen unverwandt angesehen und den Blick nicht gesenkt, als er genauso unverwandt zurücksah und sich insgeheim fragte, ob er sie wohl niederstarren könnte. Aber immer eine leichte Unsicherheit. Das war ein Eindruck, aus dem Charlie nicht schlau wurde: nicht auf Teufel komm raus.

Was sonst noch?

Durchaus möglich, daß Peter Miller ein hintertriebener Scheißkerl war. Und daß Julia Robb nicht die roboterhafte Emanze war, als die sie erschien. Charlie war sicher, daß Miller keinen Fußschalter bedient hatte, um die Sprechanlage einzuschalten. Folglich könnte sie angewesen sein und seine Unterhaltung mit der Vorzimmerdame in sein Büro übertragen haben. Folglich könnte sie ihn davor bewahrt haben, sich bloßzustellen als ein . . . Charlie hielt inne, um nach dem richtigen Wort zu suchen, und mußte grinsen, als es ihm einfiel. Als ein hintertriebener Scheißkerl. In jedem Fall mußte er in Millers Büro von nun an auf der Hut sein, falls er dort jemals wieder Zutritt erhielt – zumindest, bis er herausbekommen hatte, ob der Generaldirektor irgendwelche Abhörmanöver betrieb.

Was gab es über das Treffen selbst zu sagen? Verwirrend, fand Charlie. Das Ganze hatte keinen rechten Zweck gehabt: zumindest keinen, den er erkennen konnte. Es war jedenfalls nicht ersichtlich, warum sich Miller persönlich mit ihm treffen sollte, bloß um ihm mitzuteilen, wie er künftig die Organisation zu führen gedenke. Und es bestand auch kein Anlaß, ihm Patricia Elder persönlich vorzustellen.

Mit keinem Wort war von einer konkreten Aufgabe für ihn die Rede gewesen. Trotz aller Selbstermahnungen, sich keine Hoffnungen zu machen, hatte Charlie damit gerechnet, daß er diesmal etwas bekommen würde: etwas, das seinem nervtötenden, papierfliegerbauenden Nichtstun ein Ende machen würde.

Nach reiflicher Überlegung gelangte er schließlich zu dem Ergebnis, daß eben nichts anderes geschehen war, als daß sie ihn wie ein Museumsstück oder vielleicht auch wie ein Versuchstier begutachtet hatten: um zu sehen, wie er zucken würde, wenn Säure auf seine Nervenenden geträufelt wurde. Und als was hatten sie ihn nun angesehen?

Erst brütete er nur ziellos vor sich hin, ließ seinen Gedanken freien Lauf, doch plötzlich war er ganz konzentriert. Könnte nicht genau das der Zweck der Übung gewesen sein: ihn aus irgendeinem Grund unter die Lupe nehmen zu können? Zwar hatte die Kürze der Besprechung auf nichts Derartiges hingedeutet, aber dennoch war das die Erklärung, die am ehesten einen Sinn ergab. Charlie mochte es, wenn etwas einen Sinn ergab.

In Hinblick auf was unter die Lupe genommen? Eine Frage, die im Moment unmöglich zu beantworten war. Vielleicht nicht einmal eine Frage. Vielleicht machte er sich schon wieder unnötige Gedanken, wo es gar keinen Grund gab, sich Gedanken zu machen. Er konnte nur warten. Wie er schon viel zu lang gewartet hatte.

In Peking brachte die *People's Daily* eine ausführliche Warnung vor ausländischen Reaktionären, die der Konterrevolution im Land Vorschub leisteten; sie wurde begleitet von dem Hinweis, daß sämtliche derartigen Aktivitäten aufgedeckt und zerschlagen und die Schuldigen vor Gericht gestellt würden.

3

Jeremy Snow hätte nie mit der Länge oder Eindringlichkeit des Vortrags gerechnet, den ihm Father Robertson nach dem positiven Bescheid auf seinen Reiseantrag über die Fallstricke und Gefahren seines Vorhabens hielt. Eingehender als je zuvor erzählte der alte Mann von den Gefängnissen und den zwei Umerziehungslagern, von der brutalen Behandlung und von der Gehirnwäsche, der er dort unterzogen worden war.

Doch wie immer maß Father Robertson allem persönlichen Leid keine Bedeutung bei. In einem Land, in dem die Jesuiten mehrere hundert Jahre gelebt und gewirkt hatten, war es stets oberstes Gebot, die Mission am Leben zu halten. Snow versicherte ihm immer wieder, daß er nichts tun werde, was sich negativ auf ihre prekäre Stellung auswirken könnte. Bei dieser Gelegenheit zitierte der alte Geistliche eine Stelle aus dem Jakobusbrief: *Ihr habt gehört von der Beharrlichkeit Jobs.*

Nach Erteilung der Reiseerlaubnis hätte Snow gern eine richtige Einsatzbesprechung mit Foster gehabt: hatte bei der letzten geheimen Briefübergabe, auf die sein Führungsoffizier ihre Kommunikation beschränkt hatte, sogar ausdrücklich um eine solche gebeten. Aber wie nicht anders zu erwarten, hatte Foster mit der Begründung abgelehnt, es gebe zur Zeit keine Botschaftsempfänge oder sonstige Treffen von Europäern, die als Tarnung für ein solches Treffen herhalten könnten.

In den neun Monaten, in denen er unter Walter Foster arbeitete, hatte Snows Frustration beständig zugenommen. Der rothaarige, sommersprossige Mann sah nicht nur aus wie ein kleinkarierter, ängstlicher Beamter, sondern verhielt sich auch so: Selbst bei größeren Treffen von Diplomaten oder Angehörigen der Ausländerenklave, wenn so gut wie keine Gefahr bestand, sah sich Foster ständig nervös um und lenkte dadurch erst die Aufmerksamkeit auf sich, die er mit allen Mitteln zu vermeiden versuchte. Ganz anders als seine Vorgänger. Bowley, sein erster Führungsoffizier, hatte immer eine Möglichkeit gefunden, ein persönliches Treffen zu arrangieren. Und auch George Street, der zur Tarnung auf die grelle Exzentrizität von fahrradlenkerbreiten Schnurrbärten, buntgeblümten Westen und einem importierten Rolls-Royce gesetzt hatte, hatte jegliches offizielle Interesse von sich abzulenken verstanden, indem er es ganz bewußt auf sich zog.

Nach dreieinhalb Jahren mußte sich Snow nicht mehr eigens sagen lassen, daß er alles beschaffen sollte – was aber genau das war, was Foster gesagt hatte. Er beschaffte *immer* alles. Fotos, wenn möglich. Jeden Gesprächsfetzen, und wenn er noch so belanglos schien. Zweimal hatte er sogar die Namen von Männern geliefert, die damals noch unbeachtet im mittleren Regierungsdienst tätig gewesen waren, später aber in einflußreiche Stellungen aufgerückt waren, wobei er auch ausdrücklich darauf hingewiesen hatte, daß es sich dabei um Männer handelte, die man im Auge behalten sollte. Und nachdem es ihm gelungen war, Zhang Sulin als Informanten zu gewinnen, hatte er mehr oder weniger alles weitergeleitet, was es an Informationen über das versprengte Häuflein gab, das nach dem Tiananmen-Massaker von der Dissidentenbewegung noch übriggeblieben war.

Einen Moment bedauerte es Snow, daß er sich nicht über Foster beschweren konnte: nicht veranlassen konnte, daß die Kommunikation durch die Botschaft verbessert wurde. War es wirklich unchristlich, so zu denken, wie er dachte? Vielleicht, wenn sich seine Beschwerde nachteilig auf die Karriere des Mannes auswirken würde. Aber ging es hier denn nicht um mehr als um Fosters Karriere? Stand hier nicht seine eigene Sicherheit auf dem Spiel? Immerhin hatte er das ganze Risiko zu tragen. Foster war durch seinen diplomatischen Status geschützt. Snow mußte sich damit abfinden, daß er keinen solchen Schutz hatte. Das war nicht richtig, korrigierte er sich sofort. Stand er nicht unter Gottes Schutz? Gewiß, ein religiöser Schutz: so gewiß wie seine religiöse Überzeugung. Doch hier ging es um weltliche Dinge. Trotzdem war das kein Problem. Nach dreieinhalb Jahren war er sicher, daß er sich vollständig auf das Leben in China eingestellt hatte, sich in weltlicher Hinsicht wesentlich besser angepaßt hatte als in irgendeiner anderen.

Snow arbeitete einen bis ins kleinste ausgeklügelten

Reiseplan aus. Jede Reiseroute, die er vorschlug, führte in Sperrgebiete, denn dort befanden sich nur zu offensichtlich die interessanten Städte und Einrichtungen. Allerdings war aus den Vorgesprächen im Amt für Ausländerangelegenheiten bereits hervorgegangenen, daß er sich möglicherweise einen rundweg ablehnenden Bescheid einhandeln würde, wenn er sich auf eine Reise in die nördlichen Provinzen versteifte. Deshalb schaltete er sofort auf den Süden um.

Erst nach langen Verhandlungen konnten sie sich schließlich auf eine Reiseroute einigen. Er durfte bis nach Chongqing im Süden reisen, um dann nach Osten über Wuhan nach Shanghai zu fahren und von dort in fast genau nördlicher Richtung nach Beijing zurückzukehren. Auf diese Weise kam er an mindestens fünf Sperrgebieten und sechs gesperrten Städten vorbei. Es wäre naiv gewesen zu erwarten, in alle hineinzukommen, doch wenn er sich nur zu einem oder zweien Zutritt verschaffen konnte, hatte sich die Reise bereits mehr als gelohnt. Ein weiterer Vorteil war, daß er die ersten paar Tage allein reisen konnte, ohne offizielle Begleitung.

Erst am sechsten Tag, in Zhengzhou, sollte er sich mit einem Regierungsbeamten treffen, der ihn durch die Sperrgebiete begleiten würde. Sein Aufpasser hieß Li Dongming. Seinem Foto zufolge war er Brillenträger, mit einem nichtssagenden Gesicht und ziemlich großen Ohren. Snow schätzte ihn auf etwa dreißig. Wenn er das war, wären sie gleich alt.

Natalia Nikandrowa Fedowa mußte zugeben, daß sie in beruflicher Hinsicht extremes Glück gehabt hatte.

Sie war von jeder Schuld am Scheitern der Operation in England freigesprochen worden, mit der Direktoratsleiter Alexei Berenkow, wie sich unfaßlicherweise herausgestellt hatte, rein persönliche Interessen verfolgt hatte. Und dann war sie auch noch den Säuberungen entgangen, als der KGB nach dem gescheiterten Putsch im Sommer 1991 einer umfassenden Neustrukturierung unterzogen worden war. Sie war ihnen nicht nur entgangen, sie hatte sogar sehr nachhaltig von den Umwandlungen profitiert, in deren Verlauf der KGB der Russischen Förderation unterstellt wurde, aber seinen Sitz in Moskau beibehielt und lediglich in ein Amt für innere Sicherheit umbenannt wurde. In dieser frühen Phase war ihr natürlich sehr zugute gekommen, daß sie dem Ersten Hauptdirektorat für Auslandsangelegenheiten angehört hatte und nicht dem fürs Innere zuständigen Bereich des mächtigen Unterdrückungsapparates, der völlig zu Recht am meisten von den drastischen Aderlässen in Form von Massenentlassungen und der Auflösung ganzer Abteilungen betroffen worden war.

Als eine ganz besondere Ironie des Schicksals betrachtete es Natalia, daß sie mit ihrer Beförderung zum Generalmajor nun einen Rang bekleidete, den einst Alexei Berenkow innegehabt – und mißbraucht – hatte, Alexei Berenkow, der nicht davor zurückgeschreckt wäre, sie im Zuge seines persönlichen Rachefeldzugs gegen Charlie Muffin zu opfern, nachdem seine frühere Bewunderung für den Mann in blindes Vergeltungsstreben umgeschlagen war. Mittlerweile war Berenkow unehrenhaft entlassen und aller Ämter und Ehren entkleidet. Und Charlie, der Berenkow zweimal hereingelegt hatte – erst, als er, scheinbar um überzulaufen, nach Moskau gekommen war, und dann, als er als vermeintlicher russischer Agent nicht in die Falle in London gegangen war –, wo war dieser Charlie jetzt? Das hätte sie zu gern gewußt. Ganz gleich, was aus ihm geworden war, er war sicher noch beim Geheimdienst. Er war zu gut, um ausgemustert zu werden.

Natalia fuhr langsamer, als sie sich der Kreuzung näherte, die für sie trotz der post-kommunistischen Umbenennungen, die den Stadtplan von Moskau drastisch verändert hatten, noch immer der Marx-Prospekt war. Fast instinktiv drehte sie sich beim Anhalten um und sah auf den Rücksitz des Wagens, um zu ihrem Ärger festzustellen, daß sie vergessen hatte, die Tüte mit frischen Kleidern und Windeln in der Krippe abzugeben. Sie wußte zwar, daß sie dort Sachen zum Wechseln hatten, aber sie würde trotzdem anrufen müssen, sobald sie im Büro war.

War es Selbstmitleid zu denken, sie sei geopfert worden, und zwar ganz persönlich? Ja, entschied sie sofort. Charlie hatte das einzig Mögliche getan – das einzige, was er als erfahrener Geheimdienstmann tun *konnte*. Irgendwas war an der Sache faul gewesen, das hatten sie beide gewußt. Sie hatte trotzdem beschlossen, das Risiko einzugehen. Er nicht. Und es war ihr sogar gelungen, sich wieder der sowjetischen Besuchergruppe anzuschließen, von der sie sich unbemerkt hatte absetzen wollen. Folglich hatte es weder eine Untersuchung noch eine Bestrafung gegeben.

Die Autoschlange vor ihr setzte sich in Bewegung, und Natalie wandte sich vom Rücksitz ab und sah wieder nach vorn. Sascha konnte dabei keine Rolle gespielt haben: Das hatten sie damals beide noch nicht gewußt. Hätte es etwas an der Sache geändert, wenn es Charlie gewußt hätte? Vielleicht. Wäre schön gewesen, wenn es so gewesen wäre. Aber sicher war sie nicht. Energisch untersagte sich Natalia, einem anderen Gedanken nachzuhängen, der vermutlich noch müßiger war als all die anderen. Was auch immer zwischen ihr und Charlie Muffin gewesen sein mochte – hätte sein können –, war zu Ende: aus und vorbei, ohne jede Möglichkeit eines Neubeginns oder einer Fortsetzung.

Sie hatte ein Baby, das sie abgöttisch liebte. Ein privilegiertes Leben, und zwar trotz der Demokratisierung, die eigentlich allen Privilegien ein Ende hätte machen sollen. Und eine hohe, leitende Stellung, die ihr, neben den Privilegien, alles bot, was sie sich wünschen konnte. Sie konnte sich also in jeder Hinsicht glücklich schätzen.

Aber sie hatte nicht vor, sich auf ihren Lorbeeren auszuruhen. Mit Fjodor Tudin im Nacken konnte sie sich das auch gar nicht leisten. Es war ein Fehler gewesen, Tudin als ihren unmittelbaren Stellvertreter zu übernehmen. Er war einer von der alten Garde, ein Relikt aus der Breschnew-Ära. Natalia wußte, daß sie immer auf der Hut sein müßte vor den Abgründen von Tudins Verbitterung, daß sie die Leiterin des Direktorats war und nicht er.

Als Natalia in Jasenewo von der Ringstraße in den Wolkenkratzerkomplex des ehemaligen, weiter beibehaltenen Ersten Hauptdirektorats abbog, fragte sie sich, ob Charlie wohl genausoviel Glück gehabt hatte wie sie. Sie hoffte es.

Zweieinhalbtausend Kilometer entfernt, starrte Charlie Muffin auf das Schreiben der stellvertretenden Generaldirektorin, in dem sie ihn endlich zu sich bat, und hoffte genau das gleiche.

4

Patricia Elders Bürosuite ging vom zweiten Schenkel des neuen dreieckig angelegten Grundrisses der neunten Etage ab, in dessen Mittelpunkt die förmlich-steife Julia Robb residierte.

Allerdings hatten die Räumlichkeiten der stellvertretenden Direktorin nichts von der Sterilität von Millers Büro. Es gab zwei Blumensträuße, einer auf einem Zierschränkchen, wie es Charlie in dieser Art in einem Regierungsbüro noch nie gesehen hatte. Außerdem standen sowohl auf diesem Schränkchen als auch auf dem Kaminsims mit einer filigranen Ormulu-Uhr in der Mitte mehrere Art-deco-Figuren. Vor dem Fenster, von dem man einen Teil der Uhr von Big Ben und der Zinnendächer des Parlamentsgebäudes sehen konnte, hingen Gardinen aus Festonspitze. Die stellvertretende Direktorin saß vor dem Fenster, an einem richtigen Holz- und Lederschreibtisch, nicht an einem dieser Metall- und Plastikgebilde, die aussahen, als kämen sie aus einem Knallbonbon. Die einzige Ähnlichkeit mit Millers Büro, die Charlie feststellen konnte, war das vollständige Fehlen jeglicher persönlicher Fotos. Ganz abgesehen davon, daß dafür auf dem Schreibtisch kaum Platz gewesen wäre: den nahmen nämlich ein mit einem Band verschlossener brauner Ordner und zwei rote Pappschachteln ein, die Charlie von den drei – oder waren es vier? – Disziplinaranhörungen, die er im Lauf der Jahre über sich hatte ergehen lassen müssen, bestens bekannt waren.

Das Kostüm der Frau war so formell wie bei ihrer ersten Begegnung: Heute war es grau, hochgeschlossen und so figurverhüllend wie zuvor. Ganz automatisch warf Charlie einen Blick auf ihre linke Hand: Noch immer war kein Ehering zu sehen.

Sie beobachtete ihn mit ihren schwarzbraunen Augen genauso aufmerksam, und sofort kam sich Charlie vor wie ein Schuljunge, der erklären sollte, was er hinter dem Fahrradschuppen am Schlüpfer eine Mitschülerin zu schaffen gehabt hatte.

Patricia atmete hörbar ein, bevor sie zu sprechen begann: Das Seufzen, bagatellisierend im Ton, blieb in ihrer Stimme. »Kommen wir also zu Charles Edward Muffin . . .«

Nur zu gut konnte sich Charlie an die zwei letzten Anlässe erinnern, bei denen er ähnlich förmlich adressiert worden war: beide Male im großen Strafgerichtssaal des Londoner Old Bailey. Beim erstenmal anläßlich einer fingierten Anklageerhebung und einer auf seine Flucht abzielenden Inhaftierung, die sein Überlaufen in der Sowjetunion plausibler erscheinen lassen sollten: der Auslöser für so vieles. Die erste Begegnung – bei seiner Vernehmung – mit Natalia, aus der sich eine Liebesbeziehung entwickelt hatte, mit der keiner von beiden gerechnet hatte und die er schließlich zerstört hatte, als er in London nicht zu dem Treffen mit ihr erschienen war. Die Operation zur Diskreditierung Alexei Berenkows – über deren Zweck er die ganze Zeit im unklaren gewesen war, bis er zu seinem Selbstschutz bestimmte zusätzliche Maßnahmen ergriffen hatte. Und die dennoch zum Teil erfolgreich gewesen war und Berenkows unnachsichtige Vergeltungsaktion nach sich gezogen hatte, in die erneut eine manipulierte Natalia verwickelt gewesen war. Auch sein zweites Erscheinen vor Gericht sowie die dabei verhängte zehnjährige Haftstrafe waren fingiert gewesen und sollten die Russen glauben machen, ihre Bemühungen, ihn in eine Falle zu locken, wären zum Teil erfolgreich gewesen. Zugleich sollte diese Maßnahme Natalias Schutz dienen. Allerdings ließ sich nicht mehr feststellen, ob sie diesen Zweck auch erfüllt hatte. Doppelte Katastrophe. Doppeltes Verlassenwerden. Späte doppelte Verzweiflung. So vieles ... Charlie stoppte die nostalgischen Anwandlungen und zwang sich zur Konzentration, obwohl ihn die Erinnerungen an den Prozeß nicht mehr losließen. »Das hört sich ja hochoffiziell an: Soll ich aufstehen, um mein Urteil zu hören?«

Keine Entspannung ihrer Gesichtszüge. Sie tätschelte die Schachteln mit den Unterlagen. »Das genügt, um eine Verurteilung zu rechtfertigen.«

»Ein Mann gilt so lange als unschuldig, als er nicht durch die entsprechenden Beweise seiner Schuld überführt ist. Ich war immer unschuldig!« Charlie gab sich aufgekratzt, bemüht, zwischen sich und seiner neuen Chefin Brücken zu schlagen.

»Es gibt da Dinge, die sind in der Tat beeindruckend. Aber das Schlechte überwiegt das Gute: Charlie Muffin, spielt immer nach seinen eigenen Regeln, ohne sich je an die der anderen zu halten.« Sie machte eine Pause. »Stimmt's?«

»Wenn es wirklich darauf ankam, habe ich nie versagt«, konterte Charlie. »Wenn eine Operation fehlschlug, dann nur, weil sie sowieso fehlgeschlagen wäre: Sie war entweder undurchführbar oder mangelhaft geplant. Oder ich mußte mir was einfallen lassen, um zu überleben, nachdem man mich nicht richtig instruiert hatte.« Was sollte dieser Scheiß? Es war tatsächlich so, als müßte er sich rechtfertigen, weil er hinterm Fahrradschuppen erwischt worden war!

»Ein zentrales Thema«, griff die stellvertretende Direktorin heraus. »Ihr persönliches Überleben.«

Ein billiges Argument, fand Charlie. »Ich habe der Frage des persönlichen Überlebens immer grundlegende Bedeutung beigemessen; ein enttarnter Agent ist gleichbedeutend mit einer fehlgeschlagenen Operation und führt unweigerlich zu einer Kompromittierung, die wegerklärt werden muß. In diesen Unterlagen werden Sie keine Kompromittierungen finden, die wegerklärt werden müssen.«

»Nicht in der Öffentlichkeit.«

»Das ist das einzige, was zählt. Was die Öffentlichkeit nicht weiß, macht sie nicht heiß. Die Bürger können weiter friedlich in ihren Betten schlafen, während die Dunkelmänner den Dreck wegräumen.«

Ihr Nicken schien seiner Argumentation beizupflichten. Seine Ausdrucksweise entlockte ihr keinerlei Reaktion. »Was steht für Sie an erster Stelle? Ihr persönliches Überleben? Oder die Operation?«

Wegen so was brauchte er sich noch lange nicht unter Rechtfertigungsdruck zu fühlen. Er deutete mit dem Kopf auf die Akten. »Wenn Sie die gründlich studiert haben, erübrigt sich diese Frage!« Die Entrüstung war echt.

»Sie sind beleidigt?«

»Zu Recht.« Zu seinem Leidwesen hatte Charlie immer noch das Gefühl, als stünde er einem Schulmeister Rede und Antwort.

»Vielleicht ist das sowieso alles nur eine Frage der Auslegung«, sagte sie, wieder in bagatellisierendem Ton. »Alles längst Vergangenheit. Aus dem Dinosaurierzeitalter. Kalter Krieg, hier die Guten, da die Bösen.«

Ein einziger Komposthaufen wild durcheinandergeworfener Metaphern, dachte Charlie: Seines Wissens hatte es in der Eiszeit keine Dinosaurier gegeben. Erwartungsvoll sagte er: »Wir blicken jetzt also in die neue Zukunft, über die ich in den letzten Monaten so viel gelesen habe?«

»Einige von uns tun das auf jeden Fall«, sagte sie gewichtig. Sie zog ein paar offensichtlich neue und deshalb erst vor kurzem hinzugekommene Blätter aus dem braunen Ordner. »Sie scheinen mit vielem, wozu Sie einen Kommentar abgeben sollten, nicht übereinzustimmen.«

Charlie beobachtete sie aufmerksam. Auch diesmal hatte er versucht, sich keine Vorstellungen vom Ablauf dieses Treffens zu machen, aber daß es so verlaufen würde, so unverhohlen und durchgängig feindselig, damit hatte er nicht gerechnet.

»Angesichts eines Europas, das fünfzig Jahre nicht mehr so labil war wie heute, erschienen mir viele der geäußerten Meinungen naiv.«

»Inwiefern naiv!«

»Es wurde – in mindestens drei dieser Thesen – der Vorschlag gemacht, wegen des Endes des kalten Krieges – was immer das war – die nachrichtendienstlichen Aktivitäten zurückzustufen.«

»›Was immer das war‹«, zitierte sie fragend.

Schnell von Begriff, fand Charlie. »Warum definieren Sie mir nicht, was der kalte Krieg ist?«

»Warum definieren *Sie* es *mir* nicht?« konterte sie leichthin.

Scheiße, dachte Charlie. »Grob vereinfacht, weil es eine Mauer gab, die Berlin geteilt hat, und physische Barrieren zwischen Ost- und Westeuropa. Im Pressetelegrammstil: ein Agententhrillerklischee.«

»Und was war er Ihrer Meinung nach?«

Hätte nicht zulassen dürfen, daß sie den Gesprächsverlauf bestimmt. »Ich denke nicht, daß er irgendwas war«, spielte ihr Charlie einen verzinkten Return zu.

Sie runzelte die Stirn, und er freute sich. »Was Sie sagen, ergibt keinen Sinn.«

»Sie wissen ganz genau, was ich meine.« Charlie gab nicht nach. Inzwischen jagte er sie ganz schön über den Platz: Ihren Aufschlag hatte er zwar noch nicht durchbrochen, aber ein paar der schwierigen Returns bekam er schon übers Netz zurück.

»Das Wegfallen der Barrieren ändert nichts an den Realitäten?« In ihrer Stimme schwang eine Unsicherheit mit, die nicht nur darauf zurückzuführen war, daß es sich um eine Frage handelte.

»Nicht an *unseren* Realitäten.«

»Dann sagen Sie mir doch, was unsere Realitäten sind.« Langsam gewann sie ihr Selbstvertrauen wieder zurück.

»Was sie schon immer waren. Die Absichten anderer Regierungen und anderer politischer Führer herauszufinden, bevor sie offenkundig werden, damit *unsere* politischen Führer nicht überrumpelt werden. Und das heißt, daß wir jetzt die Absichten von mehr als einem Dutzend verschiedener Länder herausbekommen müssen, die einmal die Sowjetunion gebildet haben und sich jetzt als unabhängig betrachten: vor allem die der Russischen Föderation, die ebenfalls am Auseinanderbrechen ist. Und die der Tschechoslowakei. Und Polens. Und Ungarns. Und Bulgariens. Und wie die DDR *wirklich* in die Bundesrepublik integriert wird. Und ob der Kommunismus in China genauso zusammenbrechen wird, wie er überall sonst zusammengebrochen ist. Und was ein kurz vor dem Bankrott stehendes Amerika, das sich bis Vietnam als Weltpolizei betrachtet hat, zu tun gedenkt, wenn sich plötzlich nichts mehr nach dem simplen Strickmuster von Gut und Böse aufdröseln läßt. Und welcher glubschäugige Dritte-Welt-Despot die vier oder fünf Millionen, die er noch nicht auf sein Schweizer Nummernkonto transferiert hat, für den Kauf von Atomwaffen verwendet wird, um einen benachbarten Dritte-Welt-Despoten zu bedrohen, der gerade zu sehr damit beschäftigt ist, die Hungerhilfe der UNO und den Erlös irgendwelcher Benefiz-Popkonzerte auf ein anderes Schweizer Nummernkonto einzuzahlen. Und dann wäre da noch der Nahe Osten ...«

Sie hielt es nicht der Mühe wert, darauf zu antworten. Ihr Seufzen war beredt genug. »Hat Ihnen der Direktor gesagt, daß sich hier einiges ändern wird? Daß es jetzt keinen Platz – und keinen Bedarf – mehr für den Sonderstatus bestimmter Leute gibt?«

»Etwas in der Art.«

»Und mit dieser Umstrukturierung wird jetzt begonnen.«

Ganz plötzlich überkam Charlie ein Gefühl tiefer, gähnender Leere. »Werde ich in Pension geschickt?«

Patricia Elder hielt seinem Blick mehrere Sekunden lang stand, bevor sie sich über die schriftliche Aufzeichnung Charlie Muffins gesamter Geheimdienstlaufbahn beugte. Ohne aufzublicken, sagte sie: »Wir könnten es uns nicht leisten, Sie in den Ruhestand zu schicken.«

Ein fernes Aufblitzen von Hoffnung, ein Funke im Dunkeln. »Was dann?«

Die Dossiers bekamen einen weiteren flüchtigen Klaps. »Sie waren gut: verteufelt gut.«

Vergangenheitsform, stellte Charlie fest. »Und?«

»Sie können uns immer noch von Nutzen sein. Indem Sie andere unterrichten.«

»Unterrichten!«

»Nicht das Zeug aus den Handbüchern: Dafür gibt es unsere speziellen Ausbildungseinrichtungen. Und auch nicht Ihre Insubordination. Die hat in einer Organisation, wie der Generaldirektor und ich sie anstreben, keinen Platz. Ich möchte, daß Sie ausgewählten Mitarbeitern beibringen, was *nicht* in den Handbüchern steht ...« Sie gestattete sich ein Lächeln: Ein Zahn stand schief. »Sie sind doch so stolz darauf, überlebt zu haben. Bringen Sie den Neuen bei, genauso zu überleben, wie Sie es so lange geschafft haben.«

Charlie hörte natürlich genau zu – auf jedes Wort –, aber in Gedanken war er dem, was sie sagte, weit voraus. Vorbei, dachte er: Seine Agentenlaufbahn war vorbei, in diesem Moment mit nüchterner Effizienz beendet von einer Frau, die ihn als Anachronismus betrachtete. Als Dinosaurier. Die Leere war immer noch da, aber anders: Es war eine leere Hilflosigkeit gegenüber der Tatsache, daß ihm etwas weggenommen wurde, von dem er geglaubt hatte, er würde es nie verlieren. Charlie hatte sich noch nie gern hilflos gefühlt.

»Ich weiß nicht, ob ich dafür der richtige Mann bin.«

»Sie werden es eben lernen müssen«, sagte sie ungeduldig.

»Habe ich die Möglichkeit abzulehnen?« fühlte Charlie behutsam vor. Er hatte in seinem ganzen Leben noch keinen Auftrag abgelehnt, weil sein Job keiner war, bei dem man ablehnen konnte.

Ungeduldig schob sie die Akten zur Seite. »Dann würden Sie in die Registratur versetzt, wo Sie eine Menge Schachteln und Ordner wie diese hier zu sehen bekämen. Oder ins Archiv. Dasselbe in Grün, bloß daß die Schachteln und Ordner älter wären. Oder Sie würden zur Überwachung von Dienststellen oder konspirativen Wohnungen eingesetzt: die Sorte Tätigkeit, zu der sonst pensionierte Angehörige des Militärs herangezogen werden. Vermutlich sind Sie in der Vergangenheit schon einigen begegnet.«

Und ob, dachte Charlie. Zackige Männer mit blankgeputzten Stiefeln, die in Wachhäuschen oder Pförtnerlogen herumsaßen und ihrem belanglosen Dasein eine gewisse Bedeutung zu verleihen versuchten, indem sie jeden automatisch mit ›Sir‹ anredeten und Habtachtstellung einnahmen. Sie hatte Charlie tatsächlich als Dinosaurier betrachtet. »Oder ich könnte in den Ruhestand treten, wenn Sie keine Verwendung mehr für mich haben.«

»Sie haben nicht zugehört!« sagte sie barsch. »Ich habe nicht gesagt, wir haben keine Verwendung mehr für Sie. Ganz im Gegenteil. Ich habe gesagt, Sie können uns immer noch von Nutzen sein. Sie sind noch nicht pensionsberechtigt, das würden wir auf keinen Fall zulassen. Ich habe außerdem gesagt, ich möchte Sie in einer Position, in der ich Sie unter Kontrolle habe. Ich möchte nicht riskieren, daß Sie plötzlich verrückt spielen und sich zum Beispiel dem Fernsehen oder der Presse als Fachmann in Geheimdienstfragen andienen wie diese angeblichen Experten, die plötzlich überall auftauchen, wenn ein Spionagefall Furore macht, und die keinen Dunst haben, wovon sie eigentlich reden.«

Charlie machte schon den Mund auf, um diesem Unsinn zu widersprechen, überlegte es sich aber dann doch anders, weil es keinen Sinn hatte: Sie würde sich zu keiner anderen Meinung überreden lassen als ihrer eigenen. Statt dessen sagte er: »Ich dachte, Henry Wilberforce hätte die Sklaverei schon im letzten Jahrhundert abgeschafft.«

Patricia Elder gab noch einen ihrer schweren Seufzer von sich. »Ich habe Ihnen doch gesagt, was Ihr neuer Aufgabenbereich in dieser Abteilung ist.«

Es hatte keinen Sinn, sich zu widersetzen. Er mußte sich damit abfinden: in Ruhe nachdenken. Es mußte ja nicht für immer sein: Generaldirektoren und Stellvertreter mit neuen Ideen kamen und gingen, es bestand also immer die Chance, daß alles wieder rückgängig gemacht wurde. »Ausgewählte Mitarbeiter.«

Sie nickte. »Immer nur einen. Ihre Schüler werden bereits alle Standardausbildungsprogramme abgeschlossen haben: Sie werden ihnen sozusagen den letzten Schliff verpassen ...« Ein weiteres frostiges Lächeln. »Und jetzt möchte ich von Ihnen hören, wie lange es dauern wird, Ihre ganz speziellen Fähigkeiten weiterzugeben.«

Instinkt konnte man niemand beibringen: wie man wußte, daß etwas faul war, auch wenn man sich dabei nur auf sein Gefühl stützen konnte. »Das hängt ganz von Ihren ausgewählten Mitarbeitern ab.«

»Sie werden Ihren ersten Lehrling bestimmt mögen. Er ist gut.«

»Ich denke gar nicht daran, ihn zu mögen!« sagte Charlie auf der Stelle.

»Das war gedankenlos«, entschuldigte sie sich sofort. »Das hätte ich nicht sagen sollen.«

»Werde ich von hier aus operieren?«

»Ja.«

»Dann hoffen wir, es klappt.« Charlie stand auf, um zu gehen.

»Es muß klappen«, sagte die Frau, als betrachtete sie den Hinweis auf ein mögliches Scheitern als Affront. »Er hieß übrigens William.«

Charlie blieb an der Tür stehen. »Wie bitte?«

»Der Parlamentsabgeordnete, der sich Anfang des letzten Jahrhunderts für die Abschaffung der Sklaverei stark gemacht hat. Er hieß *William* Wilberforce. Nicht Henry.«

Charlie hatte sich schon Sorgen zu machen begonnen, sie könnte nicht reagieren. Er lächelte und sagte: »Gut gemacht.« Ihre Züge verkrampften sich, als sie, zu spät, schaltete. Kein gerade berauschender Sieg, fand Charlie. Aber wenigstens etwas. Er war jetzt ein Lehrer: Und Lehrer wußten solche Dinge.

Julia Robb sah von ihrem Kontrollposten an der Spitze des Dreiecks kaum auf, als er ging. Dir werd' ich's auch noch zeigen, dachte Charlie.

Miller schenkte den Tee selbst ein und reichte ihn der Frau über den Schreibtisch. »Wie lief's?«

»Wie geplant«, sagte sie, was leicht übertrieben war.

»Er muß es gut machen. An die Wichtigkeit seiner Aufgabe glauben.«

Patricia Elder schüttelte den Kopf. »Rein emotional ist er gegen mich eingestellt. Ich habe alles gelesen, was je über den Mann geschrieben wurde. Kenne ihn. Er wird den Job machen, mit allen ihm zu Gebote stehenden Fähigkeiten. Und er verfügt über erstaunliche Fähigkeiten. Er hat mich ein paarmal aufs Glatteis geführt.«

»Mit Gower soweit alles klar?«

Diesmal nickte die Frau. »Ich habe den Termin für das Treffen festgelegt.«

»Dann hoffen wir, daß es klappt«, sagte der Direktor.

Patricia Elder lachte abrupt. »Genau das hat auch Charlie gesagt. War hochinteressant, ihm zuzuhören. Seine Ansichten über die Zukunft der Geheimdienstarbeit sind genau dieselben wie unsere.«

»Ich hoffe, er hält uns nicht für Idioten.«

»Natürlich tut er das! Wie sollte er etwas anderes von uns denken?« Sie machte eine Pause. Das Gespräch über Charlie Muffin war beendet. »Kommt Ann nach London?«

»Es ließ sich nicht vermeiden, tut mir leid.«

»Mir auch.« Zunehmend bedauerte Patricia Elder die Ausschließlichkeit, mit der sie sich auf diese Beziehung eingelassen hatte; ihretwegen hatte sie ihre anderen Freunde vernachlässigt und schließlich ganz aufgegeben, bis sie außer Peter niemand mehr gehabt hatte. Es gab nichts, was sie dagegen tun konnte: nichts, was sie dagegen tun wollte. Die Entscheidung würde er treffen. Sie war sicher, daß er das tun würde. Mein Gott, wie sie hoffte, er möchte sie bald treffen.

5

John Gower wettete mit sich selbst, daß sie bis zur dritten Kreuzung etwas sagen würde, und verlor, denn sie hatten bereits den Frust von heueinholenden Traktoren und schulkinderbeladenen Volvos hinter sich und fünf Meilen auf dem Motorway in Richtung London zurückgelegt, als Marcia endlich lachend losprustete: »Ich hab' echt gedacht, ich krieg zuviel!«

»Sie ist nun mal altmodisch!« sagte Gower defensiv. Eigentlich fand er seine Mutter aber gar nicht altmodisch. Und *alt* schon gar nicht.

»Wie in einer Noël-Coward-Komödie!« spottete Marcia. »Zwei erwachsene Menschen, die von Schlafzimmer zu Schlafzimmer schleichen!«

»Ich weiß. Es tut mir leid.«

Beruhigend legte Marcia Leyton ihre Hand auf die seine. »Ich will dich doch bloß ein bißchen hochnehmen! Das Wochenende war wirklich schön. Und ich finde sie sehr nett . . .« Eine Pause. »Glaubst du, sie findet mich auch nett?«

Gower überholte eine Reihe von Lastern. »Bestimmt.« Es war das erste Mal gewesen, daß seine Mutter Marcia gesehen hatte. Er war nicht sicher, wer von ihnen dreien am aufgeregtesten gewesen war.

»Besonders überzeugt hörst du dich aber nicht an.« Marcia wollte mehr.

»Bin ich aber«, sagte Gower aufrichtig. »Sie war richtig begeistert von dir.« Er wechselte wieder auf die Innenspur und sah zu ihr hinüber. Sie hatten das Schiebedach auf: Eine Strähne ihres blonden Haars war unter ihrem

Kopftuch hervorgeschlüpft, aber da sie nach hinten flatterte, hielt sie es nicht der Mühe wert, sie wieder festzustecken. Ihr Gesicht, ohne jedes Make-up, glänzte in der Morgensonne: Sie erwiderte seinen Blick nicht, sondern sah geradeaus nach vorn, so daß er ihr scharfes, stupsnasiges Profil im Blick hatte. Er nahm an, viele Mädchen – wahrscheinlich *alle* Mädchen – mit so vollkommenen Gesichtszügen hätten sich absichtlich so hingesetzt, wie sie jetzt saß, und hätten sich bewundern lassen. Aber nicht Marcia. Sie war das schönste Mädchen, das er je kennengelernt hatte, und doch war sie sich dessen in keiner Weise bewußt. Er konnte kaum glauben, daß sie ihn so sehr liebte, wie sie behauptete; es war, als würde er etwas stehlen, sich etwas nehmen, was ihm gar nicht zustand.

Das Wochenende, an dem er ihre Eltern kennengelernt hatte, lag einen Monat zurück, und es war wesentlich schwieriger verlaufen als dieses, auch wenn er und Marcia nicht im Haus ihrer Eltern übernachtet hatten, weil es dort nicht genügend Schlafzimmer gab: Marcias wesentlich jüngerer, elektronikversessener Bruder hauste in einer Computerhöhle, und im anderen freien Zimmer residierte die bettlägerige Schwester ihres Vaters in einem Miasma aus Desinfektionsmittel und Lavendelparfüm. Marcias Vater, ein pensionierter Bankangestellter, hatte unablässig versucht, eine Diskussion über die Feinheiten der europäischen Wechselkursangleichungen und der europäischen Währungsunion in Gang zu bringen. Die Mutter hatte einen Nußkuchen gebacken, aber Gower mochte keine Nüsse. Er fürchtete, seine Ahnungslosigkeit in Finanzfragen und sein mangelnder Appetit beim Tee könnten als Interesselosigkeit gedeutet worden sein.

»Ich rechne nicht damit, daß ich vor Mittwoch aus Manchester zurück bin«, verkündete Marcia. Sie war Anzeigenleiterin einer Werbeagentur, was mit zahlreichen Reisen verbunden war, vor allem zu Ausstellungen.

»Ich habe keine Ahnung, worum es bei diesem neuen Kurs geht«, sagte er im Gegenzug. »Vermutlich werde ich ziemlich viel zu tun haben: zumindest bis sich das Ganze einigermaßen eingespielt hat.«

Je mehr sie sich London näherten, desto dichter wurde der Verkehr, und Gower bereute, daß er nicht schon früher losgefahren war, um nicht in den morgendlichen Berufsverkehr zu geraten: Er haßte es, zu spät zu kommen, vor allem zu einem Termin mit jemandem, mit dem er sich zum erstenmal traf.

»Ich habe ein bißchen nachgedacht«, begann sie zögernd. »Findest du es nicht auch blöd, wie wir im Moment leben . . .« Wieder drückte sie ihm beruhigend die Hand und fügte rasch hinzu: »Nein! Ich will dir nicht das Messer auf die Brust setzen. Ich weiß ja selbst nicht, ob ich wirklich schon so eine feste Bindung wie die Ehe eingehen will. Es geht mir eigentlich mehr um rein praktische Gesichtspunkte. Uns zwei getrennte Wohnungen zu halten ist doch einfach bescheuert: Wenn ich nicht verreist bin, wie die nächsten paar Tage, sind wir doch sowieso ständig zusammen. Was hat es da für einen Sinn, getrennt zu leben?«

Der Verkehr wurde dichter: Gower konnte sehen, daß er ein Stück vor ihnen ganz zum Erliegen gekommen war. »Wahrscheinlich keinen«, gab er widerstrebend zu. Er hatte sie im Verdacht, daß sie das Gespräch ganz bewußt auf diesen Punkt hingelenkt hatte. Gower hatte Angst davor, dauernd beziehungsweise regelmäßiger mit ihr zusammenzusein, allerdings nicht aus den Gründen, aus denen üblicherweise sonst jemand einer festen Beziehung mit Skepsis gegenüberstand. Die Tatsache, daß es ihm verboten war, über seine Arbeit mit ihr zu sprechen, würde unweigerlich zu einer Kluft zwischen ihnen führen. Und er wollte nicht, daß irgend etwas zwischen ihn und sie käme. Das Paradoxe war, daß er *die ganze Zeit* mit ihr zusammensein wollte und sich, was ihre Beziehung betraf, wahrscheinlich sogar sicherer war als sie.

»Das hat sich aber nicht gerade begeistert angehört«, sagte sie enttäuscht.

»Sieh dir mal diesen Verkehr an!«

»Wir haben doch Zeit«, sagte sie, was der Wahrheit entsprach. »Und wir unterhalten uns gerade nicht über den Verkehr, sondern darüber, daß es schön sein könnte zusammenzuleben. Zumindest *ich* möchte das. Wenn du es nicht willst, warum sagst du es dann nicht?«

»Du weißt doch, daß ich es möchte.«

»Na schön!« sagte sie, schon immer schnell von Entschluß. »Dann tun wir's doch! In welcher Wohnung? Deiner oder meiner? Ich glaube, deine wäre an sich besser, aber meine liegt günstiger. Mein Mietvertrag läuft noch eine Weile . . .«

»Moment mal!« bremste sie Gower. »Wozu diese Hektik?«

»Wozu das Ganze noch länger rausschieben?«

»Ich bin mit meiner Ausbildung noch nicht fertig. Du weißt doch, daß heute wieder ein Kurs anfängt.«

»Du *bist* aber bereits beim Auswärtigen Amt. Du hast deinen Job so sicher wie nur etwas, dein Leben lang. Was hat da irgendein lächerliches Seminar damit zu tun, ob wir zusammenziehen oder nicht?«

»Ich weiß auch nicht.« Er wünschte, ihm wäre ein überzeugenderes Argument eingefallen.

»Ich glaube, ich weiß, was du nicht weißt.«

Schließlich mußte er anhalten. Der Verkehr vor ihnen war, so weit man sehen konnte, zum Erliegen gekommen. Da sie gerade erst an der Ausfahrt zum Flughafen vorbeigekommen waren, rechnete er damit, daß noch mindestens acht weitere Meilen Stau vor ihnen lagen. »So ist es keineswegs.«

»Dann lassen wir es eben.« Sie sah wieder gerade nach vorn.

»Warum müssen wir so eine Entscheidung ausgerechnet jetzt, mitten im Stau, treffen? Laß uns lieber in Ruhe darüber reden, wenn du aus Manchester zurückkommst.«

»Was gibt es da schon viel zu reden, außer in welche Wohnung wir ziehen?«

»Hast du es auf einen Streit angelegt?« Sie stritten so gut wie nie: Er konnte sich nicht an das letzte Mal erinnern.

»Nein.«

»Wir klären das, wenn du zurück bist«, sagte er noch einmal. Er war froh, daß sich die Kolonne wieder in Bewegung setzte. Wenigstens konnte er jetzt die Ursache des Staus sehen; drei Autos waren in einen Auffahrunfall verwickelt und blockierten eine Fahrspur, während sich die Fahrer auf dem Seitenstreifen in einem lautstarken Wortgefecht gegenseitig die Schuld zuschoben. Hinter der Unfallstelle floß der Verkehr wieder zügig weiter.

»Ist das der letzte Kurs, den du machen mußt?« fragte Marcia in dem Bemühen, sich auf neutrales Gelände zurückzuziehen.

»Ich glaube schon«, sagte Gower. Ihm war nicht wohl in seiner Haut, obwohl er für solche Gespräche geschult worden war, die richtigen Antworten und Reaktionen regelrecht eingetrichtert bekommen hatte.

»Und dann kriegst du eine feste Stelle?«

»So ist das gängige Verfahren.«

»Man möchte meinen, sie müßten dir inzwischen wenigstens andeutungsweise gesagt haben, worum es sich dabei handelt.«

»Vermutlich irgendeine Stelle in der Verwaltung.« Immer herunterspielen, erinnerte er sich aus den Wie-antworte-ich-Kursen. »Auf diese Weise kann ich noch ein bißchen in die verschiedenen Abteilungen reinschnuppern, bevor ich mich endgültig entscheide.«

Um weiteren Staus auszuweichen, fuhr Gower vom Motorway und schlängelte sich auf Schleichwegen durch Chiswick. Er brachte sie direkt zum Zug nach Manchester zum Bahnhof.

»Ich habe ehrgeizige Pläne für dich«, erklärte sie.

»Das habe ich auch.« Und Bammel, mußte er insgeheim zugeben. Trotz der erschöpfend gründlichen praktischen und theoretischen Ausbildung und des Einzelunterrichts, den er in Oxford erhalten hatte, konnte sich Gower nicht vorstellen, wie es *wirklich* sein würde. In der Hoffnung,

Beistand zu finden, hatte er seinen letzten Ausbilder sogar auf dieses Problem angesprochen. Aber der hatte nur bestätigend genickt und gesagt, das sei kein Beruf, für den es so etwas wie eine richtige Lehrzeit gebe.

»Ich rufe dich heute abend an«, versprach Marcia, als sie am Bahnhof anhielten. Sie beugte sich noch einmal zur Tür herein, um ihr Gepäck vom Rücksitz zu nehmen. »Viel Spaß bei deinem Kurs.«

Gower küßte sie und sagte: »Du liegst völlig falsch: Du weißt doch, daß du falsch liegst, oder?«

»Wegen was?« Sie wußte es, wollte aber, daß er es aussprach, damit sie als unangefochtene Siegerin aus dem Streit hervorging.

»Daß ich mir nicht sicher bin. Was uns angeht. Ich war mir nie einer Sache sicherer. Ich *liebe* dich.«

Er brauchte nur eine halbe Stunde, um zum Hauptquartier in der Westminster Bridge Road zu kommen und zu dem Kabuff von einem Büro im fünften Stock. »Guten Morgen, Sir«, sagte er beim Eintreten höflich. »Ich bin Gower. John Gower.«

Charlie Muffin fragte sich, ob die Anrede »Sir« das einzige Positive an seinem neuen Job wäre. »Ihr erster Fehler«, sagte er.

Es war so ungewöhnlich, daß ein Ausländer ›Hartsitz‹ fuhr – die unterste und billigste Klasse in chinesischen Zügen, mit ungepolsterten Holzbänken, die sich nicht in Schlafliegen umwandeln ließen –, daß Snow noch mehr Aufmerksamkeit erregte, als er das sonst schon allein dadurch getan hätte, daß er *waiguoren* war, Ausländer. Snow erregte jedoch nicht nur deshalb Aufmerksamkeit, weil er Ausländer war. Mit seinen eins fünfundneunzig war er nicht nur ungewöhnlich groß, sondern auch noch spindeldürr, so daß seine schon vor langem gekauften Kaufhauskleider, die ihm an Armen und Beinen auch noch zu kurz waren, nirgendwo so recht zu sitzen schienen, sondern formlos an ihm herabhingen.

Die Erfahrung hatte ihn gelehrt, keine Unterhaltung zu erzwingen, sondern zu warten, daß Mitreisende ihr Englisch an ihm erprobten, was seit der Abfahrt aus Peking auch einige getan hatten. Ebenfalls aus langer Erfahrung, überließ er es grundsätzlich seinen Gesprächspartnern, den Verlauf des Gesprächs zu bestimmen, und stellte nie eine direkte Frage. Allerdings ließ er immer schon sehr bald durchblicken, daß er Mandarin sprach, um bei niemandem den Eindruck zu erwecken, er wolle sich seine Sprachkenntnisse zunutze machen, um das vogelartige Geschnatter um ihn herum zu belauschen. Bis zum ersten nächtlichen Zwischenaufenthalt dachte er schon, zwei Mitreisende – eine junge Studentin aus Shanghai und ein Mann mittleren Alters, der seinen Aussagen zufolge Arzt war – würden offene Kritik an der Regierung üben, doch obwohl er sie zur Fortführung des Gesprächs ermutigte, tat dies dann doch keiner von ihnen.

Am dritten Tag sah er auf einer parallel zur Bahnstrecke verlaufenden Straße einen langen Konvoi von Militär-Lkws mit Soldaten nach Norden fahren. Die Lkws sahen neu aus und schienen nicht in China hergestellt. Umgeben von so vielen, ihm unbekannten Menschen, von denen er nicht wußte, ob sich ein Spitzel unter ihnen befand, verzichtete Snow darauf, Fotos zu machen. Er zählte insgesamt siebenundvierzig Lkws.

Später hielt der Zug zur Wasseraufnahme fast direkt gegenüber einer Reihe getarnter, offensichtlich neuerrichteter Fabrikgebäude. In diesem Fall gelangen ihm unter dem Vorwand, die dampfumwölkte Lokomotive fotografieren zu wollen, drei Aufnahmen.

In Begleitung eines Führers würde er sehr stark eingeschränkt sein: vielleicht sogar überhaupt nicht mehr in der Lage, etwas Brauchbares zu beschaffen. Aber er hatte schon jetzt das Gefühl, genügend erreicht zu haben, um seine Reise rechtfertigen zu können. London würde tief beeindruckt sein. Ausgehend von dieser Selbsteinschätzung, spann der diesen Gedanken weiter: Und wenn sie beeindruckt *waren* – was sie eigentlich sein müßten –, versetzte ihn das in die Position, Gefälligkeiten zu erbitten: sogar Forderungen zu stellen. Also *würde* er gegen die völlig überflüssigen Erschwernisse protestieren, unter denen er zu operieren gezwungen war. Foster behauptete zwar, das sei auf Londons Veranlassung hin geschehen, aber Snow glaubte ihm nicht. Er war fest überzeugt, daß sich London lediglich nach dem richtete, was es mitgeteilt bekam, und nicht versuchte, ihm die Sache von außen unnötig zu erschweren. Dahinter steckte nur Foster, niemand sonst. Folglich war es Fosters Schuld, wenn es nach der Beschwerde zu einer Untersuchung käme.

Das war nicht unchristlich, dachte Snow noch einmal, um sich selbst zu bestätigen. Eine rein praktische Erwägung, mehr nicht. Und er würde sachlich und wahrheitsgemäß argumentieren, ohne Foster in den Rücken zu fallen.

6

Es kam zu einer längeren Phase gegenseitigen Taxierens, in der Charlie fand, daß Gower vor leuter Eifer blinkte wie eine Neonreklame: *Finden Sie mich sympathisch, finden Sie mich sympathisch.* Charlie fragte sich, ob er das tun würde. Gower war ein durchschnittlich großer, durchschnittlich gebauter Mann: schätzungsweise eins fünfundsiebzig groß, etwas über siebzig Kilo schwer – vielleicht auch schwerer – und unübersehbar gut durchtrainiert, allerdings nicht auf eine händequetschende, brustherausrekkende Art. Sein dunkles Haar war kurz, aber sehr dicht: Wenn es keinen guten Schnitt gehabt hätte, wäre es ihm wild vom Kopf abgestanden. Das Gesicht war ziemlich langgezogen, mit einem kantigen Kinn und einer Hakennase. Die Lippen waren voll, ein Eindruck, der durch das zutrauliche, Bitte-mag-mich-Lächeln verstärkt wurde: Daran änderte auch der eindeutig neue und noch nicht gestutzte Schnurrbart nichts. Aus den Augen unter den dichten Brauen blitzte derselbe Eifer. Ganz passabel, urteilte Charlie, nachdem er wie ein Automechaniker, der die einzelnen Punkte im Wartungshandbuch durchging, eine mentale Checkliste abgehakt hatte. Die Kleidung war ein Problem. Der Anzug dunkelblau, aber mit dicken, kreidefarbenen Streifen, tailliert, damit sich der Rockschoß makellos bauschte. Die Ärmel kurz genug, um den Blick auf das gestickte Monogramm an der linken, von massiven Goldknöpfen zusammengehaltenen Manschette des rosa Hemds freizugeben, dessen Knopfleiste eine blaugestreifte Etonkrawatte verdeckte. Die offensichtlich handgemachten Brogues blitzten vom vielen täglichen Polieren. Neidisch dachte Charlie, daß sie vermutlich sehr bequem waren: Da seine Hush Puppies unter dem Schreibtisch den Blicken seines Besuchers entzogen waren, hatte er sie abgestreift.

An Gowers linkem kleinem Finger steckte ein Siegelring mit einem Familienwappen, wie ihn Charlie an der Hand des neuen und unnahbaren Generaldirektors erwartet, aber nicht entdeckt hatte.

Gower war völlig baff über das Äußere – und die Begrüßung – des Mannes, der ihm in einem Raum gegenübersaß, der mehr wie das Kabuff eines Hausmeisters aussah als ein Büro. Den Sport- und Kampfunterricht hatten Gowers Ausbilder selbstverständlich im Trainingsanzug gehalten, aber die anderen Lehrer waren ausnahmslos ordentliche und gepflegte Männer gewesen, selbst wenn sie in typischer Akademikermanier Tweed- oder Sportsakkos getragen hatten.

Gower fiel keine passende Beschreibung für diesen Mann ein. Soviel er von seinem Anzug sehen konnte, war er von einem gedeckten Grün, möglicherweise mit einem schwachen Karomuster, obwohl er sich da nicht sicher war. Er war ausgebeult und formlos und zweifellos billig; darauf deutete zumindest die Art hin, wie das Jackett, fast als ob es ihm peinlich wäre, vom Hemd mit dem gewellten Kragen abstand. Die Krawatte, von einem grellen Blau, hatte zwei Fleckenmuster: ein weißes, das der Designer beabsichtigt hatte, und ein dunkleres, das von langer Benutzung und fehlgeleitetem Essen herrührte. Das graugesprenkelte Haar des Mannes wies keinerlei erkennbare Fasson auf und sah aus, als sei es abgefressen worden statt geschnitten, und zwar schon vor längerer Zeit, ganz unabhängig davon, welche Methode nun zur Anwendung gelangt war. Das Gesicht war rund, und um das Maß von Gowers Verwirrung vollzumachen, lag ein Ausdruck faltenlos offener Unschuld darauf, für den ihm keine andere Beschreibung einfiel als naiv. Denselben Eindruck vermittelten auch die braunen Augen, die Gower rasch von Kopf bis Fuß taxierten, bevor sie wieder zu seinem Gesicht zurückwanderten.

»Ich habe Anweisung, mich hier zu melden, Sir. In diesem Raum.« Gower hielt dem Mann den Terminvermerk mit der Büronummer hin, der bei der Kontrolle unten am Eingang abgestempelt worden war. Ob er auch mal so unsicher gewesen war? fragte sich Charlie. Und seine Ausbilder mit Sir angesprochen hatte? Wahrscheinlich: war ja auch schon lange her. »Was hat man Ihnen als Grund angegeben, weshalb Sie sich hier melden sollten?«

»Keinen.«

Charlie nickte, zufrieden, daß der Mann keine Zeit gehabt hatte, seinen Kopf mit irgendwelchen Vorstellungen zu belasten. »Wer hat Sie hergeschickt?«

»Der stellvertretende Direktor.«

Charlie deutete auf einen Stuhl mit einer Holzlehne und einer vom Alter durchhängenden geflochtenen Sitzfläche, der seitlich an der Wand stand. »Aber kippeln Sie damit nicht nach hinten. Das Ding hält nichts mehr aus: Es kracht Ihnen sonst unter dem Hintern zusammen.«

Gower zog sich den Stuhl etwas näher an den Schreibtisch heran und setzte sich vorsichtig. War der Mann absichtlich grob? Oder nur von Natur aus brüsk. Er erinnerte Gower an einen Altphilologieprofessor in Oxford, der einen ähnlich schroffen Umgangston gepflegt hatte: Seine Kommilitonen waren schließlich zu der Ansicht gelangt, er sei eine Folge der sexuellen Frustrationen seines Junggesellendaseins, bis er in einer öffentlichen Toilette nicht weit vom Balliol College wegen Belästigung festgenommen worden war. »Man hat mir auch Ihren Namen nicht genannt.«

Charlie runzelte die Stirn. »War das denn bei anderen Ausbildern der Fall?«

Gower zögerte, unschlüssig, was er antworten sollte. »Wir haben uns zwangsläufig näher kennengelernt.«

»Auch namentlich?«

»Natürlich.«

»Mit Vornamen? Nachnamen? Oder mit beidem?«

Gower wurde immer unsicherer. »Mit beidem, glaube ich.«

»Wurden Sie einem Festnahmetraining unterzogen? Wie man sich bei einem Verhör verhält? Bei Anwendung körperlicher Gewalt?«

Gower gestattete sich ein Lächeln, diesmal ein zufriedenes. »Ich habe mit dem besten Ergebnis abgeschnitten, jedesmal.«

»Würden Sie die Identität Ihrer Ausbilder preisgeben, wenn Sie inhaftiert würden? Einem intensiven Verhör unterzogen oder gar gefoltert?«

»Natürlich nicht!« sagte der junge Mann ungehalten.

»Was *würden* Sie tun?«

»Mich weigern natürlich! Widerstand leisten! Ich weiß, wie man das macht.«

Charlie nickte und sah kurz auf seinen Schreibtisch. Ohne den Kopf wieder zu heben, sagte er: »Der Familienring, den Sie da tragen?«

Gower war an das an einer Stelle abgeplattete Band aus Gold so gewöhnt, daß er es ansah, als überraschte es ihn, es an seinem Finger zu finden. »Sehr unbedeutend. Kein richtiger Titel: Geld auch keines.«

»Aber er trägt ein Familienwappen?«

Wieder runzelte Gower die Stirn. Er wollte es sich nicht anmerken lassen, aber er wurde langsam ungehalten. »Ja.«

»Wie finden Sie das Poster an der Tür hinter Ihnen?«

Gower drehte den Kopf herum: Der wacklige Stuhl knarzte bedenklich. Ohne zu begreifen, was das alles sollte, sagte er: »Schön.« Es war eine Gebirgsidylle mit schottischen Langhaarrindern.

»Ich finde es grauenhaft«, sagte Charlie, der es wenige Minuten vor Gowers Eintreffen aufgehängt hatte. »Sie sind doch Rechtshänder, oder?«

»Woher wissen Sie das?«

Charlie überging die Frage. »Und Sie sind im Auto hergekommen?«

Gower rang mühsam um Beherrschung. »Wir haben das Wochenende bei meiner Mutter auf dem Land verbracht: Wir sind heute morgen erst nach London hochgefahren. Warum?«

»Sie legen also großen Wert auf Ihre Kleidung?«

Gower sah Charlie total verwirrt an. »Ich verstehe nicht, was das alles soll!«

»Wie heißt der stellvertretende Generaldirektor?«

Gower blinzelte. »Patricia Elder.«

»Hat sie Ihnen ihren Namen gesagt?«

Gower hob vage die Schultern. »Ich ... das weiß ich nicht mehr. Doch ...« Es trat eine kurze Pause ein. Dann sagte er, sich direkt widersprechend: »Nein. Das waren Mitarbeiter. Als ich zu ihr gerufen wurde – und von ihr zu Ihnen geschickt wurde –, habe ich gehört, daß sie Patricia Elder heißt.«

»Noch mal zurück. Angenommen, Sie werden gefaßt. Würden Sie beim Verhör ihre Identität preisgeben?«

»Natürlich nicht!« sagte Gower so ungehalten wie zuvor.

»Sie würden sich weigern? Widerstand leisten?« Charlie schob ihm seine eigenen Worte unter.

»Ja.«

»Wie oft waren Sie schon hier, in der Westminster Bridge Road?«

Gower überlegte kurz. »Viermal.«

»Sie wissen, daß sich hier das Hauptquartier befindet?«

»Ja.«

»Sie würden das nicht verraten, auch nicht unter massivem Druck?«

»Soll das ein Verhör sein?« Gower versuchte vergeblich, aus dieser seltsamen Begegnung schlau zu werden.

»Würden Sie das tun?« Charlie ließ nicht locker.

»Ich glaube, Sie wissen die Antwort, auch ohne daß ich sie Ihnen sagen muß. Aber falls Sie dieses Gespräch aufzeichnen: Nein, ich würde es nicht verraten. Das wäre undenkbar.«

Charlie gab ein nachdenkliches Brummen von sich. »Dieses Gespräch wird nicht aufgezeichnet. Aber vielleicht könnte das nicht schaden.« Sicher wollten sie, daß er eine Art Protokoll anfertigte. Aber wahrscheinlich würden sie ihm genausowenig Beachtung schenken wie allem anderen, was er bisher in die neustrukturierte Chefetage im neunten Stock hochgeschickt hatte. Aber das machte nichts. Es hatten sich Mißstände eingeschlichen, die abgeschafft werden mußten.

»Ich glaube, ich habe ein Recht zu erfahren, was das eigentlich soll!« Schließlich ließ Gower seinem Ärger doch freie Bahn. »Mir ist dieses Theater von vorn bis hinten unverständlich: Es ist geradezu lächerlich!«

Wieder brummte Charlie nachdenklich. »Und Sie haben in Verhörtechniken optimale Resultate erzielt?«

»Ja!« sagte Gower, vor Ärger zu laut.

Charlie sah ihn eine Weile prüfend an. »Sie treten in den Außendienst ein. Und Sie haben Ihre Ausbildung bereits abgeschlossen? Sie wissen über alles Bescheid, was da auf Sie zukommt?«

Gower mußte an das Gefühl der Ungewißheit denken, das er vorhin im Wagen gehabt hatte: diese Ungewißheit, die ihm auch einer seiner früheren Ausbilder nicht hatte nehmen können. »Nein«, sagte er aufrichtig. »Ich glaube nicht, daß ich weiß, was da auf mich zukommt: *wirklich*, meine ich. Man hat mir erklärt, so etwas wie eine richtige Lehre gebe es dafür nicht. Nur ein vorbereitendes Training.«

Unerwarteterweise lächelte Charlie. »Bis zu einem gewissen Grad schon«, widersprach er. »Und darum geht es hier, um auf Ihre Frage von vorhin zurückzukommen ... um Ihre erste Lektion.«

»Ich weiß nicht ...«, begann Gower, um gleich wieder zu verstummen.

»... Wissen Sie, was Sie gelernt haben?« fragte Charlie und beantwortete seine Frage gleich selbst. »Noch nichts. Hoffen wir, das wird sich ändern, wenn ich es Ihnen erkläre.«

»Das hoffe ich schon die ganze Zeit.«

»Sie haben gerade einen sehr beschränkten Einblick in das bekommen, was nötig ist, um ein erfahrener Agent zu werden. Wirklich einen sehr beschränkten. Ein Kinderspiel im Vergleich zu dem Standard, den Sie erreichen müssen. Erreichen *werden*, bis wir miteinander fertig sind.«

»Ich kann Ihnen immer noch nicht ganz folgen.«

»Was war das erste, was ich beim Hereinkommen zu Ihnen gesagt habe?«

»Äh ...« Gower zögerte. »Irgend etwas von einem Fehler.« Er lächelte hoffnungsvoll.

»Was genau?«

Noch ein Zögern. »›Sie haben einen Fehler gemacht.‹«

»Meine genauen Worte waren: ›Ihr erster Fehler‹«, korrigierte ihn Charlie. »Sie haben sich in eine völlig unbekannte Situation begeben, ohne die geringste Ahnung, warum Sie hierherkommen sollten. Das haben Sie kurz danach selbst zugegeben – was ein weiterer Fehler war, weil man in einer unbekannten Situation niemals etwas zugibt, was man nicht zugeben muß. Außerdem erinnert man sich in einer unbekannten Situation an *jedes* Wort, das gesprochen wird: nicht an etwas, das dem *Sinn* nach gesagt wurde. An *alles*.«

»Verstehe.« Das war nun wirklich kindisch: blöd und überflüssig. Er glaubte nicht, daß er diesen Mann, der sich nicht mal vorstellen wollte, sympathisch fand.

»Nachdem Sie also in Verhörtechniken mit dem bestmöglichen Ergebnis abgeschnitten haben: dann sagen Sie mir doch, was Ihr erster Fehler war.«

Nach kurzem Schweigen gab Gower zu: »Das weiß ich nicht.«

»Sie haben Ihren Namen gesagt«, erklärte Charlie nüchtern.

»Ich bitte Sie, das ist ein offiziell vereinbartes Treffen! Wir hatten einen Termin! Ich bin davon ausgegangen, Sie wüßten, wie ich heiße.«

»Um so mehr Grund, Ihren Namen nicht zu sagen. In einer unbekannten Situation nimmt man, aber man gibt nicht.«

»Ich habe vom stellvertretenden Direktor persönlich Anweisung erhalten, hierherzukommen!« setzte sich Gower zur Wehr. »Und wir sind hier im Hauptquartier! Da ist es doch wohl selbstverständlich . . .«

». . . Man soll nie etwas für selbstverständlich halten«, unterbrach ihn Charlie mit Nachdruck. »Sie müssen *automatisch* richtig reagieren: In einer realen Situation haben Sie nicht die Zeit, sich vorher alles zu überlegen . . .« Um seinen Rat unverzüglich in die Praxis umzusetzen, fragte er: »Warum, glauben Sie, wollte ich wissen, ob Sie Rechtshänder sind?«

Gower zog die Schultern hoch und hielt den Kopf gesenkt, damit ihm der ältere Mann seinen anhaltenden Ärger nicht ansehen konnte. »Ich weiß nicht.«

»Wie habe ich es herausgefunden?«

»Auch das weiß ich nicht.« Aufgeblasenes Arschloch, dachte Gower.

»Ich habe den Stuhl so aufgestellt, daß Sie ihn verrücken mußten. Das haben Sie mit der rechten Hand getan, mit derselben Hand, mit der Sie mir den Terminzettel hingehalten haben. Dann habe ich Sie aufgefordert, ein Poster hinter Ihnen anzusehen: Sie haben über Ihre rechte Schulter geschaut . . .« Charlie hielt inne. »Sagt Ihnen das etwas?«

»Absolut nichts.«

»Dann hat man Ihnen entweder nichts beigebracht, oder

Sie haben vergessen, wie man einen Verfolger abschüttelt, wenn man glaubt, beschattet zu werden. Rechtshänder lassen automatisch alles über rechts laufen: Sie biegen nach rechts ab, achten mehr auf die rechte Seite als auf die linke. Lernen Sie, auf beide Seiten zu achten. Halten Sie sich nie an ein Schema.«

»Man hat mir gesagt, jedes Schema zu vermeiden.«

»Aber nicht, was rechts und links betrifft?«

Gower juckte es zu sagen, das sei ein läppischer Trick. Er tat es nicht. »Ich werde es mir merken«, versprach er, keineswegs überzeugt.

»Wenn ich Sie irgendwo da draußen auf der Straße observieren würde, ohne zu wissen, wo Sie wohnen oder wie Sie heißen, wie lange, glauben Sie, würde ich brauchen, um beides herauszubekommen? Nur aufgrund dessen, wie Sie heute hier ankommen?«

Ein weiterer Trick, vermutete Gower. »Das weiß ich nicht.« Das hatte er inzwischen schon ziemlich oft gesagt.

»Weniger als einen Tag«, setzte Charlie unerbittlich nach. »Ich weiß, daß Sie mit dem Auto gekommen sind. Das habe ich daraus geschlossen, daß Ihre Anzugjacke nicht zerknittert war: Selbst wenn Sie sie während der Zugfahrt abgelegt hätten, hätten Sie sie im Taxi oder im Bus anbehalten, so daß zu sehen gewesen wäre, daß sie vor kurzem getragen wurde. Also haben Sie sie während der Fahrt nach London abgelegt. Da Sie mit Ihrem eigenen Wagen hier sind, besteht die mehr als fünfzigprozentige Wahrscheinlichkeit, daß Sie ihn an einer Parkuhr abgestellt haben, zu der Sie anschließend wieder zurückgehen werden. Wenn Sie das tun, könnte ich mir Ihre Zulassungsnummer besorgen. Die Zulassungsstelle hat Ihren Namen und Ihre Adresse registriert: Sie gibt bereitwillig Auskunft bei offensichtlich offiziellen Anfragen nach Fahrzeugen, die möglicherweise in nicht gemeldete Unfälle verwickelt sind. Vergessen Sie nicht: Wenn Sie von offizieller Seite observiert werden – *ganz gleich, wo* –, gibt es öffentliche Einrichtungen, die man sich zunutze machen kann. Das Monogramm auf der linken Manschette

Ihres Hemdes würde eine Identifizierung selbstverständlich sofort bestätigen. Auf Ihrem Ring ist ein in der Mitte geteilter Schild; die linke Hälfte ist leer, die rechte enthält zwei gekreuzte Schwerter oder Lanzen. Ich könnte das Wappen im Heraldikamt überprüfen lassen. Nachdem ich so Ihren Namen herausgefunden hätte, könnte ich mich im *Who's Who*, im *Debrett* oder *Burke's* über Ihre Familiengeschichte informieren. Ich nehme mal an, daß ich bei dieser Gelegenheit feststellen würde, daß Ihr Vater tot oder Ihre Eltern geschieden sind: Sie haben mir freundlicherweise erzählt, daß Sie das Wochenende bei Ihrer ›Mutter‹ verbracht haben. Und Sie waren nicht allein. Sie haben von ›wir‹ gesprochen. Es war also entweder Ihre Freundin oder Frau dabei. Falls es Ihre Frau war, fände sich vermutlich ein entsprechender Eintrag in einem der bereits erwähnten Nachschlagewerke. Dann ist da noch die Etonkrawatte. Mit Hilfe der Schulunterlagen in Eton könnte ich feststellen, welche Universität Sie besucht haben: Oxford und Cambridge kämen dafür am ehesten in Frage. Dann eine Nachfrage bei den dortigen Studentenverbindungen und sonstigen Clubs, ob Sie verheiratet sind oder nicht.«

Gower sah darin immer noch reine Schikane, aber irgendwie hatte es auch etwas Beunruhigendes – als bespitzelte ihn jemand durch ein Loch in einer Toilettenwand. »Was genau soll ich Ihrer Meinung nach aus alldem lernen?«

Charlie hielt inne, um einen immer wiederkehrenden Fehler herauszugreifen, über den er noch nicht sprechen wollte. »Die Wichtigkeit exakten Beobachtens. Und die Nachteile, die es mit sich bringt, wenn man sich so deutlich von der breiten Masse abhebt. Ihr Anzug ist zu gut: und deshalb zu auffällig. Dasselbe gilt für Ihre Schuhe. Und das Hemd. Vor allem sollte es kein Monogramm haben. Ihren Ring sollten Sie auch nicht tragen: In Frankreich und in einigen wenigen exklusiven Kreisen Spaniens und Deutschlands wäre er vielleicht unverfänglich, aber es gibt keine Garantie, daß Sie je in exklusiven Kreisen zum

Einsatz kommen werden und schon gar nicht in Frankreich, Spanien oder Deutschland. Also würde Sie der Ring in einem Land, in dem Sie sich zu assimilieren versuchen, einem gutausgebildeten Beobachter als einen Fremden kenntlich machen, vor allem, wenn dieses Land irgendwo in Osteuropa oder Asien wäre. Die Krawatte ist identifizierbar und aus den eben genannten Gründen ebenfalls falsch.«

Mittlerweile platzte Gower fast vor Ärger. »Worauf wollen Sie nun eigentlich hinaus?«

»Ich habe Ihnen den wichtigsten Tip gegeben, den Sie seit Ihrer Aufnahme in den Nachrichtendienst bekommen haben«, sagte Charlie ruhig.

Gower beobachtete sein Gegenüber von dem Stuhl aus, der tatsächlich jeden Moment zusammenzubrechen drohte, und wünschte, er hätte – statt wütende Urteile zu fällen – besser aufgepaßt, um nicht schon wieder eine Frage stellen zu müssen. »Und der wäre?« fragte er, weil ihm keine andere Wahl blieb.

»Eine Beschreibung des perfekten Geheimagenten«, sagte Charlie. »Der perfekte Geheimagent ist jemand, der in der Menge nicht auffällt. Und genau zu so jemand möchte ich Sie machen.«

Gower wäre es lieber gewesen, er hätte sich nicht so unzulänglich gefühlt vor diesem Mann, der ihm auf der Straße nicht aufgefallen wäre: Und dann wurde ihm angesichts der unmittelbar vorangegangenen Definition des perfekten Geheimagenten plötzlich die volle Bedeutung dieses Gedanken bewußt. Er konnte sich gerade noch ein Lächeln verkneifen, nicht, weil er das alles so lustig fand, sondern weil er den Sinn der Lektion verstanden hatte. »Ich habe nicht sehr gut abgeschnitten, oder?«

»Es ging mir nie darum, daß Sie gut abschneiden. Oder schlecht. Nur darum, daß Ihnen mal von Grund auf klar wird, worum es bei Ihrem Job geht.« Hielten Schulmeister so Unterricht?

Das war genau das, was er unbedingt hatte herausfinden wollen, gestand sich Gower ein: Es war dumm von ihm gewesen, sich von seinem Ärger fortreißen zu lassen. »Sonst noch was, das ich falsch gemacht habe?«

»Ihre anderen Ausbilder hat es nicht gestört, daß Sie ihre Namen wußten?«

»Offensichtlich nicht.«

»Warum sollten Sie sie dann im Fall eines feindlichen Verhörs verschweigen? Und deswegen unnötige Belastungen auf sich nehmen?«

»Sie meinen, ich soll sie einfach sagen!« Gower war überrascht.

»Warum nicht? Sie haben ihre Namen nicht geheimgehalten: Warum sollten Sie also versuchen, sie zu verschweigen?«

»Aber das ist doch . . .«

». . . Verrat? Darüber ließe sich natürlich streiten. Aber unter Umständen, wie wir sie gerade diskutieren, müßten Sie den Druck, der auf Sie ausgeübt wird, möglichst reduzieren. Benutzen Sie also, wenn nötig, die Namen.«

Plötzlich hörte Gower sehr aufmerksam zu. Er war sich zwar noch nicht ganz sicher, aber ihm wurde zusehends deutlicher klar, was er zu tun hatte. »Wie verhält es sich unter solchen Umständen mit der Identität des stellvertretenden Direktors?«

»Genauso – jedenfalls, sobald offenkundig wird, daß Sie die Leute, die Sie verhören, definitiv identifiziert haben.« Charlie fand, es sah nicht schlecht aus.

»Und daß unser Hauptquartier in der Westminster Bridge Road ist?«

»Glauben Sie allen Ernstes, es gibt auf der ganzen Welt noch einen Geheimdienst, der nicht weiß, wo die Dienste der anderen Länder ihre Zentrale haben? Sogar die Autoren von Spionagethrillern wissen, wo wir sitzen!«

Nach längerem Schweigen sagte Gower schließlich: »Ich glaube, ich habe eine Menge gelernt.«

»Haben Sie nicht«, widersprach Charlie. »Sie haben gut drei Viertel dieses Treffens in unterschiedlichen Stadien der Verärgerung hinter sich gebracht. Was durchaus meine Absicht war. Also noch etwas, das Sie bei der Verhörwiderstandsausbildung entweder nicht gelernt oder wieder vergessen haben. In dem Moment, in dem Sie die Beherrschung verlieren, sind Sie schon verloren. Tot: möglicherweise sogar im wahrsten Sinn des Wortes. Vergessen Sie das nie. Vergessen Sie grundsätzlich nichts, was ich Ihnen beizubringen versuche, aber vergessen Sie vor allem das nicht.«

»Jedes andere Ausbildungsprogramm stand unter einem bestimmten Motto«, sagte Gower.

»Das hat auch eins«, sagte Charlie. »Wie überlebe ich.«

Charlie verfaßte drei Schreiben.

Im ersten wies er auf die nur zu offensichtlichen Gefahren hin, wenn Ausbilder es nicht für nötig hielten, ihre Namen vor den in Ausbildung befindlichen Mitarbeitern geheimzuhalten, und auf die noch größere Gefahr, wenn die Personalabteilung im innerdienstlichen Schriftverkehr die Identität des stellvertretenden Generaldirektors enthüllte.

Das zweite enthielt ein detailliertes Protokoll seines ersten Treffens mit John Gower.

In seinem dritten offiziellen Schreiben an Patricia Elder ersuchte Charlie darum, über jegliche Mitteilungen seitens John Gowers an sie in Kenntnis gesetzt zu werden. Dieses Ersuchen, betonte Charlie, sei von besonderer Dringlichkeit.

Nachdem er den offiziellen Schriftverkehr abgeschlossen hatte, kippte Charlie in seinem Sessel zurück und ließ den ersten Tag in seinem neuen Job, der ihm zutiefst zuwider war, Revue passieren. Er hatte sich wie ein richtiger Bastard aufgeführt, fand er. Aber von Rechts wegen war er ja auch ein Bastard. Das erinnerte ihn daran, daß er wieder mal seine Mutter besuchen mußte.

7

Natalia Fedowa hatte ständig vage Schuldgefühle wegen Eduard. Spätestens als er neunzehn wurde, zu dem Zeitpunkt also, als sie seine Gegenwart endgültig nicht mehr hatte ertragen können, war ihr Sohn zum genauen Ebenbild des Vaters herangewachsen, der sie beide verlassen hatte, als Eduard kaum drei Jahre alt war.

All die schlechten Erinnerungen – Erinnerungen, die sie aus ihrem Gedächtnis getilgt hatte – waren mit der offiziellen Benachrichtigung vom Tod ihres Mannes vor etwas mehr als einem Jahr wieder hochgekommen. Die Erinnerungen an das Saufen und die Schläge und das Rumgehure – die Nacht, in der sie Eduard in einer Frühgeburt zur Welt gebracht hatte, hatte ihr Mann mit einer Prostituierten verbracht –, das alles war mit einem Schlag wieder über sie hereingebrochen.

Aber wenigstens im ersten Jahr ihrer Ehe hatte er einen gewissen, nichts Gutes verheißenden Charme an den Tag gelegt, der in seiner Wirkung noch unterstützt wurde durch die Uniform eines Flottenoffiziers. Dieser Anfangscharme war der einzige Wesenszug, den Eduard nicht geerbt hatte. Als er an der Universität war, hatte sich das noch nicht so deutlich gezeigt: Nichts davon hatte sich damals schon so deutlich gezeigt. Es war erst zum Vorschein gekommen, als er auf die Kadettenschule gegangen war: sich für einen Mann zu halten begonnen hatte, der alles tun konnte, was ein richtiger Mann tun konnte. Verlassen hatte sie ein für sein Alter großer, vielleicht etwas zu sehr von sich selbst überzeugter junger Bursche. Aus der Kadettenakademie zurückgekehrt war ein vom Militärdienst verrohter, sich schlecht benehmender und noch schlechter riechender Fremder, der nur an den materiellen Vorteilen interessiert war, die sie ihm bieten konnte, wie zum Beispiel das Auto und die Wohnung in Mitninskaja. In letztere war er buchstäblich eingefallen mit den anderen Militärkadetten, die genauso widerwärtig und furchteinflößend waren wie er und von denen er sagte, sie seien seine

Freunde, die sie gefälligst sympathisch zu finden habe. Später waren sie, wenn sie nicht zu Hause war, mit ihren Huren angerückt und hatten in ihrer sorgfältig in Schuß gehaltenen Wohnung gehaust wie die Berserker, hatten die Einrichtung beschädigt, Dinge zerschlagen und einen unbeschreiblichen Schmutz hinterlassen. Noch immer schauderte es sie bei dem Gedanken an das Blut und die Flecken und die anderen Abscheulichkeiten, die sie bei ihrer Rückkehr in ihrem Bett vorgefunden hatte.

Trotzdem, trotz allem, war er immer noch ihr Sohn, ein Sohn, von dem sie das Gefühl hatte – und wohl immer haben würde –, daß sie ihn verstoßen hatte.

In den vergangenen Monaten, die sich inzwischen fast zu einem Jahr summierten, hatte sie sich solche Mühe gegeben, verstandesmäßig in den Griff zu bekommen, was emotional bei ihr ablief. Aber es war ihr nie so recht gelungen. Es war vielleicht lächerlich, aber es genügte nicht, sich lediglich den wahren Sachverhalt vor Augen zu halten. Daß es nämlich Eduard war, der sie verstoßen hatte: Nie ließ er etwas von sich hören – kein Brief, kein Anruf –, es sei denn, er war gerade wieder einmal eine Weile in Moskau. Und brauchte die Dinge, die sie ihrer hohen Stellung verdankte, um damit vor seiner Clique grabschender und kichernder Kumpane angeben zu können. Aber selbst diese ekelerregenden, unmöglich zu vermeidenden Besuche waren während des letzten Jahres in Mitninskaja unterblieben.

Und jetzt wohnte sie nicht mehr in Mitninskaja: einer der Vorteile, die ihre Beförderung mit sich brachte – und das in einem Land und in einer Stadt, in der es eigentlich keine elitären Bevorzugungen mehr geben sollte, auch wenn es sie immer geben würde. Sie hatte jetzt am Leninskaja Prospekt eine wesentlich luxuriöse, komfortablere und besser eingerichtete Wohnung, die ursprünglich Mitgliedern der inzwischen in Ungnade gefallenen Kommunistischen Partei vorbehalten gewesen war.

Ohne daran erinnert werden zu müssen, daß es wieder einmal so weit war, ging Natalia in die chromblitzende

Küche, um dem Baby das Fläschchen zu machen. Durch das Fenster über der mit einem Müllschlucker ausgerüsteten Spüle konnte sie das Denkmal des ersten russischen Kosmonauten sehen. Das schien schon so lange zurückzuliegen, obwohl es nach historischen Maßstäben erst gestern gewesen war.

Überhaupt kam ihr so vieles aus ihrer persönlichen Vergangenheit vor, als wäre es erst gestern passiert. Und nicht nur die Wohnung in Mitninskaja, mit der Küche, die so erheblich schlechter ausgestattet gewesen war als diese. Eine Wohnung, in der sie nicht mehr wohnte, rief sie sich in Erinnerung und versuchte sich zu konzentrieren, mehr Stringenz in ihre Gedankengänge zu bringen. Aber es war die einzige Adresse, die Eduard hatte: der einzige Ort, an dem er sie erreichen konnte. Sie unterlag jedoch immer noch der Kontrolle durch den russischen Geheimdienst. Wenn also Eduard versuchte, sie mit Hilfe ihrer alten Adresse aufzuspüren, würde er die neue nicht erfahren. Ob er es wohl versucht hatte, seit sie ausgezogen war? Ganz bestimmt, wenn er etwas von ihr gewollt hätte. Sollte sie Anweisung erteilen, ihm ihre neue Adresse mitzuteilen, falls er danach fragte? Oder von sich aus versuchen, ihn ausfindig zu machen? Mit der Macht, über die sie inzwischen verfügte – ein Ausmaß von Macht, das sie selbst nach mehr als einem Jahr noch manchmal überraschte -, hätte sie ihn und seine Einheit oder Truppe oder was auch immer vermutlich sehr schnell ausfindig machen können.

Falls er eine Einheit oder Truppe hatte. Aus den Satellitenstaaten und den nicht mehr länger föderierten Republiken war das ganze Militär abgezogen worden. Es war rascher und wirkungsvoller vernichtet worden, als das in einem Krieg je möglich gewesen wäre. Ob Eduard noch beim Militär war? Er hatte sich freiwillig gemeldet – war nicht eingezogen worden –, weshalb er einen gewissen Schutz genoß, aber wenn die Kürzungen auf dem militärischen Sektor auch nur annähernd so einschneidend waren, wie es in letzter Zeit geheißen hatte, dann war es durch die Reduzierung der Truppenstärke zu sehr drastischen Eingriffen in den Aufbau der regulären Armee gekommen. Auch wenn Eduard die Beförderungsprüfungen bestanden haben sollte, wäre er einer der dienstjüngsten Offiziere gewesen. Und die dienstjüngsten Offiziere würden im Zuge solcher Umstrukturierungsmaßnahmen als erste entlassen.

Natalia hatte die Flasche fertig und stellte sie zum Abkühlen beiseite, bis Alexandra aufwachte. Was würde Eduard nach der Entlassung erwarten, fragte sie sich schonungslos. Nichts, wußte sie. Kein Zuhause, keine Arbeit, kein finanzieller Rückhalt. Nichts. Also konnte er einer dieser Obdachlosen auf den Straßen Moskaus werden, einer dieser mit gesenktem Kopf und eingefallenen Wangen dahinschlurfenden Männer, an denen sie Tag für Tag vorbeifuhr, ohne sie richtig wahrzunehmen oder wahrnehmen zu wollen, weil sie sie nicht einmal als Individuen betrachtete.

Sollte sie sich wegen jemand quälen, der sie so schlecht behandelt hatte wie Eduard und der sie zweifellos auch weiter so schlecht behandeln würde, wenn sie wieder Kontakt mit ihm aufnahm? Es fiel ihr schwer, es nicht zu tun. Aber sie wollte nicht, daß sich Eduard wieder in ihr Leben drängte. Biologisch mochte er ja ihr Sohn sein. Aber mehr nicht. Und das war kaum genug. Sie hatte ihr eigenes Terrain: ihren eigenen Frieden. Sie war endlich etabliert. Sie leitete ein ganzes Direktorat – vielleicht sogar das *wichtigste* Direktorat – des reformierten russischen Geheimdiensts. Unantastbar. Sicher. Eine rasche Einschränkung: unantastbar und sicher, solange sie Fjodor Tudin keine Gelegenheit bot, an ihrem Stuhl zu sägen. Was sie nicht vorhatte. Und vor allem hatte sie Alexandra – natürlich immer abgekürzt zu Sascha.

Eine friedliche, etablierte Existenz, fand sie und ließ ihre Gedanken in eine vertraute Richtung wandern. Was sie *nicht* hatte, *konnte* sie nicht haben: Es war absolut unmöglich. Und weil es unmöglich war, konnte sie besser damit leben als mit ihrem Dilemma in Hinblick auf Eduard. Das stimmte nicht, korrigierte sie sich wieder einmal. Sie konnte nicht besser damit *leben*: sich nur besser damit abfinden, weil keine Aussicht bestand, daß sie Charlie jemals wiedersehen würde. Das Baby begann leise zu brabbeln, und Natalia holte die abgekühlte Flasche, bevor sie die Kleine zum Füttern aus ihrem Bettchen nahm.

»Möchtest du auch gern wissen, was dein Papa gerade macht, Sascha? Er würde dich bestimmt sehr liebhaben, wenn er von dir wüßte. Und sehr stolz sein. Ich weiß, er wäre sehr stolz. Er hat mir einmal erzählt, er hätte immer Angst davor gehabt, ein Kind zu haben, aber ich glaube nicht, daß er Angst hätte, wenn er von dir wüßte. Vor dir könnte niemand Angst haben.«

Natalia sah von der satten Kleinen auf, hinaus in die dunkler werdende Nacht, die sich über Moskau breitete. Was würde Charlie tatsächlich empfinden, wenn er wüßte, daß er eine kleine Tochter hatte?

Aufgeregt nahm John Gower beim zweiten Läuten den Hörer ab und lächelte erwartungsvoll.

Ohne eine Begrüßung sagte Marcia: »Du fehlst mir.«

»Du mir auch.«

»Genug, um mit mir zusammenzuziehen, damit wir immer zusammensein können, wenn ich in London bin?«

Gower zögerte. »Du hast gewonnen.«

»Das ist kein Spiel. Und auch keine Schlacht.«

»Ich kann dich immer noch rausschmeißen, wenn wir nicht miteinander auskommen.«

»Wer hat gesagt, daß ich zu dir ziehe?«

»Du kannst mich immer rausschmeißen.« Er mußte noch lernen, ständig mit jemand zusammenzuleben – genauso, wie er sich auf alles andere einstellen mußte.

»Wie ist der Kurs?« erkundigte sich Marcia.

»Ganz okay.« Diesmal war die Pause länger als zuvor.

»Was für ein Kurs ist es?«

Wieder ein Zögern. »Schwer zu beschreiben, wirklich. Ich würde sagen, es geht darum, wie weit ich das, was ich bisher gelernt habe, schon in die Praxis umsetzen kann.«

Gower war sich keineswegs sicher, ob das stimmte, aber was Besseres fiel ihm im Moment nicht ein.

»Wie sind die Leute?«

Nur zu offensichtlich ging sie von einer Klasse aus. »Komisch«, sagte er wahrheitsgemäß. Er gab das Urteil über seinen Lehrer füßescharrend ab.

»Sympathisch?«

»Das kann ich jetzt noch nicht abschätzen.« Er hatte alle Punkte beherzigt, die ihm beim ersten Treffen einleuchtend erschienen waren, und war nun gespannt auf das Resultat. Jedenfalls war er sicher, die richtige Entscheidung getroffen zu haben. »Wie geht's in Manchester?«

»Für heute abend hatte ich zwei Einladungen zum Abendessen. Einer meiner beiden Verehrer hat einen Goldzahn und behauptet, einen Rolls-Royce zu fahren.«

»Hast du eine angenommen?«

»Möchtest du das?«

»Würde ich nein sagen, hieße das, ich traue dir nicht. Und da ich dir traue, geht es mich nichts an.«

»Aber möchtest du, daß ich zusage?«

»Nein.«

»Das habe ich mir auch gedacht. Deshalb habe ich beiden abgesagt.«

Es dauerte Tage, bis Charlie Julia Robb endlich im Lift nach unten erwischte. Sie gab kein Zeichen des Wiedererkennens.

»Ich wollte Ihnen noch für neulich danken.«

»Wofür?«

»Miller hat ständig die Sprechanlage an, stimmt's? Damit er hören kann, was im Vorzimmer gesprochen wird? Hätte ziemlich peinlich für mich werden können. Drum vielen Dank.«

Sie bestätigte nichts, aber sie lächelte, sehr kurz.

»Ich glaube, dafür bin ich Ihnen was schuldig«, setzte Charlie nach. »Darf ich Sie mal auf einen Drink einladen?«

»Ich dachte, das hätten wir bereits geklärt.«

»Wegen der eingeschalteten Sprechanlage.«

Diesmal war ihr Lächeln breiter. »Nur auf einen Drink?«

Mit offenem Gesicht sah Charlie die gemeinsame Privatsekretärin des Generaldirektors und seiner Stellvertreterin an. »Was denn sonst?«

»Ich werd's mir überlegen.«

Manchmal waren die alten Tricks die besten, dachte Charlie.

8

Über längere Phasen hinweg – in einem Fall sogar insgesamt sechs Monate lang – hatte sich Charlies Mutter wiederholt vollständig aus der Realität zurückgezogen, unerreichbar in einem Zustand totaler Katatonie. Mit der Entwicklung neuer Medikamente hatte sich das grundlegend geändert. Auch wenn sich an ihrer fortgeschrittenen Senilität nichts geändert hatte, war sie inzwischen unverändert wach und aufgekratzt, und ihr Mundwerk war unablässig in Bewegung. Die größtenteils recht einseitig verlaufenden Gespräche waren wirr und unzusammenhängend, die Namen der Männer, mit denen sie prahlte, eher eingebildet als erinnert. An diesem Nachmittag bezeichnete sie zwei Männer verschiedenen Namens als Charlies Vater, von denen Charlie selbst jedoch keinen für seinen Erzeuger hielt, und sie sprach Charlie zweimal mit William an. Er blieb eine Stunde im Altersheim und verabschiedete sich mit dem üblichen Versprechen, bald wiederzukommen, das er auch auf dem Weg nach draußen im Büro der Heimleiterin wiederholte, ohne sich auf einen bestimmten Termin festzulegen: Es verstand sich ganz von selbst, jede noch so harmlose Routine zu vermeiden, und sei es auch nur etwas so Belangloses wie die Besuche bei seiner an Alzheimer leidenden, bettlägerigen Mutter. Genauso verstand es sich auch von selbst, daß er sich beim Verlassen des Altersheims umsah, ob auf dem Parkplatz irgendwelche Fahrzeuge standen, in denen jemand saß. Doch dann zwang er sich, Schluß damit zu machen, wie er wenig später auch bewußt darauf verzichtete, auf der kurvenreichen Straße, die vom Heim fortführte, nach Verfolgern Ausschau zu halten.

Das konnte er sich von nun an sparen. Er war nicht mehr aktiv: Er war kein Agent mehr, der ständig auf der Hut sein mußte und nie richtig abschalten durfte. Charlie fand sich damit ab, daß er praktisch in Pension war: wie diese traurigen, geistig verfallenden Menschen, von denen er gerade kam, die reglos in ihren Sesseln saßen und nur noch im Gestern lebten.

Als Charlie in seinem Leihwagen der Hauptstraße erreichte, rückte auch die wichtigste Entscheidung des heutigen Tages unaufhaltsam näher: Wo sollte er zu Mittag essen? Da war das Stockbridge Hotel, das seine Mutter bevorzugt an die Mitglieder eines der exklusivsten Angelclubs Englands vermietete. Oder etwas weiter ein Landgasthof. Oder er wartete, bis er nach London kam. Der Landgasthof, entschied er. In der Umgebung seiner neuen Wohnung in Primrose Hill hatte er noch immer kein Lokal gefunden, in dem er sich wirklich wohl fühlte: lauter Vinotheken und Mobiltelefone, die nie läuteten. Südlich der Themse hatte sich Charlie wesentlich mehr zu Hause gefühlt: wie ein Tier, das sein Revier kannte. Aber das war ihm jetzt versagt. Nicht einmal mehr ein gelegentlicher Besuch im Pheasant war drin, wo es die besten Pork Pies von ganz London, Bier vom Faß und einen vorzüglichen Islay Malt gab.

War es ihm wirklich noch immer versagt? Hatte er nicht eben entschieden, daß er auf so etwas nicht mehr zu achten brauchte, weil er kein Aktiver mehr war? Ja. Nein. Konfuses Selbstmitleid, dachte Charlie verärgert. Natürlich durfte er sich dort nicht mehr blicken lassen, nicht einmal auf einen gelegentlichen Pubbesuch. Es bestand kein Zweifel – es gab Beweise! –, daß die Russen die Wohnung in Vauxhall im Zuge der Zieloperation, an der Natalia beteiligt gewesen war und deren Zweck ihm nach wie vor unklar war, entdeckt hatten: Ungeachtet ihres Scheiterns und der mittlerweile drastisch veränderten Verhältnisse in Moskau konnte er nicht zurück.

Das Gasthaus lag an dem Fluß, an dem die Mitglieder des exklusiven Clubs ihre Angelruten auswarfen und der immer noch über einen der besten Fischbestände ganz Englands verfügte, und das – ironischerweise – trotz der Verschmutzung durch die umliegenden Fischfarmen, in denen Forellen so groß wie Wale gezüchtet wurden. Da die Speisekarte behauptete, der Lachs sei in heimischen Gewässern gefangen, ließ es Charlie auf einen Versuch ankommen. Das Bier war gut – nicht so gut wie im Pheasant, aber nicht übel –, und er bekam einen Tisch im Freien, mit Blick auf den rasch fließenden, insektenschwärmenden Fluß.

Der Ärger über die Art, wie er gerade wieder an seine alte Wohnung in Vauxhall gedacht hatte, ließ ihn nicht mehr los, wurde sogar spezifischer. Was sollte eigentlich dieses blöde Selbstmitleid? Na schön, er war also in seinem Stolz gekränkt. Aber wenigstens war es ein Auftrag. Bis auf weiteres oder vielleicht auch für immer war er jetzt ein Lehrer. Was ihm, oberflächlich betrachtet, gründlich gegen den Strich ging. Aber hatte er sich bei seinem ersten Treffen mit John Gower etwa nicht als ein schikanöser Scheißkerl von der schlimmsten Sorte erwiesen? Warum also erfüllte er die ihm zugeteilte Aufgabe nicht nach seinen besten, von ihm selbst nie bezweifelten Kräften? Eine Aufgabe, die darin bestand, John Gower die permanente Bereitschaft und Befähigkung zur Selbsterhaltung einzuimpfen. Damit John Gower genauso gut wurde, wie er früher gewesen war.

Irgendwo weit weg, im Innern des Lokals, wurde die Nummer seiner Bestellung gerufen. Charlie wurde aus seinen Gedanken gerissen und kehrte wieder in die Gegenwart und an seinen Platz am Wasser zurück: Der Lachs hatte eine vernünftige Größe, kein Fischfarmmonster, und er schmeckte erdig frisch. Äußerlich war Charlie zufrieden.

Konnte er John Gower – konnte er *irgend* jemand – zu seinem Alter ego machen? Charlie spürte, wie sich sein Ehrgeiz regte und das Selbstmitleid noch stärker in den Hintergrund trat. Er wußte es nicht: konnte es nicht wissen, solange er es nicht versuchte. Und er beschloß, es zu versuchen: die Aufgabe zu übernehmen, die man ihm gegeben hatte, wobei er in einem verborgenen Winkel seines Hirns vielleicht noch immer hoffte, er möchte nur vorübergehend vom aktiven Dienst suspendiert werden und eines Tages wieder zum Einsatz kommen. In der Zwischenzeit würde er alles in seiner Macht Stehende versuchen, Gower und wer nach ihm noch kommen mochte zu den denkbar besten Geheimagenten zu machen.

Nachdem er sich zu dieser Entscheidung durchgerungen hatte, empfand Charlie . . . ja, was? Unlogischerweise schien es Erleichterung zu sein. Das ergab zwar keinen Sinn, aber es war das, was der Sache am nächsten kam. Was noch unlogischer war: Erst jetzt, während er in der Frühlingssonne an einem Fluß in Hampshire einen perfekten Fisch zerlegte, hatte er so richtig begriffen, womit er da beauftragt worden war. Nein, nicht begriffen: *akzeptiert.* Und zwar, indem er, wie es sich für einen echten Profi gehörte, seinen ganzen Stolz und seinen Ärger beiseite geschoben hatte, um zu denken anzufangen wie der Lehrer, der er jetzt war. Er würde sich aufrichtig bemühen, John Gower alles beizubringen, was er in seinem von Schrammen und Beulen begleiteten Leben über die hochspezialisierte Kunst gelernt hatte, seinen Arsch zu retten. Oder sich zumindest seinen Arsch nicht zu sehr zu verbrennen.

In der Hoffnung, auf seine erste Begegnung mit dem jungen Mann möchte irgendeine Form von Reaktion erfolgen, hatte Charlie bis zu seinem nächsten Treffen mit Gower absichtlich einen Tag verstreichen lassen. Aber als er am nächsten Tag in sein Büro kam, war nichts Offizielles aus dem neunten Stock eingetroffen. Obwohl er einsah, daß es vermutlich zuviel verlangt war, gleich beim erstenmal damit zu rechnen, war Charlie enttäuscht.

Erst am späten Nachmittag, es war schon vier vorbei, wurde er aufgefordert, zu Patricia Elder zu kommen. Diesmal trug sie ein anderes Kostüm, blau, aber nach wie vor streng und sachlich. Das ergrauende Haar wirkte ordentlicher als das letzte Mal, und Charlie nahm an, daß sie es sich wieder hatte schneiden lassen. Er fand es immer noch falsch. Die neue Kürze ihrer Frisur brachte die ohnehin sehr ausgeprägten Gesichtszüge, die keiner weiteren Hervorhebung bedurften, noch stärker zur Geltung. Die zwei Blumengestecke waren immer noch da, nur die Blüten waren ausgewechselt worden: Sie sahen frisch aus. Die Ordner waren diesmal nicht mehr da.

»Sie haben ja schon einiges zu bemängeln gefunden«, sagte sie sofort. »Und das bloß nach einem Treffen mit Gower.«

»Diese Aufgabe ist ganz neu für mich: Ich bin nicht sicher, was von mir erwartet wird.«

»Ihr Bestes.« Die schwarzen Augen bohrten sich in ihn.

Luder, dachte Charlie. »Ich halte es für einen Verstoß gegen die Sicherheit, wenn Dozenten in den Ausbildungszentren ihre Namen preisgeben. Sie nicht?«

In wortloser Zustimmung senkte die Frau den Kopf. »Um dem in Zukunft vorzubeugen, habe ich bereits ein entsprechendes Rundschreiben rausgehen lassen.«

»Seit wann wird das geduldet? Seit wann ist das eingerissen?«

Es folgte eine weitere Kopfbewegung. »Zur Klärung dieser Frage habe ich eine Untersuchung angeordnet.«

»Sie werden eine Menge Lügen aufgetischt kriegen und auf keinen Fall irgendwelche brauchbaren Daten. Ich an Ihrer Stelle würde es anders herum anpacken: Erkundigen Sie sich bei Mitarbeitern, die in den . . .«, Charlie machte eine Pause, um sich einen vernünftigen Zeitraum zu überlegen, ». . . in den letzten vier, fünf Jahren ausgeschieden sind.«

Patricia Elder seufzte. »Ich bin sogar sechs Jahre zurückgegangen.«

»Gut«, sagte Charlie zufrieden.

»Ich bin beeindruckt, falls es das ist, was Sie hören wollen.«

»Nein«, sagte Charlie nicht ganz wahrheitsgemäß: Denn er versuchte, diese Frau, die bis auf weiteres Macht über ihn hatte, zu beeindrucken. »Und was ist damit, daß die Personalabteilung überall mit Ihrem Namen hausieren geht?«

»Die entsprechenden Rügen sind bereits erteilt worden. Es wird nicht wieder vorkommen.«

»Haben Sie jede Mitteilung überprüft, die Sie seit Ihrer Amtsübernahme haben rausgehen lassen?«

»Sie sollen nicht *mich* ausbilden!«

Voller Genugtuung stellte Charlie fest, daß keine Entrüstung in ihrem Protest mitschwang. »Ich habe eine dritte Mitteilung geschrieben.«

»Ich habe sie gelesen.«

»Und?« half ihr Charlie auf die Sprünge.

»Dem Sicherheitslog zufolge ging ihr Treffen mit John Gower um fünfzehn Uhr neununddreißig zu Ende. Am selben Nachmittag erhielt ich eine um sechzehn Uhr zwanzig datierte Mitteilung von John Gower, in der er mich darauf aufmerksam machte, daß Sie ihm geraten hätten, im Fall eines feindlichen Verhörs neben den Namen aller Ausbilder, die ihm ihre Identität enthüllt hätten, auch meine Identität und die Lage dieses Hauptquartiers zu verraten.«

Charlie grinste bis über beide Ohren. »Großartig! Hat er irgendeine Empfehlung geäußert? Zum Beispiel darauf hingewiesen, daß ich ein Sicherheitsrisiko sei?«

Stirnrunzelnd beugte sich Patricia Elder über den Schreibtisch. »War es das, was Sie damit beabsichtigt haben? Ein Test, ob er reagieren würde?«

»Natürlich war es ein Test!« sagte Charlie. »Und er hat die Prüfung bestanden.«

»Was wäre gewesen, wenn er Sie nicht gemeldet hätte?«

»Mir wären gewisse Zweifel gekommen, ob er wirklich einmal der Agent wird, der er werden soll.«

»Würden Sie unter verschärften Verhörbedingungen diese Informationen preisgeben?«

»Jede.«

»Ist das Ihr *Ernst?*«

»Natürlich ist das mein Ernst. Wenn ein Ausbilder blöd genug ist, seinen Namen zu sagen, ist es seine eigene Schuld, wenn der Feind eine Akte über ihn anlegt. Und wenn hier die Sicherheitsvorkehrungen so lax gehandhabt werden, daß Ihr Name in Mitteilungen ganz offen genannt wird, dann verdient es auch Ihre Identität nicht anders, als allgemein bekannt zu werden. Und was ich ihm über dieses Gebäude gesagt habe, ist vollkommen richtig: Unsere Adresse können Sie vermutlich an jeder Klowand in der Äußeren Mongolei finden. Warum sollte sich jemand, dessen Eier sowieso schon im Schraubstock stecken, noch mehr Ärger einhandeln, bloß weil wir hier keine Profis für die Ausbildung haben?«

»Der alte Kalte-Krieg-Krieger!« bemerkte die Frau spöttisch. »Abgesehen davon bin ich nicht sicher, ob man heute bei einem Verhör noch die Eier in einen Schraubstock gespannt kriegt.«

Charlie nahm ihr die sarkastische Erwiderung nicht übel. »Auf jeden Fall, sobald die Leute, die einen verhören, glauben, man wüßte was, was wirklich wichtig ist. Und was die laxe Sicherheit betrifft, stimmen Sie auch mit mir überein: Andernfalls hätten Sie nicht die verschärften Maßnahmen angeordnet, von denen Sie mir eben erzählt haben.« Charlie war sich nicht sicher, aber er glaubte, sie leicht erröten zu sehen – als wäre es ihr peinlich, so leicht zu durchschauen zu sein.

»Es läuft also schon mal ganz gut an!« sagte sie forsch. Nur zu offensichtlich wollte sie zum nächsten Punkt übergehen.

»Ich kann jedenfalls nicht klagen.«

»Haben Sie eine Idee, wie lange es dauern wird?«

»Noch nicht.« Charlie runzelte die Stirn. »Oder besteht Grund zur Eile?«

»Ganz und gar nicht«, sagte die Frau lächelnd.

Es war eine jener Unerklärlichkeiten des chinesischen Alltags, an die sich Jeremy Snow schon lange gewöhnt hatte:

Obwohl Zhengzhou eine Großstadt war, gab es am Bahnhof kein *luxingshe*, kein Fremdenverkehrsbüro. Der erste Bahnbeamte wußte nicht, wo das Jasmine Hotel war. Den Aussagen eines zweiten zufolge schien es zu weit entfernt, um es zu Fuß zu erreichen. Snow nahm ein Fahrradtaxi und wurde sofort von einem Schwarm von Radfahrern umwuselt: Genau wie die Fische, an die sie ihn erinnerten, drohten sie jeden Augenblick zusammenzustoßen, berührten sich aber in Wirklichkeit kein einziges Mal. Er sah, daß mehrere Radfahrer Atemschutzmasken trugen, und fragte sich, ob er seine wohl bald überstreifen müßte.

Als er im Hotel eintraf, saß Li Dongming geduldig im Foyer, kam aber sofort auf ihn zugeeilt, als er sich an der Rezeption meldete. Sein offizieller Reisebegleiter ließ sich zu keinem begrüßenden Lächeln hinreißen, nur zu einer ansatzweisen Verbeugung. Die Brille verstärkte noch die unnahbar-offizielle Ausstrahlung. Die Ohren des Mannes standen so stark ab wie auf dem Foto, das Snow in Peking erhalten hatte. Er war extrem klein, kaum mehr als eins fünfzig groß, was in einem geradezu grotesken Kontrast ihrer Körpergrößen resultierte.

Der ihnen zugewiesene Schlafraum war klein, nur mit zwei Betten ausgestattet.

»Das andere ist für mich«, sagte Li. »So ist es doch am besten, finden Sie nicht auch?« Er mußte sich recken, wenn er mit dem Geistlichen sprach.

»Ja«, sagte Snow, nicht ganz sicher, womit er sich eigentlich einverstanden erklärte.

9

Die nächste Sitzung fing gut an. Gower trug nur gedeckte Sachen. Das Hemd war einfach weiß, ohne Monogramm, die Krawatte ein Standardblau und der Kaufhausanzug unauffällig. Den Siegelring hatte er weggelassen. Er sprach Charlie weiter mit ›Sir‹ an. Irgendwie muß er mich ja anreden, dachte Charlie.

Er hatte ganz bewußt das Zentrum in Berkshire ausgesucht, weil er wußte, daß Gower dort *nicht* ausgebildet worden war: hätte gerade noch gefehlt, daß seine Identität bekannt wurde, bloß weil er mit Ausbildern zusammenarbeitete, die es mit der Sicherheit nicht so genau nahmen.

Charlie ließ Gower den Motorway nehmen. Nach einer halben Meile wollte er von ihm wissen, wie viele Fahrzeuge er überholt hatte, seit sie sich getroffen hatten, und welche Autos, die ursprünglich hinter ihnen gewesen waren, noch immer in ihrer Nähe waren.

»Es folgt uns jemand!« rief Gower. »Das ist ein Test!« Er warf immer wieder hastige Blicke in den Rückspiegel.

»Bald haben Sie es nicht mehr nur mit einer Übungssituation zu tun. Wenn Sie mal richtig im Einsatz sind, müssen Sie auf so was ganz automatisch achten. Ihre Aufmerksamkeit darf keine Sekunde nachlassen. Sie müssen *immer* wissen, was um Sie herum passiert.«

»Selbst wenn ich nicht im Einsatz bin?«

»Immer«, betonte Charlie. Er war nicht glücklich über das leichte Kopfschütteln seines Lehrlings.

»Folgt uns jemand?«

»Das würde ich gern von Ihnen hören.«

Gower schwieg eine Weile. Dann gab er zu: »Ich weiß nicht, wie man in so einem Fall einen Verfolger ausmacht.«

Charlie war froh, daß Gowers Geständnis nicht länger auf sich hatte warten lassen: Die Ausfahrt wurde bereits angezeigt. »Langsamer, auf die Innenspur. Merken Sie sich die Fahrzeuge hinter uns. Und die vor uns auch. Aus einem fahrenden Auto ist ein Objekt genauso leicht von vorn zu beobachten wie von hinten. Sie müssen bloß immer gleich schnell fahren.«

Gower tat, was ihm Charlie aufgetragen hatte. Nervös checkte er die Autos vor und hinter sich. »Soll ich die Ausfahrt nehmen?«

»Geben Sie bis zum letzten Moment kein Zeichen, daß

Sie abbiegen: So können Sie jeden vor Ihnen abhängen. Nehmen Sie die Ausfahrt. Beobachten Sie, wer hinter Ihnen ist . . .« Hinter ihnen ertönte ein wütendes Hupen, weil Gower erst in letzter Sekunde geblinkt hatte. »Der soll uns mal«, brummte Charlie. »Fahren Sie bis zum Kreisverkehr unter dem Motorway. Damit wären wir schon beim nächsten Punkt: Fast überall auf der Welt münden größere Autobahnausfahrten in einen Kreisel, von dem ein Zubringer abgeht, der auf die Autobahn zurückführt. Fahren Sie einmal im Kreis herum . . . beobachten Sie, was sich hinter Ihnen tut. Ist da jemand?«

»Ein roter Ford . . . nein, er ist abgebogen.«

»Dann nehmen Sie jetzt die Auffahrt zum Motorway, damit wir in der gleichen Richtung weiterfahren können.«

»Was müßte ich im Ernstfall tun, wenn ein Wagen hinter mir bleibt?«

»Abbrechen«, erklärte Charlie. »Aber vernünftig. Vor allem keine Panik. Und auf keinen Fall zum Ausgangspunkt zurückfahren: Panik ist immer ein Zeichen, daß man was zu verbergen hat. Würde es sich hier um einen Ernstfall handeln, würden wir die nächste Ausfahrt nehmen, an der eine einigermaßen große Stadt angezeigt ist. Das würde das erste verdächtige Manöver erklären: Wir wären versehentlich zu früh vom Motorway abgefahren. In jeder größeren Stadt gibt es irgendwelche historischen Sehenswürdigkeiten. Wir wären Touristen, die sie besichtigen wollen. Und danach würden wir gemütlich wieder zurückfahren.«

»Und dann?«

»Was ich gesagt habe: abbrechen.«

»Eine Mission abbrechen?« Gower schien überrascht.

Stirnrunzelnd sah ihn Charlie an. »Was denn sonst? Oder wollen Sie die Person, die hinter Ihnen her ist, mit der Nase draufstoßen, was Ihre Mission ist?«

»Das scheint mir . . .«, begann Gower stockend. Er suchte nach den rechten Worten.

Charlie kam ihm zuvor. »Was war das letzte, was ich Ihnen bei unserem ersten Treffen gesagt habe?«

»Etwas . . .« Gower verstummte abrupt. In der Annahme, daß es sich um einen weiteren Test handelte, erinnerte er sich an die Anweisung, sich alles Wort für Wort zu merken. »Ich habe gefragt, ob dieses Ausbildungsprogramm unter einem bestimmten Motto steht. Und Sie haben gesagt: ›Wie überlebe ich.‹«

Charlie lächelte zufrieden. »Wenn Sie denken, eine Operation sei aufgeflogen, dann nichts wie raus: Retten Sie sich selbst und vielleicht auch die Operation. Lassen Sie jemand anderen für Sie übernehmen . . .« Charlie merkte, daß Gower etwas sagen wollte. »Aufgeben ist nicht gleichbedeutend mit Scheitern. Das ist nur professionelles Vorgehen.«

»Da habe ich bisher aber was anderes gehört.«

»Hergott noch mal, jetzt schminken Sie sich endlich mal Ihre Eliteschulenflausen ab. Sie sind hier keinem Club beigetreten, für den Sie Ihr Vater schon bei der Geburt angemeldet hat. Auf den Straßen räumen Straßenkehrer und Müllmänner den Dreck weg, den die Leute machen. Unser Job ist es, den Dreck wegzuräumen, den Regierungen und Nationen machen.« Er mußte an den fast identischen Wortwechsel mit Patricia Elder denken: Sie schien das anders gesehen zu haben.

Gower nahm die Ausfahrt vom Motorway und setzte seinen Weg durch Berkshire fort.

»Ist das nicht auch eine Art von Snobismus, bloß mit umgekehrten Vorzeichen?«

»Reinste Objektivität«, erklärte Charlie. Das war nicht ganz richtig, mußte er zugeben. Immer ein Problem: immer eine selbst eingestandene Schwäche. Er war nicht glücklich darüber, daß die dahinterstehende Einstellung sichtbar geworden war.

In dem von Kletterpflanzen überwucherten georgianischen Herrenhaus mußten sie sich in der riesigen Eingangshalle an der Rezeption in ein Buch eintragen. Der Mann, der ihre Ankunft vermerkte, hatte eine auffallend stramme Haltung. Sicher hatte er mehrere Orden zu Hause, dachte Charlie. Er hatte Patricia Elders Drohung noch sehr deutlich in Erinnerung: Unterrichten war auf jeden Fall besser als in einem konspirativen Haus den Wachmann zu spielen. Charlie entschied sich für eine Vorbereitungszeit von fünfzehn Minuten, und ohne auf Gowers fragenden Blick zu reagieren, führte er ihn in einen kleinen, aber tadellos gepflegten Salon.

Auf dem Flügel im größeren der zwei mit großen Fenstern versehenen Vorbauten stand eine Schale mit Rosen. Rechts davon befanden sich ein niedriger Tisch und zwei Sessel. Auf dem Tisch lagen verschiedene Zeitschriften. Neben der Tür stand eine Vitrine mit Porzellanfiguren. Den unbenutzten Kamin füllte ein Trockenblumenstrauß. Auf dem reichverzierten marmornen Kaminsims standen zwei Porzellanfiguren rotberockter georgianischer Soldaten und dazwischen eine Porzellanuhr mit einem verglasten Unterteil, durch das man das Uhrwerk sehen konnte. Den Platz vor dem Kamin nahm eine große, von zwei Sesseln flankierte Couch ein. Vor der Feuerstelle war eine gepolsterte Lederabdeckung angebracht, in deren einer Ecke eine Zeitschrift steckte. Auf der linken Seite waren zwei Bücherregale, eines offen, das andere mit einer Glastür und geschlossen. Das offene hatte eine Leseablage. Eines der Bücher, die darauf lagen, war aufgeschlagen. Gleich daneben stand ein Tisch mit einer Glasplatte und einem Telefon darauf. Die Vorhänge im zweiten Fenstervorbau waren so drapiert, daß sie oben an der Stange fast zusammenstießen und in elegantem Schwung bis auf den Boden fielen. Gehalten wurden sie von dickgeflochtenen, roten Seilen.

»Raumdurchsuchung!« schaltete Gower sofort.

»Standardreglement«, bestätigte Charlie. »Es ist ein Raum, der Ihnen zugeteilt worden ist, möglicherweise in unfreundlicher Umgebung. Sie halten sich kurz darin auf, dann verlassen Sie ihn wieder. Sie müssen die Hinweise spezifizieren, daß er durchsucht wurde.«

Gower ging nur einmal aufmerksam durch den ganzen Raum, bevor er erklärte, er habe sich alles eingeprägt und sei bereit. Sie verließen den Raum, damit der dienstabende Beamte, ein ehemaliger Soldat, eine fingierte Durchsuchung vornehmen konnte. Als sie der Mann zurückrief, wiederholte Gower die Überprüfung des Raums, nur daß er diesmal in umgekehrter Richtung vorging, um seinen Rundgang schließlich an seinem ursprünglichen Ausgangspunkt, der Couch, zu beenden. Er übersah zehn Gegenstände, die der Mann verrückt hatte.

»Scheiße!« fluchte Gower, als sie ihm gezeigt wurden.

»Sie waren insofern im Vorteil, als Sie wußten, daß etwas umgestellt worden ist«, dozierte Charlie. »Im Ernstfall wissen Sie das nie mit Sicherheit. Sie haben den Fehler gemacht, nach den gängigsten Fallen Ausschau zu halten. Stellen Sie selbst welche. Lassen Sie etwas offenstehen, wenn Sie den Raum verlassen. Jemand, der ein Zimmer durchsucht, schließt unweigerlich eine Tür, nachdem er nachgesehen hat, was sich dahinter befindet. Aber Sie haben noch andere Möglichkeiten. In einem Hotelzimmer haben Sie zum Beispiel einen Koffer dabei, in dem jeder nachsehen würde, der in Ihren Sachen rumschnüffelt. Lassen Sie ein Schloß offen, und merken Sie sich, welches es war. Auch da wird jeder, der Ihre Sachen durchsucht, die Schlösser wieder zuschnappen lassen. Vergessen Sie das auch nie, wenn Sie *selbst* eine Durchsuchung vornehmen: Prägen Sie sich immer genau ein, was offen ist und was zu.«

»Ich habe zu viel übersehen«, machte sich Gower weiter Vorhaltungen.

»In der Praxis brauchen Sie bloß zu merken, daß ein einziger Gegenstand verrückt wurde, um zu wissen, daß Ihr Zimmer durchsucht wurde. Da ist es nicht nötig, eine hundertprozentige Trefferquote zu erzielen.«

Auf Empfehlung des diensthabenden Beamten fuhren sie zu einem Pub mit einem Obstgarten, wo man unter frei herumlaufenden Hühnern, die an den herabgefallenen Äpfeln pickten, im Freien sitzen konnte. Gower bestellte wie Charlie ein Bier und trank es mit sichtlichem Genuß. Charlie streifte seine Schuhe ab. Sie hatten ihrem ersten Glas schon kräftig zugesprochen, als Gower unvermittelt sagte: »Ich bin ganz schön aufgeregt.«

Stirnrunzelnd sah ihn Charlie über den derben Holztisch hinweg an. »Wieso?«

»Wegen des Jobs. Wie die Praxis aussehen wird. Genau das ist nämlich das Problem: Man weiß vorher nicht, wie es wird. Nicht *eigentlich* jedenfalls. Mir wäre es lieber, ich wäre nicht so aufgeregt.«

»Ich bin froh, daß Sie es sind«, sagte Charlie. »Das verleiht Ihnen den nötigen Biß. Ich kenne keinen einzigen Geheimagenten, der sich seiner Sache sehr sicher war und zugleich gut.«

»Waren Sie mal Agent?«

Die Vergangenheitsform ließ Charlie schlucken, aber er nickte.

»Erzählen Sie doch mal, wie das war!«

Charlie spürte sofort, wie ernst es dem Mann damit war. »Es gibt da ein paar grundlegende, allgemeingültige Dinge. Sie werden in der Regel allein arbeiten. Folglich werden Sie sich einsam fühlen: elend. Wenn Sie in eine Hauptstadt im Ausland geschickt werden, werden Sie normalerweise Anweisung erhalten, sich von der Botschaft fernzuhalten, damit sie nicht kompromittiert wird, wenn was schiefgeht. Und selbst wenn Sie der Botschaft in irgendeiner Form offiziell angegliedert sind, sind Sie keineswegs gern gesehen: Diplomaten haben immer Angst vor Leuten wie uns. Sie werden Fehler machen. Eine Menge der Dinge, die Sie tun sollen, werden nicht klappen: Genaugenommen tun das nur die allerwenigsten. Eine Erfolgsquote von zwanzig Prozent ist schon enorm hoch.«

»Eine so hohe Fehlerquote würde in den Personalunterlagen nicht gerade gut aussehen.«

»Vorsicht!« warnte Charlie, froh über das Gespräch. »Jetzt sind wir wieder in der Privatschule, ohne den elitären Anspruch. Gehen Sie an eine Sache *niemals* unter dem Gesichtspunkt heran, ob es Ihnen im Anschlußzeugnis gute oder schlechte Noten einträgt. Behalten Sie immer im Auge, daß eine abgebrochene Operation in jedem Fall besser ist als ein diplomatischer Zwischenfall, der offizielle

Entschuldigungen bei anderen Regierungen und Erklärungen im Unterhaus nach sich zieht. Wenn irgend etwas schiefgeht, wird Ihre Existenz einfach geleugnet: Sie werden zur Unperson.«

»Keine sehr erfreulichen Aussichten.«

Charlie zog seine Schuhe wieder an, um nach drinnen zu gehen und Nachschub zu holen. Als er an ihren Tisch zurückkam, setzte er sich nicht sofort. Er blieb über Gower stehen und sagte: »Es sind tatsächlich keine erfreulichen Aussichten. Das sind sie nie. Es ist nicht einmal interessant. In neun von zehn Fällen ist es todlangweilig, öde Routine: Sie überprüfen Akten oder amtliche Urkunden, schwindeln sich an der Bürokratie vorbei, versuchen aus Unsinn Sinn herauszufiltern.«

»Sind Sie verheiratet?« fragte Gower unvermittelt, um jedoch sofort in einer abwehrenden Geste beide Hände hochzuheben. »Schon gut! Ich weiß, das ist eine persönliche Frage, die nicht gestattet ist. Aber für mich ist es wichtig.«

Nach kurzem Zögern setzte sich Charlie endlich. »Ich war mal.«

»Geschieden?«

Charlie schüttelte den Kopf. »Sie wurde umgebracht.«

»Ich wollte keine schmerzhaften Erinnerungen wachrufen.«

»Ist schon in Ordnung«, sagte Charlie, was nicht stimmte. Es würde nie in Ordnung sein: Es würde immer das schlechte Gewissen bleiben, daß sich Edith absichtlich zwischen ihn und den durchgedrehten CIA-Agenten gestellt hatte, den er aus Rache dafür, daß ihn der amerikanische und der englische Geheimdienst hatten opfern wollen, enttarnt hatte. Die weit zurückliegende Zeit des kalten Krieges, dachte Charlie ohne jede Nostalgie: Er hatte damals über die Berliner Mauer gemußt, mit dem endgültigen Beweis im Gepäck, daß in London ein russischer Spionagering operierte. »Warum ist es für Sie so wichtig, das zu wissen?«

»Wie kann man mit jemandem zusammenleben – ihn

heiraten, Kinder mit ihm haben –, ohne ihm zu erzählen, was man wirklich tut?« fragte Gower. »Das muß doch völlig unnatürlich sein: unmöglich. Man redet doch über seine Arbeit. Nimmt an irgendwelchen Betriebsfeiern teil, lauter solches Zeugs. Wie kann man sich jemandem gegenüber, den man angeblich liebt, ein ganzes Leben lang verstellen? Ihm die ganze Zeit was vormachen?«

Charlie seufzte. »Als ich meine Frau geheiratet habe, war sie die Privatsekretärin des Generaldirektors: Sie wußte, was ich tat. Daß sie Bescheid wußte, machte die Sache nur noch schlimmer. Für sie war es jedesmal die Hölle, wenn ich in einer Mission unterwegs war.«

»Wollen Sie damit sagen, daß es nicht nur eine Frage der Sicherheit ist: daß es besser ist, wenn die Frau nichts weiß?«

»Sind Sie denn verheiratet?«

»Noch nicht. Aber ich habe eine Freundin.«

»Damit will ich bloß sagen, daß das etwas ist, was jeder für sich allein entscheiden muß.« Charlie hielt inne. »Hat Ihnen eigentlich einer Ihrer grandiosen Lehrer beigebracht, wie man richtig lügt?«

Gower sah Charlie an. »Nein!« sagte er gereizt.

Charlie seufzte wieder. »Meine Herren, da muß ich Ihnen aber noch eine ganze Menge beibringen.«

Da nach dem Umbau der ehemaligen Sowjetunion in die Gemeinschaft Unabhängiger Staaten weite Teile des KGB von der Russischen Föderation übernommen worden waren, erbte Natalia Fedowa als Leiterin des ehemaligen Ersten Hauptdirektorats das gesamte Spionagenetz des umbenannten Auslandsgeheimdiensts praktisch völlig intakt. Und dazu ein ganz erhebliches Maß an zusätzlicher Verantwortung.

Zu ihren bisherigen Aufgaben kam nun auch die Einrichtung geheimdienstlicher Institutionen in ehemaligen Satellitenstaaten wie Polen, Ungarn und der Tschechoslowakei, denn mittlerweile betrachteten deren Geheimdienste den KGB nicht mehr als übergeordnete Kontrollinstanz, sondern lehnten jede Einmischung strikt ab. Darüber hinaus mußten in den Republiken der GUS, die inzwischen den Status von souveränen Staaten hatten, neue Spionagenetze aufgebaut werden, da man hier jeglichen Hinterlassenschaften des alten KGB, der einst mit Angst und Schrecken über sie geherrscht hatte, nicht nur mit äußerster Skepsis gegenüberstand, sondern sie sogar als widerrechtlich betrachtete.

Die einzige Möglichkeit, ihr expandierendes Imperium unter Kontrolle zu halten, bestand für Natalia darin, verschiedene Aufgaben zu delegieren. Das tat sie zum einen in der Absicht, eine Organisation aufzubauen, wie sie sie haben wollte, zum anderen, und das war nicht weniger wichtig, erhoffte sie sich davon, jede von Fjodor Tudin drohende Gefahr schon im Vorfeld abblocken zu können, da sie in ihrem Stellvertreter ganz objektiv einen Feind sah, vor dem es ständig auf der Hut zu sein galt.

Sie hatte ihn zum Leiter des für die GUS-Republiken zuständigen Dezernats ernannt. Diese Position war nicht nur mit enormem Prestige verbunden, sondern auch mit einem solchen Maß an ganz konkreter Macht, daß Tudin, einer der wenigen Überlebenden aus den alten KGB-Garden, darin auf keinen Fall eine herabsetzende Stellung von zweitrangiger Bedeutung sehen konnte. Im Gegenteil, der Aufbau und die Leitung eines solchen Dezernats stellten so hohe Anforderungen, daß Natalia hoffte, Tudin möchte darüber zu nichts anderem mehr kommen, zuallerletzt zu einem Komplott gegen sie.

Aber Fjodor Tudin war ein umtriebiger, mit allen Wassern gewaschener Mann, den man besser nicht zum Feind hatte.

Zu Walter Fosters Überraschung war die Anfrage per Kabel gekommen und nicht im Diplomatengepäck, obwohl nichts auf eine besondere Dringlichkeit hindeutete. In der Regel war das per Flugzeug beförderte Diplomatengepäck nie länger als zwei Tage zwischen London und Peking unterwegs. Der Geheimdienstchef vor Ort zuckte nur mit den Achseln; er hatte schon lange aufgegeben, aus allem schlau zu werden, was London wissen wollte.

Die Antwort war kurz, und es dauerte nur wenige Minuten, sie zu verschlüsseln. Da die Nachricht per Kabel gekommen war, mußte die Antwort laut Vorschrift auf demselben Weg erfolgen. Auch das dauerte nur Minuten.

Seine Nachricht lautete: *Jagdausflug in zwei Wochen zu Ende.* Am nächsten Tag brachte die *People's Daily* einen Leitartikel, in dem scharfe Maßnahmen gegen ausländische Interventionisten angedroht wurden, die in China konterrevolutionäre Aktivitäten schürten.

10

Li saß Jeremy Snow dichter auf der Pelle als eine zweite Haut. In jedem Hotel war ein gemeinsam bewohntes Zweibettzimmer für sie reserviert. Bei Restaurantbesuchen wählte Li ausnahmslos kleine Zweiertische aus, an denen keine Möglickeit des Kontakts zu anderen Chinesen bestand. Im Bus oder in der Bahn postierte er sich ausnahmslos so, daß er eine physische Barriere zwischen Snow und ihren Mitreisenden bildete. An ihrem ersten Morgen in Zhengzhou – und bei jedem weiteren Hotelaufenthalt – begleitete er den Geistlichen zur Gemeinschaftsdusche, blieb vor dem Eingang stehen, wenn Snow hineinging, und hielt dampfumwölkt Wache, bis Snow wieder herauskam. Keine ihrer Unterhaltungen wurde je unterbrochen, weil Snow auf die Toilette mußte: Jedesmal schien Li dasselbe Bedürfnis zu haben und nahm den Platz neben dem Geistlichen ein. Wenn sich Snow in eine Kabine zurückzog, wartete er pflichtbewußt vor der Tür. Jeden Tag bot er Snow an, seine Post aufzugeben, falls er unterwegs einen Brief geschrieben hätte. Snow sagte jeden Tag, er habe nicht vor, jemandem zu schreiben. Li fragte weiter.

Es war Li, der den Modus ihrer Gespräche bestimmte:

Mandarin, wenn keine Gefahr bestand, daß sich andere Chinesen in das Gespräch einmischten; Englisch, wenn sie unter Leuten waren, wobei sie immer betont laut sprachen und zahlreiche Hinweise auf Lis offizielle Begleiterfunktion einflochten, um der unter Chinesen weitverbreiteten Gewohnheit, ihre Sprachkenntnisse an Ausländern zu erproben, von vornherein einen Riegel vorzuschieben. In Zhengzhou hatte Snow noch mit Bangen den üblichen Annäherungsversuchen der Geldwechsler entgegengesehen, da er sicher war, daß Li einen Polizisten in Zivil rufen oder den Schuldigen selbst verhaften würde. Aber Lis Autorität war so deutlich spürbar, daß sie kein einziges Mal angesprochen wurden.

Li verstand es auch sehr geschickt, Fragen zu stellen. Nur schoß er in seinem Eifer immer etwas übers Ziel hinaus. Scheinbar ohne jeden Hintergedanken fing er damit an, Snows Chinesischkenntnisse zu bewundern, um ihn dann durch die Frage zu warnen, warum er die Landessprache so gründlich gelernt habe und warum er in China sei. Das stand jedoch in allen Einzelheiten in seiner Akte beim Amt für Ausländerangelegenheiten, in die Li mit Sicherheit Einblick erhalten hatte, als er ihm als Begleiter zugeteilt worden war.

Weil es kein Geheimnis war, sprach Snow ganz selbstverständlich über sein Priesteramt – und auch seinen Orden –, um dann aber rasch klarzustellen, daß er vollauf zufrieden sei, nur Englisch zu unterrichten.

»Wie können Sie zufrieden sein, wenn Sie Ihrer Berufung untreu geworden sind?«

»Ich glaube, die Notwendigkeit dessen, was ich jetzt tue, ist genausosehr eine Berufung.« Snow wäre es lieber gewesen, er hätte mit einer überzeugenderen Antwort aufwarten können.

Li nutzte die Gelegenheit nachzuhaken nicht und versuchte statt dessen einen Vergleich zwischen westlicher Theologie und Maos Version der marxistisch-leninistischen Lehre vom Zaun zu brechen. Snow gab ihm zwar recht, daß Religion eine manchmal durch komplizierte

Mystizismen vernebelte Philosophie sei, fragte aber im Gegenzug, ob sich die zweitausend Jahre alte westliche Religion und die noch älteren konfuzianischen, buddhistischen und taoistischen Dogmen Chinas nicht als dauerhafter erwiesen hätten als der in der Sowjetunion und ihren ehemaligen Satellitenstaaten gescheiterte Kommunismus. Von jemandem, der so unübersehbar ein überzeugter – und stolzer – Parteianhänger war, erwartete Snow eigentlich die wie vom Band abgespulte Standardantwort, daß Maos Auslegung die wahre Lehre sei, die im Gegensatz zu der entstellten Doktrin der korrupten Moskauer Verbrecherclique für immer Bestand haben werde. Statt dessen gab Li zu, daß Christentum, Konfuzianismus, Buddhismus und Taoismus ernstzunehmende Glaubensrichtungen seien, die Respekt verdienten, und vergaß in diesem Zusammenhang nicht, darauf hinzuweisen, daß die drei asiatischen Philosophen – und auch der Katholizismus – in China geduldet würden. Snow überlegte, ob er dem entgegenhalten sollte, daß konfuzianische, buddhistische und taoistische Tempel eher Touristenattraktionen seien als Stätten der Verehrung. Er war froh über seine Zurückhaltung, da ihn Li gleich darauf mit wahrer Unschuldsmiene fragte, ob er den Kommunismus für eine Lehre halte, die in China genauso zum Scheitern verurteilt sei wie überall sonst. Er versicherte ihm sofort, er sei völlig unpolitisch. Darauf ließ Li das Thema fallen, als sei es ohne Bedeutung, kam aber im Verlauf ihrer Reise noch viermal darauf zurück, wobei er seine Fragen, die Snow, hätte er falsch auf sie geantwortet, eine Anklage wegen konterrevolutionärer Äußerungen hätten eintragen können, jedesmal anders formulierte. Snow sagte kein einziges Mal etwas Falsches.

Spätestens am zweiten Tag ihrer gemeinsamen Reise wurde Snow klar, daß Li ein Dossier über ihn zusammenstellte. Diese Feststellung beunruhigte ihn jedoch nicht sonderlich: Davor hatte ihn Father Robertson ganz offen gewarnt, als er ihm erzählt hatte, daß er den zweiten Teil der Reise mit einem offiziellen Begleiter machen würde.

Snow war überzeugt, daß er Lis Versuche, ihn auszuhorchen, ebenso geschickt abgewehrt hatte wie alle anderen Kompromittierungsversuche und nichts über sich enthüllt hatte, was die Behörden nicht bereits über ihn wußten und in ihren Akten vermerkt hatten. Li ging bei dem Versuch, Snow Informationen zu entlocken, erstaunlich raffiniert vor: Zum Beispiel erzählte er oft sehr persönliche Dinge über sich selbst, um etwas aus ihm herauszukitzeln. Deshalb stellte auch der Geistliche in Gedanken ein Dossier über Li zusammen. Er war zwar nicht sicher, ob Li im Fall seiner Aufnahme in den staatlichen Sicherheitsdienst Gong An Ju je hoch genug aufsteigen würde, um das zu rechtfertigen, aber zumindest soviel stand jetzt schon für ihn fest: Falls der Chinese nicht bereits ein besonders eifriger Angehöriger des Geheimdiensts war, arbeitete er mit allem Nachdruck auf dieses Ziel hin.

Wie sich herausstellte, waren sie gleich alt. Li erzählte, daß er an der Universität Shanghai studiert hatte und der einzige Sohn linientreuer Eltern war, die sich pflichtbewußt an die Verordnung über die zulässige Höchstgröße einer Familieneinheit gehalten hatten. Snow überging die Aufforderung, an der mit drastischen Strafen durchgesetzten Methode chinesischer Geburtenkontrolle Kritik zu üben, sondern sagte nur, daß auch er ein Einzelkind sei. Allerdings vermied er es, dem Chinesen zu erzählen, daß sein inzwischen verstorbener Vater General gewesen war und es bis zum zweiten Oberbefehlshaber der NATO-Landstreitkräfte in Europa gebracht hatte. Das hätte allen Informationen, die Li über ihn zusammentrug, nur zusätzliches Gewicht verliehen. Li erzählte, er sei verheiratet und habe einen dreijährigen Sohn. Natürlich habe er mit seiner Frau kein weiteres Kind mehr geplant. Als Snow sagte, die Angehörigen seines Ordens heirateten gar nicht, nickte der Chinese und bemerkte, auch der Buddhismus kenne den Zölibat. Nach diesem speziellen Wortwechsel setzte Li wieder zu einem seiner Versuche an, Snow eine unbedachte Äußerung über die Zukunft des Kommunismus in China zu entlocken. Snow vervollständigte sein

Dossier über den Chinesen, indem er ihn nach der ersten Hälfte ihrer Reise dazu überredete, ein paar typische Urlaubsfotos von sich machen zu lassen, und ihn dafür vor drei verschiedenen Sehenswürdigkeiten Anqings posieren ließ. Im Gegenzug holte Li ebenfalls eine Kamera aus seinem Rucksack, von deren Existenz Snow bis dahin nichts gewußt hatte. Er hatte offensichtlich Schwierigkeiten, jemanden von Snows Größe ganz aufs Bild zu bekommen; darauf ließen zumindest die Verrenkungen schließen, die er vollführte, bevor er schließlich auf den Auslöser drückte.

Den Behörden in Peking hatte Snow angegeben, es handle sich bei seiner ausgedehnten Fahrt um eine reine Urlaubsreise, und obwohl das auch in den Unterlagen des Chinesen gestanden haben mußte, fragte Li bei mehr als einer Gelegenheit und auf mehr als eine Art, weshalb Snow eine so lange Reise mache. Der Geistliche antwortete, er betrachte es als unerläßlich für seine Unterrichtstätigkeit, möglichst viel in China herumzukommen, um das Land besser verstehen zu lernen und seine Sprachkenntnisse zu vervollkommnen. Das war für Li das Stichwort, ihm eine weitere Falle zu stellen. Er fragte Snow ganz offen – es war das erste Mal, daß er so direkt vorging –, ob er es als seine Aufgabe betrachte, andere Menschen zum katholischen Glauben zu bekehren. Darauf erklärte Snow mit allem Nachdruck, er lebe und arbeite nicht als praktizierender Priester in China, sondern als Englischlehrer. Sein Glaube sei seine Privatangelegenheit: Es liege nicht in seinem Interesse, ihn anderen zu predigen. Was er tue, wenn jemand ihn nach seiner Religion frage? Sie dem Betreffenden erklären. Um ihn zu bekehren? Um auf eine Frage zu antworten. Wie viele Personen hätten ihn im Verlauf dieser Reise schon danach gefragt? Keine einzige. Ob er enttäuscht sei? Er sehe keinen Grund, enttäuscht zu sein: Zweck seiner Reise sei es, das Land besser kennen und verstehen zu lernen, und genau das tue er. Er sei kein praktizierender Priester. Li begann eifrig seine Brille zu putzen. Das hatte Snow im Lauf der Zeit als ein Zeichen seiner Frustration zu deuten gelernt: daß ihm nicht geglückt war, was er versucht hatte.

Und Snow blieb Sieger, hatte Erfolg bei seinen Versuchen, Informationen zu beschaffen, wenn auch nicht in dem Maß, wie er es sich wünschte: wie zum Beispiel, eine neue Quelle wie Zhang Sulin aufzutun. Das hatte er bereits zwei Tage, nachdem er sich mit Li in Zhengzhou getroffen hatte, aufgegeben. Er war anfänglich wegen der ständigen Überwachung sehr niedergeschlagen gewesen, und angesichts der Aussichtslosigkeit, noch etwas Brauchbares zu beschaffen, waren ihm auch die unleugbaren Erfolge bis zu seinem Zusammentreffen mit Li kein Trost gewesen.

Bis er merkte, daß ihm Li, ohne es zu wollen, sämtliche Sperrgebiete, in deren Nähe sie kamen, als solche zu erkennen gab.

Alles, was er tun mußte, war zu fragen.

War Li einverstanden, gab es in dem Gebiet, das Snow aufsuchen wollte, nichts, was die Behörden geheimhalten wollten. Weigerte er sich, handelte es sich um eine ausdrücklich als solche deklarierte Hochsicherheitszone, deren Koordinaten sich Snow entweder einprägte oder in sein verworrenes, scheinbar belangloses offizielles Reisetagebuch eintrug, um sie bei seiner Rückkehr nach Peking an Walter Foster weiterzuleiten, damit die fraglichen Gebiete, sollten sich die Informationen als interessant genug erweisen, eventuell per Satellit überprüft werden konnten.

Trotzdem war es anstrengend, insbesondere wegen seines Reisebegleiters, der ihn nie in Ruhe ließ mit seinen Verhören und Fangfragen. Snow besuchte Bilderbuchkommunen, in denen die von der Pekinger Regierung propagierte Verbindung von Kommunismus und Privatwirtschaft, die dem Land zu wirtschaftlicher Stärke verhelfen sollte, vorbildhaft in die Praxis umgesetzt worden war. Er betrachtete diese Besuche keineswegs als pure Zeitverschwendung, sondern hoffte, die daraus gewonnenen Erkenntnisse könnten für London von Interesse sein. Er besuchte eine privatwirtschaftlich organisierte Töpferei und drei landwirtschaftliche Zentren, die sich rühmten, die Reisversorgung eines riesigen Gebietes zu decken, zeigte höfliche Bewunderung für zwei Fahrradfabriken, äußerte sich respektvoll über vier buddhistische Tempel, in denen die wenigen Mönche überrascht schienen, überhaupt Besucher zu sehen, und bestaunte eine Moschee und eine Ausgrabungsstätte, bei der es sich Lis Aussagen zufolge um die Überreste eines der ersten konfuzianischen Meditationszentren Chinas handelte. Jemand hatte ›J. W. Iowa. 1987‹ in einen der größeren Steine gekratzt. Snow fragte sich, wie es der Urheber dieser Inschrift geschafft hatte, sich hier selbst zu verewigen, ohne verhaftet zu werden.

Und währenddessen sammelte der Geistliche immer weiter Informationen, ohne daß sein Begleiter etwas merkte.

Im Südwesten von Wuhan, in Richtung Echeng, gab es ein Gebiet, das man Lis Aussagen zufolge auf keinen Fall besuchen konnte – in seiner hastig zusammengestopselten Begründung war etwas von Transportproblemen die Rede. Im folgenden gab sich der Chinese alle nur erdenkliche Mühe, daß sie für die Weiterreise den Nachtzug nach Tongling nahmen, woraus Snow schloß, daß sich an diesem Streckenabschnitt etwas Interessantes befinden mußte, das vom Zug aus zu sehen war. Die erste Stunde der Bahnfahrt erfolgte im schwindenden Tageslicht, wodurch sich der genaue Standort weiter eingrenzen ließ; außerdem wurde Li in der Nähe von Huangmei plötzlich sehr nervös, als sie eine große, hell erleuchtete Fabrikanlage passierten. In Tongling schlug Snow vor, eine Bootsfahrt auf dem Yangtze zu machen. Li bestand jedoch eisern darauf, ein Schiff zu nehmen, das flußabwärts nach Norden fuhr. Dem Fahrplan entnahm Snow, daß die nach Süden fahrenden Boote insgesamt zwei Stunden unterwegs waren, und daraus wiederum schloß er, daß das, was er auf keinen Fall zu sehen bekommen sollte, zwischen Tongling und Huaining lag. Shanghai, wo Snow drei Tage zu bleiben beabsichtigte, war offiziell nicht als

Sperrgebiet deklariert. Deshalb wunderte es ihn, daß Li nach ihrer Ankunft weiter bei ihm blieb. Am ersten Tag versuchte Li ihn zu einem Ausflug ins Landesinnere zu überreden, aber Snow weigerte sich. Am Nachmittag sah Snow bei einem Spaziergang auf dem Bund, der traditionsreichen Straße am Huanpu-Fluß, eine Flottille von Kriegsschiffen, von denen drei, wie es schien, mit modernstem Radar und sonstiger Elektronik ausgerüstet waren. Snow schaffte vier Fotos. Und wieder zog Li hektisch knipsend nach.

Während der gesamten Reise hatte Li hartnäckig darauf bestanden, getrennte Kasse zu machen, aber an ihrem letzten gemeinsamen Abend ließ er sich nach vielem guten Zureden von seiten Snows schließlich doch zum Essen einladen. Wie gewohnt ließ er einen Tisch für nur zwei Personen reservieren.

»Ist die Reise zu Ihrer Zufriedenheit verlaufen?« fragte Li.

»Es war hochinteressant.« Snow hätte gern gewußt, was im Abschlußbericht des Chinesen stand. Inzwischen hatte er kaum mehr Zweifel, daß Li vom Amt für öffentliche Sicherheit war: Und wenn dem tatsächlich so war, mußte er einer seiner besten Informanten sein. Die Lückenlosigkeit, mit der jeder seiner Schritte überwacht worden war, war auch etwas, was er Foster melden mußte, auch wenn er persönlich fest davon überzeugt war, keinen Verdacht erregt zu haben. Gleich nach seiner Rückkehr nach Peking würde er mit seinem Führungsoffizier Kontakt aufzunehmen versuchen. Er war richtig begeistert von den Ergebnissen seiner Reise. »Fahren Sie auch nach Peking zurück?«

»Ich treffe mich hier in Shanghai mit einer Gruppe amerikanischer Touristen. Sie wollen in den Süden, bis nach Tunxi.«

Das also war der Grund, warum Li bei ihm geblieben war, schloß Snow. Sofort witterte er eine weitere Chance. »Wieder eine lange Bahnfahrt«, sagte er aufs Geratewohl.

»Wir fahren mit dem Auto«, verriet ihm Li.

Noch etwas, das er weitergeben konnte. In China konnten Ausländer einen Wagen nur zusammen mit einem Fahrer und einem Führer mieten, der die Reiseroute bestimmte. Was gab es an der Straße nach Tunxi, das niemand sehen sollte? »Fehlt Ihnen Ihre Familie nicht sehr?«

»Ich sehe sie in zehn Tagen wieder.«

Snow beschloß, auch diese Zeitangabe in seinen Bericht aufzunehmen: Die Fahrtdauer nach Tunxi ließ sich schätzen, und das wiederum ließ möglicherweise Rückschlüsse auf die Länge der einzelnen Umwege zu. »Vielleicht treffen wir uns ja wieder, wenn ich wieder eine Urlaubsreise mache?«

»Haben Sie vor, wieder eine Reise zu machen?« fragte Li wachsam.

Snow bedauerte die unüberlegte Bemerkung. »Ich bin immer bestrebt, meine Kenntnisse über China zu erweitern.«

»Betrachten Sie China als Ihr Zuhause?«

Eine interessante Frage, fand Snow. Er war bisher nur in China tätig gewesen und hatte nie mit dem Gedanken an eine Versetzung gespielt. Father Robertson mußte schon gut über sechzig sein und hätte längst abberufen werden sollen; allerdings vermutete Snow, daß der alte Mann in dem Land sterben wollte, in dem er sein ganzes Leben lang gedient hatte. »Ich werde so lange hier bleiben, wie ich glaube, etwas für China tun zu können«, antwortete Snow.

»Fühlen Sie sich hier wohl?«

Noch eine interessante Frage. Snow wußte nicht, ob er glücklich war oder nicht: In geistlicher Hinsicht war er zufrieden, aber er mußte sich eingestehen, daß ihm, was seine anderen Aktivitäten betraf, manchmal Bedenken kamen. »Sehr sogar.«

»Steht denn die Philosophie Chinas nicht in direktem Widerspruch zu Ihren Überzeugungen?«

Läßt bis zum letzten Moment nicht locker, dachte Snow. »Meine Überzeugungen verleihen mir genauso Halt, wie Ihnen die Ihren Halt verleihen. Ich stelle da keine Vergleiche an. Wie bereits gesagt, sehe ich meine Berufung hier als Lehrer.«

»Ich glaube, aus Ihren Äußerungen eine gewisse Genugtuung über den Zusammenbruch des Kommunismus in der Sowjetunion herausgehört zu haben?«

Das grenzte an nackte Verzweiflung, stellte Snow zu seiner Zufriedenheit fest: Es konnte nur heißen, daß ihm keine verfängliche Äußerung unterlaufen war, mit der Li seinen Bericht hätte würzen können. »Dann muß ich mich wohl mißverständlich ausgedrückt haben. Es erfüllt mich keineswegs mit Genugtuung. Die Bevölkerung der Sowjetunion hat sich für eine andere Regierungsform entschieden. Das ist ihre Sache.«

»Haben Sie denn dazu keine eigene Meinung?«

»Meine Meinung ist, daß die Menschen frei sind, selbst zu entscheiden, wie und unter welcher Regierungsform sie leben möchten.«

»Einige Konterrevolutionäre behaupten, das Volk in China sei *nicht* frei zu entscheiden, wie es leben will.«

Snow fand, daß er sich möglicherweise in ein regelrechtes Minenfeld begab, wenn er sich in eine so direkte Diskussion verstricken ließ. »Tatsächlich?« sagte er. Und schwieg.

Li sah ihn über den Tisch hinweg an und wartete, daß er fortfuhr. Der Geistliche war jedoch ganz mit dem Inhalt seiner Reisschale beschäftigt, und als sie leer war, schenkte er sich umständlich Tee nach. Li hatte keinen Wein trinken wollen.

»Glauben Sie das?« hakte Li schließlich nach.

»Ob ich was glaube?« fragte Snow. Es fiel ihm nicht schwer, Nicht-Verstehen zu mimen.

»Daß die Menschen in China nicht frei sind zu entscheiden, wie sie leben wollen.«

Snows Stirn legte sich in Falten. »So etwas zu glauben würde *mich* zu einem Konterrevolutionär machen! Was ich, wie wir beide wissen, nicht bin.« Zum erstenmal bei einem ihrer Wortgefechte glaubte Snow zu bemerken, wie Li wütend das Gesicht verzog. Wieder einmal nahm er die Brille ab, um sie zu putzen.

»Von jemand, der zum Priester ausgebildet worden ist, hätte ich eigentlich dezidiertere Meinungen erwartet.«

»Ein Priester, der jetzt Lehrer ist.«

»Haben Sie Ihrem Gott abgeschworen?«

»Natürlich nicht. Aber ich bin nicht in meiner Funktion als Priester hier.«

»Sie leben im Tempel Ihres Glaubens.«

»Kirche«, korrigierte ihn Snow. »Auf Anweisung der chinesischen Regierung, die will, daß wir dort Hausmeisterfunktionen übernehmen. Sie dient keinerlei religiösen Zwecken mehr.«

»Ich würde Ihren Tempel gern mal sehen.«

Da er zu wissen glaubte, was Li mit seiner Bemerkung bezweckte, antwortete Snow: »Natürlich halte ich den Unterricht nicht in der Kirche ab. Er findet in einem anderen Gebäude statt.«

»Beten Sie mit Ihren Schülern?« fragte Li in prompter Bestätigung von Snows Verdacht.

»Nie«, antwortete Snow. »Sie kommen nur, um Englisch zu lernen.« Es hatte nur einen Zhang Sulin gegeben.

»Hat Sie nie jemand nach Ihrer Religion gefragt, weil er wußte, daß Sie Geistlicher sind? Weil er sehen konnte, daß Sie, wie das auch andere Geistliche tun, in einem Tempel leben?«

Hätte er wahrheitsgemäß geantwortet – daß einige das getan hatten –, hätte ihn Li vermutlich nach ihren Namen gefragt, wenn nicht sofort, dann später in Peking. »Nie«, erklärte er mit fester Stimme.

Li sah ihn ungläubig an. »Vielleicht komme ich Sie mal besuchen.«

Snow hielt seinem Blick stand. Father Robertson würde jeden Besuch als Mißtrauen seitens der Behörden betrachten – was auch durchaus dahinterstecken konnte – und in Panik geraten. Da er keine andere Wahl hatte, antwortete Snow: »Sie sind jederzeit herzlich willkommen.«

»Dann werden wir uns wahrscheinlich wiedersehen«, sagte Li zu Snows wachsendem Unbehagen.

»Das würde mich freuen«, log der Geistliche.

Endlich gab Natalia ihrem Gewissen nach. Sie hatte immer gewußt, daß sie es eines Tages tun würde, und als sie den Entschluß traf, wurde sie wütend auf sich, daß sie ihn unnötig hinausgeschoben hatte. Dank ihrer enormen Machtbefugnisse dauerte es nur zwei Tage, bis ihr Eduards vollständige Militärakte vorlag. Nach Baku – das war sein letzter Standort gewesen, von dem sie gewußt hatte – hatte ihr Sohn kurz in Lettland gedient und war dann nach Ostdeutschland versetzt worden, wo er zum Leutnant befördert wurde. Seine Einheit war eine der letzten gewesen, die nach der Wiedervereinigung Deutschlands abgezogen worden waren. Bevor er wegen der allgemeinen Reduzierung der Truppenstärke frühzeitig entlassen wurde, war er noch kurz in Nowomoskowsk stationiert gewesen. Eduards Akte enthielt eine Belobigung und vier Verurteilungen wegen Trunkenheit. Sein Charakter wurde als vorzüglich eingestuft, eine Standardklassifizierung. Als seine Moskauer Adresse war die Wohnung in Mitninskaja angegeben, in der Natalia schon lange nicht mehr wohnte. Die neuen Mieter lebten dort bereits über ein Jahr. Man hatte ihnen ein Foto von Eduard gezeigt, aber sie sagten aus, es sei in dieser Zeit niemand, der so aussah, vorbeigekommen und habe nach Natalia gefragt.

Nachdem sie den Bericht über die Nachforschungen in Mitninskaja erhalten hatte, erhob sich Natalia von ihrem Schreibtisch. Sie ging ans Fenster, um auf die Stadt hinauszusehen, und fragte sich, wo ihr verschollener Sohn war. Sie hatte es versucht, sagte sie sich. Aber Eduard hatte nichts unternommen, sie zu finden. Also gab es nichts mehr, was sie noch tun konnte. Oder tun wollte. Zumindest, was Eduard betraf.

Wie schwierig würde es werden, jemand anderen zu finden: jemand, den sie mehr als irgend jemand sonst auf der Welt wiedersehen wollte?

11

Gower bestand darauf, das Wochenende in Paris zu verbringen: Die Zeit, die sie nun schon zusammen waren, müßte gebührend gefeiert werden, meinte er. Insgeheim waren sie beide froh darüber, wie gut es zwischen ihnen lief, obwohl ihnen klar war, daß es viel zu früh war, um das schon beurteilen zu können.

Gower buchte ein Zimmer im George V mit Blick auf die Avenue und gab an, sie seien Urlauber. Entsprechend verfolgten sie von einem Tisch vor dem Fouquet das Treiben auf dem Champs-Elysées, machten am Samstagabend auf einem *bateau mouche* eine Rundfahrt auf der hell erleuchteten Seine und aßen später im L'Archistrate zu Abend. Marcia meinte, so viel gebe es doch gar nicht zu feiern. Gower fand das schon. Er hoffte, die gelöste Stimmung während ihres Wochenendabstechers würde ihm sein Vorhaben erleichtern.

»Du hast dich verändert«, bemerkte sie unvermittelt. Sie waren mit dem Essen fertig und saßen bei Kaffee und Cognac.

»Das ist nur, weil du mich näher kennenlernst.«

»Nein, du hast dich eindeutig verändert.«

Beunruhigt rutschte Gower auf seinem Stuhl herum. Um nicht den Eindruck zu erwecken, als hätte er ein schlechtes Gewissen, bediente er sich eines der vielen Tricks, die er erst kürzlich gelernt hatte: Er sah Marcia mit einem spöttischen Stirnrunzeln direkt an und beherzigte den Rat, auf jeden Vorwurf mit einer Frage zu reagieren. »Wie verändert?«

Marcia zuckte mit den Achseln, so daß Bewegung in ihr fließendes blondes Haar kam, das sie an diesem Abend lose auf ihre Schultern herabfallen hatte: Gower fand, sie sah umwerfend aus. »Ich weiß nicht, wie ich es ausdrükken soll. Es ist . . .« Sie hielt inne. »Zum Beispiel deine Kleidung. Es ist, als ob du dich nicht mehr so elegant anziehen würdest. *Ziehst* du dich aus irgendeinem Grund nicht mehr so elegant an?«

»Das bildest du dir nur ein!« Wackligen Behauptungen mit Spott zu begegnen war ein weiterer Trick. Gower bereitete es keine Schwierigkeiten, das Gelernte an Marcia zu erproben. Das hieß nicht, daß er sie betrog oder hinterging: Er befolgte nur die am häufigsten wiederholte Anweisung, sich immer so zu verhalten, als sei er im Dienst, bis ihm das unschuldige Abstreiten in Fleisch und Blut überging.

»Warum trägst du den Ring nicht mehr, den du von deinem Vater bekommen hast?«

»Einfach nur so.« Gower zuckte mit den Achseln.

»Und ich fand, der Schnurrbart stand dir sehr gut.«

»Ich nicht.«

Marcia schwenkte den Cognac in ihrem Glas. »Und dann dein ganzes Auftreten. Es ist . . .« Wieder eine Pause. »Es ist, als wärst du plötzlich selbstbewußter . . . du wirkst irgendwie so energisch in allem, was du tust. Ich weiß, es hört sich etwas komisch an, aber ich weiß nicht, wie ich es anders ausdrücken sollte.«

War er nicht vor den Gefahren übermäßigen Selbstvertrauens gewarnt worden? In einer operativen Situation, rief er sich in Erinnerung: Nach all den Unterrichtsstunden und praktischen Unterweisungen durch den Mann, der noch immer namenlos blieb, war Gower sicher, daß er diesen Fehler bei einer Operation nicht machen würde. Es überraschte ihn eigentlich nicht, was Marcia gesagt hatte. Er war sich seiner Sache tatsächlich sicherer: vor allem, was seine Berufswahl betraf, und das trotz der Warnungen vor der Einsamkeit, der Langeweile – und der Angst. »Das liegt daran, daß wir jetzt ständig zusammen sind. Was hast du außerdem an meinem Selbstbewußtsein auszusetzen?«

»Nichts«, gab sie zu. »Ich finde es durchaus positiv. Fühle mich recht wohl damit.«

Das war sie, die Gelegenheit, die er sich von der Reise nach Paris erhofft hatte – die Gelegenheit, Marcia schonend darauf vorzubereiten, daß er künftig immer wieder von einem Tag auf den anderen verreisen müßte. Das Hotel war fantastisch, und sie hatten sich an diesem Tag schon zweimal geliebt: Sie mußte also inzwischen recht gelöster Stimmung sein, eingelullt von der Atmosphäre des Restaurants, die Teil war des Zaubers von Paris. Behutsam setzte er an: »Ich glaube, mein letzter Kurs geht jetzt bald zu Ende.«

»Du hast mir noch kaum etwas darüber erzählt.«

»Bisher war es wirklich hochinteressant«, sagte er vage. »Wir kriegen sozusagen den letzten Schliff verpaßt. Möglicherweise ist diese Verwaltungstätigkeit doch nicht so langweilig, wie ich ursprünglich dachte.«

Marcia trank ihren Cognac aus und sah ihn neugierig an. »Inwiefern?«

Sie reagierte genau so, wie er gehofft hatte. »Wie es aussieht, komme ich wahrscheinlich zu der Abteilung, die für unsere Botschaften im Ausland zuständig ist: Kann sein, daß ich hin und wieder eine Weile verreisen muß.«

»Ich dachte immer, die Botschaften wären autonom?«

»Sind sie auch, zumindest die meiste Zeit. Das ist ja auch nur in Ausnahmefällen.«

»Wie lange wärst du dann weg? Wochen? Monate?«

Gower wollte sich nicht zu sehr auf Einzelheiten einlassen: Sie sollte es nach und nach schlucken. »Unterschiedlich.« Nach kurzem Zögern beschloß er, die Möglichkeit einer permanenten Versetzung noch nicht anzuschneiden. Das hatte Zeit bis später: Da war ein wesentlich wichtigerer Punkt, den es ihr beizubringen galt.

»Hoffentlich kommt das nicht zu oft vor.« Sie lächelte. »Und auch nicht zu lange. Ich könnte mich richtig daran gewöhnen, ständig mit dir zusammenzusein.«

Gower registrierte die Einladung, die in ihrer letzten Bemerkung mitschwang, aber er ging nicht darauf ein. »Wie es aussieht, wird die feierliche Zeremonie irgendwann nächste Woche über die Bühne gehen.«

»Was für eine feierliche Zeremonie?«

»Die Vereidigung und die Unterzeichnung des Gesetzes zur amtlichen Schweigepflicht.«

»Schweigepflicht!« Sie runzelte die Stirn. Dann legte sie

den Kopf auf die Seite und sah ihn halb lächelnd an, als wartete sie auf eine witzige Bemerkung von ihm.

»Ich werde ins Foreign Office aufgenommen, Schatz! Da wird man ganz automatisch auf seine Schweigepflicht vereidigt.« Das stimmte tatsächlich. Es war also keine Lüge, deren er hätte überführt werden können. Noch ein wichtiger Punkt: Ein guter Lügner lügt nur soviel wie unbedingt nötig.

»Das hört sich ja richtig aufregend an.«

»Ist es aber nicht.« Er winkte nach der Rechnung. Sie war höher, als er angenommen hatte, aber wie sich gezeigt hatte, gab das Lokal den idealen Rahmen für die Überwindung der Hürde ab, die er inzwischen vollkommen mühelos zu nehmen glaubte. Der Aufwand hatte sich also gelohnt.

»Warum mußt du dich auf die Schweigepflicht vereidigen lassen?«

»Ich werde im Zuge meiner Tätigkeit mit Informationen und Fakten in Berührung kommen, die der Geheimhaltung unterliegen: Dinge, über die ich nicht sprechen darf.«

»Nicht mal mit mir?« fragte sie scheinbar vorwurfsvoll.

»Ich kann mir kaum vorstellen, daß dich so was interessieren würde. Vermutlich nur todlangweilige Statistiken.« Er zahlte und lächelte dem Oberkellner dankend zu. Es hätte kaum besser laufen können: Sie hatte sich ohne große Fragen damit abgefunden, daß er kurzfristig würde ins Ausland verreisen müssen, und mit dem zutreffenden Verweis auf die Schweigepflicht hatte er einen Schild, hinter den er sich notfalls zurückziehen konnte, wenn sie zu neugierig wurde.

»Demnach wirst du mir also gewisse Dinge verheimlichen!« Sie spielte immer noch die Beleidigte, als sie das Lokal verließen und auf die Rue de Varenne hinaustraten.

»Aber nichts Wichtiges, das sich in irgendeiner Weise auf unsere Beziehung auswirken könnte«, versicherte ihr Gower.

Sie schlenderten in Richtung Dôme des Invalides los. In der Ferne strahlte der Eiffelturm durch die Nacht. Marcia hängte sich bei ihm ein und schmiegte sich eng an ihn. Ohne noch länger an das geschickt eingefädelte Gespräch und seinen erfolgreichen Verlauf zu denken, sagte Gower: »Es wird immer so sein wie jetzt. Nichts wird daran etwas ändern.«

Marcia hielt an und brachte auch Gower an ihrer Seite zum Stehen. In ihrem leicht angetrunkenen Zustand hob sie ganz besonders hervor, was sie zum Ausdruck bringen wollte. »Ich werde dir nie etwas verheimlichen, niemals! Ich liebe dich so sehr, daß ich möchte, daß du alles weißt.«

Jetzt bekam Gower doch Gewissensbisse, daß er ihr etwas vorgemacht hatte. Er versuchte die Gewissensbisse rasch zu verscheuchen, indem er sich einredete, er habe es tun *müssen*. Außerdem hätte nichts von dem, was er ihr verheimlichen müßte, Auswirkungen auf ihre Beziehung. Es war sogar besser für sie, nichts zu wissen und nicht jedesmal die Hölle durchzumachen, wenn er in dienstlichem Auftrag verreisen mußte. War das nicht auch etwas, was er gelernt hatte?

Es gab so viele Informationen weiterzuleiten und noch mehr zu besprechen, daß Snow ein persönliches Treffen mit Foster für unerläßlich hielt, auch wenn im Terminkalender der englischen Botschaft in absehbarer Zeit kein gesellschaftlicher Anlaß stand, der als Tarnung für die Begegnung hätte dienen können. Also mußten sie auf das System zurückgreifen, das Foster für Notfälle eingerichtet hatte.

Die Kontaktstelle war der taoistische Tempel im Westen der Verbotenen Stadt, ein heruntergekommenes Areal mit windschiefen Imbißbuden und skelettartigen Blumenständen. Foster hatte die Stelle wegen der Blumenverkäufer ausgesucht. Gleich am Tag nach seiner Rückkehr nach Peking war Snow dorthin gegangen, um einen Strauß kümmerlicher Chrysanthemen zu kaufen und daraus vier orange Blüten auszusuchen, die er vor dem Tempel an der linken Ecke des Schreins der Reisenden ablegte. Er mußte drei Tage hintereinander am Schrein vorbeigehen, bis er

Fosters zustimmendes Signal entdeckte: einen Strauß mit vier weißen Chrysanthemen, von denen zwei bereits die Blütenblätter verloren.

Am Abend, in der Mission, sagte Father Robertson: »Ist auf der Reise nichts passiert, was die Behörden auf sie aufmerksam gemacht hat?«

Snow unterdrückte seinen Ärger. »Nichts. Mein Begleiter hat sogar gesagt, er möchte mal vorbeikommen, um sich über unsere Arbeit zu informieren.«

»Warum?« fragte der alte Mann, sofort beunruhigt. »Das muß doch einen Grund haben!« Um diese Zeit war der Whiskygeruch immer stark, die Aussprache undeutlich.

»Ich nehme nicht an, daß er tatsächlich vorbeikommt.«

»Vorerst werden wir keine Reiseanträge mehr stellen«, entschied der Missionsleiter. »Das macht sie nur argwöhnisch.«

Endlich ließ Snow den Seufzer entweichen. Wie viel mehr, und zwar in jeder Hinsicht, könnte er erreichen, wenn nur dieser taperige alte Mann abberufen würde.

12

Auf Snows Blumensignal am taoistischen Tempel hin wurde im Purpurbambuspark ein Treffen arrangiert. Ungeduldig führte Snow die einzelnen Schritte der in seinen Augen vollkommen unnötigen und absurden Sicherheitsprozedur aus. Er konnte kaum erwarten, daß Foster endlich auftauchte, wobei nicht auszuschließen war, daß er im letzten Moment kniff. Foster erschien nämlich immer erst dann zu einer Verabredung, wenn er sich vergewissert hatte, daß absolut keine Gefahr bestand. Ließ er sich nicht blicken, hieß das, daß er *nicht* sicher war und am nächsten Tag an einem anderen Ort ein neuer Anlauf unternommen werden mußte.

Snow war ganz sicher, daß er nach außen hin wie ein

Tourist wirkte, der sich an einem der schönsten öffentlichen Plätze der Stadt aufhielt. Rechts von ihm, im Park, gab es mehrere Gruppen von Leuten, die Drachen steigen ließen. Ein Stück näher, vor einer Pagode an einem Bach, übte eine Gruppe von ausnahmslos älteren Leuten Taijiquan, meditative Bewegungen, die an ein Ballett von Boxern in Zeitlupe erinnerten. Scheinbar interessiert ließ Snow den Blick von einer Gruppe zur andern wandern, während er in Wirklichkeit nach Foster Ausschau hielt, der bereits da sein mußte, irgendwo ganz in der Nähe, und sich nur noch vergewisserte, ob die Luft rein war.

Snow fand, daß es nicht mehr so weitergehen konnte. Mit Father Robertson mußte er sich wohl über übel abfinden, weil er keine andere Wahl hatte: Seine Ordensoberen hatten akzeptiert, daß sich die chinesische Regierung den alten Geistlichen als ihr zahmes Totem hielt, damit umgekehrt er in der Stadt bleiben konnte, auch wenn er offiziell nicht als Jesuit anerkannt war und keine amtliche Genehmigung erhalten hatte, die Lehren seines Ordens zu verbreiten und zu praktizieren. Aber er war nicht mehr bereit, sich von Walter Foster weiter auf Distanz halten zu lassen. Wenn sich Foster in diesem Punkt zu keinerlei Entgegenkommen bereit erklärte, würde er sich in London beschweren. Snow lächelte in sich hinein. Bei dem Gedanken, daß die Entscheidung darüber einzig und allein bei ihm lag, ließen sein Ärger und seine Ungeduld plötzlich merklich nach: Wenn sie ihm nicht entgegenkamen, würde er sich weigern, weiter für sie zu arbeiten. Snow wußte, daß er zu gut – zu nützlich – war, als daß sie einfach auf ihn verzichten könnten. Irgendwelche Überlegungen hinsichtlich Fosters Karriere, ob nun christlich oder unchristlich, spielten dabei nicht mit herein. Foster hatte die inakzeptablen Regeln aufgestellt.

Und dann sah er ihn.

Mit gesenktem Kopf, den Blick zu Boden gerichtet, als wollte er sich körperlich kleiner machen, eilte der vermeintliche Diplomat von der Pagode her auf ihn zu. Als er die Bank, auf der Snow saß, fast erreicht hatte, hob er den

Kopf, um sich ein letztes Mal umzusehen, bevor er sich neben ihn setzte. Das ganze Affentheater hatte lächerlich verdächtig ausgesehen.

»Die Luft ist rein«, sagte Foster. Er war ein kleiner Mann, das rote Haar vom raschen Gehen durcheinander, auch das Gesicht vor Anstrengung gerötet, so daß die Sommersprossen noch deutlicher hervortraten. Alle drei Knöpfe seiner engen, blaugestreiften Anzugjacke waren zu. Er knöpfte sie nicht auf, als er sich setzte, so daß der Stoff, der sich nun um seinen Bauchansatz spannte, starke Falten warf. Die Hände in seinem Schoß waren unablässig in Bewegung, abwechselnd eine über die andere gelegt, als wüsche er sie.

»Natürlich ist die Luft rein!« sagte Snow. »Wir hätten was wesentlich Vernünftigeres arrangieren können, wenn Sie bereit gewesen wären, sich vor meiner Abreise mit mir zu treffen.«

»Das war nicht möglich.«

»Es hätte möglich *gemacht* werden können. Ich bin nicht bereit, so weiterzumachen. Wenn Sie wollen, daß ich weiter für Sie arbeite – wenn London das will –, dann bestehe ich auf regelmäßigen Treffen.«

»Ich kann ja mal mit London reden. Das können nur die entscheiden.«

Seufzend fragte sich Snow, ob der Mann in seinem ganzen Leben je eine selbständige Entscheidung getroffen hatte. »Wenn sich nicht bald etwas ändert, wende ich mich direkt an London.«

Ein weiterer Blick zur Seite. »Ist das eine Drohung?«

»Ich möchte nichts tun, was Ihre Position hier gefährden könnte. Oder Ihre Karriere. Ich werde Ihnen den Brief vorher zeigen, falls ich nach London schreibe.«

Foster schwieg eine Weile. »Sie sind sehr aufrichtig.«

»Priester sollen aufrichtig sein.« Das war allerdings kein Grundsatz, mußte Snow zugeben, den er auch bei Father Robertson befolgte. In seinem Fall hielt er die Verstellung für gerechtfertigt. Rechts von ihnen, in einiger Entfernung, gab es plötzlich einen kleinen Tumult, ein paar

Leute liefen aufgescheucht herum, und Snow merkte, daß der Wind nachgelassen hatte und die Drachen abgesackt waren: Zwei oder drei waren anscheinend zusammengestoßen, so daß sich die Schnüre verheddert hatten.

»London hat mich ausdrücklich darauf aufmerksam gemacht, daß wir auf offizieller Ebene unter keinen Umständen anecken dürfen. Seit der veränderten Situation in Moskau gibt es auf der ganzen Welt keinen Ort mehr, der so behutsames Vorgehen von uns erfordert.«

Snow seufzte wieder. Ihm wurde klar, daß es keinen Sinn hatte, dieses Problem auf lokaler Ebene anzugehen. »Sprechen Sie mit London«, drängte er, jetzt immerhin geduldiger. »Sagen Sie – aber sagen Sie es bitte auch bestimmt –, daß ich unter den gegenwärtigen Bedingungen nicht weitermachen kann.«

»Das *ist* eine Drohung!« behauptete Foster.

»Ich stelle Sie bloß vor eine Wahl. Sie und London.« Snow war überrascht, daß es ihm nicht unangenehmer war, so aggressiv zu verhandeln: den anderen Mann ganz massiv unter Druck zu setzen. Aber tat er das denn überhaupt? Versuchte er nicht vielmehr, eine vernünftige Basis für ihre Zusammenarbeit zu finden, damit er wieder so operieren konnte, wie er das unter Fosters Vorgängern getan hatte?

Es trat wieder Schweigen ein, länger diesmal. Am anderen Ende des Parks hatten sich die vogelartigen Drachen auf dem Boden niedergelassen. Mit gesenkten Köpfen waren Männer über sie gebeugt und entwirrten Schnüre. Schließlich sagte Foster: »Was gibt's von Ihrer Reise zu berichten?«

Snow war gut vorbereitet. Exakt chronologisch ging er die einzelnen Stadien seiner Reise durch, wobei er erst seine Erfolge bis zur Ankunft in Zhengzhou schilderte, dann die weniger leicht zu dokumentierenden Erkenntnisse danach. Zum Schluß schob er Foster einen braunen Karton zu, der neben dem gesamten belichteten Filmmaterial das Reisetagebuch mit allen ihm wichtig erscheinenden Koordinaten enthielt sowie einen vollständigen schriftlichen Bericht über alle Vorkommnisse. Je länger Snow sprach, desto ungehaltener wurde Foster, und schließlich drehte er sich herum, um den Geistlichen direkt anzusehen.

»Man verdächtigt Sie!« platzte Foster heraus.

»Aber weswegen denn? Es ist nichts passiert, was nicht jeden Tag jedem *waigouren* in jeder größeren chinesischen Stadt passiert. Nicht einmal in ein Gespräch wurde ich verwickelt.«

»Nein!« widersprach Foster. »Sie sind observiert worden! O Gott!«

»Lassen Sie diesen Unsinn!« sagte Snow schroff, ungehalten über Fosters panikartige Reaktion. »Jetzt werde ich jedenfalls nicht observiert. Davon haben Sie sich persönlich überzeugt, bevor Sie zu dem Treffen erschienen sind. Sie wissen also, daß Sie nichts zu befürchten haben: daß ich nichts zu befürchten habe.«

»Dem nach zu schließen, was Sie gerade gesagt haben, muß Li wesentlich mehr als ein Reisebegleiter sein. Man hat Sie im Visier.« Er reckte sich und sah sich besorgt um.

»Und selbst wenn man mich im Visier hatte, ist nichts dabei herausgekommen. Ich habe jede Falle durchschaut und mich auf nichts eingelassen. Li hat sich ja weiß Gott alle erdenkliche Mühe gegeben, mich dazu zu bringen, etwas Verfängliches zu sagen oder zu tun, und trotzdem kann mir nicht einmal er in seinem Bericht etwas vorwerfen, was ich nicht bis ins kleinste entkräften könnte.«

»Das gefällt mir nicht«, sagte Foster. »Ich muß London in vollem Umfang in Kenntnis setzen.« Wieder sah er sich nervös um.

»Das habe ich bereits getan, in meinem Bericht.«

»Man wird auch meine Meinung hören wollen.«

So gefärbt, daß er ihn auch weiter auf Distanz halten konnte, vermutete Snow. »Wir müssen uns noch einmal treffen, damit ich weiß, wie sich London unsere künftige Kommunikation vorstellt.«

Foster machte sofort einen Rückzieher. »Wir könnten einen toten Briefkasten benutzen.«

»Ich möchte ein persönliches Treffen.«

»Aber unter denselben Bedingungen wie heute«, insistierte Foster. »Wenn ich nicht zufrieden bin, wird nichts aus dem Kontakt.«

Es *mußte* etwas geschehen! »Lassen Sie mich bloß nicht hängen.«

»Was werfen Sie mir vor?«

»Ich weiß, wie schwierig die Lage hier ist«, wich Snow nun seinerseits aus. »Es bestand nie irgendwelche Gefahr. Und es wird auch in Zukunft keine bestehen. Es gibt keinen Grund, den Kopf zu verlieren.«

»Das hat allein London zu entscheiden«, sagte Foster. »Auf Anordnung der Regierung hat die *People's Daily* ausdrücklich vor interventionistischen und konterrevolutionären Aktivitäten des Auslands gewarnt. Irgend etwas braut sich da zusammen.«

Snow fand, daß dieser Mann, der eigentlich seine Verbindung zu London sein sollte, ein regelrechtes Hindernis war. »Aber mit mir hat das nicht das geringste zu tun. Folglich gibt es für London auch nichts zu entscheiden. Die müssen bloß unterrichtet werden, was passiert ist.«

»Sie müssen vorsichtig sein!« sagte der Mann aus der Botschaft.

»Ich bin *immer* vorsichtig«, seufzte Snow, der es satt hatte, sich ständig wiederholen zu müssen. Der Mann ließ ihm gar keine andere Wahl, als sich zu beschweren, ungeachtet der Folgen, die das auf seine Karriere haben konnte.

»*Besonders* vorsichtig.«

Snow spürte, wie sich sein Brustkorb zusammenschnürte. Er hatte immer ein Asthmaspray bei sich, aber seltsamerweise sträubte sich alles in ihm dagegen, es in Anwesenheit des anderen Mannes zu benutzen. Möglicherweise hätte es Foster sogar so hingedreht, als wäre der Anfall durch Nervosität, ähnlich seiner eigenen, ausgelöst worden, während in Wirklichkeit nur seine ohnmächtige Wut über diesen Idioten und dieses Treffens schuld daran war.

»Sie gehen als erster«, sagte Foster. »Ich beobachte Sie dabei, um sicherzugehen, daß Ihnen niemand folgt.«

»Heute in einer Woche. Hier«, wiederholte Snow. »Und ohne diesen Laßt-Blumen-sprechen-Quatsch.«

»Gut«, sagte Foster unsicher.

Snow *hatte* ein ungutes Gefühl, als er den Park verließ, und das steigerte seine Wut auf Foster noch, weil nur er an dieser total unnötigen nervlichen Belastung schuld war. Seine Beschwerden wurden stärker, sein Brustkorb krampfte sich fester zusammen, und er begann nach Atem zu ringen. Aber er versagte sich die Linderung, bis er ganz sicher war, daß Foster ihn nicht mehr sehen konnte. Doch inzwischen war es zu spät. Die Bank flimmerte vor seinen Augen, als er sich darauf niedersinken ließ, um sich endlich das Inhalierspray in den Mund fummeln zu können. Die Muskeln brauchten lange, um sich wieder zu entkrampfen, und selbst dann noch blieb das raspelnde Pfeifen, von dem er wußte, daß es sich möglicherweise erst nach einer Stunde legen würde.

Es war der stärkste Anfall seit Monaten, und das machte ihm Sorgen. Foster *war* ein Trottel, weil er ihn ausgelöst hatte: ein ängstlicher, blöder Trottel, der ihm das Leben unerträglich machte, körperlich inzwischen genauso wie in jeder anderen Hinsicht. Snow sah keinen Grund mehr, auf die Karriere des Mannes Rücksicht zu nehmen. Allem Anschein nach lag ihm sowieso nichts daran, und vermutlich war er sogar froh über eine Chance, aus Peking wegzukommen.

»Er ist wirklich sehr ungewöhnlich«, gab Gower zu. »Ganz und gar nicht, wie man sich jemand vorstellt, der fürs Foreign Office arbeitet.« Allerdings sehr nominell fürs Foreign Office arbeitet, korrigierte sich Gower insgeheim.

»Und wie ist er denn nun *wirklich*?« wollte Marcia wissen, die den Wein genau gleich zwischen ihnen aufteilte.

»Er klagt ständig über seine schmerzenden Füße: trägt Latschen, die eher wie Schneeschuhe aussehen. Auf den ersten Blick wirkt er ziemlich schlampig, obwohl er das gar nicht ist: Das ist nur ein Trick. Es fällt mir immer noch schwer, mir ein richtiges Bild von ihm zu machen, obwohl ich in letzter Zeit ständig mit ihm zusammen war.«

»Ich möchte ihn kennenlernen!« sagte Marcia sofort. »Lade ihn doch zum Abendessen ein. Das wäre doch in Ordnung, oder? Daß ich deinen Ausbilder kennenlerne, meine ich.«

»Ich weiß nicht«, sagte Gower skeptisch. Er hatte sich von Anfang an nur widerstrebend auf dieses Gespräch eingelassen. Jetzt bereute er es noch mehr.

»Lad ihn ein!« ließ sie nicht locker. »Ich muß diesen geheimnisumwitterten Mann unbedingt kennenlernen!«

Geheimnisumwittert war er, das fand auch Gower. Er wußte nicht einmal seinen Namen, um ihn Marcia vorzustellen, falls er die Einladung annahm.

Fjodor Tudin war ein Mann, der sich ganz seinem Beruf verschrieben hatte, ein asexueller Junggeselle, dessen einziges Laster darin bestand, sich in der sicheren Abgeschiedenheit seiner Wohnung am Sitinskij-Prospekt ab und zu bis zur Besinnungslosigkeit zu betrinken. Seit den Veränderungen, die ihn immer noch frustrierten und ärgerten, waren die Besäufnisse häufiger geworden. Es genügte ihm nicht, daß er die Umstrukturierung des KGB überlebt hatte. *Er* hätte zum Leiter des Direktorats ernannt werden sollen, nicht dieses eiskalte, machtbesessene Luder Natalia Nikandrowa. Nach allem, was er in der Vergangenheit geleistet hatte, stand der Posten ihm zu. Und er würde ihn auch bekommen, trotz ihrer Bemühungen, ihn unter der Arbeitslast zu begraben, die der Aufbau der neuen Spionagenetze in den Republiken mit sich brachte.

Er mußte bloß eine Möglichkeit finden.

Und diese Möglichkeit war, persönliche Schwächen aufzudecken – oder noch besser: persönliche Geheimnisse diskreditierenden Charakters. Das war auch der Grund, weshalb er sich bereits eine Woche nach der demütigenden Ernennung zu ihrem Stellvertreter im Archiv ihre Personalakte vorgenommen hatte. Er war enttäuscht gewesen über die Spärlichkeit der Eintragungen, die auf eine ähnlich unausgefüllte Existenz hindeuteten wie seine eigene. Das Baby hatte erst Hoffnungen in ihm geweckt, aber in den Unterlagen der allein lebenden Frau war auch der achtzehn Monate zuvor eingetretene Tod ihres Mannes, eines Flottenoffiziers, vermerkt, so daß auch das nichts hergab. Auf ganz ähnliche Weise hatte ihn der ungewöhnliche Kontakt mit einem Engländer hoffen lassen, bis sich herausstellte, daß er in Zusammenhang mit einer erfolgreichen Operation stand, die zu ihrer Beförderung beigetragen hatte.

Fest entschlossen, etwas zu finden, hatte Tudin eine diskrete Überwachung aller Tätigkeiten Natalias angeordnet. Entsprechend neugierig wurde er deshalb, als er auf den Vermerk über die Nachforschungen stieß, die in Zusammenhang mit einer Wohnung in Mitninskaja über ihren Sohn Eduard angestellt worden waren.

So neugierig sogar, daß er sie durch eigene Nachforschungen ergänzte. Und weiter hoffte.

13

Nachdem er Gower, so gut er sich dazu in der Lage glaubte, ausgebildet hatte, setzte Charlie ohne jede Vorwarnung die Abschlußprüfungen an; er ordnete sogar zuzeiten, in denen er nicht persönlich anwesend war, ein paar Tests an, weil Gower dann am wenigsten damit rechnete. Andere veranstaltete er, wenn sich Gower außer Dienst glaubte.

Bei einem Raumdurchsuchungstest entging Gower nur ein Gegenstand, der verrückt worden war. Er entdeckte jedes Auto, das ihm folgte, sei es auf einem Motorway oder einer normalen Straße. Um jede Papierspur zu verwischen, aufgrund deren seine wahre Identität hätte aufgedeckt werden können, fing er ohne Aufforderung an,

Leihwagen mit Kreditkarten und Führerscheinen zu mieten, die auf falsche, von der Dienststelle bereitgestellte Decknamen ausgestellt waren. Er beließ es jedoch nicht nur bei der Vorsichtsmaßnahme mit den Leihwagen: Bei einer fingierten Observierung, die durch erfahrene Mitarbeiter aus den eigenen Reihen durchgeführt wurde, entdeckte er seine Verfolger und benutzte, um sie einzulullen, so lange dasselbe Fahrzeug, bis sie es fast automatisch mit ihm in Verbindung brachten, bevor er sie dann total abhängte, indem er den Wagen an einer besonders deutlich sichtbaren Stelle abstellte und die Zeit, während der sie ihn beobachteten, zum Untertauchen nutzte. Sein handwerkliches Rüstzeug erwies sich als tadellos. Dreimal hängte er bei einer Bodenverfolgung professionelle Observierer ab, indem er sie durch ein paar Kaufhäuser mit Vorder-, Seiten- und Hintereingängen hetzte. Bei zwei weiteren Gelegenheiten schlug er den zunehmend ungehalteneren Observierern ein Schnippchen, indem er bei einer Übergabe einer anderen Person – einer Frau –, die ihm auf einer belebten Straße entgegenkam, unbemerkt ein Päckchen zuspielte. Tote Briefkästen leerte und füllte er fehlerlos. Er observierte ausgebildete Männer, die Anweisung hatten, ihn abzuhängen, was sie nur in zwei von sechs Fällen schafften. Gleichzeitig vermied er dabei jede Form von visuellem Kontakt, die dem Observierten seine Identifizierung ermöglicht hätte. Es wurden drei Versuche unternommen, ihn zu fotografieren: ein Team trat als eine Gruppe von Urlaubern auf, die so für ein Erinnerungsfoto posierte, daß er im Hintergrund aufs Bild kommen sollte. Das konnte er jedoch in allen drei Fällen vermeiden. Beim simulierten Verhör durch Spezialisten aus den eigenen Reihen beherzigte er die ihm von Charlie immer wieder eingebleute Anweisung, so wenig Lügen wie möglich zu erzählen – und immer darauf zu achten, daß er sich an seine Lügen erinnern konnte –, und widerstand vier Stunden intensivster Vernehmung, bevor er schließlich überführt wurde, und auch das nur wegen eines so geringfügigen Fehlers, daß er ihn, wie Charlie fand, auf hinreichend überzeugende Weise wieder ausbügeln konnte.

Und an jedem Tag dieser Endphase betonte Charlie, daß das Ganze auf seine endgültige Zulassung hinauslaufen werde, die Gower vor Beendigung der Sitzung als solche entdecken und ausweisen müsse.

Die Sitzung, die Charlie als ihre letzte vorgesehen hatte – obwohl er das, weil er erst endgültig Gewißheit haben wollte, Gower nicht sagte –, fand in Charlies engem Büro statt, in dem auch ihre erste Begegnung stattgefunden hatte. Charlie schien das schon endlos lange zurückzuliegen. »Glauben Sie, Sie sind jetzt so weit?« fragte er.

»Das müssen Sie entscheiden, nicht ich«, entgegnete Gower. Den Ehrgeiz, Klassenbester zu sein, hatte er schon seit Wochen abgelegt.

Und wie *würde* er entscheiden, fragte sich Charlie. Gower hatte enorme Fortschritte gemacht, seit er dieses Büro zum erstenmal betreten und ihn mit Sir angesprochen hatte, was er inzwischen nicht mehr tat. Aber genügte das auch? Charlie wußte es nicht. Bei einem Kollegen hatte er das noch nie entscheiden müssen: nur bei sich selbst, und da war er sich sehr sicher. »Mir fällt nichts mehr ein, was ich Ihnen noch beibringen könnte«, mußte er zugeben.

»Jetzt kommt es also auf meinen Instinkt an.«

»Falls es möglich ist, jemand Instinkt beizubringen.«

»Ist das die endgültige Zulassung?«

»Das möchte ich von Ihnen hören«, erinnerte ihn Charlie.

»Ich glaube nicht, daß sie das ist.«

»Was dann?«

»Was Sie aus mir zu machen versucht haben?« sagte Gower vorsichtig.

»Sprechen Sie ruhig weiter«, ermutigte ihn Charlie.

»Ständig auf der Hut. Vor allem und jedem, was um mich herum vorgeht. Das war's doch, oder nicht?«

Charlie nickte hoffnungsvoll. »Also! Glauben *Sie*, daß Sie so weit sind?«

»Ich hoffe es.«

»So etwas wie Hoffnung zählt in einer operativen Situation nicht«, belehrte ihn Charlie. »Ebensowenig wie Glück. Es kommt einzig und allein auf Sie an, wie gut Sie sind.«

»Ja«, sagte Gower. »Ich habe viel gelernt. Ich bin soweit.«

»Sind Sie sicher?« Charlie fürchtete, er würde enttäuscht werden.

»Vor vier Tagen, als Marcia und ich im Theater waren, ist jemand in unsere Wohnung eingedrungen«, begann Gower ruhig. »Die Tür des Spülenunterschranks war offen, als wir nach Hause kamen. Die Schubladen mit meinen Kleidern waren durchsucht worden, die Papiere im Sekretär in einer anderen Reihenfolge zurückgelegt. Vorgestern abend war noch einmal jemand da; man hat sogar das Türschloß verkratzt. Wir haben eine Ablage für unerledigte Post; an sich ein gräßliches Ding, aber Marcia wollte sich nicht davon trennen, weil es ein Geschenk ihrer Mutter ist. Die Briefe wurden in anderer Reihenfolge zurückgelegt.«

»Ich habe mir schon Sorgen gemacht«, sagte Charlie erleichtert.

»Ich habe noch gewartet – für den Fall, daß Sie noch etwas anderes versucht hätten. Aber sonst ist mir nichts aufgefallen.«

»Die Leute, die bei Ihnen waren, hatten keine Anweisung, es auffällig zu machen. Sie sollten absolut professionell vorgehen.«

»Werden Sie deshalb Beschwerde einreichen?«

»Ja«, sagte Charlie. »Und es war auch vollkommen richtig von Ihnen, nach unserem ersten Treffen eine Meldung zu machen und meinen Ratschlag, Ausbilder und den stellvertretenden Generaldirektor namentlich zu nennen, als schlechte Sicherheit anzuprangern.«

In gespielter Fassungslosigkeit schüttelte Gower den Kopf. »Das war also auch ein Test!«

»Man darf keine Sekunde abschalten«, betonte Charlie.

»Sie heißen doch nicht James Harrison, oder?« Nun ergriff Gower die Initiative, um zu demonstrieren, daß er sich Charlies Ratschläge zu Herzen genommen hatte.

»Nein«, sagte Charlie. »Ich habe gar nicht mitbekommen, daß Sie in dem konspirativen Haus in Berkshire im Gästebuch nachgesehen haben: gut gemacht.«

»Wußten Sie, daß ich es versuchen würde?«

»Ich wäre todunglücklich gewesen, wenn Sie es nicht getan hätten.« Zufrieden breitete Charlie die Hände aus. »Ich glaube, das war's.«

»Wie war ich?«

»Gut genug.«

»Aber nicht hundert Prozent!« Gower hörte sich erwartungsvoll an.

»Niemand schafft hundert Prozent«, sagte Charlie. »Zwei letzte Ratschläge, genauso wichtig wie der, sich immer einen Fluchtweg freizuhalten. Trauen Sie niemand. Nicht mir, nicht dieser Abteilung, nicht einmal Marcia. Trauen Sie nur sich selbst.«

»Hört sich ganz schön zynisch an! Wie soll ich Leuten, für die ich hier arbeite, nicht trauen? Und Marcia! Wir werden wahrscheinlich heiraten!«

»Das müssen Sie für sich selbst entscheiden«, sagte Charlie. »Die andere Regel lautet, halten Sie sich nie an eine Regel oder Vorschrift – an nichts, was man Ihnen gesagt hat, bevor wir uns kennengelernt haben, oder was in den Handbüchern steht, und nicht einmal an das, was Sie von mir gelernt zu haben glauben. Damit will ich allerdings nicht Insubordination predigen. Was ich meine, hängt ganz eng damit zusammen, daß Sie niemand trauen dürfen. Wandeln sie jede Anweisung ein bißchen ab: Weichen Sie immer ganz leicht vom vorgegebenen Kurs ab, damit Sie nicht berechenbar sind.«

»Eine Weile saßen die zwei Männer da, ohne etwas zu sagen. Keiner wußte so recht, wie er die Begegnung beenden sollte. Schließlich sagte Gower: »Ich habe viel gelernt.« Und nach kurzem Zögern platzte er heraus: »Ich habe Marcia von Ihnen erzählt. Sie möchte, daß Sie mal zum Abendessen kommen. Und ich selbstverständlich auch. Ich schätze, für diese letzten paar Wochen bin ich Ihnen ein Abendessen schuldig.«

Das wäre schön, dachte Charlie: ein nettes Abendessen mit netten Leuten. »Nein«, sagte er ganz direkt.

»Oh.« Gower fiel aus allen Wolken.

»Und es hat persönliche Gründe«, setzte Charlie nach. »Die Frage, ob ich Sie nun mag oder nicht mag, habe ich bei Ihnen erst gar nicht aufkommen lassen. Und ich habe mir auch über das rein Berufliche hinaus keine persönliche Meinung von Ihnen gebildet. Ich möchte nicht Ihr Freund werden. Oder Marcia kennenlernen und sympathisch finden . . .«

Verwirrt legt Gower die Stirn in Falten. ». . . Entschuldigen sie, aber . . .?«

». . . So werde ich immer nur ganz geringfügiges berufliches Bedauern verspüren, wenn ich später mal höre, daß etwas schiefgegangen ist«, endete Charlie noch direkter.

»Das kann doch nicht Ihr Ernst sein!« protestierte Gower.

»Habe ich Ihnen nicht auch mal erklärt, daß das kein Spiel ist?«

»Nicht so deutlich wie jetzt gerade.«

»Das ist ein dritter Punkt, an den sie immer denken sollen.«

Nach einem weiteren Moment der Stille stand Gower verlegen auf. Es schien, als wüßte er nicht, was er tun sollte. Schließlich streckte er die Hand aus. Charlie rappelte sich auf seine bestrumpften Füße hoch, um den Gruß zu erwidern.

»Ich bin immer noch nervös«, sagte Gower.

»Seien Sie nie was anderes«, schärfte ihm Charlie ein.

»Wir hätten uns doch terminlich ganz nach ihm richten können«, meinte Marcia.

»Er hat gesagt, es täte ihm leid«, wiederholte Gower. »Sein Terminkalender ist schon auf Wochen hinaus voll. Und da ist noch irgendein anderer Kurs, den er halten muß.«

»Ich hätte euch gern verglichen«, gestand sie ihm.

»Uns verglichen?«

»Wie weit es dir gelungen ist, dich ihm anzugleichen. Du weißt schon, die vielen äußerlichen Veränderungen.«

Gower wollte es schon abstreiten, tat es dann aber doch nicht. »Nicht mal annähernd, glaube ich«, gab er zu.

Liu Yin galt im Westen als eine der entschiedensten Kritikerinnen der Regierung in Peking und gehörte zu den Demonstranten vom Tiananmen-Platz, die das Massaker überlebt hatten und danach, weil sie China nicht verlassen wollten, in den Untergrund gegangen waren. Deshalb sorgte ihre Flucht für weltweites Aufsehen. Sie habe fliehen müssen, erklärte sie gleich nach ihrem Eintreffen in Hongkong auf einer Pressekonferenz. Das Amt für öffentliche Sicherheit habe im Zuge einer landesweiten, streng geheimgehaltenen Aktion zahlreiche als Dissidenten geltende Personen festgenommen. Ihres Wissens befänden sich bereits mindestens fünfzig Personen in Haft, und sie glaube, daß es sogar zu Schauprozessen kommen könne.

Snow hörte im BBC World Service Bruchstücke der Konferenz. Er kannte den Namen und die Person. Sie war eine Freundin von Zhang Sulin gewesen. Es hatte zwar keine konkreten Beweise dafür gegeben, aber Snow hatte vermutet, daß die beiden in der Zeit, in der Zhang sein Schüler gewesen war, zusammengelebt hatten.

14

Natalia hatte nie Charlie Muffins vollständige Akte aus den KGB-Archiven angefordert.

Unmittelbar nach ihrer Rückkehr aus London war es im Auslandsdezernat des Direktors aufgrund der politischen Umwälzungen zu umfangreichen personellen Umbesetzungen gekommen, und in der Abteilung für Inneres war es aufgrund dessen, was Alexei Berenkow aus absurd persönlichen Gründen versucht hatte, drunter und drüber gegangen. Zum damaligen Zeitpunkt hatte eigentlich alles darauf hingedeutet, daß sie zusammen mit Berenkow den Säuberungen zum Opfer fallen und nicht, wie es dann der Fall war, befördert würde. Sich also nachweislichermaßen die Unterlagen über den Mann kommen zu lassen, der bei diesem Fiasko die entscheidende Rolle gespielt hatte, wäre außerodentlich unklug und gefährlich gewesen.

Nach ihrer vollständigen Entlastung und ihrer raschen Beförderung hätte sie die Akte natürlich jederzeit anfordern können, ohne dafür irgend jemand Rechenschaft ablegen zu müssen. Aber ihre Gefühle für Charlie hatten inzwischen schon verschiedene Phasen durchlaufen und waren dementsprechend gemischt und widersprüchlich gewesen. Natalia Nikandrowa Fedowa, die in beruflicher Hinsicht jederzeit imstande war, eine sofortige Entscheidung zu treffen, mußte feststellen, daß sie in dieser Angelegenheit, im privatesten Bereich ihres Privatlebens, hoffnungslos überfordert war: außerstande zu entscheiden, *was* sie empfand.

In den ersten Wochen und Monaten nach ihrer Beförderung hatte sie Charlie gehaßt. Oder es zumindest geglaubt. Es hatte Zeiten gegeben, in denen sie vor Schmerz und Frustration in Tränen ausgebrochen war, weil er nicht zu dem Treffen erschienen war, nach dem sie die Sowjetunion und den KGB – und Eduard – endgültig hatte hinter sich lassen wollen, um mit ihm zusammenzuleben. In Gedanken hatte sie heftigst gegen ihn gewütet, hatte ihn für einen Feigling gehalten und keine Entschuldigungen für sein Verhalten gelten lassen.

Die Feststellung, daß sie schwanger war, hätte die Verachtung noch verstärken können, aber seltsamerweise schwächte sie sie ab: zwar nicht gleich so weit, daß sie ihm völlig verziehen hätte, aber immerhin brachte sie zum erstenmal ein gewisses Verständnis für Charlies Rückzieher auf – der Beruf ging immer vor Privatangelegenheiten. Und vor allem hielt sie ihn nicht mehr länger für einen Feigling.

In einem Land, in dem Geburtenkontrolle ganz selbstverständlich auch per Schwangerschaftsabbruch betrieben wird, wäre es für Natalia ein leichtes gewesen, eine Abtreibung vornehmen zu lassen. Sie hatte diese Möglichkeit jedoch so gut wie gar nicht in Erwägung gezogen. Aufgrund der hohen Stellung, die sie inzwischen einnahm, war es genauso einfach, das Baby zu bekommen und zu behalten, zumal sie dadurch auch in keiner Weise stigmatisiert worden wäre, was bei ihrem kleinen Freundes- und Bekanntenkreis ohnehin kaum eine Rolle gespielt hätte; schließlich war sie offiziell nach wie vor eine verheiratete Frau, und die Geburt fiel in einen Zeitraum, der keine Rechtfertigungen oder Erklärungen nötig machte.

Während ihres Krankenhausaufenthalts, als sie sich über kaum etwas anderes Gedanken machen mußte, stellte sie sich schließlich der Tatsache, daß sie Charlie unmöglich hassen konnte- ihn *nie* gehaßt hatte. Allein in der exklusiven Privatstation des exklusiven Geheimdienstkrankenhauses, die ohne Komplikationen geborene, schöngestalte Alexandra neben sich, versuchte sich Natalia endlich darüber klarzuwerden, was sie wirklich fühlte. Am offenkundigsten tiefe Traurigkeit. Bittere Enttäuschung, die immer bleiben würde. Aber vor allem Liebe: alles überwältigende, alles verzehrende Liebe.

Was der denkbar gewichtigste Grund war, nicht ins Archiv zu gehen. Sobald sie sich einmal ihre wahren Gefühle eingestanden hatte, wurde Natalia auch klar, daß sie eine Möglichkeit finden mußte, dieses Gefühl auszusondern, es wie ein Geizhals, der seinen kostbarsten Schatz hütet, fest in ihrem Innern zu verschließen. Doch im Gegensatz zu einem Geizhals konnte sie ihren verlorenen Schatz nie wieder hervorholen: sich nie wieder an seiner Pracht und Schönheit freuen. Es war zwar nicht einfach, aber während aus Wochen Monate wurden und Alexandra immer mehr in den Mittelpunkt ihres Lebens rückte, gelangte sie immer mehr zu der Überzeugung, daß sie die Trauer und die Enttäuschung in erträglichen Grenzen halten könnte.

Bei einer abschließenden Analyse des Problems fand sie keinen sinnvollen, vernünftigen Grund, sich Charlies Personalunterlagen kommen zu lassen und sich von neuem all dem Kummer auszusetzen, den sie inzwischen unter unerschütterlicher Kontrolle zu haben hoffte.

Oder gab es doch einen?

Diese nachdenkliche Frage – nach der anderen nachdenklichen Frage, als es ihr nicht gelungen war, Eduards Aufenthaltsort herauszufinden – ergab sich nicht einfach so und ohne Widersprüche, weil sich nichts einfach so und ohne Widersprüche ergab, wenn sie über Charlie Muffin nachdachte. Aber Natalia wußte, daß sie ihre Gefühle inzwischen für immer fest hinter Schloß und Riegel hatte.

Es hieße ja nicht, daß sie ihn zu finden versuchte, ganz gleich, wo er war und was er gerade tat. Das wäre absurd gewesen. Es hieße nur, daß sie soviel wie möglich über den Vater ihrer Tochter in Erfahrung zu bringen versuchte. Eines Tages würde Alexandra unausweichlich anfangen, Fragen zu stellen. Im Moment war Natalia nicht sicher, ob sie es über sich brächte, ihrer Tochter die Wahrheit zu sagen. Ziemlich sicher nicht. Aber sie war es dem Kind schuldig, zumindest in der Lage zu sein, ihm die Fragen zu beantworten, die es ihr vielleicht stellen würde.

Der mit roten Sternen versehene, auf strengste Geheimhaltung dringende Vermerk auf dem dicken Ziehharmonikaordner war überstempelt mit dem Hinweis ›Löschen – Stufe IV‹, der dem Dokument nur noch eine geringfügige Restwichtigkeit beimaß. Nur für mich wichtig, dachte Natalia. Zu ihrer Überraschung stellte sie fest, daß sie Angst hatte, ohne daß sie wußte, wovor sie Angst haben sollte.

In dem Augenblick, in dem sie die Akte aufschlug, merkte Natalia, daß sie ihre Gefühle *keineswegs* so fest im Griff hatte und daß sie schon sein bloßer Anblick, und sei es nur auf hastig aufgenommenen, grobkörnig unscharfen Observierungsfotos, aus der Fassung brachte. Es war die Standardanordnung, mit Fotos im ersten Teil. Insgesamt waren es fünf, datiert und in chronologischer Folge, die letzten zwei qualitativ wesentlich besser als die anderen: Sie brauchte die Zeitangaben nicht, um zu wissen, daß sie aufgenommen worden waren, als sie sich in London wiedergesehen hatten, als sie, ohne es zu wissen, schwanger geworden war. Auf einem der anderen, früheren Bilder hatte sich Charlie gebückt und einen schmerzlindernden Finger in die Ferse seines ausgetretenen linken Schuhs gesteckt. Hastig begann Natalia die Fotos in den Ordner zurückzulegen; sie brauchte nicht daran erinnert zu werden, wie er ausgesehen hatte. Doch dann hielt sie plötzlich inne. Ihr Sachverstand gewann die Oberhand über ihre Gefühle. Die Bilder waren fraglos von Charlie Muffin, den sie immer und überall wiedererkannt hätte. Zusätzlich zweifelsfrei identifiziert durch die Tatsache, daß sie sich in einem offiziellen Dossier befanden, das mit dem Namen und der Personenbeschreibung des Mannes versehen war. Doch kein Foto, nicht einmal eines der späteren, reichte von sich aus für eine definitive Identifizierung aus: Einfach wegen der Art, wie er dastand oder sich hielt oder durch eine Drehung des Kopfs halb das Gesicht verbarg, hätte jedes der Fotos genausogut von einem anderen Mann sein können.

Die ersten schriftlichen Aufzeichnungen waren fast zwanzig Jahre alt, das Papier bereits vergilbt und an den Rändern brüchig.

Charlie hatte ihr von dieser ersten Episode erzählt, allerdings nicht in allen Einzelheiten: Der kalte Krieg befand sich in seiner frostigsten Phase, und Alexei Berenkow stand bereits im Verdacht, der in London stationierte Kopf einer der erfolgreichsten sowjetischen Zellen im Europa der späten sechziger Jahre zu sein. Und da waren sie nun, diese Einzelheiten. Alle, chronologisch geordnet, leicht zu verstehen. Charlie und zwei andere SS-Angehörige hatten sich auf die andere Seite der Berliner Mauer begeben, um die für Berenkows Verurteilung erforderlichen Beweise zu beschaffen: Beweise, die sie bekommen hatten, weil es ein vollständiges Verhörprotokoll des später enttarnten ostdeutschen Doppelagenten gab, der alles weitergegeben hatte. Die nächsten Dokumente in dem Dossier waren die dünnen Telegramme, in denen neben dem genauen Zeitpunkt sogar der Fahrzeugtyp stand, in dem der damals unbekannte Charlie seine Rückkehr versuchen sollte, eine Rückkehr, die jedoch der britische und der amerikanische Geheimdienst absichtlich hatten durchsikkern lassen, um die gegnerische Seite durch die Opferung Charlies von der Rückkehr seiner zwei Kollegen mit dem Beweismaterial abzulenken. Aber es war nicht der stets vorsichtige, stets aufs Überleben bedachte Charlie gewesen, der am Steuer des Wagens gesessen war, der unter dem Beschuß der Grenzposten explodiert war, so daß sich die Identität des Fahrers nicht mehr hatte feststellen lassen können und für die nötige Ablenkung gesorgt war, damit Charlie mit der U-Bahn unbehelligt in den Westen zurückkehren konnte. Den schriftlichen Aufzeichnungen zufolge war Charlie zwar später nach dem Namen der Person gefragt worden, die er zu seinem Schutz vorgeschickt hatte, hatte sich aber beharrlich geweigert, ihn zu nennen.

An dieser Stelle gab es eine Lücke in der zeitlichen Abfolge: Ein Vermerk, attestiert durch eine Unterschrift, die Natalia nicht lesen konnte, wies darauf hin, daß die Festnahme des Mannes gescheitert und die Londoner Zelle mitsamt Alexei Berenkow den Engländern in die Hände gefallen war. Die spärlichen Details über Berenkows unter Ausschluß der Öffentlichkeit stattfindenden Prozeß füllten nur eine einzige Seite und schlossen mit dem Hinweis auf seine vierzigjährige Haftstrafe.

Und dann wieder Telegramme, aus den sowjetischen Botschaften in London und Wien, über hochverdächtige, aber anonyme Annäherungsversuche, hinter denen, wie sich schließlich herausstellte, ein gewisser Charlie Muffin stand, der jedoch weder Geheimnisse verraten noch überlaufen wollte, sondern lediglich eine Möglichkeit anbot, es denen heimzuzahlen, die seine Festnahme oder Tötung in Kauf genommen hatten, einen Plan, mit dessen Hilfe schließlich Berenkow gegen die Direktoren des SIS und des CIA ausgetauscht werden konnte, die peinlicherweise den Sowjets in die Hände gefallen waren.

In Zusammenhang damit war es auch zu einem persönlichen Kontakt zwischen Charlie und General Valeri Kalenin gekommen, dem damaligen Leiter des Ersten Hauptdirektorats, noch jemand, den sie gekannt hatte und der aufgrund der KGB-Umstrukturierung schon lange in der Versenkung verschwunden war. Aufmerksam las Natalia die Beurteilung, die Kalenin über Charlie geschrieben hatte. Von *absolut professionell* war da immer wieder die Rede. Zweimal wurde ausdrücklich darauf hingewiesen, daß der Austauschplan des Engländers *keinesfalls* als Überlaufversuch gedeutet werden dürfe. Kalenin hatte geschrieben: *Das ist ein Mann, der sich hintergangen fühlt und die Männer, die ihn opfern wollten, aus Rache in größtmögliche Verlegenheit stürzen will. Ich halte es für höchst unwahrscheinlich, daß dieser Mann umgedreht werden kann: Bei unseren Treffen hat er sich, wenn auch im Widerspruch zu jeder gängigen Logik, durchgehend als ein loyaler Angehöriger des britischen Geheimdiensts dargestellt. Das ist eine schwer verständliche moralische Grundhaltung, aber allem Anschein nach eine Gelegenheit, die wir uns, so gut es geht, zunutze machen müssen.*

Danach gab es eine weitere Lücke in der zeitlichen Abfolge, aber auch sie konnte Natalia mit dem füllen, was Charlie ihr von den Monaten seiner endlosen Flucht vor dem britischen und amerikanischen Geheimdienst erzählt hatte, auf der er die unglückliche Edith von einem Land zum anderen geschleppt hatte: vom Tod seiner Frau, die sich absichtlich einer ihm geltenden Kugel in den Weg geworfen hatte: von seiner noch erbitterteren Rache an ihrem Mörder: von seiner Festnahme, seinem Hochverratsprozeß und seiner Inhaftierung in einem britischen Gefängnis, zusammen mit einem vermeintlichen KGB-Agenten: von seinem fingierten Ausbruch und seiner Flucht nach Moskau.

Der Zeitpunkt ihres Kennenlernens, dachte Natalia, inzwischen fast erdrückt von der Last der Erinnerungen.

Obwohl sie die Unterlagen nicht als Gedächtnisstütze brauchte, las sie weiter, bis sie, nach einer Lücke von sechs Jahren, zu ihren eigenen Vernehmungsprotokollen mit Charlie Muffin kam. Er hatte sie getäuscht, mußte sie sich eingestehen: genauso, wie er den repatriierten Berenkow getäuscht hatte und sogar Valeri Kalenin, den Mann, der früher einmal die Meinung geäußert hatte, Charlie habe nicht das Zeug zum Verräter. Natalia entdeckte den Widerspruch sofort. Beruflich hatte er sie sehr wohl getäuscht: Er hatte sie so glaubhaft davon überzeugt, überlaufen zu wollen, daß sie nie auf die Idee gekommen war, das Ganze könnte in Wirklichkeit nur dem Zweck dienen, Berenkow zu diskreditieren. Aber persönlich hatte er sie nie getäuscht. Ihre Liebe war aufrichtig gewesen – war es, was sie betraf, immer noch. Und als er Berenkow schließlich in die Falle hatte laufen lassen, war er dabei so vorgegangen, daß ihr aus ihrer intimen Beziehung mit ihm keinerlei Gefahr erwuchs.

Nun hatte sie endlich, schwarz auf weiß, die Bestätigung, wie erfolgreich er sie geschützt hatte. General Kalenin, der die Untersuchung geleitet hatte, hatte alles in seiner Macht Stehende getan, um den Schaden für die Karriere seines engen Freundes Berenkow auf ein Minimum zu begrenzen. Und hatte sie vollständig entlastet.

Genossin Oberst Natalia Nikandrowa Fedowa hat sich in jeder Hinsicht beispielhaft verhalten, hatte der General vermerkt. *Sie war es, die ihre Vorgesetzten schließlich darauf aufmerksam gemacht hat, daß die Absicht des Engländers, zu uns überzulaufen, nur vorgeschützt war. Das Scheitern unserer Festnahmebemühungen ist darauf zurückzuführen, daß die Spionageabwehr nicht rasch genug auf Genossin Fedowas Hinweis reagiert hat.*

Natalia brauchte dringend eine Verschnaufpause von diesem Wörterwust und blickte mit einem flüchtigen Schmunzeln über die Bezeichnung ›Genossin‹, die ihr nach all den Veränderungen sehr archaisch erschien, von der Akte auf. Immer noch ganz in ihre weit zurückreichende Erinnerungen vertieft, nahm sie ihre sterile Umgebung kaum wahr. Sie hatte geglaubt, Charlie nach seiner Flucht nach England nie mehr wiederzusehen. Damals hatte sie das jedoch nicht so geschmerzt. Sie hatte die unüberbrückbare Kluft zwischen ihrem unlösbaren persönlichen Dilemma und dem, was er berufsbedingt tun mußte, leichter akzeptieren können.

Natalia beugte sich wieder über die Akte und kam zu der zweiten Untersuchung gegen Alexei Berenkow, die dem Mann schließlich – verdientermaßen – zum Verhängnis geworden war. Selbst die gestelzte Amtssprache des Untersuchungsprotokolls, das mehr oder weniger einen Prozeß ohne Richter oder Geschworene dokumentierte, machte Berenkows Größenwahn für jeden deutlich ersichtlich: seine unerschütterliche Überzeugung, die er sogar noch beim Verhör vertrat, daß er berechtigt sei, einen persönlichen Rachefeldzug gegen Charlie Muffin zu führen, um ihn genauso zu diskreditieren, wie er ihn – dank Kalenins Intervention allerdings nur ganz geringfügig – diskrediert hatte. Diese Gefahr, vermutete sie, bestand in jeder Organisation wie der ihren: daß jemand, der über enorme Macht verfügte, diese Macht aufgrund zunehmender psychischer Labilität für seine privaten Zwecke mißbrauchte.

Natalia schloß den Ordner, und als sie sich auf den notwendigerweise getrennten Ebenen ein Urteil zu bilden versuchte, mußte sie wie immer feststellen, daß sie sich überschnitten.

Aufgrund der Tatsache, daß er nicht zu ihrem letzten Londoner Rendezvous erschienen war – zu jener Verabredung also, die sie in der Absicht eingehalten hatte, alles hinter sich zu lassen –, hatte Charlie vermieden, als Sowjet-Sympathisant diskreditiert zu werden, ein Vorwurf, den Berenkow noch zusätzlich durch ein Miasma von Fehlinformationen zu untermauern versucht hatte. Und so hatte sich Charlie wieder einmal – wie immer – als der Überlebenskünstler schlechthin erwiesen.

Und hatte dadurch zerstört, was zwischen ihnen hätte sein können.

Natalia war überzeugt, daß sie sich mit Charlie in England eine Existenz hätte aufbauen können: ganz sicher jetzt, mit dem Baby. Anfangs wäre es natürlich schwierig gewesen: ganz extrem sogar, denn sie wäre nie bereit gewesen, überzulaufen und irgendwelche Geheimnisse über ihre Organisation preiszugeben, genausowenig wie Charlie je bereit gewesen war, tatsächlich etwas über seine Seite zu verraten. Folglich wäre der offizielle Druck auf sie – auf sie beide – ganz enorm gewesen. Aber *mit* Charlie hätte sie dem Druck standgehalten, damit sie endlich hätten zusammenleben können.

Als versuchte sie die Erinnerung in einem ganz körperlichen Sinn loszuwerden, schüttelte Natalia in der Einsamkeit ihres Büros den Kopf. Was hätte sein können, konnte nicht sein: Warum also hatte sie sich doch noch einmal auf diese Gedankenspiele, die sie sich so lange versagt hatte, eingelassen?

Nachdem sie sich diese Frage endlich gestellt hatte, zwang sie sich auch, sie zu beantworten, und zwar zum erstenmal richtig. Denn daß sie sich darauf eingelassen hatte, war keineswegs nur müßiger Zeitvertreib gewesen, kein überflüssiges Auffrischen alter Erinnerungen, die besser in Ruhe gelassen werden sollten. Sie hatte das Dossier mit einer ganz bestimmten Absicht studiert, und die Enttäuschung, die sie jetzt verspürte, rührte nicht von den in der Vergangenheit verspielten Chancen her, sondern daß sie nicht gefunden hatte, wonach sie für die Zukunft Ausschau gehalten hatte.

Sie hatte nach einem Hinweis gesucht, der es ihr ermöglicht hätte, Charlie erneut aufzuspüren. Aber sie hatte keinen gefunden.

Keine vierundzwanzig Stunden später fragte sich Fjodor Tudin in einem anderen Teil desselben Gebäudes, ob er den Hinweis, den er suchte, gefunden hatte, als er durch Natalias Unterschrift in der Aktenausgabestelle erfuhr, daß sie sich die Unterlagen über den Engländer hatte kommen lassen, mit dem sie in ihrer eigenen Personalakte in Verbindung gebracht wurde.

Hatte sie demnach doch einen schwachen Punkt? fragte er sich.

Sie hatten die Stühle zwar in trauter Zweisamkeit eng aneinandergerückt, saßen aber, ohne sich zu berühren oder auch nur ein Wort zu wechseln, an Millers Schreibtisch, als sie Jeremy Snows Material studierten. Nachdem sie jeden Bericht und jedes Fotos begutachtet hatten, sagte der Generaldirektor schließlich: »Gute Arbeit; verdammt gute Arbeit sogar.«

»Nur schade, daß es so enden muß«, pflichtete ihm Patricia Elder bei.

»Vergiß bitte nie unseren obersten Grundsatz«, rief ihr Miller in Erinnerung. »Der Zweck heiligt die Mittel.«

»Hoffen wir, daß er das tut«, sagte die Frau.

15

»Die einzelnen Berichte widersprechen sich zwar recht erheblich, aber es ist ziemlich offensichtlich, daß ein *gewisser* Verdacht besteht.« Während er sprach, reihte Peter Miller, der in allem großen Wert auf Ordnung legte, das ganze Material, das über Nacht aus Peking eingetroffen war, in säuberlich geschichteten Stapeln auf seinem Schreibtisch auf. Snows Informationen und Eindrücke bildeten den größten Stapel, gefolgt von den Fotos und von Walter Fosters Bericht. Dabei hatte der Generaldirektor den Kopf gewohnheitsmäßig nach rechts gelegt, um sich auf dieser Seite besseres Sehvermögen zunutze zu machen.

Patricia Elder nickte zustimmend. »Aber wie stark ist dieser Verdacht? Wir können keinen einzigen Fehler feststellen, jedenfalls bisher nicht.«

Als Miller mit dem Ordnen der Unterlagen fertig war, streckte er endlich die Hand nach der ihren aus. »Foster hat eindeutig überreagiert, sogar so früh schon.«

»Was ist das größere Risiko? Foster noch bleiben zu lassen? Oder ihn sofort abzuberufen?«

»Wenn wir ihn abberufen, entziehen wir den Chinesen jede Grundlage für eine offizielle Anschuldigung.«

»Was mich überrascht, ist das Tempo der Entwicklung«, gab die stellvertretende Direktorin zu. »Ich dachte, es würde viel langsamer gehen.«

Warnend schüttelte Miller den Kopf. »Er war in mehreren Sperrgebieten. Und vielleicht hat er die Observierungsmaßnahmen bisher noch nicht entdeckt. Oder sie nicht für wichtig genug gehalten, um sie zu melden; er könnte sie ja als Ausdruck des üblichen Augenmerks abgetan haben, mit dem in China lebende Ausländer zu rechnen haben. Außerdem dürfen wir bei alldem nicht außer acht lassen, daß es Foster ist, der Begriffe wie ›verschärfte Überwachung‹ und ›äußerst brisante Lage‹ ins Feld führt.«

»Snow hat immerhin eingeräumt, daß Li wahrscheinlich dem Amt für öffentliche Sicherheit angehört«, machte die Frau geltend. Sie stand von ihrem Platz neben Miller auf und nahm ihren Stuhl mit.

»Jeder offizielle Begleiter ist gleichzeitig Informant.« Der Mann hielt inne. »Ich wünschte, wir könnten uns noch ein paar konkrete Hinweise beschaffen.«

»Das können wir nicht riskieren«, sagte sie sofort. »Wir müssen die Entscheidung von hier treffen: blind sozusagen.«

Es gab eine kurze Unterbrechung durch die Sprechanlage, die zwar häufig auf Dauerbetrieb gestellt war, aber immer nur vom Empfang zu Millers Büro offen war und nicht umgekehrt. Der Generaldirektor bestellte den angebotenen Tee in fünf Minuten. Bis Julia Robb damit hereinkam, stand der zweite Stuhl wieder auf seinem gewohnten Platz auf der anderen Seite des Schreibtisches, und Patricia Elder saß darauf. Keiner von beiden sagte etwas, bis Julia Robb den Raum verließ. Beim Einschenken sagte Miller: »Daß es so schnell ging, ist tatsächlich überraschend.«

Patricia Elder nahm die ihr angebotene Tasse. »Ohne

meiner eigenen Argumentation in den Rücken fallen zu wollen: Wir dürfen nicht vergessen, wie wenig Anhaltspunkte wir haben, wie und wann die Chinesen bei etwas reagieren. Hier haben wir es nicht mehr mit der Sowjetunion und dem KGB zu tun, die wir jahrelang studiert haben und für einigermaßen berechenbar hielten.« Sie deutete auf Millers sauber geordnete Stapel. »Ganz gleich, wie gut wir unsere Leute bereits postiert zu haben dachten, haben wir, was den chinesischen Geheimdienst angeht, erst an der Oberfläche gekratzt.«

»Ich glaube nicht, daß wir uns durch Fosters Äußerungen in Panik versetzen lassen«, sagte der Direktor nachdenklich. »Oder uns weiter in Sicherheit wiegen, wie Snow das zu tun scheint.«

Aufgrund zehnjähriger beruflicher Zusammenarbeit, ganz zu schweigen von ihrer engen persönlichen Beziehung, erkannte Patricia Elder darin den Schritt zu einer Entscheidung. »Wir berufen Foster also nicht sofort ab?«

»Noch nicht gleich«, ernschied Miller. »Aber wir können ihn auf keinen Fall zu dem Treffen erscheinen lassen, auf das Snow gedrungen hat. Das wäre ein untragbares Risiko. Wir lassen Snow über einen toten Briefkasten eine Nachricht zukommen. Er wird sich so lange gedulden müssen, bis sich in der Botschaft ein Anlaß für ein persönliches Gespräch bietet. Da sind zum Beispiel die Warnungen in der *People's Daily*. Und was Liu Yin auf der Pressekonferenz gesagt hat.«

»Und wenn es zu einem Notfall kommt?«

Der Direktor dachte kurz nach. »Wir sagen Snow, er soll auf unser Zeichen warten. Aber mach Foster klar, daß er ganz allein vor Ort entscheiden kann, wenn für eine Rückfrage keine Zeit mehr ist. Auf jeden Fall soll er Snow schon mal vorwarnen, daß er sich möglicherweise kurzfristig absetzen muß. Und laß auch von hier eine entsprechende Nachricht rausgehen.«

Wie jemand, der mit Betperlen spielt, begann Miller die Informationen aus Peking neu zu ordnen. »Tatsache ist, wir verfügen über eine ungeheure Menge an hochinteressantem Material ...« Plötzlich kam ihm eine Idee, die ihn innehalten ließ. »Wir müssen Snow gratulieren. Ein Glückwunschtelegramm, separat von den neuen Anweisungen.«

»Ich sehe zu, daß alles noch heute abend rausgeht«, sicherte ihm Patricia Elder zu und sah ihn weiter fragend an. »Was ist übrigens mit heute abend?«

Miller lächelte sie an. »Ann bringt zwei Pferde nach Newmarket hoch. Sie wird mindestens drei Tage bleiben – praktisch solange der Pferdemarkt dauert.«

»Gut«, sagte Patricia Elder. Jeremy Snow war nicht der einzige, der sich nicht mit der bestehenden Situation abfinden wollte, dachte sie. Dummer- und bedauerlicherweise war sie sehr geduldig gewesen, aber lange würde sie sich das nicht mehr gefallen lassen. Peter konnte sich nicht ewig vor einer Entscheidung drücken.

Charlie schaffte drei inszenierte Begegnungen – zwei im Lift, die dritte, als sie mittags in die Kantine im Untergeschoß ging –, aber jedesmal lehnte Julia Robb seine beharrlichen Einladungen ab. Beim vierten Anlauf willigte sie schließlich zu seiner Überraschung ein. Er hatte schon kurz davorgestanden aufzugeben. Sie verabredeten sich im Spaniards in Hampstead Heath. Ganz Kavalier, war er früher gekommen und hatte seinen ersten Islay Malt schon fast getrunken, als Julia Robb eintraf. Sie trug Jeans und einen Pullover, der so groß war, daß er ihr wie ein kurzer Mantel fast zu den Knien reichte. Sie hatte eine frische Gesichtsfarbe mit nur einem sehr dezenten Anflug von Lippenstift. Zu seiner weiteren Überraschung bestellte sie ein Bier. Es war kein Tisch frei, und Charlie war froh. Trinker, die auf sich hielten, saßen im Pub nicht, sie standen: Eine von Charlies wenigen Affektiertheiten war, daß er sich zu dieser Sorte Trinker rechnete. Sie fanden nicht weit von der Ecke der Bar einen Platz.

»Ihre Stammkneipe?« Er registrierte die für eine erste Verabredung übliche Nervosität. Das war keine Arbeit – keine *richtige* Arbeit, wo Verstellung zum A und O gehörte –, und Charlie tat es immer ein bißchen leid, Unschuldige zu betrügen. Ein Mann muß tun, was ein Mann tun muß, versuchte er sich rauszureden. Er hatte eine Schwäche für Johny-Wayne-Filme und paßte immer auf, wann sie im Fernsehen welche brachten.

»Ich komme ab und zu her.«

»Ziemlich weit vom Büro.«

»Das war mit ein Grund.«

»Angst vor Tratsch?«

»Vor Mißverständnissen.«

Charlie stieß mit seinem Glas gegen ihres. »Vor allem von seiten zwei ganz bestimmter Personen?« Charlie wollte nichts überstürzen, aber er wollte auch keine Zeit vergeuden. Möglicherweise war das seine einzige Chance.

Julia Robb sah ihn unverwandt an. »Ich möchte nicht über die Arbeit sprechen, ja?«

»So war das ja auch nicht gemeint.«

»Vermutlich sähen sie es nicht gern«, sagte sie.

Sie war verdächtig vorsichtig: Er mußte die Sache behutsamer angehen. »Warum haben Sie schließlich doch ja gesagt?«

In ihren Mundwinkeln lauerte ein Grinsen, aber sie versuchte es zu unterdrücken. »Sie wären bestimmt beleidigt.«

»Lassen Sie's doch auf einen Versuch ankommen.«

»Bestellen Sie mir erst noch was zu trinken, damit ich was habe, woran ich mich festhalten kann, wenn Sie abrauschen.«

Charlie grinste zurück. Die Sache begann ihm Spaß zu machen. Er hatte Glück: An ihrem Ende der Bar stand gerade eine Bedienung. Er reichte Julia ihr zweites Glas und sagte: »Also?«

»Sie sind so verdammt *komisch*!« platzte sie heraus. »Das heißt . . .« Ihre Schultern zuckten hoch und nieder. »Ich weiß nicht, wie ich es anders ausdrücken soll: einfach verdammt komisch.« Sie hielt inne. »Und da ist noch was – nicht, daß es viel zur Sache täte . . .«

Charlie wußte nicht, wie er das auffassen sollte. »So, als

würden Sie mit einem Einbeinigen ausgehen? Ein Akt christlicher Nächstenliebe?«

»Dieser selbstmitleidige Quatsch sieht Ihnen aber gar nicht ähnlich!« Julia lachte ihn ganz offen aus. »Ich kann kaum glauben, daß Sie das eben wirklich gesagt haben!«

Das war in die Hose gegangen. »Ich eigentlich auch nicht.«

»Ich hab' doch gleich gesagt, daß Sie beleidigt sind.«

»Bin ich aber nicht.« Charlie versuchte es anders herum. »Jedenfalls bin ich froh, daß Sie angenommen haben.«

»Warum?«

Scheiße! dachte Charlie, schon wieder überrumpelt. »Weil es Spaß macht, sich mit Ihnen zu unterhalten.«

»Um das sagen zu können, ist es noch ein bißchen zu früh.«

Das wurde um einiges schwieriger, als er erwartet hatte. »Die Entscheidung darüber können wir ja auf nächstes Mal vertagen.«

»Wer sagt, daß es ein nächstes Mal geben wird?«

»Da haben Sie natürlich auch wieder recht. Vielleicht frage ich Sie nicht noch einmal.«

»Oder ich sage nein, wenn Sie es tun.«

»Zu Zwangspensionierten könnten Sie ruhig etwas rücksichtsvoller sein.«

Julia runzelte die Stirn. »Sie sind nicht pensioniert.«

»Natürlich bin ich das. Traurig, aber wahr.«

»Ich hatte eigentlich den Eindruck, als wären Sie von Ihren jüngsten Leistungen ziemlich beeindruckt gewesen.«

Jetzt kommen wir langsam weiter, dachte Charlie zufrieden. »Muß doch ziemlich anstrengend sein, gleich für beide zu arbeiten: Wird Ihnen das nicht manchmal ein bißchen zuviel?« Er sagte das so beiläufig wie möglich und sah sie am Ende nicht mal an, sondern wandte sich ab, um nach Nachschub zu winken.

»Dieses System hatten Sie auch schon in ihrer früheren Stelle.« Sie lächelte wieder. »Sie arbeiten die ganze Zeit unglaublich eng zusammen. Es macht die Sache eindeutig effizienter, daß ich weiß, was bei beiden ansteht. Und für die Drecksarbeit haben sie ein ganzes Bataillon von Sekretären.«

Er reichte ihr ein frisches Glas. »Wollen Sie damit allen Ernstes sagen, es ist einfach?«

»Ich sage damit gar nichts«, entgegnete Julia pointiert. »Haben Sie schon wieder vergessen, was ich Ihnen gleich am ersten Tag gesagt habe? Ich spreche *nie* über die Arbeit.«

Immer schön ins Spaßige drehen, beschloß Charlie rasch. »Und lasse niemand von den Kollegen an mich ran.«

»Das auch. Das vor allem.«

»Ich hab' Sie nicht gebeten, eins von beidem zu tun.«

»Viel hat aber nicht gefehlt.«

»Ich werde nicht versuchen, Sie zu überreden, mit mir zu schlafen«, sagte Charlie.

»Gut. Das würde ich auch nicht tun.«

»Oder über die Arbeit zu reden.«

»Gut. Auch das würde ich nicht tun.«

Da wäre ich mir lieber nicht so sicher, dachte Charlie, der den Abend als Herausforderung betrachtete. »Dieses System mag vielleicht bei der Spionageabwehr funktioniert haben. Aber so was läßt sich nicht immer nach Belieben auf andere Bereiche übertragen.«

»Ich gebe mir Mühe, nicht zu viele Fehler zu machen«, fauchte sie.

Charlie merkte, daß er sie in ihrem Stolz verletzt hatte, und verstand nicht, warum. Er fragte sich, wie weit er sie noch an der Nase herumführen könnte. »Schön zu hören, daß man mit meiner Arbeit zufrieden war. War eine ziemlich ungewöhnliche Erfahrung für mich. Wissen Sie, wie ich mich die ganze Zeit gefühlt habe?« Komm schon, Schätzchen, dachte Charlie, komm schon!

»Wie?« fragte sie wie auf Bestellung.

»Ich war eifersüchtig«, sagte Charlie, ausnahmweise ehrlich. »Ich mußte ständig daran denken, daß er demnächst losgeschickt wird und Dinge tut, die sie mir nicht mehr zutrauen . . .« Julia wollte etwas sagen, aber Charlie sprach hastig weiter: »Das hat nichts mit Selbstmitleid zu tun. Es ist nichts weiter als die objektive Feststellung, daß ich nicht mehr im Außendienst eingesetzt werde.«

Julia zögerte. »Aber Sie sind doch noch in der Westminster Bridge Road, oder?«

»Das ist ein gewisser Trost«, gab ihr Charlie recht, ohne sich anmerken zu lassen, daß ihm die Bedeutung ihrer Bemerkung sofort klargeworden war. Zugleich war er wütend auf sich, daß er darauf nicht schon früher gekommen war. Wie zum Teufel wollte er Anfängern wie John Gower beibringen, auf alles zu achten, wenn er selbst einen so wichtigen Punkt übersah wie den, auf den sie ihn gerade aufmerksam gemacht hatte?

»Sie können sich also nicht vorstellen, in Ihrem neuen Job glücklich zu werden?«

Charlie zuckte mit den Achseln und suchte nach einer anderen Vorstoßmöglichkeit: Frauenfeindlichkeit, beschloß er. Julia könnte der Typ sein, der auf eine Bemerkung ansprang, die sie vielleicht als sexistisch auffaßte. »Das Problem ist vermutlich, daß ich damit glücklich werden *muß*. Aber es geht nicht nur darum, daß ich mich an eine neue Rolle gewöhnen muß: Früher hatte ich auch ein etwas anderes Verhältnis zu den Herren im neunten Stock.«

Julia hatte den Kopf leicht auf die Seite gelegt und sah ihn fragend an. »Ha, ha!«

Er glaubte, sie hatte den Braten gerochen. Deshalb fragte er hoffnungsvoll: »Was ha, ha?«

»Gehe ich recht in der Annahme, daß es Mr. Muffin nicht paßt, daß sein direkter Vorgesetzter weiblichen Geschlechts ist?«

»Das ist doch lächerlich!« Charlie versuchte mit seiner gespielten Entrüstung nicht zu dick aufzutragen.

»Machen Sie mir doch nichts vor!« ließ sie nicht locker, sichtlich stolz auf ihren vermeintlichen psychologischen Spürsinn.

»Ich mache Ihnen nichts vor«, leugnete er noch einmal.

Jetzt kam es darauf an, die Unterhaltung in Gang zu halten. »Es ist nur etwas ungewohnt, mehr nicht.« Er setzte wieder ein Grinsen auf und dachte insgeheim, daß er sich schon den ganzen Abend wie ein Idiot die Mundwinkel verrenkte. »Vielleicht sollte ich mal mit *ihr* ausgehen – obwohl sie meine Chefin ist.«

»Das können Sie vergessen«, riet ihm Julia mit knapper, aber amüsierter Endgültigkeit ab.

»Warum?« Diesmal ließ er die gespielte Entrüstung für Julia erkennbar werden. »Sie ist nicht verheiratet. Sie trägt keinen Ring.« Das mußte nicht unbedingt etwas heißen, aber Julia würde nicht umhin kommen, darauf zu reagieren.

»Das muß sie ja nicht unbedingt sein.«

»Das habe ich jetzt nicht ganz verstanden«, sagte Charlie, obwohl er glaubte, sehr wohl verstanden zu haben. Volltreffer! dachte er.

»Ich habe nichts gesagt.«

Vorsichtig, warnte sich Charlie. Ganz, ganz vorsichtig. »Sie ist also tabu?«

»Genau wie dieses Gesprächsthema.«

Zeit zum Rückzug, entschied Charlie: Zeit, sich mit seiner Beute aus dem Staub zu machen wie ein Hund, der einen saftigen Knochen vergraben will. »Auf dem Weg hierher, den Hügel rauf, bin ich an ein paar Restaurants vorbeigekommen, die einen ganz guten Eindruck gemacht haben.«

»Ich dachte, nur auf einen Drink.«

»Was ist schon dran auszusetzen, auch noch essen zu gehen?«

»Ich habe Ihnen zwei Bedingungen gestellt«, rief ihm Julia Robb in Erinnerung. »Gegen eine haben Sie zu verstoßen versucht.«

»Nicht absichtlich«, versuchte sich Charlie herauszureden. »Ich verspreche Ihnen: keine verstohlenen Versuche, Ihnen unter dem Tisch die Hand aufs Knie zu legen.«

Sie aßen in einem amerikanischen Restaurant, das sich Kenny's nannte. Nachdem er sein Ziel erreicht hatte, war

Charlie ganz locker. Er hatte seinen aufrichtigen Spaß an Julias Schlagfertigkeit, erzählte ihr alle möglichen erfundenen Anekdoten, in denen er sich selbst durch den Kakao zog, und brachte sie oft zum Lachen.

»Ein netter Abend«, sagte sie. Sein Angebot, sie nach Hause zu bringen, lehnte sie ab: Das Taxi wartete schon vor dem Ausgang.

»Wenn Sie wollen, könnten wir wieder mal ausgehen.«

Wieder einmal trat ein Moment der Unschlüssigkeit ein. »Ich weiß nicht. Vielleicht. Unter denselben Bedingungen?«

»Garantiert.«

»Das hat nämlich durchaus seinen Grund.«

»Den hat alles.«

»In diesem Fall ist es ein ganz spezieller.« Sie wirkte sehr ernst.

»Möchten Sie darüber sprechen?«

»Nein.« Sie beendete das Gespräch, indem sie nach draußen zum Taxi ging.

Charlie blieb höflich stehen und sah ihr nach. Da er es nicht eilig hatte, bestellte er noch einen Cognac. Außerdem wollte er den Abend auswerten. Äußerst erfolgreich, fand er: erfolgreicher sogar, als er erwartet hatte. Ein extrem wichtiger Punkt – auf den er eigentlich nicht erst von ihr hätte gestoßen werden müssen – war, daß er *nicht* aus dem aktiven Dienst ausgeschieden war wie etwa die anderen Ausbilder oder die zackigen Wachmänner in den konspirativen Häusern.

Wäre er, was seinen Status betraf, zurückgestuft worden, wäre er in ein anderes Gebäude oder an einen anderen Ort versetzt worden und wäre nicht in der Westminster Bridge Road geblieben, wo immer nur Mitarbeiter im aktiven Außendienst untergebracht waren. Dagegen konnte allerdings sprechen, daß ihm das noch bevorstand und lediglich aufgrund bürokratischer Verzögerungen erspart geblieben war. Umgekehrt sprach jedoch auch einiges zu seinen Gunsten. Julia Robb hätte die Bemerkung wohl kaum gemacht, wenn bereits eine Anweisung für seine Versetzung über ihren Schreibtisch gewandert und lediglich auf dem Weg durch die Instanzen irgendwo hängengeblieben wäre. Von Natur aus Optimist – zumindest bis ihn die erste fallende Schindel warnte, daß das Dach einstürzte –, entschied Charlie, daß es nicht schlecht für ihn aussah. Bisher war er nicht offiziell gekündigt, also bestand immer noch die Aussicht, daß er wieder in seiner alten Funktion zum Einsatz kam. Vielleicht.

Was sonst noch?

Der Hinweis auf Patricia Elder war der interessanteste: Und er betraf nicht nur die stellvertretende Generaldirektorin, wenn er die Zeichen richtig deutete. *Sie arbeiten die ganze Zeit unglaublich eng zusammen,* hatte Julia gesagt. Und hatte dann – trotz aller verbalen Verrenkungen – keinen Zweifel daran gelassen, daß die Dame absolut tabu war. Was sie für jemanden in einer so untergeordneten Stellung wie der seinen ohnehin gewesen wäre, obwohl er nicht glaubte, daß Julia mit ihrer Bemerkung das gemeint hatte. Bloß ein Hinweis, mahnte sich Charlie zur Vorsicht. Dennoch glaubte er nicht, zu weit zu gehen, wenn er sich fragte, ob Peter Miller, der durch und durch korrekte und aufrechte Generaldirektor, nicht ab und zu seine Nadelstreifenhose aufknöpfte, um über seine ebenso korrekte, aber vielleicht nicht immer ganz so aufrechte Stellvertreterin zu rutschen.

Auf jeden Fall war es eine Möglichkeit, mit der es sich unbedingt näher zu befassen galt: Es war immer gut, soviel wie möglich über potentielle Feinde zu wissen. Nicht daß er einen von den beiden als einen Feind betrachtete, noch nicht.

Er hielt sie aber auch nicht für Freunde. Es konnte also nicht schaden, der Sache weiter nachzugehen.

Hinter den verschlossenen Türen seines Jasenewo-Büros, zusätzlich geschützt durch das rote ›Kein Zutritt‹-Licht, legte sich Oberst Fjodor Tudin die umfangreiche Akte über den interessanten Engländer zurecht, die kurz vor ihm bereits Natalie Fedowa studiert hatte.

Als Natalia Fedowas direkter Stellvertreter war Tudin über die meisten laufenden Operationen im Bilde, und es hatte weder in einer Besprechung noch in einem internen Rundschreiben irgendeinen Hinweis auf offizielle Aktionen gegeben, in die ein Charles Edward Muffin verwickelt war: nicht einmal einen Hinweis auf irgend etwas, das England generell betraf. Und das legte die Vermutung nahe, daß sich die Frau für jemand interessierte, mit dem sie einmal etwas zu tun gehabt hatte. Und sich *weiter* für ihn interessierte.

Nur eine Vermutung, warnte sich Tudin. Aber basierte nicht alle Geheimdienstarbeit in ganz wesentlichem Umfang auf Vermutungen? Zweifellos. Auf jeden Fall konnte es nicht schaden, der Sache weiter nachzugehen. Bloß wie? Eine Anfrage an London konnte er nicht stellen; sie wäre namentlich auf ihn zurückzuführen gewesen. Außerdem fiel der Westen nicht in seinen Zuständigkeitsbereich, so daß er keinen vertretbaren Grund dafür anführen konnte. Die einzige unverfängliche Möglichkeit war, weiter unauffällig alles im Auge zu behalten, was dieses Miststück tat. Und sich bereit zu halten, damit er sofort zuschlagen konnte, wenn sie einen Fehler machte.

Tudin wurde ganz warm ums Herz bei dem Gedanken, endlich gefunden zu haben, was er gesucht hatte.

16

Jeremy Snows erste Reaktion war eine verstandvernebelnde, atemberaubende Wut, die sich nur allmählich legte und nie ganz abflaute. Das tat auch das Asthma nicht. Er lehnte es rundweg ab, das Glückwunschtelegramm und die zur Vorsicht mahnenden Instruktionen als Ausdruck der Anerkennung oder der Sorge um seine Sicherheit zu betrachten. Statt dessen sah er in ihnen – und in der Ablehnung des von ihm geforderten zweiten Treffens – den Beweis dafür, daß London auf Walter Fosters schißbüchsige Hysterie mehr gab als auf seine ausgewogene Einschätzung der Lage.

Nachdem er erst umsonst im Park gewartet und später am toten Briefkasten die Sendungen aus London abgeholt hatte, war er in seiner anfänglichen blinden Wut ganz knapp davorgestanden, offene Vorwürfe zu erheben und Foster sogar als Feigling zu bezeichnen. Doch dann hielt er Foster und London in seiner per Briefkasten weitergeleiteten Antwort nur eine eklatante Überreaktion vor. Er wisse die Glückwünsche und die Würdigung seiner Verdienste zu schätzen. Allerdings sei er unter den gegenwärtigen Bedingungen nicht mehr länger gewillt, für sie zu arbeiten. Er müsse darauf dringen, die bisherigen operativen Methoden von Grund auf zu revidieren, und vor allem wolle er in der Botschaft mit jemand anderem zusammenarbeiten. Deshalb werde er nichts mehr unternehmen, solange er diesbezüglich keine direkte Nachricht von London erhalten habe, und betrachte bis zur Bestätigung seiner Änderungswünsche ihr Arbeitsverhältnis als vorübergehend ausgesetzt.

Das war der Brief, den er wegen Foster schon lange hatte schreiben wollen – selbst schon bevor dessen letzte Panik das Faß zum Überlaufen gebracht hatte. Dennoch blieb mehr Ärger als Zufriedenheit, nachdem er ihn abgeschickt hatte.

In den Tagen nach seiner Drohung auszusteigen legte sich Snows Wut weiter, und er hatte Zeit, sich zu überlegen, wie stark ihn das beträfe. Und gelangte zu dem ziemlich beunruhigenden Schluß, daß es ihn sehr stark beträfe, wenn er nicht mehr weitermachen könnte.

Er versuchte sich einzureden, daß seine Gefühle nicht im Widerspruch zu seiner wichtigeren Berufung als Jesuit standen. Vielmehr hingen sie sehr eng zusammen. Seiner wahren Berufung nachzukommen, war unmöglich, und zwar in jeder Hinsicht. Es war eine Farce, einer ständig wechselnden Gruppe von Chinesen die Grundbegriffe der englischen Sprache beizubringen: genauso, wie es eine Farce war, daß Father Robertson als Hausmeister einer hallenden, toten Kirche in Peking blieb, in der nur sie ihren Glauben praktizieren konnten und auch das nur heimlich, weil der alte Mann in ständiger Angst lebte, der bloße Akt des Betens könnte irgendeinen Funktionär zu einem unvorhergesehenen Akt der Umerziehung oder Bestrafung veranlassen. Daher sah er inzwischen seinen zweiten Tätigkeitsbereich als die einzige Möglichkeit, als Soldat Christi zu wirken. Im Priesterseminar hatte sein jesuitischer Lehrer immer wieder Busenbaums Glaubenssatz gepredigt, der Zweck heilige die Mittel. Das war etwas, womit Snow etwas anfangen konnte: woraus er in den sterilen religiösen Verhältnissen, unter denen er zu leben gezwungen war, sogar so etwas wie geistlichen Trost schöpfte. Bisher hatte ihm seine geheime Tätigkeit als Rechtfertigung gedient weiterzumachen, wobei niemand ihr Ende hatte vorhersehen können. Doch jetzt wurde Snow bewußt, daß er durch seinen Ausstieg dieses Ende beschleunigt hatte. Um einzulenken, war es zu spät – was die Zusammenarbeit mit Foster anging, *wollte* er auch nicht einlenken –, aber er wollte nicht die Tätigkeit aufgeben, die seinem Aufenthalt in Peking einen gewissen Sinn verlieh.

Seine Besorgnis hielt seinen Ärger am Brodeln, vor allem zusammen mit seiner Überzeugung, daß sich London bereits auf Fosters Seite geschlagen hatte.

Nachdem er direkt von London eine Entscheidung verlangt hatte, ging Snow in Erwartung einer Antwort täglich zu den vier nach dem Zufallsprinzip benutzten toten Briefkästen in und um die Verbotene Stadt. Jeden Tag waren sie leer. Er überlegte bereits, ob er eine Reaktion erzwingen sollte, indem er durch Foster eine Nachricht an London weiterleiten ließ; allerdings hatte er ihnen bereits mitgeteilt, daß er über Foster nicht mehr mit ihnen kommunizieren werde, weshalb dieser die Briefkästen vermutlich gar nicht mehr leeren ließ. Nach einer Woche stand Snow kurz davor, das Zeichen für ein Nottreffen zu geben und damit seine Weigerung, mit Foster zusammenzuarbeiten, selbst zu unterlaufen. Aber dann tat er es doch nicht: Die Absage des zweiten Treffens im Park hatte sich grundsätzlich auf jede Begegnung in der Öffentlichkeit bezogen, so daß Foster nicht einmal dann erschienen wäre, wenn er von der Forderung Kenntnis erhalten hätte.

Snow merkte, daß er bis auf weiteres aus dem Verkehr gezogen war, und zwar sowohl durch sein als auch durch Londons Zutun. Trotzdem wußte er bereits, wann es zu einem Treffen kommen würde. Schon in einer Woche sollte anläßlich des Chinabesuchs mehrerer Industrie- und Wirtschaftsvertreter in der Botschaft ein Empfang stattfinden, zu dem neben Father Robertson auch er eingeladen war.

Es wurde eine Zeit ständiger Ungeduld, die sich Snow jedoch nicht anmerken ließ. Obwohl die beiden Männer in ihrer Isolation so stark aufeinander angewiesen waren, worin man eigentlich die besten Voraussetzungen für eine auf gegenseitiger Abhängigkeit basierende Freundschaft hätte vermuten können, war Snows Verhältnis zum Leiter der Mission immer förmlich und distanziert geblieben. Daher merkte Father Robertson auch nicht, daß sich sein jüngerer Kollege noch mehr in sich zurückzog. Und das Verhältnis zu seinen Englischschülern war sogar noch distanzierter: Nur zweimal stand Snow kurz davor, sich wegen eines ärgerlichen Fehlers zu einer gereizten Bemerkung hinreißen zu lassen, und beide Male konnte er sich gerade noch beherrschen.

Besonders im zweiten Fall war er froh über seine Zurückhaltung, weil an diesem Tag Herr Li zu einem unerwarteten Besuch erschien.

Anfangs hatte Snow die Anwesenheit des Chinesen gar nicht bemerkt und wußte deshalb nicht, wie lange er schon im schlecht erleuchteten hinteren Teil des Saals gestanden war. Erst nachdem er fast einen Jungen angebrüllt hätte, weil er nach sechs Monaten Unterricht noch immer das Verb mit dem Adjektiv verwechselte, merkte Snow, daß sich ganz hinten jemand bewegte. Da die Klasse diesmal nicht sehr groß war, dachte Snow, es wäre vielleicht ein Schüler, der zu spät gekommen war und einen geeigneten Moment abpaßte, um den Unterricht nicht zu stören. Oder jemand, der sich kurz unterstellen wollte: Es hatte schon zwei Gobistürme gegeben, obwohl ihm an diesem Tag der Wind nicht so stark vorgekommen war.

Snow unterbrach den Unterricht und sagte: *»Jin lai.«* Und als er in dem nach vorn kommenden Mann schließlich seinen anhänglichen Reisebegleiter erkannte, war er nicht ganz sicher, ob es ihm gelang, seine Überraschung zu verbergen.

»Entschuldigen Sie bitte«, sagte Li auf englisch. »Ich wollte nicht stören.«

An diesem Tag setzte sich die Klasse aus fünf Männern und drei jungen Frauen zusammen. Alle drehten sich auf die Unterbrechung hin um. Instinktiv erkannten sie in Li den Kader, und sofort breitete sich spürbare Nervosität im Raum aus.

»Es freut mich, daß Sie meiner Einladung nachgekommen sind«, sagte Snow. Um erst einmal seine Schüler zu beruhigen, erläuterte er ihnen in Mandarin die näheren Umstände seiner Bekanntschaft mit Li.

»Wir sind Freunde geworden«, übertrieb Li in Ergänzung von Snows Ausführungen, jetzt ebenfalls auf chinesisch.

Das schien keinen der Kursteilnehmer zu beruhigen. Snow forderte Li auf: »Machen Sie doch bitte beim Unterricht mit.«

Der Chinese schüttelte den Kopf. »Lassen Sie sich durch mich nicht stören: Ich möchte bloß zuschauen.« Noch während er das sagte, zog er sich bereits wieder in das Halbdunkel zurück. Aufgrund des Lichteinfalls konnte Snow nur noch ein Paar Beine sehen, während die obere Körperhälfte des Mannes von Dunkel verhüllt war.

Snow gab sich zwar redlich Mühe, aber es nützte nicht viel, allerdings mehr wegen der Nervosität seiner Schüler als wegen einer Unsicherheit seinerseits. Zwei der Männer drehten sich wiederholte Male um, um sich zu vergewissern, was Li machte, und bei der Konversation stotterten alle so stümperhaft herum, daß Snow schließlich zu etwas anderem überging. Er beendete die Stunde früh und trug der Klasse auf, den Stoff bis zum nächsten Mal zu wiederholen.

Währenddessen blieb Li scheinbar reglos im hinteren Teil des Saals stehen und kam erst nach vorn, als bis auf Snow alle gegangen waren. Die Kursteilnehmer hatten es ziemlich eilig gehabt, und drei hatten sogar ihre Gesichter von dem Mann abgewandt.

»Das war offensichtlich ein Anfängerkurs«, sagte Li pointiert. Wie immer trug er einen bis zum Hals zugeknöpften Kittel.

»Es überrascht mich, Sie hier zu sehen«, gab Snow zu. Er wünschte, die Unterrichtsstunde wäre nicht so chaotisch verlaufen. »Ich dachte nicht, es wäre Ihnen ernst damit, mich zu besuchen.«

»Normalerweise ist es mir eigentlich immer ernst mit dem, was ich sage.«

Das stand völlig außer Zweifel: Snow konnte sich nur mit Mühe vorstellen, daß der Mann einmal lachte. Er deutete auf den inzwischen leeren Saal. »Manchmal sind die Kurse wesentlich besser besucht. Und die Kursteilnehmer fortgeschrittener.«

»Und Sie halten sie nicht in Ihrem Tempel ab?«

»Ich habe Ihnen doch gesagt, daß ich das nicht tue«, rief ihm Snow in Erinnerung. Lis Besuch überraschte ihn zwar, aber er weigerte sich immer noch, darüber beunruhigt zu sein. Father Robertson wäre das allerdings bestimmt. Und zweifellos auch London, wenn sie davon erführen. Snow beschloß, beiden nichts zu sagen.

»Ich weiß, daß Sie das gesagt haben.«

»Wie war Ihre Reise nach Tunxi?«

»Sie haben ein hervorragendes Gedächtnis.«

»Eigentlich nicht«, sagte Snow. Er fand, manche Chinesen spielten mit einem Ball Pingpong, andere mit Worten.

»Sie waren aus Texas. Der Mann rauchte Zigarren, die parfümiert rochen. Sie haben mich eingeladen, wenn ich einmal nach Amerika kommen sollte.«

»Die Amerikaner sind sehr gastfreundlich. Es wird Ihnen bestimmt gefallen.«

»Ich habe nicht die Absicht, Amerika zu besuchen.«

»Immerhin haben Sie die Sprache des Landes gelernt.«

»Zum Wohl Chinas.«

Einen Eröffnungszug witternd, fragte Snow: »Und wie genau?«

Li lächelte wieder, als freute er sich über einen Erfolg. »Indem ich anderen seine Größe zeige.«

»Was Sie wirklich sehr gut machen.«

»Li sah sich in dem nüchternen Raum um. »Hier unterrichten Sie also?«

»Immer«, betonte Snow in dem Glauben, Li ginge dem naheliegenden Verdacht nach, in der angrenzenden Kirche könnten Treffen abgehalten werden.

»Dreimal die Woche?«

Snow konnte sich nicht erinnern, Li etwas über den Stundenplan erzählt zu haben. »Ich versuche mich zeitlich meinen Schülern anzupassen.«

»Demnach haben Sie eine Menge Freizeit, für sich selbst?«

Snow wünschte, er hätte diese Falle vorhergesehen. »Ich habe auch außerhalb des Unterrichts einiges zu tun: Ich muß mich auf die Stunden vorbereiten, schriftliche Arbeiten korrigieren. Und dazu Verwaltungsaufgaben.«

»Aber ja, natürlich.«

Snow spürte die Anfänge einer Atemnot, das vertraute heimtückische Zusammenschnüren seines Brustkorbs. »Darf ich Ihnen eine Tasse Tee anbieten?« Wo steckte wohl Father Robertson? Obwohl er jeden Tag ausging, schien er die meiste Zeit in der Mission zu verbringen.

»Nein, danke. Ich wollte nur mal sehen, ob Ihre Fotos schon fertig sind. Ich würde sie mir gern mal ansehen.«

Das Versäumnis traf Snow wie ein Schlag. Die Aufnahmen, die er in Anqing gemacht hatte, waren harmlos, aber die aus Shanghai konnten ihm gefährlich werden. Die Fotos aus Anqing konnte er notfalls, mit leichter Verzögerung, aus London anfordern. Aber Li war zu clever, um die anderen vergessen zu haben. Um Zeit zu gewinnen und weil ihm nichts Besseres einfiel, sagte Snow: »Ich wollte die Filme lieber in England entwickeln lassen. Deshalb habe ich sie an meine Familie geschickt.«

»Aber sie schicken sie Ihnen wieder zurück, wenn sie entwickelt sind?«

»Nicht unbedingt.« Snow war jetzt echt beunruhigt.

»Sie haben sechs Aufnahmen von mir gemacht«, erklärte Li. »Es würde mich freuen, wenn ich zur Erinnerung an unsere Reise Abzüge davon haben könnte. Vor allem die Aufnahmen aus Shanghai, mit dem Fluß im Hintergrund, müßten besonders gut gelungen sein. Die hätte ich ebenfalls gern.«

Snow war sich des gähnenden Lochs, in das er gleich fallen würde, sehr deutlich bewußt, aber er sah keinen Ausweg. Seine Brust schnürte sich noch fester zusammen. »Aber mit dem größten Vergnügen.« Er würde London über Lis Besuch in Kenntnis setzen und weiter mit dem Chinesen in Verbindung bleiben müssen.

»Fühlen Sie sich nicht wohl?« fragte Li, dem nichts entging.

»Ich habe Asthma. Manchmal macht mir das Wetter zu schaffen.« Die Kettenreaktion begann: Snows Atmung verschlechterte sich, weil Li es merkte. Er zwang sich weiterzumachen: »Können Sie mir Ihre Adresse geben? Damit ich Ihnen die Fotos schicken kann?«

»Ich möchte Ihnen auf keinen Fall Umstände machen. Ich komme wieder her.«

»Ich weiß aber nicht, wann ich die Fotos kriege. Vielleicht müssen Sie ein paarmal umsonst herkommen.«

»Das macht nichts.«

Snow fielen keine besseren, triftigeren Einwände ein. »Wie Sie meinen«, lenkte er ein. Endlich führte er das Spray hastig an seinen Mund und atmete tief ein. Es wirkte fast sofort.

Snow rechnete damit, der Chinese würde sich noch in irgendeiner Form dazu äußern. Statt dessen sagte er: »Ich habe noch eine Bitte.«

Snow sah ihn nervös an und versuchte zu erahnen, was nun kommen würde. »Wenn ich sie Ihnen erfüllen kann, gern.«

»Ich würde gern Ihren Tempel sehen. Sie haben unseren ja auch gesehen.«

Warum? fragte sich Snow, der inzwischen überzeugt war, daß nichts, was dieser Mann sagte oder fragte, ohne einen Grund und ohne einen Hintergedanken geschah. »Selbstverständlich.«

»Wann?«

»Warum nicht gleich?«

»Muß man sich da nicht vorher anmelden?«

»Wieso sollten Sie sich dafür anmelden müssen?«

»Ich dachte nur . . .«

». . . Was?«

Das Lächeln war wie ein Kameraverschluß, so kurz, daß man es übersah, wenn man blinzelte. »Ach, nichts. Ich wollte Ihnen nur nicht zur Last fallen.«

»Das tun Sie nicht«, versicherte ihm Snow. Er führte Li nach draußen und durch den Hof. Als er sich der Kirche näherte, fand er, daß sie aussah wie ein gestrandetes mittelalterliches Schiff, das langsam vor sich hin rottete: Es mußte eine Sinnestäuschung sein – vielleicht lag es daran, daß er wegen des Winds die Augen so fest zusammenkniff –, jedenfalls schien sie sich sogar leicht zur Seite zu neigen, als drohte sie einzustürzen.

Als sie die Kirche betraten, drehte sich Father Robertson, der vor dem Altar gebetet hatte, nach ihnen um: Snow spürte einen weiteren Anflug von Atemnot. Der Leiter der Mission erstarrte auf der Stelle, ein verängstigter Mann, der nichts Gutes ahnte: Seine Blicke wanderten zwischen Snow und Li hin und her wie die eines Zuschauers bei einem Tennismatch.

»Sie müssen Father Robertson sein«, sagte Li.

»So ist es.« Erst ganz am Ende ging die kurze Bestätigung in ein Räuspern über.

Um die Peinlichkeit der Situation zu überspielen, machte Snow die beiden Männer förmlich miteinander bekannt und stellte den Chinesen als seinen Reisebegleiter vor. »Mr. Li hat gefragt, ob er unsere Kirche sehen kann.«

»Und die Fotos«, fügte Li sofort hinzu.

»Fotos?« Die Frage raspelte rauh aus der Kehle des älteren Geistlichen. Der Whisky war deutlich zu riechen.

»Urlaubsfotos«, erklärte ihm Snow. »Reiseerinnerungen.«

Father Robertson blieb, wo er war; er wirkte seltsam verloren in der Kirche, in der er sich eigentlich am meisten hätte zu Hause fühlen sollen. Li sah sich alles genau an, legte den Kopf in den Nacken, um zur Orgelempore hochzublicken, und nahm dann den Altarraum in Augenschein. Weite Teile des Hauptschiffs lagen bereits im Dunkeln, und die zwei Seitenschiffe waren gänzlich dem Blick entzogen. Das dornengespickte Gestell für die Opferkerzen war leer; es zeigte keinerlei Spuren von Gebrauch. Daneben stand der Beichtstuhl, in dem sich Snow mit Father Robertson gelegentlich auf die Farce einer Beichte einließ, ohne je ein richtiges Sündenbekenntnis abzulegen. Aber aufgrund der Berechtigung seiner geheimen Tätigkeit war er sicher, daß ihm dieses Versäumnis nicht die ewige Verdammnis eintragen würde. Unmittelbar bevor Snow und Li die Kirche betreten hatten, mußte Father Robertson die zwei Altarkerzen gelöscht haben: Von jeder stieg noch ein verhedderter Rauchfaden auf, der sich in der Weite des hohen Raums rasch auflöste. Als Li, vom Altar kommend, durch den Mittelgang zurückging, fuhr er mit dem Finger über die Rückenlehnen der Kirchenbänke und zeichnete deutlich sichtbare Pfeilspuren in den Staub. Snow merkte, daß er nach Hinweisen suchte, daß er in der Kirche regelmäßig Gottesdienste abgehalten wurden, und war froh, daß er enttäuscht würde.

Schließlich blieb Li neben ihm und Father Robertson stehen und sagte: »Ein großes Gebäude. Es könnte vielen Menschen ein Zuhause sein.«

»Das war es früher einmal«, konterte Snow sofort, und zwar ungeachtet des unübersehbaren Zitterns, das Father Robertson durchlief.

»Das war eine Bemerkung, die ich nicht ganz verstanden habe«, monierte Li.

Das nahm ihm Snow nicht ab. Doch bevor er etwas erwidern konnte, sagte Father Robertson: »Hier werden keine Gottesdienste mehr abgehalten! Aber wir haben eine Genehmigung der Regierung, daß die Kirche so bleiben kann, wie sie ist.«

»Ja«, sagte Li, als wäre ihm das nicht neu. Er sah Snow direkt an und fragte ihn: »Beten Sie hier?«

»Ja«, gab Snow sofort zu. »Dagegen gibt es von offizieller Seite keinerlei Einwände.«

»Das ist richtig«, bestätigte Li wieder, als wüßte er das bereits.

»Gibt es sonst noch etwas, was Sie gern sehen möchten?« fragte Snow.

»Gibt es denn noch etwas, was ich sehen *sollte*?«

Snows weitausholende Geste bezog sich auf die Gesamtheit des hohen, überwölbten Gebäudes. »Das ist alles. Sonst gibt es hier nichts zu sehen.«

»Danke, daß Sie sich so viel Zeit für mich genommen haben.«

»Sie haben sich noch viel mehr für mich genommen«, erwiderte Snow. Er war sich deutlich bewußt, wie sich Father Robertsons Kopf wieder besorgt hin und her bewegte.

»Und Sie denken auch bestimmt an die Fotos?«

»An Ihrer Stelle würde ich allerdings nicht zu bald mit ihnen rechnen.«

»Es macht mir keine Umstände, wieder vorbeizukommen.« Li wandte sich Father Robertson zu: »Demnach werden wir uns also wiedersehen?«

»Ja.« Das Zittern in seiner Stimme war kaum hörbar.

Ganz bewußt sagte Snow: »Der Haupteingang der Kirche ist ständig abgeschlossen. Ich werde Sie auf dem Weg, auf dem wir gekommen sind, hinausbringen.«

Damit ging Snow los, und Li schloß sich ihm an, ohne irgendwelche Anstalten zu machen, die Unterhaltung fortzusetzen. Als sich Snow kurz umdrehte, sah er Father

Robertson zaghaft zurückbleiben. Als er, die Hände über dem Bauch gefaltet, vom Ausgang zurückkam, stand der Missionsleiter immer noch auf dem Gang vor den Büros herum.

»Was für Fotos?« wollte der weißhaarige Geistliche noch einmal wissen.

»Ganz normale Urlaubsfotos.« Snow war über Lis Besuch nicht beunruhigt. Allerdings war er zum erstenmal bereit zuzugeben, zumindest sich selbst gegenüber, daß das Interesse des Chinesen über das eines normalen Reisebegleiters hinausging. Er wollte kein zusätzliches Verhör seitens seines Vorgesetzen.

»Sie haben wegen Ihrer Reise Verdacht geschöpft! Wir werden überwacht!«

»Und was wollen sie dabei groß herausfinden?«

»Ich möchte nicht, daß die Mission geschlossen wird!«

»Die Misson *ist* bereits geschlossen!« sagte Snow mit neuentflammtem Ärger.

»Wir haben die Erlaubnis, hier zu bleiben.«

»Als was? Eigentlich ein Wunder, daß wir noch keine Station bei ihren offiziellen Stadtrundfahrten sind – ein weiterer Aspekt der chinesischen Geschichte.«

»Die Jesuitenmission besteht so lange, wie wir hier präsent sind!«

»Wir sind doch nur ein schlechter Witz!« Snow gab sich keine Mühe, seinen Ärger zu verbergen. Oder den alten Mann nicht zu reizen: Im Gegenteil, er war froh, daß er jemand hatte, an dem er seine aufgestaute Wut auslassen konnte.

Father Robertson zuckte zusammen wie unter einem Faustschlag. »Gottes Werk ist ein Witz.«

»Wir tun nicht Gottes Werk!«

»Wir tun, was uns die Ordensleitung aufgetragen hat.«

Es hatte keinen Sinn, mit diesem Mann zu diskutieren! »Es gibt hier nichts, was zu Problemen mit den Behörden führen könnte. Das wissen Sie genausogut wie ich. Dieser Mann ist ein Wichtigtuer: mehr nicht. Er soll seine Fotos bekommen. Und damit ist der Fall erledigt.«

»Ich habe am eigenen Leib erfahren, was in den Köpfen dieser Leute vorgeht!«

»Die Kulturrevolution ist vorbei!«

»Die Einstellung der maßgeblichen Stellen ist dieselbe geblieben. Ich werde in Rom offiziell Meldung erstatten müssen. Auch die Botschaft sollten wir informieren.«

Snow nahm an, daß er es Walter Foster nun doch erzählen müßte: Langsam wurde es immer schwerer, die Reise durch die südlichen und östlichen Provinzen weiter als einen Erfolg zu verbuchen.

»Wir haben sehr bedauert, daß Sie letzten Monat nicht kommen konnten.«

Charlie war fest überzeugt, daß ihm die Heimleiterin – sie hieß Hewlett – an der Tür ihres Büros aufgelauert hatte. »Tja, der ständige Termindruck.« Bedauernd hob Charlie die Schultern.

»Wissen Sie, sie freut sich immer so auf Ihre Besuche. Vor allem jetzt, wo sich ihr Zustand wieder gebessert hat.«

»Ich komme, so oft ich kann.«

»Solange Sie das tun«, sagte die Oberschwester herrisch.

Auf der Rückfahrt nach London wurde Charlie bewußt, daß er die Rückschlüsse, die er aus Julia Robbs Äußerungen über Miller und Patricia Elder gezogen hatte, nicht zu überprüfen versucht hatte. Vielleicht fand er Zeit dafür, bevor er einen neuen Lehrling zugeteilt bekam.

17

Patricia Elder benutzte Millers abgelegtes Hemd als Morgenmantel, als sie den Frühstückskaffee machte. Darunter war sie nackt. Die Wohnung – sie nahm die gesamte oberste Etage eines Herrschaftshauses direkt am Regent's Park ein – gehörte Millers Frau, und da Ann Miller immer in ihrem Stadtdomizil abstieg, wenn sie vom Land nach London kam, hatte Patricia nie irgendwelche Kleider da. Auf dem Tisch in der Diele lagen das Programm und die abgerissenen Karten von ihrem vorabendlichen Opernbesuch in Covent Garden, bereit, mitgenommen und weggeworfen zu werden, wenn sie gingen. Genauso wie der Beleg für den Restaurantbesuch nach der Vorstellung.

Der Frühstücksplatz befand sich in einem Erker mit Blick auf den Park. Miller, bis auf das Jackett fertig angezogen, saß bereits am Tisch, als Patricia aus der Küche kam. »Möchtest du etwas essen?«

Der Generaldirektor sah von seiner Zeitung auf und schüttelte den Kopf. »Die gestrige Aufführung hat eine schlechte Kritik gekriegt. Ich habe ja auch weiß Gott schon bessere Inszenierungen gesehen. In Glyndebourne zum Beispiel.«

»Ich war nicht mit dir in Glyndebourne«, erinnerte ihn Patricia spitz. Sie waren in allem sehr vorsichtig, unter anderem auch, bei welchen Anlässen sie sich zusammen in der Öffentlichkeit zeigten. Allerdings auf Millers Wunsch, nicht ihren.

»Glaub mir, sie war besser.« Er sah sie direkt an.

Offensichtlich war sie mit dem falschen Bein aufgestanden. Er fand, daß das in letzter Zeit immer häufiger vorkam, und hoffte, sie würde keine Schwierigkeiten machen.

Patricia schenkte Kaffee ein und sagte: »Das ist immer die schönste Zeit, wenn wir zwei oder drei Nächte hintereinander zusammen verbringen können.«

Miller unterdrückte ein Seufzen. »Das finde ich auch. Aber bitte nicht jetzt, Liebling. Bitte nicht!«

»Was bitte nicht?« fragte sie scharf. »Ich habe doch gar nichts gesagt!«

»Das war auch nicht nötig«, sagte er überdrüssig. Er überlegte, ob er das Gespräch beenden könnte, indem er sich wieder der Zeitung zuwandte, entschied sich aber dagegen. Das hätte sie nur noch mehr gereizt.

»Du liebst *sie* nicht. Sie liebt *dich* nicht.«

Anstatt sofort zu antworten – ihm fiel nicht gleich eine

passende Entgegnung ein –, sah sich Miller flüchtig in der großzügigen, mit Antiquitäten vollgestellten Wohnung um. Das hätte er nicht tun sollen.

»Nicht zu glauben!« platzte Patricia los, als sie seinen Blick bemerkte. »Ich kann einfach nicht glauben, daß du bloß bei ihr bleibst, weil sie Geld hat!«

»Das habe ich nicht gesagt«, verteidigte sich Miller, nicht sehr überzeugend.

»Das war auch nicht nötig«, konterte sie nun mit seinen eigenen Worten.

»Es ist nicht wegen des Geldes.«

»Wegen was dann?«

»Erst möchte ich das mit den Jungen geregelt haben. Darüber haben wir doch schon zur Genüge gesprochen.«

»*Du* hast schon zur Genüge darüber gesprochen! Das dient dir doch nur als Ausrede! Die beiden sind längst erwachsen, Herrgott noch mal!« So heftig hatte sie bisher noch nie argumentiert. Einerseits wollte sie es, aber zugleich hatte sie Angst, ihn zu sehr unter Druck zu setzen.

»Sie studieren beide noch. Ich möchte nicht an einer Familienkrise schuld sein, die sich negativ auf ihr Studium auswirken könnte.«

»Weißt du, wie lange wir schon zusammen sind, du und ich?«

»Natürlich weiß ich das.«

»Fünf Jahre! Fünf Jahre nicht gehaltener Versprechen. Sogar von der Spionageabwehr habe ich mich versetzen lassen, weil du gesagt hast, du willst nicht von mir getrennt sein!«

»Das will ich auch nicht!« sagte Miller. »Aber für die Versetzung gab es sowohl berufliche als auch persönliche Gründe.« Überrascht über ihre Entschlossenheit, suchte er verzweifelt nach einer Möglichkeit, ihren Angriff abzuwehren. Patricia hatte tatsächlich immer nur Zugeständnisse und Opfer gebracht, seit sie ein Verhältnis miteinander angefangen hatten. Warum ließ er sich also nicht von Ann scheiden? Es bestand keine emotionale Bindung mehr zwischen ihnen: Er war nicht einmal sicher, ob sie überhaupt einmal besonders stark gewesen war. Ihre Heirat war praktisch beschlossene Sache gewesen: zwei Familien des niederen Adels – seine verarmte, die Ann's in gesichertem Wohlstand –, die sich seit Jahren kannten und erwarteten, daß sich ihre Kinder heirateten. Und das hatten sie getan – weil sie dieselben Erwartungen gehabt hatten, aber ohne recht zu wissen, warum.

Ihr Geld war es nicht, sagte sich Miller, obwohl er das beruhigende Gefühl, immer welches zu haben, sehr schätzte. Aber was dann? Verschiedene Dinge, entschied er in Beantwortung dieser immer wiederkehrenden Frage. Da waren die Auswirkungen, die eine Scheidung auf seine Karriere hätte, wobei er sich selbst verachtete, daß er so etwas überhaupt in Erwägung zog. Von Ann selbst befürchtete er diesbezüglich an sich weniger, da er nicht glaubte, daß es ihr etwas ausmachen würde. Wenn ihm Gefahr drohte, dann eher von ihrer untadeligen Familie, die sich vielleicht durch einen so geringfügigen Makel, wie ihn eine Scheidung darstellte, in ihrer Ehre gekränkt fühlte. Anns Familie hatte eine ganze Reihe von Permanent Secretaries und sonstigen hohen Ministerialbeamten hervorgebracht und gehörte dadurch traditionsgemäß schon fast hundert Jahre zum festen Bestand der Regierung des Landes, die sich unabhängig davon, welche politische Partei sich gerade an der Macht glaubte, unerschütterlich am Ruder hielt. Und ganz besonders nachhaltig durchzog dieses Geflecht von Verbindungen und Beziehungen das Foreign Office, dem er unterstellt war. Welche Bestandteile hatte die Mischung noch? Egoismus, gab er zu. Er wollte nicht den Aufruhr, nicht den endgültigen Bruch, den eine Scheidung für das Leben, in dem er sich so behaglich und bequem eingerichtet hatte, zur Folge hätte, und sei es auch nur vorübergehend. Konnte das etwas anderes bedeuten, als daß er Patricia nicht genügend liebte? Er war sicher – oder ziemlich sicher –, daß er das tat.

»Ich bin nicht bereit, ewig so weiterzumachen«, warnte sie ihn. Und ob sie das war, wurde ihr sofort bewußt. Sie hatte keine Alternative, außer altjüngferlicher Einsamkeit.

»Das verlange ich auch nicht von dir.« Ihre Hartnäckigkeit begann ihn aufzuregen.

Es war Patricia Elder, die schließlich aus Unsicherheit heraus einen Rückzieher machte, indem sie das Thema so abrupt wechselte, als hätte jemand auf einen Knopf gedrückt. »Verlassen wir heute morgen die Wohnung getrennt?«

Damit sie zu vertretbar unterscheidlichen Zeiten im Büro eintrafen, brachen sie manchmal in einem gewissen zeitlichen Abstand von der Regent's-Park-Penthousewohnung auf, die über einen diskreten separaten Zugang verfügte.

Miller ergriff die angebotene Ausflucht und sagte: »Die Diplomatenpost aus Peking müßte über Nacht eingetroffen sein. Ich werde sie mir gleich als erste vornehmen und ein Resümee erstellen, bevor du dran bist.«

»Ich bin eigentlich mehr an dem interessiert, was wir nach dem Treffen in der Botschaft kriegen.«

Erleichtert stellte Miller fest, daß Patricia ganz mit beruflichen Dingen beschäftigt war. »Ich bin nicht sicher, ob Fosters Urteil noch so objektiv ausfallen wird, wenn sie sich schließlich doch noch einmal treffen. Und Snow hat seinen Standpunkt ganz deutlich klargemacht: Er verweigert jeden weiteren Kontakt mit unserem Mann in der Botschaft.«

»Vermutlich wartet Snow, daß wir uns zu seiner Forderung nach einem neuen Führungsoffizier äußern.«

Miller beugte sich über den Tisch und senkte nachdenklich den Blick. »Eine ziemlich haarige Entscheidung: ein Fehler von uns, und das Ganze endet in einer Katastrophe.«

»Was sollen wir Foster also raten?«

»Warten wir erst mal ab, was es in der Sendung heute morgen Neues gibt«, sagte der Generaldirektor, durchaus zu Recht. »Und wenn sie nichts Neues enthält, sehe ich keinen Grund, weshalb wir Foster neue Anweisungen erteilen sollten.«

»Du möchtest also vermeiden, daß wir ihn abbeordern?«

Miller machte ein nachdenkliches Gesicht und schüttelte

den Kopf. »Mir wäre es lieber, er würde diese Entscheidung selbst treffen. Das sähe entschieden besser aus.«

»Noch so eine haarige Entscheidung«, sagte Patricia Elder nachdenklich.

»Zuerst muß Foster raus. Die Reihenfolge muß unbedingt stimmen.«

»Die Reihenfolge mußte *immer* schon stimmen«, erinnert ihn die Frau.

Nachdem Miller gegangen war, spülte Patricia Elder das Frühstücksgeschirr, trocknete es ab und stellte jedes Stück an seinen Platz zurück, um keine Spur zu hinterlassen, daß zwei Personen in der Wohnung gewesen waren. Bevor sie ging, vergewisserte sie sich in jedem Zimmer – vor allem im Schlafzimmer –, daß sie nichts zurückgelassen hatte, was nicht dorthin gehörte. Als sie am Tisch in der Diele vorbeikam, sah sie, daß Miller das Theaterprogramm, die abgerissenen Eintrittskarten und die Restaurantrechnung ihr zum Wegwerfen dagelassen hatte. Sie zögerte einen Moment, bevor sie alles nahm und in ihre Handtasche stopfte. Sie warf die Sachen erst weg, als sie über die Themse gefahren und mehrere Meilen vom Regent's Park entfernt war. Und selbst da noch steckte sie das Programm in einen anderen Abfallkorb als die Eintrittskarten. In der Westminster Bridge Road ging sie sofort in Millers Büro.

»Genau, wie wir vermutet haben«, teilte ihr Miller sofort mit. »Foster möchte Richtlinien für das Treffen in der Botschaft, mehr nicht.«

»Gut«, sagte die stellvertretende Direktorin.

Jedes Gebäude, von dem das Hauptquartier des britischen Auslandsnachrichtendiensts eingesehen werden kann, befindet sich in staatlichem Besitz und wird von der Regierung genutzt. Dadurch soll verhindert werden, daß feindliche Geheimdienste Zugang zu solchen Räumlichkeiten erhalten – oder schlimmer noch: sich dort einnisten können – und von dort die Personen, die in der Geheimdienstzentrale aus und ein gehen, observieren können.

Sämtliche Observierungsversuche, soweit überhaupt welche unternommen werden, müssen deshalb aufs Geratewohl erfolgen und sind praktisch von vornherein zum Scheitern verurteilt, da sie nur aus vorbeifahrenden oder kurz geparkten Fahrzeugen oder von flüchtig stehenbleibenden Passanten vorgenommen werden können. Zusätzlich erschwert wird die Identifizierung von SIS-Mitarbeitern durch den Umstand, daß auf mehreren Etagen des Gebäudes Regierungsstellen untergebracht sind, die nicht mit nachrichtendienstlichen Aktivitäten befaßt sind.

Natalia versuchte es trotzdem, weil es das Naheliegendste war und weil ihr nichts anderes einfiel. Sie forderte jeden Observierungsbericht und jedes Foto aus den letzten drei Monaten an und verbrachte vier Tage lang jede freie Minute damit, das gesamte Material nach einem Hinweis auf Charlie durchzusehen. Ohne etwas zu finden.

Vorübergehend spielte sie sogar mit dem Gedanken, eine Observierung anzuordnen, doch dann wurde ihr klar, daß sie auf dem besten Weg war, dasselbe zu tun, was Berenkow zum Verhängnis geworden war. Sie mußte eine andere Möglichkeit finden, Charlie aufzuspüren.

Aber welche? Mein Gott, wenn sie das nur wüßte.

18

Die unterschwellige Gespanntheit, die das Verhältnis zwischen Snow und Father Robertson seit jeher geprägt hatte, machte sich in den Tagen nach Lis Besuch noch deutlicher bemerkbar und artete sogar mehrmals in einen offenen Streit aus. Von ihren gegensätzlichen Gefühlen wurden die beiden Geistlichen noch weiter auseinandergetrieben: Father Robertson schien noch stärker von Ängsten geplagt als sonst, Snow noch wütender über die frustrierende Isolierung von London. Sie hörten sogar stillschweigend auf, sich gegenseitig die Beichte abzunehmen. Worüber Snow froh war, weil es ihm die Heuchelei ersparte.

Zusätzlich zugespitzt wurde der Konflikt durch den Umstand, daß Father Robertson – meistens abends, wenn er getrunken hatte – immer wieder damit anfing, sie müßten sowohl die Botschaft als auch die Ordensleitung in Rom warnen. Das führte so weit, daß Snow schließlich der Geduldsfaden riß und er den älteren Mann anherrschte, warum er nicht endlich etwas tue, anstatt immer nur zu reden.

Also tat Father Robertson etwas. Drei Tage nach der unerfreulichen Begegnung mit dem Chinesen brach er mit seiner Gewohnheit, den Vormittag in der Missionsstation zu verbringen, und erklärte – ohne Nennung eines Ziels –, er werde drei Stunden ausgehen. Bei seiner Rückkehr teilte er Snow mit, er sei in der Botschaft gewesen und habe per Diplomatenpost einen ausführlichen Bericht über die jüngsten Ereignisse nach Italien geschickt; außerdem habe er mit Peter Samuels von der politischen Abteilung ein einstündiges Gespräch geführt.

»Er hat mir zugestimmt, daß eine potentielle Gefahr besteht«, schloß Father Robertson.

»Ich sollte auch mit ihm sprechen«, sagte Snow.

»Einen entsprechenden Vorschlag habe ich bereits gemacht. Samuels wollte jedoch nicht, daß Sie so kurz nach mir in die Botschaft kommen.« Seine Aussprache war leicht verschwommen.

»Warum?« wollte Snow wissen.

»Die Botschaft wird überwacht. Wenn dort so kurz nach mir auch Sie noch auftauchen, könnte das so gedeutet werden, daß wir uns wegen irgend etwas Sorgen machen: daß wir zum Beispiel in der Mission *tatsächlich* Gottesdienst abhalten – unseren Glauben verbreiten.«

»Aber das tun wir doch nicht! Wenn uns die Chinesen im Verdacht hätten, daß wir das tun, dann müßten sie uns auch hier überwacht haben. Und Sie wissen genausogut wie ich, daß sie nichts Vedächtiges entdeckt haben können, weil es nichts Verdächtiges zu entdecken gibt!«

»Ihr Verhalten grenzt an Insubordination.«

»Mit Insubordination hat das gar nichts zu tun. Ich bin

nur ehrlich, sachlich und objektiv. Sie messen dem Ganzen eine Bedeutung bei, die durch nichts gerechtfertigt ist!«

»Das zu entscheiden ist nicht Ihre Sache. Oder meine.«

»Aber die Meinung, die man sich an höherer Stelle bilden wird, beruht auf unserer Darstellung der Fakten. Sie haben die Ihre bereits abgegeben. Ich nicht. Ich möchte eine Chance, auch meinen Standpunkt zu vertreten.«

»Die werden Sie erhalten, wenn man es für nötig hält.«

»*Ich* halte es für nötig.«

»Sie haben zu dienen. Keine Forderungen zu stellen.«

Snow begann das Atmen schwerer zu fallen. »Was haben Sie der Ordensleitung mitgeteilt?«

»Genau, was passiert ist.«

»Mit welcher Empfehlung?«

»Keiner. Auch ich diene und stelle keine Forderungen. Die Entscheidung muß ganz den Ordensoberen überlassen bleiben, unbeeinflußt durch meine Meinung.«

»Wozu würden Sie raten, wenn man Sie fragen sollte?«

»Daß Sie abberufen werden. Der Fortbestand der Mission darf unter keinen Umständen gefährdet werden.«

»Inwiefern wäre er weniger gefährdet, wenn nur Sie hier wären? Sie können genauso einen Gottesdienst halten wie ich.«

»Bevor man Sie hierher versetzt hat – als ich noch allein hier war –, hat man sich von offizieller Seite nie für uns interessiert.«

Weil Sie ihr hohler Totem sind, dachte Snow verächtlich. Aber er kehrte rasch auf den Boden der Tatsachen zurück. Seine vordringlichste Aufgabe als Jesuit war zu dienen: Folglich mußte er widerspruchslos gehen, wenn er von Rom aufgefordert wurde, das Land zu verlassen. Doch warum beunruhigte ihn diese Möglichkeit so sehr? War ihm sein inoffizielle Aktivität doch wichtiger geworden als seine Berufung als Geistlicher? Natürlich nicht, bestätigte er sich selbst: ein lächerlicher Zweifel. Er sagte: »Wann rechnen sie mit einer Antwort aus Rom?«

»Ich setze keine Fristen«, erklärte der ältere Mann ausweichend.

Snow seufzte, aber nur leicht, weil sein Brustkorb immer noch zusammengeschnürt war. Mit bemühter Geduld sagte er: »Wie lange dauert es unter normalen Umständen, bis Sie aus Rom Antwort bekommen?«

»Da gibt es keine Regel«, sagte der Missionsleiter, als wollte er sich absichtlich stur stellen. »Manchmal Wochen. Manchmal Monate.«

Trotz Father Robertsons pedantischem Hinweis auf seine Pflicht zum Gehorsam sollte er fairerweise unbedingt eine Chance erhalten, seine gründlich abgewogene Sicht der Dinge darzulegen. Und falls man ihm gestattete, seinen Standpunkt zu vertreten, war sogar zu überlegen, ob das nicht der günstigste Zeitpunkt war, um darauf hinzuweisen, daß Father Robertson derjenige war, der abgezogen werden müßte, ein ausgebrannter, von eingebildeten Dämonen besessener Mann, der, wenn überhaupt, nur von geringem Nutzen war, wenn er in der Mission blieb, und der ständig dazu neigte, grundlos Alarm zu schlagen. Mit einem Mindestmaß an Aufrichtigkeit sagte er: »Es tut mir leid, daß Sie das nicht für ein freudvolles geistliches Amt halten.«

Father Robertson war sofort um Versöhnung bemüht. »Es war für uns beide nicht einfach. Für mich aufgrund dessen, was zuvor passiert ist. Für Sie, weil es Ihre erste Stelle ist. Denn die Verhältnisse hier – und damit meine ich nicht die augenblickliche Situation – sind nicht normal. Weiß Gott, wann sie das einmal werden«

Überrascht stellte Snow fest, daß Father Robertson nicht mehr nur mit Ausflüchten kam, sondern ganz konkrete Argumente vorbrachte und eine eigene Meinung vertrat. Selbst auch versöhnlicher gestimmt, sagte er: »Für Sie wahrscheinlich schwieriger als für mich – wegen dem, was in der Vergangenheit passiert ist.«

Father Robertson erschauderte. »Gott sei Dank ist das inzwischen tatsächlich *Vergangenheit.*«

In sanftem Ton sagte Snow, der inzwischen nicht mehr verärgert war: »Haben Sie nie daran gedacht, China zu verlassen? Zum Beispiel, nach Hause zu gehen?«

Mit einem Ausdruck totaler Verblüffung sah ihn Father Robertson über den Schreibtisch hinweg stirnrunzelnd an: »Das ist doch mein Zuhause. Hier.«

»Das ist Ihre *Stelle*«, korrigierte ihn Snow nachsichtig.

»Mein Zuhause«, betonte Father Robertson mit noch mehr Nachdruck, obwohl seine Stimme seltsam abwesend klang. »Für mich gibt es nichts anderes. Es ist eine wichtige Aufgabe, hier zu sein.«

Snow gelangte zu der Ansicht, daß sein älterer Kollege im Moment nicht mehr klar denken konnte und im Kopf alles durcheinanderbrachte. Was seiner Meinung nach ein weiterer Grund war, seine Versetzung vorzuschlagen, wenn sich eine Gelegenheit dazu bot. Und aus keinem anderen Grund als aus schlichter christlicher Nächstenliebe: Father Robertson hatte während des lebenslangen aufopferungsvollen Dienstes, den ihnen ihre ganz besondere Art von Priesterschaft abverlangte, unter härtesten Bedingungen gedient und gelitten. Jetzt verdiente er Frieden und Beschaulichkeit und hoffentlich auch Erlösung von den Schrecken der Vergangenheit, die ihn nicht losließen. Es gab auf der ganzen Welt – und vor allem in Rom – Pflegeheime, in denen der alte Mann seinen Lebensabend in Meditation und Gebet verbringen konnte. »Finden Sie nicht, Sie haben genug getan?« fragte Snow, immer noch sanft.

»Niemand hat je genug getan«, entgegnete Father Robertson lächelnd. »Es gibt immer noch so viel mehr zu tun.«

Endlich kam der Tag.

Am frühen Morgen, vor dem Aufbruch, beteten Snow und Father Robertson getrennt, wie sie das ohnehin meistens taten, und anschließend fragte sich Snow, ob wohl auch der Missionsleiter so inständig um Beistand gebetet hatte wie er. Er nahm dem älteren Mann die belanglose, gemurmelte Beichte ab, lehnte es aber unter Vorschützung von Zeitmangel ab, selbst zu beichten. Father Robertson hatte nichts dagegen einzuwenden.

Das Programm war genauestens festgelegt: am Vormittag ein Empfang für die englischen Geschäftsleute, dann das Mittagessen, mit einer Rede des stellvertretenden britischen Handelsministers, der die Delegation begleitete, als krönendem Abschluß, und am Nachmittag ein Diskussionsseminar mit chinesischen Regierungsvertretern und Funktionäre. Snow wußte nicht, wie lange es dauern würde, bis er die Begegnung mit Foster, auf den er trotz aller Geringschätzung noch angewiesen war, herbeiführen könnte.

Vor lauter Ungeduld, endlich in die Botschaft zu kommen, schlug Snow vor, ein Taxi nach Jianguo men wai zu nehmen, aber Father Robertson war gegen die unnötige Ausgabe. Der alte Mann hatte seine Hose, sonst so faltig wie eine Ziehharmonika, gebügelt, sein, soviel Snow wußte, bestes Jackett angezogen und eine Krawatte umgebunden. Seine Frisur sah wie immer aus wie ein sturmgepeitschtes Weizenfeld. Seine Nervosität – sie stak ihm tief in den Knochen – war unübersehbar und nahm noch zu, als der Zeitpunkt nahte, zu dem sie die Mission verlassen mußten. Seine Sätze – keiner von irgendwelcher Bedeutung – wurden wirrer und endeten meistens unvollendet. Zweimal roch Snow beim Sprechen Whisky.

Snow selbst hatte sich, was sein Äußeres betraf, mehr angestrengt als sonst und seinen besten Anzug angezogen. Als er hineingeschlüpft war, hatte er überrascht festgestellt, wie eng er ihm um den Bund war; er hatte nicht gemerkt, daß er zugenommen hatte. Nicht überraschte ihn dagegen der leichte Asthmaanfall, da er sich seiner Anspannung sehr deutlich bewußt war. Er benutzte das Spray und überlegte, ob er die Atemmaske anlegen sollte, entschied sich aber dagegen. Vorsichtshalber steckte er sie jedoch ein.

Obwohl der Missionsleiter langsam ging, geriet Snow außer Atem; zum Schluß bedauerte er, daß er nicht nachdrücklicher darauf gedrungen hatte, ein Taxi zu nehmen. Zweimal wurden sie von Geldwechslern angesprochen. Beide wimmelte Snow ab, der vor dem älteren Mann ging.

Um das Botschaftsgelände herrschte reger Betrieb, ein verstreut postierter Trupp Soldaten und Milizen. In einer Stadt, in der Fahrräder das gebräuchlichste Fortbewegungsmittel sind, hatten die vielen schwarzen Limousinen vor der Botschaft eine größere Schar von Schaulustigen angelockt. Diejenigen, die sich unmittelbar um das Eingangstor drängten, machten ihnen höflich Platz.

Der Saal, in dem der vormittägliche Empfang stattfinden sollte, lag links von der Eingangshalle und öffnete sich auf das winzige Fleckchen Garten. Gleich hinter der Tür wartete ein kleines Empfangskomitee, das sich in einer Reihe aufgestellt hatte. Ein Diplomat verglich die Einladungen mit der offziellen Gästeliste und gab den Namen jedes Neuankömmlings in Englisch und Mandarin bekannt. Snow hielt sich höflich hinter Father Robertson, als sie erst die wichtigsten Gäste begrüßten und dann vom Botschafter dem stellvertretenden Handelsminister und seinen offiziellen Begleitern vorgestellt wurden.

Snow ließ sich von einem Kellner mit einem Getränketablett einen Orangensaft geben; Father Robertson nahm Scotch. Der ältere Mann deutete mit dem Kopf quer durch den Saal und sagte: »Dort drüben ist Samuels.«

Snow, der bereits nach Walter Foster Ausschau hielt, sah in die von Father Robertson angezeigte Richtung. Peter Samuels war ein dunkelhaariger, finster dreinblickender Mann, den Snow fast so groß schätzte wie sich selbst. In diesem Moment sah Samuels in ihre Richtung: ohne ein Zeichen, daß er sie wiedererkannte oder registrierte. Genauso rasch, wie er sie ins Auge gefaßt hatte, wandte sich der Leiter der politischen Abteilung wieder ab. Da er den Mann, den er suchte, nicht finden konnte, deutete Snow auf Samuels und sagte: »Ich werde mit ihm reden, ihm die Sachlage aus meiner Sicht schildern.«

»Es ist zu auffällig, so rasch an ihn heranzutreten.«

»Davon kann überhaupt keine Rede sein!« sagte Snow und bahnte sich einen Weg durch die Menge, froh, sich von seinem Begleiter absondern zu können.

Samuels sah ihn kommen. Diesmal zeigte sein Gesicht

eine Reaktion, und Snow hatte den Eindruck, daß der Diplomat der Begegnung aus dem Weg zu gehen versucht hätte, wäre er nicht gerade mit drei anderen Europäern in ein Gespräch verwickelt gewesen. Samuels blieb also, wo er war, und rang sich ein zaghaftes Lächeln ab, als Snow die Gruppe erreichte. Das Vorstellen übernahm er mit kalter Höflichkeit: Alle drei Fremden waren vom britischen Handelsministerium. Es kam zum üblichen Cocktailparty-Small-talk: wie interessant es sein müsse, ständig in einem so ungewöhnlichen Land zu leben; wie lange Snow gebraucht habe, die Sprache so gut zu beherrschen; wie sehr sie hofften, zur Chinesischen Mauer zu kommen und die Tonsoldaten zu sehen; und für wie vielversprechend sie das Handelspotential hielten. Snow trug das Seine zu dem Gespräch bei und dachte insgeheim, wie einstudiert das ganze Gerede klang. Samuels, der Berufsdiplomat, steuerte ebenfalls seinen Teil zur Unterhaltung bei, schien aber ständig das Geschehen im Saal im Auge zu behalten.

Schließlich löste Samuels die kleine Gesprächsrunde geschickt auf, indem er die Herren vom Handelsministerium darauf aufmerksam machte, der Minister wolle sie vielleicht in seiner Nähe haben, wenn er sich unter die Leute mischte, was er gerade tat.

Als er mit Snow allein war, sagte Samuels sofort: »Father Robertson scheint sich wegen eines gewissen offiziellen Interesses Sorgen zu machen.« Der Mann hatte eine langsame, jedes Wort auskostende Art zu sprechen. Wie Snow trank er Orangensaft.

»*Übertriebene* Sorgen«, berichtigt ihn Snow auf der Stelle. »Ich glaube nicht, daß irgendein Grund zur Besorgnis besteht.«

»Father Robertson hat mir erzählt, Ihr Reisebegleiter habe die Kirche inspiziert?«

»Er kam zu meinem Englischunterricht.« Auf absolute Genauigkeit bedacht, berichtigte ihn Snow noch einmal. »Und weil er schon mal da war, hat er gefragt, ob er sich die Kirche *ansehen* dürfe, worauf ich sie ihm natürlich gezeigt habe. Genauso, wie er mir eine Reihe von Tempeln gezeigt hat, als wir unterwegs waren. Es war *keine* Inspektion, in keiner Bedeutung des Wortes.«

»Warum haben Sie diese Reise gemacht?«

»Urlaub. Und weil ich so viel wie möglich vom Land sehen möchte.« Snow fragte sich, wie Samuels wohl reagiert hätte, wenn er die Wahrheit gewußt hätte. Vermutlich hätte er genauso die Hände gerungen, wie Father Robertson das immer tat. Snow sah, wie der Missionsleiter abwesend mit einem der britischen Delegationsmitglieder sprach, mit denen er sich zuvor unterhalten hatte: Der alte Mann sah direkt zu der Stelle herüber, wo er mit Samuels stand. Bei dieser Gelegenheit bemerkte Snow, daß sich Father Robertson einen weiteren Scotch vom Tablett eines vorbeikommenden Kellners nahm, und fragte sich, wie viele Father Robertson sich an diesem Tag schon genehmigt hatte. Wahrscheinlich einige, vermutete er.

»Finden Sie es nicht etwas ungewöhnlich, daß Sie der Mann besucht hat?«

Snow zögerte. »Ich habe ihn mehr oder weniger eingeladen.«

»Glauben Sie, er ist vom Amt für öffentliche Sicherheit?«

»Würde mich jedenfalls nicht wundern.«

Samuels hielt inne, um einem Mann und einer Frau, die auf ihn zukamen, zuzulächeln und kaum wahrnehmbar den Kopf zu schütteln. Das Paar drehte ab. Um die Ablehnung zu überspielen, deutete Samuels auf den Empfangsbereich. »Besuche wie dieser sind von enormer Bedeutung. Es mag sich vielleicht etwas abgedroschen angehört haben, aber an den Hinweisen auf das ungeheure Handelspotential ist tatsächlich etwas Wahres.«

»Das ist mir durchaus klar«, sagte Snow erwartungsvoll.

»Wir wollen hier vor Ort keine Schwierigkeiten, die die sich normalisierenden Beziehungen zwischen unseren beiden Ländern stören könnten. Es hat uns viel Zeit und Mühe gekostet, sie bis zu diesem Stadium gedeihen zu lassen.«

Snow gefiel die salbungsvolle Art des Mannes nicht. Er fand, er redete genauso wie die Regierungsvertreter vorhin

– als ob sie alles schon im voraus abgesprochen und geprobt hätten. »Welche Schwierigkeiten könnten uns daraus entstehen, daß Li in die Kirche gekommen ist?«

»Das war ganz generell gemeint.«

»Das glaube ich nicht«, sagte Snow. »Ich habe nichts – absolut nichts – getan, was Anlaß zur Besorgnis geben könnte. Es ist uns nicht gestattet, Chinesen unseren Glauben zu predigen oder irgendeine Art von Seelsorge zu betreiben. Also tun wir das auch nicht. Das war für Li ganz deutlich ersichtlich, als er zum Unterricht kam. Als ich ihm die Kirche zeigte, müßte ihm eigentlich klargeworden sein, daß sie nicht benutzt wird. Wir predigen nicht, tun nichts, woran die Behörden Anstoß nehmen könnten. Es besteht also keinerlei Anlaß für Sie, sich Sorgen zu machen: Es *gibt* nichts, das Anlaß zur Sorge böte.« Er war nicht sicher, ob ihm der Diplomat irgend etwas von dem, was er sagte, abnahm.

»Father Robertson scheint da anderer Meinung zu sein«, erinnerte ihn Samuels, wie um seine Bedenken zu bestätigen.

Snow seufzte leichthin. »Sie wissen ja, was er während der Kulturrevolution durchgemacht hat. Seitdem ist er ein gebrochener Mann. Ich halte es für einen Fehler der Ordensleitung, ihn hier zu lassen. Ich weiß, es geschieht auf seinen Wunsch hin, aber ich finde trotzdem, daß es für einen Mann, der so viel durchgemacht hat, eine zu große Belastung ist.«

»Ich hielt es für nötig, London offiziell zu benachrichtigen«, teilte ihm Samuels mit.

»Ich hätte es begrüßt, den Sachverhalt auch aus meiner Sicht darstellen zu können.«

»Ich muß mich jetzt wirklich unter die Leute mischen«, sagte Samuels und sah sich wieder prüfend im Saal um.

»Es wäre höchst bedauerlich, wenn London durch einen einseitigen Bericht zu einer Fehleinschätzung der Lage gelangen würde.« Snow war nicht bereit, sich wie ein lästiger kleiner Störfaktor abservieren zu lassen.

Samuels runzelte die Stirn und erwiderte mit allem

Nachdruck: »Ich habe meinen Bericht ganz objektiv abgefaßt. Er war in keiner Weise einseitig.«

»Wenn er nur auf dem basiert, was Ihnen Father Robertson erzählt hat, muß er einseitig sein.«

Samuels Mund spannte sich und verlieh seinem Gesicht etwas Verkniffenes. »Ich habe der Angelegenheit keine übermäßige Bedeutung beigemessen.«

Ganz gleich, was Samuels geschrieben hatte – würde es auch bis zu der Abteilung vordringen, der er unterstellt war? Bevor Snow dazu kam, sich näher mit dieser Frage zu befassen, entdeckte er Foster. Der Verbindungsmann der Botschaft stand im hintersten Teil des Saals bei einer Gruppe von englischen und chinesischen Geschäftsleuten. Aus der Art, wie sich sein Kopf hin und her bewegte, schloß Snow, daß er bei einem Übersetzungsproblem Hilfestellung leistete.

»Ich fände es schön, wenn Sie Ihrem Bericht auch eine Darstellung aus meiner Sicht beifügen würden.«

»Wie sieht die Sache denn aus Ihrer Sicht aus?«

»Daß mir während eines Teils meiner Reise durch die Süd- und Ostprovinzen des Landes ein übereifriger Begleiter zugeteilt war. Ich habe im Verlauf der ganzen Reise nichts getan, was in irgendeiner Weise Argwohn hätte erregen können. Gegen Ende der Reise kamen wir darauf zu sprechen, daß ich Priester bin, worauf ich den Mann einlud, mich nach seiner Rückkehr nach Peking in der Mission zu besuchen. Das hat er getan. Auch bei diesem Besuch ist nichts passiert, was Argwohn hätte erregen können.«

»Verstehe«, sagte Samuels steif.

»Werden Sie das hinzufügen?« drängte der Geistliche.

»Wenn London um eine weitere Klarstellung bittet«, versprach der Diplomat, nicht sehr überzeugend.

»Sonst nicht?«

»Würde denn der Sache nicht eine Bedeutung beigemessen, die ihr Ihrer Meinung nach gar nicht zusteht, wenn ich einen ergänzenden Bericht nachreichen würde?« Wieder einmal beobachtete Samuels den Saal. »Ich muß mich jetzt wirklich unter die Leute mischen.«

Snow sah in Samuels' Reaktion ein typisches Beispiel für die verqueren Gedankengänge, wie sie für Diplomaten typisch waren. »Vielleicht können wir uns ja noch einmal unterhalten, bevor Sie, im Fall eines weiteren Nachrichtenaustausches, Meldung erstatten? Ich kann von der Mission jederzeit problemlos hierherkommen.«

»Vielleicht«, sagte Samuels, ohne sich auf irgend etwas einzulassen. »Und seien Sie doch so gut und sprechen Sie in der Öffentlichkeit nicht ständig von der ›Mission‹, wie Sie das gerade getan haben. Das erweckt den Eindruck, als diente sie tatsächlich religiösen Zwecken, finden Sie nicht auch?«

Snow bahnte sich seinen Weg durch das Gedränge des inzwischen gefüllten Saals. Angesichts des, wie er fand, fruchtlosen Gesprächs hatte ihn so ohnmächtige Verzweiflung gepackt, daß er nicht einmal mehr wütend sein konnte. Der einzige Trost, sagte er sich immer wieder, war, daß es nichts zur Sache tat, wie stark gefärbt Samuels' Schreiben auch gewesen sein mochte: Es konnte sich auf keinen Fall negativ auf seinen weiteren Verbleib in China auswirken. Trotzdem wäre es besser gewesen, wenn er sich auch selbst dazu hätte äußern können, um ein Gegengewicht zu Father Robertsons Hysterie zu schaffen.

Foster, der in der Botschaft offiziell die Funktion eines Kulturattachés innehatte, übersetzte tatsächlich gerade. Snow näherte sich der Gruppe von hinten, so daß er einiges von der Unterhaltung mitbekam, bevor Foster auf ihn aufmerksam wurde. Er hörte mehrere Worte heraus, die dem, was Foster sagen wollte, um ein Haar eine völlig andere Bedeutung verliehen hätten, da der Diplomat die für die richtige Aussprache des Mandarin extrem wichtigen Nuancen nicht richtig traf. Fosters Konzentration ließ merklich nach, als er auf Snow aufmerksam wurde, und er mußte einen der englischen Geschäftsleute bitten, den letzten Satz zu wiederholen, um den zweisprachigen Wortwechsel zu Ende führen zu können. Erst nach weiteren zehn Minuten stieß ein offizieller chinesischer Übersetzer zu der Gruppe, aber selbst dann sonderte sich Foster erst von ihr ab, als nicht mehr zu übersehen war, daß Snow den Kontakt erzwingen würde.

Foster kam ihm zuvor, sagte aber mit Nachdruck: »Nicht jetzt!«

»Jetzt!« verlangte Snow.

»Nach dem Mittagessen ist es einfacher.«

»Kommen sie mit zum Tisch mit den Kanapees«, befahl Snow. »Es gibt mehr, was Sie wissen müssen.«

»Mehr!« Anstatt beiläufig neben ihm herzuschlendern, blieb Foster allen Ernstes stehen und sah den Geistlichen direkt an. Snow ging weiter, so daß sich Foster beeilen mußte, um ihn einzuholen. »Wieviel mehr?«

»Sie haben noch nicht mit Samuels gesprochen?«

»Nein«, sagte Foster gequält.

Als sie das Büfett mit den Kanapees erreichten, mußten beide so tun, als wählten sie ihre Vorspeisen aus. Snow nahm sich noch ein Glas Orangensaft.

Er wartete, bis sie sich vom Tisch entfernt hatten, bevor er Foster von Lis Besuch erzählte. Dabei entging ihm nicht, wie das Gesicht des Diplomaten immer röter wurde und deshalb, bis er geendet hatte, noch sommersprossiger wirkte als sonst.

»Allmächtiger!« entfuhr es Foster. »Es kann gar keinen Zweifel geben, jetzt nicht mehr!« Wie er das in Momenten der Anspannung immer tat, begann er sich nach allen Richtungen umzusehen, als fürchtete er, jeden Augenblick verhaftet zu werden.

»Es gibt keine Beweise, für nichts.«

»Die sind nicht nötig, nicht in China. Das wissen Sie doch. Und wie wollen Sie ihnen um Himmels willen erklären, warum Sie die Fotos aus Shanghei nicht beschaffen können? Sie müssen raus aus China. Genau wie ich. Ich bin ermächtigt, diese Entscheidung selbst zu treffen. Also treffe ich sie auch für Sie. Ich befehle Ihnen, mit mir das Land zu verlassen.«

Snow sah sein Gegenüber ruhig an. »Das können Sie nicht. Offiziell unterstehe ich ausschließlich der Ordensleitung in Rom.« Am Haupteingang hatte sich eine größere Gruppe von Menschen versammelt, die alle darauf warteten, in den Bankettsaal zu gehen. Snow sah, daß Father Robertson neben Samuels stand, aber sie schienen nicht viel zu sprechen.

Angesichts der offenkundigen Richtigkeit von Snows Feststellung blieb Foster momentan der Mund offenstehen. »Aber das ist doch absurd!«

»Es ist eine unbestreitbare Tatsache«, entgegnete Snow ruhig. »Und vor allem sehe ich keinen Grund zur Panik. Selbst wenn es mir freistünde, das Land zu verlassen, täte ich es nicht.«

»Das ist unglaublich dumm.«

»Es ist absolut rational und vernünftig.« Snow war überrascht – und froh –, wie leicht sein Atem ging. Er fühlte sich überhaupt nicht angespannt.

Foster schwieg einen Moment. »Ich habe gelesen, wie Sie London geschrieben haben, daß Sie nicht mehr mit mir zusammenarbeiten.«

»Ich habe darauf hingewiesen, daß Sie das sehr wohl könnten«, rief ihm Snow in Erinnerung.

»Das ist alles nicht meine Schuld«, rechtfertigte sich Foster. »Sie haben sich verdächtig gemacht.«

»Ich *werde* nicht verdächtigt!« entgegnete Snow schroff. »Im Augenblick sind Sie meine einzige Verbindung zu London. Ich ersuche Sie, London in vollem Umfang über Lis Besuch in Kenntnis zu setzen. Aber stellen Sie es nicht wieder tragischer dar, als es ist, weil es im Grunde genommen überhaupt nicht tragisch ist. Die Abzüge brauche ich allerdings unbedingt.« Ungeachtet seiner früheren Bedenken fuhr er fort: »Es muß doch technisch möglich sein herauszuretuschieren, was auf den Fotos vom Shanghaier Hafen im Hintergrund zu sehen ist. Wenn welche dabei sind, bei denen das nicht geht, werde ich sagen, sie sind beim Entwickeln nichts geworden.«

»Das glaubt er Ihnen nicht«, sagte Foster.

»Dann sagen Sie London, sie sollen sich eine bessere Ausrede einfallen lasssen. Wegen der Fotos werde ich mich ohnehin mit meinem künftigen Verbindungsmann treffen müssen.«

»Nach dieser Geschichte wird London auf keinen Fall mehr weitermachen!« prophezeite Foster unnachgiebig. »Das wäre Wahnsinn!«

»Wäre es nicht noch größerer Wahnsinn, *nicht* weiterzumachen? Wenn ich ihm nicht wenigstens ein paar Fotos gebe, wird Li tatsächlich in dem Verdacht bestätigt, den er Ihrer Meinung nach gegen mich hegt.«

»Was für ein Chaos!« stöhnte Foster. »Wie es schlimmer gar nicht sein könnte!«

»Es wird nur ein Chaos, wenn die Sache falsch angepackt wird.« Glaubte er das wirklich? Ja, entschied Snow, ganz sicher. Lis unerwarteter Besuch war schlimmstenfalls ärgerlich, mehr nicht. Und auch das nur für jemand, der bei den ersten Anzeichen von Gefahr die Nerven verlor. Wie in fast allem anderem täuschte sich Foster auch, wenn er glaubte, die Chinesen brauchten keine Beweise, um gegen Europäer vorzugehen. Das mochte während der Kulturrevolution richtig gewesen sein: Father Robertson war das beste Beispiel dafür. Und sie dachten sich noch immer nichts dabei, bei der Niederschlagung konterrevolutionärer Bestrebungen genauso gegen die Bevölkerung vorzugehen, wie sie das auf dem Tiananmen-Platz getan hatten. Zugleich war er jedoch sicher, daß die politische Führung inzwischen, wenn auch zu spät, zuviel auf die Meinung der Weltöffentlichkeit gab, um solche Willkürmaßnahmen auch gegen Ausländer zu ergreifen.

»Sie sind ein Idiot!« sagte Foster mit der Gelassenheit totaler Resignation. Auch die Röte war abgeklungen, nur unter seinem linken Auge zuckte ein Nerv.

»Werden Sie alles an London weiterleiten, was ich gesagt habe?« Es hatte keinen Sinn, die Sache noch mehr zuzuspitzen.

»Natürlich.«

»Genau so, wie ich es gesagt habe?«

»Natürlich«, sagte Foster noch einmal. Inzwischen machte er einen sichtlich verlegenen Eindruck, als könnte er es kaum erwarten, jemand loszuwerden, dessen Gegenwart ihm peinlich war.

»Ich möchte nicht irgendeine neue Form von Zusammenarbeit, die auf größtmöglicher Distanz beruht. Machen Sie das London deutlich. Ich möchte *Treffen*.«

Die Ankündigung des Mittagessens beendete die Unterredung. Es waren mehrere runde Tische für acht beziehungsweise zehn Personen aufgestellt. Snow und Father Robertson waren zwei verschiedenen, mit Chinesen und Engländern besetzten Tischen zugeteilt worden, offensichtlich, damit sie neben den offiziellen Dolmetschern, die für die Reden zuständig waren, bei der Verständigung sprachliche Hilfestellung leisten konnten. Nachdem der eigentlich Zweck seines Botschaftsbesuchs nun erfüllt war, merkte Snow, wie seine Anspannung nachließ. Allerdings war er sich immer noch nicht sicher, wie wahrheitsgetreu Foster – und in geringerem Umfang auch der ärgerlich hochnäsige Samuels – weitergeben würde, was er gesagt hatte.

Die Reden waren wie vorhersehbar langweilig, und das um so mehr, als sie simultan gedolmetscht wurden und sich dadurch noch mehr in die Länge zogen. Snow mußte seine Tischnachbarn wiederholte Male auf Übersetzungsfehler aufmerksam machen und fragte sich zusehends mehr, wieviel die Zuhörer eigentlich verstanden. Samuels und Father Robertson saßen so, daß sie ihm zugewandt waren. Beide Männer waren sowohl während des Essens als auch während der Reden eifrig bemüht, ihm keine Beachtung zu schenken. Foster saß am anderen Ende des Saals, mit dem Rücken zu ihm.

Um zu vermeiden, daß er für das nachmittägliche Seminar als inoffizieller Dolmetscher eingespannt wurde, sonderte sich Snow nach dem Essen von seiner Tischgesellschaft ab. Fünf Tische weiter stand Father Robertson; er wirkte konfus und hilflos. Snow eilte durch das Gedränge auf ihn zu und sagte: »Ich finde, wir sollten gehen.«

Der alte Mann roch sehr stark nach Alkohol. Er ließ sich zum Ausgang führen, nicht zu der Tür, die ins Innere der

Botschaft führte, wo die Wirtschaftskonferenz abgehalten werden sollte.

Als sie über den Hof zur Guanghua-Straße gingen, nahm Snow die Hand von Father Robertsons Arm und sagte: »Ich habe mit Samuels gesprochen.«

Father Robertson, der sich langsam wieder in den Griff bekam, straffte sich im Gehen am ganzen Körper. »Mir hat er gesagt, Sie fänden nicht, daß die Sache ernst sei.«

»Ist sie auch nicht«, erklärte Snow, inzwischen fast schon automatisch.

»Er hat gesagt, er hoffe, Sie haben recht.«

»Das hoffe ich auch«, sagte Snow und bereute es sofort. Es erweckte den Anschein, als wäre er sich nicht sicher. Aber das war er, sehr sogar.

19

Sie trafen sich wieder im Spaniards, woraus Charlie Muffin schloß, daß sie irgendwo in Swiss Cottage oder Hampstead wohnte. Wie beim letztenmal war er vor ihr da und hatte schon ein Glas getrunken, bevor sie kam. Wieder war sie ungeschminkt. Der Pullover, über derselben Jeans, war allesverhüllend, nur hatte er eine andere Farbe, diesmal ein gedecktes Braun. Für den Fall, daß sie etwas anderes wollte, hatte Charlie noch nichts für sie bestellt, aber sie nahm wieder ein Bier. Er wartete bis zum zweiten Glas, bevor er mit der Einladung zum Abendessen herausrückte. Der Form halber zögerte sie kurz, nahm dann aber an.

Eine Weile ließ Charlie der Unterhaltung freien Lauf, bevor er sagte: »Seltsam, daß ich von der kühlen Miß Elder noch nichts gehört habe.« Zu spät merkte er, daß das ein ziemlich plumper Einstieg war, aber der witzige verbale Schlagabtausch, den sie sich bisher geliefert hatten, ging ihm langsam auf die Nerven.

Ihre Antwort war interessant. »Finden Sie sie wirklich kühl?«

»Eiskalt«, bestätigte er und setzte noch eins drauf: »Ich habe ganz schön Schiß vor ihr.«

»Das glauben Sie doch selbst nicht.«

»So ist es aber. Miß Elder geht doch über Leichen. Kein Gefühl. Kein menschlicher Zug.«

»Da täuschen Sie sich.«

Was sollte das nun wieder bedeuten? »Das glaube ich nicht«, sagte er, um Widerspruch zu provozieren.

»Beruflich trifft das vielleicht zu. Aber sonst kann sie sehr nett sein.«

Das war nicht so gelaufen, wie er wollte. »Dann weiß sie das aber gut zu verbergen.« Er versuchte immer noch, ihr eine gegenteilige Behauptung zu entlocken.

»Auf jeden Fall hat sie sich sehr gut im Griff«, bestätigte Julia.

Immer noch nicht gut genug, fand Charlie, während er neue Getränke orderte. »Mir gegenüber hat sie sich auf nichts eingelassen. Lief praktisch auf Friß-oder-stirb raus. Und da ich noch nicht sterben will, blieb mir keine andere Wahl: außer Hausmeister zu werden.«

Diese Vorstellung fand Julia amüsant. Kichernd sagte sie: »Als Hausmeister kann ich Sie mir aber gar nicht vorstellen.«

»Ich auch nicht. Drum habe ich jetzt diesen Job am Hals.«

»Vielleicht ändert sich das ja irgendwann wieder.«

Ein Fingerzeig, basierend auf Insiderwissen! war Charlies erster Gedanke. Oder eine beiläufige, nichtssagende Floskel? Um das Gespräch in Gang zu halten, sagte er: »Das wäre zu schön, um wahr zu sein.«

»Wieso liegt Ihnen soviel daran, als Agent zu arbeiten?«

»Weil es das ist, was ich am besten kann.«

»In Ihrem neuen Aufgabenbereich scheinen sie sich doch auch schon ganz gut zu machen.«

Das *mußte* ein Hinweis sein. Andererseits hatte sie bereits angedeutet, daß er bei John Gower seine Sache gut gemacht hatte. Im Widerspruch zu seinem Grundsatz, bei Kollegen keine persönlichen Gefühle ins Spiel kommen zu lassen, dachte Charlie kurz an seinen jungen und ehrgeizigen Schützling und hoffte, bei dem Auftrag, den Gower bekam, möchte alles gutgehen. Mit seinem messerscharfen Zynismus hätte Charlie als erster zugegeben, daß man nichts verallgemeinern konnte. Dennoch versuchte er sich einzureden, daß es in diesem Fall nicht anders ging: Gower hatte eine Menge gelernt, obwohl ihm noch keineswegs alles, was er ihm beizubringen versucht hatte, in Fleisch und Blut übergegangen war. Er sagte: »Wäre nett, das auch gesagt zu bekommen.«

»Ach, kommen Sie!« schnaubte Julia gespielt höhnisch. »Mr. Muffin hat eine Eins mit Stern gekriegt!«

Wieder zu plump, mußte sich Charlie ärgerlich eingestehen. »Irgendwann würde ich aber trotzdem gern offiziell von ihr – oder von Miller – hören, daß es so läuft, wie Sie es sich vorstellen.«

»Das werden erst die Erfolge zeigen, die Ihre Schüler in der Praxis haben. Oder ihre Mißerfolge. Und wenn es nicht so läuft, wie sie sich das vorstellt, werden Sie das früh genug erfahren!«

Wieder auf der richtigen Spur, dachte Charlie erleichtert. »Ziemlich harte Chefin, auch wenn Sie meinen, unter der harten Schale stecke ein weicher Kern?«

»Wie's härter nicht geht, jedenfalls beruflich.«

Die Bresche lockte, ein Abgrund von einer Chance. »Ist das der Grund, warum Miller sie mitgenommen hat? Ihre fachliche Kompetenz?«

Julia Robb sah ihn in der vollen Bar direkt an. Ganz bewußt eine Antwort vermeidend, sagte sie: »Das Lokal, in dem wir letztes Mal essen waren, hat mir gut gefallen.«

Charlie redete absichtlich nichts, bis sie das Restaurant in der Heath Street erreichten. Auch Julia versuchte nicht, das Schweigen zu brechen. Statt eines Aperitifs bestellte Charlie eine Flasche Wein und als Vorspeise frittierte Auberginen, bevor sie sich entschieden, was sie zum Hauptgang essen wollten. Ohne sie anzusehen, sagte er schließlich: »Sie haben auf meine Frage im Pub noch nicht geantwortet.«

»Stimmt, habe ich nicht«, gab sie zu.

»Sie ist nicht verheiratet.« Charlie ließ nicht locker. »Er

aber schon. Seine Frau hat einen erblichen Adelstitel. Und ein Gestüt und einen Rennstall. Lebt auf dem Land.«

»Tatsächlich?« Julia, die die Speisekarte studierte, hörte sich desinteressiert an.

»Steht alles im *Who's Who*.« Wie die Adresse in Regent's Park, der er einen Besuch abstatten wollte.

Julia legte die Speisekarte auf den Tisch. Der Plastikeinband machte ein klatschendes Geräusch. »Vielleicht hätte ich heute lieber doch nicht mitkommen sollen. Trotzdem vielen Dank . . .«

»Gehen Sie nicht!« sagte Charlie mit Nachdruck.

»Das sollte ich aber.«

»Es tut mir leid. Wirklich. Das sage ich nicht nur so.«

»Ich dachte, wir hätten eine Abmachung getroffen.«

»Das haben wir.«

»Sie scheinen Sie aber vergessen zu haben. Schon wieder.«

»Es tut mir leid«, wiederholte er.

»Ich möchte nicht ständig das Gefühl haben, einem Verhör unterzogen zu werden. Wir sind hier nicht im Büro, ganz abgesehen davon, daß es nichts an der Sache ändern würde. Ich werde Ihre Fragen nicht beantworten. Keine einzige.«

»Das müssen Sie auch nicht«, sagte Charlie und meinte es auch.

»Ich habe nichts gesagt!« Ihre Reaktion verunsicherte ihn. Ihr Gesicht entgleiste, und einen Moment dachte er, sie würde in Tränen ausbrechen.

»Natürlich nicht!« Und lügend fügte er hinzu: »Ich habe keinerlei Rückschlüsse gezogen.«

»Das geht nur die beiden etwas an. Sonst niemand.«

»Sicher.« Ihr Kummer war so offensichtlich, daß Charlie, obwohl er das Gespräch schon den ganzen Abend in diese Richtung zu lenken versucht hatte, das Thema wechseln wollte. »Ich wollte Sie nicht in Verlegenheit bringen. Ehrlich. Es soll nicht wieder vorkommen. Ehrenwort.«

Julia lächelte schwach und mit Mühe. »Wer sagt, daß es ein Wieder geben wird?«

»Das habe ich verdient«, gab Charlie zu. Eine verfahrene Situation, fand er. Vermutlich hatte er herausbekommen, was er hatte wissen wollen, aber er hatte nicht vorgehabt, sie zum Weinen zu bringen. Ihr Fastzusammenbruch war zwar eine große Verlockung, aber er durfte jetzt auf keinen Fall weitermachen.

»Vielleicht haben Sie noch was anderes verdient«, sagte sie.

Verständnislos runzelte Charlie die Stirn. »Leider kann ich Ihnen nicht ganz folgen.«

»Ich glaube, ich bin nicht ganz fair zu Ihnen. Nein, ich *weiß* sogar, daß ich nicht fair bin.«

»Ich kann Ihnen immer noch nicht folgen.«

»Ich bin verheiratet«, platzte Julia heraus, um sich sofort zu korrigieren: »*War* verheiratet. Jetzt nicht mehr.«

»Und?« Wenn sie ihm ihr Herz ausschütten wollte – er hatte nichts dagegen.

Anscheinend außerstande, seinem Blick standzuhalten, starrte Julia in ihr Glas. »Letztes Mal fand ich es sehr nett. Und heute auch . . .« Für einen Moment sah sie lächelnd auf. »Jedenfalls die meiste Zeit. Aber ich möchte nicht, daß es über . . . daß es schwierig wird . . . und daß ich Erwartungen in Ihnen wecke, die ich nicht erfüllen kann . . .« Sie hielt inne, inzwischen mit einem hoffnungsvollen Lächeln. »Verstehen Sie, was ich meine?«

Gezwungen, etwas zu sagen, antwortete Charlie: »Zum Teil. Nicht ganz.«

»Er hieß . . .« Sie lächelte entschuldigend. ». . . heißt Andrew. Ich kriege ständig die Zeiten durcheinander. Andrew . . .« Inzwischen sprudelte es regelrecht aus ihr hervor; nur zu offensichtlich wollte sie die Erklärung hinter sich bringen. »Er ist Anwalt: spezialisiert auf internationales Steuerrecht, ständig im Flugzeug unterwegs, nach Europa, Amerika und diesen kleinen Inseln mit den Sonderregelungen für Leute, die es sich leisten können. Ein absoluter Senkrechtstarter. Noch keine vierzig und schon ein Direktorenposten in Aussicht, ein Sitz im Konzernvorstand bereits beschlossene Sache. Wir hatten ein tolles Leben: richtige Bilderbuch-Yuppies ...« Sie nahm einen Schluck Wein, um sich für das Kommende zu wappnen, und fuhr mit ausdrucksloser Stimme fort: »Ich dachte, alles liefe bestens. Vermutlich war das ja auch der Fall. Aber wissen Sie was? Die ganze Zeit lief es für ihn auch noch mit einer anderen bestens.« Julia sah Charlie direkt an. »Und jetzt raten Sie mal, wer das war?«

Da sie eine Antwort zu erwarten schien, sagte Charlie: »Keine Ahnung.«

»Meine eigene Schwester! Wie finden Sie das? Meine eigene Schwester! Eines Abends, vor anderthalb Jahren, kam er heim, und wir gingen ins Bett und liebten uns, und dann sagt er mir, es sei aus. Ich fing tatsächlich zu lachen an, weil ich es erst für einen Witz hielt ...«

»Sind Sie sicher ...«, setzte Charlie an, aber sie fiel ihm ins Wort.

»Ja! Bitte, lassen Sie mich weiterreden! Ich möchte darüber sprechen!«

»Okay«, sagte Charlie und wartete.

»Er hat mir auch gesagt, wer es war. Während wir nebeneinander im Bett lagen. Zerstört nicht nur meine Ehe, sondern meine Familie auch noch gleich mit. Ich wußte nicht, was ich tun sollte ... weiß es vermutlich immer noch nicht. Das war, was ich damit gemeint habe, daß ich keine falschen Hoffnungen wecken möchte. Ich wollte bloß mal sehen, wie es ist, wieder mal mit jemand auszugehen. Das habe ich nämlich schon eine ganze Weile nicht mehr getan, wissen Sie. Schon Jahre nicht mehr. Mit niemandem außer Andrew. Ich wußte nicht, ob ich es überhaupt noch richtig kann ...« Sie lächelte matt. »Ein typischer Fall für den Briefkastenonkel. Ehe kaputt, Vertrauen kaputt.«

»Darauf wäre ich nie gekommen. Sie haben sich prima gehalten.«

»Ich will nichts!« platzte sie mit einer weiteren ihrer Verlautbarungen heraus. »Niemand anderen ... keine romantische Affäre ... keinen Sex. Wirklich nicht. Ich habe auch nicht vor, eine Männerhasserin oder sonst so was Bescheuertes zu werden. Ich fühle mich bloß wohler – glücklicher – allein. Wenn ich mich nur auf mich selbst verlassen brauche.«

Sie war tatsächlich der klassische Fall von abservierter Ehefrau, fand Charlie. »Das kann ich gut verstehen.« Vor allem das mit dem Sich-nur-auf-sich-selbst-Verlassen. Ihm fiel ein, wie er Gower einen Vortrag zu diesem Thema gehalten hatte.

Sie sah ihn unsicher an. »Wirklich?«

»Das ist gewissermaßen Teil meiner persönlichen Lebensphilosophie.«

»Bloß fühle ich mich so schrecklich einsam«, gestand ihm Julia. »Ich gehe allein aus und unternehme irgendwas, und manchmal – ganz selten – vergesse ich, wo ich bin und was ich tue, aber meistens fühle ich mich furchtbar einsam.«

»Auch das kann ich gut verstehen«, sagte Charlie. Da war quälende Einsamkeit gewesen, nachdem Edith ermordet worden war. Diese kurze, herrliche, unmögliche Zeit in Moskau mit Natalia war vermutlich das einzige Mal gewesen, daß er nicht ständig von diesem Gefühl begleitet wurde.

»Es ist mir wirklich Ernst damit«, betonte Julia. »Ich möchte wirklich keinen Sex. Ich möchte keinen Geliebten oder irgendwelche Komplikationen, die alles nur noch schwerer machen. Davon habe ich genug. Wissen Sie, was ich will?«

»Was?«

»Einen Freund. Jemand, dem ich trauen kann, bei dem ich mich sicher fühle.«

Charlie schwieg eine Weile und nahm wie Julia einen Schluck Wein, um sein Zögern zu kaschieren. Schließlich sagte er: »Darf ich mich um die Stelle bewerben?« Bloß, wie sah es in Sachen Vertrauen aus, nachdem er sie so benutzt hatte?

»Das wäre nicht fair«, sagte sie bestimmt. »Deshalb habe ich Ihnen doch alles erzählt. Weil ich nicht wollte, daß Sie denken . . . Sie wissen schon.«

»Und jetzt weiß ich es«, sagte Charlie. »Warum also nicht?«

»Ein rein platonisches Verhältnis?« Julia schien skeptisch.

»So nennt man das in der Regel.«

»Ich weiß nicht«, sagte sie unsicher.

»Das werden wir erst wissen, wenn wir's versuchen.«

»Ist das Ihr Ernst?«

»Sicher.« War es das?, fragte sich Charlie.

Daß ihr Fjodor Tudin hinterherspionierte, entdeckte Natalia dank einer bürokratischen Standardmaßnahme.

Es gab eine noch aus KGB-Zeiten stammende Vorschrift, daß Archivunterlagen nur gegen Hinterlassung des Namens des Benutzers herausgegeben werden durften und daß jede Entnahme auf dem Aktendeckel vermerkt werden mußte. Als sich Natalia in der Hoffnung, beim erstenmal etwas übersehen zu haben, Charlies Akte noch einmal kommen ließ, entdeckte sie den Entnahmevermerk unmittelbar hinter ihrem. Als sie daraufhin im Hauptregister nachsah, stieß sie auf Tudins Namen und stellte bei dieser Gelegenheit auch noch fest, daß sich ihr Stellvertreter unmittelbar nach ihrer beider Beförderung auch ihre Akte hatte kommen lassen.

Was hatte er sonst noch alles unternommen, um sie zu Fall zu bringen? Und wie, überlegte sie, konnte sie sich dagegen absichern? Sie mußte eine Möglichkeit finden. Die Gefahr drohte nicht nur ihr, sie drohte auch Sascha.

20

Walter Fosters Kabel war mit dem Vermerk ›Nur für den Generaldirektor‹ versehen. Miller reichte es Patricia Elder, sobald diese auf seine Aufforderung hin in sein Büro gekommen war, und sagte: »Ziemlich üble Geschichte.«

Patricia Elder sah von der Nachricht auf. »Damit haben wir nicht gerechnet, oder?«

»Konnten wir doch auch nicht – zumindest nicht, bis es zu spät war, als die Fotos bereits aufgenommen waren.« Miller deutete mit dem Kopf auf das Telegramm, das zwischen ihnen auf dem Schreibtisch lag. »Es besteht kein Anlaß, so lange zu warten, bis Foster persönlich herkommt und uns ausführlicher Bericht erstattet.«

»Was hältst du von Snows Vorschlag?« fragte die Frau skeptisch.

Miller schüttelte den Kopf. »Zu behaupten, sie seien nichts geworden oder beim Entwickeln beschädigt worden, ist eine faule Ausrede.«

»Aber für eine Festnahme würde es nicht reichen, oder? Snow ist schließlich keiner ihrer eigenen Leute, bei denen sie für so was nicht unbedingt Beweise brauchen. Und wir könnten Zeit gewinnen. Die Reihenfolge muß unbedingt eingehalten werden.«

Wieder schüttelte Miller den Kopf. »Das würde eine zeitliche Abfolge bedeuten, die völlig unserer Kontrolle entzogen wäre und möglicherweise weitere Entwicklungen auslösen würde, die wir nicht vorhersehen können. Außerdem läßt du dabei einen Punkt außer acht, der genauso zum Problem werden kann wie alles andere auch – die unübersehbare Hartnäckigkeit dieses Li. Lange wird dieser verdammte Kerl nicht mehr warten, jedenfalls nicht, wie er sich bisher verhalten hat.«

»Trotzdem gäbe es keine konkreten Beweise, die eine Verhaftung rechtfertigen würden.«

»Wir können uns nicht darauf verlassen, daß unsere Hinhaltetaktik noch viel länger greift.«

Patricia Elder stand auf und wanderte ziellos durch den Raum. »Wir wissen nicht, wie weit ihre Techniken zur Analyse von Fotos entwickelt sind, welche wissenschaftliche Methoden ihnen dafür zur Verfügung stehen. Das einzige, wovon wir mit Sicherheit ausgehen können, ist, *daß* sie einer Analyse unterzogen werden.«

»Sprich mal mit unserem Labor«, sagte Miller. »Inzwischen haben sie sicher alle untersucht. Einige Fotos werden einfacher zu manipulieren sein als andere. Laß sie eine Aufstellung machen, nach Prioritäten geordnet. Was entfernt oder überdeckt werden muß. Wie groß der Aufwand ist und wie leicht oder schwer es zu erkennen sein wird. Erkläre den Laborleuten ruhig ganz genau, worum es geht. Laß sie erst Abzüge anfertigen, damit sie uns Vorschläge machen können, was möglich ist, bevor sie tatsächlich etwas an den Negativen machen.«

»Möglicherweise werden die Chinesen nur eine rein optische Überprüfung vornehmen, mit dem bloßen Auge. Vielleicht übernimmt das sogar Li allein, und die Fotos kommen gar nicht in ein Labor.«

»Wir müssen eher vom Gegenteil ausgehen«, sagte Miller

»Da fällt mir etwas ein!« Abrupt blieb die stellvertretende Direktorin stehen. »Snow hat in seinem Reisebericht geschrieben, daß auch Li Fotos gemacht hat. Was ist, wenn Li zu Vergleichszwecken genau das fotografiert hat, was Snow vorher aufgenommen hat? Das könnte der Grund sein, warum Li Snows Fotos sehen will: Weil die Chinesen bereits durch Lis Aufnahmen wissen, daß im Hintergrund Dinge abgebildet sind, die dort nicht zu sehen sein dürften.«

»Das wäre eine Möglichkeit«, gab Miller widerwillig zu.

»Mehr als eine Möglichkeit.« Patricia Elder gelangte zunehmend mehr zu der Überzeugung, daß sie recht hatte. »Und mit Sicherheit eine, die wir berücksichtigen müssen.«

»Auf jeden Fall eine Frage, die wir Snow stellen müssen – vielleicht kann er sich ja noch daran erinnern.«

Patricia Elder setzte sich wieder. »Ein weiterer Grund für den direkten Kontakt, den er fordert.«

»Wenn es identische Aufnahmen von Li gibt – und wenn wir die unseren hier so manipulieren, daß sie nicht mit seinen übereinstimmen –, dann liefert das den Chinesen genau den Spionagebeweis, den sie brauchen. Das würde zweifellos für eine Festnahme ausreichen.«

»Das Ganze geht einfach zu schnell«, klagte Patricia Elder.

»Dann müssen wir uns eben genauso schnell darauf einstellen!« sagte Miller. »Ich sehe noch keinen Grund zur Besorgnis. Ich versuche nur, die Fallen zu erkennen, bevor wir, wie in diesem Fall, in sie hineintappen.«

»Soll ich Gower instruieren?«

»Wir beide«, entschied Miller. Eine Weile saß er nur da und sah gedankenversunken auf seinen Schreibtisch. »Die Schnelligkeit, mit der die Entwicklung voranschreitet, beschneidet unseren Handlungsspielraum.«

»Der noch zusätzlich eingeschränkt wird, weil sich Snow weigert, eine andere Autorität anzuerkennen als die seines Ordens in Rom«, fügte die Frau hinzu.

»Es wird trotzdem klappen.«

»Und was ist mit seinem Orden?« wollte Patricia Elder wissen. »Könnte das nicht zu massiven Schwierigkeiten führen?«

»Hast du vergessen, daß der ganze Nachrichtenverkehr zwischen Rom und der Pekinger Mission über unsere Botschaftskanäle läuft, weil Father Robertson *und* Snow britische Staatsbürger sind?«

Patricia Elder hatte tatsächlich für einen Moment übersehen, wie leicht sich jeder Nachrichtenverkehr abfangen ließ. Sie nickte, ärgerlich auf sich selbst, daß ihr das passiert war. »Ja«, bestätigte sie bedächtig. »Wir können den gesamten Nachrichtenverkehr überwachen. Das könnte sich als recht nützlich erweisen.«

»Wir können ihn also *sehr* wirksam kontrollieren«, sagte Miller zuversichtlich.

»Wir brauchen doch nicht unbedingt mit Foster zu sprechen, bevor wir weitermachen?«

»Nein«, sagte der Direktor. »Wir müssen aufholen.«

John Gower betrat das Büro des Generaldirektors mit höflichem Respekt, aber keineswegs mit mangelndem Selbstbewußtsein.

»Ihr erster Einsatz«, sagte Miller.

Gower lächelte. »Ich habe gehofft, Sie hätten mich deshalb rufen lassen.«

»Sie gehen nach Peking.« Nun übernahm Patricia Elder, um Gower die Anweisungen zu erteilen. »Es ist ein Notfall eingetreten. Eine Sache, die von hier aus bereinigt werden muß.«

Gower spürte das Aufkeimen von Erregung. Der Gedanke, er könnte in China zum Einsatz kommen, war ihm bei seinen privaten Spekulationen, an welchen Fleck der Erde er geschickt werden könnte, nie gekommen. »Worum geht es?«

»Wir glauben, daß ein Agent kurz vor der Enttarnung steht«, sagte Miller. »Sie sollen den Mann rausholen. Wir dürfen keine Verhaftung riskieren: keine politische oder diplomatische Kompromittierung.«

Von politischer Kompromittierung war auch in seinem ungewöhnlichen Abschlußkurs die Rede gewesen, fiel Gower ein. »Wann geht es los?«

»Wir beginnen heute mit den Reise- und Visavorbereitungen«, sagte Patricia Elder.

»Wen muß ich rausholen?«

Darauf kam nicht gleich eine Antwort. Schließlich sagte Miller: »Das erfahren Sie später.«

Jetzt war es Gower, der schwieg. Dann sagte er: »Warum befehlen Sie dem Mann nicht einfach rauszukommen?«

»Er hält die Lage nicht für so ernst wie wir«, sagte Patricia Elder. »Und er ist uns nicht direkt unterstellt, sondern arbeitet selbständig mit uns zusammen.«

»Könnten von offizieller Seite Versuche unternommen werden, uns an der Ausreise zu hindern?«

»Nicht, wenn wir schnell genug handeln.«

»Aber es besteht die Möglichkeit?« hakte Gower nach. Wie sollte er sich im vermutlich schärfsten Überwachungsstaat der Welt im Fall offiziellen Widerstands verhalten?

»Die Möglichkeit besteht«, bestätigte der Generaldirektor.

»Soll ich mit ihm reisen?«

»Ja.«

»*Wie* schaffe ich ihn raus?«

»Auf dem schnellsten und einfachsten Weg. Die Entscheidung darüber bleibt Ihnen überlassen, je nachdem, wie sich die Lage bei Ihrem Eintreffen darstellt.«

»Ist er bereits gewarnt? Ist ein Versuch unternommen worden, ihn dazu zu bewegen, sich abzusetzen?«

»Ja.«

»Und wenn er sich weigert mitzukommen?«

»Er hatte mit unserem Mann vor Ort, den wir zurückziehen, persönliche Differenzen«, sagte der Generaldirektor. »Bei Ihnen ist diese Gefahr nicht gegeben. Sie *müssen* ihn rausholen.«

»Arbeite ich über die Botschaft?« Er überlegte bereits, wie er es Marcia beibringen sollte.

»Offiziell gehören Sie der Personalabteilung des Foreign Office an und inspizieren britische Botschaftseinrichtungen. Diese Tarnung verschafft Ihnen Zugang zur Botschaft, aber nur so lange, wie Sie das für nötig halten, und wir müssen nicht den Anschein erwecken, als rückten Sie in eine freigewordene Stelle nach.«

»Wer in der Botschaft weiß von meiner wahren Funktion?«

»Der Botschafter natürlich«, erwiderte Miller. »Wahrscheinlich sein ranghöchster Attaché. Sie werden ganz allein arbeiten.«

In diesem Moment passierten in zwei entgegengesetzten Teilen der Welt zwei Dinge, die sich sehr maßgeblich auf John Gower auswirken würden.

Im Londoner Flughafen Heathrow verließ Walter Foster die Maschine aus Peking. Gleich hinter dem Eingang des Terminals blieb er stehen und gestattete sich die theatralische Geste, tief durchzuatmen: Er fühlte sich frei, ein Gefühl, das er seit Monaten nicht mehr gekannt hatte.

Und in der Mission in Peking sah Snow erstaunt auf, als Li wieder einmal völlig unerwartet mitten im Unterricht auftauchte.

»Ich wollte nur mal sehen, ob Sie die Fotos aus England

schon bekommen haben«, sagte der Chinese, als die Klasse, angesichts des erneuten Auftauchens eines Funktionärs sichtlich nervös, gegangen war.

»Noch nicht«, entschuldigte sich Snow.

Die Londoner Adresse, die im *Who's Who* für Lady Ann Miller angegeben war – ein Eintrag, der mit einer Zeile auch auf die Beschäftigung ihres Gatten im öffentlichen Dienst hinwies – gehörte zu einer der spektakulärsten Regency-Villen, die Nash direkt am Park errichtet hatte. Die Penthousewohnung lag viel zu hoch, als daß sich Charlie einen Eindruck von ihrer Einrichtung hätte verschaffen können, aber an den Abenden, an denen die Bewohner die Vorhänge nicht zuzogen, konnte Charlie in die Wohnungen in den unteren Stockwerken sehen. Das war nicht einfach Reichtum, fand Charlie. Die Leute, die hier lebten, wußten gar nicht, wie reich sie waren, weil Geld – die Notwendigkeit, welches zu haben, und schon gar nicht sein Fehlen – in ihrem Leben nie eine Rolle gespielt haben dürfte.

Er überwachte das Haus abwechselnd morgens und abends, wobei ihm von Anfang an klar war, daß eine solche Observierung Stückwerk bleiben mußte, wenn sie nur von einem Mann und nicht kontinuierlich vorgenommen wurde, und das vor allem bei einem Haus, das nicht nur über einen Ausgang zum Park, sondern auch zur Albany Street verfügte.

Nach mehreren ergebnislos verlaufenden Tagen und Nächten begann sich Charlie zu fragen, ob er nicht vielleicht doch falsche Schlüsse aus Julias Bemerkung gezogen hatte. Oder ob zumindest das Liebesnest woanders war.

21

Achtundvierzig Stunden nach Lis zweitem Besuch erkrankte Father Robertson schwer. Nachdem er nicht zum Morgengebet erschienen war, ging Show gegen zehn Uhr in sein Zimmer und fand ihn dort. Der alte Geistliche – und sein Bettzeug – waren naß von Schweiß, aber er war in diesem Stadium noch bei klarem Verstand und sprach einigermaßen zusammenhängend, auch wenn seine Zähne von dem plötzlichen Fieberanfall schnatterten.

Als Snow Father Robertson im Bett wusch und seine Sachen und das Bettzeug wechselte, stellte er bestürzt fest, wie ausgemergelt der alte Mann war. Außerdem hatte er zahlreiche Narben. Auf dem Rücken verliefen viele im gleichen Abstand und in derselben Richtung, als wäre die Haut unter wiederholten Schlägen aufgeplatzt. Eine andere, ganz rechts oben an seinem knochigen, nur von fahler Haut überspannten Brustkorb, bildete eine Vertiefung, wie von einer Stichwunde. Sie war in einem großen, unregelmäßigen weißen Kreis verheilt, als wäre sie nicht richtig ärztlich behandelt worden.

Eine Stunde nach dem ersten Bad und Kleiderwechsel waren Father Robertson und sein Bett wieder genauso naßgeschwitzt.

»Ich muß den Botschaftsarzt holen.«

»Nein!« Vor irrationaler Aufregung war Father Robertson den Tränen nahe. »Es ist nichts Ernstes. Nur ein harmloses Fieber.«

Als er mit dem durchgeschwitzten Bettzeug in die Küche ging, beschloß Snow, sich nicht um Father Robertsons Weigerung zu kümmern, und nahm das Telefon, um in der Botschaft anzurufen. Die Leitung war nicht tot, aber, wie das häufig der Fall war, nicht betriebsbereit. Aus dem Hörer kam nur das bekannte hohe Winseln, bei dem man nicht wählen konnte.

Als die zwei Männer gemeinsam einen Rosenkranz beteten, stabilisierte sich Father Robertsons Zustand vorübergehend – sogar seine schwankende Temperatur ging deutlich zurück. Snow, der das Gebet leitete, gab acht, daß er den alten Mann, der unübersehbar am Ende seiner Kräfte war, nicht überanstrengte. Bevor er schließlich in unruhigen Schlaf fiel, entschuldigte sich Father Robertson mehrmals.

Snow blieb den ganzen Tag und bis spät in die Nacht

hinein an seinem Bett. Ständig mußte er mit einem Schwamm den Schweiß von Gesicht und Körper des Kranken tupfen. Zwischendurch tauchte er abwechselnd eines von zwei Handtüchern in kaltes Wasser und legte es dem alten Mann auf die Stirn.

Das Telefon gab weiter nur ein Winseln von sich. An Benutzung war nicht zu denken.

Gegen Morgen des vierten Tages, wurde der Schlaf des alten Geistlichen, obwohl das Fieber nicht fiel, ruhiger, und zum erstenmal gestattete sich Snow, für kurze Momente in einen halbbewußten Dämmerzustand abzudriften.

Das häßliche Rasseln von Father Robertsons Bewußtlosigkeit weckte ihn abrupt. Wie lange hatte er den Kranken unbeaufsichtigt gelassen? fragte er sich besorgt. Father Robertson lag mit weit offenem Mund auf dem Rücken und sog den Atem in seinen zerbrechlichen, noch immer vom Fieber geschüttelten Körper. Einer Panik nahe, begann Snow den Kranken zu schütteln. Unsinnigerweise schrie er ihn sogar an, er solle die Augen aufmachen. *Nicht schlafen! Sie dürfen nicht schlafen! Aufwachen! Los! Aufwachen!* Der Kopf des Geistlichen bewegte sich im gegenläufigen Rhythmus zu seinen restlichen Körperbewegungen hin und her, aber seine Augen blieben geschlossen. Der alte Mann sah aus, als würde er jeden Moment sterben.

Snow versuchte wieder einmal zu telefonieren, aber diesmal war die Leitung ganz tot.

Es war dumm von ihm gewesen, so lange zu warten. So ungern er Father Robertson allein ließ, mußte er unbedingt in die Botschaft, um Hilfe zu holen. Aber mitten in der Nacht ging das nicht. Wenn er jetzt in die Botschaft zu kommen versuchte, würden ihn die chinesischen Wachen nicht durchlassen, und er riskierte möglicherweise eine weitere Verzögerung. Snow wartete, bis es Tag wurde. Um Father Robertson in optimalem Zustand zurückzulassen, wusch er ihn noch einmal und zog ihm frische Sachen an. Währenddessen ging das Rasseln unablässig weiter, und kaum war der Schweiß weggewischt, trat er schon wieder aus allen Poren.

Auf den Straßen wimmelte es von Fahrrädern, und so früh am Morgen trugen auch noch qualmende Lkws, zum allgemeinen Verkehrschaos bei. Zudem hatte die Entleerung der Straßenabtritte begonnen und verpestete die Luft. Im Laufschritt hastete Snow die Straße entlang, sein Kopf, auf der Suche nach einem Taxi oder Fahrradtaxi, in ständiger Bewegung, ohne Erfolg. Die Verzweiflung, die in ihm aufwallte, trug unausweichlich dazu bei, daß sich sein Brustkorb zusammenschnürte. Er verlangsamte sein Tempo jedoch erst, als ihn ein pochendes Stechen ganz zum Stillstand zu bringen drohte. Dennoch setzte er seinen Weg schneller fort, als gut für ihn war, so daß er heftig nach Atem ringend in der Botschaft eintraf.

Zu Snows Verwunderung war es Peter Samuels, der ihm mit gewohnt ernster Miene aus dem Innern des Gebäudes entgegenkam. Der Leiter der politischen Abteilung verständigte unverzüglich den Botschaftsarzt, einen auffallend dicken Mann namens Pickering, dessen Brille zu groß für sein Gesicht war und ihm etwas Eulenhaftes verlieh – ein Eindruck, der noch dadurch verstärkt wurde, daß er nur sehr selten blinzelte und jeden, mit dem er sprach, mit weit aufgerissenen Augen ansah. Pedantisch erkundigte sich Pickering bei Snow nach Father Robertsons Zustand. Als der Geistliche protestierte, das könnten sie auch auf dem Weg zur Mission besprechen, hielt ihm der Arzt, wesentlich beherrschter, entgegen, es habe wenig Sinn, den Kranken ohne die möglicherweise erforderlichen Medikamente aufzusuchen. »Weshalb sind Sie so fest davon überzeugt, daß sein Zustand so ernst ist, wie Sie sagen?«

»Er ist ein alter Mann!« sagte Snow. »Er war jahrelang in chinesischer Haft. Seine Widerstandskraft dürfte gleich null sein!«

»Warum haben Sie mich nicht schon früher gerufen?«

»Er hat mich nicht gelassen«, antwortete Snow.

»Er hat Sie nicht *gelassen*?« fragte der Arzt ungläubig.

»Der Gedanke, einen Arzt zu rufen, war ihm sehr unangenehm. Und dann schien sich sein Zustand eine Zeitlang zu bessern.«

»Sie sind ein Trottel!«

»Ja«, gab Snow zu.

»Sie sagen, durch die lange Haft ist sein Gesundheitszustand angegriffen?«

»Das soll nicht heißen, daß er ständig kränkelt«, rechtfertigte sich Snow. »Ich wollte Sie nur darauf aufmerksam machen, was er in der Vergangenheit durchgemacht hat.« War da ein Anflug von schlechtem Gewissen, daß er immer so schnell bei der Hand war, Father Robertson, sein Verhalten und seine Reaktionen, herabzusetzen? Widerstrebend mußte sich Snow eingestehen, daß es so war. Seine Panik war weitgehend auf seinen verspäteten Versuch zurückzuführen, seine Fehler gegenüber dem alten Mann wiedergutzumachen.

»Ist er grundsätzlich in guter körperlicher Verfassung? Unabhängig davon, was er früher durchgemacht hat?«

»Ja.« Momentan unschlüssig, zögerte Snow. »Und er trinkt ein bißchen.«

Fragend hob der Arzt den Kopf. »Was ist ein bißchen?«

»Jeden Abend. Eigentlich schon ziemlich bald nach dem Mittagessen.«

Samuels fuhr sie in einem Botschaftswagen zur Mission, wo sie Father Robertson inmitten eines fürchterlichen Schlamassels vorfanden: Ihm war wieder übel geworden, und er hatte Durchfall bekommen. Pickering ließ sich dadurch nicht stören und nahm sogar Proben von allem, bevor er Snow beim Saubermachen half. Samuels blieb, das Gesicht vor Ekel verzogen, untätig an der Tür stehen.

Der Doktor unterzog Father Robertson einer gründlichen Untersuchung. Nachdem er sich bei Snow erkundigt hatte, wie oft er das Bettzeug des schweißgebadeten Geistlichen gewechselt hatte, hängte er ihn an einen Tropf mit Kochsalzlösung, um ihm die verlorene Körperflüssigkeit wieder zuzuführen. Außerdem gab er ihm zur Stabilisierung der Temperatur eine Spritze.

»Was fehlt ihm?« erkundigte sich Samuels gegen Ende der Untersuchung.

Pickering runzelte die Stirn. »Ich habe nicht die leiseste

Ahnung. Er hat Fieber, soviel steht fest. Und er ist bewußtlos. Sein Blutdruck ist zu hoch. Was alles zusammen oder jeweils für sich genommen auf alles mögliche hindeuten könnte.«

Um dem Arzt Platz zu machen, zog sich Snow an die Tür zurück, in die Nähe des Diplomaten. Ohne auch nur einen Blick in Snows Richtung zu werfen, sagte Samuels: »Hat er denn über Unwohlsein geklagt, bevor Sie ihn gefunden und festgestellt haben, daß er offensichtlich krank ist?«

»Nein.«

»Was hat er gesagt, solange er noch bei klarem Verstand war?«

Snow schüttelte den Kopf. »Nichts, eigentlich nichts. Er hat nur ständig wiederholt, wie leid ihm alles täte. Das hat er immer und immer wieder gesagt.«

Mit lauterer Stimme wandte sich Samuels an den Arzt: »Wir sollten ihn besser in die Krankenstation der Botschaft bringen, finden Sie nicht auch?«

Pickering sah verdrießlich über seine Schulter zurück. »Stellen Sie jetzt die Diagnosen?«

Samuels' Gesicht verfärbte sich kaum merklich. »Ich hielt es für das naheliegendste.«

»Ich nicht. Jedenfalls so lange nicht, bis ich nicht weiß, was dem Mann fehlt. In der Botschaft gibt es keine Möglichkeit, ihn zu isolieren.«

»Könnte es was Ansteckendes sein?«

»Natürlich könnte es ansteckend sein! Wissen Sie nicht, daß alle großen Infektionskrankheiten, die es auf der Welt gibt, in China nach wie vor als endemisch gelten!« Pickering sah Snow direkt an. »Damit will ich keineswegs behaupten, daß es so ernst ist. Oder daß Sie etwas zu befürchten haben. Ich muß in die Botschaft zurück, um die Proben zu untersuchen.«

Snow hatte absolut keine Angst. Vielleicht, dachte er, würde es sein schlechtes Gewissen weiter beruhigen, daß er dem alten Mann in seiner Krankheit – ob nun ansteckend oder nicht – beigestanden hatte.

»Sie können doch mit dem Wagen zurückfahren, oder?« fragte Samuels den Doktor.

»Warum?« Pickering runzelte die Stirn und packte seine Sachen zusammen, wobei er jedes Instrument sorgfältig in die dafür gedachte Vertiefung in seinen Taschen legte.

»Ich möchte noch ein bißchen hierbleiben.«

»Wozu?« wollte Snow wissen.

»Wann haben Sie zum letztenmal geschlafen?« fragte Samuels.

»Ich . . .«, begann Snow und hielt inne. »Vorgestern nacht, glaube ich. Aber eigentlich kann ich mich nicht mehr erinnern.«

»In Ihrem total übermüdeten Zustand können Sie sich nicht richtig um Father Robertson kümmern«, sagte der Diplomat. Er sah den Arzt an. »Kommen Sie heute noch mal zurück?«

»Natürlich«, sagte Pickering. »Er hängt schließlich am Tropf.«

Samuels nickte und wandte sich wieder Snow zu. »Ruhen Sie sich ein wenig aus, oder versuchen Sie es zumindest. Bis Pickering zurückkommt, weiß er vielleicht schon genaueres, was Father Robertson fehlt. Dann können wir auch sehen, ob wir ihn in die Krankenstation bringen. Und wenn nicht, sind Sie wieder besser in der Lage, sich um ihn zu kümmern.«

»Meinetwegen.« Der Doktor zuckte mit den Achseln und ging.

Obwohl Snow es nicht für möglich gehalten hatte, konnte er schlafen, tief und traumlos. Als er schließlich abrupt wach wurde, stellte er überrascht fest, daß er, ohne im ersten Moment zu wissen, warum, am hellichten Tag im Bett lag. Doch dann fiel es ihm wieder ein, und er stand rasch auf. Samuels war im Wohnraum, aber die Verbindungstür zu Father Robertsons Zimmer stand offen, so daß er hineinsehen konnte. Bei Snows Eintreten lächelte der sonst so finster dreinblickende Diplomat und sagte: »Es geht ihm wesentlich besser.«

Das hatte Snow schon gemerkt, bevor es Samuels gesagt

hatte. Father Robertson schien richtig zu schlafen, und das Ächzen, Zeichen seiner Bewußtlosigkeit, hatte aufgehört.

»Er schwitzt auch nicht mehr so viel«, fügte Samuels hinzu. »Hoffen wir, daß es genauso schnell vorübergeht, wie es gekommen ist.«

»Werden Sie Rom verständigen?« fragte der Diplomat.

Die Notwendigkeit, die Ordensleitung zu informieren, war Snow bis jetzt noch nicht bewußt geworden, obwohl klar war, daß er das tun mußte. Ein Gedanke ergab den anderen. Würde dieser Zusammenbruch, ganz gleich, was seine Ursache war, den Ausschlag für Father Robertsons überfällige Ablösung geben? Damit er endlich allein in der Mission war? Kein falscher oder unfairer Gedanke, fand er. Und er stand nicht in Widerspruch zu dem Bedauern, das er seit kurzem über sein gespanntes Verhältnis zu Father Robertson empfand. Seine Sorge galt allein einem überanstrengten und erschöpften alten Mann, der Ruhe brauchte, nicht ständig neue Belastungen. Er sagte: »Das muß ich sogar.«

»Wird man ihn abberufen?« fragte Samuels.

»Das weiß ich nicht.«

»Wie mir scheint, hängt er sehr an China, was allerdings in Anbetracht dessen, was er hier durchgemacht hat, schwer verständlich ist.«

»Nicht unbedingt bei einem Geistlichen.«

»Sie können Ihr Amt als Geistliche doch gar nicht richtig ausüben«, widersprach ihm Samuels sofort.

»Sein Traum ist, daß sich das eines Tages ändert, daß er es wieder kann.«

»Glauben Sie das?«

Snow dachte nach, bevor er antwortete. »Es kann, glaube ich, gar keinen Zweifel daran geben, daß der Kommunismus in China genauso scheitern wird wie überall sonst. Aber ich weiß nicht, wie lange es dauern wird . . .« Er hielt inne und warf einen Blick durch die offene Tür, wo der alte Mann lag. »Das wird er jedoch ganz sicher nicht mehr erleben. Er wird enttäuscht sterben.«

»Father Robertson war vor zwei oder drei Tagen bei mir

– um mir mitzuteilen, daß Ihr Reisebegleiter wieder in der Mission war.«

»Er möchte Abzüge von ein paar Fotos, die wir unterwegs gemacht haben.« Snow hatte sich schon gefragt, wie lange es dauern würde, bis dieses Thema zur Sprache käme.

Samuels beugte sich auf seinem Stuhl nach vorn und setzte beim Sprechen die einzelnen Worte noch stärker voneinander ab, als er das sonst tat. »Was für Fotos? Sie haben sich doch zu keiner Unbedachtsamkeit hinreißen lassen?«

»Der Mann war mein offizieller Begleiter!« rief ihm Snow in Erinnerung, froh, daß ihm die Erklärung eingefallen war. »Er hätte auf keinen Fall zugelassen, daß ich etwas fotografiere, was nicht fotografiert werden darf – auch nicht versehentlich.«

Samuels sah ihn weiter spektisch an. »Hier erregt man sehr leicht Anstoß. Sogar mit Dingen, bei denen sich sonst nirgendwo auf der Welt jemand etwas denken würde.«

»Glauben Sie mir, ich habe mir schon genug Vorträge über die politischen Realitäten in diesem Land angehört«, erinnerte ihn Snow.

»Da Father Robertson bis auf weiteres nicht einsatzfähig ist, würde ich es begrüßen, wenn Sie mir Bescheid gäben, falls dieser Mann wieder hier auftaucht. Ich möchte nicht, daß wir – die Botschaft, meine ich – völlig unvorbereitet in etwas hineingeraten.«

»Ich halte sie auf dem laufenden«, versprach ihm Snow. Das Ganze entbehrte nicht einer gewissen Ironie: Father Robertsons Erkrankung würde ihm in nächster Zeit einen plausiblen Vorwand liefern, die Botschaft aufzusuchen, wann immer er wollte. Bloß gab es dort keinen Verbindungsmann mehr, mit dem er sich treffen konnte. Die Gelegenheit ergreifend, sagte er rasch: »Bei dem Empfang neulich hat Foster gesagt, er würde versetzt. Ist sein Nachfolger schon da?«

Samuels zog die Stirn in Falten, und Snow fürchtete, zu direkt vorgegangen zu sein. »Nein«, antwortete der Diplomat. »Noch nicht. Aber wir werden Ersatz bekommen. Die genehmigte Personalstärke muß unbedingt beibehalten werden.«

»Also schon bald?« fragte Snow hartnäckig weiter. Wenn der neue Verbindungsmann schon in ein, zwei Wochen eintraf, bestand vielleicht immer noch die Möglichkeit, sich in der Botschaft zu treffen und über ihre künftige Zusammenarbeit zu sprechen.

Statt zu antworten, runzelte Samuels wegen einer von ihm übersehenen Frage die Stirn. »Wo sind die Fotos, die der Mann haben will?«

»Ich habe die Filme zum Entwickeln an meine Familie in England geschickt. Ich habe sie gebeten, mir die Abzüge zurückzuschicken.« Snow entschied, daß die Gelegenheit vorbei war und daß es ein Fehler gewesen wäre, noch einmal damit anzufangen.

»Er kommt also wieder in die Mission?«

»Anzunehmen.«

»Darüber bin ich aber gar nicht glücklich.«

»Also wirklich!« Snow machte kein Hehl aus seinem Ärger über diese ständig gleich verlaufenden Gespräche. »Darüber haben wir uns doch bereits beim Empfang ausgiebig unterhalten. Es gibt keinen Grund, sich Sorgen zu machen.«

»Ich finde, ich sollte London über diesen zweiten Besuch in Kenntnis setzen.«

»Gut!« sagte Snow. »Dann können Sie Ihrem Bericht auch meine Darstellung des Sachverhalts beifügen.«

»Ich werde London Ihren Standpunkt mitteilen«, versprach Samuels.

Der Wortwechsel artete zwar nicht in einen Streit aus, aber die Stimmung war merklich gespannt. In Gedanken ganz bei den unterwarteten Zugangsmöglichkeiten zur Botschaft, beschloß Snow, die Ordensleitung in Rom so schnell wie möglich über Father Robertsons Zustand zu unterrichten.

Aber als er schließlich in seinem Zimmer allein war, fing er nicht sofort zu schreiben an, sondern sah unschlüssig auf das leere Blatt Papier in der alten Schreibmaschine mit der ausgeleierten Tastatur. Das war seine erste Gelegenheit, sich ganz direkt, ohne vorherige Zensur durch Father Robertson, an die Leute in Rom zu wenden, die ihr Leben bestimmten und diktierten und deren Anweisungen sie bedingungslos Folge zu leisten hatten. Wenn er es geschickt anstellte – ohne dabei unfair oder gar unaufrichtig zu sein –, konnte er Father Robertsons Abberufung erwirken. Er brauchte Rom nur an die früheren Leiden des alten Mannes zu erinnern und auf seine ständigen Ängste sowie auf die offensichtliche Ernsthaftigkeit seiner plötzlichen Erkrankung hinzuweisen.

Snow hörte Geräusche im Flur und blickte gerade rechtzeitig auf, um Samuels aus Father Robertsons Zimmer kommen zu sehen. Als der Diplomat Snows Blicke spürte, drehte er sich um und schüttelte zum Zeichen, daß keine Veränderung eingetreten war, den Kopf.

Das durfte er nicht tun, beschloß Snow. Father Robertson war ärztlich versorgt und in der Mission so gut aufgehoben, wie er das unter den gegebenen Umständen nur sein konnte. Das war alles, was er Rom übermitteln durfte. Alles andere – die Krankheit für seine egoistischen persönlichen Zwecke auszuschlachten – wäre von Grund auf verkehrt gewesen, ein Verrat an allen Prinzipien, die er sich als Priester zu eigen gemacht hatte: Prinzipien, gegen die er, wenn er ganz ehrlich war, vielleicht bereits durch seine Nebenaktivitäten verstoßen hatte, die ihm in Phasen wie dieser fast wichtiger erschienen als seine eigentliche Berufung. Es war sehr schmerzlich gewesen, als er sein Gewissen auf dem Weg der Beichte zu beruhigen versucht hatte. Im Augenblick konnte er unmöglich noch mehr von seiner angegriffenen Integrität aufgeben.

Schließlich begann Snow doch zu schreiben. Er beschränkte sich ausschließlich auf die konkreten Fakten und die plötzliche Erkrankung. Damit Father Robertson nachlesen konnte, was er an die Ordensoberen geschrieben hatte, machte er einen Durchschlag. Nachdem er mit seinem Bericht fertig war, beschloß er, den Umschlag bis zur Rückkehr des Doktors offenzulassen, um seine Diagnose beifügen zu können. Es widerstrebte ihm, die Erkrankung Rom gegenüber als ein Rätsel darzustellen.

Das Rätsel sollte sich jedoch auch mit der Rückkehr des Doktors nicht lösen.

Als Pickering schließlich am Nachmittag zurückkam, zwängte er sich sofort an ihnen vorbei. Sein einziger Gruß war ein ganz kurzes Nicken, und sein einziges Interesse galt dem inzwischen friedlich schlafenden Geistlichen. Nachdem er ihm unter den Augen der beiden anderen Männer Temperatur und Blutdruck gemessen und seine Augen- und Nervenreaktionen getestet hatte, zog er die Nadel des Tropfs aus seinem Arm und verband die Einstichstelle, die keine Tendenz zum Bluten zeigte. Erst nachdem er das Gestell für den Tropf abgebaut hatte, sagte er: »Es geht ihm wesentlich besser. Das braucht er jedenfalls nicht mehr. Sein Zustand scheint sich sehr gut zu stabilisieren.« Schließlich drehte er sich mit einem stolzen Lächeln zu den beiden um.

»Was ist es?« fragte Samuels.

Das Lächeln machte dem üblichen gereizten Stirnrunzeln Platz. »Ich weiß nicht, was es ist. Aber ich weiß, was es *nicht* ist. Mit Sicherheit ist es nicht ansteckend.«

Snow sagte: »Ich würde meinem Orden in Rom gern Näheres darüber mitteilen.«

»Ich weiß es nicht«, wiederholte Pickering. »Es könnte ein Virus sein. Aber was es genau ist, wird sich wissenschaftlich vermutlich gar nicht feststellen lassen.«

»Und wie ernst ist es?« Samuels ließ nicht locker.

»Er ist alt und ziemlich gebrechlich«, sagte der Arzt überflüssigerweise. »In seinem Alter und bei seinem Allgemeinzustand darf man eine Virusinfektion auf keinen Fall auf die leichte Schulter nehmen. Aber in den letzten paar Stunden hat sich sein Zustand enorm gebessert: geradezu unglaublich. Das ist natürlich sehr beruhigend. Seine Temperatur ist praktisch normal, und seinen Blutdruck kann man in Anbetracht seines Alters ebenfalls als fast normal betrachten.«

»Besteht die Gefahr ... ich meine, könnte er sterben?« stotterte Snow.

»Gütiger Gott, nein!« entfuhr es dem Doktor, der sehr leicht reizbar schien. »Er braucht natürlich Pflege. Aber ich glaube nicht, daß irgendeine Gefahr besteht.«

»Wie soll er behandelt werden?« fragte Samuels.

»Wie es im Moment aussieht, einfach mit Antibiotika. Er ist nicht mehr bewußtlos. Daß er jetzt so tief schläft, ist eine Folge der Erschöpfung, mehr nicht.«

»Dann bringen wir ihn also in die Krankenstation«, sagte Samuels.

»Warum?« fragte Pickering mürrisch.

»Warum nicht?« hielt Samuels mit dem gleichen Nachdruck dagegen. »Er hat nichts Ansteckendes, und er braucht Pflege. Da sollten wir ihn doch wo hinbringen, wo er in Ihrer Nähe ist.«

»Es besteht kein Grund, ihn hier wegzuschaffen«, erklärte Pickering. »Im Gegenteil, es ist sogar besser, ihn hier zu lassen, zumal wir ihn ohnehin nur im Auto transportieren könnten. Es hätte jedenfalls keinen Sinn, tagelang zu warten, bis uns die Chinesen einen Krankenwagen zur Verfügung stellen ...« Er deutete mit einer Kopfbewegung auf Snow. »Außerdem kann *er* sich um ihn kümmern. An sich braucht er nichts anderes zu tun, als dafür zu sorgen, daß er immer seine Medizin nimmt. Es genügt vollauf, wenn ich einmal am Tag vorbeikomme, um nach dem Rechten zu sehen ...« Wieder ein Nicken in Snows Richtung. »Ich kann ihm die Nummer meiner Praxis und meine Privatnummer geben. Wenn das Telefon wieder repariert ist, kann er mich jederzeit erreichen, falls der Father einen Rückfall bekommen sollte. Was ich nicht glaube.«

»Ich finde, er sollte verlegte werden«, sagte Samuels.

»Das haben Sie nicht zu entscheiden!« wies ihn Pickering zurecht. »Für die medizinische Versorgung der britischen Staatsbürger bin ich zuständig.«

»Und ich bin nicht weniger dafür zuständig wie für ihr sonstiges Wohlergehen«, platzte Samuels in einem überraschend undiplomatischen Gefühlsausbruch heraus. Er hatte sich jedoch sofort wieder im Griff und fuhr fort: »Ich sehe nicht ein, warum Father Robertson nicht in die Botschaft gebracht werden soll, wo eine bessere medizinische Versorgung gewährleistet ist als hier.«

Für Snow hörte sich das an, als wollte sich der Diplomat gegen eventuelle spätere Vorwürfe absichern, was vielleicht auch tatsächlich seine Arbeit war. Aus persönlicher Sorge um Father Robertsons Wohlergehen sagte Snow zu Pickering: »Wäre es nicht besser, ihn in ein Krankenhaus zu bringen?«

»Wenn ich das für nötig hielte, würde ich es tun!« fuhr ihn Pickering an. »Rein medizinisch gesehen, ist der Mann im Augenblick hier besser untergebracht, weil er ...«

Der Satz wurde nie zu Ende gesprochen. Father Robertson gab ein schniefendes Seufzen von sich, wälzte sich unbehaglich herum und schlug die Augen auf. Nachdem er eine Weile benommen an die rissige, schmutzgeränderte Decke über seinem Bett gestarrt hatte, klärte sich schließlich sein ausdrucksloser Blick. Er drehte den Kopf auf die Seite und sah sie. »Was?« sagte er in einer vagen Ein-Wort-Frage.

Es war Pickering, der die Sache in die Hand nahm. Ohne seine Frage zu beantworten, stellte er Father Robertson, der sich nun wenigstens wieder bis zu einem gewissen Grad verständlich machen konnte, eine Reihe von Fragen über sein Befinden und nahm verschiedene neurologische Tests vor. Der Zustand des alten Geistlichen besserte sich zusehends, und nach fünfzehn Minuten war der Missionsleiter bereits in der Lage, das Antibiotikum einzunehmen, das der Doktor aus seiner Tasche holte. Über die Schulter sagte Pickering zu den beiden Männern: »Sein Zustand hat sich sogar noch deutlicher gebessert!« Diesmal sprach der Stolz aus seiner Stimme, nicht aus einem Lächeln.

Gemeinsam stellten sich Samuels und Snow ans Bett. Father Robertson war bei vollem Bewußtsein. Wieder bat er mehrmals um Entschuldigung, daß er ihnen solche Umstände gemacht hatte, und einmal streckte er flehentlich die Arme aus, was sie unbeabsichtigterweise auf ihre stockartige Zerbrechlichkeit aufmerksam machte.

»Fühlen Sie sich wieder besser?« wollte Samuel wissen.

»Ich bin sehr müde. Mehr nicht. Nur müde. Es tut mir so leid.«

»Ich habe mir Sorgen um Sie gemacht«, flocht Snow ein.

»Verzeihen Sie mir. So was Dummes.«

»Er braucht Ruhe, mehrere Tage«, sagte Pickering wichtigtuerisch. »Ich werde ihm außer dem Antibiotikum noch ein leichtes Beruhigungsmittel verschreiben. Und ich komme jeden Tag vorbei, so oft ich es für nötig halte . . .« Er kam Samuels' Einwänden mit einem kurzen Blick zuvor. »Es wird alles getan, was nötig ist.«

Ohne dem Doktor Beachtung zu schenken, sagte Samuels zu dem Kranken: »Ich finde, Sie sollten in die Botschaft kommen. Das wäre doch das beste, oder nicht?«

»Ich finde wirklich . . .«, begann Pickering verärgert, aber Father Robertson fiel ihm ins Wort: »Es geht mir wirklich schon viel besser, und außerdem gehöre ich hierher. Ich komme schon zurecht, wirklich.«

»Das hätten wir also Gott sei Dank geklärt!« Und trotz der kleinen Zuhörerschaft sagte der Arzt zu Samuels: »Ich verbitte mir Ihre Einmischung.«

Snow nahm an, daß die weitere Untersuchung an sich nicht mehr nötig war, sondern lediglich dem Zweck diente, Samuels in die Schranken zu weisen, und der Gesichtsfarbe des Diplomaten nach zu schließen, hatte der denselben Eindruck.

Snow hörte aufmerksam zu, als ihm der Doktor die Dosierung der Medikamente erklärte, und als er ihm seine Karte mit den Telefonnummern gab, nahm er sich vor, gleich zu überprüfen, ob der bereits gemeldete Schaden in der Leitung schon behoben war.

Währenddessen hatten der Arzt und der Diplomat kein Wort gewechselt. Und die beiden Männer blieben auch stumm, als sie die Mission verließen.

Das Beruhigungsmittel begann zu wirken, und Father Robertson schlief noch einmal drei Stunden. Beim Aufwachen bekam er nur mit Mühe die Augen auf.

»Ich werde alt«, sagte er niedergeschlagen.

»Sie kommen schon wieder auf die Beine«, tröstete ihn Snow.

»Habe ich Ihnen große Umstände gemacht?«

»Überhaupt nicht«, winkte Snow ab.

Father Robertson fielen die Augen zu. »Alt«, sagte er undeutlich.

»Dann ist das also ein Abschiedsessen!« Marcia war über eine Woche lang auf einer Ausstellung in Birmingham gewesen, weshalb sie nur am Telefon darüber gesprochen hatten, daß er nach Peking mußte.

»Bis zum Abschied ist es noch eine Weile.« Gower lächelte sie über den Restauranttisch hinweg an. »Ich muß erst noch das Visum kriegen.«

»Und ich dachte, du wärst nur irgend so eine untere Charge und würdest das jahrelang bleiben!«

»Ich war auch überrascht«, gab Gower zu. Er konnte verstehen, daß bestimmte Formalitäten erledigt werden mußten – vor allem das Visum –, aber zugleich war er wegen der Verzögerung ungeduldig. Er hatte damit gerechnet, praktisch gleich nach der versprochenen Abschlußeinsatzbesprechung abzureisen. Mit jedem verstreichenden Tag wuchs die Gefahr, daß ihre Quelle enttarnt wurde.

»Wie lange wirst du weg sein?«

»Ich muß vor Ort eine Inspektion der Botschaftseinrichtungen vornehmen. Das kann ich erst sagen, wenn ich in Peking bin.«

»Komisch, daß sie da eigens jemand aus London hinschicken.«

»Offensichtlich halten sie das für nötig.«

Marcia hielt ihm zum Nachschenken ihr Glas hin. In unschuldiger Voraussicht sagte sie: »Das könnte deine große Chance werden, oder?«

»Wenn ich meine Sache gut mache.« Das hoffe ich, dachte Gower. Marcia wandte sich dem Kellner zu und nickte auf seine Frage, ob er den Teller abräumen dürfe. Als er sich entfernt hatte, sagte sie: »Es ist gut gelaufen, die letzten Wochen, findest du nicht auch? Mit uns, meine ich.«

»Sehr gut«, stimmte ihr Gower zu. Der Auftrag in Peking war ganz offensichtlich wichtig. Die Tatsache, daß er ihn erhalten hatte, mußte bedeuten, daß er hoch eingestuft wurde: möglicherweise sogar einer von wenigen Auserwählten war. Wenn er so gut im Geschäft war, konnte er schon alle möglichen Zukunftspläne machen.

»Der Mietvertrag für meine Wohnung muß verlängert werden. Ich habe eine Anfrage bekommen, was ich zu tun gedenke.«

»Ich habe den Termin nicht vergessen.« Er hatte damit gerechnet, daß sie damit ankommen würde.

»Eigentlich finde ich es nicht sehr sinnvoll, die Wohnung weiter zu behalten. Es sei denn, du möchtest das.«

Um sie dazu zu bringen, ihn anzusehen, ergriff Gower ihre Hand. »Ich möchte nicht, daß du sie weiter behältst«, sagte er bestimmt. »Ich möchte, daß du kündigst und zu mir ziehst, und außerdem möchte ich, daß wir uns schon mal übers Heiraten Gedanken machen.«

Marcias Gesicht öffnete sich zu mehr als einem Lächeln. Fast lachend vor Aufregung, stieß sie hervor: »Ich nehme an!«

»Alles wird genau so werden, wie wir es uns immer schon gewünscht haben.«

»Ich werde mich um alles kümmern, während du weg bist«, sagte Marcia. »Kann ich meinen Eltern schon Bescheid sagen?«

Gower nickte. Er hatte sichtlich Freude an ihrer Aufregung. »Ich werde es auch meiner Mutter noch sagen, bevor ich fahre.«

Auf das zaghafte Klopfen hin sah Charlie Muffin neugierig auf und lächelte, als Gower die Tür aufmachte.

»Gut, daß ich Sie noch erwische.« Gower erwiderte das Lächeln. »Wollte Ihnen nur sagen, daß ich meinen ersten Einsatz habe.«

Ohne etwas zu sagen, sah Charlie den jungen Mann ernst an.

Gowers Lächeln wurde breiter. »Keine Sorge! Ich werde Ihnen schon nicht sagen, was es ist! Weiß es ja selbst noch nicht richtig, jedenfalls nicht alles. Nur, daß es bald losgeht.«

Charlie blieb ernst. »Machen Sie Ihre Sache gut. Normalerweise kriegt man nur eine Chance.«

»Ich mach' das schon. Das haben Sie mir doch beigebracht.«

Habe ich das? fragte sich Charlie. Manchmal hatte er es schon schwer genug gefunden, sich um sich selbst zu kümmern: Er war nicht erpicht darauf, für jemand anderen die Verantwortung übernehmen zu müssen. Je länger er sich's überlegte, desto mehr haßte er diesen blöden Job. Reine Eifersucht, gestand er sich ein. Eigentlich hätte er den Auftrag kriegen sollen, nicht dieses unerfahrene Jüngelchen.

War er denn wirklich so unerfahren? Er hatte bei allen Prüfungen wesentlich besser abgeschnitten, als Charlie erwartet hatte. Aber darum ging es nicht, hielt er sich entgegen. Worum es ging, war, daß er den Auftrag wollte, den Gower bekommen hatte. Mein Gott, wie er es haßte, Lehrer zu sein.

22

Auf den Landstraßen herrschte dichter Verkehr, und Charlie war froh, endlich auf den Motorway zu kommen, wo er sich mit konstant fünf Meilen über der Höchstgeschwindigkeit auf der Innenspur einrichtete, schnell genug, um rechtzeitig nach London zurückzukommen, ohne ernsthaft ein Einschreiten der Polizei zu riskieren. Eine der elementarsten Sicherheitsmaßnahmen im Leben war, sich an die gängigen Gesetze zu halten: alles Teil des Bemühens, keine unnötige Aufmerksamkeit auf sich zu lenken. Er war nicht sicher, ob er John Gower darauf aufmerksam gemacht hatte. Tun hätte er es jedenfalls sollen. Aber dafür war es jetzt zu spät. Kurz vor seinem ersten Einsatz, war Gower jetzt ganz auf sich gestellt. Von nun an mußte er allein lernen, allein einen Riecher entwickeln. Einfach würde es sicher nicht werden. Das waren operative Einsätze nie: manchmal langweilig und viel zu oft fürchterliche Fehlschläge, aber nie einfach. Charlie hoffte, dieser würde nicht so schwierig werden, wie manche das sein konnten. Es war immer gut, das erste Mal was relativ Harmloses zu bekommen, um das richtige Maß an Selbstvertrauen zu kriegen.

Genug nachgedacht, warnte sich Charlie. Wie er dem Mann selbst gesagt hatte, war es falsch, persönlich Anteil zu nehmen. War außerdem gelogen gewesen, als er behauptet hatte, die Frage, ob er ihn sympathisch fand oder nicht, würde er sich gar nicht erst stellen. Auch wenn er es nicht vorgehabt hatte, *fand* er John Gower sympathisch. Mußte aufpassen, daß das beim nächsten nicht wieder passierte. Er hatte gedacht, nach Gower käme gleich der nächste: hatte erwartet, die immer noch ungewohnte, durch und durch ungewollte Tätigkeit ginge weiter, ein Lehrling fertig, der nächste nachrückend. Noch etwas, was er an seinem neuen Job nicht ganz verstand. Er hoffte, bald einen Neuen zugeteilt zu bekommen. Auch wenn er noch nicht angefangen hatte, Papierflieger zu bauen, begannen sich die ersten Anzeichen von Langeweile bemerkbar zu machen.

Charlie sah auf die Uhr am Armaturenbrett; zum Glück war er früh genug dran, um nicht in den Feierabendverkehr zu geraten. Er wollte erst noch zu Hause vorbeifahren, bevor er sich mit Julia traf: duschen, wenn die Zeit reichte. Er hatte überlegt, ob er sie mitnehmen sollte, nicht ins Altersheim, aber auf die Fahrt. In Stockbridge gab es genügend Antiquitätenläden, in denen sie sich die Zeit hätte vertreiben können, solange er bei seiner Mutter war. Dann hätten sie den Rest des Tages auf dem Land verbringen können. Aber vielleicht wäre das doch keine so gute Idee gewesen. Auf keinen Fall sollte sie den Eindruck gewinnen, daß er nicht nur einen Tag, sondern auch eine Nacht auf dem Land im Sinn hatte, weil das nämlich nicht der Fall war.

Charlie war froh über die Freundschaft mit Julia. Er hatte sie ihr damals in dem Restaurant in Hampstead fast reflexhaft angeboten, und danach war er eine Zeitlang nicht sicher gewesen, worauf sie sich da eigentlich eingelassen hatten. Bisher lief alles bestens. Sie hatte seine Einladung ins Kino angenommen und ungläubig gelacht, als er ihr gestand, daß er sich schon über ein Jahr keinen Film mehr angesehen hatte, und nachdem er beschlossen hatte, sie nicht aufs Land mitzunehmen, hatte er für denselben Abend Karten für ein Theaterstück besorgt, von dem er wußte, daß sie es gern sehen wollte. Er war versucht gewesen, sie damit zu überraschen, hatte sich aber dann ebenso dagegen entschieden, wie er sie nicht gefragt hatte, ob sie nach Hampshire mitkommen wolle. Hoffnungsvolle Liebhaber dachten sich Überraschungen aus: Freunde besprachen alles im voraus, um sicherzugehen, daß bei gemeinsamen Unternehmungen jeder auf seine Kosten kam. Sie hatten es nicht nötig, Eindruck zu schinden.

Charlie fühlte sich mit Julia genauso wohl, wie sie sich mit ihm wohlzufühlen schien, und keiner von beiden mußte sich besonders anstrengen. Und vor allem war zwischen ihnen keine sexuelle Spannung, was die Sache ziemlich schwierig gemacht hätte. Nach der Beichte im Restaurant sprach sie noch ein- oder zweimal über die Scheidung und ihre Enttäuschung über den doppelten Betrug, aber nur wegen des kathartischen Effekts und nicht, um ihm Hoffnungen zu machen. Kein einziges Mal hatte sie ihm eine direkte Frage über ihn selbst gestellt, weshalb sich Charlie in einem Anfall von Zynismus schon gefragt hatte, ob sie alles, was es über ihn zu wissen gab, bereits aus den roten Schachteln und braunen Ordnern wußte, für die die stellvertretende Generaldirektorin solche Verachtung gezeigt hatte, als sie ihm seinen neuen Aufgabenbereich zugeteilt hatte. Er hatte den Verdacht rasch wieder abgetan. Als er über Edith gesprochen hatte – kurz und nur, um durchblicken zu lassen, daß auch er wußte, was Einsamkeit war –, hatte nichts in Julias Reaktion darauf hingedeutet, daß sie von Ediths Tod oder seinen Begleitumständen wußte, und er hielt sie für keine so gute Schauspielerin – oder Lügnerin –, um das verbergen zu können.

Ganz abgesehen davon, daß aus den Archivunterlagen nicht alles über ihn zu erfahren war. Genaugenommen sogar erstaunlich wenig. Und auf keinen Fall etwas über Natalia, die nach Edith das Wichtigste in seinem Leben gewesen war.

Charlie war der Auffassung, daß erst die für immer verlorene Natalia die Freundschaft mit Julia ermöglicht hatte. Angesichts dessen, was er für Natalia empfand – und immer empfinden würde –, hatte er nicht das Bedürfnis, sich näher auf jemand einzulassen, sei es nun zwecks Liebe, Sex oder was es dazwischen sonst noch gab. Genausowenig, wie Julia das wollte. Charlie fand, daß er und Julia das ideale platonische Paar abgaben. Fast wie in einer Ehe, ohne die problematischen, unschönen Elemente. Allerdings glaubte er nicht, daß diese Analogie auch für einen Außenstehenden nachvollziehbar war.

Das Wort – Ehe – ließ ihn nicht mehr los. Wie stand es mit der Beziehung zwischen dem gutverheirateten Peter Miller und der unverheirateten Ms. Patricia Elder? Charlie hatte seine sporadische und deshalb unzulängliche Observierung des Hauses am Regent's Park fortgesetzt. Und herausgefunden, daß es Peter Miller als Stadtwohnung nutzte. Bisher allerdings immer nur allein. Die Frau, die – allerdings nur bei zwei Gelegenheiten – den separaten Penthouse-Eingang mit ihm benutzt hatte, war nicht Patricia Elder gewesen, woraus Charlie schloß, daß es Lady Ann gewesen war: Jedenfalls hatte sie den Pferden, die sie züchtete, ziemlich ähnlich gesehen. Nicht zum erstenmal kam Charlie der Gedanke, daß Miller die Wohnung vielleicht gar nicht für sein Verhältnis mit seiner Stellvertreterin benutzte: Er fragte sich sogar, ob er *überhaupt* ein Verhältnis mit ihr hatte. Und dann bestand auch noch die Möglichkeit, daß Patricia Elders Wohnung oder Haus das Liebesnest war. Da sie in keinem der biographischen Nachschlagewerke stand – und in ihre Personalakte konnte er anonym nicht Einsicht nehmen –, hatte er keine Ahnung, wo sie wohnte.

Das alles legte den Schluß nahe, daß seine Amateurobservierung reine Zeitverschwendung war und ungefähr denselben Stellenwert hatte wie seine Papierfliegerbasteleien. Andererseits war gerade Zeit etwas, was er im Überfluß hatte. Und nicht zuletzt kam er auf dem Heimweg nach Primrose Hill praktisch direkt an Millers Londoner Stadtwohnung vorbei.

Was würde er tun, wenn er ihnen ein Verhältnis nachweisen konnte? Wenn er sich streng an die Vorschriften hielt, müßte er es als Sicherheitsrisiko melden. Zweck der Übung war nicht, streng nach Vorschrift vorzugehen: Das war er nur in den seltensten Fällen. Zweck der Übung war in diesem Fall, sich abzusichern, soviel Munition wie möglich zu sammeln. Und es war nicht gut, seine Munition schon zu verschießen, bevor es überhaupt losging: Besser, man wartete, bis die Gegenseite das Feuer eröffnete. Für Charlie stand von vornherein fest, daß Miller und Patricia Elder am längeren Hebel saßen. Aber wenn sie ernsthaft versuchen sollten, ihn in die Pfanne zu hauen – ihn auf Dauer abzuservieren, zum Beispiel –, würde er sie, wenn möglich, auch in die Pfanne hauen. Und deshalb würde er weiter vor der noblen Stadtvilla Wache halten.

In den roten Schachteln und braunen Ordnern gab es zwar jede Menge warnender Hinweise, was er alles getan hatte, als man ihn vor einigen Jahren hatte opfern wollen, aber Charlie bezweifelte, daß ihnen wirklich klar war, wie hundsgemein er werden konnte, wenn er sich in die Enge getrieben fühlte. Und darauf war er auch noch stolz. Manchmal strengte er sich sogar richtig an.

Um bis London auf dem Motorway bleiben zu können,

wechselte er auf der Ringautobahn M25 zur M4 über. Dabei fiel ihm ein, wie er auf diesem Streckenabschnitt John Gower beigebracht hatte, wie man Verfolger abschüttelte. Genauso rasch, wie er diese Erinnerung abzublocken versuchte, gab er den Versuch wieder auf. Statt dessen zwang er sich, an das Standardvorgehen zu denken, und nahm sogar eine aufrechtete Haltung ein – als wäre er plötzlich aufgewacht.

Was der Wahrheit verteufelt nahekam, merkte Charlie entsetzt. Er *hatte* geschlafen. Nicht ein einziges Mal, seit er vor fast zwei Stunden vom Altersheim aufgebrochen war, hatte er sich nach hinten umgesehen, und das, obwohl er Gower so herablassend eingeschärft hatte, das müsse er unbedingt immer tun, ›bis es Ihnen zur zweiten Natur wird‹.

Soviel zu der Illusion, ein guter und gewissenhafter Geheimagent zu sein! Der Lapsus machte Charlie mehr als nur Sorgen: Er machte ihm angst. Früher hatte er das *immer* völlig automatisch getan: hätte es auch jetzt tun sollen! Schließlich war das etwas, woran er nie bewußt hatte denken müssen. Aber warum hatte er es dann jetzt nicht getan? Dafür gab es keine Entschuldigung, keine Erklärung. Ganz gleich, wie sehr er mit anderen Dingen beschäftigt gewesen sein mochte, ein Teil seiner Aufmerksamkeit hätte auf das gerichtet bleiben müssen, was um ihn herum geschah. Da konnte auch nicht als Argument gelten – nicht für Charlie –, daß es sowieso nicht mehr darauf ankam, weil er nicht mehr im aktiven Dienst war. Er *wollte* diese ständige Wachsamkeit nicht aufgeben: und er *würde* sie nicht aufgeben. Wenn er nicht mehr wachsam war, immer auf dem laufenden, was um ihn herum geschah, dann ging es unaufhaltsam bergab mit ihm: Dann war es nicht mehr weit bis zu der mümmelnden Abgestumpftheit des pensionsreifen Dinosauriers, für den ihn Patricia Elder zweifellos hielt. Zu spät – in einem dummen Wiedergutmachungsversuch, der seinen Zweck nicht erfüllte – begann Charlie unter Zuhilfenahme aller Spiegel seine Umgebung zu beobachten, und ein paarmal drehte er auf der dichtbefahrenen sechsspurigen Autobahn sogar den Kopf nach hinten. Was wollte er jetzt noch – jetzt, wo es zu spät war? Sich einen runterholen, ohne Aussicht auf Befriedigung? Nein, hielt er sofort dagegen. Wenn es ein Ernstfall wäre, könnte er den Fehler immer noch ausbügeln: ein paar Haken schlagen und das Problem umgehen. Trotzdem fand er keine Befriedigung: ein Fall von mißglückter mentaler Masturbation.

Seine innere Unruhe hatte sich selbst dann noch nicht gelegt, als er, nachdem er den Leihwagen zurückgebracht hatte, zeitig in seine Wohnung in Primrose Hill zurückkehrte. Bevor er die Briefe hinter der Tür aufhob, vergewisserte er sich, daß sie noch in derselben Reihenfolge dalagen, in der er sie zurückgelassen hatte. Dann überprüfte er die Schlafzimmer- und die Küchentür, die er ganz leicht hatte offenstehen lassen, um Eindringlingen eine Falle zu stellen. Es war niemand in seiner Wohnung gewesen. Ihm blieb noch genügend Zeit, um zu duschen, bevor er sich mit Julia traf.

An der Bar, in der Theatergasse, sagte er: »Gower war kurz bei mir, um mir zu sagen, daß er einen Auftrag gekriegt hat.«

Julia sah ihn ernst an. »Trauerst du deinem alten Job immer noch nach?«

»Das wird immer so bleiben«, sagte Charlie kurz angebunden.

»Das hat doch keinen Sinn«, redete sie ihm gut zu. »Du mußt dich damit abfinden, daß damit Schluß ist!«

Das konnte er nicht, stellte Charlie fest. Noch nicht, obwohl er das nach dem Patzer heute nachmittag besser lernen sollte. »Wahrscheinlich hast du recht.«

»Schön, daß Sie wieder da sind!« sagte der Generaldirektor.

Walter Foster lächelte nervös und sah, unsicher über Sinn und Zweck des Treffens, zwischen Peter Miller und Patricia Elder hin und her. »Ich glaube, es war dringend erforderlich, mich abzusetzen«, platzte er sofort heraus.

»Mit Panik oder so etwas hatte das überhaupt nichts zu tun.«

»Natürlich nicht«, beruhigte ihn die Frau.

»Sie haben gesagt, ich soll die Entscheidung vor Ort treffen«, rechtfertigte sich Foster, dessen Bedenken noch keineswegs ausgeräumt schienen.

»Das ist alles offiziell in den Akten vermerkt«, sagte Miller. »Wir sind froh, daß Sie zurück sind. Wir wollen Ihre Eindrücke hören: alles. Das ist wesentlich besser als schriftliche Berichte.«

Fosters Anspannung ließ ganz geringfügig nach. »Die Sache ist ganz einfach. Snow ist aufgeflogen: Die Chinesen warten bloß noch den günstigsten Zeitpunkt ab. Möglicherweise warten sie auch darauf, daß er sich etwas Konkretes zuschulden kommen läßt, obwohl ich nicht sicher bin, ob sie das wirklich so genau nehmen.«

»Und Snow selbst?«

Angesichts soviel geballter Aufmerksamkeit mußte Foster, der ganz vorn auf der Stuhlkante hockte, schließlich doch den Blick abwenden. Allerdings tarnte er diese Vermeidungsstrategie als kurzes Nachdenken, das der angemessenen Beantwortung der an ihn gerichteten Frage dienen sollte. Vorsichtig begann er schließlich: »Er ist nicht einfach. Ist es nie gewesen.«

»Sprechen Sie weiter«, drängte Patricia Elder.

Foster ließ sich nicht lange bitten. »Ich bin nie mit ihm zurechtgekommen. Unser Verhältnis war immer ausgesprochen schwierig.«

»In seinem letzten Bericht hat er sich geweigert, weiter mit Ihnen zusammenzuarbeiten«, führte Miller an.

Das faßte Foster sofort als Kritik auf. »Diesen Eklat bedaure ich sehr. Soweit es sich im Rahmen des Möglichen hielt, habe ich alles getan, um ihn zu vermeiden. Ich habe Ihre Anweisungen genauestens befolgt. Aber es war alles umsonst.«

»Das geht aus Ihren Berichten ganz klar hervor«, sagte der Generaldirektor.

Fosters Anspannung ließ weiter nach. »Er ist extrem arrogant. Weigert sich einfach zu glauben, daß ihn die Chinesen ins Auge gefaßt haben könnten.«

»Was glauben *Sie* denn?« wollte Patricia Elder wissen.

»Er steht fraglos unter Verdacht.«

Mit einer vagen Handbewegung deutete Miller auf die Ordner, die akribisch auf seinem Schreibtisch aufgereiht waren. »Daran läßt das, was Sie bisher geliefert haben, eigentlich keinen Zweifel. Ist demnach seine Arroganz schuld daran, daß er sich nicht absetzen will?«

»Er behauptet, allein sein Orden sei befugt, ihn abzuberufen. Er will einfach nicht wahrhaben, daß er kompromittiert ist. Er glaubt, es ließe sich schon eine Erklärung finden, um die chinesischen Behörden zufriedenzustellen.«

»Im Labor haben sie etwas Schwierigkeiten mit den Fotos«, schaltete sich an dieser Stelle Patricia Elder ein und lenkte das Gespräch in eine andere Richtung. »Die Aufnahmen aus Zhengzhou stellen kein Problem dar: Abgesehen davon, daß wir jetzt identifizierendes Bildmaterial über Li haben, handelt es sich dabei um harmlose Urlaubsfotos. Es sind die Aufnahmen aus Shanghai, an denen wir nichts ändern können.«

»Überhaupt nichts?« fragte Foster. War es also doch richtig gewesen, sich abzusetzen, solange noch eine Möglichkeit bestand. Er konnte sich nicht vorstellen, wie es in einem chinesischen Gefängnis zuging, aber er war sicher, daß er im Fall einer Inhaftierung schnellstens den Verstand verloren hätte.

Foster die technischen Einzelheiten zu erklären, übernahm Miller. »Sie können absichtlich sehr schlecht abgezogen werden. Bei zwei Fotos ginge das recht gut: Was dann von den Kriegsschiffen im Hintergrund noch zu erkennen wäre, hätte keinerlei Relevanz . . .« Er hielt inne. »Aber bei zwei anderen ist das nicht möglich.«

»Und wenn man den ganzen Hintergrund ändert?«

»Er hat von der Stadt und vom Bund *weg* auf den Fluß hinaus fotografiert. Das ist unmöglich.«

Foster lächelte, als ihm die Idee kam. »Was ärgern wir uns eigentlich mit den echten Fotos herum? Warum schikken wir nicht einfach vier völlig unverfängliche Fotos vom Shanghaier Hafen zurück, die Snow gar nicht gemacht hat?«

Miller und die Frau tauschten Blicke aus, und Patricia Elder sagte: »Snows Aussagen zufolge hat auch Li Fotos gemacht. Sie haben also eine Vergleichsmöglichkeit: Jedes Foto müßte vom genau gleichen Standpunkt aufgenommen sein, unter genau denselben Witterungsbedingungen, sogar mit denselben Wolkenformationen.«

Foster errötete leicht, so daß seine Sommersprossen noch stärker hervortraten. »Können wir denn seinen Orden nicht ersuchen, ihn rauszuholen?«

»Wie? Und mit welcher Begründung?« fragte der Generaldirektor. »Wir könnten ihnen keinen Grund für unsere Bitte nennen. Wir könnten Ihnen nicht mal erklären, woher wir überhaupt wissen, daß sich ein Jesuit namens Jeremy Snow in Peking aufhält. Glauben Sie mir, wenn das irgendwie möglich wäre, hätten wir es schon vor Wochen versucht.«

Fosters Gesichtsfarbe glich sich der seines Haars noch mehr an. »Was können wir dann überhaupt noch tun?«

»Es weiter mit gutem Zureden versuchen«, sagte Patricia Elder.

Darauf trat kurzes Schweigen ein, bis Foster fragte: »Durch jemand anderen?«

»Ja«, sagte Miller.

»Das tut mir leid«, entschuldigte sich Foster, ohne daß einer von beiden offene Kritik an ihm geübt hatte.

»Sie waren als akkreditierter britischer Diplomat an der Botschaft«, rief ihm Patricia Elder in Erinnerung. »Sie sind jetzt raus. Auf offizieller Ebene können wir also schon mal keinen Ärger mehr bekommen, wenn Snow festgenommen wird. Die Regierung wird grundsätzlich jede Kenntnis von dem leugnen, was uns die Chinesen vorwerfen werden: Sie wird das Ganze als puren Unsinn abtun.«

»Das heißt, Snow wird aufgegeben«, sagte Foster.

»Er hat Anweisung erhalten, sich abzusetzen«, sagte

Miller mit einem Anflug von Gereiztheit. »Und wir unternehmen noch einen Versuch.«

»Er wird nicht gehen«, sagte der Verbindungsmann nüchtern.

»Dann hat er sich alles Weitere selbst zuzuschreiben«, sagte der Generaldirektor.

Nachdem Foster gegangen war, blieb es eine Weile still im Raum. Schließlich brach Patricia Elder das Schweigen: »Er hat nicht gefragt, wohin er als nächstes versetzt wird.«

»Foster ist ein Trottel, auf den wir verzichten können«, erklärte Miller mit einer wegwerfenden Handbewegung.

»Was sollen wir mit ihm machen?«

Miller zuckte mit den Achseln. »Irgendwas Internes, würde ich sagen. Aber das hat noch Zeit. Bist du bereit für Gower?«

Patricia Elder nickte: »Morgen um zehn. Sein Flug geht am Nachmittag.«

»Meinst du, es klappt?« sagte Miller unerwartet nachdenklich.

»Wenn ich das bloß wüßte«, sagte Patricia Elder.

23

Seine letzten Instruktionen unmittelbar vor dem Abflug erhielt Gower von Patricia Elder allein. Sie legte ihm zwei Fotos von Snow vor, machte ihn darauf aufmerksam, daß er Geistlicher sei, und bezeichnete es als eine Katastrophe, daß sie ihn herausholen müßten. Sie ging genau mit ihm durch, wie er bei der Kontaktaufnahme und bei den Treffen vorgehen sollte, und ließ ihn die einzelnen Schritte so oft wiederholen, bis sie sicher war, daß er sich alles eingeprägt hatte.

»Wir durften es auf keinen Fall so weit kommen lassen«, sagte die stellvertretende Direktorin, »daß uns die Chinesen vorwerfen, Snow *und* Foster würden einer Spionagezelle angehören. Und auch jetzt, in Ihrem Fall, darf das nicht passieren. Wenn Sie also in Kontakt mit Snow treten, tun Sie das auf gar keinen Fall *außerhalb* der Botschaft, wo sie nicht unter diplomatischem Schutz stehen. Lotsen Sie Snow mit Hilfe des Signals am taoistischen Tempel zu einem toten Briefkasten ihrer Wahl. Und bedienen Sie sich des Briefkastens, um ihn in die Botschaft zu rufen. Machen Sie ihm unmißverständlich klar, daß das seine letzte Chance ist. Entweder er kommt raus, oder wir übernehmen keine Verantwortung mehr und lassen ihn fallen.«

»Und wenn er sich weiter weigert?«

Patricia Elder zog die Fotos aus Schanghai aus dem Ordner auf ihrem Schreibtisch. »Er wird nicht mal bis zum Flughafen kommen, wenn er die hier nicht den Chinesen gibt. Die obersten vier sind ganz harmlos, aber wir haben sie manipuliert. Sie unterscheiden sich also geringfügig von den Kontrollaufnahmen, die sein Begleiter gemacht hat. Das dient nur dem Zweck, sie zu verwirren und eine Weile zu beschäftigen. Die Aufnahmen, auf die es wirklich ankommt, sind die restlichen vier: Sie haben uns zu wichtigen Aufschlüssen über die neuesten chinesischen Entwicklungen auf dem Gebiet der Flottentechnik verholfen. Auch sie sind ein bißchen frisiert, soweit das unseren Technikern möglich war. Bei einer genauen Überprüfung im Labor läßt sich das allerdings feststellen. Machen Sie Snow also unmißverständlich klar, daß ihm diese Fotos nur zu einem Aufschub verhelfen, um sich absetzen zu können. Aber nicht zu mehr. Wenn er nicht mit Ihnen rauskommt, werden die Fotos den Chinesen sogar den Beweis liefern, daß er ein Agent ist. Wenn er meint, das wäre Erpressung, dann sagen Sie ihm, er hat vollkommen recht: Genau das ist es.«

»Ich finde Ihr Verhalten sehr anständig«, bemerkte Gower anerkennend.

»Es dient nur unser aller Sicherheit«, sagte Patricia Elder.

Natalia Fedowa war schon zu lange in diesem Geschäft, um gleich in Panik zu geraten, bloß weil sich Fjodor Tudin heimlich für sie interessierte. Gewarnt war sie jedenfalls: Jetzt mußte sie nur noch sehen, daß sie auch entsprechend gerüstet war. Und das warf eine Reihe von Problemen unterschiedlicher Dringlichkeit auf.

Sie konnte jederzeit in ihre eigenen Unterlagen Einsicht nehmen: Und sollte von offizieller Seite eine Erklärung verlangt werden, konnte sie ohne weiteres eine geben. Etwas anderes lag der Fall allerdings, wenn man sie fragen sollte, warum sie unter den Tausenden vom KGB übernommenen Akten über ausländische Geheimdienstangehörige ausgerechnet die Unterlagen über den Mann angefordert hatte, mit dem sie früher erwiesenermaßen zu tun gehabt hatte. Um sich diesbezüglich abzusichern, mußte sie sich eine Begründung ausdenken. Das größte Problem war damit allerdings immer noch nicht gelöst: daß sie nicht wußte, ob sich Tudins Aktivitäten *nur* auf dieses Aktenstudium beschränkten. Und gegen etwas, das sie nicht wußte, konnte sie sich nicht wappnen. Rasch widersprach sich Natalia selbst. Das war nicht das größte Problem. Das größte Problem war, daß sie jetzt, wo sie wußte, daß sie bespitzelt wurde, jede Hoffnung aufgeben mußte, Charlie Muffin zu finden, um ihm mitzuteilen, daß er Vater war.

24

Auf dem langen Flug setzten sich seine Ängste tief in seinem Innern fest. Gower versuchte zu schlafen, was ihm aber nicht gelang. Statt dessen lag er, in eine Decke gewikkelt, stundenlang in dem verdunkelten, summenden Flugzeug und versuchte die noch gestaltlosen Geister auszutreiben: um in seinem Kopf Ordnung zu schaffen und sich auf das gefaßt zu machen, was ihn wahrscheinlich erwartete. Was hatte sein letzter Ausbilder doch gleich wieder gesagt: Sollte er das tun – oder sollte er das *nicht* tun?

Er konnte sich nicht mehr erinnern. Sofort flackerte neue Besorgnis in ihm auf. Denn das war mit Sicherheit ein ganz wichtiger Punkt gewesen: sich *immer* erinnern zu können, *immer* voll da zu sein. Der ungepflegte Mann, der seine Identität nicht hatte preisgeben wollen, hatte ihm gesagt, es sei völlig in Ordnung, nervös zu sein. Bloß *wie* nervös?

Bei der Ausbildung war er durch nichts auf einen Einsatz in Peking vorbereitet worden. Abgesehen von den zwei unzureichenden Einsatzbesprechungen mit der stellvertretenden Generaldirektorin und von dem, was er in den wenigen Tagen bis zur Ausstellung seines Visums den ebenfalls unzureichenden Akten entnommen hatte, hatte er keinerlei Hilfestellungen erfahren.

Nur nicht den Kopf verlieren, die Nervosität akzeptieren, aber nicht die Panik. Im Grunde genommen konnte es sogar eine einfache Operation werden. Auf jeden Fall eine, bei der er, wenn er sich strikt an die Anweisungen hielt, immer abgesichert war, dem Zugriff der chinesischen Behörden entzogen.

Er brachte nichts Gefährliches nach China: die belastenden Fotos aus Shanghai, das Aktenmaterial, die Instruktionen und Ortsangaben für die heimlichen Kontakte, das alles wurde im unantastbaren Diplomatengepäck befördert.

Auf Anweisung Londons war es ihm auch untersagt, außerhalb des unter diplomatischer Immunität stehenden Botschaftsgeländes mit dem Jesuiten in Kontakt zu treten. Auch da hatte er also nichts zu befürchten. Warum also die nagende Angst? Zwanzig Prozent Anfängernervosität, entschied Gower, achtzig Prozent Unsicherheit, dadurch bedingt, daß es ausgerechnet Peking war.

Es würde sicher keine schwierige Operation werden, entschied er. Er würde im wahrsten Sinn des Wortes die ganze Zeit unter dem Schutz der Botschaft stehen. Und das Problem mit den Fotos würde dem widerspenstigen Geistlichen gar keine andere Wahl lassen, als sich schließlich doch noch abzusetzen, was er eigentlich schon vor Wochen hätte tun sollen.

Der Pekinger Flughafen war ein Mahlstrom von Menschen, Lärm und hektischem Getriebe: Gower hatte das Gefühl, als triebe er in einem Fluß voller Abfälle, die unablässig gegen ihn stießen und drückten. Nur ab und zu ließ das Gedränge nach, wenn Leute im letzten Moment wegstrudelten, nicht um einen Zusammenstoß zu vermeiden, sondern um ihn wie ein Kuriosum neugierig anzustarren. Als er an der Paßkontrolle und am Zoll anstand, dachte Gower mit einem ironischen Grinsen an eine andere Lektion seiner Abschlußausbildung: daß man immer auf die Menschen in seiner Umgebung achten sollte. Das Kolonialherrenklischee schon erkennend, bevor es in seinem Kopf ganz Gestalt angenommen hatte, stellte er fest, daß das eine weitere Regel war, die hier schwer zu befolgen war: In einer Menschenmenge, in der sich außer ihm höchstens noch zwanzig bis dreißig andere Europäer befanden, sahen für sein ungeübtes Auge alle gleich aus, so daß es ihm unmöglich war, irgend jemand von jemand anderem zu unterscheiden.

Gower hatte nur gesagt bekommen, daß er abgeholt würde, aber nicht, wie. Als er die Zollkontrolle passiert hatte, blieb er stehen und sah sich unsicher um. Im selben Moment sah er einen fast unnatürlich großen, knochigen Mann, der sich mühelos durch die Menge bewegte, die ihn immer noch verwirrte und herumschubste.

»Peter Samuels«, stellte sich der Mann vor. »Politische Abteilung. Das Foto von Ihnen ist gut getroffen. Guten Flug gehabt? Dauert eine Ewigkeit, nicht? Der Wagen steht draußen. Kommen Sie.« Nicht an einer Antwort interessiert, drehte sich der Mann praktisch schon um, bevor der Händedruck beendet war. Er ging mit weitausholenden Schritten voran, und Gower, dem ständig jemand in die Quere kam, hatte Mühe, ihm zu folgen.

Gower war die seltsame Sprechweise des Mannes sofort aufgefallen. Es war, als wären die Worte zusammengeklebt und müßten im Moment der Hervorbringung auseinandergestemmt werden.

Das Auto, ein englischer Ford, stand fast direkt vor dem

Eingang. Samuels ließ Gower den Kofferraum selber aufmachen, um seinen Koffer hineinzuwerfen, und ging sofort auf die Fahrerseite. Auf dem Flughafengelände selbst gab es relativ viele Autos, aber sobald sie die Straße erreichten, wimmelte es von zum Teil schwer beladenen Fahrrädern. Neugierig drehte sich Gower um, um einen Blick nach hinten zu werfen. Eine andere Ausbildungslücke, dachte er. Gleichzeitig fiel ihm wieder das Abschüttelungsmanöver auf der Autobahn ein: Wie sollte er ein Fahrrad identifizieren, das aussah wie jedes andere Fahrrad und auf dem ein Mann saß, der aussah wie jeder andere Radfahrer?

»Soviel wir aus London gehört haben, bleiben Sie nicht sehr lange?« sagte Samuels.

»Nein«, bestätigte Gower knapp. Er überließ es dem anderen Mann, den Verlauf des Gespräch zu bestimmen.

»Neuankömmlinge abzuholen ist durchaus üblich«, gab ihm Samuels zu verstehen. »Aber in der Regel geschieht das durch einen Chauffeur.«

Gowers Aufmerksamkeit verlagerte sich auf das Innere des Wagens. »Ja?«

Ungeduldig drückte Samuels mit dem Finger auf die Hupe und blickte unverwandt auf das zweirädrige Gedränge, durch das er den Wagen manövrierte. »Man muß sich unbedingt klar darüber sein, was hier abläuft.«

»Ich bin für jeden guten Rat dankbar«, sagte Gower höflich, aber immer noch vorsichtig.

»Wahrscheinlich der diffizilste diplomatische Standort auf der ganzen Welt. Aber die Chinesen beginnen sich nach außen zu öffnen. Sehr langsam. Erst kürzlich war eine Handelsdelegation hier, die Aufträge in Höhe von über dreihundert Millionen Pfund mit nach Hause nehmen konnte.«

»Nicht übel.« Obwohl sich Gower ganz auf den anderen Mann konzentrierte, ertappte er sich dabei, daß er neugierig auf die Holzhäuser mit den geschwungenen Dächern hinaussah, an denen sie vorbeifuhren. Er fühlte sich an Märchen und Pfefferkuchenhäuschen erinnert.

Zum erstenmal drehte sich Samuels kurz zu ihm herum. »Vor allem: alles unterlassen, was diese Beziehungen stören könnte.«

Gower nahm an, der Leiter der politischen Abteilung war einer der Diplomaten, die von seiner wahren Funktion wußten. *Trauen Sie niemand,* erinnerte er sich. Und dann noch eine Regel: *In einer unbekannten Situation nimmt man und gibt nicht.*

»Verstehe.«

Noch so ein flüchtiger Blick. »Wir möchten die Beziehungen durch nichts stören lassen.«

»Auch das verstehe ich.« Gower wünschte, er hätte im Flugzeug schlafen können, damit ihm jetzt die Müdigkeit nicht so zu schaffen machte. Es kam zwar keine Sonne durch die tiefhängenden gelben Wolken, aber es war sehr heiß. Sein Hemd klebte bereits auf der Haut.

»Der Botschafter wünscht Sie unverzüglich zu sprechen, sobald Sie Ihre Sachen auf Ihr Zimmer gebracht haben.«

»Ich stehe zu seiner Verfügung.«

Wegen des dichten Verkehrs kamen sie nur langsam voran, und eine Weile fuhren sie in völligem Schweigen dahin, bis Samuels unvermittelt fragte: »Ihr erster Auslandseinsatz?«

Gower, der seine Unerfahrenheit nicht zugeben wollte, überlegte, ob er lügen sollte, tat es dann aber doch nicht. »Ja.«

Samuels nickte, als ob sein Eindruck bestätigt worden wäre. »Ganz wichtig, daß Sie sich sehr genau im klaren darüber sind, was in den Leuten hier vorgeht.«

Gower hatte mit dieser Distanziertheit gerechnet – konnte sich sogar noch an die betreffende Warnung erinnern –, aber er hatte nicht erwartet, daß er sie noch keine Stunde, nachdem er aus dem Flugzeug gestiegen war, zu spüren bekäme. Er zügelte den Ärger, der in ihm aufstieg, sofort. Es gab noch keinen Grund, sich durch die anmaßende Art eines Mannes, der auf jedem Wort herumkaute, einschüchtern zu lassen. Sich absichtlich dumm stellend, fragte Gower: »In Hinblick auf was?«

Verständnislos runzelte Samuels die Stirn. »Ich dachte, das läge auf der Hand.«

»Und ich dachte, genauso läge es auf der Hand, daß ich *nicht* hier bin, um irgendwelche Schwierigkeiten zu verursachen, daß ich mir dessen in vollem Umfang bewußt bin und daß mich London nicht an einen so sensiblen Ort wie Peking geschickt hätte, wenn auch nur der geringste Anlaß zu der Befürchtung bestünde, daß ich das tun könnte!« Gegen Ende zu ging Gower die Luft aus, und er hatte Mühe, den Satz mit fester Stimme zu beenden. Um sich keine Reaktion des Diplomaten entgehen zu lassen, hatte er sich ihm beim Sprechen die ganze Zeit zugewandt.

Samuels' ohnehin schon gefurchtes Gesicht verfärbte sich nun auch noch, seltsamerweise in Form zweier klar umrissener Flecken, die sich, wie bei der Maske eines Clowns, auf seinen Wangen bildeten. Er entgegnete steif: »Vergessen Sie bitte nicht, daß ich einer der ranghöchsten Botschaftsangehörigen hier bin!«

»Ich werde es mir merken«, versicherte ihm Gower genauso steif. Er glaubte, dem Diplomaten fürs erste ordentlich eine ausgeteilt zu haben. Aber er durfte sich nicht zu viel herausnehmen.

Inzwischen hatten sie das Stadtgebiet erreicht, und nach den traditionellen Häusern an der Straße zum Flughafen war Gower überrascht über die endlosen Reihen moderner Betonbauten, manche fast so hoch wie Wolkenkratzer. Auch die Straßen waren jetzt breiter, so daß sie etwas schneller vorankamen.

»Sprechen Sie irgendwelche chinesischen Sprachen?« fragte Samuels.

»Nein«, gab Gower zu.

Der Diplomat gab ein kurzes Brummen von sich, als sähe er sich durch dieses Eingeständnis in einem weiteren, nicht geäußerten Eindruck bestätigt. »In der Botschaft haben wir englischsprachige Stadtpläne, auf der alle wichtigen Plätze der Stadt und die Botschaft eingezeichnet sind. Gehen Sie auf keinen Fall ohne so ein Ding los. Sonst verlaufen Sie sich hoffnungslos.«

Gower gewann den Eindruck, daß es dem anderen Mann schwer fiel, anders zu sein als herablassend. »Sicher.«

»Werden Sie viel in der Stadt unterwegs sein?«

»Nicht besonders.«

»Gut.« Ein weiterer kurzer Blick auf den Beifahrersitz. »Vergessen Sie bitte nicht, daß die Botschaft streng überwacht wird.«

»Sicher«, wiederholte Gower.

»Im Diplomatengepäck war verschiedenes für Sie dabei. Es ist im Safe, im Tresorraum der Botschaft.«

»Ich wäre Ihnen dankbar, wenn es dort bliebe, bis ich es brauche.«

»Aber möglichst nicht zu lange.«

»Das macht Ihnen doch keine Umstände, oder?«

Samuels antwortete nicht.

Die Unterkünfte befanden sich in einer Reihe niedriger, barackenartiger Bauten hinter dem Botschaftsgebäude. Gowers Quartier befand sich am Ende eines offenbar unbewohnten Flügels. Es bestand aus einem Wohnbereich mit einer klassischen dreiteiligen Sitzgruppe, sehr altmodisch und mit paisleygemusterten losen Überwürfen, und einer Eßnische mit einem nicht sehr stabil wirkenden Tisch und vier Stühlen sowie einem riesigen büfettartigen Schrank mit Schubladen und Türen im Unterteil und einem Aufsatz aus Borden und Stellflächen. Auf einer an der Wand befestigten Stellage stand ein Fernseher mit einem Videorecorder darunter. Der Teppich war an einer Stelle direkt davor auffallend stark abgenutzt, als hätte jemand das Gewebe absichtlich abgerieben. Alles war mit einer dünnen Staubschicht überzogen. Mehr Staub gab es im Schlafzimmer, dessen Einrichtung aus einem Bett, einer schmucklosen Frisierkommode und einem Einbauschrank bestand. Das Bett war etwas eigenartig dimensioniert, breiter als ein Einzelbett, aber nicht breit genug, um als Doppelbett durchzugehen. Die Küche war klein, ohne irgendwelche Küchengeräte auf den Arbeitsflächen aus Resopal. Der Wasserkessel war ein altes Metallmodell zum Aufsetzen, kein elektrischer Schnellkocher, und der kleine Kühlschrank mit der ausgebauchten Tür stammte aus derselben Ära wie die Sitzgruppe im Wohnraum. Gower fand, das Ganze sah aus wie eine Fundgrube für Möbel und nicht wie ein Ort, an dem jemand wohnte.

»Das ist natürlich nur eine provisorische Unterkunft, aber mehr brauchen Sie ja auch nicht«, sagte Samuels etwas verlegen.

»Sieht recht bequem aus«, log Gower.

»Das chinesische Fernsehen sollten Sie lieber vergessen. Kommt sowieso nur Quatsch. In der Botschaftsbibliothek haben wir eine kleine Auswahl an Videos: ziemlich alte Sachen allerdings.«

»Ich werd's mir merken.«

»Für Unterbringung und Verpflegung ist offiziell Ian Nicholson zuständig. Wenn Sie sonst noch etwas wissen möchten, fragen Sie ihn.« Er hielt inne. »In einer Stunde, beim Botschafter?«

»Kein Problem.«

Die Dusche war heiß, aber das Wasser kam ruckartig und brachte die Leitung geräuschvoll zum Erzittern. Da Gower nicht darauf geachtet hatte, den Staub vom Boden der Duschkabine zu wischen, vermischte es sich anfangs mit dem Wasser zu einer dünnen Schlammbrühe. Beim Anziehen nahm sich Gower vor, Ian Nicholson zu fragen, wo er seine Kleider am besten waschen lassen könnte, was in einem Land, das der englischsprachigen Welt die chinesischen Wäschereien beschert hatte, nicht weiter schwierig sein dürfte. Alle Kleiderbügel im Schrank waren aus Draht. Eingedenk des Grundsatzes, niemandem zu trauen, stellte Gower seine Fallen. Er hängte ein Jackett so in den Schrank, daß es in die andere Richtung sah als die anderen drei, ließ nur den rechten Verschluß seines Koffers einschnappen und schob die unterste Schublade der Frisierkommode nicht ganz zu, so daß sie noch zwei Zentimeter vorstand.

Nach genau einer Stunde rief Samuels an.

Das Innere des Botschaftsgebäudes stand in auffälligem

Gegensatz zu der spartanischen Strenge von Gowers Unterkunft. Alles blitzte von Politur und Pflege: Es gab chinesische Wandteppiche und eine Menge chinesischer Schnitzereien und Skulpturen in Nischen und auf Sockeln. Von den Decken aller Räume und Gänge, durch die Gower kam, hingen Ventilatoren, aber vermutlich gab es auch noch eine Klimaanlage. Darauf deutete zumindest die Kühle hin, die ihn fast frösteln ließ, als er, schon nach wenigen Metern wieder schwitzend, aus der Hitze draußen auf dem Hof in das Hauptgebäude kam.

Peter Samuels stand neben Sir Timothy Railton, als Gower das Büro des Botschaftes betrat. Der Mann quittierte die förmliche Vorstellung mit einem Nicken, bot aber keinen Händedruck an. Es war Samuels, der auf einen bereitgestellten Stuhl deutete. Der Leiter der politischen Abteilung blieb stehen.

Mit einer kurzen Kopfbewegung deutete der Botschafter auf den Diplomaten neben sich und sagte: »Haben Sie miteinander gesprochen? Daß es keine Mißverständnisse gibt? Sind Sie sich über Ihre Position hier im klaren?«

»Das war ich schon vor meiner Abreise aus England.« Gower war sowohl über das Stakkatoverhör als auch über den Mann selbst verwundert. Der Botschafter war tadellos gekleidet, obwohl der Anzug hellgrau und dezent kariert war, und trug trotz der Hitze eine Weste. Er hatte eine Stowe-Krawatte, der Hemdkragen war steif und gestärkt. Gower konnte zwar kein Monogramm sehen, aber er nahm an, daß irgendwo eines war. Auch ein Siegelring fehlte nicht. Allerdings war er zu weit entfernt, um das Wappen erkennen zu können. Railton hatte ein sehr glattes Gesicht und schmale Lippen, sein sich lichtendes, aber schwarzes Haar war rückwärts aus der Stirn gekämmt und lag dicht an seinem Kopf an. Der Botschafter war zwar wesentlich kleiner als Samuels, aber Gower fand, daß die beiden schon allein aufgrund Ihres Auftretens ein ideales Gespann abgaben. Gilbert und Sullivan hätten ihnen vermutlich ein Duett auf den Leib schreiben können.

»Die meisten Botschafter neigen dazu, von Leuten wie

Ihnen einfach keine Notiz zu nehmen«, erklärte Railton. »Ich gehöre nicht zu ihnen.«

Darauf fiel Gower keine Antwort ein.

»Ich betrachte Sie als ein fragliches, aber nicht notwendiges Übel«, fuhr Railton fort. »Möchte auf keinen Fall, daß Sie, ganz gleich, wie kurz Sie hier sind, denken, Sie wären hier gern gesehen. Sind Sie nicht. Möchte keinen Unsinn, keiner Ärger, solange Sie hier sind. Habe ich mich klar genug ausgedrückt?«

Gower zögerte. »Ich habe bereits Mr. Samuels zu verstehen gegeben, daß ich mir der diffizilen Lage hier sehr wohl bewußt bin.«

Railton schien nicht überzeugt, als er ihn über den wuchtigen, mit Intarsien verzierten Schreibtisch hinweg ansah. An zwei Wänden hingen kostbare Teppiche, und auf einem Sockel neben dem Schreibtisch stürmte eine Herde langhalsiger chinesischer Pferde daher. Durch das große Fenster hinter dem Botschafter konnte Gower drei Chinesen mit flachen kugelförmigen Hüten sehen, die über kunstvoll angelegte Blumenbeete und wie mit der Schere geschnittene Rasenflächen gebeugt waren. Railton sagte: »Ich werde nicht zulassen, daß diese Botschaft kompromittiert wird. Irgendeine Dummheit, und ich lege in London Beschwerde ein. Und ich möchte, daß Sie hier Ihre vermeintliche Funktion auch erfüllen: daß es kein Gerede gibt, was Sie hier eigentlich wollen. Und schon gar nicht, daß davon etwas nach draußen dringt.«

»Ich werde alles, was ich zu tun habe, so diskret wie möglich erledigen«, versprach Gower.

»Je früher Sie wieder weg sind, desto besser.«

»Dem kann ich mich nur anschließen«, sagte Gower wahrheitsgemäß. Was war bloß aus den diplomatischen Nettigkeiten geworden?

»Mehr gibt es nicht zu sagen.« Railton nickte wieder zur Seite. »Wenn Sie in irgendeiner Sache nicht sicher sind, unternehmen Sie nichts. Fragen Sie erst Samuels.«

»Danke«, sagte Gower, ohne recht zu wissen, wofür er seine Dankbarkeit zum Ausdruck brachte. Als sich der

Leiter der politischen Abteilung zum Gehen wandte, war das für Gower das Zeichen, aufzustehen und ihm nach draußen zu folgen.

Auf dem Flur sagte Samuels: »Entschuldigen Sie bitte wegen eben.«

Gower war angenehm überrascht über seine plötzlich so veränderte Haltung. Doch zu seiner Konsternierung fuhr der Leiter der politischen Abteilung fast im selben Atemzug fort: »Er hat natürlich nur zum Ausdruck gebracht, was wir hier alle denken. Trotzdem finde ich, daß er entschieden zu weit gegangen ist.«

»Jedenfalls hat er kein Blatt vor den Mund genommen«, sagte Gower. Und wieder mußte er sich sputen, um mit dem Diplomaten Schritt zu halten.

»Es ist seine erste Stelle als Botschafter. Sein Vater war auch Botschafter: vier Prestigebotschaften. Railton sieht sich also als Wahrer der Familientradition. Kein Wunder, daß er gleich nervös wird, wenn es Probleme geben könnte.«

An einem Seiteneingang blieben sie stehen, aber noch hinter den geschlossenen Türen, in der Kühle von Ventilatoren und Klimaanlage.

»Ich darf Sie bei dem, was Sie hier tun, in keiner Weise unterstützen«, sagte Samuels. »Ganz abgesehen davon, daß Sie das, selbst wenn ich Sie darum bäte, sicher nicht wollten. Aber wenn ich sonst irgend etwas für Sie tun kann, sagen Sie mir einfach Bescheid.«

»Das ist sehr freundlich von Ihnen«, sagte Gower, endlich aufrichtig dankbar. »Alles, was ich im Augenblick möchte, ist schlafen.«

»Vergessen Sie den Stadtplan nicht, wenn Sie das Botschaftsgelände verlassen. Die Stadt ist ein Labyrinth, ganz besonders, wenn Sie die Sprache nicht sprechen. Ich sage Ian Nicholson Bescheid. Er wird sich gleich morgen früh bei Ihnen melden.«

»Ich glaube nicht, daß ich noch eine diplomatische Belehrung brauche.«

Zum erstenmal, seit sie sich begegnet waren, lächelte

Samuels, ein Gesichtsausdruck, der ihm Mühe zu bereiten schien. »Nur um zu sehen, ob Sie zurechtkommen.«

In den Unterkünften war die Klimaanlage wesentlich weniger effektiv. Gower war todmüde, konnte aber trotzdem nicht sofort einschlafen. Er wurde zwar nicht von der Nervosität geplagt, die ihn den ganzen Flug über nicht losgelassen hatte, aber er nahm an, daß sie zurückkehren würde, wenn er sich an die Arbeit machte. Das einzige, was er im Augenblick spürte, war Enttäuschung. Er hatte keine Freundschaft erwartet, aber er hatte auch nicht damit gerechnet, ganz offen als Paria gebrandmarkt zu werden. Was er Sir Timothy Railton zum Abschied gesagt hatte, war absolut aufrichtig gewesen: Er konnte es wahrscheinlich noch weniger erwarten, hier wegzukommen, als es der Botschafter erwarten konnte, ihn loszuwerden.

Marcia Leyton wollte eine richtige Bilderbuchhochzeit und war fest entschlossen, alles dafür Nötige zu tun: Sie hatten sich zwar noch nicht auf einen Termin geeinigt, und es waren auch noch ein paar Monate Zeit, aber trotzdem wollte sie bis zu Gowers Rückkehr aus Peking die Vorbereitungen möglichst abgeschlossen haben. Am Tag seiner Abreise hatte sie den Mietvertrag ihrer Wohnung gekündigt, und am Abend war sie mit einer Flasche Champagner zu ihren Eltern nach Bedfordshire gefahren, um ihnen die Neuigkeit mitzuteilen. Ihre Mutter weinte, und ihr Vater sagte, er werde gleich eine vorläufige Kostenaufstellung machen, die nach Klärung der näheren Einzelheiten entsprechend angepaßt werden könne. Er bestand darauf, sich Notizen zu machen, obwohl Marcia sagte, dafür sei es noch viel zu früh. Ihre Mutter wollte wissen, wie viele von Johns adligen Verwandten kämen. Marcia sagte, sie wissen nicht, ob überhaupt jemand von seinen Verwandten adlig sei.

Am nächsten Tag suchte sie den Pfarrer auf, der sie getauft und konfirmiert hatte, und erkundigte sich bei ihm, wie man das Aufgebot bestellte. Sie versprach ihm, ihm ihren Verlobten vorzustellen, sobald er von seinem Auslandsaufenthalt zurückkomme. Mit Gowers Mutter in Gloucestershire hatte Marcia bereits gesprochen, als er ihr am Telefon ihren Entschluß mitgeteilt hatte. Aber jetzt rief sie noch einmal bei ihr an, um ihr von ihren Vorbereitungen zu erzählen und ihr zu versprechen, daß sie auf ein weiteres Wochenende zu ihr käme, sobald John zurück sei.

»Ich freue mich ja so für dich«, sagte die alte Frau. »Und ich freue mich auch sehr, daß Sie es sind, die er heiratet. Ich bin ganz sicher, daß Sie sehr, sehr glücklich werden.«

»Ich auch«, sagte Marcia.

25

Bei allem, was sie tat, galt Natalias erster Gedanke immer Saschas Sicherheit und Wohlergehen, doch wenn sie ganz ehrlich war, hatte sie das durch ihren Wunsch, Charlie Muffin ausfindig zu machen, aufs Spiel gesetzt. Das war die Art von Dummheit, die Alexei Berenkow zum Verhängnis geworden war, und sie mußte sich eingestehen, daß ihr der Versuch, Charlie mit Hilfe alter Unterlagen aufzuspüren, immer schon als die aussichtsloseste ihrer ohnehin sehr beschränkten Möglichkeiten erschienen war, weshalb sie sie auch nie ernsthaft in Erwägung gezogen hatte. Und jetzt war wegen dieser Dummheit Fjodor Tudin hinter ihr her. Und hinter Sascha.

Tagelang wurde ihr Denken durch das Hin und Her widerstreitender Selbstvorwürfe blockiert, bis sie dieser Konfusion ein Ende machte, indem sie sich zwang, die einzelnen Faktoren auseinanderzuhalten und auf diese Weise einen Ausweg zu finden. Was gab es also aus Alexei Berenkows Debakel zu lernen? Auf den ersten Blick nicht mehr, als sie bereits wußte. Der Mann hatte praktisch Selbstmord begangen, indem er sich bei seinen beruflichen Tätigkeiten von persönlichen Gefühlen leiten ließ und sich für seine Fehde mit Charlie Muffin *inoffiziell* einer *offiziellen* Operation bediente, die damit nicht das geringste zu tun hatte. Und sich dabei erwischen ließ. Genauso, wie sie jetzt von Tudin erwischt werden konnte.

Allein am Schreibtisch ihres Jasenewo-Büros, kritzelte Natalia die zwei Worte *inoffiziell* und *offiziell* auf den Block vor ihr und unterstrich jedes mehrere Male.

Und endlich begann eine Idee Gestalt anzunehmen.

Die Gefahr war, sich die lange bestehenden Ressourcen des ehemaligen KGB *inoffiziell* zunutze zu machen. Aber hatte sie das überhaupt nötig? Warum sollte sie ihre Suche nach Charlie nicht so durchführen können, daß im Fall einer Untersuchung kein Grund zur Beanstandung gegeben war?

Es gab nichts, was dagegen sprach, fand sie, sich für die Idee erwärmend. Sie käme damit sogar ihrer Pflicht nach!

In ihren und Tudins Zuständigkeitsbereich fiel unter anderem auch die Kontrolle jeglicher Geheimdienstaktionen in den ehemaligen Satellitenstaaten und in den traditionellen Ländern des Westens. Nun waren, wie man aufgrund einer Meldung der *Residentura* in der Londoner Botschaft wußte, an die Spitze des britischen Auslandsnachrichtendienstes ein neuer Generaldirektor und ein neuer Stellvertretender Direktor berufen worden. Und wie man weiter wußte – weil es öffentlich bekanntgegeben worden war –, hatte die britische Spionageabwehr ihre erste Generaldirektorin. In den Vereinigten Staaten waren die Senats-Ernennungshearings für den neuen Direktor der Central Intelligence Agency sogar im Fernsehen übertragen worden.

Es bestand also hinreichend Anlaß – ja sogar die ausdrückliche Notwendigkeit –, den Wissensstand über beide Organisationen auf den neuesten Stand zu bringen, und zwar in einem Umfang, der sich auf sämtliche Mitarbeiter erstreckte. Und einer von denen, hoffte sie, würde Charlie Muffin sein.

Ohne jede Verlegenheit brach Natalia in lautes Gelächter aus, als sich der letzte Baustein in das Gedankengebäude fügte, die ideale Möglichkeit, Fjodor Tudin auszuschalten. Unverzüglich rief sie ihre Sekretäre zu sich und diktierte einen ganzen Schwung von Mitteilungen, um eine Konferenz aller Dezernats- und Abteilungsleiter ihres Direktors einzuberufen. Sie sorgte dafür, daß die Benachrichtigung Tudins als erste hinausging.

Li kam in dem Moment, als die Klasse gerade im Aufbruch begriffen war. Er rief bei den Schülern dieselbe Nervosität hervor wie die beiden letzten Male: Zwei Kursteilnehmer, beides Männer, die bis dahin zum festen Stamm gehört hatten, waren nach Lis zweitem unerwartetem Besuch nicht mehr zum Unterricht erschienen.

»Sie sind noch nicht da«, sagte Snow sofort. Er hatte sich auf die Begegnung vorbereitet. Fast war er erleichtert, daß der Chinsese endlich kam.

»Immer noch nicht!« Li machte aus seiner Enttäuschung kein Hehl. »Das ist doch schon mehrere Wochen her!«

»Ich wollte eigentlich noch mal nach England schreiben, aber dann wurde mein Kollege schwer krank.« Er würde nichts überstürzen.

»Das tut mir aber leid.«

»Es geht ihm schon wieder besser.« Mit der Begründung, er brauche dringend frische Luft, hatte Father Robertson bereits an jedem der drei vergangenen Tagen die Mission verlassen. Bei seinem ersten Ausflug hatte ihn Snow noch begleitet. Ironischerweise waren sie zum Purpurbambus-Park gegangen. Am Tag darauf hatte Father Robertson erklärt, er brauche keine Krankenschwester mehr.

»Aber können Sie Ihre Verwandten in England jetzt noch mal an die Fotos erinnern?«

Zeit, zum Gegenangriff überzugehen, fand Snow. »Die Fotos scheinen Ihnen sehr wichtig zu sein.«

Li zuckte mit den Achseln. »Solche Erinnerungen hat doch jeder gern.«

»Das finde ich auch«, sagte Snow, zufrieden über die Reaktion des Chinesen. »Ich hätte auch gern ein paar Abzüge von den Aufnahmen, die *Sie* auf unserer Reise gemacht haben.« Er lächelte. »Ein kleiner Tausch sozusagen.«

Für einen Moment stutzte Li. »Bedingt das eine das andere?«

Noch zufriedener, stellte Snow fest, daß er den Mann aus der Fassung gebracht hatte. »Natürlich nicht. Aber es gibt doch keinen Grund, weshalb Sie mir nicht auch ein paar Fotos geben sollten, oder?«

»Natürlich nicht«, sagte Li angespannt.

Snow war fest entschlossen, nichts herauszurücken, solange er Lis Bilder nicht gesehen hatte: Er würde immer nur Foto für Foto herausgeben, nachdem er sie jeweils miteinander verglichen hatte, wodurch auch noch das letzte, in seinen Augen ohnehin nur sehr geringfügige Risiko ausgeräumt wäre. Die Fotos aus Shanghai konnte Li gar nicht tauschen, weil er ihm damit Material zur Verfügung stellen würde, das die Chinesen als brisant betrachteten. Snow bedauerte, daß er auf diese Lösung nicht schon früher gekommen war. Hauptsache, sie war ihm überhaupt noch eingefallen. Zumindest brauchte er sich jetzt keine Sorgen mehr zu machen.

Die Treibjagd auf Studenten, die von der chinesischen Regierung öffentlich als Konterrevolutionäre abgestempelt wurden, begann in Xingtai und fand binnen eines Tages ihre Fortsetzung in Jining und Huaibei. Neben Fotos von zwei Gruppen Festgenommener, alle mit gesenkten Köpfen und in Handschellen, brachte die *People's Daily* eine offizielle Verlautbarung, daß weitere Festnahmen erfolgen würden, um das Land vor inneren Unruhen, geschürt von ausländischen Imperialisten, zu bewahren.

Liu Yin, die vorerst in Paris politisches Asyl gefunden hatte, erklärte der Presse gegenüber, das seien die Säuberungen, denen sie sich durch ihre Flucht entzogen habe und vor denen sie auf der Pressekonferenz in Hongkong gewarnt habe. Diese Aktion, so betonte sie, werde einer der umfassendsten und brutalsten Phasen staatlicher Repression in China einleiten.

Die Außenministerien verschiedener europäischer Nationen sowie das State Department der Vereinigten Staaten gaben Erklärungen ab, in denen sie die Befürchtung äußerten, es könne zu massiven Menschenrechtsverletzungen kommen.

26

Ian Nicholson war ein überfreundlicher Schotte, der in seinem Eifer, sich beliebt zu machen, kaum einen Satz zu Ende sprach oder eine Antwort abwartete, bevor er den nächsten Satz begann. Nach den bisherigen Begegnungen in Peking war Gower zwar über die Nettigkeit froh, aber nicht über die Einseitigkeit der Gespräche. Der Majordomus der Botschaft erkundigte sich zweimal, die gleiche Frage nur anders formulierend, ob er mit seiner Unterbringung zufrieden sei. Bevor ihm Gower jedoch versichern konnte, es gebe keinerlei Grund zu Beanstandungen, erging er sich bereits ausführlich über die Einkaufsmöglichkeiten im Botschaftsladen (»Alles, was man so braucht, nicht nur Lebensmittel – in den chinesischen Geschäften einzukaufen ist nämlich nicht ganz einfach«). Als sie, um Gowers Kühlschrank zu füllen, zum Botschaftsladen gingen, erklärte Nicholson, es sei unbedingt notwendig, als Mitglied auf Zeit in den Social Club der Botschaft einzutreten. (»Tut mir leid, daß, was das gesellschaftliche Leben angeht, so wenig bei uns los ist: Aber natürlich treffen wir uns mit den Angehörigen anderer westlicher Botschaften . . .«) Und im selben Satz lud er Gower ein, mit ihm und seiner Frau essen zu gehen (»Sie brauchen bloß sagen, wann es Ihnen paßt«). Außerdem warnte ihn der Diplomat vor den Geldwechslern auf der Straße (»Man begegnet ihnen auf Schritt und Tritt. Lassen Sie sich auf keinen Fall auf etwas ein: Die Polizei kennt in dieser Hinsicht kein Pardon, und der Botschafter will keinen Ärger«) und wiederholte Samuels' guten Rat, sich in der Stadt nicht zu verlaufen. Gower bekam gesagt, er solle sich beim Botschaftsarzt melden (»Er heißt Pickering: beißt nicht halb so schlimm, wie er bellt«) und anfangs überhaupt nicht in Restaurants essen und auch später nur in solchen, die von anderen Botschaftsangehörigen empfohlen würden (»Soll Ihr Magen sich lieber erst mal akklimatisieren: Wirklich toll, wenn Sie sich mal daran gewöhnt haben, aber nicht dasselbe wie beim Chinesen zu Hause um die Ecke«).

Bis sie am Ende ihres Rundgangs angelangt waren (»Ich finde immer, man sollte sich unbedingt so schnell wie möglich mit den Räumlichkeiten hier vertraut machen«), hatte Gower praktisch aufgegeben, etwas zu der Unterhaltung beizutragen.

Unterwegs war er fünf anderen Botschaftsangehörigen – vier Männern und einer Frau – vorgestellt worden. Alle waren so freundlich wie Nicholson. Gower fragte sich, ob sie das auch gewesen wären, wenn sie den wahren Grund seines Aufenthalts in Peking gewußt hätten.

Nicholson versuchte ihn zu einem Mittagessen in der Botschaftskantine zu überreden (»Um diese Zeit ist dort alles versammelt: prima Gelegenheit, die Leute kennenzulernen«), aber Gower lehnte mit dem Hinweis ab, es sei nach dem langen Flug noch immer müde, was zum Teil tatsächlich stimmte: Infolge des Jetlag war er aufgewacht, als es noch dunkel war.

Er konnte es kaum erwarten, in die Stadt hinauszukommen; nicht so eilig hatte er es allerdings, schon mit der Arbeit zu beginnen. Ihm wurde klar, daß er mit ziemlicher Sicherheit sofort angefangen hätte, wäre da nicht dieser Abschlußlehrgang gewesen. Andererseits hatte er es davor einfach nicht besser gewußt. Das war jetzt anders. In Berücksichtigung der Überlebenstechniken, die ihm zur zweiten Natur werden sollten, beschloß Gower trotz aller Ungeduld – und auch trotz aller Ungeduld seitens des Botschafters und des Generaldirektors in London –, sich erst einmal, wie es sich für einen echten Profi gehörte, gründlich umzusehen, bevor er konkrete Schritte unternahm.

Auch wenn das Treffen mit Snow im Schutz der Botschaft stattfinden würde, mußte er sich nach draußen wagen, um dem Geistlichen dazu zu bringen, zu ihm zu kommen. Folglich mußte er sich in der Stadt einigermaßen auskennen, um die toten Briefkästen und die Signalstelle zu finden. Unter Berücksichtigung der richtigen Reihenfolge suchte Gower auf dem Stadtplan die betreffenden Stellen heraus, die er sich alle schon in London eingeprägt hatte, und stellte dabei fest, daß sie praktischerweise alle um die bekanntesten Sehenswürdigkeiten gruppiert waren, lauter Stellen also, die Touristen aus dem Westen ganz selbstverständlich besichtigen würden.

Die toten Briefkästen waren um die Verbotene Stadt mit ihren labyrinthischen Gängen und Höfen und um den baumbestandenen Kohlehügel konzentriert. Er konnte sie alle aufsuchen, wenn er zum Tiananmen-Platz mit Maos Grab und der Großen Halle des Volkes ging: wohin jeder ging, der zum erstenmal nach Peking kam.

Er steckte den Stadtplan ein und durchquerte in weit ausholenden Schritten das Botschaftsgelände. Doch fast im selben Moment zügelte er in Erinnerung einer weiteren Warnung sein Tempo, um durch seinen Übereifer keine unnötige Aufmerksamkeit auf sich zu lenken.

Am Tor, das von Chinesen bewacht wurde, blieb er stehen, um sich zu orientieren und im Kopf die Straßen und Bauten in seiner unmittelbaren Umgebung mit ihren jeweiligen Pendants auf dem Stadtplan zu vergleichen, den er sich genau eingeprägt hatte. Er war sofort von demselben Gedränge aus Menschen, Fahrrädern und vereinzelten Autos umgeben, das er am Tag zuvor auf der Fahrt vom Flughafen in die Stadt beobachtet hatte. Und irgendwo in diesem Gewimmel befand sich möglicherweise jemand, der ihn beschattete. Gower richtete seine Aufmerksamkeit auf einzelne Personen in der Menge, sah sogar von Gesicht zu Gesicht, von Radfahrer zu Radfahrer. Unmöglich, fand er: vollkommen unmöglich. Die einzige auffällige, identifizierbare Person war er selbst – er, der eigentlich mit seiner Umgebung verschmelzen sollte, was jedoch gerade hier ein Ding der Unmöglichkeit war.

Ein Typus, aus dem sich Menschenmengen zusammensetzen, erinnerte er sich. Aber nicht diese Menschenmenge.

Würde es ihm gelingen, alle Stellen an einem Tag aufzusuchen? Nicht unbedingt. Wenn nicht, mußte er am nächsten Tag weitermachen: vor allem früher losgehen, damit er mehr Zeit zur Verfügung hatte. Vielleicht auch den Himmelstempel besichtigen, damit seine Interessen einem Beobachter nicht zu einseitig erschienen. Vielleicht sich sogar mehrere Tage dafür Zeit nehmen. Um alles gründlich vorzubereiten: Fluchtwege auszukundschaften, wie er es gelernt hatte.

Oder sollte er sich nicht so viel Zeit nehmen? Alle erwarteten von ihm, daß er so schnell wie möglich wieder verschwand. Warum machte er so langsam? Aus Angst, sich durch eine geheime Aktion der Strafverfolgung durch die chinesischen Behörden auszusetzen? Unsinn! Er hatte keine Angst. Nur das richtige Maß an Vorsicht, das nicht nur natürlich, sondern sogar notwendig war, wie er versichert bekommen hatte. Er hielt sich an die Anweisungen, nicht an die Instruktionen, die er bei den Einsatzbesprechungen erhalten hatte, sondern an die Ratschläge, die er in den letzten Wochen seiner Ausbildung erteilt bekommen hatte. Er verschaffte sich unauffällig ein Bild von seinem Wirkungsbereich und unternahm keine übereilten Schritte, die alles aufs Spiel setzen könnten. Mit Angst hatte das nicht das geringste zu tun.

In Beherzigung der ersten Grundregel versuchte Gower alles und jeden um ihn herum genau zu beobachten, richtig zu *sehen*. Ihm war bereits klargeworden, daß es keinen Sinn hatte, sich bei der Suche nach potentiellen Verfolgern auf bestimmte Gesichtszüge zu konzentrieren. Er mußte auf die Kleidung achten, in Verbindung mit dem Körperbau: dick oder dünn, groß oder klein. Die beste Methode, um einen Schatten auszumachen, war jedoch, auf Besonderheiten der Kleidung zu achten. Doch in seine Bemühungen schlichen sich rasch erste Anzeichen von Verzweiflung. Es gab zwar Farben – leuchtende Rots, Grüns und Pinks, die er sich an keiner englischen Frau vorstellen konnte –, aber dennoch war sein Gesamteindruck der von Uniformität: weiße Hemden, graue Hosen und meistens, soweit Jacken getragen wurden, graue Jacken. Wenn nicht Grau, dann Schwarz oder Blau. Die Konformität erstreckte sich sogar auf die Schuhe. Alle waren schwarz, und alle schienen an den Spitzen, wenn nicht sogar an den Absätzen beschlagen. Trotz der lautstarken Konkurrenz durch andere Straßengeräusche war das permanente Klicken von Metall auf Asphalt unüberhörbar.

Gower, der genau wußte, wohin er mußte, änderte ständig seine Richtung und vergaß dabei nicht, das erste Mal nach links abzubiegen und dann noch einmal nach links, bevor er zweimal nach rechts bog, um wieder auf seinen ursprünglichen Kurs zu kommen. Mehrere Male blieb er in der Mitte eines Blocks stehen, und spielte den unschlüssigen Fremden, der gemerkt hatte, daß er falsch gegangen war, und wenn er schließlich wieder zurückging, hielt er unauffällig Ausschau, ob sonst noch jemand kehrtmachte, um ihm zu folgen. Das war jedoch nach keinem dieser inszenierten Richtungswechsel der Fall.

Obwohl er Fotos und Fernsehbilder von Tiananmen gesehen hatte, war er im ersten Moment überwältigt von der Größe des Platzes. Von da, wo er stand, hatte das riesige Gedenkfoto von Mao Tse-tung Briefmarkenformat, die Große Halle des Volkes und die umfriedete Verbotene Stadt Puppenhausdimensionen. Er konnte schwer schätzen, wie viele Personen sich auf dem Platz aufhielten – sicher waren es Hunderte –, aber er wirkte fast menschenleer.

Gower ging auf das Mausoleum zu, vor dem eine Schlange von treuen Anhängern darauf wartete, Mao ihre Aufwartung zu machen. Dabei wurde er zum erstenmal auf den feinen Staub aufmerksam, der in der Luft schwebte. Er lagerte sich auf Gesicht und Händen ab und knirschte zwischen den Zähnen. Wie am Tag zuvor kam die Sonne nicht durch, aber die Hitze schien unter der dichten Wolkendecke festzusitzen und trieb ihm den Schweiß aus den Poren. In Verbindung mit dem Staub brachte sie seine Haut zum Jucken. Er zog das Jackett aus und hängte es sich über die Schulter und nutzte die Aktion als Vorwand, um sich nach allen Seiten umzusehen. Soweit er sehen konnte, gab es niemand, der ihn zu beobachten oder zu beschatten schien.

Vielleicht wurde er ja gar nicht beschattet. Trotz der Warnungen gab es keine Garantie – und schon gar keine Möglichkeit, eine zu bekommen –, daß die Überwachung *lückenlos* war. Vielleicht nahmen die Chinesen immer nur Stichproben vor: Vielleicht konnte man manchmal die Botschaft verlassen und sich durch die Stadt bewegen, ohne daß einem irgendwelches offizielle Interesse zuteil wurde. Aber auch das herauszufinden, gab es keine Möglichkeit. Folglich mußte er von der Annahme ausgehen, daß permanente Spionageabwehrmaßnahmen getroffen wurden.

Doch warum zerbrach er sich den Kopf über Dinge, die nichts zur Sache taten? Eine verzeihliche, wenn auch naive Abschweifung. Aber damit war jetzt Schluß. Zurück in die Realität. In eine Realität, in der er davon ausgehen mußte, daß irgendwo unter den verloren wirkenden Gruppen mutmaßlicher Touristen auf dem gigantischen, vom Blut der Geschichte befleckten Platz ein Mann oder Männer – oder Frauen – waren, die jeden seiner Schritte schärfstens überwachten.

Gower begann, an der Großen Halle entlangzugehen, den Mund gegen die Staubkörner fest verschlossen, in den Beinen die ersten schmerzenden Ansätze von Protest. Die Annäherung erfolgte etwa auf halbem Weg. Der Mann war so rasch und unerwartet neben ihm aufgetaucht, daß er erschrocken vor ihm zurückzuckte.

»Ich kaufe Dollars.«

Echt? Oder für die Beobachter? In Befolgung seines soeben gefaßten Entschlusses, daß er mit einer permanenten Überwachung rechnen mußte, blieb Gower stehen, um den Mann anzusehen. Dabei wurde ihm bewußt, daß er ihm trotz seiner Bemühungen, die Menschen in seiner Umgebung im Auge zu behalten, bisher nicht aufgefallen war, obwohl er unmöglich so schnell hätte auftauchen können, wenn er sich nicht in seiner unmittelbaren Nähe befunden hätte. »Ich wechsle mein Geld nur auf der Bank. Lassen Sie mich in Ruhe.«

»Guter Kurs.«

In der Hoffnung, die Ablehnung wäre, falls er Publikum hatte, registriert worden, ging Gower weiter. Er weigerte sich, auf die ihm immer wieder heruntergeleierten Angebote in allen Währungen zu reagieren, und ignorierte fast theatralisch die Existenz des Mannes, der unter dem lauten Geklappter seiner eisenbeschlagenen Sohlen neben ihm hereilte. Trotz Nicholsons Warnung hatte Gower nicht gleich auf seinem ersten Ausflug mit einer Annäherung gerechnet. Er hatte fast das andere Ende der Großen Halle erreicht, bis sich der enttäuschte Geldwechsler endlich in seine Niederlage fügte und entfernte. Gower blieb stehen und beobachtete, wie der Mann auf ein paar Verkaufsstände am Rand des Platzes zuging und sich unauffällig einer vier Mann starken Touristengruppe näherte, bei denes es sich, ihrer Kleidung nach zu schließen, aller Wahrscheinlichkeit nach um Amerikaner oder Kanadier handelte. Die beiden Männer schüttelten sofort die Köpfe, aber eine der Frauen nahm ihren Begleiter am Arm und machte den abschlägigen Bescheid rückgängig. Nach etwa zehn Minuten war das Geschäft perfekt, zum Abschluß gebracht mit ein paar blitzschnellen Handbewegungen, die der Übergabe des Geldes dienten. Der Chinese hatte es plötzlich sehr eilig, sich von der Gruppe zu entfernen, und sah sich kein einziges Mal um. Ein Einschreiten der Behörden blieb aus. Unter ausgiebigem Gelächter und kopfnickender Zustimmung machte eine der Frauen ein Foto von dem sich entfernenden Mann.

Gower ging auf die Verbotene Stadt zu. Vermutlich würde der Nachmittag nicht ausreichen, um auch noch auf den Kohlehügel zu steigen, wenn er den Palast besichtigt hatte, in der die chinesischen Kaiser ihr ganzes Leben verbracht hatten.

Die Verbotene Stadt *war* labyrinthisch. Und ein Rausch

von leuchtenden Farben, grellen Oranges und Rots auf Dächern und Wänden, die Gänge und Höfe bewacht von hölzernen und steinernen Darstellungen realer und mythischer Wesen: traurig zusammengesunkene Elefanten, fauchende Ungeheuer mit Schildkrötenpanzer und stachelhaarige Löwen, die mit wild gefletschten Zähnen dahockten. Während Gower scheinbar ziellos dahinschlenderte, folgte er in Wirklichkeit der bereits in London vorgegebenen Route. Er fand die Vertiefung im Mauerwerk der Brücke, die über einen schmalen Bach mit Karpfen und Goldfischen führte; den Spalt unter der Hinterbacke eines kauernden Löwen, in den ein Blatt Papier geschoben werden konnte: das ideale Versteck, das ein weit ausladender Busch bot, der nicht weit von einer viereckigen, grabartigen Erhöhung neben einem Abfallkorb stand: und ein weiteres Versteck hinter einem riesigen Aufbewahrungsgefäß in einem, wie er annahm, ehemaligen Empfangsraum der lange toten Kaiser.

Weder blieb er an einer dieser Stellen stehen, noch zeigte er irgendwelches Interesse an ihnen. Statt dessen beschloß er, beim nächstenmal seine Kamera mitzunehmen, damit er einen Vorwand hatte, um sich länger hier aufzuhalten, wenn er seine Nachricht an den Geistlichen versteckte. Die unendliche Vielfalt der Figuren und sonstigen Kostbarkeiten in den endlosen Hallen lieferte ihm einen Vorwand, um immer wieder stehenzubleiben und sich umzusehen. Dabei fiel ihm kein einziges Mal jemand auf, der ihm besonderes Interesse schenkte.

Als er glaubte, etwa die Hälfte der riesigen Palastanlage gesehen zu haben, beendete Gower seinen Besichtigungsrundgang und verschob den Ausflug zum Kohlehügel auf den nächsten Tag. Sollte er dann schon die Nachricht an Jeremy Snow plazieren? Er war sich nicht sicher. Nur nichts überstürzen, meldete sich eine warnende Stimme: Mit unnötiger Eile war nichts zu erreichen, nur alles zu verlieren. Sein Tempo, seine Sicherheit- und natürlich die Sicherheit des Geistlichen. Weiß Gott ein triftiger Grund, sich soviel Zeit zu lassen, wie er brauchte: Observierer wurden eingelullt, wenn sie einem knipsenden Touristen folgten. Vielleicht würde er morgen schon mal eine Nachricht mitnehmen. Vielleicht aber auch nicht.

Der beflissene Nicholson lag schon auf der Lauer, als er in die Botschaft zurückkam, und Gower ließ sich von ihm zu einem gemeinsamen Abendessen überreden. Seine Frau – sie hieß Jane – war eine unscheinbare graue Maus, die ständig blinzelte, als brauchte sie eine Brille. Um zu beweisen, wie gut sie sich der chinesischen Kultur angepaßt hatte, trug sie einen drachengemusterten Qipao aus Seide. Er war zu eng, so daß sich die Hubbel und Knubbel ihrer Unterwäsche darunter abzeichneten. Gower fiel ein, daß er sich nach einer Wäscherei hatte erkundigen wollen, und Nicholson versicherte ihm, kein Problem, er solle seine Sachen nur seinem chinesischen Boy geben. Das erinnerte Gower daran, die Fallen in seinem Zimmer zu überprüfen.

»Ian hat gesagt, Sie sind nur vorübergehend hier?« sagte die Frau.

»Ja, ich soll die Botschaftseinrichtungen inspizieren: sehen, ob irgendwelche Verbesserungen möglich sind«, antwortete Gower.

»Da werden wir viel miteinander zu tun haben«, sagte Nicholson. »Macht einen wesentlichen Teil meines Jobs aus, daß ich weiß, was hier erhältlich ist und was nicht.«

»Kann schon sein«, stimmte ihm Gower zu. Auf ausdrückliche Anweisung des Botschafters mußte er dieses Theater mitmachen.

»Und wie lange werden Sie bleiben?« wollte Ian Nicholson wissen.

Gower zuckte mit den Achseln. »Zeitlimit gibt es da keines. Es muß vor allem ordentlich gemacht werden. Aber länger als einen Monat wird es wohl kaum dauern.«

Keine der Zimmerfallen war angetastet, als er in seine Unterkunft zurückkehrte. Dennoch beschloß er, die Sachen, die ihm per Diplomatengepäck aus London geschickt worden waren, im Tresorraum der Botschaft zu lassen.

Nachdem Miller mit seiner Frau brav beim Prix de l'Arc de Triomphe in Longchamp gewesen war, teilte ihm Lady Ann mit, sie wolle eine Rundreise zu den wichtigsten französischen Gestüten machen, um neue Zuchtpferde zu kaufen. Das ermöglichte Miller und Patricia Elder, fast einen Monat lang ohne Unterbrechung miteinander zu verbringen. Erst zum drittenmal seit Beginn ihres Verhältnisses brachte Patricia Miller ein paar Kleider und persönliche Dinge in das Penthouse mit.

Das sparte ihr die Mühe, jeden Tag zum Umziehen zu sich nach Chiswick fahren zu müssen. Miller dagegen war darüber weniger glücklich, weil es ihr ausreichend Gelegenheit bot, ihre gut einstudierten, viel zu oft vorgetragenen Scheidungsforderungen vorzubringen.

An ihrem ersten gemeinsamen Abend – an dem Tag, als Gower nach Peking flog – erklärte Patricia Elder, sie wolle nicht ausgehen, sondern zu Hause kochen, was sie auch ganz vorzüglich tat. Als sie es sich nach dem Essen, jeder mit einem Cognacschwenker in der Hand, auf der Couch bequem gemacht hatten, meinte sie, so solle es immer sein und ob er das nicht auch finde. Er gab ihr nervös recht und wartete bereits auf die sattsam bekannte Beschwerde, aber sie sagte nichts mehr. Ebensowenig tat sie das am nächsten Abend, an dem sie wieder zu Hause aßen, worauf Millers Anspannung etwas nachzulassen begann.

Vielleicht, dachte er hoffnungsvoll, machte sie ihm doch kein Theater: Vielleicht hatte sie sich nach ihren vielen Protesten damit abgefunden, daß alles so blieb, wie es war. So wollte er es eigentlich, daß alles so reibungslos weiterlief wie bisher.

»Neue Schuhe?« fragte Julia.

»Und sie bringen mich um«, klagte Charlie.

»Ist das nicht auch ein neues Hemd?«

»Hab' ein paar neue Sachen gebraucht.«

Julia betrachtete ihn mit zur Seite geneigtem Kopf, was sie häufig tat, wenn etwas in ganz besonderem Maß ihre

Neugier weckte. »Vielleicht sollte ich mich auch mehr aufmachen.«

»Du bist völlig in Ordnung so, wie du bist«, versicherte ihr Charlie.

»Das fand ich eigentlich von dir auch.« Sie lächelte.

»Weiß gar nicht, wovon du überhaupt redest.«

»Schwindler.«

27

So groß war Natalia Fedowas Direktorat aufgrund der wachsenden Anforderungen geworden, daß insgesamt dreißig Stellvertreter und Abteilungsleiter zu dem Treffen erschienen, das wegen der großen Beteiligung im großen Konferenzsaal von Jasenewo stattfand.

Natalia hatte sich um alles gekümmert, sogar um den Sitzplan an dem langen Tisch, der mit einem kürzeren am einen Ende ein T bildete. An dem querstehenden Tisch gab es nur zwei Plätze. Einen davon nahm als Leiterin des Direktorats sie ein. Der andere, zu ihrer Rechten, war für Fjodor Tudin bestimmt, um seiner Autorität als ihr unmittelbarer Stellvertreter sichtbaren Ausdruck zu verleihen.

Auf der linken Seite des Saals gab es noch separate Sitzgelegenheiten für die Sekretäre und Schreiber: Es war ganz wichtig, daß alles offiziell festgehalten wurde. Und nicht nur fürs Archiv, sondern auch noch von jedem Konferenzteilnehmer abgezeichnet. Fest überzeugt, daß sie sich keinen Fehler leisten konnte, war Natalia entschlossen, auch nicht den kleinsten zu machen.

Da es die erste Vollversammlung seit ihrer Ernennung zur Leiterin des Direktorats war, nahm Natalia den Anlaß wahr, um vor den Konferenz einen kurzen Empfang zu geben, der dem Zweck diente, mögliche störende Verspätungen im Konferenzsaal zu vermeiden und den Rangunterschied zwischen Tudin und ihr auf ein Minimum zu reduzieren. Sie arrangierte es so, daß sie und Tudin Seite an

Seite den Konferenzsaal betraten. Tudin, ein dunkelhäutiger, schmerbäuchiger Mann, dessen ständig gerötetes Gesicht untrügliches Zeichen für den durch hohen Alkoholkonsum hervorgerufenen Bluthochdruck war, lächelte und nahm die Sitzordnung mit einem anerkennenden Nicken zur Kenntnis.

Als erste setzte sich jedoch Natalia, ganz auf die Männer konzentriert, die am Konferenztisch Platz nahmen. Die meisten waren Neulinge im umstrukturierten Geheimdienst. Natalia hatte fast alle Neuernennungen persönlich bestätigt, nachdem sie sich vorher vergewissert hatte, daß in ihnen auch tatsächlich die Veränderungen zum Ausdruck kamen, die sowohl das Land als auch den Geheimdienst erfaßt hatten. Tudin eingeschlossen, waren nur fünf darunter, die sie als Angehörige der alten Garde betrachtete, Männer, die der Kommunistischen Partei und der uneingeschränkten Macht des alten KGB nachtrauerten. Sie hätte gern gewußt, ob sie sich mit Tudin gegen sie zusammengetan hatten. So waren jedenfalls in der Vergangenheit Coups inszeniert worden, und drei von ihnen unterstanden als Angehörige des Dezernats ›Ehemalige Republiken‹ nominell Tudins direkter Kontrolle.

Natalia hatte ihre eröffnenden Worte ebenso sorgfältig vorbereitet wie alles andere auch: Die ganze Zeit war sie sich Tudins herablassender Seufzer bewußt, und einmal glaubte sie bei einem von Tudins Gesinnungsgenossen, einem gewissen Pawel Chrenin, ein komplizenhaftes Feixen zu bemerken. Sie umriß die wachsenden Anforderungen an ihr reformiertes Direktorat und stellte es als eine der wichtigsten Stützen der inzwischen unabhängigen Russischen Föderation hin, innerhalb deren es praktisch die Funktion eines selbständigen Ministeriums innehatte. Sie zeigte sich erfreut über das Tempo, mit dem die Umstrukturierung vonstatten ging, und äußerte die Hoffnung, daß sie bald abgeschlossen sein werde: Das erwarte nicht nur sie, sondern auch die Regierung, der sie dienten. Sie habe diese Konferenz, die künftig zur festen Einrichtung werden solle, einberufen, um sich von den Leitern aller Dezernate und Direktorate umfassend über den neuesten Stand der Entwicklung informieren zu lassen, damit sie ihrerseits der Regierung berichten könne, was sie bereits erreicht hätten, was sie zu erreichen hofften und welche Pläne sie für die Zukunft hätten. An dieser Stelle hielt Natalia inne, um auf die Stenographen am anderen Tisch zu deuten: Es werde ein wörtliches Protokoll angefertigt und an den Präsidenten und die zuständigen Minister weitergeleitet, und sobald deren Stellungnahme bei ihr eingingen, werde sie diese unverzüglich an die ihr unterstellten Abteilungen weiterleiten.

Tudins abschließender Seufzer, als klar war, daß sie geendet hatte, war lauter und unverhohlener als die, mit denen er ihre Eröffnungsbemerkungen kommentiert hatte. Energisch versagte sich Natalia jede Reaktion. Statt dessen lächelte sie in die Runde und forderte Chrenin, wie in ihrem Einladungsschreiben angekündigt, zur Abgabe eines Lageberichts auf. Chrenin war zwar ein Überlebender aus den alten KGB-Riegen, hatte aber ursprünglich nicht dem ersten Hauptdirektorat angehört. Er war damit beauftragt worden, in Polen ein neues Spionagenetz aufzubauen. Der Mann schien erschrocken, daß die Wahl auf ihn fiel, und hatte einen schlechten Start: Seine Ausführungen durchzog von Anfang bis Ende ein entschuldigender Grundtenor – seine Bemühungen in dem ehemaligen Satellitenstaat hätten noch nicht den gewünschten Erfolg gezeigt –, und gleichzeitig berief er sich ständig darauf, mit welchen Schwierigkeiten es verbunden sei, in so kurzer Zeit ein funktionierendes Spionagenetz aufzubauen, und das vor allem in einem Land, in dem man alles Russische ablehne und in dem alle, denen eine Verbindung zum verhaßten KGB nachgewiesen werden könne, mit strafrechtlicher Verfolgung rechnen müßten.

Während Chrenin sprach, seufzte Tudin nicht ein einziges Mal. Und jedesmal wenn Natalia zu ihrem Stellvertreter hinübersah, blickte er mit ausdrucksloser Miene in die Runde, aber nie direkt auf Chrenin. Sie fragte sich, ob Tudins Zurückhaltung Rücksicht gegenüber einem Verbündeten war oder ein Zeichen, daß er bereits zu ahnen begann, was sie vorhatte.

Natalia fand, daß sie, was sie selbst betraf, Chrenins klägliche Rechtfertigung für sein Versagen in einem Land, für das letztendlich sie zuständig war, akzeptieren konnte. Aber nur gerade noch.

Natalia ließ sich die weiteren Lageberichte über die ehemaligen Satelliten Ungarn und die Tschechoslowakei geben und versuchte diese Abfolge beizubehalten, indem sie zum Leiter der ehemals zwei Deutschland-Abteilungen überging, die nach der von ihr durchgeführten Umstrukturierung zu einer einzigen Abteilung zusammengefaßt worden waren. Alle wiesen in unterschiedlichem Umfang auf die Probleme hin, in Ländern, in denen sie gegen tiefe Ressentiments anzukämpfen hatten, neue nachrichtendienstliche Strukturen aufzubauen, aber auch in diesen Fällen, fand Natalia, konnte ihr keiner dieser Fehlschläge persönlich zur Last gelegt werden.

Je mehr Konferenzteilnehmer ihre Berichte abgaben, desto nervöser begann Tudin neben Natalia auf seinem Stuhl herumzurutschen, obwohl die Mißerfolge in den Satellitenstaaten auf sie zurückfielen und nicht auf ihn, da er nur für den Aufbau der Spionagenetze in den GUS-Republiken zuständig war.

Sie hoffte, die wachsende Unruhe ihres Stellvertreters möchte daher rühren, daß er den Abgrund gesehen hatte, auf den er unausweichlich zugetrieben wurde. Um sein Unbehagen noch zu steigern, wandte sich ihm Natalia lächelnd zu und ersuchte ihn, nun seine Mitarbeiter ihre Berichte vorlegen zu lassen.

Unübersehbar hatten sich alle große Mühe gegeben, ihre Berichte so eindrucksvoll wie möglich zu gestalten – was jedoch, je mehr sich die großspurigen Übertreibungen häuften, den Anwesenden nur um so deutlicher vor Augen führte, daß in keiner der Republiken auch nur ansatzweise vom Aufbau eines Spionagenetzes die Rede sein konnte. Schließlich wurde die Vorstellung so peinlich, daß sich in der Runde angesichts der stockenden Eingeständnisse kläglichen Versagens wachsende Unruhe bemerkbar machte. Viele blickten mit gesenkten Köpfen auf die vor ihnen liegenden Unterlagen und versuchten so zu tun, als wären sie mit ihrem Inhalt beschäftigt.

Natalia war eine der wenigen, die sich nicht bewegte. Vielmehr verharrte sie, auf das genauso vorbereitet wie auf alles andere, in völliger Reglosigkeit und hörte mit versteinerter Miene zu, bis die peinliche Vorstellung endlich ihr demütigendes Ende fand. Tudin unternahm erst gar nicht den Versuch, ein Abschlußresümee zu geben, sondern blieb stumm wie ein Stein. Das war eine Gelegenheit, mit der Natalia nicht gerechnet hatte, aber sie nutzte sie sofort, indem sie nichts unternahm, um das Schweigen zu beenden: Von der Sitzung wurde nicht nur ein schriftliches Protokoll angefertigt, sondern auch eine Tonbandaufzeichnung, und Natalia wußte, daß sich die hallende Stille wesentlich schlimmer anhören würde als jede sofort vorgebrachte Kritik.

Schließlich wandte sie sich ihrem Stellvertreter zu. »Wie es scheint, gibt es in Ihrem Dezernat Probleme?«

»Wie es sie auch in den ehemaligen Satellitenstaaten gibt«, erwiderte Tudin erwartungsgemäß.

»*Akzeptable* Probleme«, modifizierte Natalia, die ihre Chance sofort witterte. »Und lösbare. Können Sie garantieren, daß Ihre Abteilung mit den Problemen in den Republiken tatsächlich fertig wird?« Natalia, die sich Tudin nun ganz direkt zuwandte, konnte sehen, wie ihm der Schweiß auf die Oberlippe trat, als er die Falle bemerkte, in die er sich so leicht hatte locken lassen. Auch auf seiner Stirn und seinem erkahlenden Schädel hatte sich ein glänzender Film der Nervosität ausgebreitet.

»Sicher«, sagte er verzweifelt, »aber es wird etwas dauern.«

»Und wie lange?« hakte Natalia unerbittlich nach.

»Das läßt sich unmöglich abschätzen.«

Zufrieden über die eisige Atmosphäre, die sich im Raum ausgebreitet hatte, wandte sich Natalia von ihrem Stellvertreter ab und versuchte von den Gesichtern der anderen Konferenzteilnehmer abzulesen, wie sie die unerwartet offene Konfrontation aufnahmen. Es war keiner unter ihnen, der seiner Rolle als kompetenter Geheimdienstangehöriger und gewiefter Überlebender interner Machtkämpfe nicht gerecht wurde, und entsprechend hatten alle vollkommen ausdruckslose Mienen aufgesetzt. Natalia wandte sich wieder Tudin zu: »Ich denke, wir müssen die bestehenden politischen Realitäten ebenso akzeptieren wie die Anforderungen, die in diesen Realitäten an uns gestellt werden. Die wesentlich geringfügigeren Verzögerungen beim Aufbau der Spionagenetze in den ehemaligen Satellitenstaaten bewegen sich durchaus in einem akzeptablen Rahmen, weil die ehemaligen Satelliten politisch wesentlich besser berechenbar sind. Nicht der Fall ist das jedoch in den Staaten der ehemaligen Sowjetunion, die sich jetzt zur GUS zusammengeschlossen haben. Nicht *einer* von ihnen ist berechenbar. *Keiner* ist so stabil, daß er nicht jederzeit zusammenbrechen oder durch einen Putsch ins Chaos gestürzt werden könnte. Jeder mißtraut praktisch jedem . . .« Um die Sache nicht zu überreizen, hielt sie kurz inne». . . . Wenn eine ehemalige Sowjetrepublik zusammenbricht, könnte die ganze Staatengemeinschaft zusammenbrechen: Mit Sicherheit würde es sie destabilisieren. Es sind die Republikaner, die unserer Regierung besonders am Herzen liegen und die deshalb auch dieser Organisation besonders am Herzen liegen müssen. Wir müssen über die entsprechenden Einrichtungen und Möglichkeiten verfügen, den Präsidenten zu warnen und zu alarmieren, und zwar im *voraus*, damit er vorbereitet ist. Aber im Augenblick befinden wir uns dazu nicht in der Lage, ist es nicht so, Oberst Tudin . . .?« Natalia zögerte wieder, nicht um eine Antwort auf ihre ohnehin nur rhetorische Frage abzuwarten, sondern weil sie momentan unschlüssig war, ob sie weitermachen sollte. Nachdem sie sich dazu entschlossen hatte, fuhr sie fort: »Es ist in erster Linie in Hinblick auf die dringende Notwendigkeit geschehen, uns in diesen Ländern Augen und Ohren zu verschaffen, daß ich dieses Direktorat neu geschaffen habe, daß ich Sie im Vertrauen auf Ihre unbestrittene Kompetenz persönlich damit beauftragt habe, den für unsere Sicherheit unerläßlichen Apparat zu schaffen und zu koordinieren.« Natalia machte eine letzte theatralische Pause. »Ich hoffe sehr, mir ist bei meiner Wahl kein Fehler unterlaufen.«

Tudin war der einzige im Raum, dessen Miene nicht mehr ausdruckslos war. Der Blick, den er auf Natalia richtete, sprühte vor purem, unverstelltem Haß, und sie vermutete, daß es hinter diesen schwerlidrigen, geäderten Augen bereits arbeitete, wie er das Komplott, das er gegen sie schmiedete, aus Rache für diese öffentliche Demütigung in die Tat umsetzen könnte.

»Ich bin sicher, jeder der hier Anwesenden weiß diese politische Weitsicht zu schätzen.« Tudins Stimme klang gepreßt, als bereitete ihm das Sprechen Mühe, aber nicht, weil ihm die Luft wegblieb, sondern weil es ihm die Kehle zusammenschnürte.

Auf diesen kläglichen Sarkasmus reagierte Natalia nur mit verächtlicher Nichtbeachtung. »Ich habe Sie um eine Zusicherung hinsichtlich der voraussichtlichen Dauer gebeten.«

»Die ich Ihnen, wie bereits gesagt, unmöglich geben kann.« Ein ganz kurzer Blick in die Runde, und Natalia vermutete einen flüchtigen Blickkontakt mit Chrenin. Jedenfalls war er auf Chrenins Seite des Tisches gerichtet gewesen.

Sie versuchte nicht, dem Blick zu folgen. Statt dessen ließ sie erneut einen Moment der Stille eintreten. Als sie schließlich das Wort ergriff, sah sie den langen Tisch hinunter. »Dann muß ich, glaube ich, nach eigenem Gutdünken einen Termin festsetzen. Wie ich in meiner Eröffnungsbemerkung gesagt habe, sollen diese Konferenzen zur festen Einrichtung werden. Ich schlage vor, sie werden in dreimonatigen Abständen abgehalten . . .« Sie sah wieder direkt Tudin an. »In drei Monaten möchte ich von Ihnen und Ihren Stellvertretern hören, daß in jeder ehemaligen Sowjetrepublik ein Spionagenetz existiert.«

Tudin saß endgültig in der Falle, und er wußte es. Unfähig zu sprechen, nickte er bloß.

»Falls Sie in der Zwischenzeit zu der Überzeugung gelangen sollten, daß Sie diese Frist nicht einhalten können, erwarte ich von Ihnen, darüber in Kenntnis gesetzt zu werden. Auf jeden Fall hätte ich gern wöchentliche Berichte.« Natalia glaubte nicht, daß sie ihm irgendeinen Ausweg oder eine Fluchtmöglichkeit gelassen hatte: Drei Monate waren eine unmöglich einzuhaltende Frist, und Tudin wäre täglich rund um die Uhr beschäftigt, wenn er es trotzdem versuchte, bevor er schließlich in der belegbaren schriftlichen Form, die sie sich ausbedungen hatte, zugeben müßte, daß er versagt hatte. Trotzdem war sie mit dem Mann noch nicht fertig.

Wieder wandte sie sich den anderen vor ihr versammelten Männern zu. Auch wenn keiner von ihnen eine deutbare Reaktion zeigte, glaubte sie dennoch bei einigen von ihnen eine Art von wachsamem Respekt zu bemerken, vielleicht sogar Furcht. »Um unsere Neuorganisation zum Abschluß zu bringen, haben wir uns mit der unmittelbaren Vergangenheit befaßt und bis zu einem gewissen Grad auch mit dem, was wir zu erreichen hoffen. Um Ihnen allen vor Augen zu führen, wie umfassend ich mir bei künftigen Konferenzen den Informationsaustausch vorstelle, möchte ich kurz auf eine Operation zu sprechen kommen, die ich bereits bei bestimmten ausländischen *Residenturas* angeordnet habe.«

Sie beobachtete, wie sich verschiedene Dezernatsleiter zum Mitschreiben bereit machten.

»Vor einigen Jahren war ich an einer Operation beteiligt, bei der ein Angehöriger des britischen Auslandsnachrichtendiensts identifiziert werden sollte«, fuhr Natalia fort. »Aus Gründen, die in diesem Zusammenhang keine Rolle spielen, war die Operation kein voller Erfolg. Aufgrund verschiedener Neuernennungen im britischen SIS und MI5 sowie in der amerikanischen Central Intelligence Agency habe ich vor kurzem Einblick in die fragliche Akte genommen, um mein Gedächtnis diesbezüglich ein wenig aufzufrischen. Um einen ähnlichen Fehlschlag wie damals zu vermeiden, habe ich in London und Washington angeordnet, die zuverlässigsten und umfangreichsten Informationen in der Geschichte des ehemaligen und des neuen Direktorats zu sammeln, und zwar nicht nur über die Generaldirektoren und Direktoren der britischen und amerikanischen Nachrichtendienste, sondern auch über sämtliche Abteilungsleiter und aktive Agenten, wie wir identifizieren können . . .«

Natalia warf einen kurzen Blick zur Seite, auf Tudin. Der saß mit leicht offenem Mund wie betäubt da und starrte nicht auf den Tisch vor sich, sondern auf eine Stelle auf dem Fußboden dahinter. Zur Rechtfertigung des kurzen Blicks auf ihren Stellvertreter sagte Natalia: »Initiiert habe ich das Projekt für diese beiden Länder aufgrund der vor kurzem bekanntgegebenen Neuernennungen, auf die ich Sie bereits hingewiesen habe, und weil uns in den dortigen Botschaften voll operationsfähige *Residenturas* zur Verfügung stehen. Sobald wir auch in den ehemaligen Satellitenstaaten und Sowjetrepubliken entsprechend organisiert sind, möchte ich, daß auch dort solche Projekte durchgeführt werden. Wie ich bereits ganz zu Beginn gesagt habe, hat dieses neue Direktorat praktisch den Status eines Ministeriums. Es ist meine Absicht, daß es sich, wenn auch nicht dem Namen nach, stets als solches bewährt.«

Bei Natalia machten sich erste Anzeichen der nervlichen Belastung bemerkbar, als sie sich nun im Raum umsah. »Noch Fragen?«

Niemand sagte etwas.

Geschafft! dachte Natalia triumphierend. Sie hatte jede Bedrohung durch Fjodor Tudin energisch abgewendet und ihm praktisch die Zukunft im Direktorat verbaut. Und sie hatte eine narrensichere Möglichkeit gefunden, sich zur Auffindung Charlie Muffins sämtlicher verfügbarer Ressourcen des Geheimdiensts der Russischen Föderation zu bedienen. Natalia war zufrieden mit sich. Ihr war eine machiavellistische Manipulation der Art geglückt, auf die auch Charlie stolz gewesen wäre. Völlig unvermittelt stieg bei diesen müßigen Gedanken plötzlich die Erinnerung in ihr hoch, die sie schon so lange zu fassen zu bekommen versuchte. Sie war unvollständig und verschwommen, aber Natalia war sicher, daß sie möglicherweise wichtig war: ein weit zurückliegendes Gespräch, zur Zeit seines Moskauaufenthalts. Etwas über eine bettlägerige Mutter, die während seiner Abwesenheit seine regelmäßige Besuche vermissen würde. Er hatte über das Heim gesprochen, in dem sie untergebracht war: hatte eine Besonderheit des Teils von England erwähnt, in dem es lag. Aber was, fragte sie sich verzweifelt. Eine Halb-Erinnerung nutzte ihr nichts. Überhaupt nichts.

Schon eine Stunde nach der Rückkehr in ihr Büro waren die Genugtuung über Tudins Niederlage und die Hoffnung, die lange gesuchte Erinnerung möchte doch noch zurückkommen, von einer neuen und wesentlich unmittelbareren Krise fortgespült.

Natalia war klar, daß das Tempo, mit dem die Anfrage an sie weitergeleitet worden war, zum einen durch ihre hohe Stellung beschleunigt worden war, zum anderen durch die offizielle Untersuchung, die sie in Mitninskaja angeordnet hatte: Die Verzögerung betrug weniger als zwei Tage, was für russische Verhältnisse ungeheuer schnell war.

Was sie erwartete, war, daß ihr einer ihrer Adjutanten mitteilen würde, Eduard habe sie schließlich doch noch in ihrer alten Wohnung aufsuchen wollen. Sie begann sogar schon zu überlegen, wie sie auf einen solchen Annäherungsversuch, den sie ganz entschieden nicht wollte, reagieren sollte, so daß sie in der ersten Überraschung wiederholte, was der Sekretariatsadjutant gesagt hatte. »Die Miliz!«

»Aus dem Hauptquartier in Petrowka«, bestätigte der Mann. »Die Nachricht ist mit dem Vermerk ›dringend‹ versehen.«

Aufgrund seiner heimlichen Überwachungsmaßnahmen erfuhr Fjodor Tudin schon eine Stunde nach Natalia von der Anfrage der Miliz. In der kurzen Zeit seit ihrer für ihn katastrophalen öffentlichen Auseinandersetzung war er bereits zu dem Entschluß gekommen, daß es nur noch eine Rettung für ihn gab: Er mußte Natalia Nikandrowa Fedowa vernichten, bevor sie ihn vernichten konnte, was sie an diesem Tag schon fast geschafft hatte.

Er kniff die Augen ganz fest zusammen und dachte: Lieber Gott – oder wer sonst die Geschicke der Menschen leitet –, bitte mach, daß das die Chance ist, sie zu bezwingen!

28

Gower wachte nur eine halbe Stunde früher auf als sonst und dachte zufrieden, daß er nun den Jetlag offensichtlich überwunden hatte. Während er sich einen Pulverkaffee machte, plante er seinen Tagesablauf: Er würde auf den Kohlehügel steigen, um sich die dortigen toten Briefkästen anzusehen, dann noch einmal die Verbotene Stadt besuchen, um sich die für ihn wichtigen Stellen genau einzuprägen, und am Nachmittag den taoistischen Tempel besichtigen, wo die Aktion, Jeremy Snow in die Botschaft zu lotsen, ihren Anfang nehmen mußte.

Gleich heute anfangen? Die Ellbogen auf den kleinen Küchentisch gestützt, die Hände um die Tasse geschlossen, dachte Gower über seine eigene Frage nach. Es war noch zu früh. An zwei oder drei der Stellen, mit denen er sich vertraut machen mußte, war er noch gar nicht gewesen. Außerdem gingen ihm ständig die wiederholten Mahnungen seines letzten, namenlosen Lehrers durch den Kopf, er solle sich immer erst um einen Fluchtweg kümmern, bevor er auch nur daran dächte, etwas Konkretes zu unternehmen. Bisher hatte er sich noch keine Gedanken gemacht, wie er und der Geistliche das Land verlassen sollten. Doch was gab es da schon viel zu überlegen? Eigentlich gab es nur eine Möglichkeit: auf dem Luftweg. Es mußten also Flugpläne studiert, Buchungen gemacht und Routen ausgewählt werden.

Lächerlich also, schon heute das Signal zu geben und in einem Briefkasten eine Nachricht zu hinterlassen. Dafür mußte er sich mindestens ein paar Tage Zeit nehmen. Eher sogar eine ganze Woche. Keineswegs eine Verzögerung, die auf Nervosität oder gar Angst zurückzuführen war, rechtfertigte sich Gower vor sich selbst: alles andere sogar. Das war die Zeit, die erforderlich war, um seinen Auftrag so auszuführen, wie man das in London und an der Botschaft hier erwartete. Er *brauchte* so viel Zeit – vielleicht sogar mehr –, um den widerspenstigen Geistlichen in Sicherheit zu bringen und dabei jede Möglichkeit der Bloßstellung und politischen Kompromittierung auszuschließen. Und natürlich auch, um zu verhindern, daß dem Geistlichen etwas zustieß.

Gower wünschte sich, die Selbstzweifel säßen ihm nicht ständig im Nacken und lauerten nicht die ganze Zeit an den Seitenlinien seines Bewußtseins, um sich bei jedem unsicheren Gedanken einzumischen.

Er versuchte der Selbstbeobachtung mit einfachen, alltäglichen Verrichtungen einen Riegel vorzuschieben: Er räumte in der Küche auf und machte das Bett, obwohl das später der Boy übernommen hätte. Er hatte gerade seine Fallen gestellt, als ihn ein energisches Klopfen aufschrekken ließ.

»Einmal abgesehen von der Zeit, die Sie mit Nicholson verbracht haben, waren Sie gestern fast den ganzen Tag nicht in der Botschaft«, begann Samuels, ohne sich Zeit für einen Gruß zu nehmen. »Haben Sie vergessen, was der Botschafter gesagt hat?«

Das hatte Gower. »Wie bitte?« fragte er erwartungsvoll.

Samuels seufzte mit vorhersehbarer Herablassung. »Sie sind hier, um die Botschaftseinrichtungen zu inspizieren.«

»Und meine eigentliche Aufgabe so schnell wie möglich zu erledigen«, konterte Gower, seine früheren Überlegungen ignorierend.

»Wir haben chinesisches Personal: Gärtner und Raumpfleger. Und Sicherheitsbeamte, von denen wir etwas wissen, am Tor, und andere, von denen wir nichts wissen, weiß Gott wo. Es muß unbedingt so aussehen, als hätten Sie hier eine richtige Funktion.«

Eingedenk seiner sehr spezifischen Anweisungen, was die Einhaltung des Protokolls und die Vermeidung von Unannehmlichkeiten betraf, fand sich Gower damit ab, daß er sich dieser Anordnung, die praktisch einem Befehl gleichkam, beugen mußte, auch wenn er sich von jemandem wie Peter Samuels nicht gern Befehle erteilen ließ. »Nicholson hat schon gesagt, daß er wahrscheinlich ziemlich viel mit mir zu tun haben wird.«

»Er ist Ihr Mann«, bestätigte der Chef der politischen Abteilung. Und da kam auch schon der plötzliche Stimmungsumschwung, den Gower bereits vom Vortag kannte. Samuels lächelte und fragte: »Sonst alles in Ordnung?«

»Der Stadtplan war mir eine große Hilfe, danke für den Tip. Ich . . .« Gower verstummte, als ihm bewußt wurde, was er da sagen wollte, entschied aber fast im selben Moment, daß er damit nichts verriet. »Ich habe mir die Verbotene Stadt angesehen. Vielleicht gehe ich später noch mal hin.«

»Ja, wirklich beeindruckend.« Samuels' Freundlichkeit schien echt. »Man könnte dort auch einen Monat lang rumlaufen und hätte immer noch nicht das Gefühl, alles gesehen zu haben.«

Die unverhoffte Gelegenheit ergreifend, sagte Gower: »Könnte ich mir mal ansehen, was man mir mit dem diplomatischen Gepäck geschickt hat?« Wegen der Anspannung, die Samuels plötzlich befiel, fügte er rasch hinzu: »Nicht, um die Sachen hierher zu bringen, in mein Quartier. Nur um zu sehen, was alles dabei ist.«

Samuels nickte bedächtig. »Ich bin den ganzen Tag in meinem Büro. Kommen Sie einfach vorbei, wenn es Ihnen paßt. Und jetzt sehen wir mal, wo Nicholson ist, ja?«

Der redselige Schotte – wie sich herausstellte, war er offiziell bei der Rechtsabteilung der Botschaft als Anwalt angestellt – war genauso überschwenglich freundlich wie am Tag zuvor. Gower, der sich eingestehen mußte, daß er überhaupt nicht auf das, was er nun tun sollte, vorbereitet war, ersuchte Nicholson, er solle, da er am besten mit den Verhältnissen in der Botschaft vertraut ist, selbst den Ablauf der Inspektion bestimmen und ihm diejenigen Botschaftseinrichtungen zeigen, die seiner Meinung nach am verbesserungsbedürftigsten seien. Das führte sie zu Gowers Erleichterung schnurstracks wieder in den Flügel mit den Unterkünften zurück. Sicher konnte er sich hier heute lange genug mit seiner Scheininspektion aufhalten, um Samuels' Wünschen zu entsprechen, ohne sich jedoch anschließend noch länger in der eigentlichen Botschaft aufhalten zu müssen. Er stimmte Nicholson, der die Führung übernahm, aufrichtig zu, daß die Einrichtung größtenteils unzumutbar überaltet sei. Wenn sie in einigen der bewohnten Unterkünfte auf eine allein zurückgebliebene Ehefrau trafen, entschuldigte er sich für die Störung und hörte sich ihre Beschwerden an, die sofort vehementer vorgebracht wurden, nachdem er als Inspektionsbeamter des Foreign Office vorgestellt worden war: In zwei Wohnungen nahm er gehorsam Platz und trank den angebotenen Kaffee, nickte verständnisvoll oder schüttelte fassungslos den Kopf und kam sich dabei ständig wie der Schwindler vor, der er ja auch war.

Es war fast Mittag, als sie den Hof zum Hauptgebäude überquerten, und da der Vormittag ohnehin vertan war, willigte Gower ein, mit Nicholson in der Botschaftskantine zu Mittag zu essen. Auf dem Weg dorthin machte der unverwüstliche Diplomat einen Umweg, um Gower als Mitglied auf Zeit in den Social Club aufnehmen zu lassen. Im Speisesaal kam es praktisch zu einer nicht abreißenden Reihe von Vorstellungen: Wenn Nicholson auf den angeblichen Zweck von Gowers Anwesenheit hinwies, brummte fast jeder etwas, daß eine solche Inspektion längst überfällig sei. Wie schon den ganzen Vormittag über, bei den sich beschwerenden Ehefrauen, hatte Gower kein gutes Gefühl, so vielen Leuten so offenkundig etwas vorzumachen, aber er versuchte sich einzureden, daß dazu kein Anlaß bestand: Das gehörte alles zu dem Job, auf den er sich erst noch richtig einstellen mußte. Beim Essen sah er Samuels hereinkommen und auf der anderen Seite des Raums Platz nehmen. Der Leiter der politischen Abteilung schenkte ihm keine Beachtung. Gower nahm an, das Stimmungspendel war gerade wieder mal in die andere Richtung ausgeschlagen.

Um das ganze Affentheater nicht auch noch am Nachmittag mitmachen zu müssen, schützte Gower vor, er müsse die Kritikpunkte, auf die er am Vormittag gestoßen sei, in einem vorläufigen Bericht zusammenfassen. Sie vereinbarten, am nächsten Morgen weiterzumachen. Die Einladung, am Abend noch einmal mit den Nicholsons zu essen, schlug er ab.

Bevor Gower zu seinem zweiten Ausflug in die Stadt aufbrach, ging er auf sein Zimmer, um seine Kamera zu holen. In dieser Vorsichtsmaßnahme sah er ein Zeichen dafür, daß er genauso dachte und handelte, wie er das sollte. Da er aufgrund seines gestrigen Ausflugs den Weg bereits kannte und auch wußte, daß er in unmittelbarer Umgebung der Botschaft ohnehin keinen Beobachter ausmachen könnte, brach er unverzüglich in Richtung Verbotene Stadt auf. Er ließ sich Zeit, und sobald er sich ein Stück von der Botschaft entfernt hatte, wiederholte er seine Versuche, einen Verfolger zu entdecken, indem er plötzlich wieder in die Richtung zurückging, aus der er gekommen war. Doch auch diesmal machte niemand kehrt, um ihn nicht aus den Augen zu verlieren. Nicht weit vom Tiananmen-Platz unternahm er einen weiteren Anlauf. Diesmal blieb er unvermutet an einem Stand stehen, den er schon vorher ins Auge gefaßt hatte, und kaufte, sich mit Zeichensprache verständlich machend, eine Tüte Joghurt. Während er diese auf dem Gehsteig trank, konnte er sich, ganz der interessierte Tourist, nach allen Richtungen umsehen und jeden in seiner Umgebung ins Auge fassen. Ihm fiel niemand auf, den er schon zuvor gesehen hatte und der wie er etwas trank oder in der Nähe des Standes herumstand. Als er seinen Joghurt ausgetrunken hatte und sich wieder auf den Weg machte, ging niemand mit ihm los. Ringsum klickten und zeterten eisenbeschlagene Schuhe wie Pflasterzikaden.

Diesmal nahm Gower keine Notiz von der Großen Halle und ging sofort in die Verbotene Stadt. Er dachte gerade noch rechtzeitig daran, nicht denselben Weg zu nehmen wie beim letztenmal, und blieb an zwei der toten Briefkästen ganz bewußt nicht stehen. An den anderen diente ihm die Kamera als Vorwand, um haltzumachen und sie genau zu studieren: eingedenk der Probleme, die bei den Fotos des Geistlichen aufgetreten waren, wählte Gower bei den Aufnahmen, die er zu seiner Absicherung machte, den Ausschnitt ganz bewußt so, daß sich das Versteck, das er sich einprägen wollte, am äußersten Rand des jeweiligen Bildes befand. Er hielt sich länger in der Verbotenen Stadt auf als beim erstenmal und fotografierte eine Menge Sehenswürdigkeiten mit scheinbar wesentlich größerem Interesse, als er an den Stellen gezeigt hatte, deretwegen er die historische Stätte eigentlich besuchte.

Der Kohlehügel war eine sanft gerundete Erhöhung, aufgeworfen mit dem Erdreich, das beim Aushub des Grabens für die Verbotene Stadt angefallen war. Praktischerweise war er mit Bäumen, Sträuchern und dichtstehenden Büschen bewachsen, und auf seinem höchstem Punkt thronte wie eine Brustwarze eine Pagode mit drei geschwungenen Dächern. Der Hügel war von einem Geflecht aus gepflasterten Wegen überzogen, und an verschiedenen Stellen wachten wie in der Verbotenen Stadt gepanzerte Löwenfiguren und Ungeheuer aus Mythen, die Gower nicht kannte.

Gower stieg nicht direkt auf den Hügel, sondern ging, um seine toten Briefkästen aufzusuchen, kreuz und quer von einem Pfad zum anderen, und wenn er sich unterwegs immer wieder umdrehte, tat er das nicht nur, um nach Verfolgern Ausschau zu halten, sondern er nutzte diese stets von neuem erfolglose Vorsichtsmaßnahme auch dazu, um von seinem erhöhten Standpunkt auf die alte Stadt hinabzublicken, die sich unter ihm ausbreitete.

Auf dem Kohlehügel gab es zwei tote Briefkästen. Einer war ein an einer tulpenförmigen Laterne angebrachter Abfallkorb, unter dessen runden Boden man einen Zettel mit einer Nachricht stecken konnte. Der andere befand sich nur zwei Wege weiter an einer fauchenden Löwenfigur, deren rechte Vorderpranke sich aufgrund einer altersbedingten Verwindung des Metalls ein Stück gehoben hatte, so daß man eine steife Karte in den dadurch entstandenen, kaum sichtbaren Spalt stecken konnte.

Er würde einen der Briefkasten auf dem Kohlehügel benutzen, beschloß Gower: wahrscheinlich die Löwenfigur, aber vielleicht auch die tulpenförmige Laterne. Aber das mußte er erst entscheiden, wenn er das Signal am Tempel gab. Ganz gleich, auf welchen seine Wahl fiel, bot der Kohlehügel in jedem Fall die bessere Deckung, da beide Stellen von Gebüsch umgeben waren.

Durch die Wahl des Kohlehügels fühlte sich Gower seltsam ermutigt, und er sah darin einen weiteren Schritt in Richtung auf einen erfolgreichen Abschluß seiner Mission. Nun mußte er nur noch das Terrain um den Tempel sondieren, wo es eigentlich keine Probleme geben dürfte, nicht mehr jedenfalls als in der Verbotenen Stadt oder hier auf dem Kohlehügel. Sobald er das Blumensignal gegeben hatte, konnte er sich so lange in den Schutz der Botschaft zurückziehen, bis er mit dem Geistlichen zum Flughafen mußte: In seiner wachsenden Zuversicht hatte Gower keine Zweifel, daß Father Snow tun würde, wozu er aufgefordert wurde. Da ihn die Fotos, die er vorlegen sollte, eindeutig belasteten, blieb dem Geistlichen gar keine andere Wahl.

In Gedanken bei den Fotos, stieg Gower den Hügel wieder hinunter. Das tat er ganz bewußt mit dem gemächlichen Schritt eines Touristen, der einen Besichtigungsrundgang beendet, und nicht wie jemand, der es plötzlich eilig hat. Er versuchte nicht, sich zu vergewissern, ob er beschattet wurde. Er tat nichts Verbotenes, also bestand auch kein Grund für diese sinnlose Übung. Es war sehr erleichternd, sich seiner Sache so sicher zu sein, wie er das jetzt war. Er wußte, alles würde nach Plan laufen: Schon bald würde er wieder zurück in London sein, bei Marcia. Sicher erwartete sie, daß er ihr ein Andenken mitbrachte, fiel ihm plötzlich ein: Es wäre ein Fehler, ihr kein Geschenk mitzubringen. Außerdem ließ sich das ganz einfach arrangieren, ohne daß er dadurch in unnötigen Konflikt mit seiner eigentlichen Aufgabe in Peking geriet. Er würde Jane Nicholson bitten, ihm so einen ähnlichen Qipao zu besorgen, wie sie bei ihrem gemeinsamen Essen getragen hatte. Er war nicht sicher, ob Marcia sich selbst so ein Kleid ausgesucht hätte, aber sie konnte es ja zu Hause anziehen. Inzwischen hatte sie wahrscheinlich ihre Wohnung schon gekündigt: Wie er sie kannte, liefen die Hochzeitsvorbereitungen bereits auf vollen Touren. Nach seiner Rückkehr mußte er ihr gleich einen Verlobungsring kaufen. Irgendwas Besonderes, ganz gleich, was das Ding kostete: Hauptsache, es gefiel ihr.

Wie versprochen, war Samuels in seinem Büro, als Gower in die Botschaft zurückkehrte. Der Leiter der politischen Abteilung ging mit ihm in den Tresorraum im Keller und bestätigte dem diensttuenden Beamten dort sein Zutrittsrecht. Gower sah sich den Inhalt des Päckchens gleich im Tresorraum an. Eigentlich interessierten ihn nur die Fotos, mit denen er Snow zur Flucht überreden sollte. Die Änderungen waren sehr geschickt vorgenommen worden: Für Gowers ungeübtes Auge war es unmöglich, irgendeine Manipulation zu erkennen. Er legte die Fotos in den Umschlag zurück, verschloß ihn und gab alles dem Sicherheitsbeamten zurück.

Als er mit Samuels, der im winzigen Vorraum gewartet hatte, wieder nach oben ging, sagte der Leiter der politischen Abteilung: »Seit neuestem sind Sie ein sehr beliebter Mann hier. Alle denken, Sie werden für eine Menge Verbesserungen sorgen.«

»Das ist mir sehr peinlich«, gestand ihm Gower.

»Hoffentlich bleibt es das einzige, was Ihnen peinlich sein muß«, sagte der Diplomat.

Die Bestätigung, daß Peter Miller und Patricia Elder ein Verhältnis hatten, bekam Charlie an einem überraschend sonnigen Mittwochmorgen Anfang März um Punkt halb neun.

Und er bekam noch verschiedenes mehr, als er erwartet hatte.

Er war hinter der Hecke, die den Park umgibt, von den angrenzenden Herrschaftshäusern nicht zu sehen gewesen und war gerade endgültig zu der Einsicht gelangt, daß er in den vergangenen Wochen viel zuviel Zeit damit vergeudet hatte, einem persönlichen Verdacht nachzugehen, und daß er sich endlich eingestehen sollte, daß er sich getäuscht hatte.

Und dann kamen sie aus dem Privatzugang des Penthouse.

Aber am Anfang waren sie noch nicht zu zweit. Zuerst kam Miller allein nach draußen, stockte aber nach ein paar Schritten, sah zu der noch offenen Tür zurück und blieb schließlich ganz stehen, um zu warten. Dann erschien Patricia Elder. Die beiden wechselten ein paar Worte und sahen auf ihre Uhren, bevor sie sich gemeinsam entfernten.

Charlie grinste. Er kannte dieses zufriedene Gefühl, das sich immer dann einstellte, wenn sich eine Vermutung als hundertprozentig richtig erwies – ein Gefühl, das er immer genoß und von dem er sich wünschte, es möchte sich in seinem beschwerlichen Leben öfter einstellen.

Aber fast sofort, noch bevor er zu voller Entfaltung gelangt war, geriet sein zufriedener Gesichtsausdruck – und das damit einhergehende Gefühl – ins Stocken und verflog.

Ihm war die Bewegung einer Kamera ins Auge gestochen, hinter den Scheiben eines unauffälligen schwarzen Ford, der weniger als fünf Meter von der Stelle, wo er stand, auf der anderen Seite der Hecke parkte, die ihm als Deckung diente: eine Kamera, mit der einer der zwei Insassen des Wagens das letzte Foto vom Generaldirektor des britischen Auslandsnachrichtendiensts und seiner Stellvertreterin machte, als sie gerade in die Chester Gat bogen, um sich in Richtung Albany Street zu entfernen.

Der Ford wurde sofort angelassen, um in der entgegengesetzten Richtung loszufahren, die das nichtsahnende Paar eingeschlagen hatte: Wegen eines gerade vorbeikommenden Lieferwagens mußte er jedoch einen Augenblick lang warten, und diese Gelegenheit nutzte Charlie, um sich die Nummer zu notieren.

Charlie blieb noch eine Weile, wo er war, bevor er sich langsam tiefer in den Park zurückzog, in Richtung See. Ein Privatdetektiv, den die mißtrauische Lady Ann engagiert hatte? Oder etwas wesentlich Ernsteres, eine Geheimdienstangelegenheit? Eine Detektivagentur ließe sich mit Hilfe des Kennzeichens vermutlich problemlos ausfindig machen. Aber vielleicht sollte man auch der anderen Möglichkeit nachgehen – vor allem wenn man so ein verteufelt argwöhnischer Dreckskerl war wie er, der immer noch nicht an die jungfräuliche Geburt glaubte oder an das Gute im Menschen oder die neuen Realitäten der Zukunft.

Das Taxi brachte Charlie in fünfzehn Minuten nach Notting Hill. Er schlenderte in die baumgesäumte Prachtstraße, die die Bayswater Road mit der Kensington High Street verbindet und die, von einigen wenigen schwerreichen Privatleuten abgesehen, von den Londoner Botschaften aller Herren Länder okkupiert wird. Ohne die leiseste Reaktion zu zeigen, identifizierte er anhand des eben notierten Autokennzeichens den schwarzen Ford, der zwischen drei anderen Fahrzeugen im Hof der ehemaligen sowjetischen, inzwischen russischen Botschaft parkte.

Als er die Kensington High Street erreichte, blieb Charlie auf dem Gehsteig stehen. Für einen Moment verweigerten sich seine Gedanken einer eingehenden Überprüfung. Was zum Teufel sollte er bloß tun, fragte er sich und wünschte, er wüßte es.

Auch seine Füße schmerzten von dem langen Marsch durch die Botschaftsmeile.

29

An der traditionellen Feindschaft der einzelnen Sicherheitsorgane hatte sich kaum etwas geändert, seit der umbenannte KGB dem Innenministerium unterstellt worden war, dem auch die Miliz unterstand. Trotzdem schloß Natalia aus dem Tonfall des Mannes, mit dem sie telefonierte, daß er in die Vorstadt Jasenewo herausfahren würde, wenn sie ihn darum bäte. Was sie aber nicht tat. Mit der belegten, von häufigem Husten unterbrochenen Stimme eines starken Rauchers stellte sich der Polizist förmlich als Michail Stepanowitsch Kapiza vor, Leiter des Dezernats für organisierte Kriminalität. Zweimal wurde ihr Telefongespräch vom kurzen Scharren eines angezündeten Streichholzes unterbrochen. Der Mann hatte nichts gegen ein sofortiges Treffen einzuwenden: Je schneller die Angelegenheit geklärt würde, desto besser, fände sie das nicht auch?

Im Moment des Aufbruchs zögerte Natalia. Ohne schon Näheres zu wissen, war ihr klar, daß das, was da möglicherweise auf sie zukam, eine enorme Gefahr für sie darstellte, eine weitaus größere Gefahr als alles, was ihr bisher von seiten Fjodor Tudins gedroht hatte.

Noch von ihrem eigenen Büro aus forderte sie ganz bewußt ihren Dienstwagen an, einen Sil. Und als sie durch das Sekretariat nach draußen ging, vergaß sie nicht, einen Besuch in Petrowka ins Log einzutragen. Der Chauffeur, der ihr für die Fahrt zugeteilt worden war, hatte einen georgischen Akzent und einen schmerzhaft aussehenden Furunkel in seinem breiten Nacken. Natalia fiel ein, daß Tudin Georgier war. Der Fahrer ließ es sich nicht nehmen, unter wildem Hupen den Mittelstreifen entlangzupreschen, der früher ausschließlich Regierungsfahrzeugen vorbehalten war. Da Natalia kaum erwarten konnte, nach Petrowka zu kommen, hatte sie nichts dagegen.

Ein uniformierter Beamter begleitete sie in den ersten Stock. In Kapizas Büro miefte es von dem zu erwartenden Zigarettenqualm, und auf dem unaufgeräumten Schreibtisch stand ein überquellender Aschenbecher, in dem eine halbgerauchte Zigarette vor sich hin glomm. Kapiza griff danach, als er sich setzte. Sein dunkelblauer Anzug glänzte vor Abnutzung, und über seine Brust verlief eine Schneespur aus Asche. Am linken Revers war ein Brandloch, das alt aussah, der Stoff war an den Rändern ausgefranst.

»Vielen Dank, daß Sie mich gleich verständigt haben«, begann Natalia vorsichtig.

Der Mann lächelte. Seine Zähne hatten sich vom Nikotin gelb verfärbt. »Als Kollegen stehen wir uns jetzt näher als je zuvor. Trotzdem wird es nicht einfach werden. Ehrlich gestanden, sehe ich im Moment überhaupt keine Möglichkeit.«

Ein Mann der Vergangenheit, vermutete Natalia, jemand, der an Kungeleien und Kompromisse gewöhnt war. »Was ist passiert?«

Kapiza nickte und steckte sich am Stummel ihres Vorgängers eine frische Zigarette an. Erst im nachhinein fiel ihm ein, Natalia eine anzubieten. Sie schüttelte den Kopf. Kapiza sagte: »Das organisierte Verbrechen ist in Moskau zu einem ernsten Problem geworden. Und es hat erheblich zugenommen seit den Veränderungen, die uns zu Dingen verhelfen sollten, die bis dahin nicht erhältlich waren. Und es auch jetzt noch nicht sind, wenn man nicht gerade bei der Mafia einkauft . . .« Sich schon im voraus entschuldigend, zuckte er mit den Achseln. »Wir haben Anweisung, mit aller Härte dagegen vorzugehen . . .« Noch ein Achselzucken. »Die Kräfte des freien Markts können die Läden nicht füllen, und wir können die Dienstpläne nicht mit genügend Männern füllen, um die Arbeit zu tun, die wir tun sollen. Also befindet sich die Mafia weiter auf dem Vormarsch. Wir haben sie bisher nicht unter Kontrolle bekommen und werden das auch in Zukunft nicht.«

Natalia konnte sich nicht recht erklären, warum er nicht zur Sache kam. Aber es wäre falsch gewesen, ihn zu drängen.

»Natürlich versuchen wir unser Bestes: Das müssen wir

schließlich. Im Gegensatz zu früher sind wir inzwischen der Öffentlichkeit Rechenschaft schuldig.«

Natalia blieb die Nostalgie nicht verborgen: Auf jeden Fall jemand, der noch an der Vergangenheit hing und ihr nachtrauerte.

»Hin und wieder haben wir Glück. Wie dieses Mal. Eine der bekannten Mafiafamilien, die Lubertsij. Sie sind jung. Gewalttätig. Handeln im großen Stil mit Drogen, die aus den südlichen Republiken raufkommen: auch aus Italien, über die polnische Grenze. Zwei Kilo Heroin und zehn Kilo Marihuana, alles aus dem Süden. Auch eine Menge Medikamente. Sie werden an Leute verkauft, die zwar wissen, was sie brauchen, es aber im Krankenhaus oder von ihren Ärzten nicht bekommen. Die Laboruntersuchungen sind noch nicht abgeschlossen, aber wir glauben, die Medikamente sind gestreckt, um mit dem Verkauf noch mehr Profit zu machen . . .« Er hielt inne, um sich eine weitere Zigarette anzuzünden. ». . . Gestreckte Medikamente können manchmal töten, statt Leben zu retten. Oder zu schweren Behinderungen führen. Jedenfalls haben sie nicht die Wirkung, die sie eigentlich haben sollten . . .«

Natalia konnte sich nicht mehr länger beherrschen. »Welche Rolle spielt Eduard bei dem Ganzen?«

»Drahtzieher«, sagte der Mann ohne Umschweife. »Er hat es noch nicht zugegeben, aber es besteht kein Zweifel, daß er die Verantwortung trägt. Es war eine Riesenlieferung. Insgesamt vier Lkws. Wo sie herkommen, wissen wir nicht: Das will niemand sagen. Es war auf der Straße nach Serpuchow.«

»Nur Betäubungsmittel und Medikamente?«

Kapiza schüttelte den Kopf. »Auch eine Menge Haushaltsgeräte, hauptsächlich aus Deutschland. Die müssen auf jeden Fall durch Polen gekommen sein. Auch Kleidung. Jeans natürlich.«

»Wie kam es dazu, daß man sie gefaßt hat?« Das war nicht nur gefährlich; das konnte in einer Katastrophe enden.

»Wie gesagt, pures Glück. Wir haben uns die Straße nach Serpuchow vorgenommen, weil wir gehört haben, daß auf diesem Weg schon Drogen in die Stadt gekommen sind. Vor fünf Tagen haben wir nachts eine Straßensperre errichtet, und sie sind uns direkt in die Hände gelaufen.« Ein kurzes, zufriedenes Lächeln. »Wir waren nur zu acht. Wenn wir gewußt hätten, was da auf uns zukommt, wären wir sicher mit doppelt soviel Mann angerückt. Sie waren zu zwölft.«

»Haben sie Widerstand geleistet?« Natalia versuchte gegen die Betäubung anzukämpfen, die sie zu überwältigen drohte und ihren Verstand vernebelte.

Kapizas Lächeln blieb. Er schüttelte den Kopf. »Sie haben sich überhaupt nicht aus der Ruhe bringen lassen. Ich war selbst dabei. Ich habe die Aktion geleitet. Sie haben mir ins Gesicht gelacht: haben gefragt, was nötig wäre, um dieses ›kleine Problem‹, wie sie es nannten, aus der Welt zu schaffen.«

»*Sie* haben das gefragt?« hakte Natalia nach.

Der Mann zuckte entschuldigend mit den Achseln. »Eduard hat gefragt.«

»Hatten sie Waffen?«

»Genug für einen kleinen Krieg. Handfeuerwaffen. Gewehre. Im hintersten Fahrzeug ein Neun-Millimeter-MG.« Das Lächeln wurde traurig. »Unser Überschuß an Militärwaffen würde ausreichen, um jeden russischen Haushalt mit einer Schußwaffe auszurüsten. Wahrscheinlich hat sogar schon jeder eine. Aber wissen Sie, was das Verrückte an der Sache war? Sie hatten die Waffen nicht dabei, um der Polizei Widerstand zu leisten! Ganz im Gegenteil, sie sind fest davon überzeugt, dieses Problem mit Bestechung lösen zu können. Die Waffen hatten sie bloß dabei, um sich gegen rivalisierende Banden zur Wehr zu setzen.«

Fassungslos schüttelte Natalia den Kopf. Aber sie *durfte* sich jetzt nicht gehen lassen: nicht wie gelähmt herumsitzen. Sie mußte nachdenken. Und vor allem durfte sie nicht nur an das denken, was sie hier, in diesem stinkenden

Büro auf dieser stinkenden Polizeiwache über ihren eigenen Sohn gesagt bekam. Sie mußte an Sascha denken.

»Sie verstehen also, was mein Problem ist?« kam ihr Kapiza zu Hilfe.

Mit einer Falle rechnend, betrachtete Natalia den Mann mit neu erwachendem Argwohn. »Da bin ich mir nicht so sicher.«

Enttäuscht zog der Polizist die Stirn in Falten. »Da bietet sich uns also eine einmalige Gelegenheit zu beweisen, daß wir unsere Pflicht tun. Eine Chance, wie wir sie uns nie erträumt hätten . . .« Der Mann hielt inne, zum einen, um sich eine Zigarette anzuzünden, zum anderen, um auf Natalias Antwort zu warten. Als sie nichts erwiderte, sagte er: »Aber nun ist einer der Leute, die wir festgenommen haben – der Drahtzieher, wie es scheint –, Ihr Sohn.«

»Ja«, sagte Natalia zögernd. Sie mußte annehmen, daß Fjodor Tudin davon erfahren würde: mußte sich dagegen absichern, wie sich ihr Stellvertreter dieses Wissen möglicherweise zunutze machen würde.

Kapiza breitete die Arme aus. »Irgendeine Lösung muß es doch für dieses Problem geben.«

Natalias erster Gedanke war, daß Kapiza eine Bestechung vorschlug, allerdings nicht so offen, wie das auf der Straße nach Serpuchow geschehen war. Vorsichtig fragte sie: »Was hat Eduard gesagt, als Sie kein Geld nehmen wollten?«

Kapiza antwortete erst nicht. Dann erging er sich in detaillierten Erinnerungen. »Anscheinend dachte er, es wäre der Beginn von Verhandlungen. Lächelte immer schön weiter, sehr freundlich. Das gab uns Zeit, um die Waffen einzusammeln. Dann wurde er wütend. Nicht besorgt. Wütend. Fragte mich, ob ich wüßte, was ich täte, und als ich das bejahte, sagte er mir, wer Sie sind. Meinte, es wäre reine Zeitverschwendung, ihn festzunehmen; ich könnte mir eine Menge Ärger ersparen, wenn ich die Straßensperre einfach auflösen und das Ganze auf sich beruhen lassen würde. Und wenn ich Geld haben wollte, könnte ich immer noch welches haben.« Kapiza schüttelte den

Kopf. »Er hatte fünftausend Dollar in Scheinen. Sein Wegegeld hat er es genannt: wenn er mal angehalten würde. Meinte, ich sollte mich einfach bedienen.«

Natalia gelangte zu der Überzeugung, daß er eindeutig kein Geld wollte. »Was Sie aber abgelehnt haben. Und dann haben Sie ihn verhaftet?«

»Sie haben nur überrascht reagiert – und zwar alle, nicht bloß Eduard. Zwei wollten abhauen, aber es kam zu keinem Kampf. Die anderen waren richtig sauer auf ihn: Dachten, er hätte die Bestechungsverhandlungen nicht gescheit geführt. Wir mußten ihn in eine extra Zelle stecken.«

»Hier?«

»Ja.«

»Kann ich ihn sprechen?« Das würde ihr zur nötigen Zeit verhelfen, um nachzudenken, was sie tun sollte. Sie brauchte dringend Zeit.

Kapiza zögerte. »Ich dachte, vielleicht sollten wir uns erst klar darüber werden, wie wir weiter vorgehen wollen.«

»Ich würde ihn gern sehen«, sagte sie.

Der Polizist sprach kurz in ein Telefon, das fast unter einem Wust aus abgelegten Papieren verschwunden war. Als sie nebeneinander den Flur hinuntergingen, sagte er: »Ich habe ihn in einer Verhörzelle unterbringen lassen, nicht im Arrestflügel. Nicht sehr erfreulich das Ganze. Aber kein Grund, sich zu schämen. Oder sich aufzuregen.«

»Sie sind wirklich sehr rücksichtsvoll.« Sascha. Nur an sie mußte sie denken; sie kam zuallererst. Nur Sascha: daß Sascha nichts zustieß.

»Ich habe auch Kinder«, sagte Kapiza. »Zwei Jungen. Ich habe Angst, daß sie eines Tages auf die schiefe Bahn geraten.« Wieder das vertraute Achselzucken. »Liegt wahrscheinlich an meiner Arbeit. Wenn man täglich mit so was zu tun hat.«

Der Verhörraum war zwar auch im Keller, aber er war vom Zellenbereich durch eine dicke Mauer mit einer Gittertür abgetrennt, durch die Gestank und Lärm sickerten.

Für Natalia hörte es sich an wie das Stampfen zusammengepferchter Tiere, was dem Sachverhalt vermutlich ziemlich nahekam.

Auf beiden Seiten des Mittelgangs befanden sich zwei massive Metalltüren, jede mit einem in Augenhöhe angebrachten runden Guckloch mit einer Metallabdeckung darüber. Kapiza ging auf die erste Tür auf der rechten Seite zu und nickte dem Beamten zu, der gleich hinter der Gittertür zum Zellenblock an einem Schreibtisch saß. Der Mann stand unverzüglich auf und machte sich an dem großen Ring mit Schlüsseln zu schaffen, der an einer Kette um seinen Bauch hing. Als der Beamte den richtigen Schlüssel gefunden hatte, sagte Kapiza zu Natalia: »Ich lasse Sie jetzt allein. Rufen Sie einfach nach dem Beamten da, wenn Sie rauswollen.«

»Nein!« sagte Natalia rasch. »Ich fände es besser, wenn Sie mitkämen.«

»Was?« Kapiza sah sie verständnislos an.

»Das Ganze fällt in den Zuständigkeitsbereich der Miliz. Wir sind praktisch Kollegen, wie Sie ganz richtig gesagt haben.«

»Aber . . .«

»Ich halte das für das beste. Ich möchte es so.«

Die Tür ging auf, und Natalia zögerte, bevor sie die Zelle betrat. Hätte sie nicht gewußt, daß es Eduard war, hätte sie in dem Mann nicht ihren Sohn erkannt. Als sie ihn zum letztenmal gesehen hatte, war sein Haar so kurz geschoren gewesen, daß er fast kahl gewirkt hatte. Jetzt war es sehr lang, praktisch schulterlang, und gewellt, was es ihres Wissens vor seiner Militärzeit, als er noch studiert hatte, nicht gewesen war. Sein Gesicht war stoppelig, nicht, weil er sich einen Bart stehen lassen wollte, sondern weil man ihm kein Rasierzeug gegeben hatte. Am linken Ohr trug er einen goldenen Ring. Wenn er einen Ohrring trug, mußte er noch mehr Schmuck gehabt haben. Vermutlich war er ihm bei der Einlieferung zusammen mit seinem übrigen persönlichen Besitz abgenommen worden. Seine gesamte Kleidung, die er vermutlich noch anbehalten durfte, weil er noch nicht formell unter Anklage gestellt worden war, schien aus dem Westen zu kommen: Levi's-Jeans, Lederslipper, eine teuer aussehende Lederjacke und ein am Hals offenes Wollhemd.

Eduard saß an einem Tisch, der in der Mitte des Raums am Boden festgekettet war. Auf beiden Seiten des Tisches waren Stühle, ebenfalls angekettet, aber mit etwas Spielraum, den er, so gut es ging, dazu nutzte, um lässig auf den Hinterbeinen zu schaukeln. Er machte keine Anstalten aufzustehen, als seine Mutter eintrat.

Statt dessen lächelte er von seinem gekippten Stuhl hoch und sagte: »Endlich! Ich dachte schon, du hättest mich vergessen!«

Kapiza deutete höflich auf den Stuhl gegenüber, aber Natalia nahm nicht darauf Platz. Selbst von da, wo sie stand, konnte sie den säuerlichen Geruch riechen, der ihr wenige Minuten zuvor aus dem Arrestblock entgegengeweht war.

»Es wäre nicht schwer gewesen, dich zu vergessen.«

Eduards Gesicht verzog sich, aber nur ganz leicht. Ganz bewußt den Polizisten an der Tür ansehend, sagte er zu Natalia: »Wir müssen reden. Nur wir beide.«

»Ich habe ihn gebeten zu bleiben.«

»Warum?«

»Das geht schon in Ordnung.«

Endlich kam Eduard nach vorn, so daß der Stuhl auf allen vier Beinen zu stehen kam. »Bist du da auch sicher?«

»Ich glaube schon.«

»Gut!« Das Lächeln stellte sich wieder ein.

Mein Fleisch und Blut, dachte sie. Sie hätte gern mehr empfunden: irgend etwas empfunden. Dessen ungeachtet war er ihr Fleisch und Blut. »Wie lange bist du schon wieder in Moskau?«

»Muß über ein Jahr her sein.«

»Du hast dich nicht bei mir gemeldet?«

Er unternahm einen flüchtigen Versuch, ernst zu wirken. »Hatte es eigentlich vor. Wollte mir aber erst eine Existenz aufbauen. Ziemlich viel zu tun. Weißt ja, wie das ist.«

»Da hast du dir ja was eingebrockt.«

Der Ernst war nun nicht mehr gespielt. Seine Blicke wanderten zwischen Natalia und Kapiza hin und her. »Ich würde wirklich lieber allein mit dir reden.«

»Das möchte *ich* aber nicht.«

»Ich brauche deine Hilfe!«

Zum erstenmal geriet seine selbstgefällige Überheblichkeit ins Wanken, und Natalia war nicht sicher, ob ihm so zusetzte, daß er sie ganz offen um etwas bitten mußte oder weil er sich seine Angst hatte anmerken lassen. Aus der Art, wie er sie ansah, schloß sie, daß es an beidem lag. »Wir müssen uns erst über einige Dinge klarwerden.«

»Was für Dinge?«

»Die Sache ist wirklich nicht einfach.« Sie hörte, wie Kapiza hinter ihr von einem Fuß auf den anderen trat.

»Bist du immer noch beim KGB oder wie er neuerdings heißt?«

Natalia zögerte. »Ja.«

Das Lächeln kehrte zurück. »Du hättest ihn mal sehen sollen« – er deutete mit dem Kopf auf Kapiza –, »als ich ihm deinen Namen gesagt habe. Weißt du, was ich glaube? Ich glaube, du bist noch mal ein Stück die Leiter raufgefallen, seit wir uns das letzte Mal gesehen haben.«

»Ein ganz schönes Stück«, bestätigte ihm Natalia.

»Sehr gut.«

»Meinst du?«

»Das muß doch ein Klacks für dich sein.«

Jetzt deutete Natalia hinter sich, auf den Polizisten. »Das geht nicht nur mich an. Wir müssen auch an die Miliz denken.«

»Und wer denkt an mich?«

»Das tue ich schon die ganze Zeit«, erklärte Natalia. *Gestreckte Medikamente können manchmal töten. Oder zu schweren Behinderungen führen.* Laut hallten die Worte des Ermittlers in ihrem Kopf wider, wie eine Lautsprecheransage mit voll aufgedrehter Lautstärke. Mein Fleisch und Blut, dachte sie: Eduard ist mein Fleisch und Blut.

Sein Gesicht bekam etwas Verschlagenes. »Wir wollen doch keine Unannehmlichkeiten, oder?«

»Ich weiß nicht, ob ich das richtig verstehe.«

Der wippende Stuhl kam wieder auf den Boden zurück. »Offensichtlich bist du inzwischen ein *sehr* hohes Tier, ein viel höheres als zuvor. In Moskau wird neuerdings alles öffentlich abgehandelt: Transparenz heißt das neue Schlagwort...« Eine Pause, inszeniert und theatralisch. »... Da kann es schnell passieren, daß Leute in hohen Positionen kompromittiert werden: durch die Kompromittierung sogar zu Fall kommen...«

Diesmal war das Geräusch lauter, als Kapiza das Gewicht von einem Fuß auf den anderen verlagerte.

»Das ist durchaus richtig.«

Eduard seufzte. »Folglich sollten wir eine Lösung für unser Problem finden, bevor es weitere Kreise zieht. Fünf Tage sitze ich jetzt schon in diesem Drecksloch.« Ein Nikken in Kapizas Richtung. »Warum redest du nicht mit ihm?«

Sie mußte sich einen ungefähren Eindruck verschaffen, womit sie zu rechnen hatte. »Du gehörtst zu einer Mafiabande? Den Lubertsij?«

Eduard gluckste. »Jetzt mach aber mal einen Punkt! Ich arbeite mit Geschäftsleuten zusammen.«

»Und was sind das für Geschäfte?«

Eduards Schultern gingen hoch und nieder. »Alles mögliche. Wir beschaffen, was die Leute eben so wollen.«

Natalia griff seine doppeldeutige Ausdrucksweise auf. »Als du dich mit Lubertsij und Konsorten zusammengetan hast, hast du ihnen da auch erzählt, daß ich beim ehemaligen KGB eine leitende Position habe?«

Eduard grinste verschwörerisch. »Es ist gängige Praxis, Referenzen beizubringen. Die Kollegen von seiner Verläßlichkeit zu überzeugen.«

Natalia war sicher, daß er jeden westlichen Gangsterfilm gesehen hatte, der in Moskau gezeigt wurde. Sein Gehabe und seine Ausdrucksweise waren ein schwacher Abklatsch. »Ist das der Grund, warum du mit der Organisation eurer Geschäfte betraut worden bist: die Verantwortung getragen hast?«

»Sie haben das Naturtalent in mir erkannt.« Er machte eine weitere herabsetzende Kopfbewegung in Richtung Kapiza. »Mein Angebot steht noch, wenn das Geld, das hier verwahrt werden sollte, nicht längst verschwunden ist. Warum sollte sich irgendeiner von uns das Leben unnötig schwermachen? Alle bleiben glücklich. Einverstanden?«

Wieder deutete Natalia auf den Mann hinter ihr. »Wir müssen miteinander reden. Mal sehen, was sich machen läßt, um eine vernünftige Lösung zu finden.«

»Das will ich doch meinen«, stimmte ihr Eduard zu. »Aber mach schnell, ja?«

Einen Augenblick sah Natalia auf Eduard hinab. Dann drehte sie sich rasch um und folgte Kapiza nach draußen. Zurück in seinem Büro, steckte sich der Mann eine frische Zigarette an und sagte: »Nicht gerade einfach zu entscheiden, was ich da tun soll oder auch nur vorschlagen. Ich weiß beim besten Willen nicht, wie wir ihn ausklammern und gegen die anderen trotzdem weiter vorgehen sollen. Das ist mein Problem.«

Natalia fand, daß Kapiza nach den verqueren Maßstäben der russischen Bürokratie vergangener Zeiten ehrlich war; direkte Bestechung lehnte er zwar ab, aber er war bereit, Kompromisse einzugehen und sich mit Leuten zu arrangieren, die er als seinesgleichen betrachtete und denen er sich in einer Art berufsbedingter Freimauerei verbunden fühlte. Sie stutzte bei dem Gedanken. Waren es wirklich vergangene Zeiten? Oder funktionierte Rußland immer noch so, trotz der sogenannten zweiten Revolution? »Ich brauche Zeit. Es gibt einiges zu überlegen – und zu planen.«

»Kann ich das Ihnen überlassen? Werden Sie sich was einfallen lassen?« Der Mann hörte sich erleichtert an.

Natalia nickte. »Haben Sie schon einen offiziellen Milizbericht eingereicht?«

Jetzt lächelte Kapiza, denn er glaubte verstanden zu haben, was diese Frage zu bedeuten hatte. »Nur einen vorläufigen. Keine Namen. Rein technisch gesehen sind die Ermittlungen noch in vollem Gange.« Er studierte das Ende seiner brennenden Zigarette, als wäre sie etwas Wichtiges.

»Es gibt also auf keinem offiziellen Schriftstück irgendwelche Namen?« bohrte Natalia weiter.

»Nein.«

»Könnte ich eine Kopie haben?«

»Selbstverständlich.« Er wühlte in dem Papierberg und förderte erstaunlich schnell einen Bericht zutage.

»Sie werden in Bälde von mir hören«, versicherte ihm Natalia. »Wir müssen das richtig anpacken: zu aller Zufriedenheit.«

»Das wäre ganz in meinem Sinn«, bestätigte ihr Kapiza.

Zusammengesunken saß Natalia auf dem Rücksitz des Sil, der sie nach Jasenewo zurückbrachte, den Kopf auf die Brust gesenkt, total gefangengenommen von der neuen Krise, aber in Gedanken bereits weit voraus. Wie gut war Tudins privates Spionagenetz? Eine Frage, die sie nicht beantworten konnte. Aber sie hatte sich von einem Dienstwagen ins Hauptquartier der Miliz bringen lassen. Und hatte das in ihrem Sekretariat ganz offen bekanntgegeben. Demnach mußte sie annehmen, daß er es von diesen Quellen erfahren würde, falls er keine anderen hatte. Was wahrscheinlich der Fall war. Sie hätte gern jemand gehabt, mit dem sie darüber sprechen könnte: jemand, dessen Denken nicht mit so vielen widerstreitenden Verpflichtungen und Zweifeln belastet wäre.

Diese Überlegungen führten unweigerlich zu Charlie, der den raschesten und schärfsten Verstand gehabt hatte, den sie je kennengelernt hatte. Charlie, der immer in der Lage gewesen war, eine Sache aus jedem nur erdenklichen Blickwinkel zu betrachten: die Gefahren zu sehen, die sonst niemand sah . . . Die Reminiszenz wurde nicht zu Ende geführt, da sie von etwas anderem abgeblockt wurde.

Die Erinnerung kam unvermittelt und total unlogisch –

ein verrückter Streich ihres Verstandes – und hatte zur Folge, daß sie aus ihrer zusammengesunkenen Haltung kerzengerade hochschnellte. Aber da war es: Alles, was sie brauchte. Die formlose Erinnerung, die ihr nach der Konferenz mit Fjodor Tudin partout nicht hatte in den Kopf kommen wollen, breitete sich plötzlich absolut klar und deutlich in ihrem Kopf aus. Sie konnte sich an jedes Wort erinnern: Sogar was sie angehabt hatte und was sie getan hatte. Es war hier in Moskau gewesen, lange bevor er sich hatte absetzen müssen und sie zum erstenmal enttäuscht hatte. Es war bei einem Kaviaressen in Mitninskaja gewesen, für das der einzige Grund oder Vorwand ihr gemeinsames Glück gewesen war. Vielleicht war es die Gedankenkette Eduard und Mitninskaja gewesen, die schließlich die Erinnerung ausgelöst hatte. Oder der Umstand, daß sie Kaviar gegessen hatte, weil es das war, was zu Charlies vermeintlich harmlosen Äußerungen über seine Mutter geführt hatte, die in einem Altersheim in der Nähe des bekanntesten lachsführenden Flusses von England lebte: in England, nicht in Schottland. Und er hatte eine Anekdote über englische Privilegien zum besten gegeben: von einem Angelclub, der so exklusiv war, daß er ein Vorrecht auf die Zimmer des besten Hotels am Ort hatte.

Natalia bemerkte, daß der Fahrer sie im Rückspiegel beobachtete, und ließ sich wieder zurücksinken.

Das war sie: die Möglichkeit, ihn zu finden – vorausgesetzt, seine Mutter lebte noch. Und die Operation, das alles in die Tat umzusetzen, hatte sie bereits angeordnet.

Womit immer noch die von Eduard heraufbeschworene Krise blieb.

In Erinnerung des Rats, sich immer einen Fluchtweg offen zu halten, unternahm John Gower am vierten Tag keinen Ausflug in die Stadt.

Da Flugtickets nicht auf den im Paß angegebenen Namen gebucht werden müssen, reservierte Gower für den sechsten Tag unter einem falschen Namen zwei Plätze für die Maschine direkt nach London und ließ sich die vierundzwanzig Stunden dazwischen für die Kontaktaufnahme mit dem Geistlichen. Für den Fall, daß es zu einer unvorhergesehenen Verzögerung käme, nahm er unter jeweils anderen Namen auch für die zwei darauffolgenden Tage Reservierungen vor.

Angesichts der störungslos verlaufenen Ausflüge in die Verbotene Stadt und auf den Kohlehügel hielt er es für Zeitverschwendung, den taoistischen Tempel aufzusuchen, ohne bei dieser Gelegenheit auch gleich die eigentliche Operation zu starten: Alles andere hätte bedeutet, daß er feige war und sich drücken wollte. Am nächsten Tag würde er das Signal geben und anschließend bei der bereits ausgesuchten Löwenfigur auf dem Kohlehügel eine Nachricht hinterlassen, um diese Phase der Operation zum Abschluß zu bringen.

Und warten, daß Snow in die Botschaft kam.

Der Londoner Einsatzbesprechung zufolge war Snow angewiesen, im Abstand von drei Tagen nach dem Signal Ausschau zu halten, aber da Gower nicht wußte, an welchem Tag der Geistliche zum letztenmal am taoistischen Tempel gewesen war, mußte er damit rechnen, daß er sich erst nach drei Tagen meldete. Er war momentan nicht sicher, ob er die Reservierungen so schnell ändern oder auf einen späteren Termin umbuchen lassen könnte. Aber das mußte er ja nicht jetzt sofort entscheiden: Wenn Snow nicht auftauchte, konnte er immer noch eine Umbuchung vornehmen. Vorerst konnte er alles so belassen, wie es war.

An diesem Abend nahm er die Einladung der Nicholsons zum Essen an. Jane Nicholson erklärte sich sofort bereit, eine Qipao zu besorgen. Nach angeregter Beratung entschied er sich für Blau als Farbe und sagte, ihre Größe müsse auch Marcia passen. Allerdings hoffte er, Marcias Unterwäsche würde sich nicht so deutlich abzeichnen, falls sie das Ding je anzog.

Jeremy Snows Frustration nahm beständig zu, je öfter er die Signalstelle am Tempel leer vorfand, und schließlich gelangte er zu der Auffassung, London habe ihn beim Wort genommen und sich ganz von ihm zurückgezogen.

Am frustrierendsten war der Gedanke, daß er nichts tun konnte, um die alten Verhältnisse wiederherzustellen. Walter Foster war weg, und London hatte eindeutig keinen Nachfolger geschickt. Dadurch blieb er in einem Vakuum zurück: hatte niemand, an den er sich in der Botschaft wenden konnte, um alles wieder einzurenken. Sein momentanes Dilemma war das beste Beispiel für die Idiotie des Systems, auf das London gedrungen hatte und an das sich Foster so stur gehalten hatte.

Snow machte sich wieder einmal auf den allzu vertrauten Weg zum Tempel, hielt vergeblich nach dem Signal Ausschau, und ging anschließend, um seinen Ärger abzureagieren, fast eine ganze Stunde länger in der Stadt herum, bevor er in die Mission zurückkehrte. Trotzdem traf er dort noch vor Mittag ein.

»Haben Sie schon die *People's Daily* gelesen?« begrüßte ihn Father Robertson. »Die Festnahme der Dissidenten hat jetzt begonnen.«

Abwesend nahm Snow die Zeitung an sich. Doch mit einem Mal war er voll bei der Sache. Auf einem Foto waren drei Männer in Handschellen zu sehen, die aus einem Polizeifahrzeug geführt wurden. Einer von ihnen war Zhang Sulin, bis vor einem Jahr seine Untergrund-Informationsquelle und sein Englischschüler.

Zum erstenmal wurde Snow wirklich mulmig. Er hatte Mühe, richtig zu atmen, aber es war noch nicht so schlimm, daß er das Spray brauchte.

30

»Du hättest es wirklich zu was bringen können. Könntest heute zum Beispiel Arzt sein. Du warst doch auf der Grammar School, oder etwa nicht!«

»Ja, Mum.« Charlie war überrascht, wie nahe sie diesmal der Realität verhaftet blieb. Und das war schon seit Wochen so.

»Was machst du eigentlich beruflich? Ich vergesse das immer wieder.«

»Angestellter, bei einer Regierungsbehörde.«

»Weiberjob«, schnaubte die alte Frau verächtlich. Das Kopfende ihres Betts war hochgestellt, um sie in eine sitzende Haltung zu bringen. Über ihrem Nachthemd trug sie die gestrickte Bettjacke, die ihr Charlie letztes Weihnachten gekauft hatte, und eine der Schwestern hatte ihr das Haar so eingelegt, wie sie es gern haben wollte. Sie roch nach Lavendel, ihrem Lieblingsduft. Das mußte er sich merken, für nächstes Weihnachten.

»Aber ich habe viel Urlaub.« Charlie ließ dem Gespräch seinen Lauf. Seine Gedanken drehten sich fast ausschließlich um die Frage, was er wegen seiner Entdeckung am Regent's Park unternehmen sollte.

»Aber reich wirst du damit nicht, oder?«

»Nein, nicht besonders.«

»Deshalb läufst du ja auch immer rum wie ein Landstreicher!« hielt sie ihm triumphierend vor.

»Ja, Mum.« Das war ein Vorwurf, den sie ihm bei jedem Besuch mindestens einmal machte. Seine Mutter hatte immer schon größten Wert auf gute Kleidung gelegt. Witzigerweise, gerade in Hinblick auf seine Probleme mit seinen empfindlichen Füßen, hatte sie immer ein besonderes Faible für Schuhe gehabt. Er konnte sich noch vage erinnern, daß der ganze Boden des Schlafzimmerschranks vollgestanden hatte mit Schuhen, die im Schuhregal keinen Platz mehr fanden. Er hatte nicht damit gerechnet, daß Julia merken würde, daß er sich extra neue Schuhe gekauft hatte. Langsam paßten sie sich seiner Fußform an, aber am Anfang hatten sie wirklich höllisch weh getan.

»Kein Wunder, daß du nie geheiratet hast.«

»Nein, Mum.« Sie hatte Edith vergessen, und er sah keine Veranlassung, sie an sie zu erinnern. Charlie fragte sich, was Julia wohl für heute abend kochte. Sie hatte ihn zum erstenmal zu sich nach Hause eingeladen.

»Dein Vater war immer picobello angezogen.«

»Das glaube ich gern.«

»Gib mir meine Handtasche! Da! Unter dem Schrank.«

Charlie tat wie ihm geheißen und beobachtete, wie sie mit geäderten Händen in der Tasche voll uralter Briefe kramte, die meistens noch in ihren zerfledderten Umschlägen steckten.

»Da!« sagte sie triumphierend. »Das ist dein Dad. Marineoffizier: Leutnant oder so. Immer tadellos angezogen.«

Charlie nahm das Foto. Er mußte das sechste Bild von einem Mann sein, von dem sie behauptete, es sei sein Vater. Das hier hatte er noch nie gesehen. Es zeigte einen zackig-strammen, nicht lächelnden Offizier in Uniform. Er fragte sich, wo sie die alle herhatte: Vermutlich waren es lauter Männer, zu denen er Onkel sagen mußte, als er klein war. An den hier konnte er sich mit Sicherheit nicht erinnern. »Gutaussehender Mann«, bestätigte er ihr.

»Er hieß George. Hätte dir einen Posten bei der Navy besorgen können, wenn du gewollt hättest. Hatte eine Menge Beziehungen. Kannte Admiräle.«

Es wurde langsam Zeit zu gehen. »Sonst alles in Ordnung? Irgendwas, was ich dir besorgen kann?«

»Ich kriege kein Guinness mehr«, beschwerte sich die alte Frau. »Wollen mir keins mehr geben. Früher schon, aber jetzt nicht mehr.«

»Warum?«

»Weil sie mich nicht mögen.«

»Ich regle das schon«, versprach Charlie.

»Die Heimleiterin, die steckt dahinter.«

»Ich rede mal mit ihr. Ich muß jetzt gehen.«

Sie schien es kaum zu merken, als Charlie sie zum Abschied küßte. Auf dem Weg nach draußen ging er kurz ins Büro der Heimleiterin und erkundigte sich vorsichtig, ob es Probleme wegen des Guinness gebe, worauf ihm Mrs. Hewlett erklärte, daß die nächtliche Ration für die Insassen, die welches wollten, zwei Flaschen sei, aber seine Mutter habe mehr verlangt, was sie aber nicht gut für sie fänden. Charlie sagte, er sei sicher, daß sie das am besten wüßten.

Er war froh, endlich in seinem Leihwagen zu sitzen, mit der Aussicht auf die zweistündige Heimfahrt, während der er ungestört nachdenken könnte. Bloß worüber? Gab es denn noch einen Aspekt des Problems, mit dem er sich nicht schon in aller Gründlichkeit befaßt hatte? Es bestand nicht der leiseste Zweifel, daß er keine Wahl hatte, als die feindliche Observierung des Generaldirektors und seiner Stellvertreterin zu melden. Es war sogar seine ausdrückliche Pflicht, festgeschrieben in den unzähligen Vorschriften und Bedingungen, an die er sich bei der Ausübung seines Dienstes zu halten hatte. Allerdings würde sie das beide Kopf und Kragen kosten. Es würden interne Untersuchungsverfahren eingeleitet, Geständnisse abgelegt und schließlich diskrete Rücktrittsgesuche eingereicht – kurzum, Schadensbegrenzung auf die feine englische Art.

Doch welche Möglichkeiten der Schadensbegrenzung gab es für Charles Edward Muffin? Keine, stellte er traurig fest. Ebensowenig, wie es sonst welche zu geben schien. Wenn er tat, was er tun sollte, und die innere Sicherheit, die Spionageabwehr und weiß Gott wen noch alles darauf aufmerksam machte, daß Peter Miller und Patricia Elder observiert wurden, würde die erste und naheliegendste Frage lauten, woher er das eigentlich wußte. Und wenn er das ehrlich beantwortete – wenn er zugab, daß er sie wochenlang inoffiziell beobachtet hatte –, dann zöge dieses Eingeständnis in etwa drei Sekunden das unrühmliche Ende nach sich, das man sich für seine unrühmliche Karriere vorstellen konnte. Seine ständig schmerzenden Füße – oder sein Arsch – würden auf dem Weg nach draußen kein einziges Mal den Boden berühren.

Was also war wichtiger? Die Sicherheit einer Organisation, der er sich weiter aufrichtig verpflichtet fühlte? Oder die Sicherheit seines eigenen Arsches, an dem ihm genausoviel, wenn nicht sogar mehr gelegen war? Eine echte Zwickmühle, entschied Charlie. Und zu dieser Entscheidung war er bisher jedesmal gelangt, seit er diese beiden

Dummköpfe für eine russische Kamera mit Teleobjektiv hatte posieren sehen.

Sie *waren* Dummköpfe, fand Charlie, voller Verachtung für sie und sich und den Rest der Welt. Ganz gleich, was aus ihnen wurde, sie hatten es verdient. Aber darum ging es nicht. Was aus ihnen wurde, war unerheblich. Es ging um die potentielle Erpreßbarkeit, die für den von ihnen gemeinsam geleiteten Nachrichtendienst bestand.

Bei Basingstoke mündete die vierspurige Schnellstraße von Stockbridge in den Motorway, und etwa eine Meile davor wurde Charlie auf den dunkelgrauen Ford aufmerksam, der ihm hinter einem roten Lieferwagen und einem offenen Sportwagen folgte. Ganz automatisch brachte er das Fahrzeug mit dem Wagen in Verbindung, in dem die zwei Russen gesessen und Fotos gemacht hatten. Jener Ford war allerdings schwarz gewesen, nicht grau. Charlie fuhr langsamer und paßte scharf auf. Auch der Ford verlangsamte sein Tempo, um den bisherigen Abstand von etwa fünfzig Metern beizubehalten. War der Ford schon hinter ihm, seit er vom Altersheim losgefahren war? Er glaubte nicht, aber sicher war er nicht. Kein Grund zur Panik, bloß weil ihm ständig eine Observierung durch den Kopf ging, die mit einem Wagen desselben Typs durchgeführt worden war. Er blieb auf der Innenspur, um sich in den Verkehr auf dem Motorway einzuordnen. Das taten auch der graue Ford und der Lieferwagen; der Sportwagen schoß mit aufheulendem Motor an ihm vorbei. An der ersten Ausfahrt fuhr Charlie vorbei, aber die zweite nahm er, ohne vorher ein Zeichen zu geben, und hielt überflüssigerweise am Kreisverkehr an. Niemand folgte ihm. Trotzdem fuhr er ganz langsam einmal im Kreis herum, bevor er wieder die Auffahrt zum Motorway hochfuhr. Lieber auf Nummer Sicher gehen, als sich später Vorwürfe machen müssen, sagte er sich.

Müßten Miller und die Frau ihre Koffer packen, wenn er meldete, was er gesehen hatte? Nicht unbedingt: Sie könnten sich durchaus aus der Affäre ziehen. Er wußte zwar, was passiert war, weil er es mit eigenen Augen gesehen hatte, aber hatte auch er auch nur einen *Beweis* dafür, daß die beiden in einem Millionärspenthouse ein Techtelmechtel hatten oder daß davon ein anderes Land wußte, dessen Agenten offensichtlich noch immer schwarze Hüte trugen, die angeblich längst aus der Mode waren? Keinen einzigen, mußte er feststellen: er hatte absolut nichts in der Hand. Wenn sie also das Verhältnis nicht zugaben – und Charlie hätte ein Pfund gegen ein Stück Scheiße gewettet, daß sie *nichts* zugeben würden –, wo bliebe dann er? Er würde, im übertragenen Sinn, im Wind baumeln, mit einer Klaviersaite um einen äußerst empfindlichen Teil seiner Anatomie, den Krähen zum Fraß überlassen, ein verschnupfter, abgeschobener Agent, der völlig aus der Luft gegriffene und verleumderische Anschuldigungen gegen Vorgesetzte erhob, um sich an ihnen zu rächen, daß sie seiner Karriere ein frühzeitiges Ende bereitet hatten – übrigens völlig zu Recht, wenn er nicht davor zurückschreckte, derlei untragbare Anschuldigungen zu erheben.

Da er diesbezüglich nicht sofort eine Entscheidung treffen mußte, hatte es keinen Sinn, sich noch länger damit herumzuquälen, obwohl er wußte, daß er es tun würde. Es gab nichts, was er tun konnte, zumindest nichts Konkretes.

Da war wieder ein Ford hinter ihm. Grau wie der letzte. Oder war es derselbe? Er hatte gerade die Fleet-Raststätte passiert, während seine Aufmerksamkeit sich auf zwei Ebenen bewegte, und war sofort auf ihn aufmerksam geworden, als er hinter ihm vom Zubringer hochkam. Hatte er dort gewartet? Er sah genauso aus wie der erste. Andererseits sah natürlich aus fünfzig Metern Abstand jeder graue Ford gleich aus. Er hätte vor seinem ersten Manöver auf einen Rastplatz fahren sollen, um sich die Nummer des Ford aufzuschreiben, wenn er an ihm vorbeifuhr. Andererseits konnte er das immer noch tun. Gut zweihundert Meter vor ihm sah er das Notruftelefon, das ihm als Vorwand dienen würde. Er verlangsamte seine Fahrt, trat aber, damit die Bremslichter nicht aufleuchteten, nicht auf die Bremse. Das tat er erst im allerletzten Moment, ohne sich um das wütende Hupen des Fahrers direkt hinter ihm zu kümmern. Unwillkürlich mußte er an das Manöver denken, bei dem es Gower ganz ähnlich ergangen war. In dem grauen Ford saß nur ein Mann: Er hatte schütteres Haar, trug ein Sporthemd und schien keinerlei Notiz von Charlie zu nehmen, der Papier und Bleistift im Schoß hatte, um sich die Nummer zu notieren.

Nachdem er unterwegs zehn weitere, graue, schwarze oder braune Fords gezählt hatte, gab er auf. Allerdings ließ er sich von jedem überholen. Charlie schlängelte sich in wildem Zickzackkurs durch London: Nachdem er in Acton den Motorway verlassen hatte, fuhr er nach Hammersmith hinüber und weiter nach Fulham, bevor er sich wieder nach Norden wandte, allerdings mitten durchs Zentrum, wo der Verkehr am dichtesten war und somit am meisten Deckung bot und wo er zweimal gerade noch bei Gelb über eine Kreuzung huschen konnte, während alle hinter ihm fahrenden Autos anhalten mußten. Er gab den Leihwagen in Wandsworth zurück: Bevor er an seiner Station ausstieg, hatte er dreimal die U-Bahn gewechselt.

Er ließ den Bereitschaftsdienst in der Westminster Bridge Road die Nummer des Ford überprüfen: Es handelte sich um einen Firmenwagen eines fischverarbeitenden Unternehmens in Hull. Wie sich herausstellte, existierte die Firma in Hull tatsächlich, allerdings ergab eine Überprüfung des britischen Handelsregisters, daß es sich um eine Tochtergesellschaft eines belgischen Konzerns mit Sitz in Brügge handelte. Charlie dankte dem zuständigen Beamten und sagte, er brauchte der Sache nicht auch noch in Belgien weiter nachgehen.

Julia machte Fasan. Charlie war froh, daß er einen Margaux mitgenommen hatte. Sie aßen noch nicht lange, da sagte sie: »Ganz gleich, was es war, ich bin froh, daß es vorbei ist.«

»Was?« Charlie sah sie stirnrunzelnd an.

»Heute bist du wieder ganz der alte. Die letzten paar Male warst du nie so richtig bei der Sache, stimmt's?«

»Mir ist ständig was im Kopf rumgegangen«, gab Charlie zu.

»Etwas, worüber du reden kannst?«

Es wäre interessant gewesen, mit Julia darüber zu sprechen. Bloß hätte er ihr damit verraten, daß er sie am Anfang benutzt hatte. Und das vielleicht auch wieder tun würde: für immer ein Gefangener seiner doppelten Moral. »Vorbei und vergessen, wie du gerade selbst gesagt hast.«

»Wie geht's deiner Mutter?«

»Erstaunlich gut.« Er grinste. »Sie hat gemeint, ich würde nie eine Freundin kriegen.«

»Und was meinst du?« fragte sie, ohne zu lächeln.

Charlie war nicht recht wohl bei dem Ernst, mit dem sie ihn über den Tisch hinweg ansah. Deshalb sagte er rasch: »Ich bin am Überlegen, ob ich die stellvertretende Direktorin um ein Gespräch bitten soll.«

Sie wandte den Blick ab und nahm damit der Situation die Peinlichkeit. »Warum?«

»Wird langsam Zeit, daß ich wieder jemand zugeteilt kriege, findest du nicht auch?«

Ihre Mundwinkel sanken nach unten. »Ich hatte eigentlich nie den Eindruck, sie würden am laufenden Band anrollen.«

Plötzlich kam Charlie ein Gedanke, der dem Problem, mit dem er sich in den letzten paar Tagen herumschlug, eine neue Dimension verlieh. »Falls es im Büro zu personellen Veränderungen käme ... wenn Miller und Elder gingen oder versetzt würden ... glaubst du, du würdest deine Sonderstellung dort beibehalten?«

Julia runzelte die Stirn. »Das kann ich mir schwer vorstellen. Warum fragst du?«

Ein weiterer Grund, nichts zu unternehmen, mußte sich Charlie eingestehen. »Nichts.«

Die Falten auf ihrer Stirn wurden tiefer. »Was ist los?«

»Nichts«, wiederholte er. »Ehrlich.«

Als das Ende ihrer ungestörten Zweisamkeit näherrückte, hatte Patricia Elder nach und nach ihre Kleider weggebracht, so daß am letzten Tag nur noch ihre Toiletten- und Schminkutensilien übrig waren. Beim Frühstück sagte Miller, er werde schon mal vorgehen, damit sie sich noch einmal allein in der Wohnung umsehen könne, wie sie das immer tat, wenn sie längere Zeit zusammen im Penthouse verbracht hatten.

Patricia ging durch alle Räume der großen Wohnung, obwohl sie wußte, daß das nicht nötig war, weil sie die Spuren ihrer Anwesenheit mit derselben Sorgfalt entfernt hatte, wie sie in den vergangenen Tagen ihre Kleider weggebracht hatte.

Zuletzt ging sie durch das Schlafzimmer. Lady Anns Kosmetiksachen lagen auf dem großen Schminktisch, so exakt aufgereiht wie das Operationsbesteck eines Chirurgen: Millers Frau war genauso extrem ordentlich und gepflegt wie er.

Joy von Jean Patou, das Parfüm, das Lady Ann immer benutzte, stand an seinem angestammten Platz in der Mitte der Reihe. Patricia bevorzugte Chanel, das nicht so schwer war. Sie schob ihren Flakon neben die andere Flasche: Er schien die vollkommene Symmetrie des peniblen Arrangements, an dem Lady Ann soviel lag, in keiner Weise zu stören.

»Alles in Ordnung?« fragte Miller, als sie ins Büro kam.

»Alles in Ordnung«, sagte Patricia Elder.

Die russische *Residentura* in der Londoner Botschaft rechnete es sich zu Recht als einen beachtlichen Erfolg an, das Verhältnis zwischen dem Leiter des britischen Auslandsnachrichtendiensts und seiner Stellvertreterin aufgedeckt zu haben. Zugleich war man sich jedoch, nicht ohne ein gewisses Bedauern, im klaren darüber, daß dieser Entdekkung nicht derselbe Stellenwert beigemessen würde, wie das in den alten KGB-Zeiten der Fall gewesen wäre.

Die *Residentura* hoffte, dieser Erfolg möchte den partiellen Mißerfolg bei der Überprüfung eines gewissen Charles Edward Muffin wettmachen, für dessen Auffindung der entscheidende Hinweis aus Moskau selbst gekommen war, was möglicherweise ein Zeichen besonderen Interesses war.

In der von Entschuldigungen begleiteten Meldung an Moskau hieß es, daß der Hinweis auf ein bekanntes Lachsgewässer und einen exklusiven Angelclub erfolgreich zu einem Altersheim in dem kleinen Städtchen Stockbridge in Hampshire geführt habe, in dem eine Frau mit demselben Namen wie der gesuchte Mann untergebracht sei. Es sei gelungen, ihn auszumachen und anhand des Fotos aus Moskau zu identifizieren. Allerdings könne man sich nicht erklären, weshalb der Mann auf der Rückfahrt nach London so unerwartet vom Motorway abgefahren sei. Die Tatsache, daß er später, als die Observierung wieder aufgenommen worden sei, an einem Notruftelefon angehalten habe, lasse den Schluß zu, daß er möglicherweise Probleme mit seinem Wagen gehabt habe, übrigens ein Leihwagen, den er unter falschem Namen gemietet habe. Weil jedoch nicht auszuschließen gewesen sei, daß er mit einer Observierung rechnete, sei die Aktion an diesem Punkt abgebrochen worden.

Die *Residentura* bat um Anweisungen, ob die Überwachung des Altersheims bis zu einem weiteren Besuch fortgeführt werden solle, wies aber zugleich darauf hin, daß die in London verfügbaren Kräfte durch die Erfordernisse der Operation bereits voll ausgelastet seien.

Von Moskau aus ordnete Natalia an, keine weitere Zeit und Mühe auf die Überprüfung dieses einen Mannes zu verwenden: Die Operation müsse sich auf andere konzentrieren.

Bis auf weiteres – vielleicht sogar sehr lange – war also nicht daran zu denken, Charlie mitzuteilen, daß er eine Tochter hatte. Und sie mußte sich immer noch etwas Narrensicheres einfallen lassen, um mit dem Problem, das Eduard aufgeworfen hatte, fertig zu werden.

31

John Gower war sicher, daß es nichts zu bedeuten hatte, daß er praktisch mitten in der Nacht, lange vor Tagesanbruch, aufgewacht war: Schon gar nicht war es Nervosität. Es gab ja auch herzlich wenig Grund, nervös zu sein. Wahrscheinlich hatte er sich doch nicht so gut von den Folgen des Jetlag erholt, wie er gehofft hatte. Auf jeden Fall war er nicht beunruhigt. Im Gegenteil. Es verhalf ihm zu einer Menge Zeit, um nachzudenken und noch einmal alles durchzugehen, was er an diesem Tag zu tun hatte. Eigentlich brauchte er dafür aber nicht viel Zeit. Alles ganz einfach; absolut unkompliziert. Er hatte alles im Kopf. Brauchte gar nicht, was im Tresorraum war, noch nicht. Vielleicht morgen. Oder übermorgen. Dann wäre das, was London für riskant hielt, hier in seiner Unterkunft. Kein Problem. Er war sicher, daß seine Räume nicht durchsucht worden waren. Keine seiner Fallen war angestastet worden. Wirklich gut, der Boy. Alles blitzblank, die Wäsche tadellos sauber und nichts angerührt. Es bestand kein Grund, die Lagepläne der toten Briefkästen zu studieren: Er hatte bereits entschieden, wo er die Nachricht hinterlassen würde. Nur den Tempel mußte er heute vormittag noch finden. Wenn der Geistliche ankam, brauchte er bloß die Fotos. Und mit ihnen könnte der Boy nichts anfangen, falls er sie sehen sollte. Nach seinem heutigen Ausflug in die Stadt würde er das Botschaftsgelände nicht mehr verlassen, zumindest so lange nicht, bis er zum Flughafen mußte. Und bis dahin hätte er sie längst Snow gegeben.

Jedes Teilchen fügte sich ans andere, auch die Reihenfolge stimmte. Ganz einfach. Bloß schade, daß er keine Vorschläge bezüglich der erforderlichen Verbesserungen machen konnte, wenn er nach London zurückkam. Die Leute hatten ihm vertraut. Er hinterging sie nur sehr ungern, nachdem sie so nett zu ihm gewesen waren. Hoffentlich machten sie es nicht ihm persönlich zum Vorwurf, sondern machten Budgetkürzungen und Pfennigfuchserei in London dafür verantwortlich. Konnte vielleicht nicht schaden, sie schon mal darauf vorzubereiten. Irgendeine beiläufige Bemerkung, daß er zwar sein Bestes versuchen werde, daß aber die endgültige Entscheidung bei einer höheren Instanz liege. Nicholson war das Klatschmaul der Botschaft, der Mann, der so was am wirkungsvollsten weitertrug. Hoffentlich gefiel Marcia der Qipao, den Jane Nicholson heute kaufen wollte. Was Marcia wohl gerade tat, in diesem Augenblick, Tausende von Kilometern entfernt? Hochzeitsvorbereitungen wahrscheinlich. Er war nicht sicher, ob er es gut fände, wenn sie nach ihrer Hochzeit immer noch soviel unterwegs wäre. Sicher, es war wichtig, daß sie auch ihren Beruf hatte. Am Anfang waren sie auf jeden Fall darauf angewiesen, daß sie mitverdiente. Aber das war natürlich nur eine vordergründige Rechtfertigung für ihre vielen Geschäftsreisen. Darüber würden sie jedenfalls mal reden müssen. Lange würde es sowieso nicht mehr dauern. Höchstens etwas über eine Woche. Wahrscheinlich weniger. Mein Gott, wie er sich nach ihr sehnte: endlich weg von hier und wieder nach Hause, wo er wenigstens ein bißchen was von dem verstand, was um ihn herum vorging. Aber nervös war er nicht. Er wußte, was er tat: was er zu tun hatte. Alles lief wie am Schnürchen. Ganz simpel. Heute ging es los. Er fühlte sich gut. Ganz locker.

Mit dem ersten Licht des Tages – orange und gelbe Finger tasteten vorsichtig über den Himmel – stand Gower auf. So früh gab es noch keine Wolken, das Blau ungestört, aber sehr hell, fast weiß. Er stand eine Weile am Fenster und sah auf den verlassenen, vollkommen stillen Hof hinaus, während das Morgengrauen die Konturen und Formen von Gebäuden, Bäumen und Sträuchern schärfte. Später würde er an diesen Augenblick, in dem seine Laufbahn begann, zurückdenken. Es konnte also nicht schaden, sich alles genau einzuprägen, damit er sich immer daran erinnern konnte. Aber eine Erinnerung nur für ihn, führte er sich sofort vor Augen: Es würde niemand geben, mit dem er ihre ganze Tragweite und Bedeutung teilen konnte. Aber es genügte, wenn er es für sich selbst tat.

Als Gower wegen der reichlich vorhandenen Zeit ein ausgiebiges Bad nahm, fiel ihm etwas ein, was er bei seinen Vorbereitungen übersehen hatte – ein so krasses Versäumnis, daß seine erste Reaktion war, in ungläubiges Gelächter auszubrechen, anstatt sich über sich selbst zu ärgern. Das Tempelsignal war bereits festgelegt. Doch was war mit der Nachricht, mit der er den Geistlichen dazu bringen sollte, zu ihm zu kommen? Gower lag im langsam erkaltenden Wasser und überlegte sich alle möglichen Sätze und Wendungen, um die Dringlichkeit der Angelegenheit klarzumachen. Und verwarf sie am Ende alle. Es bestand gar kein Grund, auf die Dringlichkeit der Sache hinzuweisen. Der Londoner Einsatzbesprechung zufolge war es Snow, der auf einen sofortigen persönlichen Kontakt drang und mit der Aufkündigung jeder weiteren Zusammenarbeit drohte. Der Mann brauchte also nur zu erfahren, daß jemand aus London gekommen war, um sich mit ihm zu treffen, und wo dieses Treffen stattfinden sollte. Wie von selbst fügte sich ein Teil ans andere, dachte Gower wieder: das perfekte Puzzle.

Die Kälte trieb Gower aus der Wanne. Mit dem Handtuch rieb er sich wieder warm. Nur im Bademantel, ging er in den Wohnraum zu seiner Aktentasche – die Art, wie sie verschlossen war, und ihr vollkommen harmloser Inhalt waren eine der Fallen, die er seit seiner Ankunft täglich gestellt hatte. Das Innere war mit zahlreichen Fächern, Unterteilungen und Taschen versehen: Das Fach für die unbedruckten Notizkärtchen war seine Idee gewesen. Langsam, damit jeder einzelne Buchstabe deutlich lesbar war, schrieb er in die Mitte des weißen Rechtecks 11, Guang Hau Lu, Jianguo Men Wai. Dann bog er die Karte behutsam zwischen seinen Fingern, um sich zu überzeugen, daß sie fest genug war, um sich ohne Verkrümmen oder Verklemmen in den Spalt unter der Löwenfigur schieben zu lassen. Im Schlafzimmer, wo sein Anzug noch am Bügel hing, schob Gower die Karte vorsichtig, damit sie nicht knickte, in die oberste Tasche des Jacketts.

Der Himmel war seit Tagesanbruch klar geblieben, und

als sich Gower auf den Weg machte, brannte die unerwartete Sonne kräftig auf seine Schultern und seinen Rücken herab. Auf einer Verkehrsinsel vor der Botschaft zog er sein Jackett aus, aber um die Karte nicht zu verlieren, legte er sie sich nicht über den Arm, sondern hängte sie sich über die Schultern. Der Weg, den er ging, erschien ihm anders, als er ihn sich auf dem Stadtplan eingeprägt hatte. Die Kreuzungen und Abzweigungen lagen entweder dichter beieinander oder weiter auseinander, als er erwartet hatte. Deshalb blieb er nach einer Weile stehen, um den Stadtplan zu Rate zu ziehen. Dem Plan zufolge hätte der Tempel in unmittelbarer Nähe sein müssen, aber Gower gewann langsam den Eindruck, daß er nicht maßstabgetreu war und die Distanzen völlig unterschiedlich wiedergab. Beim Überqueren einer breiten, mehrspurigen Straße sah Gower, wie sich auf der anderen Seite ein Geldwechsler bereit machte, ihn abzufangen. Während Gower sich zwischen den Fahrrädern durchschlängelte, tänzelte der Mann hin und her wie ein Rugby-Fullback, der auf einen steil von oben kommenden Ball wartet. Gower schüttelte den Kopf schon, bevor er den Mann erreichte, und wiederholte seine Weigerung, als der Wechsler neben ihm herlief und die Wechselkurse für die, wie es schien, wichtigsten Weltwährungen herunterleierte. Nach und nach verflachte Gowers Ablehnung zu einem ähnlich monotonen Singsang. Schließlich gab der Mann auf. Er blieb stehen und schleuderte Gower leise, aber mit Nachdruck eine nur aus einem Wort bestehende Beschimpfung nach. Gower wünschte, er hätte sie sich gemerkt, um sie sich später von Nicholson übersetzen zu lassen. Als er schließlich die Spitze des Tempeldachs sah, dachte er, der taoistische Tempel müßte in der nächsten oder übernächsten Straße sein. Nur ein paar Minuten entfernt: Nur ein paar Minuten, und es ging los. Das Signal geben, die Nachricht auf dem Kohlehügel hinterlassen und in die Botschaft zurückkehren. Wo er in Sicherheit war. Sollte er Samuels bei seiner Rückkehr sagen, daß die Sache kurz vor dem Abschluß stand? Er war versucht, aber die Warnung, niemandem etwas unmittelbar Anstehendes zu erzählen, stach den Impuls aus. War es tatsächlich erst zwei Monate her, daß er die letzten, anspruchsvollen Sitzungen mit dem Mann mit den schmerzenden Füßen absolviert hatte, ständig begleitet von dem quälenden Wissen, wie ungeschickt und schlecht vorbereitet er eigentlich war? Erstreckte sich das Verbot, etwas zu verraten, auch auf die Zeit danach, *nach* der Operation? Gern hätte er nach seiner Rückkkehr nach London mit seinem Ausbilder über die Mission in Peking gesprochen, ihn wissen lassen, wie gut alles gegangen war. *Ging;* noch war es nicht vorbei. Aber fast.

Gower ging weiter, bahnte sich einen Weg durch das dichte Menschengedränge. Etwa zweihundert Meter hinter einem winzigen, nur aus zwei oder drei Ständen bestehenden Markt erreichte er eine Kreuzung mit einer etwas breiteren Straße. Er blieb stehen und sah erwartungsvoll nach links. Zwar konnte er jetzt wesentlich mehr von dem Dach mit den nach oben gebogenen Spitzen sehen, aber der Tempel selbst, der etwa dreihundert Meter weiter in der nächsten Seitenstraße lag, blieb weiter von anderen Gebäuden verdeckt.

Gower wartete auf eine Lücke im Verkehr, um die Straße überqueren zu können. In beiden Richtungen glitten Fahrräder an ihm vorbei, und wieder hatte er den Eindruck eines Stroms: als ginge er an einem schnellfließenden Fluß entlang, auf dem ab und zu ein deplaziertes Auto vorbeitrieb. Leute schoben und drängten, von hinten und von der Seite, so daß er ständig nach links oder rechts ausweichen mußte, um mit niemand zusammenzustoßen.

Als er die Straße erreichte, bog er abrupt und ohne Halt um die Ecke. Weiter der Flußmetaphorik verhaftet, drängte sich ihm der Vergleich mit einem Altwasser auf: es gab wesentlich weniger Menschen, wesentlich weniger Fahrräder und überhaupt keine Autos. Der einzige Stand war der, an dem die kümmerlichen Blumen für den Tempel verkauft wurden. Vier, rief er sich in Erinnerung: orange, auf der linken Seite der Opferablage am Tempel zu plazieren. Die Theatralik des Ganzen kam ihm plötzlich völlig absurd vor: Das glaubte ihm kein Mensch, falls er es jemals jemand erzählte. Trotz der Hitze war die Verkäuferin bis zur Formlosigkeit unter braunen und schwarzen Kleiderschichten verhüllt, ein Umhängetuch über einem Kittel über einem Kleid. Ihren Kopf bedeckte eine schwarze Kapuze, ihr Gesicht schien sich über dem zahnlosen Mund nach innen zu höhlen. Lächelnd deutete Gower auf die Blumen, die er wollte, und hielt sechs Finger hoch. Während die Frau sie herausnahm, holte er das ausländische Geld heraus und hielt es ihr hin, damit sie sich selbst bediente. Sie nahm das Geld, bevor sie ihm die kümmerlichen Blumen gab. Gower ging auf die Töpfe und Tröge zu, die mit mageren Opfergaben gefüllt waren.

Er sollte sie nicht erreichen.

Es begann mit einem Ruf: ein Alarm, keine Aufforderung stehenzubleiben. Es folgte sofort ein ähnlicher Ruf, wie eine Erwiderung. Dann ertönte eine Trillerpfeife, und Männer rannten auf ihn zu, nicht nur von der Hauptstraße her, sondern auch vom anderen Ende der Seitenstraße. Uniformen tauchten auf – blau, dann khaki –, und ein sehr dünner Mann, der ihn als erster erreichte, schlug nach ihm und traf ihn am Brustkorb. Wäre er nicht mit den Kniekehlen gegen einen der Tröge gestoßen und hintenüber gefallen, hätte der Schlag nicht ausgereicht, um ihn zu Fall zu bringen. Der erste Stoß in seinen Rücken rührte davon her, daß er gegen jemandes Knie fiel, aber der zweite Treffer, seitlich an seinem Gesicht, kam von einem gezielten Tritt. Alle schienen gleichzeitig zu schreien, und zu viele Leute versuchten ihn zu packen: Gower bekam noch ein paar weitere Tritte und zwei Faustschläge ab, bevor er sich vom Rücken auf Hände und Knie herumdrehen konnte, um sich aufzurichten. Bevor ihm das jedoch ganz gelang, wurde er von Händen gepackt und vom Boden hochgehoben.

Eine Stimme setzte sich gegen die anderen durch und brachte den Lärm nach und nach zum Verstummen. Der Trupp wich zurück und bildete einen engen und lückenlosen Kreis um ihn.

Die laute Stimme gehörte einem gedrungenen, halslosen Mann in einer khakifarbenen Uniform, an der Gower keine Rangabzeichen entdecken konnte.

»Spion!« Obwohl es inzwischen relativ still war, schrie der Mann immer noch, auf englisch.

»Ich gehöre zur britischen . . .«, setzte Gower an, aber ein unvermittelter Stoß in den Rücken raubte ihm den Atem, so daß er nicht zu Ende sprechen konnte.

»Spion!« brüllte der Mann noch einmal.

Wieder griffen Hände nach Gower. Er wurde vorwärts gestoßen und stolperte. Gleichzeitig hoffte er, seine Bemühungen, zu Atem zu kommen, möchten sich nicht wie ein Winseln anhören. Vor Anstrengung keuchend, hatte er den Kopf vornübergebeugt: die Signalblumen waren unter seinen Füßen zertrampelt. Ein fensterloser Transporter blockierte die Zufahrt zur Hauptstraße. Eine Menge Leute versuchten, ihn hineinzustoßen. Er fiel hin und schlug in voller Länge auf den Metallboden, rappelte sich aber wieder hoch, bevor er weitere Tritte bekam. Kaum hatte er sich auf eine der Metallbänke an den Seitenwänden gesetzt, fuhr der Wagen mit einem heftigen Ruck los.

Er blieb zusammengekrümmt sitzen, die Arme um den Körper geschlungen, das Gesicht verdeckt, damit sie nicht sehen konnten, wie fest er Augen und Mund zusammenpreßte, um nicht die Kontrolle über seine Blase zu verlieren. Nicht, betete er: bitte nicht, lieber Gott!

Es passierte trotzdem, aber es war nicht viel: nicht so viel, daß der nasse Fleck zu sehen gewesen wäre und ihnen verraten hätte, was für eine Angst er hatte.

Panische Verzweiflung trieb Fjodor Tudin persönlich nach Petrowka, obwohl er im Moment seines Eintreffens nicht wußte, warum die Miliz in Mitninskaja Ermittlungen angestellt hatte, nur, daß es etwas mit dem Jungen zu tun hatte: Sogar noch weniger wußte er, wie er sein persönliches Erscheinen erklären sollte. Deshalb unternahm er zuerst auch gar keinen Erklärungsversuch, sondern hoffte, aus der Reaktion des Milizbeamten ein paar Hinweise zu erhaschen. Mit Kapiza hatte er Glück: ein Mann der alten Schule, der nur die alten Methoden kannte.

»Ich dachte, sie würde selbst wieder vorbeikommen, nicht jemand anderer.« Der Zigarettenrauch war allgegenwärtig.

»Hat sie das gesagt?« Er mußte sich Wort für Wort vorantasten, wie jemand, der über einen zugefrorenen See geht und nicht weiß, wie dick das Eis ist.

»Nur, daß sie erst mal Zeit brauchte, um sich zu überlegen, wie wir weiter vorgehen sollen.«

Gut, aber nicht gut genug: nicht ganz. »Mehr nicht?«

Kapiza runzelte die Stirn. »Haben Sie denn nicht mit ihr darüber gesprochen?«

Tudin glaubte eine Möglichkeit zu sehen, obwohl sie verheerende Folgen haben konnte: andererseits stand er im Moment vor einer ganzen Reihe von Problemen, die verheerende Folgen nach sich ziehen konnten. »Ich bin sowohl im Auftrag des Geheimdiensts als auch General Fedowas hier. Wir müssen mit sehr viel Fingerspitzengefühl vorgehen, um dem Geheimdienst und General Fedowa jegliche Unannehmlichkeiten zu ersparen. Das werden Sie doch sicher verstehen.«

Der Ermittler blieb skeptisch. »Ich dachte, zwischen den beiden gäbe es praktisch keinen Unterschied.«

Tudin nickte. »Fürs erste, bis alles geklärt ist, muß dieses Treffen – dieses Gespräch – strikt unter uns bleiben.« Immer noch nicht gut genug, mußte er sich eingestehen.

Die Unschlüssigkeit war dem Polizisten nach wie vor anzusehen. »Es geht hier doch darum, ein Arrangement zu treffen, oder nicht? Wie sich diese Sache zu aller Zufriedenheit klären läßt?«

Es war wie ein Wegweiser, der vor ihm aufleuchtete. »Hat sie das gesagt?« fragte er auf gut Glück, seine Antwort auf die Haltung des Milizbeamten abstimmend.

»Nicht wörtlich: aber dem Sinn nach.«

Goldstaub, dachte Tudin ekstatisch: funkelnder, glitzernder, lebensrettender Goldstaub. »Daß Sie zu einem Arrangement kommen würden?« bohrte er weiter.

»Ja.« Noch ein hoffnungsvolles Lächeln. »Selbstverständlich wollen wir so weit wie möglich kooperieren. In vertretbaren Grenzen, versteht sich. Wir wollen auf jeden Fall eine strafrechtliche Verfolgung.«

Die will ich auch, dachte Tudin. »Dafür werden wir schon sorgen.« Er lächelte und beugte sich vor, von Mann zu Mann. »Es ist nur wichtig, daß wir uns dabei nicht in die Quere kommen. Wie hat sich denn General Fedowa dieses Arrangement vorgestellt?«

»Das hat sie nicht gesagt. Es war eigentlich der Junge, der als erster von einem Arrangement gesprochen hat. Und sie war mit dem Vorschlag einverstanden.«

Tudin vermutete, daß sich sein bereits gerötetes Gesicht vor Aufregung noch stärker verfärbte. Nie hätte er damit gerechnet, daß es so gut laufen würde: nie im Leben. Seine Stimme mühsam unter Kontrolle haltend, fragte er: »Was hat Eduard gesagt?«

Kapiza zuckte mit den Achseln, als wollte er sich von der Bemerkung distanzieren. »Anscheinend hat er mit der Stellung seiner Mutter beim KGB und beim neuen Geheimdienst angegeben: der Lubertsij-Familie gegenüber durchblicken lassen, daß er nichts zu befürchten hätte, falls es mal Probleme geben sollte.«

»Und dem hat sie nicht wiedersprochen?« O Gott! O lieber, wundervoller, lohnender Gott! Vorsicht. Immer schön auf dem Teppich bleiben. Sich bloß nicht zu sehr fortreißen lassen. Das war die Chance, die einmalige, unvorstellbare Chance, dieses Miststück nach Strich und Faden fertigzumachen, und er mußte sie bis zum Gehtnichtmehr ausnutzen.

Wieder zuckte der Polizist mit den Achseln. »Sie wollte erst mal in Ruhe nachdenken: wie sie die Sache am besten anpacken soll. Eduard war danach sehr aufgebracht. Ist es immer noch. Er dachte, er würde sofort freigelassen werden.«

Sollte er mit dem Jungen sprechen? Ihn vielleicht sogar dazu bringen, die Behauptung zu wiederholen, möglicherweise sogar in Form einer eidesstattlichen Erklärung mit den entsprechend verheerenden Folgen? Ja, entschied er. Schon jetzt lag wahrscheinlich genug vor, um eine interne Untersuchung über die Rechtmäßigkeit ihres Vorgehens einzuleiten, aber Tudin wollte mehr. Es gab eine Dienstvorschrift, daß ein Beamter bei Machtmißbrauch eines Kollegen bei seinem obersten Dienstherrn Anzeige erstatten mußte, und genau das war der Weg, den Tudin einschlagen wollte. Er würde Beweise beschaffen und sie unter vier Augen damit konfrontieren, sozusagen als Ankläger bei ihrem eigenen kleinen Prozeß auftreten. Geködert durch eine Zusicherung seiner Immunität, konnte Eduard zu einer Aussage gezwungen werden. Und dieser abstoßende, aschenfleckige Mann würde schnell schalten, auf wessen Seite er sich zu schlagen hätte. Die Sache mußte mit sehr viel Fingerspitzengefühl angegangen werden, aber er wußte, er würde es schaffen. Er konnte sie fertigmachen, entschied Tudin triumphierend: total fertig. »Sie haben mir sehr geholfen.«

»Was sollen wir jetzt weiter tun?« fragte Kapiza.

»Lassen Sie uns noch ein bißchen mehr Zeit. Und denken Sie daran: Kein Wort über dieses Treffen. Sie braucht nicht zu wissen, wie sehr uns diese Angelegenheit beschäftigt. Wieviel uns daran liegt, sie zu schützen.«

An diesem Abend betrank sich Tudin sehr stark.

32

Im Transporter fuhren nur zwei Männer mit. Einer war der untersetzte Beamte, der die Operation offenbar geleitet hatte. Der andere war in Zivil, ein dünner, knochiger Mann in einem schwarzen Anzug, der beim Reden viel gestikulierte. Die beiden unterhielten sich ausgiebig. Gower konnte zwar nicht verstehen, was sie sprachen, aber aus dem unterwürfigen Verhalten des uniformierten Beamten schloß er, daß er einen niedrigeren Rang hatte als der Mann in Zivil.

Wegen der langen Fahrt nahm Gower an, daß er aus der Stadt gebracht wurde. Er war froh über die Zeit und nutzte sie, um sich wieder in den Griff zu bekommen. Die Angst nagte weiter an ihm, aber sie wurde schwächer: Jedenfalls hatte er sich von der anfänglichen Panik erholt, deren Auswirkungen sich auf dem kalten Metallsitz noch immer unangenehm bemerkbar machten. Er hoffte, es möchte kein Feuchtigkeitsfleck zu sehen sein, wenn er aufstand.

Er mußte nachdenken! Mußte sich darüber klarwerden, was passiert war – was *passierte* –, und entscheiden, wie er sich verhalten sollte. Vergiß die Verhörwiderstandstechniken nicht! Denk nach! *Immer nehmen, nie geben*, erinnerte er sich. Vorläufig also nur das Allernötigste sagen. Mit genau dem Nachdruck protestieren, wie es sich für einen unschuldig festgenommenen Diplomaten gehörte: ansonsten abwarten, was sie ihm vorwarfen. Was konnten sie ihm schon zur Last legen? Im Moment war das noch schwer zu sagen. Er mußte davon ausgehen, daß Jeremy Snow verhaftet worden war – und gestanden hatte, wofür sie den taoistischen Tempel benutzten. Allerdings konnte ihn Snow nicht identifiziert haben, weil er weder seinen Namen kannte noch wußte, wie er aussah! Demnach gab es nichts, was ihn persönlich belastete. Es konnte gar nichts geben. Einfach alles leugnen. Vor allem, daß er einen Geistlichen namens Jeremy Snow kannte. Das hatte nichts mit Feigheit zu tun. Oder daß er den Mann im Stich ließ. Das gebot schlicht und einfach der gesunde Menschenverstand. Snow war immer wieder aufgefordert worden, sich abzusetzen. Und hatte sich geweigert. Aus purer Arroganz. Er war selbst an allem schuld. Jetzt ging es nur noch um größtmögliche Schadensbegrenzung. Verhörwiderstand. Ganz wichtig, daß sie ihn mit nichts in Verbindung bringen, seine Anbindung an die Botschaft nicht in Frage stellen konnten. *Ein guter Lügner erzählt die wenigsten Lügen*. Wichtig, sich daran zu erinnern. Wichtig, sich an alles zu erinnern. Er war in einer schwierigen Lage, aber das war alles, was sie war, schwierig. Nicht aussichtslos. Vielleicht konnte er sich sogar daraus befreien. Er war froh über die lange Fahrt, die ihm Zeit zum Nachdenken ließ. Keine Panik mehr: nur ein angebrachtes Maß an Besorgnis – und Wachsamkeit –, aber keine Panik. Lächerlich, sich zu bepissen. Aber das würde nie jemand erfahren. Protestiere wie ein unschuldig festgehaltener Diplomat, dachte er wieder. Dafür wurde es jetzt langsam Zeit: länger zu warten könnte als Eingeständnis seiner Schuld ausgelegt werden.

Gower wandte sich an den Beamten, der wenigstens etwas Englisch sprach: »Ich verlange eine Erklärung für diese gesetzwidrige Festnahme. Ich bin akkreditierter britischer Diplomat, dem nach der Wiener Konvention in Ihrem Land Schutz garantiert ist.«

Es war der Mann in Zivil, der antwortete: »Seien Sie still. Sie sind ein Spion.« Seine Stimme war extrem leise, kaum zu verstehen: nur ein Zischen.

»Diese Anschuldigung ist vollkommen absurd!«

»Still.« Der Mann machte eine abwiegelnde Handbewegung.

»Ich verlange, daß die Botschaft von meiner Verhaftung in Kenntnis gesetzt wird.«

Ohne Gower irgendwelche Beachtung zu schenken, sagte der Mann in Zivil etwas zu dem uniformierten Beamten. Der zuckte mit den Achseln, sah erst Gower an, dann den anderen Mann und zuckte noch einmal mit den Achseln.

Genug, dachte Gower: Jetzt reicht's. Er fragte sich, wie lange die Fahrt noch dauern würde. Wie es schien, waren sie schon fast eine Stunde unterwegs. Er hätte auf die Zeit achten sollen, als sie losgefahren waren. Aber da hatte er noch zuviel Angst gehabt: hatte nicht richtig nachgedacht. Inzwischen hatte er sich wieder gefangen. Er würde sich schon rausboxen: Das schaffte er bestimmt.

Weil er erst später auf die Uhr gesehen hatte, wußte Gower, daß weitere fünfzehn Minuten verstrichen waren, bevor sie anhielten. Gower stieg aus. Er befand sich auf einem, wie es schien, riesigen Gelände mit ein- und zweistöckigen Baracken. In unmittelbarer Nähe stand eine

Gruppe größerer Gebäude, die vermutlich den Mittelpunkt des Lagers bildeten. Aus einem Transporter, der ihnen offensichtlich aus der Stadt gefolgt war, drängten Soldaten. Zwischen den Gebäuden waren andere Männer in allen möglichen Uniformen unterwegs. Zwischen zwei Baracken hindurch konnte Gower eine Gruppe Männer beim Drill sehen.

Der Mann im schwarzen Anzug führte Gower in das Gebäude, vor dem sie angehalten hatten. Sie gingen einen von geschlossenen Türen gesäumten Gang hinunter, der sich über die ganze Länge des Gebäudes erstreckte. Es war vollkommen still, und sie begegneten keinem Menschen. Ihre Sohlen quietschten auf dem Gummiboden. Die Wände waren gelb und schmutzig. Ohne zu klopfen oder sonst ein Zeichen zu geben, öffnete der Mann in Zivil eine Tür am Ende des Flurs. Ein Chinese saß an einem Tisch und wartete. Der Mann trug eine Brille und hatte einen bis zum Hals zugeknöpften Kittel an. Er wirkte sehr jung: jünger als er, fand Gower. Erst beim Eintreten sah er, daß an einem Tisch auf der Seite zwei weitere Chinesen saßen. Auf dem Tisch standen verschiedene Aufnahmegeräte, und beide Männer hatten aufgeschlagene Notizhefte vor sich liegen.

Der Mann, der im Transporter mitgefahren war, deutete auf einen Stuhl direkt gegenüber von dem bereits sitzenden Mann. Gower zögerte, unschlüssig, ob er gehorchen oder noch einmal protestieren sollte. Schließlich nahm er doch Platz. Es war kein verräterischer Feuchtigkeitsfleck zu sehen: Er hatte ganz vergessen, sich beim Aussteigen aus dem Transporter zu vergewissern, ob er auf dem Metallsitz eine Spur hinterlassen hatte.

»Sie werden uns jetzt Ihren Namen nennen«, erklärte der Mann mit dem offenen Gesicht, der am Tisch saß. »Ich bin Chen Hongqi. Sie werden mich kennenlernen.« Sein Englisch war besser als das des Begleiters im Wagen.

»Ich bin akkreditierter britischer Diplomat an der Botschaft Ihrer Majestät in Peking. Ich verlange sofortigen Zugang zu meiner Botschaft. Und eine Erklärung für diese Ungeheuerlichkeit!«

»Name.« Praktisch im Konversationston.

»Ich bin durch kein für diese Situation zutreffendes Protokoll verpflichtet, Ihnen meinen Namen zu nennen.«

»Name«, ließ der junge Mann nicht locker.

Sie konnten ihm den Zugang zur britischen Botschaft nicht verwehren, dachte Gower. Allerdings brauchten sie einen Namen, wenn sie sich mit ihr in Verbindung setzten. »John Gower«, sagte er schließlich. Den Botschafter und den Leiter der politischen Abteilung würde der Schlag treffen, wenn sie das hörten. Beide würden darin *genau* die Sorte Probleme sehen, die sie unbedingt hatten vermeiden wollen.

»Was ist der Grund Ihres Aufenthalts in Peking?«

»Ich verlange, mich sofort mit meiner Botschaft in Verbindung setzen zu dürfen!«

»Stülpen Sie alle Ihre Taschen nach außen!«

»Nein!«

Ein Seufzen. »Wir gestatten Ihnen, Ihre Taschen selbst nach außen zu kehren. Oder Sie werden gewaltsam durchsucht.«

»Sie haben kein Recht, mir irgendeine Form von körperlicher Gewalt oder Freiheitsberaubung anzudrohen.«

»Leeren Sie Ihre Taschen.« Der Ton war jetzt nicht mehr beiläufig freundlich, sondern geringschätzig, voller Überdruß, sich mit so etwas herumschlagen zu müssen.

Der Mann, der im Wagen mitgefahren war, stand neben den Schreibern. Er trat wie in Erwartung eines Befehls vor. Erst jetzt merkte Gower, daß der gedrungene Mann in der Khakiuniform nicht mitgekommen war. *Nehmen, nicht geben.* Aber warum eigentlich nicht? Er hatte nichts Belastendes einstecken: nichts, aus dem ihm ein Strick gedreht werden konnte. In aller Ruhe – er ließ sich absichtlich Zeit –, begann er den Inhalt seiner Taschen auf dem Tisch auszubreiten. Für einen Moment flammte Wut in ihm auf, als der Mann seine Brieftasche aufschlug und eine Weile neugierig Marcias Foto betrachtete. Die beschriebene Karte, die er für Jeremy Snow unter die Löwenfigur hatte stecken wollen, war das letzte, was er auf den Tisch legte.

Als sich der Mann im schwarzen Anzug neben den anderen Chinesen stellte, um sich die Sachen wortlos mit ihm anzusehen, fragte sich Gower plötzlich, ob er wohl der argwöhnische Mr. Li war, der von Snow die Fotos haben wollte. Besonders lange beschäftigten sich die beiden Männer mit dem Stadtplan von Peking: Chen hielt ihn mit ausgestreckten Armen gegen das Licht, um nach Markierungen Ausschau zu halten. Aus ihrem aufs äußerste reduzierten Mienenspiel ließen sich keinerlei Rückschlüsse ziehen, aber gegen Ende der Inspizierung gab Chen ein Brummen von sich, aus dem Gower schloß, daß die beiden tief enttäuscht waren. Nach einem Stakkatowortwechsel auf chinesisch nahm Chen den Zettel und wandte sich wieder Gower zu: »Was ist das?«

»Die Adresse der britischen Botschaft in Peking.« Und für dich ohne jede Bedeutung, dachte Gower.

»Warum?«

»Ich kenne mich in der Stadt nicht aus: Deshalb habe ich für den Fall, daß ich mich verlaufen sollte, die Adresse eingesteckt.« Eine Erklärung, an der es nichts zu bemängeln gab.

»Sie haben Blumen gekauft, beim Tempel?«

Vorsichtig, dachte Gower: ganz, ganz vorsichtig. Das einzige, was ihn in Schwierigkeiten bringen konnte. »Ja.«

»Warum?«

Von der Ausrede, die er jetzt vorbrachte, durfte er nicht mehr abweichen. »Für mein Zimmer, in der Botschaft.«

»Sie sind zu dem Tempel gegangen, an dem Blumen niedergelegt werden.«

»Weil er mich interessiert hat. Ich wollte mir den Tempel ansehen.«

»Sie wollten die Blumen dort hinlegen.«

»Unsinn! Ich habe Ihnen doch gesagt, warum ich sie gekauft habe.« Sie hatten ihn zu früh festgenommen, wurde Gower plötzlich klar: nur Minuten oder Sekunden zu früh! Hätten sie nur einen Augenblick länger gewartet, hätte er die Blumen vor den Tempel gelegt und ihnen jetzt keine Erklärung dafür geben können.

»Sie wollten ein Signal geben«, ließ Chen nicht locker. »Sie sind an konterrevolutionären Aktionen beteiligt.«

»Das ist doch lächerlich!« entgegnete Gower. Wann würden sie konkrete Vorwürfe gegen ihn erheben, möglicherweise sogar in Zusammenhang mit Jeremy Snow?

»Unsere Gerichte lassen bei geständigen Konterrevolutionären Milde walten.«

»Es gibt nichts, was ich zu gestehen hätte«, entgegnete Gower. »Ich verlange, auf der Stelle freigelassen zu werden. Meine Botschaft wird bei Ihrem Außenministerium aufs schärfste protestieren.«

»Warum sind Sie nach Peking gekommen?«

Es war vollkommen unbedenklich, wenn er an seiner Standardlüge festhielt. »Um die Botschaftseinrichtungen für britische Diplomaten und Botschaftsangehörige zu inspizieren.«

»Das ist nicht wahr.«

»Die Botschaft wird es Ihnen bestätigen.«

»Sagen Sie uns, warum Sie wirklich hier sind.«

»Das habe ich gerade getan.« Wenn Sie etwas Besseres hatten, irgendwelche konkreten Beweise, dann wären sie inzwischen damit angekommen!

»Geben Sie zu, warum Sie hier sind!«

Gower weigerte sich zu sprechen.

»Antworten Sie!« Chens Stimme wurde lauter.

Pure Verzweiflung, dachte Gower. Sollte er es auf eine offene Konfrontation ankommen lassen? Möglicherweise verhalf ihm das zu einem Hinweis, ob sie wirklich etwas gegen ihn in den Händen hatten. »Obwohl ich aufgrund meines diplomatischen Status dazu nicht verpflichtet bin, habe ich Ihre Fragen beantwortet. Das habe ich getan, um zu zeigen, daß ich durchaus bereit bin, an der Aufklärung dieser Angelegenheit, bei der es sich offensichtlich um ein Mißverständnis handelt, mitzuwirken. Aber damit ist jetzt Schluß. Ich verlange, mit meiner Botschaft sprechen zu dürfen.«

»Wir wissen, was Sie seit Ihrer Ankunft in Peking getan haben«, sagte der Chinese. »Und wir wissen auch, *warum* Sie es getan haben. Was Sie damit bezwecken wollten.«

Bluff, dachte Gower. Sie hatten ihn aus Versehen zu früh festgenommen. Jetzt konnten sie ihm nur noch den Prozeß machen, wenn er ein Geständnis ablegte. In dem Bemühen, den Eindruck selbstbewußter Unbekümmertheit zu erwecken, machte er es sich, so gut es ging, auf dem harten Holzstuhl bequem.

Der Mann im schwarzen Anzug, der inzwischen wieder an seinen Platz an der Wand zurückgekehrt war, sagte etwas. Chens Erwiderung war scharf und gereizt. Zu Gower sagte er: »Ziehen Sie sich aus.«

»Wie bitte?«

»Ziehen Sie sich aus.«

»Kommt überhaupt nicht in Frage!«

Chen seufzte. »Tun Sie es selbst. Sonst machen wir es.«

Das war eine gängige Verhörmethode, wußte Gower. Sie diente dem Zweck, den Verhörten durch seine Nacktheit zu demütigen. Aber das hatte er bei der Ausbildung geübt: wußte, wie man sich gegen das peinliche Gefühl wappnete. Deshalb mußte er Widerstreben vortäuschen, als er aufstand. Seine einzige Sorge war, in seiner Unterhose könnte ein gelber Fleck sein. Es war nicht viel. Er hielt die Hände vor seinen Unterleib und wartete, daß das Verhör weiterginge. Statt dessen nahm einer der zwei Männer ein Bündel, das Gower bis dahin nicht bemerkt hatte, von einem Stuhl und brachte es ihm. Gower starrte die Hose und das Oberteil an. Die beiden Kleidungsstücke waren weiß-blau gestreift: Sie waren so steif, daß er zuerst dachte, sie wären aus Leinwand, doch dann stieg ihm intensiver Schweißgeruch in die Nase, und ihm wurde klar, daß die Sachen Monate, vielleicht sogar Jahre von anderen Gefangenen getragen worden waren, ohne je gewaschen worden zu sein. »Das ziehe ich nicht an!«

Mit einem teilnahmslosen Achselzucken ging Chen zur Tür, um zwei Wachsoldaten hereinzulassen.

»Ich möchte, daß meine Botschaft in Kenntnis gesetzt wird!« versuchte es Gower noch einmal.

Der Mann machte eine wegwerfende Handbewegung. Die Wachsoldaten stellten sich um Gower auf. Da er keine Wahl hatte, ließ er sich – immer noch nackt – abführen. Nicht weit von der Tür, durch die er ursprünglich gekommen war, wurde er über eine hallende Steintreppe zu einem unterirdischen Zellenblock hinuntergeführt. Auf beiden Seiten waren massive Metalltüren. Wie schon in dem Korridor darüber drang hinter keiner ein Laut hervor.

Gower wurde auf die mittlere Zelle zubugsiert, aber auf der Schwelle blieb er abrupt stehen, so überwältigend war der Gestank, der ihm entgegenschlug. An der linken Wand befand sich eine Betonpritsche. Kopfkissen gab es keines, nur eine dünne Decke. An der Rückwand stand ein kleiner Tisch mit einem Hocker davor. Der widerliche Gestank kam aus einem Loch in der Ecke schräg gegenüber von der Pritsche, Ausdünstungen eines nie geleerten Abtritts, so schlimm, daß Gower fürchtete, sich jeden Augenblick übergeben zu müssen. Er konnte es aber gerade noch verhindern und schluckte die Galle hinunter. Gleichzeitig merkte er, daß der schwarze Rand um das Loch, den er für eingetrocknete Exkremente gehalten hatte, in Wirklichkeit ein Schwarm Fliegen war. Er bekam einen Stoß in den Rükken, und jemand warf ihm die schweißgetränkte Gefängniskluft hinterher.

Gower bewegte sich auf die Betonpritsche zu. Die Arme wieder fest um seinen Oberkörper geschlungen, kämpfte er gegen den Ekel an. Trotzdem dauerte es lange, bis er sicher war, daß ihm nicht mehr übel würde. Wenn die Botschaft mit dem entsprechenden Nachdruck protestierte, konnte er dieses Drecksloch bis zum Abend wieder verlassen. Er hoffte inständig, daß er das könnte. Die Nacht hier zu verbringen, konnte er sich nicht vorstellen. Und zu schlafen schon gar nicht. Macht schnell, dachte er, mein Gott, macht bloß schnell!

Er hatte schon ein paar Stunden mit wachsender Verzweiflung auf der steinharten Kante gehockt, bevor er sich damit abfand, daß man ihn nicht befreien würde, weil die

Botschaft nicht über seine Festnahme informiert worden war.

Es war feucht und bitterkalt. Zuerst versuchte er sich nur mit der Decke zu wärmen, aber die Bewegungen der Lebewesen, die darin hausten, ließen ihn zurückzucken. Schließlich begann er jedoch so heftig zu zittern, daß er gezwungen war, den Sträflingsanzug anzuziehen. Er war ihm viel zu klein. Das Oberteil saß eng wie eine Zwangsjacke.

Ob sie sich in der Botschaft beeilen würden, ihn zu finden, sobald er vermißt wurde? Das war die normale Reaktion, wenn jemand von der Botschaft verschwand. Aber er wurde nicht als normaler Botschaftsangehöriger angesehen, zumindest nicht vom Botschafter, der in ihm nur einen Störenfried sah und ihn nach diesem Vorfall als eine regelrechte Belastung betrachten würde.

Es gab keine Garantie, daß sie schnell etwas unternahmen. Gower zitterte immer noch, aber nicht nur wegen der Kälte.

33

Es war der aufmerksame Ian Nicholson, der Alarm schlug, obwohl noch gar kein richtiger Anlaß bestand. Zuerst dachte sich Nicholson nichts weiter dabei: nur, daß sich ein vorübergehend in der Botschaft beschäftigter Kollege vom Foreign Office in der fremden Stadt verirrt hatte und, weil er weder Sprache noch Schrift beherrschte, niemand nach dem Weg fragen konnte. Anfangs war sich Nicholson nicht einmal sicher, ob er Gowers Fehlen überhaupt melden sollte, und nachdem er sich schließlich dazu durchgerungen hatte, war er unschlüssig, wem er es sagen sollte, weil so etwas bisher noch nie vorgekommen war. Schließlich fiel seine Wahl auf Alan Rossiter, den Chef des Sicherheitsdiensts der Botschaft, der, aus denselben Gründen, genauso unsicher war wie Nicholson. Es war bereits später Nachmittag, kurz bevor die Botschaft geschlossen wurde, als sich Rossiter schließlich an Peter Samuels wandte, bei dem sofort alle Zeichen auf Alarm standen.

Samuels sagte Nicholson und dem Sicherheitschef, sie sollten sich für eine Besprechung mit dem Botschafter verfügbar halten. Aus demselben Grund behielt Samuels auch den Rechtsbeauftragten der Botschaft, Patrick Plowright, ein, allerdings ohne Nennung eines Grundes.

»Das könnte genau das sein, was wir schon die ganze Zeit befürchtet haben«, konstatierte Railton, nachdem ihn der Leiter der politischen Abteilung über Gowers Fehlen in Kenntnis gesetzt hatte. Der Botschafter war nicht an seinem Schreibtisch, sondern ging nervös vor dem Kamin und dem größten der Wandteppiche auf und ab, wobei er allerdings nie mehr als vier oder fünf Schritte in einer Richtung machte.

»Im Moment wissen wir noch nicht, ob es überhaupt etwas Ernstes ist«, warnte der Leiter der politischen Abteilung. »Anscheinend hat er Nicholson gegenüber geäußert, daß er bis Mittag wieder zurücksein wollte. Bisher ist er allerdings nicht aufgetaucht.«

Überflüssigerweise sah Railton auf seine Uhr. »Er ist also sechs Stunden überfällig?«

»Falls ihm tatsächlich etwas zugestoßen ist«, sagte Samuels, um den Botschafter zu beruhigen. »Es ließen sich ein Dutzend Gründe für sein Ausbleiben anführen. Wir wissen es einfach nicht: können es nicht wissen.«

»Typisch!« schimpfte Railton. »Diese verfluchten Geheimdienste mit ihrer blöden Geheimnistuerei! Sie haben vollkommen recht: Wir wissen nicht, was der Mann vorhatte. Folglich können wir auch noch keine Entgegnung formulieren!«

»Dazu sind wir ja auch noch gar nicht aufgefordert worden.«

»Was haben Sie bisher unternommen?«

»Rossiter und Nicholson gesagt, Sie sollen sich bereit halten. Und Plowright auch.«

Railton nickte zustimmend. »Sehr gut. Das Ganze auf

einen möglichst kleinen Personenkreis beschränken. London sollten wir allerdings informieren.«

»Finden Sie? Und was sollen wir ihnen sagen? Gower hat nichts ins Log eingetragen, wann er zurückkommen wollte, nur beiläufig erwähnt, wann er zurücksein wollte.«

Railton hörte auf, hin und her zu gehen. »Hol doch der Teufel diesen Mann und alles, wofür er steht! Das könnte schlimm werden: verheerend.«

»Ich finde nicht, daß wir den anderen sagen sollten, was Gowers offizielle Funktion war«, warnte Samuels. »Zumindest nicht, solange uns nicht Offizielles von der chinesischen Regierung vorliegt. Und wenn das der Fall ist, erfahren sie es ohnehin. Deshalb schlage ich fürs erste vor, nichts zu überstürzen, weder in der Botschaft noch bei den chinesischen Behörden.«

Railton nickte wieder. »Ganz recht: nichts überstürzen. Wir halten uns nur in Bereitschaft. Rufen Sie die anderen.«

Bis sich alle eingefunden hatten, Nicholson sichtlich nervös, hatte sich Railton wieder hinter seinem imposanten Schreibtisch in Pose gesetzt und zeigte keine Spuren seiner früheren Erregung mehr. Er bedeutete ihnen, sich selbst einen Stuhl zu nehmen, und vermittelte in allem den Eindruck, als handelte es sich um ein zwangloses Gespräch und nicht eine dringende Angelegenheit. Er lächelte Nicholson an, was dessen Unsicherheit noch verstärkte, und sagte: »Also, was ist hier nun eigentlich los?«

»Ich bin nicht sicher, Sir«, antwortete der Schotte, sofort verunsichert. »Vielleicht habe ich überstürzt reagiert. Es tut mir leid . . .«

»Besser irgendeine Reaktion als gar keine«, beruhigte ihn der Botschafter. »Ich möchte mir lediglich noch einmal aus erster Hand ein Bild von der Situation machen. Also, was hat dieser Gower genau gesagt, wann er zurückkommen wollte?«

»Er hat ein paarmal mit uns gegessen: Jane soll ihm ein Kleid kaufen, das er seiner Verlobten mitbringen will. Gestern abend beim Essen hat er gesagt, er wolle in die Stadt gehen, aber zum Mittagessen wieder zurücksein. Wir wollten gemeinsam in der Kantine essen.«

»Eine *feste* Verabredung also?« hakte Railton nach.

»So habe ich es zumindest aufgefaßt.«

»Hat er sonst noch was gesagt?« schaltete sich Samuels ein.

Nicholson dachte nach, bevor er antwortete. »Nichts, was sich auf heute bezog.« Er zuckte mit den Achseln. »Er hat nur angedeutet, daß er damit rechnet, bald nach Hause zu fahren.«

Darauf trat eine Weile Schweigen ein.

»Er wollte *sicher* bis Mittag zurück sein?« fragte Samuels schließlich.

»Das hat er gesagt.« Wegen der ständig wiederholten Fragen runzelte Nicholson die Stirn.

»Und daß er in Kürze nach Hause fahren würde?« kam das Echo vom Botschafter.

»Ja.«

Die Hände des Botschafters bewegten sich auf dem Tisch herum, als wollte er sie unbedingt beschäftigen. »Hat er gesagt, *wohin* er wollte?«

Nicholson schüttelte den Kopf. »Nur in die Stadt.«

Um an seine Anwesenheit zu erinnern, räusperte sich Rossiter geräuschvoll. »Für einen Neuling ist es nicht gerade einfach, sich in Peking zurechtzufinden. Vielleicht hat er sich verlaufen. Höchstwahrscheinlich taucht er jeden Augenblick wieder auf.« Rossiter sah ganz wie der Militärpolizist aus, der er einmal gewesen war. Sogar im Sitzen hatte er Habtachtstellung eingenommen. Alle drei Köpfe seines Jacketts waren zu, das Haar so kurz geschoren, daß sein Kopf fast kahl wirkte.

»Vorläufig messe ich der Sache noch keinerlei Bedeutung bei«, erklärte Railton. »Dafür besteht bisher keinerlei Grund oder Anlaß.«

»Könnten wir dem vielleicht noch etwas näher nachgehen?« schaltete sich Plowright rasch ein. Der Anwalt war auffallend klein, praktisch ein Zwerg. Es war das peinliche Fehlen von Statur gewesen, das ihn in den diplomatischen

Dienst verschlagen hatte, anstatt vor Gericht, wo er eine lächerliche Figur abgegeben hätte. Plowright war immer im schwarzen Jackett und in der gestreiften Hose seines Standes: Wenn er sich vorstellte, vergaß er nie den Londoner Juristenverband zu erwähnen, durch den er seine Zulassung erhalten hatte, als fühlte er sich zu beweisen genötigt, daß er auch tatsächlich zugelassener Anwalt war.

»Was meinen Sie mit ›dem noch näher nachgehen‹?« fragte Samuels.

»Dieser Gower ist doch hier, um eine Inspektion der Botschaftseinrichtungen vorzunehmen?«

»Ja«, bestätigte Samuels.

Wieder Schweigen.

»Ist er das wirklich?« wollte der Leiter der Rechtsabteilung schließlich wissen.

»Ich weiß nicht, wie ich das auffassen soll?« fragte der Botschafter ausweichend.

Plowright mußte immer wieder feststellen, daß ihn die Leute wegen seiner Kleinwüchsigkeit generell unterschätzten. Das ärgerte ihn. Er seufzte. »Die naheliegendste Erklärung für Gowers Verschwinden ist, daß er sich verlaufen hat: daß er jeden Augenblick wiederauftaucht, was wir natürlich alle sehr hoffen. Sollte er das aber nicht tun . . .« Plowright hielt inne, um sich eine geschliffene juristische Wendung zurechtzulegen. ». . . und sollte sich aufgrund einer unglücklichen Verquickung von Umständen ein Probelm ergeben, dessentwegen ich offiziell aktiv werden müßte, muß ich über die *wahren* Hintergründe Bescheid wissen. Und zwar in vollem Umfang.« Er sah rasch zwischen dem Botschafter und dem Leiter der politischen Abteilung hin und her und wartete, welcher von beiden antworten würde.

»Ich bin nicht sicher . . .«, hob Samuels an.

». . . Ich glaube, daß jeder der hier Anwesenden sehr wohl weiß, was Sache ist«, fiel ihm Plowright ins Wort. »Es ist mir bisher weder in dieser noch in irgendeiner anderen Botschaft, in der ich tätig war, zu Ohren gekommen, daß ein Inspektionsbeamter Tausende von Meilen unterwegs ist, um eine Inspektion der Botschaftseinrichtungen durchzuführen, die von jedem Botschaftssekretär vermutlich in einem halben Tag, und das auch noch effektiver, vorgenommen werden könnte.«

Samuels zeigte keine Reaktion, aber der Botschafter rutschte unbehaglich auf seinem Stuhl hin und her. Ganz der Diplomat, der sich im Gestrüpp diplomatischer Doppeldeutigkeit eingenistet hat, entgegnete Railton: »Mir wurde aus London mitgeteilt, John Gower sei Inspektionsbeamter. Als solcher ist er auch akkreditiert.«

»Demnach können Sie sich, außer daß er sich verirrt hat, keinen Grund denken, warum er noch nicht in die Botschaft zurückgekehrt ist?«

»Nein«, sagte Railton, nicht sehr überzeugend.

»Es gibt noch andere Erklärungsmöglichkeiten, außer daß er sich verirrt hat«, flocht der Sicherheitsbeamte ein. »Er könnte plötzlich krank geworden und in ein Krankenhaus eingeliefert worden sein. Oder er könnte in einen Unfall verwickelt und ebenfalls ins Krankenhaus gebracht worden sein.«

»Das sind Möglichkeiten«, pflichtete ihm Samuels bei. Allerdings klang auch er nicht sehr überzeugt. »Allerdings hätte ich in beiden Fällen mit einer offiziellen Benachrichtigung gerechnet. Selbst wenn er nicht bei Bewußtsein oder aus sonst einem Grund nicht mitteilungsfähig gewesen sein sollte, müßte er Papiere bei sich gehabt haben, die ihn als britischen Staatsbürger ausweisen.«

»Könnten wir nicht, für alle Fälle, bei den naheliegendsten Stellen – Krankenhäusern und Polizeistationen – anfragen?« schlug Nicholson, ohne irgendwelche Hintergedanken, vor. »Wir können doch nicht einfach herumsitzen und warten, bis er vielleicht mal auftaucht?«

»Nein!« sagte Samuels scharf. »Ich glaube nicht, daß wir uns im Moment schon an irgendwelche Stellen außerhalb der Botschaft wenden sollten.«

»Es könnte ihm etwas zugestoßen sein!« ließ Nicholson nicht locker.

»Nein!« entschied Railton. »Wir warten.«

»Wie lange?« wollte Rossiter wissen.

Railton wandte sich ratsuchend an den Leiter der politischen Abteilung. Als Samuels nichts sagte, erklärte der Botschafter: »Morgen. Warten wir erst mal vierundzwanzig Stunden ab. Wenn er bis dahin nicht aufgetaucht ist, stellen wir Nachforschungen an.« Er sah alle der Reihe nach an. »In der Zwischenzeit möchte ich nicht, daß in der Botschaft darüber gesprochen wird: Hier geraten schnell die absonderlichsten Gerüchte in Umlauf. Bis auf weiteres bleibt das Ganze strikt unter uns. Und das ist eine offizielle Anweisung. Verstanden?«

Von den im Raum versammelten Männern kamen die entsprechenden Kopfbewegungen und Laute der Zustimmung.

»Selbstverständlich möchte ich, daß Sie sich alle bereit halten ...« Railton deutete mit dem Kopf auf den Leiter der politischen Abteilung. »Möglicherweise werden Peter und ich Sie noch mal zu einer Besprechung bitten, je nachdem, was weiter passiert, morgen ...« Der Botschafter sah zwischen Nicholson und Rossiter hin und her. »Des weiteren möchte ich, daß Sie seine Unterkunft im Auge behalten und mich, ganz gleich wann, unverzüglich informieren, wenn er zurückkommt.«

Samuels blieb, als die anderen gingen. Noch einmal die wesentlichen Punkte zusammenfassend, sagte er: »*Sicher* zum Mittagessen zurück. Und daß er bald nach Hause fahren wollte.«

»Ich kam mir wie ein Vollidiot vor«, klagte Railton. »Und was hat sich dieser Gnom von einem Anwalt eigentlich dabei gedacht?«

»Kam sich wahrscheinlich besonders schlau vor«, meinte Samuels.

Railton rang sich widerstrebend zu einem Entschluß durch. »Ich glaube, wir sollten London informieren. Wenn es sich als blinder Alarm entpuppt, haben wir eben Pech gehabt. Aber ich möchte nicht, daß das Foreign Office und der Außenminister nicht vorgewarnt sind, falls es *kein* blinder Alarm ist. Sie müssen, so gut es geht, vorbereitet sein. Von Gowers Leuten über sämtliche Hintergründe aufgeklärt werden – was ich übrigens auch gern würde.«

Samuels nickte. »Soll ich unsere Besorgnis zum Ausdruck bringen? Oder bloß eine Meldung schicken?«

Railton blieb eine Weile mit gesenktem Kopf an seinem Schreibtisch. »Bringen Sie unsere Besorgnis zum Ausdruck«, sagte er schließlich und sah auf. »Eine normale Meldung liegt vielleicht tagelang herum, bevor sie weitergeleitet wird. Wenn wir unsere Besorgnis äußern, kriegen wir auch eine Reaktion: Lassen Sie die Meldung an die richtigen Stellen schicken.« Nach einer Pause fügte der Botschafter hinzu: »Ich weiß es einfach. Das wird sehr unerfreulich. Eine Katastrophe.«

»Ich glaube, Sie haben recht«, sagte Samuels an der Tür. »Ich glaube, Gower wurde verhaftet. Weiß Gott, was das noch nach sich ziehen wird.«

Der Wortlaut des Telegramms hatte zur Folge, daß es von Whitehall unverzüglich ans andere Themseufer in die Westminster Bridge Road weitergeleitet wurde: Peter Miller wurde schon im voraus telefonisch über sein Eintreffen in Kenntnis gesetzt, so daß Patricia Elder bereits bei ihm war, als es ankam.

»Keinerlei offizieller Protest«, bemerkte Patricia Elder. »Was sicher die Folge wäre, wenn er gestanden hätte.«

»Wir können nicht abschätzen, wie massiv er verhört wird«, sagte Miller. »Aber wir müssen dem, so gut es geht, entgegensteuern. Dazu gibt es nur eine Möglichkeit: Wir müssen aufs schärfste protestieren, damit sie sich bei seiner Vernehmung vielleicht etwas zurückhalten. Ich werde das Foreign Office persönlich instruieren. Gowers Tarnung ist lückenlos. Die offizielle Version lautet also, er ist ein unschuldiger Diplomat, der irrtümlicherweise festgehalten wird.«

»Es gibt zu viel, was wir nicht wissen«, hielt ihm Patricia Elder entgegen. Sie deutete mit dem Kopf auf die Meldung. »Wozu raten sie?«

»Alle nur erdenklichen Anfragen zu stellen!« schnaubte Miller verächtlich.

»Da wir absolut nichts über die näheren Umstände wissen, sind uns die Hände gebunden!«

»Wenn er sich etwas eindeutig Belastendes hätte zuschulden kommen lassen, hätten sie längst eine öffentliche Stellungnahme dazu abgegeben.«

»Nicht auszudenken, wenn Gower gesteht.«

»Er war beim Verhörwiderstand der Beste seines Jahrgangs. So schnell werden sie ihn also schon nicht kleinkriegen.«

Natalia kam sich vor wie in der Mitte eines reißenden Hochseils und wußte nicht, in welcher Richtung sie sich in Sicherheit bringen sollte. Alles mußte perfekt koordiniert werden, und das war es im Moment noch nicht. Der Bundesanwalt, der für die strafrechtliche Verfolgung Eduards zuständig war, hatte ihre Vorschläge zur Kenntnis genommen und sich dann schriftlich ausführlicher dazu geäußert, und am Tag zuvor war ein Anruf von ihm eingegangen, dem sie jedoch ausgewichen war, worauf er ihr durch einen ihren Mitarbeiter hatte bestellen lassen, sie möge ihn zurückrufen, um einen Termin für ein Treffen zu vereinbaren. Natalia fand, sie konnte es nicht mehr viel länger hinauszögern. Zwei Tage. Höchstens drei.

Nur ein paar Türen weiter brachte Fjodor Tudin den Plan zum Abschluß, der für Natalia Fedowa das sichere Aus bedeuten würde. Er war sehr aufgeregt.

34

Wohl wissend, wie sehr er sich zu Beginn exponierte, traf Fjodor Tudin alle nur erdenklichen Vorsichtsmaßnahmen, denn sobald die Sache einmal lief, gab es keine Möglichkeit mehr, etwaige Fehler auszubügeln. Es mußte gleich beim ersten Anlauf klappen.

Er entschied sich, bei seinem zweiten, alles entscheidenden Besuch in Petrowka als Protokollführer und zum Aufsetzen der eidesstattlichen Erklärung den ranghöchsten Assistenten aus seinem eigenen Sekretariat mitzunehmen. Zugleich bestellte er aber auch noch einen Anwalt aus der Rechtsabteilung des Direktorats zu sich, mit dem er in keinerlei nachweisbarer Verbindung stand, um möglichen Vorwürfen der Cliquenbildung zum Zweck einer gemeinschaftlichen Verschwörung gegen die Frau vorzubeugen.

Sobald der Anwalt – er hieß Anatoli Alipow – sein Büro betrat, wußte Tudin, daß er für die amtliche Untersuchung, die er beantragen wollte, keinen geeigneteren Mann hätte finden können. Alipow war ein träger, langsam sprechender Mann Mitte vierzig, grauhaarig, dunkler Anzug, der Inbegriff eines soliden und zuverlässigen Juristen.

»Ist das nach gängigen rechtlichen Gesichtspunkten strafbar?« erkundigte sich Tudin, nachdem er Alipow erklärt hatte, warum er ihn gerufen hatte.

»Auf jeden Fall.«

»Und nach unseren Dienstvorschriften?«

»Erst recht.«

Tudin lächelte zufrieden. »Wir werden beides geltend machen.«

»Sie werden aber Beweise brauchen«, warnte der Anwalt.

»Die liefere ich«, erklärte Tudin zuversichtlich. Dem Milizermittler bliebe gar keine andere Wahl, wenn er seinen Kopf retten wollte. Und das würde ihm in dem Moment klarwerden, in dem man ihm den Sachverhalt erklärte.

»Das gefällt mir ganz und gar nicht«, protestierte der Anwalt. »Es schadet dem Geheimdienst nur, wenn das publik wird: So etwas verfestigt bloß die alten gegen den KGB bestehenden Vorurteile, daß auch wir eine Organisation sind, die sich ungestraft über alle Gesetze und Kritik hinwegsetzen kann, um ihre Interessen zu wahren.«

»Nein!« widersprach Tudin sofort. »Damit werden wir das genaue Gegenteil beweisen: daß nämlich Korruption und Machtmißbrauch unter dem neuen demokratischen System in aller Öffentlichkeit rechtlich verfolgt werden.« Das war das schönste an der Sache. Natalia Nikandrowa Fedowa würde nicht einer internen Intrige zum Opfer fallen.

Alipow sagte: »Wenn das so ist, kann ich Ihnen natürlich nur zustimmen.«

Tudin rief in Petrowka an, um seinen Besuch anzukündigen, sagte aber nicht, daß er jemand mitbringen würde, und entsprechend bestürzt war Kapiza, als sie ins Hauptquartier der Miliz kamen.

»Gibt es Probleme?« erkundigte sich der Ermittler. Eine tröstende Zigarette erwachte zu qualmendem Leben.

Tudin schüttelte den Kopf. »Wir brauchen doch eine Aussage, oder nicht?« sagte er absichtlich doppeldeutig. Kapiza durfte nicht dazu kommen, genauer über das nachzudenken, was er gesagt bekam: Sobald er die Aussage des Jungen hatte, spielte es keine Rolle mehr, aber in dieser kritischen Phase war Tudin auf die widerspruchslose Kooperation des Ermittlers angewiesen; irgendwelche argwöhnischen Einwände konnte er da nicht brauchen. »Wir brauchen etwas Schriftliches: für die Akten. Das werden Sie doch verstehen ...?«

»Wahrscheinlich schon ...«, wollte Kapiza zustimmen, aber Tudin schnitt ihm das Wort ab.

»... und weil wir gerade dabei sind, möchte ich auch gleich eine Kopie des bisherigen Ermittlungsberichts.«

»Ja, aber ...«

»Spielt keine Rolle, wie er aussieht. Nur die reinen Fakten, mehr brauchen wir nicht. Und jetzt würden wir den Jungen gern sehen, um das Ganze hinter uns zu bringen.«

Nach kurzem Zögern stotterte Kapiza: »Ja, natürlich. Kein Problem. Ich werde ... ich bringe Sie runter ... selbstverständlich.«

Tudin revidierte sein bisheriges Urteil. Der Ermittlungsbeamte war nicht nur einer von der alten Schule, was allein schon sehr nützlich war: Er hatte auch – was bei der Miliz inzwischen eine Seltenheit war – enormen Respekt vor der Macht des Geheimdiensts, den er immer noch mit dem alten KGB gleichsetzte. Und das war unter diesen Umständen geradezu unbezahlbar. »Gut! ... Gut ...!« drängte er und zog sich erleichtert aus dem verräucherten Raum zurück, um Kapiza mit sich nach draußen zu lokken. Wenn er an den Jungen herankam, konnte ihm nichts mehr passieren. Gehorsam ließ sich Kapiza nach draußen dirigieren und führte sie nach unten. Sie warteten in der Verhörzelle, bis Eduard zu ihnen gebracht wurde.

Der kam laut schimpfend in den Raum geplatzt. Da er damit gerechnet hatte, seiner Mutter gegenübergestellt zu werden, blieb er abrupt stehen, als er die fremden Männer sah, und fragte: »Was soll das?«

Tudin, der sich im Zuge seiner langjährigen Tätigkeit für den ehemaligen KGB zu einem exzellenten Amateurpsychologen entwickelt zu haben glaubte, stufte den ungewaschen riechenden, unrasierten jungen Mann sofort ein. Hervorstechende Wesensmerkmale: Aufgeblasenheit und Angeberei. Vorgehen: erst auf die sanfte Tour, dann schnell aggressiv. Nervenkostüm: hauchdünn, dem Schutz dienende Arroganz leicht zu durchbrechen. Ausgang: so, wie er ihn haben wollte.

»Setzen Sie sich.« Tudin sprach leise, einladend.

»Ich möchte ...«

»Setzen Sie sich!« Plötzlich laut, einschüchternd.

Abrupt setzte sich Eduard auf den Stuhl, auf dem er bei dem Treffen mit seiner Mutter gesessen war. Diesmal unternahm er keinen Versuch, auf den Hinterbeinen zu wippen.

Tudin wandte sich Kapiza zu: »Alles weitere regeln wir. Stellen Sie uns doch schon mal die Festnahmeprotokolle zusammen. Damit Sie alles fertig haben, wenn wir gehen.«

Mit einem zustimmenden Nicken verließ Kapiza den Raum. Tudin schwoll die Brust vor Zufriedenheit. Geschafft, dachte er, und ohne einen Einwand oder Argwohn des einzigen Mannes, der ihm den Zutritt zu Eduard hätte verwehren können! Es war soweit, er hatte praktisch schon gewonnen.

»Wer sind Sie?« Eduard versuchte seiner Frage einen fordernden Unterton zu geben, aber seine Stimme zitterte, und Tudin hörte es.

»Eduard Igorewitsch Fedowa?« Wieder die sanfte Tour.

»Sind Sie aus der Abteilung meiner Mutter?« Eduard lächelte erwartungsvoll.

Der Trottel machte es ihm sogar noch leichter. »Ja«, antwortete Tudin wahrheitsgemäß.

»Gott sei Dank! Warum hat sie so lange nichts von sich hören lassen?«

»Darüber wollten wir uns mit Ihnen unterhalten.« Tudin gab dem Protokollführer ein Zeichen und deutete auf den Stuhl direkt gegenüber Eduard, den einzigen, den es noch gab.

Eduard blickte zu Tudin auf. »Was soll das? Was haben Sie vor?«

»Nur, was getan werden muß.« Er mußte darauf achten, das Gespräch möglichst nicht in eine bestimmte Richtung zu lenken. Es war jetzt zu spät, sich zu fragen, ob er sich mit dem Anwalt eine Verhörstrategie hätte zurechtlegen sollen. Daran hätte er früher denken sollen.

»Ich verstehe nicht, was das soll!« protestierte Eduard.

»Ist Ihnen klar, warum Sie festgenommen worden sind?«

Die Stirn des jungen Mannes legte sich in Falten. »Natürlich! Was soll denn das für eine Frage sein?«

Die Überheblichkeit mußte er ihm austreiben. Unvermittelt fuhr er ihn an: »Eine Frage, die Sie zu beantworten haben! Richtig! Wie Sie auch jede andere Frage richtig beantworten werden, die wir Ihnen heute stellen. Sie müssen sich vor allem über eines klarwerden, Eduard Igorewitsch: Ihre Mutter kann Ihnen nicht helfen. Das kann nur ich.«

»Was soll das?« wiederholte Eduard. Sein Ärger war sehr verhalten.

»Warum, glauben Sie, sind wir von der Abteilung Ihrer Mutter?«

»Das liegt doch auf der Hand, oder?«

Tudin beschloß, daß er diesen Trottel führen mußte, nur

ein bißchen. »Sie trugen die Verantwortung für einen illegalgen Konvoi mit Drogen, Medikamenten und Schwarzmarktware.«

Eduard sah zwischen dem Protokollführer und Tudin hin und her. Er sagte nichts.

»Antworten Sie.«

Eduards Schultern bewegten sich auf und nieder. »Bisher ist noch keine Anklage gegen mich erhoben worden.«

»Wenn Sie nicht langsam Vernunft annehmen – und sich entsprechend verhalten –, wird aber Anklage gegen Sie erhoben werden. Alles zusammengerechnet kann Ihnen eine Höchststrafe von fünfundvierzig Jahren drohen. Überlegen Sie mal: fünfundvierzig Jahre Gefängnis. Sie wären achtundsechzig, wenn Sie wiederrauskommen . . .« Tudin gluckste. »So was kann man sich eigentlich gar nicht vorstellen, oder?« Er spürte sofort, daß sich der Haken tief ins Fleisch gegraben hatte.

Eduards Zunge zuckte vor wie die einer Schlange, und stirnrunzelnd versuchte er sich die Bedeutung dessen klarzumachen, was der Mann eben gesagt hatte. Um sich dem Druck zu entziehen, sagte er: »Sagen Sie mir, was ich tun – oder sagen – soll.«

»Ich möchte, daß Sie uns erzählen, wie es zu Ihrer Festnahme an der Straße nach Serpuchow gekommen ist – in Ihren eigenen Worten, und lassen Sie sich dafür meinetwegen so viel Zeit, wie Sie wollen.«

Endlich kam das flackernde Lächeln. »Ich glaube nicht, daß ich darüber sprechen kann, was auf der Straße nach Serpuchow passiert ist – falls dort überhaupt etwas passiert ist. Jedenfalls nicht, solange ich keine Gelegenheit erhalte, mit einem Anwalt zu sprechen.«

Tudin unterdrückte seine Wut über das jugendliche Imponiergehabe. »Was ist passiert, nachdem man Sie hierhergebracht hat? Als Ihre Mutter herkam?«

»Was wollen Sie?« flehte Eduard. »Was möchten Sie, daß ich sage oder tue? Helfen Sie mir!«

Er mußte es riskieren. »Darauf läuft es doch hinaus,

Eduard Igorewitsch. Ihnen zu helfen. Das ist es doch, was Ihre Mutter wollte?«

»*Wollte?*« Der junge Mann fing den Ball auf, den ihm Tudin zuwarf.

Jetzt kommen wir weiter, dachte Tudin, langsam zwar, aber wir kommen weiter. »Wir wissen, daß Sie sich hier getroffen haben. Und was gesprochen wurde: alles, was gesprochen wurde.« Neben ihm trat Alipow von einem Fuß auf den anderen, und Tudin fragte sich, ob das eine Reaktion auf das war, was er sagte, oder nur eine Folge der Müdigkeit, weil er so lange stehen mußte. Sie hätten ihr Vorgehen auf jeden Fall schon vorher absprechen sollen.

»Und?«

»Sagen Sie uns, was sie Ihnen alles versprochen hat. Worauf Sie sich immer schon verlassen haben, falls sie mal verhaftet werden sollten ...« Mit einem kurzen Nikken deutete Tudin auf den wartenden Assistenten. »Er wird alles notieren.«

»Sie kommen doch gar nicht von meiner Mutter, oder?«

»Ich habe Ihnen bereits gesagt, daß sie Ihnen nicht helfen kann«, erklärte Tudin kurz und bündig. »Das kann nur ich. Aber Sie müssen mir entgegenkommen.«

»Wie können Sie mir helfen?« fragte Eduard rasch. Die Zunge tauchte wieder auf, nervöser als zuvor. Und er begann zu schwitzen, wodurch sein Körpergeruch noch schlimmer wurde.

»Straffreiheit«, sagte Tudin knapp. Alipow veränderte wieder seine Haltung. Tudin hoffte, der Anwalt würde ihn nicht unterbrechen oder versuchen, Eduard zu warnen. Er fühlte sich seinem Ziel so nahe, daß er glaubte, schon die Hand danach ausstrecken zu können.

Eduards Nervosität blieb, aber nun hatte sich Verschlagenheit hinzugesellt. »Was ist mit meiner Mutter?«

»Sie hat Ihre Machtbefugnisse überschritten. Indem Sie versucht hat, Sie zu decken.« Das war übertrieben, aber das wußte nur er. Aber es würde keine Übertreibung mehr sein, sobald er aufgrund dessen, was ihm dieser durchtriebene kleine Scheißer gleich erzählen würde, eine Dienstaufsichtsbeschwerde einreichte.

Eduard lächelte erwartungsvoll. »Straffreiheit haben Sie gesagt?«

»Wenn Sie eine umfassende Aussage machen über alles, was Sie zu Ihnen gesagt hat ... wenn Sie uns sagen, warum Sie sich so sicher waren, daß sie Ihnen helfen würde ... dann werde ich mich für Sie einsetzen.«

»Das kann ich aber nur, wenn ich auch darüber spreche, warum ich hier bin«, feilschte Eduard. Diesmal hielt sich sein Lächeln schon länger. »Und das ist wesentlich gravierender als diese ganze Geschichte mit meiner Mutter. Aber beides hängt natürlich sehr eng zusammen.«

»Ich sichere Ihnen auch Immunität gegen jede strafrechtliche Verfolgung zu«, kam ihm Tudin entgegen.

»Sie ziehen alle Anklagepunkte zurück?« hakte der junge Mann nach, fest entschlossen, jegliche Unklarheiten auszuräumen.

»Alle.«

Es dauerte zwei Stunden. Am Anfang spielte sich Eduard auf wie für eine imaginäre Zuhörerschaft, aber Alipow unterbrach ihn jedesmal sofort, wenn er sich zu sehr in Selbstdarstellung erging, und bestand auf einer zusammenhängenden Schilderung der Ereignisse. Eine weitere Stunde nahm es in Anspruch, die Aussage zu tippen. Außer von Eduard wurde sie auch von Tudin als dem das Verhör führenden Beamten unterschrieben sowie von Alipow als unabhängigem juristischem Beobachter.

»Haben Sie jetzt alles, was Sie wollten?« fragte Eduard.

»Ja«, sagte Tudin.

»Dann will ich jetzt raus aus diesem Drecksloch.«

Mit einer so direkten Forderung hatte Tudin zwar nicht gerechnet, aber er war darauf vorbereitet. »Dafür werde ich so schnell wie möglich sorgen.«

Kapiza wartete in seinem Büro im ersten Stock. »Das hat aber lange gedauert.«

»Da, lesen Sie«, forderte ihn Tudin auf und gab ihm die eidesstattliche Erklärung.

Kapiza brauchte drei Zigarettenlängen, um das Schriftstück durchzulesen. Schließlich sah er zögernd auf und sagte: »Wo wollen Sie das verwenden?«

»Vor einem Untersuchungsausschuß über die Tätigkeiten von General Natalia Nikandrowa Fedowa«, erklärte Tudin. »Vor dem auch Sie aussagen werden müssen.«

Ein weiterer Moment der Unschlüssigkeit, bevor Kapiza sagte: »Ja. Ich verstehe.«

Spät am Abend, als sie ganz allein in Jasenewo waren, sagte der Anwalt: »Wodurch sind Sie ermächtigt, diesem Lümmel Straffreiheit zuzugestehen?«

»Durch nichts«, gab Tudin beiläufig zu. »Ich werde, wie gesagt, eine entsprechende Empfehlung erteilen. Falls der Bundesanwalt nicht einverstanden ist, soll mich das nicht weiter stören. Soll Eduard Igorewitsch ruhig unter Anklage gestellt werden. Aber erst, *nachdem* er gegen seine Mutter ausgesagt hat.« Es war ein herrliches Gefühl, gewonnen zu haben: wie der schönste Rausch, den er je gehabt hatte.

Es war die kleinste Klasse seit langem, nur drei Schüler, und als sich Snow nach den anderen erkundigte, reagierten alle gleich ausweichend und verlegen und behaupteten, nicht zu wissen, warum die anderen nicht gekommen seien. Li kam mitten während des Unterrichts und ließ das übliche Frösteln durch den Raum gehen. Snow merkte, daß es keinen Sinn hatte weiterzumachen, und beendete die Stunde rasch.

»Ich habe Ihnen meine Fotos mitgebracht«, erklärte der Chinese und reichte sie Snow. »Sie sind sehr gut geworden.«

Snow nahm den Umschlag entgegen, ohne ihn zu öffnen. Er wußte nicht, was er sonst tun oder sagen sollte.

»Wollen Sie sie sich denn nicht ansehen?«

Snow achtete ganz bewußt darauf, keine Miene zu verziehen, als er die Fotos mit erzwungener Langsamkeit durchsah und dabei jedes in Gedanken mit der entsprechenden Aufnahme von sich selbst verglich. Wie sich herausstellte, fehlte nicht ein Bild, das Li auf ihrer Reise aufgenommen hatte.

Die Fotos aus Schanghai kamen zum Schluß. Es waren fünf, genauso viele, wie er von den Kriegsschiffen gemacht und voller Stolz nach London geschickt hatte. Aber auf keiner von Lis Aufnahmen war ein Kriegsschiff zu sehen. Der Aufnahmestandpunkt war derselbe, die Lichtverhältnisse waren dieselben, und die Tageszeit war dieselbe, aber Snow wußte, es waren nicht dieselben Fotos. Die unverfänglichen und bedeutungslosen Fotos mußten später aufgenommen worden sein, nachdem die Schiffe abgelegt hatten.

»Jetzt kann ich doch Ihre dafür haben, oder?« fragte Li lächelnd.

Sie waren ihm zuvorgekommen, mußte sich Snow eingestehen: hatten ihn geschlagen. »Bald, hoffe ich«, sagte er. Wie? fragte er sich.

35

Gower brauchte mehrere Stunden, um sich in den Griff zu bekommen und den psychologischen Druck zu durchschauen, der auf ihn ausgeübt wurde. Voller Dankbarkeit begann er sich endlich auf die Verhörwiderstandstechniken zu besinnen, in denen er bei der Ausbildung so gut abgeschnitten hatte – und in denen er bei seinem unorthodoxen Abschlußtraining den letzten Schliff erhalten hatte. Es wurde langsam Zeit, daß er sich wie ein richtiger Profi verhielt. Zugegeben, zuerst hatte er kläglich versagt: hatte alles vergessen, was er bei der Ausbildung gelernt hatte. Doch jetzt hatte er sich wieder im Griff: Jetzt konnte er sich zur Wehr setzen. Gewinnen.

Bisher war alles fast wie nach Lehrbuch verlaufen: Bestimmte Elemente waren schon seit 1953, aus dem Koreakrieg, bekannt, wo sie an Männern erprobt worden waren, die in chinesische Kriegsgefangenschaft geraten waren. Er kannte diese Methoden alle. Und andere, die später entwickelt wurden. Er wußte also, wie er sich gegen sie zur Wehr setzen konnte: nicht ganz vielleicht, aber genug. Angst zu wecken – vor dem Unbekannten, vor dem, was als nächstes kommen könnte – war der erste, der Zermürbung dienende Schritt eines jeden Verhörs. Sobald die Angst einmal geweckt war, war es nur eine Frage der Zeit, bis der Widerstand des Verhörten gebrochen wurde. Aber ihm würde das nicht passieren. Nicht jetzt, wo er sich wieder im Griff hatte. Natürlich war ihm mulmig. Aber da war nicht mehr diese bodenlose Panik, in der er sich im ersten Moment in die Hosen gemacht hatte. Er konnte das Kommende vorwegnehmen: sich eine Vorstellung davon machen. Und etwas, wovon er sich, wenn auch nur begrenzt, eine Vorstellung machen konnte, war nichts zermürbend Unbekanntes mehr.

Die verdreckte, nach Scheiße stinkende Zelle und die verlauste, verschwitzte Gefängniskluft waren ein wichtiger Bestandteil der Prozedur, dazu bestimmt, ihn so rasch wie möglich zu demoralisieren. Es gab kein Toilettenpapier, wenn er das fliegen- und exkrementenumrandete Loch benutzen mußte. Das Wasser war sicher faulig, damit er Durchfall bekam. Und aus demselben Grund mußte er damit rechnen, daß das Essen verdorben war: möglicherweise voller Maden. Und er würde für die Dauer seiner Haft keine Gelegenheit erhalten, sich zu waschen oder zu rasieren.

Von seinem Betonlager nahm Gower schließlich auch den Rest der Zelle genau in Augenschein und hielt nach versteckten elektronischen Überwachungseinrichtungen Ausschau. Zu seiner Überraschung konnte er jedoch nirgendwo an der Decke oder im oberen Wandbereich etwas entdecken. Blieb nur das Guckloch in der massiven Metalltür. Schließlich stand er auf und ging einmal um die Zelle herum, um sie genauer zu inspizieren, konnte aber trotzdem nichts entdecken. Die einzige Warnung, daß er beobachtet würde, wäre also das leise Schaben, wenn die Abdeckung des Gucklochs beiseite geschoben wurde. Dann durfte er sich durch nichts mehr anmerken lassen, daß er sich wieder im Griff hatte. Sein Vorteil, entschied er.

Auf seinem Rundgang durch die Zelle kam er nahe genug an dem Abtrittloch vorbei, um das stete Summen der Fliegen hören zu können. Auch Ekel konnte zermürbend sein, allerdings nicht so sehr wie Angst. Darum war es genauso wichtig, daß er seinen Ekel unter Kontrolle bekam: überwand. Aufmerksam lauschend, ob von der Tür ein Geräusch kam, spannte er sich innerlich gegen den Gestank und die bei seinem Nahen aufschwärmenden Fliegen an und zwang sich, näher an das Loch zu treten. Als er zu urinieren begann, flogen noch mehr Insekten ungehalten auf. Gleichzeitig kam ein leises Rascheln aus dem Loch. Wie viele Ratten es dort unten wohl gab? fragte er sich.

Gower war wieder auf der Betonpritsche zurück, als das Guckloch mit einem leisen Schaben aufging. Rasch schlang er die Arme um den Oberkörper und nahm die vornübergebeugte, zerknirschte Haltung ein, die man von ihm erwartete. Er rührte sich nicht. Es dauerte eine Weile, bis das Guckloch geräuschvoll wieder zuging.

Von dieser Inspektion an begann Gower zu zählen. Seine gebeugte Stellung beibehaltend, versuchte er, ihr Kontrollschema zu durchschauen. Etwa alle fünfzehn Minuten, schätzte er nach der dritten Inspektion. Teil einer raffinierten Prozedur, die dem Zweck diente, ihn durch den Lärm und die Häufigkeit, mit der man nach ihm sah, in ständige Unruhe zu versetzen. Aber kontraproduktiv, weil er dadurch in der Lage war, seinen Zeitplan dem ihren anzupassen und in der Zelle herumzugehen und sich sogar, soweit das möglich war, zwischen den einzelnen Inspektionen zu entspannen.

Immer vorausdenken, rief er sich in Erinnerung, während er in der Zelle auf und ab ging. Irgendwann würde das verdorbene Essen kommen. Um ihn zu demütigen, würden sie ihn möglicherweise sogar dazu bringen, um das faulige Wasser zu betteln. Sollte sich zeigen, daß sie das erwarteten, würde er es tun müssen: Er mußte mit allen Mitteln vermeiden, daß sie merkten, daß er sich ihnen widersetzte. Was noch? Lärm, fiel ihm ein. Er würde im Lauf der Nacht schlimmer werden, um ihn am Einschlafen zu hindern. Schlafmangel und Angst standen in engem Zusammenhang: Selbst der widerstandsfähigste Mensch, der jede Widerstandstechnik beherrschte, die je entwickelt worden war, konnte zu einer gefügigen Marionette degradiert werden, wenn man ihn länger als zweiundsiebzig Stunden nicht schlafen ließ. Er mußte zusehen, daß er soviel wie möglich schlief, bevor die Lärmbelästigung lauter und anhaltender wurde, womit sicher zu rechnen war.

Er versuchte nicht, sich auf der Pritsche auszustrecken. Bei der nächsten Inspektion hockte er immer noch vornübergebeugt da, aber als das Guckloch wieder zuging, nahm er seine Wanderungen durch die Zelle nicht wieder auf. Statt dessen blieb er, wie er war, setzte sich aber, um seinem Rücken Halt zu geben, auf der Pritsche, so weit es ging, nach hinten und versuchte zu schlafen. Das gelang ihm zwar nie ganz, aber weil es ein verhängnisvoller Fehler gewesen wäre, wollte er es auch gar nicht: statt dessen dämmerte er in einer Art Halbschlaf vor sich hin. Auf diese Weise konnte er sich einerseits ausruhen, merkte aber auch immer, wenn das leise Kratzen der Gucklochabdeckung ertönte, und war auch sofort hellwach, als die Tür aufging und jemand in die Zelle kam. Der Mann mit den hängenden Schultern und dem hängenden Kopf, der das Essen brachte, trug einen schmutzigen, formlosen Sträflingsanzug wie er. Offensichtlich ein anderer Gefangener. Er wurde von zwei Wachsoldaten begleitet. Das Essen schwappte über den Rand der Schale, als sie vor ihm auf den Tisch gestellt wurde. Die Soldaten sahen ihn ausdruckslos an. Der Essensträger versuchte es erst gar nicht. Niemand sagte etwas. Auf dem Flur hallte noch das Knallen der zugeschlagenen Tür wider, als die Metallabdekkung des Gucklochs zurückgeschoben wurde.

Einen Moment konnte sich Gower nicht entscheiden; er war eigentlich nicht richtig hungrig und wollte keinen Verdacht erregen, indem er schon nach einer relativ kurzen Zeit ohne Essen den Eindruck erweckte, als wäre er es. Das Guckloch blieb länger offen als bisher, weshalb Gower schließlich aufstand und zum Tisch ging.

An den Abtritt in der Ecke hatte er sich gewöhnt. Was er zum Essen bekam, roch anders, aber genauso abstoßend. Die Schale enthielt eine graue Flüssigkeit, zähflüssig, an der Oberfläche schleimig. Es schwebte oder schwamm auch etwas darin, aber er konnte nicht sagen, was es sein sollte: Es schien durchsichtig – so, wie Quallen durchsichtig sind –, und als er näher hinsah, stellte er fest, daß auf Teilen der undefinierbaren Klumpen, ebenfalls wie bei Quallen, schwarze Tupfen beziehungsweise Flecken waren. Neben der Essensschale stand eine halbvolle Tasse. Er war darauf gefaßt, daß das Wasser trüb wäre oder daß sogar Schmutzteilchen darin schwämmen, aber es war unerwartet klar.

Wohl wissend, daß er beobachtet wurde, stand Gower so vor dem Tisch, daß er dem Beobachter den Rücken zugekehrt hatte und ihm gleichzeitig die Sicht auf das Tablett mit dem Essen versperrte. Er führte die Tasse an den Mund und tat so, als tränke er daraus. Aber er preßte die Lippen ganz fest aufeinander und ließ sie kaum mit dem Wasser in Berührung kommen. Es roch nicht abgestanden oder faulig, aber er trank trotzdem nichts. Da er keinen Löffel zum Essen hatte, hob er die Schale hoch, so daß von hinten der Eindruck entstand, als schlürfe er daraus, während er in Wirklichkeit peinlich darauf achtete, sie nicht mit seinem Mund in Berührung zu bringen. Um gegen den heftigen Brechreiz anzukämpfen, hielt er die Luft an. Nachdem er vier- oder fünfmal so getan hatte, als tränke er aus der Schale, stellte er sie auf den Tisch zurück. Dann setzte er sich auf die Pritsche, und das Guckloch ging zu. Sofort stand Gower wieder auf und goß die Hälfte des Wassers in das Loch, damit der Anschein entstand, als hätte er es tatsächlich getrunken. Dann leerte er das meiste des widerlichen Pamps hinterher. Die Fliegen flogen auf und ließen sich wieder nieder. Aus dem verkrusteten Loch kam aufgeregtes Geraschel.

Gower döste über vier weitere Gucklochinspektionen hinweg, bevor schließlich der Lärm einsetzte. Plötzlich hörte es sich an, als wäre auf dem Gang der Teufel los, als bewegten sich unter lauten Kommandorufen ganze Trupps von Männern auf und ab, und dann lärmte auch noch das disharmonische Geheul zweier verschiedener Lautsprecher gegeneinander an. Wegen des Lärms überhörte Gower fast das Scharren des Gucklochs. Aber diesmal brauchte er nicht Theater zu spielen. Er saß aufrecht da, hellwach, die Hände wegen des kakophonen Getöses an die Ohren gepreßt. So verharrte er, aber mit gesenktem Kopf. Er konnte nicht mehr vor sich hin dösen, aber er hatte die Augen geschlossen, und trotz des Krachs gelang es ihm, sich auszuruhen.

Er hatte zwar nicht damit gerechnet, daß die Vernehmung mitten in der Nacht fortgesetzt würde, aber da es sich dabei um eine gebräuchliche Methode handelte, ließ er sich nicht aus der Fassung bringen, als plötzlich ein Trupp Wachsoldaten hereinkam, um ihn abzuholen. Allerdings tat er so, als wäre er ziemlich durcheinander. Diesen Anschein versuchte er auch noch zu erwecken, als er den Raum betrat, in dem Chen wartete.

Inzwischen war der Tisch leer, alle seine Sachen weggebracht. Die Männer an den Aufnahmegeräten schienen noch dieselben zu sein. Der Mann im schwarzen Anzug, der bei seiner Festnahme dabei gewesen war, war nicht mehr da. Statt dessen blieben diesmal die drei Männer der Eskorte im Raum.

»Wir haben Beweise, daß Sie ein Spion sind«, erklärte Chen sofort.

»Ich bin kein Spion«, entgegnete Gower. Der Chinese trug zwar den gleichen Kittel, aber er schien frisch gebügelt. Sein offenes Gesicht blitzte vor Sauberkeit, und in der Luft lag der Duft eines schweren Eau de Cologne. In all dem erkannte Gower sofort ein weiteres Anziehen der psychologischen Schraube: Er sollte seine Situation mit der des Fragestellers vergleichen. Er beugte sich ein Stück weiter über den Tisch, der zwischen ihnen stand, damit Chen riechen könnte, wie er stank, und sich vor ihm ekelte.

»Die Blumen waren ein Signal.«

Er mußte durcheinander wirken, erinnerte sich Gower. Heftig blinzelnd setzte er mehrmals an, bevor er schließlich hervorbrachte: »Hab's Ihnen doch schon gesagt, wofür sie waren.«

»Sagen Sie es mir noch mal!«

»Für mein Zimmer in der Botschaft.«

»Sie lügen!«

Weiteres Ringen um Worte. »Verlange, daß die Botschaft benachrichtigt wird. Habe das Recht, Kontakt mit ihr aufzunehmen.«

»Sagen Sie mir, wem Sie ein Signal geben wollten, und ich gebe der Botschaft Bescheid, wo Sie sind. Und warum.«

Gower senkte den Kopf. Er war nicht sicher, ob er seine Reaktion auf das, was ihm der Mann enthüllt hatte, ganz verbergen konnte. Da sie von ihm wollten, daß er ihnen einen Namen nannte, hatten sie Snow also *nicht* festgenommen! »Habe niemand ein Signal gegeben«, murmelte er. »Bin hier, um Botschaftseinrichtungen zu inspizieren.«

»Warum ist der taoistische Tempel so wichtig?«

»Er ist nicht wichtig. Fand ihn bloß ungewöhnlich. Interessant.«

»Wir haben eine Falle gestellt«, erklärte Chen.

Gower fand, daß er nicht antworten durfte: nicht einmal eine Reaktion zeigen. Er hob die Schultern, kaum ein Achselzucken, sagte aber nichts.

»Wir legen Blumen am Tempel nieder.«

»Das verstehe ich nicht.«

»Das tun Sie sehr wohl.«

Gower zuckte wieder mit den Achseln.

»Wir geben das Signal, das Sie geben wollten. Um die anderen in eine Falle zu locken.«

Konnte das klappen? Möglicherweise. Die Farbe der Blumen mußte stimmen. Und die genaue Stelle in den Trögen. Die Bedeutung der Farbe war ihnen vermutlich klar, aber wohin sie sie legen mußten, konnten sie nicht wissen. Aber spielte es überhaupt eine Rolle, ob sie das Signal richtig hinkriegten? Wenn sie am Tempel nach einem Europäer Ausschau hielten, würde Snow schon durch seine bloße Anwesenheit ihren Verdacht erregen: fast automatisch seine Festnahme riskieren. Aber auch das bedeutete noch keine Gefahr für ihn, machte sich Gower Mut, indem er sich seine Überlegungen während des ersten Verhörs in Erinnerung rief. Snow kannte ihn nicht: wußte seinen Namen nicht. Aber nützte ihm das wirklich etwas? Falls Snow, bloß weil er sich in der Gegend aufhielt, festgenommen wurde und beim Verhör zugab, daß die Blumen ein Signal waren, war die Verbindung zwischen ihnen hergestellt. Es gab nichts, was er tun konnte. Wenn es dazu kam – und Snow zusammenbrach –, war er verloren. »Das verstehe ich nicht«, wiederholte er.

»Es wäre besser für Sie, wenn Sie jetzt gestehen würden.«

»Ich bin Diplomat. Ich möchte mit meiner Botschaft sprechen.«

»Sie sind schuldig.«

Gower blieb stumm.

»Sie sind ein Narr.«

Weiteres Schweigen.

»Wir brauchen bloß zu warten«, sagte Chen.

Julias Miene verriet Charlie sofort, daß etwas nicht stimmte. Sie stand ein paar Momente wortlos in der Tür ihres Hauses, bevor sie zur Seite trat, um ihn nach drinnen zu lassen.

»Was ist?« fragte er.

»Gower«, sagte sie. »Sie haben deinen Lehrling geschnappt.«

36

Daß sie Charlie ein Glas von dem Islay Malt einschenkte, den sie eigens für ihn gekauft hatte, geschah praktisch automatisch; daß sie sich an diesem Abend auch selbst eins einschenkte, dagegen nicht. Sie trank normalerweise keinen Whisky. Charlie nahm ihr das Glas ab, stellte es aber sofort auf den Couchtisch und beugte sich auf seinem Sessel zu ihr vor. Um ihre ganze Aufmerksamkeit auf sich zu lenken, ergriff er ihre Hände.

»Jedes noch so kleine Detail«, drängte er. »Alles, was du weißt«.

»Sehr wenig«, entschuldigte sich Julia. »Kein Mensch weiß etwas. Er hat die Botschaft in Peking verlassen und gesagt, er sei bis Mittag wieder zurück. Allerdings ist er nicht mehr aufgetaucht.«

»In Peking?«

»Das war sein Einsatzort. Er sollte jemand aus China rausholen, von dem wir fürchten, daß er aufgeflogen ist und möglicherweise jeden Augenblick verhaftet wird.«

»Irgendeine offizielle Stellungnahme? Eine Beschuldigung?«

»Bisher nichts. Wir werden offiziell vorstellig werden, um uns nach seinem Verbleib zu erkundigen. Als vermißter Diplomat, versteht sich. Deswegen erzähle ich es dir auch jetzt schon. In ein paar Stunden würdest du es sowieso erfahren. Das Ganze dient dem Zweck, ein bißchen Wirbel zu machen. Der Direktor meint, dann werden sie sich vielleicht etwas genauer überlegen, wieviel Druck sie auf ihn ausüben.«

»Quatsch«, schnaubte Charlie. »Die machen, was sie wollen. Das ist China, Herrgott noch mal! Die kümmern sich nicht um die Meinung des Westens.«

»Es tut mir leid, Charlie«, sagte sie bedrückt. »Wirklich sehr, sehr leid.«

Charlie war dankbar, aber gleichgültig gegenüber Mitgefühl für seine eigene Person. »Gower wird das Ganze wesentlich mehr leid tun. Darauf war er doch praktisch durch nichts vorbereitet; durch nichts, was er bisher gemacht hat ... bei der Ausbildung, meine ich. Verdammte Scheiße, warum ausgerechnet China?«

»Die im Foreign Office haben ganz schön Muffensausen. Der Direktor – und Patricia Elder – haben in ihren Mitteilungen immer wieder auf Gowers Widerstandsfähigkeit in Verhörsituationen hingewiesen.«

Charlie schüttelte den Kopf. »Das ist nicht dasselbe, kann nicht dasselbe sein. Man kann zwar alle Schritte simulieren ... authentische körperliche Belastungen ... Schläge ... Drogen ... Schlafentzug ... die ganze Latte. Aber es ist nicht dasselbe. Weil man sich dabei immer damit trösten kann, daß es ja nur ein Kriegsspiel ist, daß es irgendwann aufhört. Diese Gewißheit hat man im Ernstfall nicht. Und die Chinesen sind gut in so was. Sie machen das schon länger und besser als alle anderen.«

»Glaubst du, sie werden seinen Widerstand brechen?«

»Ich *weiß*, daß sie ihn brechen werden. Die schaffen jeden ...« Angestrengt nachdenkend, wandte Charlie den Blick von ihr ab. »Sie hätten ihn nicht nach Peking schikken dürfen, nicht beim erstenmal. Er war noch nicht soweit. Das war ein Fehler.« Seine Stimme klang abwesend: Er sprach eigentlich nicht richtig mit der Frau, deren Hände er immer noch hielt.

»So ein Pech«, seufzte Julia.

»Mit Pech oder Glück hat das nichts zu tun.« Charlie blickte abrupt auf. »Was weißt du über die Person, die aufgeflogen ist?«

Julia schüttelte den Kopf. »Nicht viel. Es ist ein Geistlicher. Er sollte sich absetzen, wollte aber nicht.«

Sich wieder konzentrierend, sah Charlie sie stirnrunzelnd an. »Warum dann jemand reinschicken? Warum hat ihm sein Führungsoffizier in Peking nicht einfach gesagt, er soll abhauen?«

»Die Verbindung wurde unterbrochen. Wir haben den Führungsoffizier schon lange zuvor rausgeholt. Eine Schadensbegrenzungsmaßnahme für den Fall, daß der Geistliche festgenommen würde.«

»Was heißt da Schadensbegrenzung, wenn sie Gower einkassiert haben?«

Sie nickte in Übereinstimmung mit Charlies Ärger. »Damit hat niemand gerechnet.«

Charlie runzelte weiter die Stirn. »Haben sie es so hingestellt?«

Julia nickte.

Mehr Schadensbegrenzung in der Westminster Bridge Road als im Tausende von Kilometern entfernten China, dachte Charlie bitter. »Für den Fall, daß der Geistliche verhaftet würde?« griff er Julias Feststellung auf.

»Auch damit war eigentlich nicht zu rechnen. Aber dann ist doch etwas passiert.«

»Und was?«

»Vor etwa einem Jahr hatte er einen Dissidenten als Quelle. Einen gewissen Zhang Sulin. Er ist einer der Dissidenten, die in den letzten Wochen festgenommen worden sind. Es sind gerade umfangreiche Säuberungen im Gange.«

Charlie schwieg eine Weile. Schließlich griff er nach seinem Glas und nahm einen Schluck. Dann sagte er, wieder abwesend: »Das könnte zu einer gigantischen, hundertprozentigen Achtzehn-Karat-Katastrophe ausarten. Mit allen nur erdenklichen politischen und sonstigen Rückwirkungen. Und Gower ist derjenige, der am tiefsten in der ganzen Scheiße steckt.«

»Ich weiß beim besten Willen nicht, was ich dazu sagen soll.«

So ging es auch Charlie. Dafür wußte er einfach nicht genug; würde wahrscheinlich auch nie genug darüber erfahren. Bloß ausreichend genug, um zu der Ansicht, die er gerade geäußert hatte, zu kommen, für die es nicht allzu großen politischen Weitblicks bedurfte. »Die offizielle Reaktion wird sein, daß wir alles abstreiten, wenn die Chinesen Beschwerde einlegen.«

»Das ist die gängige Praxis«, sagte Julia. »Folglich werden sie es auch in diesem Fall so machen.«

Charlie fragte sich, wie wohl einem Mädchen namens

Marcia, das er nie kennengelernt hatte, zumute sein würde, wenn sie Zeitungs- und Fernsehbilder von einem geduckten, einer Gehirnwäsche unterzogenen Geliebten zu sehen bekäme, der in einem Gerichtssaal am anderen Ende der Welt fertiggemacht wurde. Er lächelte Julia an. »Danke, daß du deinen Prinzipien mal untreu geworden bist. Könntest du das weiter tun? Natürlich nur, was Gower betrifft. Ich würde gern wesentlich mehr wissen, als offiziell bekanntgegeben wird.«

Julia antwortete nicht sofort. Schließlich sagte sie: »Nur, was Gower betrifft.«

»Der arme Teufel«, sagte Charlie, wieder nachdenklich. »Was der jetzt durchmacht.«

»Gott sei Dank bist du nicht an seiner Stelle«, sagte Julia unerwartet. »Ich weiß, das ist egoistisch. Und hilft auch niemand. Aber ich bin froh, daß du nicht in seiner Haut steckst.«

Statt auf ihre Bemerkung einzugehen, wiederholte Charlie praktisch die Drohung des Mannes, der John Gower verhörte. »Alles, was wir im Moment tun können, ist warten.«

Es sollte aber nicht lange dauern, für keinen.

Die britischen Forderungen sorgten für einigen Aufruhr.

Der chinesische Botschafter in London wurde persönlich ins Foreign Office bestellt, um persönlich ein Gesuch entgegenzunehmen, in dem um Auskunft über John Gower gebeten wurde, der als akkreditierter Diplomat im zeitlich begrenzten Einsatz in Peking ausgewiesen wurde. Der Termin wurde zeitlich so angesetzt, daß er auf die Minute genau mit Sir Timothy Railtons Besuch im chinesischen Außenministerium zusammenfiel. Die Forderung, die der britische Botschafter in aller Förmlichkeit vortrug, hatte den gleichen Wortlaut wie das Gesuch, das dem chinesischen Botschafter in London vorgelegt wurde. Eine Pressemeldung wurde aus praktischen Gründen nur in London herausgegeben. Sowohl die britische Vertretung in der chinesischen Hauptstadt als auch die britische Regierung in London brachten darin ihre Besorgnis über das offensichtliche Verschwinden John Gowers zum Ausdruck. Die britische Regierung konnte keine Erklärung dafür geben, warum er nicht in die Botschaft zurückgekehrt sei, und wußte den Vorfall nur so zu deuten, daß der Mann krank geworden oder in einen Unfall verwickelt worden sein müsse und bisher noch nicht habe identifiziert werden können.

Die Pressemeldung wurde kurz nach den gleichzeitig abgegebenen Gesuchen um Benachrichtigung herausgegeben, so daß bis zu einer Antwort Pekings mehrere Stunden verstrichen. Diese Verzögerung genügte, um das Interesse der Medien zu wecken, obwohl anfangs keinerlei Mutmaßungen über geheimdienstliche Aktivitäten geäußert wurden: Das Verschwinden eines jungen und unerfahrenen Diplomaten in dem immer noch abgeschotteten Land, der letzten kommunistischen Supermacht der Welt, war Grund genug, um die Neugier der Presse zu wecken.

Diese Neugier steigerte sich fast zur Hysterie, als aus Peking verlautbart wurde, John Gower sei unter dringendem Spionageverdacht verhaftet worden, und zwar aufgrund konterrevolutionärer Aktionen, die bereits landesweit zur Festnahme zahlreicher Dissidenten geführt hätten. Binnen vierundzwanzig Stunden war die Presse auf Marcia Leytons Spur gestoßen. Der Pastor, der sie getauft hatte, bestätigte nichtsahnend die Heiratspläne, und die Medien hatten ihre Sensation, einen Spionageknüller, wie sie ihn seit dem Ende des von ihnen selbst so bezeichneten kalten Kriegs nicht mehr für möglich gehalten hatten, und das auch noch mit einer publikumsträchtigen menschlichen Komponente.

Marcia Leyton bot auf allen Fotos das Bild einer fassungslosen, vollkommen aufgelösten jungen Frau. Bei der einzigen Pressekonferenz, die sie zu geben versuchte, brach sie weinend zusammen, so daß die Erklärung, ihr Verlobter habe keinerlei Verbindungen zu Geheimdienstkreisen gehabt, vom Anwalt der Familie abgegeben werden mußte. Gowers in Cloucestershire aufgespürte Mutter stellte sich der Presse auf dem Rasen vor dem verfallenden Herrenhaus und erklärte die Behauptung, ihr Sohn sei Spion, für blanken Unsinn. Den Chinesen sei ein schreckliches Versehen unterlaufen, das sie unverzüglich rückgängig machen sollten.

Es war am Tag der im Fernsehen übertragenen Pressekonferenz, bei der Marcia zusammenbegrochen war, an dem Charlie in die neunte Etage der Westminster Bridge Road gerufen wurde.

Am selben Tag wurde auch in Moskau jemand zu seinem Vorgesetzten bestellt. Natalia Nikandrowa Fedowa wurde zu Wadim Lestow gerufen, dem Vorsitzenden der Bundesbehörde für innere Sicherheit. Ein Grund wurde nicht genannt.

Endlich machte Natalia den Anruf, den sie so lange hinausgezögert hatte. Es war der letzte Tag der dreitägigen Frist, die sie sich selbst gesetzt hatte.

37

Natalia wurde nicht in das traditionelle Hauptquartier des ehemaligen sowjetischen Geheimdienstapparats in der Lubjanka beordert, sondern in das nahe gelegene Weiße Haus, den Sitz der neuen russischen Regierung. Dort hatte Wadim Lestow ebenfalls ein Büro, in dem er sich die meiste Zeit aufhielt, da das ockergestrichene Mausoleum der Lubjanka im russischen Bewußtsein noch immer *das* Symbol für die Unterdrückung durch den KGB war.

Erst in der Führungsetage des Geheimdienstbereichs, im unmittelbaren Umkreis von Lestows Büro, bekam Natalia die ersten Anzeichen der alten KGB-Sicherheitsmanie zu spüren, aber wenigstens waren die Beamten, die die obligatorische Sicherheitsüberprüfung vornahmen, jung und relativ freundlich, jedenfalls keine Roboter mit steinernen Mienen, wie sie sie aus ihrer Anfangszeit beim Geheimdienst in Erinnerung hatte, die ihr schon unendlich lange zurückzuliegen schien.

Natalia fühlte sich vollkommen verloren und beängstigend verletzlich, ohne die leiseste Ahnung, mit was oder wem sie gleich konfrontiert würde. Mit einemmal erschienen ihr die Sicherheitsvorkehrungen, die sie zu treffen versucht hatte, erschreckend unzulänglich. Sie hatte alle ihre Entscheidungen blind treffen müssen, hatte nur raten können, wo und wie Tudins Angriff erfolgen würde.

In einem Vorzimmer wurde sie von einem Mann in Empfang genommen, der sofort auf eine hohe Flügeltür deutete. Zu ihrer Überraschung lag dahinter nicht, wie sie erwartet hatte, ein Büro, in dem sie nur von Lestow oder Tudin erwartet wurde, sondern ein kleiner Konferenzsaal, in dem alles für einen Untersuchungsausschuß vorbereitet war. Quer vor der Rückwand stand ein Tisch. In seiner Mitte saß Lestow, flankiert von seinen zwei Stellvertretern Wladimir Melnik und Nikolai Abialjew. Eine Tischreihe auf der linken Seite war den Protokollanten, drei Männern und zwei Frauen, vorbehalten. Vor den drei mit ausdruckslosen Mienen dasitzenden Mitgliedern des Untersuchungsausschusses waren zwei Stuhlreihen aufgestellt. Fjodor Tudin hatte bereits in der linken Hälfte der ersten Reihe Platz genommen. Eduard war direkt hinter ihm. Michail Kapiza saß in derselben Reihe, aber drei Stühle hinter ihm. Außerdem saß in dieser Reihe noch ein dritter Mann, den Natalia nicht kannte.

Ihr Begleiter deutete auf die rechte Hälfte der durch einen Mittelgang geteilten Stuhlreihen. Laß dich nicht überrumpeln! redete sie sich gut zu. Laß dich durch die unerwartete Situation nicht aus der Fassung bringen! Wenn sie sich durch den Untersuchungsausschuß nervös machen ließ, würde sie bloß Fehler machen. Dabei gab es keinen Grund, nervös zu werden. Schließlich war sie beim KGB ursprünglich als Verhörspezialistin ausgebildet worden und war als solche daran gewöhnt gewesen, bei Vernehmungen täglich mit überraschenden Situationen konfrontiert zu werden, für die es keine Richtlinien und keine

Vorbereitungsmöglichkeiten gab. Bei so einem Verhör war sie Charlie Muffin zum erstenmal begegnet!

Als sie den ihr zugewiesenen Platz erreichte, sagte Lestow: »Das ist eine vorläufige dienstaufsichtsrechtliche Untersuchung über die von Fjodor Iwanowitsch Tudin erhobenen Anschuldigungen entsprechend den für den Nachrichtendienst der Russischen Föderation geltenden Bestimmungen. Falls sich diese Anschuldigungen als gerechtfertigt erweisen, werden sie einem ordentlichen Untersuchungsausschuß vorgelegt. Das Ergebnis dieser Untersuchung bleibt ohne Einfluß auf eine Anklage, die sich die Bundesanwaltschaft zu erheben genötigt sehen könnte.«

Tudin, ganz der unzeitgemäße Traditionalist, der nur die alten, eingefahrenen Methoden kannte, war genauso vorgegangen, wie sie es erwartet hatte. Er hatte eine Dienstaufsichtsbeschwerde eingereicht! Natalia fiel ein Stein vom Herzen. Trotzdem gab es noch eine Menge mehr, was sie herausbekommen und wogegen sie sich möglicherweise wappnen mußte.

Als sie keine Antwort gab, fragte sie Lestow: »Haben Sie verstanden, was ich Ihnen gesagt habe? Warum Sie vor diesen Ausschuß gerufen worden sind?«

»Selbstverständlich«. Natalia war nicht begeistert über seinen gereizten Ton. Sie rutschte ein Stück nach vorn und konzentrierte sich auf den Vorsitzenden, um seine ganze Aufmerksamkeit, die im Moment den vor ihm ausgebreiteten Unterlagen galt, auf sich zu lenken. Sie hatte seit ihrer Amtseinsetzung schätzungsweise vier- bis fünfmal mit Lestow zu tun gehabt, und zwar teils allein, teils im Beisein anderer. Er war es gewesen, der sie offiziell als Leiterin des Auslandsdirektorats bestätigt hatte. Trotz seines unscheinbaren Äußeren vermittelte Lestow etwas von der Autorität, die er zweifellos besaß. Wenn er wie eben den Kopf gesenkt hielt, wirkte sein Haarwuchs spärlicher, als sie ihn von ihren bisherigen Begegnungen in Erinnerung hatte. Er war nicht aus den Reihen des Geheimdienstes in seine Position aufgestiegen. In einer der Umbruchphasen, die die junge, noch immer nicht gefestigte russische Demokratie heimgesucht hatten, war Lestow zum Innenminister ernannt worden, um jedoch schon bald wieder entlassen zu werden, weil er als zu liberal galt. Natalia hoffte, an diesem Vorwurf wäre etwas Wahres. Da sie nicht mit einem Untersuchungsausschuß gerechnet hatte, war sie auf die Verfahrensform, die man hier offensichtlich anstrebte, nicht vorbereitet.

In diesem Moment blickte Lestow glücklicherweise von seinen Unterlagen auf und sah sie forschend an.

»Werde ich Gelegenheit erhalten, zu den gegen mich erhobenen Anschuldigungen Stellung zu nehmen?«

Lestow wandte sich kurz den beiden Männern neben ihm zu. »Bis zu einem gewissen Umfang. Wir wollen diese Untersuchung jedoch nicht unnötig in die Länge ziehen.«

Bereits für schuldig befunden, dachte Natalia besorgt.

Auf ein aufforderndes Nicken Lestows hin stand Tudin hastig auf. Sein Gesicht war noch stärker gerötet als sonst. Nach Natalias Ansicht gab es dafür zwei Gründe: zum einen die Aufregung, daß er nun vor seine obersten Dienstherren trat, um sie zu vernichten, zum anderen der Alkohol, dem er zur frühzeitigen Feier seines Erfolgs reichlich zugesprochen haben dürfte. Er hatte sich dem Anlaß entsprechend angezogen. Sein Anzug war tadellos, und er hatte die Haltung eines Mannes eingenommen, der sich seiner Sache sehr sicher war. Natalia hatte sich zur Seite gedreht, so daß sie auch Eduard sehen konnte. Er trug dieselben Kleider wie in der Arrestzelle. Sie waren zerknittert, aber er selbst war sauber rasiert, und da sein schulterlanges Haar nicht mehr dünn und fettig war, hatte man ihm offensichtlich erlaubt, sich zu duschen. Auch seine Sachen waren ihm zurückgegeben worden. Neben dem Ohrring, den sie bereits gesehen hatte, trug er am linken Handgelenk eine massive goldene Uhr, am rechten eine goldene Kette mit seinem Namensschild. An seiner rechten Hand hatte er einen Ring, an seiner linken zwei, einer davon mit einem großen purpurroten Stein. Soviel sie aus der Ferne sehen konnte, hatte er die Form eines Gesichts oder einer Maske. Der zerzauste Michail Kapiza, der wegen des förmlichen Verfahrens auf seine allgegenwärtigen Zigaretten verzichten mußte, blinzelte rasch und hob immer wieder die Hand an sein Gesicht, als störte ihn dort etwas. Aus dem stirnrunzelnden Blick, mit dem er Natalia ansah, sprachen Verständnislosigkeit und Verwirrung.

Tudin verzichtete auf alle marktschreierischen Übertreibungen und sonstige Manierismen. Im Gegenteil, er sprach sachlich, fast ermüdend monoton, mit wenigen Hand- oder Körperbewegungen. Unter Nennung der genauen Paragraphen und Absätze führte er die einzelnen nachrichtendienstlichen Bestimmungen auf, aufgrund deren er seine Anschuldigungen erhob. Darin ging es im wesentlichen um Machtmißbrauch und Duldung von Korruption. Außerdem zitierte er die strafrechtlichen Statuten, gegen die Natalia seiner Auffassung nach verstoßen hatte.

Dann zeichnete Tudin in kurzen Zügen Eduards Jugendjahre an der Moskauer Universität nach sowie seine Dienstzeit bei der russischen Armee, die jedoch im Zuge der einschneidenden Truppenreduzierungen ein frühzeitiges Ende gefunden hatte.

»Er kehrte nach Moskau zurück, wo er sich für eine kriminelle Laufbahn entschied und sich dem Mafiasyndikat der Lubertsij anschloß«, führte Tudin weiter aus. »Wie er auch Ihnen gleich erzählen wird, machte er seine kriminellen Partner auf die privilegierte Stellung aufmerksam, die er aufgrund der hohen Stellung seiner Mutter im staatlichen Sicherheitsdienst hatte. Dank ihrer einflußreichen Position sei er wirksam jedem Zugriff des Gesetzes entzogen, und solle er je das Pech haben, verhaftet zu werden, werde seine Mutter alles in ihrer Macht Stehende tun, jede strafrechtliche Verfolgung oder gar Verurteilung zu verhindern ...

Tudin machte eine Pause, und trotz aller Selbstbeherrschung konnte er nicht umhin, Mutter und Sohn einen zufriedenen Blick zuzuwerfen.

»Dank der hervorragenden Polizeiarbeit von Miliz-

Ermittler Michail Stepanowitsch Kapiza, der heute ebenfalls vor diesem Ausschuß aussagen wird, kam es nun allerdings zu einer solchen Festnahme ...« Tudin drehte sich rasch herum, um kurz auf den Polizisten zu zeigen. »... Eduard Igorewitsch Fedowa wurde zusammen mit acht weiteren Mitgliedern der Bande festgenommen, deren Anführer er war und die sich im Besitz von Drogen, Medikamenten und beträchtlichen Mengen von Schwarzmarktware befanden. Als erstes bot Fedowa dem Ermittler Kapiza eine stattliche Bestechungssumme an. Die Kapiza selbstverständlich ausschlug. Daraufhin brachte Fedowa seine Mutter ins Spiel. Er gab Kapiza zu verstehen, es sei zwecklos, ihn strafrechtlich zu belangen. Seine Mutter werde das verhindern. Und er verlange, sie zu sprechen ...«

Tudin hustete. Zum einen, weil seine Stimme überbeansprucht war, zum anderen, weil er um der Wirkung willen eine Pause machen wollte. Er sah die Mitglieder des Untersuchungsausschusses direkt an und fuhr fort: »Natalia Nikandrowa Fedowa wurde am achtzehnten dieses Monats über die Festnahme ihres Sohnes in Kenntnis gesetzt. Seit dem Telefonat zwischen ihr und dem Ermittler Kapiza war noch keine Stunde vergangen, als sie bereits im Miliz-Hauptquartier in Petrowka eintraf, um dort genau das zu tun, was ihr Sohn von ihr erwartete: nämlich in seinem Interesse zu intervenieren und jegliche Maßnahmen zu seiner strafrechtlichen Verfolgung zu unterbinden.«

Das war beeindruckend und überzeugend, und Natalia überkam leichte Unsicherheit. Sie hatte keine Möglichkeit, Einspruch zu erheben, aber andererseits war das ganze Verfahren einseitig und gegen sie gerichtet. Als sie merkte, daß Tudin fertig war, erklärte sie rasch: »Ich würde Oberst Tudin gern ein paar Fragen stellen.«

Dem wurde mit einem beiläufigen, fast geringschätzigen Nicken stattgegeben. Trotzdem versuchte Natalia, sich durch diese Vorverurteilung von seiten Lestows nicht aus der Fassung bringen zu lassen.

Sie drehte sich so weit herum, daß sie ihren Ankläger,

der sich seinerseits ihr zuwandte, direkt ansah. Er wirkte gelassen, trotz des immer noch geröteten Gesichts, und aus seiner Haltung sprach gestärktes Selbstvertrauen. Was diesen Punkt betraf, war Natalia noch weit davon entfernt, es ihm gleichzutun, da sie nicht mit diesem quasirechtlichen Untersuchungsausschuß und den gegen sie gerichteten Zeugenbefragungen gerechnet und sich noch immer nicht ganz auf das unerwartete Verfahren eingestellt hatte. Sie versuchte sich zu räuspern, was ihr aber nicht gelang. Deshalb war ihre Stimme, als sie zu sprechen begann, so rauh, daß sie noch einmal von vorn beginnen mußte. Über Tudins Lippen zuckte ein flüchtiges Grinsen.

»Sie sind mein unmittelbarer Stellvertreter im Auslandsdirektorat des russischen Nachrichtendienstes?«

Tudin zögerte. »Ja.«

»Habe ich Ihnen in dieser Funktion spezielle Machtbefugnisse, die unabhängigen Republiken der ehemaligen Sowjetunion betreffend, erteilt?«

Diesmal dauerte das vorsichtige Zögern länger. »Ja.«

»Hatte ich vor kurzem bei einer Konferenz aller Dezernats- und Abteilungsleiter Anlaß, Sie wegen Ihrer mangelnden Leistungen massiv zu kritisieren? Und auf deutliche Verbesserungen zu dringen? Innerhalb eines genau festgelegten Zeitraums?« Das Grinsen flackerte wieder auf, woraus Natalia schloß, daß Tudin dachte, sie versuchte sich für eine durch nichts zu rechtfertigende Verfehlung zu rechtfertigen, indem sie irrelevante interne Streitigkeiten ins Spiel brachte.

Nachdem Tudin die Fragen ohne Umschweife bejaht hatte, wandte er sich mit einem auffordernden Achselzukken dem Ausschuß zu. Lestow reagierte mit besorgniserregender Schnelligkeit und unübersehbarer Ungeduld. »Verfolgen Sie mit diesen Fragen einen bestimmten Zweck? Sie haben nichts mit dem zu tun, womit wir uns heute hier befassen.«

»Diese Fragen – und die Einstellung von Oberst Tudin – haben sehr *viel* mit dem zu tun, was heute hier geschieht«, brachte Natalia mit gerade so viel Nachdruck vor, wie sie sich erlauben zu können glaubte. Immerhin widersprach sie damit ihrem Vorgesetzten ganz direkt, wurde ihr bewußt.

Lestows Lippen spannten sich, aber er gestattete ihr mit einem knappen Nicken fortzufahren.

»Gab es Meinungsverschiedenheiten zwischen uns?« setzte Natalia die Befragung fort.

»Das habe ich bisher immer als eine interne Angelegenheit betrachtet. Ich glaube nicht, daß das etwas mit diesem Verfahren zu tun hat.«

Wieder einmal versagte Natalia die Stimme, als sie zu sprechen beginnen wollte, aber diesmal störte sie dieses offenkundige Zeichen ihrer Unsicherheit nicht. »Das Gespräch zwischen mir und Ermittler Kapiza war eine Privatangelegenheit: nichts Amtliches?«

Tudin lächelte unverhohlen. Was sie gerade gesagt haben, kam mehr oder weniger einem Eingeständnis dessen gleich, wessen er sie beschuldigte. »Genau!« sagte er triumphierend. »Sie haben sich inoffiziell in offizielle Milizermittlungen eingeschaltet, um sich für Ihren Sohn einzusetzen!«

In die Mitglieder des Untersuchungsausschusses kam Bewegung. Natalia versuchte, sich nicht aus der Ruhe bringen zu lassen. »Wie haben Sie von dem Gespräch zwischen mir und Ermittler Kapiza erfahren?«

Tudins Vorsicht kehrte zurück. »Durch Gerüchte«, sagte er knapp.

»Das Direktorat verfügt über eine interne Sicherheitsabteilung. Es ist nicht Ihre Aufgabe, Gerüchten oder Klatsch oder Verdächtigungen über direktoratsinternes Fehlverhalten nachzugehen.«

Zum erstenmal, seit die Verhandlung begonnen hatte, schien sich Tudin nicht ganz wohl in seiner Haut zu fühlen. »Ich hielt die Angelegenheit für außerordentlich ernst und glaubte deshalb, sie müßte von einer Person meines Ranges in die Hand genommen werden, um möglichen Einschüchterungsversuchen von vornherein vorzubeugen.«

»Ist der wahre Sachverhalt nicht der, daß Sie mir, Ihrer

Vorgesetzten, hinterherspioniert haben, weil Sie mir meine Stellung nicht gönnen und ich Ihnen Vorhaltungen gemacht habe, daß Sie Ihren Verpflichtungen nicht angemessen nachgekommen sind?«

»Nein!« entgegnete Tudin laut. »Ich gebe zu – und falls der Ausschuß auf eine Entschuldigung dringt, bin ich selbstverständlich zu einer solchen bereit –, ich gebe also zu, daß ich mich nicht strikt an die für solche Ermittlungen geltenden Vorschriften gehalten habe. Mein einziger Grund dafür war, rasch und wirksam einen eklatanten Machtmißbrauch zu verhindern. Was mir auch gelungen ist.«

Natalia ließ sich auf ihren Stuhl niedersinken, so daß Tudin plötzlich nicht mehr an sie oder den Ausschuß gerichtet sprach, sondern zum leeren Raum dazwischen. Sie hatte ihm zwar kein Geständnis entrungen – wie ihm das bei ihr gelungen war –, aber sie hoffte, gewisse Zweifel in den Köpfen der drei Männer gesät zu haben, die über sie zu Gericht saßen.

Der unbekannte Mann, den Tudin als ersten aufrief, gab seinen Namen mit Anatoli Alipow und seine Stellung als die eines Anwalts beim Nachrichtendienst an, als welcher er Eduards eidesstattliche Erklärung aufgenommen und bezeugt hatte. Alipows Aussage war förmlich, nicht mehr als eine Bestätigung, daß an der belastenden Aussage rechtlich nichts auszusetzen war.

»Was hat Ihnen Oberst Tudin als Grund angegeben, weshalb Sie ihn nach Petrowka begleiten sollten?« fragte Natalia, als sie an die Reihe kam.

»Ich sollte bei der Abfassung einer eidesstattlichen Erklärung die Einhaltung aller rechtlich erforderlichen Schritte überwachen.«

»Und welchem Zweck sollte diese eidesstattliche Erklärung dienen?«

Als gewissenhafter Anwalt überlegte sich Alipow seine Antwort. »Zu beweisen, daß laut unseren Statuten ein Fall von Machtmißbrauch gegeben war.«

»Was Sie bereits als erwiesen betrachteten?«

Wieder eine Pause, um nachzudenken. »Ja.«

»War das alles?«

»Nein.«

»Was sonst noch?«

»Um meine Meinung über mögliche strafrechtliche Schritte zu äußern.«

»Und wie lautete Ihre Meinung?«

»Daß berechtigter Anlaß für ein Strafverfahren gegeben wäre.«

Als sich Natalia setzte und dabei unerwartet einen Blick zur Seite warf, sah sie ein zufriedenes Grinsen auf Eduards Zügen, und als Tudin ihn namentlich aufrief, erhob er sich großspurig. Er legte die Hände auf die Lehne des Stuhls vor ihm und sah sich um, als bedauerte er, kein größeres Publikum für seinen Auftritt zu haben.

Tudin nahm die Befragung vor.

Die Fakten, angefangen von der Festnahme auf der Straße nach Serpuchow, waren im wesentlichen dieselben, die Natalia bereits von Kapiza kannte. Auch das Gespräch, das sie, auf ihr Drängen hin, in Kapizas Beisein mit Eduard geführt hatte, war relativ genau wiedergegeben. Allerdings war alles leicht übertrieben, Schlußfolgerungen zu Substantialität erhärtet, Andeutungen als Fakten dargestellt.

Es hörte sich überzeugend und vernichtend an.

Ohne mit der Wimper zu zucken, wiederholte Eduard, er habe nie an der Hilfe seiner Mutter gezweifelt. In Petrowka habe sie ihm zugesichert, daß er freigelassen werde und keinerlei rechtliche Schritte gegen ihn eingeleitet würden. Er bedaure zutiefst, daß sich seine Mutter nun diesen und möglicherweise weiteren, folgenschweren Untersuchungen unterziehen müsse. Er habe sie nie ausdrücklich darum gebeten, sich für ihn einzusetzen. Er habe auf jede nur erdenkliche Weise kooperieren wollen und deshalb auch die eidesstattliche Erklärung abgegeben. Er hoffe, man werde seiner Mutter gegenüber Milde walten lassen, sowohl bei dieser als auch bei allen weiteren Untersuchungen.

Sie war rasch auf den Beinen, aber nachdem sie aufgestanden war, sprach sie nicht sofort, sondern sah ihren Sohn unverwandt an. Wie hatte sie jemals irgendein Gefühl oder gar Liebe für diese Kreatur empfinden, genauso über ihn denken können, wie sie über Sascha dachte – nämlich als ihr Fleisch und Blut? Alles, was sie jetzt verspürte, waren Haß und Abscheu.

»Wo wohne ich?« fragte Natalia schroff.

Eduard blinzelte. Es kam Bewegung in den Raum. »Was?« fragte Eduard.

»Wo wohne ich?«

»Ich . . . ich dachte, in Mitninskaja, aber da warst du nicht mehr.«

»Wann bist du das letzte Mal nach Mitninskaja gekommen?«

»Ich weiß . . .«, hob Eduard an, hielt aber inne. Er zuckte mit den Achseln. »Das ist schon eine Weile her.«

»Wie lange bist du nicht mehr beim Militär?«

Wieder ein Achselzucken. »Auch schon eine Weile.«

»Bist du seitdem nach Mitninskaja gekommen, um mich zu besuchen?«

Das angeberhafte, großspurige Gehabe war plötzlich weg. Eduard war klargeworden, daß es keineswegs so einfach war, wie er gedacht hatte. Er neigte sich ihr leicht zu. Tudin saß halb herumgedreht, konnte ihm aber aus dieser ungünstigen Haltung keinen Hinweis geben. Bereits ahnend, worauf seine Mutter mit ihren Fragen hinauswollte, sagte Eduard: »Ich hab's versucht, aber du warst nicht da.«

Er improvisierte, merkte Natalia als ehemalige Verhörspezialistin sofort. Er wußte ohne Tudins Anweisungen nicht mehr weiter und antwortete einfach aufs Geratewohl! »Wann haben wir uns zum letzten Mal gesehen, *bevor* du aus der Armee ausgeschieden bist?«

»Weiß ich nicht mehr.«

»Wann du Urlaub hattest, müßte eigentlich in den Armeeunterlagen vermerkt sein«, hielt sie ihm mit Nachdruck vor. »Es war sechs Monate vor deiner Entlassung vom Militär.«

»Schon möglich.«

Natalia war zwar zu weit entfernt, um es mit Sicherheit erkennen zu können, aber sie vermutete, daß das Gesicht ihres Sohnes von Schweiß glänzte. Schwitz nur, du Satansbraten! dachte sie. Schwitz nur! »Was ist mein Dienstgrad?«

»Oberst. Warst du jedenfalls damals.«

»Ich wollte nicht wissen, was ich *war*. Was bin ich jetzt?«

»Weiß nicht.«

»Wo wohnst du?«

»In Twerskaja.«

»In was? Einer Wohnung?«

»Das müßtest du eigentlich wissen! Du warst schließlich oft genug da!«

Natalia fand, daß ihr Sohn wirklich erstaunlich dumm war. »Ist es das, was du diesem Ausschuß weismachen willst? Daß ich dich dort besucht habe?«

»Du weißt doch, daß du bei mir warst.«

»Das stimmt nicht.«

»Du weißt sehr genau, daß es stimmt! Dort haben wir doch alles abgesprochen.«

Inzwischen hatte sich Tudin von Eduard abgewandt und den Blick zu Boden gesenkt. Natalia fragte sich, wie er ernstlich hatte glauben können, mit so etwas durchzukommen, und beantwortete sich ihre Frage gleich selbst: das Festhalten an den Methoden der Vergangenheit, in der eine so offenkundig falsche Anschuldigung noch ihren Zweck hätte erfüllen können. »Könntest du dem Ausschuß bitte erzählen, was wir dort angeblich abgesprochen haben?«

»Hab' ich bereits«, maulte Eduard. Jetzt, da er glaubte, sie geschlagen zu haben, ließ seine Anspannung nach.

Es war wichtig, seine Selbstsicherheit aufzupumpen in der Hoffnung, daß sie irgendwann platzen würde. »Gehen wir es trotzdem noch mal an. Du hast dich also darauf verlassen, daß ich dich aus der Haft befreien würde?«

»Das hast du mir immer versprochen.«

»Als ich nach Twerskaja gekommen bin?«

Eduard lächelte. »Ja.«

Viel mehr ging nicht mehr in den Ballon, dachte Natalia. »Was habe ich gesagt, als ich dich in der Zelle besucht habe?«

»Daß du das nicht allein entscheiden könntest: daß du auch auf die Miliz Rücksicht nehmen müßtest.«

Das entsprach ziemlich genau dem wahren Sachverhalt, mußte sie zugeben. »Wie lange warst du schon in Haft, als ich dich besuchen kam?«

»Fünf Tage.«

»Wann wurdest du freigelassen?«

»Heute morgen.«

»Das war also eure Abmachung? Wenn du heute vor diesem Ausschuß aussagst, kommst du frei?«

Das war der Punkt, an dem Natalia auf ein unbedachtes Geständnis hoffte, aber bevor Eduard antworten konnte, stand Tudin eilends auf. »An dieser Stelle sollte ich dem Ausschuß vielleicht sagen, daß ich heute einen umfassenden Bericht an die Bundesanwaltschaft geschickt habe, der auch die Empfehlung enthält, diesem Mann für seine Kooperation Straffreiheit zuzusichern. Bis auf weiteres bleibt er jedoch in Milizgewahrsam.«

Das war die perfekte Widerlegung dessen, was Natalia zu beweisen versuchte: daß nämlich Tudin ihrem Sohn für seine Aussage die Freilassung zugesichert hatte. Sie hatte nicht damit gerechnet, daß ihre Pläne so leicht zu durchkreuzen wären, und war im ersten Moment wie gelähmt. Sie konnte keinen klaren Gedanken mehr fassen und wußte nicht, wie sie diese Auseinandersetzung mit ihrem Sohn fortführen – und vor allem gewinnen – sollte. Doch dann begann ihr Verstand wieder zu arbeiten, und die Verzweiflung ließ nach, obwohl sie argwöhnte, daß jetzt alle dachten – die Mitglieder des Untersuchungsausschusses mit dem Leiter des Geheimdiensts an der Spitze sowie Tudin, Eduard und Kapiza –, alle Anstrengungen, die sie zu ihrer Verteidigung unternommen hatte, wären kläglich gescheitert. Forsch fuhr sie mit ihrer Befragung fort: »Wir waren doch nicht allein in deiner Zelle? Ermittler Kapiza war die ganze Zeit dabei?«

»Ja.« Eduard war wieder auf der Hut.

»Er hat alles mitbekommen?« Fast alles hing jetzt von der Ehrlichkeit des Polizisten ab, merkte Natalia: mehr, als ihr bis zu diesem Moment bewußt geworden war.

»Ja.«

»Wolltest du, daß er anwesend wäre?«

Eduard zuckte mit den Achseln. »Das war dein Wunsch. Mir war es egal.«

»Du hast nicht vorgeschlagen, daß er uns allein lassen sollte?« Als sie diese Frage stellte, galt Natalias Aufmerksamkeit nicht ihrem Sohn, sondern Kapiza. Der Beamte runzelte die Stirn.

»Nein.«

Kapizas Stirn legte sich noch tiefer in Falten. Lieber Gott, dachte Natalia, hoffentlich hat er sich nicht auch wie Eduard mit Tudin arrangiert. »Hast du Ermittler Kapiza sofort gesagt, daß ich deine Mutter bin, als du auf der Straße nach Serpuchow angehalten worden bist?«

»Das hast du mir doch selbst gesagt: Ich sollte das gleich durchblicken lassen, damit erst gar keine Ermittlungen eingeleitet würden.«

Natalia zog die Pause ganz bewußt in die Länge. »Es sollte also ganz schnell gehen? Du solltest rasch rausgeholt werden?« Natalia sah, wie sich Tudin innerlich anspannte.

»Ja«, sagte Eduard.

»Aber ich bin erst nach fünf Tagen nach Petrowka gekommen.«

Eduard schien die Gefahr zu ahnen. Er nickte und nagte an seiner Unterlippe, gab aber keine Antwort.

»Oder war es nicht erst nach fünf Tagen, daß ich nach Petrowka gekommen bin?«

»Doch.«

»Warum, glaubst du, bin ich erst nach fünf Tagen zu dir gekommen, obwohl wir angeblich abgesprochen hatten, es müßte alles ganz schnell gehen?«

»Das würde ich eigentlich gern von dir hören!«

»Das werde ich dir gleich sagen! Weil du meine Adresse

nicht hattest. Wir haben uns nämlich fast zwei Jahre nicht mehr gesehen! Und wir hatten auch keine Abmachung getroffen, daß ich dir helfen würde, wenn du in Schwierigkeiten kämst.«

»Du hast immer gesagt, du würdest mir helfen!« behauptete Eduard verzweifelt. Tudin vor ihm saß stocksteif da, den Blick erwartungsgemäß auf seine Unterlagen gesenkt.

Jetzt geht's dir an den Kragen, Bürschchen! dachte Natalia. Sie genoß den Augenblick, zögerte ihn bewußt hinaus. »Warum, glaubst du wohl, habe ich dir nicht gesagt, daß ich zum General befördert worden bin, als ich dir, wie du behauptest, in Twerskaja versprochen habe, dir zu helfen, und das, obwohl ich dazu in dieser Position noch wesentlich besser imstande gewesen wäre, als wenn ich noch Oberst gewesen wäre? Oder warum ich dir bei diesen Besuchen nie meine neue Adresse gegeben habe? Und woher ich gewußt haben soll, daß du in Twerskaja wohnst, obwohl ich sechs Monate *vor* deiner Entlassung aus der Armee zum letzten Mal etwas von dir gehört oder gesehen habe? Achtzehn Monate vor dem Zeitpunkt, zu dem du in Twerskaja eine Unterkunft gefunden hast?«

Diesmal rutschten die Mitglieder des Untersuchungsausschusses nicht auf ihren Stühlen herum. Im Raum war kein Laut zu hören. Nichts bewegte sich.

Unnachsichtig machte Natalia weiter. »Oberst Tudin hat dir versprochen, du würdest nicht vor Gericht gestellt, wenn du heute vor diesem Ausschuß aussagen würdest. So war es doch abgemacht? Wenn du gegen mich aussagst – mich belastest –, kommst du frei!«

»Er hat gesagt, er würde eine entsprechende Empfehlung abgeben.« Eduard versuchte sich an das zu halten, was sie sich zurechtgelegt hatten.

»In Wirklichkeit hast du doch mit Oberst Tudin eine Abmachung getroffen? Und nicht mir mir? Zwischen uns hat es nie irgendwelche Abmachungen gegeben.«

Wieder war Tudin auf den Beinen, bevor Eduard etwas erwidern konnte. Er sagte: »Der Sachverhalt wird völlig entstellt, verdreht. Tatsache ist, daß General Fedowa nach Petrowka gekommen ist und in Anwesenheit von Ermittler Kapiza, der noch vor dem Ausschuß aussagen muß, versucht hat, die strafrechtliche Verfolgung ihres Sohnes zu verhindern.«

Tudin strampelte sich gewaltig ab. Natalia glaubte nicht, daß sie ihn schon geschlagen hatte, zumindest nicht so vernichtend, wie sie beabsichtigt hatte. Aber das Verhalten des Ausschusses war jetzt nicht mehr so offen feindselig. Sie sagte: »Nicht ich bin hier diejenige, die irgendwelche Tatsachen verdreht. Das tut Oberst Tudin, und zwar aus den bereits angeführten Gründen. Ich bitte Sie, auf einer Beantwortung meiner Frage zu bestehen.«

»Also?« forderte Lestow Eduard auf.

»Oberst Tudin hat versprochen, auf Milde zu plädieren«, machte Eduard hartnäckig geltend. »Die Abmachung zwischen mir und meiner Mutter bestand schon lange, bevor Oberst Tudin dazukam.«

Natalia riskierte es, das Schweigen so lange andauern zu lassen, bis die Männer am Tisch unbehaglich auf ihren Stühlen herumzurutschen begannen. Erst dann fragte sie: »Und was wurde aus unserer Abmachung? Warum mußtest du, nachdem ich dich bereits in Petrowka aufgesucht hatte, noch einmal sechs Tage in Untersuchungshaft verbringen, bevor du freigelassen wurdest, um hierherkommen zu können? Freigelassen auf Veranlassung von Oberst Tudin?«

Bevor Eduard auf die Frage antworten konnte, die sie ohnehin nicht beantwortet haben wollte – sie glaubte, der beabsichtigte Effekt würde sich am besten *ohne* eine Antwort einstellen –, setzte sich Natalia. Dieses Manöver ließ ihren Sohn genauso kläglich dastehen, wie sie beabsichtigt hatte, und Tudin mußte sich eilig von seinem Platz erheben, um Eduards Aussage für beendet zu erklären. Inzwischen glaubte Natalia zwar, das Blatt hätte sich zu ihren Gunsten gewendet, aber sie blieb weiter auf der Hut, und als sich Tudin anschickte, den Miliz-Ermittler aufzurufen, stand sie auf, um ihn mitten im Satz zu unterbrechen und darum zu bitten, den Anwalt noch einmal aufrufen zu dürfen. Daß ihr Lestow das sofort genehmigte, faßte sie als ein gutes Omen auf.

Nachdem sich Alipow, wie aufgefordert, erhoben hatte, fragte ihn Natalia: »Waren Sie in Petrowka anwesend, als die eidesstattliche Erklärung abgefaßt wurde?«

»Selbstverständlich. Deshalb war ich dabei.«

»Welche Versprechen oder Zusagen wurden Eduard Igorewitsch Fedowa bei diesem Treffen gemacht?«

Der Anwalt zögerte und sah vorübergehend auf Tudins gebeugten Rücken. Dann straffte er sich deutlich sichtbar in den Schultern, als hätte er gerade einen Entschluß gefaßt. »Daß kein Strafverfahren gegen ihn eingeleitet würde.«

»Wer hat ihm diese Zusicherung gegeben?«

»Oberst Tudin.«

»War bis zu diesem Zeitpunkt – oder auch in der Zwischenzeit – bezüglich einer solchen Amnestie eine Anfrage an die Bundesanwaltschaft gerichtet worden oder ist von deren Seite vielleicht sogar eine entsprechende Zusage eingegangen?«

»Meines Wissens nicht.«

»Oberst Tudin hat sie also ausschließlich kraft seiner eigenen Verfügungsgewalt erteilt?«

»Ja.«

»Vor oder nach Abfassung der eidesstattlichen Erklärung?«

»Davor.«

»Demnach diente der Straferlaß als Anreiz, um hier auszusagen?«

Tudin wollte aufstehen, aber bevor er dazu kam, verbat sich Lestow die Unterbrechung, indem er ihm durch kurze Handbewegung bedeutete, er solle sitzen bleiben.

»Ich glaube nicht, daß ohne eine solche Zusicherung eine Aussage zustande gekommen wäre«, kapitulierte der Anwalt.

Natalia erklärte, sie habe keine weiteren Fragen mehr, und setzte sich. Inzwischen war sie sicher, daß zumindest einer der Anwesenden von Tudin abgesprungen war. Da der Miliz-Ermittler inzwischen bestimmt gemerkt hatte, welche Seite Oberwasser hatte, war damit zu rechnen, daß er sich bereitwillig auf ihre Seite schlagen würde. Alles, was er tun mußte, war, die Wahrheit zu sagen.

Kaum hatte Kapiza zu sprechen begonnen, wurde Natalia klar, daß der Milizbeamte sichtlich bemüht war, sich von Tudins abgekartetem Spiel, das zusehends mehr in die Hose zu gehen drohte, zu distanzieren.

Infolge des erzwungenen Nikotinentzugs waren Kapizas Nerven sichtlich angegriffen. Seine Hände flatterten ruhelos über die Stuhllehnen, und heftig blinzelnd kniff er immer wieder ganz fest die Augen zusammen. Er stellte sich mit seiner Aussage als jemand bloß, der durchaus zu Kompromissen und Rechtsverdrehungen bereit war, als er stotternd und stammelnd zu erklären versuchte, warum er mit Natalia Kontakt aufgenommen hatte, und ganz unumwunden zugab, daß Eduard – und die mit ihm festgenommenen Männer – nur zu offensichtlich erwartet hatten, daß Natalia ihre strafrechtliche Verfolgung vereiteln würde. Dieses Geständnis ermöglichte es Kapiza, darauf hinzuweisen, daß er bei seinen Verhandlungen mit Natalia immer auf eine strafrechtliche Verfolgung gedrungen hatte.

»Haben Sie erwartet, General Fedowa würde ihren Sohn dem Zugriff der Justiz entziehen?« wollte Tudin wissen.

»Ich dachte, ich sollte erst mal mit ihr sprechen, bevor ich eine Anklage formuliere«, gab Kapiza zu.

»Zu welchem Zweck?« hakte Tudin nach.

»Das zu entscheiden, habe ich General Fedowa überlassen.«

»Haben Sie je ein Strafverfahren gegen einen hochgestellten Angehörigen des Nachrichtendiensts beantragt – oder gegen ein Familienmitglied eines solchen hochgestellten Beamten?«

»Nein.«

»Rechnen Sie damit?«

Hilflos sah Kapiza zu Natalia hinüber. »Nein.«

»Haben Sie damit gerechnet, daß Eduard Igorewitsch Fedowa aus der Haft entlassen würde?«

»Ja.« Kapizas Stimme war kaum mehr als ein Flüstern.

»Was genau hat General Fedowa zu Ihnen gesagt, als sie die Arrestzelle in Petrowka verließ?«

Kapiza antwortete nicht sofort, und Natalia hoffte, er suchte nach der harmlosesten Bemerkung, die sie gemacht haben könnte.

»Daß Sie sich bald bei mir melden würde«, gab er akkurat wieder.

Für Natalia war das der Moment, sich wieder in die Befragung einzuschalten, und sie ergriff die Gelegenheit, als sich Tudin, offenbar zufrieden, setzte. »Habe ich mich bald wieder bei Ihnen gemeldet?«

»Nein.«

»Haben wir uns seitdem, außer heute, getroffen?«

»Nein.«

Es war nicht Kapizas Schuld, daß er in einem so schlechten Licht dastand. Es war die Schuld eines noch allzu präsenten, auf gegenseitigen Gefälligkeiten beruhenden Systems sowie des blinden Neids eines Mannes wie Fjodor Tudin und nicht zuletzt auch der allgemeinen Unsicherheit, ob Rußland wirklich den entscheidenden Schritt in eine von Grund auf neue Zukunft tun oder wieder in den vertrauten Sumpf der Vergangenheit zurücksinken würde. In Natalia stieg Mitgefühl auf für den Mann, der eigentlich gar nicht anders hatte handeln können, als er das getan hatte, weil er nie etwas anderes gekannt hatte. Sie sagte: »Das war doch nicht alles, worüber wir gesprochen haben, nachdem wir die Zelle verlassen haben?«

Stirnrunzelnd versuchte sich Kapiza zu erinnern. »Nein.«

»Habe ich nicht gesagt, daß die Festnahme meines Sohnes – und die Aufbringung des Konvois – ordnungsgemäß abgewickelt werden müßte, zur Zufriedenheit aller Beteiligten?«

Kapiza nickte eifrig. »Ja. Und ich habe gesagt, das wäre auch, was ich wollte.«

Natalia war froh, daß der Mann auf ihr Angebot eingestiegen war und gleichzeitig merkte, wie er dadurch seine anfängliche Aussage vom Ruch versuchter Korruption reingewaschen hatte. »Wir haben uns also über eine strafrechtliche Verfolgung unterhalten?«

Sie fragte sich, ob auch für den Ausschuß so deutlich ersichtlich war, wie angestrengt Kapiza um die richtige Antwort rang. »Ja. So habe ich es jedenfalls verstanden.«

»Habe ich *jemals* gesagt oder angedeutet, daß ich versuchen würde, das Verfahren gegen meinen Sohn zu verhindern oder zu unterbinden?«

Kapiza zögerte deutlicher als zuvor. »Nein.«

»Ich möchte Ihnen bei der nächsten Frage nichts suggerieren«, warnte Natalia. »Ich möchte, daß Sie sich so exakt wie möglich an die Bemerkung erinnern, die mein Sohn bezüglich einer möglichen Kompromittierung gemacht hat.« Sie sind Ermittler, ausgebildet, sich Sachen zu merken, dachte Natalia, also werden Sie sich doch hoffentlich auch das gemerkt haben!

Darauf trat langes Schweigen ein. Flatternd tasteten die Hände des Mannes nach etwas, was sie tun, was sie berühren könnten. »Er sprach davon, daß er mir gesagt habe, wer Sie seien und welche Stellung Sie innehätten . . .«, begann Kapiza vorsichtig. »Sie gaben ihm recht, als er die Vermutung äußerte, daß Sie inzwischen einen höheren Rang bekleideten als bei ihrer letzten Begegnung . . .« Der Ermittler verstummte stockend.

Los weiter, dachte Natalia, sie wollte alles hören! »Ja?«

». . . Er sagte etwas, daß jetzt in Moskau alles viel offener sei . . .« Kapizas Miene klärte sich auf. »Und dann meinte er, Leute in hohen Positionen könnten ganz leicht in Verlegenheit gebracht werden, möglicherweise sogar zu Schaden kommen . . . und daß wir niemand in Verlegenheit bringen wollten . . .«

Natalia ließ sich ihre Erleichterung nicht anmerken. Sie mußte riskieren, eine Suggestivfrage zu stellen, damit der

Milizbeamte auch richtig antwortete. »Haben Sie diese Bemerkung als Drohung aufgefaßt?«

Ihre Hilfestellung annehmend, sagte er: »Ja. Ganz eindeutig.«

Genug, entschied Natalia. Sie glaubte, Tudins Attacke hinreichend abgewehrt zu haben. Nun kam der entscheidende Gegenschlag. Sie erklärte, sie habe keine weiteren Fragen mehr, und dankte Kapiza, blieb aber stehen, um nicht aus dem Tritt zu kommen. An Lestow gerichtet, fuhr sie fort: »Wenn dies das Ende der Untersuchung ist, mit deren Hilfe ein Verfahren gegen mich eingeleitet werden soll, bitte ich den Ausschuß um Erlaubnis, eigenes Beweismaterial vorlegen zu dürfen.«

»Einen Zeugen«, fragte Lestow.

»Den Bundesanwalt Petr Borisowitsch Korolow«, bestätigte Natalia förmlich. Es war niemand im Raum, der nicht für einen Moment den Atem anhielt.

In der *People's Daily* wurde John Gowers Verhaftung mehr Aufmerksamkeit zuteil als in den westlichen Medien – ihr war fast die ganze Titelseite gewidmet, mit einer wörtlich wiedergegebenen Regierungserklärung über internationale Verschwörungen und konterrevolutionäre Umtriebe. Deshalb erfuhr Jeremy Snow schon nach achtundvierzig Stunden von dem Zwischenfall.

In der Zeitungsmeldung wurde zwar nicht ausdrücklich der taoistische Tempel genannt, aber der Bezirk von Peking, in dem er lag, und daraus folgerte Snow, daß die ihn keineswegs aufgegeben hätten, sondern versuchten, auf dem üblichen Weg mit ihm Kontakt aufzunehmen.

Die Zufriedenheit des Geistlichen währte nur kurz. Nicht *versuchten*, korrigierte er sich: versucht *hatten*. Über einen Mann, der jetzt im Gefängnis saß. Das hieß, er war weiter so allein wie eh und je. Auf jeden Fall war es sinnlos – sogar gefährlich –, in der Hoffnung auf ein weiteres Signal den Tempel aufzusuchen, was er eigentlich an diesem Tag vorgehabt hatte, um das Dreitageschema einzuhalten. Oder einen der toten Briefkästen, in denen vielleicht eine Nachricht auf ihn wartete. Und jeder, der jetzt die britische Botschaft aufsuchte, lief Gefahr, von den Spähern des Amts für öffentliche Sicherheit automatisch mit dem Fall in Verbindung gebracht zu werden.

Mit einem Gefühl verzweifelter Hilflosigkeit mußte sich Snow eingestehen, daß er nicht wußte, was er tun sollte.

Doch dann kam ihm plötzlich eine Idee – so schnell, daß er versucht war, sie auf eine Art göttlicher Eingebung zurückzuführen, wenn das Ganze nicht reinste Blasphemie gewesen wäre. Die Sache war nicht ganz unproblematisch, aber es war eine Möglichkeit. Das endgültige unvermeidliche und unwiderufliche Verwischen von allem, merkte er sofort. Und genau deshalb würde er es nicht tun, *konnte* er es nicht tun. Nicht umvermeidlich und daher nicht unwiderruflich. Er konnte seinen Glauben und seine Grundsätze nicht prostituieren. *Würde* es nicht tun.

Dennoch wäre es ein Ausweg – ganz gleich, welchen Preis er dafür zahlte. Nachdem er Li Dongming zufriedengestellt hatte – vielleicht war auch abgelenkt das bessere Wort. Er würde versuchen, sich etwas anderes einfallen zu lassen: alles andere lieber. Wollte nicht auch noch das letzte Bißchen an Integrität aufgeben.

Angemessenerweise wählte Snow ein Gebet aus den Klageliedern. *O Herr,* dachte er, *du hast gesehen mein Unrecht. Urteile du nun über meinen Fall.* Blasphemie, dachte er wieder, und deshalb absolut *un*angemessen.

38

»Haben Sie schon Zeitung gelesen?« begrüßte ihn Patricia Elder. »Oder im Fernsehen die Nachrichten gesehen?«

Sie saß nicht an ihrem Schreibtisch, sondern stand am Fenster, durch das man in der Ferne das Parlamentsgebäude sehen konnte. Sie trug das hochgeschlossene, dunkelgrüne Kostüm, das sie an dem Morgen angehabt hatte, an dem Charlie sie mit Miller das Penthouse am Regent's

Park hatte verlassen sehen. Es war schwer, sie sich ohne es vorzustellen, mit den Beinen nach oben gestreckt. Aber vielleicht reckte sie die Beine gar nicht in die Luft. Hätte ihn jedenfalls nicht gewundert, wenn sich Millers Repertoire auf die Missionarsstellung beschränkte.

»Sicher«, sagte Charlie und dachte: erst zuhören, dann fragen. Fürs erste war »Klappe zu, Ohren auf« angesagt. Trotzdem brannte ihm die Frage auf den Lippen: Was sollte er hier oben in der neunten Etage, kaum war am anderen Ende der Welt ein Problem aufgetreten? Julia hatte auch keine Antwort darauf gewußt. Noch nicht einmal vor ein paar Minuten, als er, etwas zu früh, eingetroffen war. Auf seinen fragenden Blick hin hatte sie bloß den Kopf geschüttelt und auf die Sprechanlage gedeutet, um ihn zu warnen, daß sie an war.

»Eine Katastrophe«, erklärte Patricia Elder.

Was für eine Katastrophe war es wohl erst für Gower? »Ich weiß nur, was ich in der Zeitung gelesen habe«, half er ihr nach.

»Viel mehr wissen wir auch nicht. Wie es aussieht, wurde er vor drei Tagen geschnappt. Außer dem Spionagevorwurf enthält die Erklärung der Chinesen keine weiteren Angaben. Wir erhalten keinen Zugang.«

Wollte sie Trost? »Er hat beim Verhörwiderstand immer sehr gut abgeschnitten, aber bisher stand er natürlich nie unter richtigem Druck. Und erst da läßt sich das wirklich beurteilen.«

»Wie lange?« fragte sie, brutal nüchtern.

Charlie zog die Mundwinkel nach unten. »Unmöglich, das zu sagen, ohne zu wissen, was sie mit ihm anstellen, ohne zu wissen, *wie* sie ihn gefaßt haben und ob er etwas getan hat, das seine Schuld offenkundig macht und ihm das Leugnen schwermacht. Je harmloser die Umstände, unter denen er gefaßt wurde, um so leichter ist es natürlich für ihn durchzuhalten.«

»Im Höchstfall?« ließ sie nicht locker.

»Es wäre alles nur Mutmaßung. Wenn er das Gefühl hat, leugnen zu können, weil sie nicht genug gegen ihn haben, vielleicht zwei Wochen. Allerhöchstens drei. Falls er im Moment der Festnahme durch irgend etwas belastet wurde, wesentlich weniger: Sie könnten seinen Widerstand jetzt schon brechen ...« Charlie zögerte. »Ich weiß immer noch nicht, was er dort eigentlich sollte.« Das war eine behutsame Aufforderung, ihm mehr zu erzählen als die schlichten Tatsachen, die er bereits kannte.

Patricia Elder entfernte sich vom Fenster, setzte sich schließlich an ihren Schreibtisch und starrte kurz vor sich hin, als versuchte sie, zu einer Entscheidung zu kommen. Schließlich rückte sie mit der Sprache heraus, sagte ihm, daß Jeremy Snow Geistlicher sei und nicht wahrhaben wollte, daß er kompromittiert sei. Auch von den belastenden Fotos erzählte sie Charlie und identifizierte sogar Li, nicht nur mit dem Familiennamen, sondern mit seinem vollen Namen Li Dongming.

Jedes Wort analysierend, hörte Charlie aufmerksam zu, und dabei schossen ihm ständig unausgesprochene Fragen durch den Kopf. Dennoch war er dem, was sie sagte, in Gedanken immer einen Schritt voraus, wobei sich ihm vor allem eine Frage immer wieder aufdrängte: Warum? Warum nannte sie ihm Einzelheiten einer laufenden Operation, die er nach dem Aufsplitterungsprinzip, nach dem jeder Geheimdienst arbeitete, nicht wissen durfte? Als Erklärung dafür genügte nicht, daß der Festgenommene jemand war, den er ausgebildet hatte: nicht annähernd. Warum also dann?

»So also sieht die Katastrophe aus«, schloß die stellvertretende Direktorin.

»Wissen wir genug, um sie als eine solche einzustufen?«

Sie sah ihn stirnrunzelnd an. »In den letzten paar Monaten haben die Chinesen mindestens zwanzig Dissidenten hochgenommen; wahrscheinlich sogar mehr. Einer war früher Snows Quelle, vielleicht die beste, die er je hatte. Wie stehen wir also da, wenn ein englischer Jesuit, der drei Jahre selbständig für uns tätig war, und John Gower, der offiziell zur britischen Botschaft gehört, mit ihnen eingebuchtet werden?«

»Sind Sie sicher, daß es so schlimm kommen wird?«

»Das darf es nicht«, erklärte Patricia Elder selbstherrlich. »Wir müssen einen Weg finden.«

Jetzt war es an Charlie, die Stirn in Falten zu ziehen. Diese Bemerkung wollte er gern näher erläutert haben. »Einen Weg, was zu tun?«

Plötzlich stand die stellvertretende Direktorin vom Schreibtisch auf und nahm ihren Platz am Fenster wieder ein. »Gower wurde mit dem Auftrag nach Peking geschickt, einen letzten Versuch zu unternehmen, den Geistlichen herauszuholen. Hätte sich Snow geweigert, hätten wir ihn aufgegeben. Er hat selbständig für uns gearbeitet und läßt sich somit verleugnen. Bei Gower geht das nicht. Ebensowenig wie bei William Foster. Deshalb haben wir ihn abgezogen, um die Verbindung zur Botschaft zu kappen.«

»Die aber, soviel wir wissen, bisher noch nicht hergestellt wurde?« nahm Charlie vorweg. Und was die Frage nach seiner eigenen Zukunft betraf, dachte er, war noch keineswegs das letzte Wort gesprochen. Hoffnung keimte in ihm auf.

»Unseres Wissens nicht.« Sie sah ihn direkt an.

Charlie erwiderte ihren Blick genauso direkt. Jetzt war eindeutig nicht Redezeit.

Sie sagte: »Wir haben uns mehr erwartet von Gower. Ihrem Lehrling.«

Unsinn, dachte Charlie. Das ließ er sich nicht in die Schuhe schieben. »Sie wissen doch noch gar nicht, was passiert ist. *Wie* es passiert ist.«

»Er wurde festgenommen. Nachdem er von Ihnen ausgebildet worden ist, von jemand, der angeblich so gut ist. Von jemand, der nie geschnappt wurde.«

Wieder Unsinn. »Es gibt auf der ganzen Welt kein Land, in dem es schwieriger ist zu arbeiten als in China. Das war schon immer so. Auf keinen Fall hätte er seinen ersten Auftrag ausgerechnet dort erhalten sollen. Und vor allem keinen Auftrag, bei dem so leicht etwas schiefgehen kann.«

»Ich habe Ihnen bereits gesagt, er hat detaillierte Anweisungen für sein Vorgehen erhalten. Das Ganze war für ihn zu keinem Zeitpunkt mit irgendwelchen persönlichen Risiken verbunden. Er hat schlicht und einfach versagt.«

»Verfrühte Manöverkritik«, hielt ihr Charlie entgegen. »Ich dachte, das Problem wäre die unmittelbare Zukunft: die nächsten drei Wochen, falls Gower so lange durchhält.«

»So ist es.« Patricia Elder hatte ihn nicht aus den Augen gelassen.

»Und was wollen Sie jetzt tun?«

»Sie reinschicken, um eine Katastrophe zu vermeiden. Sie sind der Mann, der nie gefaßt wurde, obwohl Ihrem Schüler genau das passiert ist: Er wurde gefaßt. Ob er zwanzig Jahre in einem chinesischen Gefängnis sitzen muß, hängt einzig und allein davon ab, daß wir verhindern können, daß zwischen Gower und Snow eine Verbindung hergestellt werden kann. Wir wären durchaus bereit gewesen, diesen blöden Geistlichen aufzugeben. Inzwischen können wir das nicht mehr. Ihre Aufgabe ist es, ihn rauszuholen, damit die Chinesen keine Verbindung herstellen können. Was aus Gower wird, hängt von Ihnen ab.«

Er war wieder im Geschäft! Und gleich mit einem richtigen Auftrag! Die Gegebenheiten dämpften seine Euphorie. »Ich trage für nichts von all dem irgendeine Verantwortung.«

»Es ist ein Schlamassel, den Sie beseitigen sollen. Oder zumindest verhindern, daß es noch schlimmer wird.«

Laß dir das schwarz auf weiß geben, dachte Charlie. »Heißt das, ich bin wieder im aktiven Außendienst?«

Patricia Elder zögerte. »Bis auf weiteres.«

Charlie fand, sie war zumindest ehrlich und zeigte damit eine gewisse Integrität. »Probeweise?«

»Sie erhalten eine Chance.«

»Mein Gott, wie er die wollte! Die ganze Trauer und Nostalgie der vergangenen Monate verdichtete sich zu der alles andere verdrängenden Einsicht, daß er wieder als

Agent arbeiten wollte, ganz gleich, unter welchen Voraussetzungen. Er würde alle Bedingungen akzeptieren, solange er nur in seinen alten Job zurück konnte.

»Was haben Sie bereits unternommen?«

Die stellvertretende Direktorin schüttelte den Kopf. »Angeblich sind Sie doch der Experte für so was. Sagen Sie mir, was *Sie* tun würden. Geben Sie mir etwas, was ich an die Botschaft weiterleiten kann.«

Wie schmeichelhaft, dachte Charlie. »Laut Aussagen der Botschaft hat Gower alles im Tresor gelassen?«

»Das ist einer der Strohhalme, an die wir uns klammern, daß er bei seiner Festnahme nichts Belastendes bei sich hatte.«

»Ermächtigen Sie mich, daß ich Zugang dazu erhalte: wahrscheinlich werde ich die Fotos weiterhin benötigen. Kündigen Sie meine Ankunft an und ersuchen Sie darum, daß mir jede mögliche Unterstützung zuteil wird, sobald und wenn ich sie benötige.«

»Mit so einer Blankovollmacht ist bestimmt keiner einverstanden: weder die Botschaft noch das Foreign Office hier. So was wird einfach nicht gern gesehen.«

»Sie werden es noch weniger mögen, wenn sie mit ansehen müssen, wie zwei Briten von einem chinesischen Gericht der Prozeß gemacht wird. Sie haben gar keine andere Wahl, als zu helfen.«

»Ich werd's versuchen«, versprach die Frau skeptisch.

»Und lassen Sie durch das Foreign Office bekanntgeben, daß sie jemand entsenden werden, um den Beteuerungen von Gowers Unschuld stärkeren Nachdruck zu verleihen. Auch einen Visumantrag werden Sie stellen müssen, damit die Chinesen einen Namen haben.«

»Was?« Von ihrem Beobachtungsposten am Fenster sah ihn die stellvertretende Direktorin mit zur Seite geneigtem Kopf überrascht an. »Aber so . . .«

». . . kriegen Sie jemand, dem Sie auf die Finger sehen können«, sprach Charlie für sie zu Ende. »Allerdings werde das nicht ich sein.«

Patricia Elder kehrte an ihren Schreibtisch zurück,

setzte sich aber nicht sofort. Statt dessen beugte sie sich kopfschüttelnd vor, um Charlie forschend anzusehen. »Ich weiß nicht, ob ich Ihnen ganz folgen kann«.

Charlie grinste. »Ich möchte auch gar nicht, daß das irgend jemand kann.«

»Trotzdem würde ich gern mehr wissen«, sagte sie langsam.

»Sehen Sie zu, daß es einer ihrer eigenen Leute ist, wenn das Foreign Office einverstanden ist. Am besten würde sich ein Anwalt dafür eignen. Lassen Sie ihn mit dem Rechtsverdreher der Botschaft in Peking zusammenarbeiten, und ziehen Sie ihn dann wieder ab.«

Die kopfschüttelnde Ablehnung wurde stärker. »Sie brauchen unbedingt die Rückendeckung der Botschaft: diplomatischen Schutz.«

»Wieviel der Gower genützt hat, sehen Sie ja selbst!«

»Das ist ein billiges Argument, das uns hier nicht weiterbringt. Soviel wir aus Peking erfahren haben, hätte die Botschaft nichts tun können. Aber zumindest können wir in Gowers Fall jede erdenkliche Form von diplomatischem Protest erheben, *weil* er akkreditiert war. Sie ziehen das auf keinen Fall auf eigene Faust durch. Das kommt nicht in Frage!«

»Aber man wird doch vor allem die Botschaft überwachen!« hielt ihr Charlie entgegen. »Wenn Sie ein Visum für mich beantragen, ist das doch dasselbe, als würden Sie mit dem Finger auf mich zeigen. So kurz nach Gowers Festnahme ist unvermeidlich, daß mich die Chinesen mit dem Fall in Verbindung bringen.«

»Damit haben Sie nicht ganz unrecht«, gab sie sichtlich widerstrebend zu.

»Geben Sie mir ein paar Tage Zeit: ohne nachweisbare Verbindung zur Botschaft, als Tourist. Sagen Sie der Botschaft, ich werde mich, wenn nötig, melden. Aber nichts über Funk oder Kabel. »Alles mit Diplomatenpost.«

»Glauben Sie, unser Code ist sicher?«

Charlie seufzte. »Kein Code ist sicher. Per Diplomatenpost. Bitte!«

»Ich sehe keinen Grund, warum nicht«, lenkte sie weiter ein.

»Ich möchte mir die Abzüge von Snows Fotos ansehen, zusammen mit dem Rest der Akte. Und mit Foster sprechen.«

»Weswegen?«

»Das weiß ich nicht – zumindest nicht, solange ich nicht mit ihm gesprochen habe«, antwortete Charlie genauso sperrig wie sie. »Es besteht kein Grund, warum ich nicht mit ihm sprechen sollte, oder?«

»Wenn er seiner Aufgabe richtig nachgekommen wäre, hätten wir das ganze Problem nicht«, sagte Patricia Elder bitter.

»Ich will seine Fehler nicht wiederholen. Ich will lernen, wie ich sie vermeiden kann.«

Sie zögerte kurz. »Sie sollten vielleicht besser wissen, daß Foster wegen dieser Geschichte erledigt ist. Wir behalten ihn zwar, aber nicht mehr in verantwortlicher Stellung.«

»Aber ernennen Sie ihn lieber nicht zu einem Sonderausbilder, der den Neulingen beibringt, wie man in diesem Job überlebt.«

Diese zynische Bemerkung war ein Schuß, der rückwärts losging. »Wir haben ja auch beim letztenmal keine sehr glückliche Wahl getroffen«, entgegnete Patricia Elder säuerlich.

Ungeduldig entschied Charlie, daß das kindischer Ätschquatsch war. Es tat ihm leid, als erster damit angefangen zu haben. »Gower hat eine Verlobte. Marcia. Den Nachnamen weiß ich nicht. Sie war im Fernsehen und in den Zeitungen.«

»Und?« Patricia Elder runzelte die Stirn.

»Sie wird sich schreckliche Sorgen machen. Wenn sie nicht weiß, was los ist.«

Das Stirnrunzeln blieb. »Finden Sie, man sollte es ihr sagen?«

Jetzt forderte sie die kindischen Entgegnungen heraus. »Ich finde, wenn sie nachzufragen beginnt, sollte sie nicht von einem Foreign-Office-Roboter mit dem üblichen Blödsinn abgespeist werden, sondern man sollte ihr, so gut es geht, versichern, daß alles Menschenmögliche getan wird, um dem Mann zu helfen, den sie heiraten wollte!«

Das Lächeln war kurz und ohne Humor oder Sympathie. »Haben Sie mir nicht mal gesagt, Sie ließen nie irgendwelche persönlichen Gefühle ins Spiel kommen?«

Blöde Kuh, dachte Charlie. »Gower wäre vielleicht dankbar dafür. Wahrscheinlich gibt er gerade sein Bestes für Sie.«

»Hoffen wir, es ist besser, als was er bisher gebracht hat.«

»Wie ging's?« fragte Peter Miller.

»Er hat mir fast die Hand abgebissen«, sagte Patricia Elder. Nachdem Charlie Muffin ihr Büro verlassen hatte, war sie sofort nach nebenan gegangen, nervös und verwundert, daß sie *vor* dem Treffen nichts von Miller gehört hatte. Für den Abend zuvor war Lady Ann ins Penthouse am Regent's Park zurück erwartet worden – ihr erster Besuch, seit sie die Woche gemeinsam dort verbracht hatten.

»Nichts, was du nicht erwartet hast?« Wie üblich war sein Ton ausdruckslos glatt.

Patricia antwortete nicht sofort, obwohl sie nicht deshalb zögerte, weil sie über seine Frage nachdachte. Sie wollte nicht erwartungsvoll erscheinen. Schon gar nicht besorgt. »Eigentlich nicht, obwohl er nicht ganz so überwältigt war, wie ich dachte. Kam sehr schnell mit Forderungen an.«

»Schwer zu erfüllenden?«

Sie rang sich ein Lächeln ab. Inzwischen hätte er doch etwas sagen müssen! Miller lächelte nicht. »Er möchte nichts mit der Botschaft zu tun haben. Und er hat um die Entsendung eines Strohmannes gebeten.«

»Was hast du gesagt?«

Vielleicht war seine Frau gar nicht gekommen. Oder vielleicht – was allerdings schwer vorstellbar war – hatte sie das Parfüm noch nicht entdeckt. Wogegen sprach, daß er noch keine Anstalten gemacht hatte, sie zu küssen, was er normalerweise tat, wenn sie sich zum erstenmal sahen. Inzwischen wünschte sie verzweifelt, sie hätte den Flakon nicht dagelassen, wäre das Risiko nicht eingegangen. »Ich habe mich einverstanden erklärt, daß er erst solo operiert. Was allerdings die Sache mit dem Strohmann angeht, habe ich mir ausbedungen, daß ich mir das erst noch überlegen müßte.«

»Eigentlich gar keine schlechte Idee.«

Wann würde er endlich über etwas anderes sprechen als über diese dämliche Einsatzbesprechung, obwohl er doch, ohne zu fragen, hätte wissen müssen, daß alles nach Plan verlaufen war? »Er möchte mit Foster sprechen.«

Der Generaldirektor beugte sich über seinen Schreibtisch, die Hände im Dreieck bildend. »Was hast du gesagt?«

»Zugestimmt. Was sonst?« Bildete sie sich die Sprödigkeit in seinem Ton nur ein? Warum hatte sie das bloß getan?

Miller nickte. »Spricht ja wahrscheinlich auch nichts dagegen.«

»Im Gegenteil, er sollte es sogar *unbedingt* tun.«

»Hast du ihm gesagt, daß wir Foster aufs Abstellgleis schieben?«

Das Parfüm konnte noch nicht entdeckt worden sein. Eine andere Erklärung gab es nicht. Sie beantwortete seine Frage mit einem Nicken. »Er hat noch ein paar Bemerkungen vom Stapel gelassen: bloß daß sie nicht sehr schlau waren. Sie waren sogar ziemlich dumm. Was er auch selbst gemerkt hat.«

»Das ist ein Wort, das mir seit gestern abend ständig durch den Kopf geht«, sagte Miller.

Patricia sah ihn mit gespielter Verständnislosigkeit an.

Endlich! »Was für ein Wort?«

»Dumm.«

»Das verstehe ich nicht.« Sie wünschte, er hätte es nicht so genannt, obwohl es vermutlich genau das war.

Ohne den Blick von ihr abzuwenden, griff Miller in eine

Schublade neben sich. Er nahm eine halbvolle Flasche Chanel heraus und stellte sie auf den Schreibtisch. »Deins.« Eine Feststellung, keine Frage.

Obwohl Patricia Elder glaubte, sie wäre auf alles vorbereitet, was er sagen könnte, war sie nun doch unsicher, und zwar in jeder Hinsicht. In einer Geste der Hilflosigkeit hob sie die Hände, um sie gleich wieder fallen zu lassen, und sagte: »Ja, aber ... ich verstehe nicht ... wo ...?«

»Auf Anns Schminktisch.«

»Nicht möglich! Ich habe überall aufgeräumt!«

»Mitten zwischen Anns Sachen. Als ob es absichtlich dort hingestellt worden wäre.«

»Das stimmt nicht ... das heißt, ich will damit nicht sagen, daß es nicht dort war ... was ich sagen will, ist, daß ich es nicht da stehengelassen haben kann ... ich bin ganz sicher, daß ich es da nicht ...«

»Ist es dir denn nicht abgegangen?«

Sie hob wieder die Hände und ließ sie fallen. »Nein. Es ist nicht die einzige Flasche, die ich habe ... noch eine in Chiswick ... ich bin bloß nie auf die Idee gekommen ...«

Miller sah sie unverwandt, ausdruckslos an.

Sag etwas! dachte sie. Sag etwas, bitte, etwas, das ich gern hören möchte. Schrei meinetwegen sogar, wenn du wütend bist, obwohl du nie schreist, selbst wenn du noch so böse bist. Als er noch immer kein Wort sprach, sagte sie: »War es schlimm, als sie sie gefunden hat?«

»Sie hat sie nicht gefunden«, erklärte er ruhig. »Das war ich.«

Nein! Dieses innere Eingeständnis ihres Scheiterns kam so verzweifelt laut, als hätte sie es tatsächlich hinausgeschrien. Das Lächeln fiel ihr praktisch unmöglich, genauso wie das, was sie sagen mußte. »Gott sei Dank!«

»Ich sehe jedesmal genau nach, wenn wir in der Wohnung waren. Bevor Ann kommt.«

»Jedesmal?« Es konnte nicht schaden, eine gewisse Verärgerung zu zeigen.

»Jedesmal«, bestätigte er.

Die Enttäuschung fachte ihren Ärger an. »Soll das heißen, du traust mir nicht?«

»Es heißt, daß ich extrem vorsichtig bin. Glücklicherweise.«

»Wäre es denn so schlimm gewesen, wenn Ann sie gefunden hätte?« Falsch! Das Wort, diesmal eine Warnung, hallte so laut in ihrem Kopf wieder wie zuvor die Verzweiflung. Sie wußte zwar, daß ihn das in seinem Argwohn, wenn er welchen hegte, bestätigen konnte, aber trotzdem tat es ihr nicht leid, daß sie es gesagt hatte.

»Hast du sie absichtlich stehengelassen, Patricia?« Es war kein Ärger in seiner Stimme, keinerlei Emotion in seinem Ton. Was sie beruhigender fand, als wenn er sie angebrüllt hätte.

»NEIN!« Sie wußte, daß sie rot wurde, aber das machte nichts, weil es aus Wut über die Beschuldigung hätte sein können. »Wie kannst du mich so etwas fragen?«

»Ich finde die Frage völlig berechtigt.«

»Das finde ich nicht! Ich dachte, wir würden einander vertrauen. Uns sogar lieben. Vielleicht habe ich mich getäuscht.« Patricia merkte, daß sie sich gefährlich weit vorwagte, ihn heftiger attackierte als je zuvor. Und er war ihrer Frage ausgewichen, wie er ihren Fragen immer auswich.

»Jedenfalls soll es Ann nicht so erfahren.«

»Wie soll sie es denn erfahren?« Sie konnte ihre Wut nicht mehr länger im Zaum halten. Warum? Warum mußte er so verdammt vorsichtig sein! Warum hatte das Parfüm nicht die verwöhnte, behütete Lady Ann finden können?

»Vernünftig. In aller Ruhe. Indem ich es ihr sage.« Die Stimme schnurrte, der Mann hatte sich und seine Gefühle total unter Kontrolle.

»Wenn deine Söhne mit der Universität fertig sind! Oder steht seit neuestem ein anderer Zeitplan an, von dem ich noch nichts weiß?«

»Du verkomplizierst die Sache, Patricia.«

»Ist das eine Drohung?« Natürlich war es das! Zurückstecken. Sie mußte zurückstecken! Sie konnte nicht riskieren, ihn zu verlieren.

Er schüttelte den Kopf. »Nur eine Feststellung.«

Nein! Er würde nicht Schluß machen, das würde er bestimmt nicht! Die Angst durchflutete sie, wesentlich schlimmer als die Verzweiflung und die Enttäuschung und die Wut – so schlimm, daß ihr körperlich übel wurde. Er darf nicht Schluß machen! Sie hatte doch sonst niemand: keine Chance oder Hoffnung auf sonst jemand. Sie hatte ihm vertraut, sich auf ihn verlassen, hatte andere Freundschaften aufgegeben, aus denen etwas hätte werden können. Das Wenige, das sie von Peter Miller hatte, war *alles*, was sie von irgend jemand hatte. »Das mit dem Parfüm war ein Fehler. Ich habe ehrlich nicht gemerkt, daß ich es stehengelassen habe. Es tut mir leid. Und ich bin froh, daß es deswegen keinen Ärger gegeben hat.«

Miller schob ihr die Flasche über den Schreibtisch zu. Endlich lächelte er. »So nimm sie doch endlich.«

Das tat Patricia und steckte sie in ihre Jackentasche, damit niemand sie sehen konnte, wenn sie in ihr Büro zurückging. Sie zeichnete sich aber so deutlich ab, daß sie sie wieder herausnahm und in ihrer Hand versteckte.

»Laß mich das auf meine Art regeln«, sagte er.

»Wenn du meinst.« So hatten sie bisher alles gemacht: auf seine Art. Wie es ihm in den Kram paßte. Und so würde es immer bleiben, dachte sie niedergeschlagen.

39

Keine vierundzwanzig Stunden später traten sie wieder zusammen. Natalia hatte angenommen, es würde wesentlich länger dauern, aber Wadim Lestow war einmal Innenminister und somit oberster Dienstherr des Bundesanwalts gewesen, mit dem ihn überdies eine über das Berufliche hinausgehende Freundschaft verband, weshalb Gefälligkeiten erbeten und erwiesen werden konnten.

Als Natalia den Verhandlungsraum zum zweitenmal betrat, spürte sie nichts mehr von der Unsicherheit vom Vortag. Obwohl sie früh kam, waren Tudin, der Anwalt und ihr Sohn schon vor ihr da.

Bundesanwalt Petr Korolow kam mit den drei Mitgliedern des Untersuchungsausschusses herein, eine zulässige Geste, um seinen gleichberechtigten Status zum Ausdruck zu bringen. Korolow, dem Natalia bis dahin erst zweimal begegnet war, ließ sich in der vordersten Reihe nieder, aber nicht direkt neben ihr. Er sah sie jedoch mit einem kurzen Lächeln an. Er war ein Mann mit einem rosig-frischen Gesicht und schütterem Haar und trug einen schlechtsitzenden dreiteiligen Anzug, dessen zu lange Ärmel und Hosenbeine an den Enden starke Falten warfen.

»Die Untersuchung wird heute zum Abschluß gebracht«, erklärte Lestow.

Demnach hatte bereits eine Vorbesprechung stattgefunden, wurde Natalia klar. Sie hoffte, sie wäre nicht so ausführlich gewesen, daß sie um ihr großes Finale gebracht würde. Diesen großen Moment wollte sie sich auf keinen Fall entgehen lassen: den Moment der Rache, auf den sie bis vor wenigen Stunden noch so blindlings und verzweifelt hingearbeitet hatte, nicht wissend, was die Gegenseite im Schilde führte, um an ihrem Stuhl zu sägen: sie zu ruinieren. Sie und Sascha.

Natalia stand auf, leicht verwundert über den Anflug von Unsicherheit, denn inzwischen gab es keinen Grund mehr, unsicher zu sein. Sie ging sofort zum Angriff über, hart und unerbittlich. Sie erinnerte den Untersuchungsausschuß an ihre gestrige Befragung Fjodor Tudins, in der sie auf die Verantwortung hingewiesen hatte, die sie ihrem Stellvertreter mit dem Aufbau neuer Spionagenetze in den ehemaligen Sowjetrepubliken übertragen hatte und der nachzukommen ihm so kläglich mißlungen war. Sie warf ihm vor, mit seinen internen Intrigen dem neu konstituierten Nachrichtendienst nur zu schaden, anstatt dazu beizutragen, ihn zu einer leistungsfähigen Organisation auszubauen. Sie bezeichnete ihn als Lügner – eine Anschuldigung, die sie ihm regelrecht ins Gesicht schleuderte. Und sie wies darauf hin, er habe die Tatsachen bewußt entstellt, um das Tribunal, dessen Einberufung er selbst veranlaßt hatte, irrezuführen.

Die Förmlichkeit des Verfahrens entlockte Korolow zwar ein verhaltenes Lächeln, aber er stand pflichtschuldig auf, als er dazu aufgefordert wurde. Der Ordnung halber stellte ihm Natalia die obligatorischen Fragen nach seinem Rang und Namen. Dann holte sie das erste ihrer spärlichen Beweisstücke aus ihrer Aktentasche.

Sie ging ein paar Schritte auf den Bundesanwalt zu und fragte: »Erkennen Sie das wieder?«

Nach kurzer Überprüfung nickte Korolow. »Es ist ein Schreiben, das ich von Ihnen erhalten habe.«

»Ist es datiert? Mit einer Zeitangabe versehen?«

»Datiert ist es auf den achtzehnten dieses Monats. Der Zeitpunkt ist mit achtzehn Uhr fünfzehn angegeben.«

»Worum geht es in diesem Schreiben?«

»Um die Festnahme Ihres Sohnes durch das Milizdezernat für organisiertes Verbrechen.«

»Habe ich meinen Sohn darin als solchen zu erkennen gegeben, Sie in vollem Umfang über unser verwandtschaftliches Verhältnis in Kenntnis gesetzt?«

»Ja.«

»Enthält dieses Schreiben ein Ersuchen um eine bevorzugte Behandlung meines Sohnes durch Ihre Dienststelle?«

»Im Gegenteil.«

»Würden Sie das bitte erklären?«

Korolow sah auf das Schreiben, das er noch immer in der Hand hielt, und las daraus vor: »Ich erwarte, daß den geltenden Gesetzen in vollem Umfang und aller Strenge Genüge geleistet wird.«

Sie hörte, wie sich hinter ihr, wo ihr Sohn saß, etwas bewegte, und dann ein Zischen: »Aas!« Es war Eduards Stimme. Natalia war froh, daß sie so laut war, daß sie im ganzen Raum zu hören war.

»Enthält dieses Schreiben eine Bitte um ein Treffen zwischen uns?«

»Ja.« Korolow war vollkommen gelassen. Er genoß dieses Kreuzverhör, das er ausgesprochen amateurhaft fand, obwohl es von jemand geführt wurde, der für so etwas besser ausgebildet war als jeder Anwalt seiner Dienststelle.

Natalia störte die unterschwellige Herablassung nicht. Charlie hatte nie genug predigen können, welche Vorteile es mit sich brachte, unterschätzt zu werden: Das war vielleicht Fjodor Tudins schwerwiegendster Fehler gewesen.

»War für das vorgeschlagene Treffen ein Grund angeführt?«

»Ja.«

»Welcher?«

Wieder zog Korolow das Papier in seiner Hand zu Rate. »Ein von Ihnen angeregtes Treffen zwischen Anklägern und Ermittlern meiner Abteilung und Beamten des Amts für innere Sicherheit, bei dem die Bildung einer gemeinsamen Spezialeinheit zur Bekämpfung des organisierten Verbrechens in der Russischen Föderation diskutiert werden sollte.«

»Habe ich dabei irgendwelche persönliche Zusicherungen gemacht?«

»Sie wollten denselben Vorschlag dem Leiter Ihrer Behörde zur Begutachtung vorlegen und, im Fall seiner Zustimmung, den entsprechenden Dezernatsleitern der für Inneres zuständigen Direktorate.«

»Haben Sie . . .«, begann Natalia, aber Lestow unterbrach sie.

». . . Genug!« erklärte der Geheimdienstvorsitzende. »Die Untersuchung ist beendet!«

So gewaltig war Natalias Enttäuschung, daß sie fast mit ihrem Protest herausgeplatzt wäre, aber sie konnte sich gerade noch beherrschen. Es gab noch so vieles mehr, was sie zu Protokoll geben wollte, Sie fühlte sich betrogen, hintergangen. Trotzdem hatte sie gewonnen, wurde ihr bewußt. Sie bedauerte nur, daß sie nicht mehr Genugtuung verspürte.

»Tudin wollte zuviel«, erklärte Lestow. »Wenn er vor den internen Sicherheitsausschuß gegangen wäre, hätte ich wahrscheinlich ohne eine vorherige Anhörung gegen Sie entscheiden müssen. Das war sein Fehler: die Einsetzung eines Untersuchungsausschusses zu fordern, vor dem Sie seine Beweisführung öffentlich zerpflücken konnten.«

»Ich hatte an den Bundesanwalt geschrieben«, erinnerte ihn Natalia. Sie hatte zwar mit diesem persönlichen Treffen gerechnet, aber nicht so früh, noch am selben Nachmittag.

»Ja, das hatten Sie«, griff Lestow ihre Bemerkung auf. »Aber nicht an mich?« Aus dem Tonfall ihres Vorgesetzten sprach kein Argwohn, aber Natalia glaubte eine gewisse Reserviertheit herauszuhören.

»Ich wollte Ihnen diesen Vorschlag erst unterbreiten, nachdem ich die Meinung des Bundesanwalts dazu gehört hatte«, erwiderte Natalia leichthin. »Wäre er von der Idee nicht angetan gewesen, hätte sich die Sache in meinen Augen erübrigt.«

»Sie hatten keine Ahnung, was Tudin vorhatte?«

»Nicht die leiseste«, sagte Natalia, wieder leichthin.

»Es könnten rechtliche Schritte gegen ihn eingeleitet werden.«

»Wäre es wirklich klug, das alles vor Gericht publik zu machen? Ich würde eigentlich seine Entlassung für hinreichend halten.«

Lestow nickte. »Vielleicht haben Sie recht.« Nach einer kurzen Pause fuhr er fort: »Ich werde mich wegen dieser Spezialeinheit persönlich mit Korolow in Verbindung setzen. Das ist eine gute Idee. Und gerade angesichts der persönlichen Begleitumstände sehr löblich.«

»Ich hielt es für meine Pflicht«, erklärte Natalia ohne eine Spur von Verlegenheit.

Endlich lächelte Lestow. Aber es war eine kurze Regung. »Ich bin wirklich sehr beeindruckt, wie Sie Ihr Direktorat reorganisiert haben. Wirklich bedauerlich, daß so etwas passieren mußte.«

»Das hat sich ja jetzt erledigt. Und, wie ich finde, auf äußerst zufriedenstellende Weise.«

»Ich hätte in Zukunft gern eine Durchschrift jedes Schreibens an andere Ministerien, und zwar *vor* seiner Absendung.«

»Selbstverständlich.«

»Das mit Ihrem Sohn tut mir aufrichtig leid.«

»Wir haben uns schon lange auseinandergelebt. Es gibt wirklich keinerlei Bindung mehr zwischen uns.« *Gestreckte Medikamente können manchmal töten oder zu Behinderungen führen*, erinnerte sie sich.

Später in ihrer Wohnung in Leninskaja, wiegte sie Sascha in den Armen und sagte: »Wir haben gewonnen, mein Schatz. Wir haben nichts mehr zu befürchten.« Sie hätte gern jemand ausführlich davon erzählt, ein bißchen damit angegeben. Bei jemand wie Charlie zum Beispiel.

Nachdem sie sich Tudin vom Hals geschafft hatte, konnte sie sich über Charlie Gedanken machen. Sie würde Urlaub nehmen müssen. Was sie vorhatte, konnte sie von Moskau aus nicht tun.

Zu den wichtigsten Strängen des Sicherheitsnetzes, das Charlie Muffin bei der Arbeit immer unter sich zu spannen versuchte, gehörte es, sich auf denkbar umfassende Weise zu informieren, bevor er den ersten Schritt unternahm. Deshalb war er froh über die Verzögerung bei der Beantragung seines Visums. Nach der Einsatzbesprechung mit Patricia Elder verbrachte er den ganzen Tag damit, die Pekinger Akte zu studieren, wobei er schon in der Zeit vor Fosters Amtseinsetzung und Snows Ankunft in China begann und sich bis zum letzten Ordner vorarbeitete. Dieser Ordner enthielt neben Abzügen der belastenden Fotos auch ein paar Aufnahmen von Li Dongming. Charlie fand, der Chinese hatte ein ganz sympathisches Gesicht. Aber das hatten auch Hitler oder Stalin auf manchen Fotos gehabt.

Charlie hatte das Aktenstudium beendet und saß tief in Gedanken versunken da, als Walter Foster in sein Büro kam. Über sein Gesicht legte sich sofort unübersehbare Enttäuschung. »Ich hatte gehofft, ich bekäme einen neuen Auftrag, aber so ist es wohl nicht.«

»Leider nein«, sagte Charlie. »Aber ich weiß, wie Ihnen zumute ist.«

»Hat man Snow schon festgenommen?«

»Das weiß ich nicht.«

»Sie kriegen ihn bestimmt. Der Kerl war ein Idiot.«

»Erzählen Sie mir, was Sie über ihn wissen. *Alles*.«

Foster runzelte die Stirn. »Will man etwa noch einen Versuch unternehmen, ihn rauszuholen?«

»Das kann ich mir schwer vorstellen«, wich Charlie geschickt aus. »Viel zu gefährlich. Ich muß bloß einen von diesen Berichten schreiben. Sie wissen ja, wie bürokratisch hier alles abgewickelt wird.«

»Das gibt eine Katastrophe«, prophezeite Foster.

»Hoffentlich nicht«, sagte Charlie nachsichtig. Es wurde wirklich Zeit, daß sich die Leute was anderes einfallen ließen, wenn sie vom Ausgang dieser Geschichte redeten.

40

Charlie brauchte nicht lange, um sich ein Urteil über Walter Foster zu bilden, und er wurde nicht recht schlau aus dem Mann: genauso, wie er aus vielem, was in den Akten und Unterlagen stand, nicht schlau geworden war. Obwohl er dem ehemaligen Verbindungsmann klargemacht hatte, daß er jede Einzelheit hören wollte, mußte er ihn ständig unterbrechen, um Punkte, die Foster für unwichtig zu halten schien, klarzustellen oder deutlicher herauszuarbeiten. Der ganze Bericht artete rasch in einen Rechtfertigungsversuch aus. Der Geistliche, fand Charlie, war sehr schlecht geführt worden. Was ein weiterer Punkt war, aus dem er nicht schlau wurde.

»Das Kontaktaufnahmeverfahren haben Sie bestimmt?« fragte Charlie.

»Nicht ich.« Foster ging sofort in die Defensive. »Auf Befehl aus London. Das Übliche: Abkoppelung von der Botschaft.«

»Hätten Sie es denn nicht modifizieren können?« Charlie fragte sich, ob Gower das vielleicht versucht hatte.

»Snow wollte zuviel: praktisch jede Woche ein Treffen. Das wäre zu riskant gewesen.«

»Also Ihre Entscheidung?«

»Auf Anordnung von oben.«

»Wie oft *haben* Sie sich getroffen?«

»Oft genug. Wenn in der Botschaft Veranstaltungen waren, zu denen die britische Gemeinde in Peking eingeladen war. Und auch, wenn sich die Notwendigkeit ergab, nur wir zwei.«

»Wie häufig waren diese Anlässe?« hakte Charlie nach.

Foster zuckte mit den Achseln. »Einmal im Monat, würde ich sagen. Manchmal dauerte es etwas länger. Das war der Vorteil dieses Systems: Es ließ sich kein festes Schema feststellen.«

»Warum konnten Sie Snow nicht so oft treffen, wie er wollte?«

»Aus *genau* dem Grund, den ich Ihnen gerade genannt habe!« erklärte Foster gereizt. »Es wäre ein Schema entstanden, das hätte entdeckt werden können.«

»Snow ist nicht ganz gesund?«

»Er hat Asthma«, sagte Foster.

»Schlimm?«

»Manchmal.«

»Hätte das Snow nicht den idealen Vorwand geliefert, Sie immer dann zu treffen, wann er wollte: indem er in die Botschaft kam, um sich dort scheinbar Medikamente zu holen oder den Botschaftsarzt zu konsultieren?«

Dem überraschten Gesichtsausdruck Fosters entnahm Charlie, daß ihm dieser Gedanke bisher nicht gekommen war.

»Die Anweisungen lauteten immer, es dürfe keine nachweisbare Verbindung zur Botschaft geben. Das war Grundbedingung für mein Vorgehen.«

»Was haben Sie persönlich von ihm gehalten?« Charlie war gespannt, wie Foster sein gestörtes Verhältnis zu dem Geistlichen erklären würde.

Der Mann errötete leicht, so daß sich der Sommersprossensandsturm noch deutlicher abzeichnete. »Er war arrogant.«

»Sie kamen also nicht miteinander zurecht?«

»Das spielt keine Rolle.«

»So würde ich das eigentlich nicht sehen, vor allem nicht in einer Stadt wie Peking.«

»Wir hatten ein reines Arbeitsverhältnis. Und als solches war es zufriedenstellend.«

Das war es eindeutig nicht gewesen, dachte Charlie. Eigentlich war es ihm ganz selbstverständlich erschienen, daß er mit dem ehemaligen Führungsoffizier des Geistlichen sprechen sollte, aber nun erfuhr er von ihm überhaupt nicht das, was er erwartet hatte. Im Moment war er nicht einmal sicher, ob er *überhaupt* etwas erfuhr. »Wie war das Verhältnis zwischen Snow und dem anderen Geistlichen, Father Robertson?«

Wieder zuckte Foster mit den Achseln. »Nicht besonders gut, glaube ich. Robertson hatte ständig Angst, den Chinesen einen Anlaß zu liefern, die Mission zu schließen.«

Charlie runzelte die Stirn. »Das hat Ihnen Snow erzählt?«

»Mehrere Male. Er hat Robertson ein altes Weib genannt.«

»Was hielten Sie von ihm?«

»Ich habe ihn nur ein paarmal getroffen, bei Veranstaltungen in der Botschaft. Er machte immer einen nervösen Eindruck, aber da er so lange in chinesischer Haft war, fand ich das verständlich.«

»Hat er darüber gesprochen?«

»Nicht mit mir. Aber das war etwas, worüber in der Botschaft alle Bescheid wußten. Es verlieh ihm eine gewisse Berühmtheit.«

Es wußte noch keiner, wie Gower verhaftet worden war, rief sich Charlie in Erinnerung. »Abgesehen von den Gelegenheiten, bei denen Foster zu einer Veranstaltung in die Botschaft kommen konnte: haben immer Sie ihm das Zeichen für ein Treffen gegeben? Oder konnte auch er Ihnen eins geben?«

Foster nickte. »Normalerweise hat *er* mir ein Zeichen gegeben. Wie gesagt, er wollte zu viele Treffen.«

»Sie haben sich immer in der Öffentlichkeit getroffen? Sind nie in die Mission gegangen?«

»Nie!« Foster schien entsetzt über diese Vorstellung.

»Haben Sie von Gowers Festnahme gelesen?«

Foster nickte. »Ich nehme an, er war einer unserer Leute.«

»Ich frage mich schon die ganze Zeit, ob er die Sache anders anzugehen versucht hat als Sie. Ob er sich direkt mit ihm zu treffen versucht hat.«

»Hätte er das getan, hätten sie auch Snow schnappen müssen.«

Charlie nickte. »Da haben Sie wahrscheinlich recht.«

»Das alles wäre nicht passiert, wenn er getan hätte, was ich ihm gesagt habe.«

»Ich dachte, es hätte Probleme gegeben, weil er nicht ohne Erlaubnis seiner Ordensoberen abreisen durfte.«

»Nur ein Vorwand, mehr nicht. Er wollte einfach nicht hören.«

»Es kann nicht einfach gewesen sein.«

»Peking ist nun mal nicht einfach. Das ist den wenigsten Leuten klar.«

»Das stimmt«, gab ihm Charlie recht.

»Ich hoffe, ich konnte Ihnen helfen.«

»Sicher. Eine Menge sogar.«

»Haben Sie auch wirklich nichts gehört, was meine nächste Dienststelle ist?«

»Leider nein.«

»In Peking hat es mir nicht sonderlich gefallen.«

»Das kann ich mir denken. Aber das ist ja jetzt vorbei.«

»Gott sei Dank.«

Wie kam es, fragte sich Charlie, daß das, was man ihm aufhalste, so oft überhaupt keinen Sinn ergab?

Da Julia nicht auswärts hatte essen wollen, kochte sie zu Hause, und Charlie stellte fest, daß es ein Fehler gewesen war, die Einladung anzunehmen. Er gab sich redlich Mühe, sie aufzuheitern, aber sie reagierte kaum, ganz gleich, was er sagte. Ihren Teller schob sie praktisch unangetastet beiseite.

»Das ist doch nicht das letzte Abendmahl!« Charlie hatte noch immer nicht aufgegeben.

»Ich finde das überhaupt nicht komisch.« Es war Julia gewesen, die ihm seinen Paß mit dem Visum und die Flugtickets für den nächsten Tag ausgehändigt hatte.

In Anbetracht des Ernstes der Lage hatte Charlie halb damit gerechnet, noch einmal letzte Anweisungen von Patricia Elder oder sogar vom Generaldirektor persönlich zu erhalten, obwohl er annahm, daß es nichts mehr zu besprechen gab. »Mach dir meinetwegen mal keine Sorgen.« Julias Besorgnis beunruhigte ihn.

»Kurz bevor du gekommen bist, war Gowers Verlobte im Fernsehen. Sie sah schrecklich aus.«

»Gower wollte, daß ich sie kennenlerne. Ich habe abgelehnt.«

Julia nickte. Sie brauchte keine Erklärung. »Die stellvertretende Direktorin hat sich dafür eingesetzt, daß sie im Foreign Office anständig behandelt wird. Deshalb war sie im Fernsehen. Sie hat einen der Staatssekretäre im Außenministerium aufgesucht.«

Demnach war Patricia Elder also doch kein Drache, der Rasierklingen als Tampons benutzte. »Sehr rücksichtsvoll.«

»Wird ihr aber nicht viel helfen, oder?«

»Immer noch nichts über Snow? Oder Zugang zu Gower?« Er nahm an, man hätte ihn benachrichtigt, obwohl er schon von schlimmeren Versäumnissen gehört hatte.

Sie schüttelte den Kopf. »Nur ein Schreiben ans Foreign Office, daß sie zur Unterstützung einen Anwalt entsenden sollten. Sie haben abgelehnt.«

Zugbrücken hoch, Fallgatter runter, dachte Charlie. Er

hatte das ganze Gerede von Schutz und Beistand von Anfang an für einen Haufen Bockmist gehalten. »Vermutlich hätte er auch nicht viel ausrichten können«. Außer vielleicht als tarnende Nebelwand für ihn herzuhalten.

»Sei um Himmels willen vorsichtig, Charlie.«

»Bin ich doch immer.«

»Das ist mein voller Ernst!«

»Meiner auch.« Der frühe Abflug am nächsten Morgen lieferte ihm einen Vorwand, bald zu gehen. Er konnte es kaum erwarten, der gespannten Atmosphäre zu entfliehen. »Ich glaube, ich gehe jetzt lieber.«

»Wenn du möchtest . . .«, sagte Julia und hielt dann inne.

»Was?« fragte Charlie, besorgter denn je zuvor.

»Nichts.«

Er war sehr froh, daß sie nicht weitergesprochen hatte. Er wollte nicht, daß etwas passierte, was über das platonische Stadium hinausging. Auf dieser Ebene fühlte er sich wohl. Aber auf vielen anderen nicht.

»Geh vor allem keine Risiken ein«, beschwor sie ihn.

»Wenn ich sie erkenne, werde ich sie vermeiden«, versprach Charlie.

Und mache sie mir manchmal auch zunutze, dachte er, als er keine vierundzwanzig Stunden später in Peking eintraf, wenn auch nicht mit der Maschine, für die ihm Julia ein Ticket besorgt hatte, sondern mit einem PIA-Flug, auf den er am Londoner Flughafen umgebucht hatte.

Er mischte sich unter eine Reisegesellschaft und blieb auch bei den übermüdeten und überwältigten Urlaubern, als sie ihr Gepäck abholten, im Gänsemarsch durch die Zollkontrolle defilierten und zu ihrem Bus zuckelten. Erst dann löste er sich von der Gruppe, um sich ein Taxi zu suchen, aber der Reiseleiter, der durch eine Armbinde und ein Namensschild ausgewiesen wurde, fragte ihn:

»Sind Sie allein unterwegs?«

»Ja«, sagte Charlie.

»Wenn Sie wollen, können Sie bei uns mitfahren. Im Bus ist noch jede Menge Platz.«

»Das ist aber nett von Ihnen«, bedankte sich Charlie. Er hoffte, er hätte weiter so viel Glück; war ja auch schon lange fällig.

41

Wie zu erwarten, änderten sie ihre Taktik. Das ermöglichte Gower, seine Angst unter Kontrolle zu halten und weiter den Unschuldigen zu markieren. Mehr als alles, was sie unternahmen, um ihm ein Geständnis zu entlocken, machte ihm angst, Chen könnte merken, daß er ihm insgeheim Widerstand leistete: was auf seine Ausbildung als Agent hingewiesen und ihre Anschuldigungen bestätigt hätte.

Nachdem sie ihm ihre Absicht mitgeteilt hatten, am taoistischen Tempel eine Falle zu stellen, ließen sie ihn, so erschien es ihm jedenfalls, einen Tag und eine Nacht vollkommen allein. Die einzige Unterbrechung war, daß ihm der gebückte alte Mann und die zwei Wachen das verdorbene Essen brachten, dessen er sich wieder heimlich entledigte. Im Gegensatz zum ersten Hafttag herrschte diesmal absolute Stille, damit er durch nichts abgelenkt würde, wenn er sich ausmalte, was mit ihm passieren würde, wenn sie noch eine Verhaftung vornähmen. Gower gab sich keinen falschen Hoffnungen hin. Falls Snow festgenommen wurde, und sei es nur aufgrund der Tatsache, daß er Europäer war und sich in der Nähe des taoistischen Tempels aufhielt, war er verloren. Wenn das eintrat – wenn sie ihm Beweise vorlegen konnten, daß der Geistliche verhaftet worden war und das Blumensignal am Tempel zugegeben hatte –, dann hatte er es mit einer gänzlich anderen und wesentlich gefährlicheren Situation zu tun. Aber damit würde er sich auseinandersetzen, wenn es soweit war. Nicht vorher schon. Er mußte mit allen Mitteln verhindern, daß ihnen seine Fantasie die Arbeit abnahm.

Die Stille-Behandlung erwies sich sogar als kontraproduktiv, und obwohl Gower die dahinterstehende Absicht klar war, überraschte sie ihn dennoch. Bereitwillig ergriff er die Gelegenheit, um sich auszuruhen und den Folgen des Schlafentzugs entgegenzuwirken. Diesmal streckte er sich in voller Länge auf seiner Pritsche aus, wo er vom Guckloch deutlich zu sehen war. Genau so würde ein Unschuldiger zu schlafen versuchen, wenn er sich langsam vom ersten Schock über seine Festnahme zu erholen begann. Es war zwar auch so noch sehr unbequem, aber er hatte sich inzwischen einigermaßen an den Gestank aus dem Abtritt und die ungewaschene Gefängniskluft gewöhnt. Es gab Phasen, in denen er ganz wegdämmerte und auch sonst schlief er tiefer als am ersten Tag, als er auf der Pritsche gesessen war. Trotzdem war er sich ständig ganz vage bewußt, was um ihn herum passierte, und wurde deshalb beim ersten leisen Rascheln wach.

Eine Ratte war bereits aus dem Loch im Boden gekrochen und behende an einem Tischbein hochgeklettert, um auf der Tischplatte nach Essensresten zu suchen; die zweite steckte schnuppernd ihre Schnauze aus dem Loch und scheuchte vorübergehend die Fliegen auf. Rasch huschte sie auf dem offensichtlich üblichen Weg zu der anderen Ratte auf den Tisch. Gower blieb reglos liegen und zwang sich, hinzusehen und sich mit dem Anblick abzufinden. Gleichzeitig kämpfte er gegen den Ekel an, der ihn beim Anblick dessen befiel, was, wie er längst wußte, in dem Loch hauste. Die Ratten waren braun und gut genährt, und ihr Fell hatte einen sauberen Glanz, mit dem er angesichts des Drecks, aus dem sie kamen, nicht gerechnet hatte. Er fragte sich, ob das die einzigen zwei waren oder ob es noch weitere gab. Wahrscheinlich. Wahrscheinlich eine ganze Kolonie. Er konnte sich vage erinnern, gehört zu haben, daß Ratten Kolonien bildeten. Er mußte ganz besonders darauf achten, daß seine Hände nicht mit der Tischplatte in Berührung kamen, auf der sie ihre ansteckenden Spuren hinterließen.

Ohne Uhr und ohne natürliche Lichtquelle – außerdem hatte er immer nur kurz geschlafen – konnte Gower nicht feststellen, ob es Tag oder Nacht war, als die Gucklochüberwachung wieder losging. Der Verlust des Zeitgefühls beunruhigte ihn, weil er die erste Stufe auf dem Weg zu völliger Desorientierung war. Seine Besorgnis war jedoch nur von kurzer Dauer, da er wußte, daß er beim nächsten Verhör sein Zeitgefühl im groben wieder zurückgewinnen würde.

Zur nächsten Mahlzeit gab es Nudeln. Sie waren verdorben, und Gower nahm an, daß sie voller Maden waren; jedenfalls konnten die Bewegungen unter der obersten Schicht Nudeln nicht von der schleimigen Suppe herrühren, in der sie schwammen. Da das Guckloch offen war, vollführte Gower, mit dem Rücken zum Beobachter, wieder seine Eß- und Trinkpantomime. Gleichzeitig stellte er seine innere Uhr neu, um die Zeitabstände zwischen den offensichtlich wiederaufgenommenen Inspektionen zu bestimmen und sich des gesamten Inhalts der Schale zu entledigen.

Nichts zu essen bedeutete keine Gefahr für Gowers Widerstandskraft: zumindest eine ganze Weile nicht. Er wußte, daß der menschliche Körper wochenlang ohne Nahrung auskommen konnte, bevor die Hallizunationen einsetzten. Und bisher verspürte er noch nicht den leisesten Hunger.

Das Wasser war das Problem. Der Flüssigkeitsentzug machte sich wesentlich rascher bemerkbar und zog schon nach wenigen Tagen eine massive Destabilisierung nach sich. Sein Mund fühlte sich bereits völlig ausgetrocknet an, die Speichelbildung war sehr reduziert, und wenn er schluckte, was er einzuschränken versuchte, machte sich in seiner Kehle ein schmerzhaftes Kratzen bemerkbar.

Gower nahm an, es war irgendwann am dritten Tag – oder in der dritten Nacht –, als er schließlich nicht mehr anders konnte und etwas von dem fauligen Wasser zu sich nahm. Er schluckte es jedoch nicht hinunter, sondern nahm eine winzige Menge in den Mund und spülte ihn damit aus, bevor er es angewidert in das Loch spuckte. Die Erleichterung war sehr kurz. Seine Kehle kratzte weiter.

Er wußte, wenn er Duchfall bekäme, würde die Exsikkose noch stärker fortschreiten. Dann brauchte er mehr Wasser, was wiederum die Infektion verschlimmern und in einem Teufelskreis aus psychischer und körperlicher Zermürbung enden würde.

Gütiger Gott, mach bitte, daß bald etwas geschieht, irgend etwas! Entsetzt unterdrückte er den Gedanken. Das war Verzweiflung. Und mit Verzweiflung ging immer Angst einher. Es gelang ihm nicht ganz, sie zu kontrollieren. Sicher wurden inzwischen erste Schritte eingeleitet, um ihm zu helfen, machte er sich Mut.

Snow hatte das Gefühl, alle Gebete, zu denen er imstande war, erschöpft zu haben, wobei ihm der Gedanke, ein Geistlicher könnte seine Fähigkeit zu beten erschöpft haben, wie pure Blasphemie erschien. Schließlich suchte er voller Scham über seine Heuchelei den Missionsleiter auf. Er hatte immer gewußt, daß er es irgendwann tun würde, und dieses Wissen hatte Dornen in seine Schuldgefühle gewoben.

»Father«, sagte er, »würden Sie mir bitte die Beichte abnehmen.«

42

Als Snow die Vorhänge teilte, umwirbelte ihn Staub, drang ihm in Mund und Kehle und schnürte ihm die Brust noch enger zusammen. Das Trenngitter klemmte, und trotz aller Anstrengungen konnte es Father Robertson nicht ganz aufschieben.

»Vergeben Sie mir, Father, denn ich habe gesündigt. Für diese und alle meine anderen Sünden, an die ich mich nicht mehr erinnern kann, bitte ich demütig um Vergebung.« Selbst die Anfangsformel kam ihm nur mühsam über die Lippen. Der Staub schien seine Luftröhre zu blokkieren, und sein Brustkorb schmerzte, aber Snow wußte, daß seine Qualen nicht davon herrührten, sondern einzig und allein von der Ungeheuerlichkeit dessen, was er vorhatte.

»Fahren Sie fort«, drängte Robertson, als Snow auch nach längerem Schweigen nicht weitersprach.

Es dauerte immer noch eine Weile, bis Snow schließlich begann, und selbst dann waren seine Worte erst ungeschickt gewählt und zusammenhangslos, die Sätze unvollendet, die schlimmsten Teile nur im Flüsterton vorgebracht.

Aber Snow beichtete alles, in allen Einzelheiten. Er kämpfte gegen die Atemnot an und zwang sich, immer weiterzusprechen, aber noch größere, atemraubende Mühe kostete es ihn, Father Robertson auf der anderen Seite der Trennwand dazu zu bringen, ihm weiter zuzuhören. Der alte Geistliche versuchte sogar, sein Geständnis zu beenden, indem er erklärte, er wolle nichts mehr von all dem hören, und sich von seinem Sitz erhob, so daß Snow, wie das auch Father Robertson tat, gegen das Beichtzeremoniell verstoßen mußte und immer wieder, die Lippen ganz dicht am Gitter, darauf bestand, Father Robertson sei durch sein Priesteramt verpflichtet, ihn seine Beichte bis zu Ende ablegen zu lassen.

»Es haben Bußwillige in der Beichte schon Morde bekannt und haben Gehör gefunden!«

»Fahren Sie fort.« Father Robertsons Stimme war angespannt und gepreßt, als bereitete ihm das Sprechen ebensoviel Mühe wie dem jüngeren Geistlichen.

Snow sprach weiter, aber die letzten paar Minuten hörte Father Robertson in so tiefem Schweigen zu, daß Snow irgendwann dachte, er hätte sich aus dem Beichtstuhl geschlichen. Doch dann hörte er, kaum wahrnehmbar, ganz leise Geräusche: die stoßartigen Atemzüge eines Mannes, der nach Luft schnappte.

Die Stille, die eintrat, als Snow geendet hatte, war absolut. Snow wartete sehr lange, bevor er weitersprach. »Ich bitte um Absolution.«

»Nein! Das ist eine Farce. Der blanke Hohn.«

»Ich verlange Absolution.«

»Absolution wird nur dem reuigen Sünder zuteil. Bereuen Sie?«

Nein, mußte sich Snow eingestehen, absolut nicht. Was er getan hatte, war nicht richtig gewesen. Was er jetzt tat, war eine viel größere Sünde als alles, was er außerhalb dieses staubdurchfluteten Beichtstuhles je getan hatte. Dafür würde er verdammt werden. »Ich bereue.«

»Ich erteile Ihnen die Absolution nicht!«

Das tat nichts zur Sache, stellte Snow traurig fest. Der alte Mann hatte recht gehabt. Was er diesen Morgen getan hatte, war eine Farce, der blanke Hohn. Es war ihm nicht darum gegangen, Vergebung zu finden. Dieser Moment, vermutete Snow, war exemplarisch für sein Versagen als Geistlicher. Aber auch als Jesuit, als Soldat Christi? Er glaubte nicht, daß er über die intellektuellen Fähigkeiten oder die theologische Beschlagenheit verfügte, um diese Frage beantworten zu können. Darüber müßten andere Geistliche, andere Richter, fern von Peking, entscheiden, und er würde sich ihrem Urteil zu unterwerfen haben.

Er hörte das kurze Surren des Vorhangs, der in er anderen Kabine zurückgezogen wurde, und roch den Staub, der durch das Gitter wirbelte. Er verließ den Beichtstuhl langsamer, so daß Father Robertson schon auf der anderen Seite des Kirchenschiffs war, als er nach draußen trat. Snow folgte ihm, noch langsamer. Erst als er sich dem Ende des Gangs näherte, der die Kirche mit ihren Unterkünften verband, und fast das Zimmer erreicht hatte, in dem Father Robertson normalerweise arbeitete, begann sich Snow Sorgen zu machen, der ältere Mann könnte die Mission verlassen haben.

Das war nicht der Fall.

Father Robertson war an seinem Schreibtisch, leicht vornübergebeugt wie während seiner Krankheit, und wie damals wurde sein ganzer Körper von heftigen Zukkungen geschüttelt. Snow bekam es mit der Angst zu tun, der Missionsleiter könnte wieder einen Anfall bekommen. Unschlüssig blieb er an der Tür stehen. Schließlich richtete sich Father Robertson auf und sah ihn an. Seine Augen waren feucht und rotgerändert, als hätte er geweint.

»Wissen Sie, was Sie eben getan haben?«

»Was im Beichtstuhl gesprochen wird, ist durch das Beichtgeheimnis geschützt.« Snow wollte zwar, daß Father Robertson davon wußte und darüber nachdachte, aber nicht, daß er darüber sprach. Was er auch nicht durfte.

»Gerade Sie müssen mir Vorträge über kanonisches Recht halten!«

»Ich wollte – *will* – den Fortbestand der Mission nicht gefährden.«

»Das haben Sie aber getan! Und wissen es auch! Der Engländer, der festgenommen wurde! Er hat doch damit zu tun, oder?«

»Das weiß ich nicht. Aber ich glaube es.«

Ein Zittern, schlimmer als bisher, durchlief den alten Mann.

»Aus! Das könnte das Aus bedeuten.«

»Ich bin aufgefordert worden, mich abzusetzen«, gestand Snow.

Aus wäßrigen Augen sah Father Robertson zu ihm auf. »Wann?«

»Kurz nachdem sich Li für mich zu interessieren begann.«

»Hat er etwas, das Sie belasten könnte?«

»Möglicherweise.«

»Hat er etwas?« Father Robertsons Stimme krächzte, so daß nicht der beabsichtigte wütende Ausruf herauskam.

»Ja.«

»Schrecklich. Einfach schrecklich.«

»Ohne Erlaubnis der Ordensleitung in Rom hätte ich nicht gehen können.«

Father Robertson sah ihn wieder direkt an. Händeringend nach einem Halt suchend, klammerte er sich an sich selbst fest. »Das ist richtig«, gab er ihm, allerdings skeptisch, recht. Aus seinem Ton sprach mehr Neugier als Wut.

Snow zögerte. »Unter außergewöhnlichen Umständen kann in unserem Orden der Leiter einer Mission eine solche Dispens erteilen.«

Plötzlich wurde Father Robertson vollkommen reglos, das Zittern hatte aufgehört, sein Gesicht war von heller Empörung erfüllt. »Sie *Schwein*! Sie mieses, dreckiges *Schwein*!«

Mit so einem Ausbruch hatte Snow nicht gerechnet, aber er gestand sich sofort ein, daß Father Robertson recht hatte: Er war ein Schwein. Es überraschte ihn, daß der Missionsleiter so rasch die ganze Tragweite dessen erkannt hatte, was er getan hatte. »Es tut mir leid.«

»Tut es Ihnen nicht! Sie zeigen keinerlei Reue. Deshalb wollte ich Ihnen auch keine Absolution erteilen . . .« Der alte Mann hielt mit offenem Mund inne, als ihm noch etwas dämmerte. »Sie wollten gar keine Absolution, oder?« Einen Moment war er sprachlos. »Ich werde die Ordensleitung verständigen! Dafür sorgen, daß Sie aus dem Orden, den Sie entehren, entlassen werden.«

»Was im Beichtstuhl gesprochen wird, fällt unter das Beichtgeheimnis«, wiederholte Snow ruhig.

Father Robertson sah ihn mit weit offenem Mund an, als er vollends begriff. »Sie haben die Beichte *mißbraucht*, um sich zu retten! Sie wußten ganz genau, daß ich keine Beschwerde über Sie einreichen könnte, weil ich im Beichtstuhl erfahren habe, was Sie getan haben, was Sie sind! Sind Sie denn überhaupt noch zu fassen . . .« Der Geistliche wandelte seine eigenen Worte ab. »Ist denn überhaupt zu fassen, daß jemand so etwas tun kann!«

»Ich bin bereit, mich dem Urteil unserer Ordensoberen zu stellen. Die Gründe für mein Verhalten zu erklären. Einen Fall nicht für mich abgehandelt zu sehen, sondern gegen mich.« Snow war diese Auseinandersetzung zutiefst zuwider, war sich selbst zutiefst zuwider. Er verabscheute, was er getan hatte und wie er es getan hatte, und er konnte keine Rechtfertigung, keine Entschuldigung dafür finden. Seinetwegen machte ein Mann Unvorstellbares durch; seinetwegen war der Fortbestand der Jesuitenmission in Peking gefährdet. Und alles, woran er denken konnte, war wegzulaufen wie ein Feigling. Aber war das nicht der mildernde Umstand, das einzige, was er tun *konnte*? Ohne ihn konnten sie dem verhafteten Engländer nichts zur Last legen. Und mußten ihn irgendwann freilassen. Und genauso, wie die Sicherheit dieses Mannes davon abhing, daß er das Land verließ, so hing auch der Fortbestand der Mission, an der Father Robertson soviel lag, davon ab. Folglich war er kein Feigling – hörte nicht auf, ein Soldat Christi zu sein –, wenn er sich absetzte. Das tat er in erster Linie, um andere zu retten, und zuallerletzt für sich selbst.

»Gehen Sie!« platzte Father Robertson los. »Verlassen Sie Peking, so schnell es geht! Gehen Sie nach Rom. Sie brauchen Hilfe, sehr viel Hilfe. Sie stellen Gottes Gnade auf eine harte Probe.«

»Werden Sie Rom über meine Reiseerlaubnis in Kenntnis setzen?«

»Gehen Sie!« wiederholte Father Robertson wütend.

»Li will etwas von mir: ein paar Fotos. Ich glaube nicht, daß ich ausreisen kann, solange ich sie ihm nicht gegeben habe.«

Wie ein Mann, über den zu viel zu schnell hereinbricht, schüttelte Father Robertson den Kopf. »Dann geben Sie sie ihm!«

»Ich habe sie noch nicht.«

Entnervt schüttelte der alte Mann den Kopf. »Das verstehe ich nicht. *Will* es auch nicht verstehen. Alles, was ich will, ist, daß Sie gehen. Bitte gehen Sie!«

»Sobald ich einen Weg sehe«, versprach Snow. Aber wer sollte ihm einen zeigen?

»Er ist also ein Spion?« wollte Patrick Plowright wissen.

»Er ist hergekommen, um irgendwas auszubügeln, nachdem dieser verdammte Foster abgezogen wurde«, bestätigte ihm Samuels. »Was genau, weiß ich allerdings nicht.« Die Füße des zwergenhaften Botschaftsanwalts, der ihm gegenübersaß, berührten den Boden nur, wenn er die Zehen streckte. Samuels versuchte sie nicht zu offenkundig anzusehen.

»Noch immer nichts über einen etwaigen Zugang?«

Der Leiter der politischen Abteilung schüttelte den Kopf. »Der Botschafter hat bisher drei Noten überbracht. Genauso viele hat auch der chinesische Botschafter in London erhalten.«

»Wie soll der nächste Schritt aussehen?«

Samuels sah verlegen drein. »Es kommt noch jemand.«

»Was!«

»Ich weiß. Furchtbar, nicht?«

»Wann trifft er ein?«

Samuels zuckte mit den Achseln. Gleichzeitig merkte er, daß er auf die Zehenspitzenprobleme seines Gegenübers starrte, und wandte hastig den Blick ab. »Er war nicht in der Maschine, mit der er angekündigt war. Wir haben in London angefragt, was passiert ist.«

»Es muß doch etwas anderes geben, was wir wegen Gower unternehmen können! Etwas Konkretes?«

»Sir Timothy könnte zum Zeichen des Protests nach London zurückgerufen werden. Aber dieser Schuß könnte rückwärts losgehen, wenn uns die Chinesen Spionage nachweisen *können*.«

»Was weiterhin geleugnet werden muß.«

»Mit allem Nachdruck.«

»Das ist doch lächerlich!«

»Natürlich ist es das. Privat hat Sir Timothy in London aufs schärfste protestiert.«

»Ich dachte, dieser ganze Spionagequatsch gehört längst der Vergangenheit an.«

»Ich wünschte, es wäre so.«

»Was wird dieser neue Mann tun?«

»Das weiß Gott allein.«

Charlie glaubte, sich wie eine Schmeißfliege herumbewegt zu haben, wenn auch nicht ganz so geräuschvoll. Und einige frühe, möglicherweise nützliche Eindrücke gewonnen zu haben.

Das Hsin Chiao kam ihm sehr zupaß. Das Hotel war ausschließlich Touristen aus dem Westen vorbehalten, unter denen er sehr gut untertauchen konnte. Da sie ihm an der Rezeption nicht ihren einzigen Stadtplan überlassen wollten, mußte er sich die Lage der britischen Botschaft merken, die im Gegensatz zu dem Bezirk, in dem sich die Mission befand, auf dem Plan eingezeichnet war. Auf einem anderen Plan studierte er die Nummern und Strecken der Busse, die relativ günstig zu verlaufen schienen, obwohl er argwöhnte, daß es in Wirklichkeit nicht so wäre. Was auch nicht der Fall war. Das bedeutete lange Fußmärsche.

Charlie näherte sich der Botschaft in der Guang Hua Lu weit genug, um sich einen Eindruck von ihr verschaffen zu können, aber nicht so weit, um mit ihr in Verbindung gebracht werden zu können. Ebensowenig versuchte er, sich der Mission direkt zu nähern. Immer eine Straße Abstand haltend, umkreiste er die Stelle, wo sie lag, bis er die verkehrsreichste Straße fand, die an ihr vorbeiführte. Praktischerweise gab es in der Nähe einen Park, in dem er eine Stunde blieb, und einen Straßenmarkt, auf dem er sich etwas länger aufhielt. Ihm fielen zwei Autos auf, die öfter als einmal vorbeifuhren. Eines hielt in Sichtweite Charlies an, so daß er die zwei Männer, die ausstiegen, sehen konnte. Und dann sah er Father Robertson von der Mission kommen. Für einen Mann seines Alters ging der Geistliche, den er von den Londoner Fotos sofort erkannte, erstaunlich rasch. Allem Anschein nach war er zu einem Termin unterwegs. Als er zurückkam, trieb sich Charlie immer noch auf dem Straßenmarkt herum und sah sich scheinbar ein paar Seidenballen an. Ganz automatisch warf er einen Blick auf seine Uhr: Der Missionsleiter war eine Stunde weggewesen. Die Tatsache, daß er Father Robertson gesehen hatte, war ein Vorteil, mit dem er nicht gerechnet hatte. Zu hoffen, daß auch noch Father Snow vorbeikäme, wäre zuviel verlangt gewesen. Charlie blieb zwar noch eine Weile, aber der jüngere Geistliche tauchte nicht auf. Aber selbst wenn das der Fall gewesen wäre, hätte er sich ihm nicht genähert.

Um zur Bushaltestelle zu kommen, mußte Charlie wesentlich weiter gehen, als er gedacht hatte. Und dann mußte er fast fünfundvierzig Minuten warten, weil der erste Bus voll war. Bis er ins Hotel zurückkam, brannten seine Füße. Künstlerpech, dachte er: ausgerechnet ins Land des Langen Marsches verschlagen zu werden!

43

Mit verdrehter, aber den eigenen Bedürfnissen angepaßter Logik entschied Charlie am Morgen des nächsten Tages, daß das, was er zu tun hatte, vergleichsweise simpel war, weil es so schwer war. Sogar unmöglich, wenn er keine unvertretbaren Risiken eingehen wollte. Und Charlie Muffin ging nie unvertretbare Risiken ein.

Hatte Gower das getan? Auch dafür konnte es eine logische Begündung geben: Ein ehrgeiziger junger Agent bei seinem ersten Auslandseinsatz, der vor lauter Übereifer nicht genügend Vorsichtsmaßnahmen trifft. Damit hatte Charlie bei Gower zwar nicht gerechnet, aber trotzdem war der nächste, unwiderlegbare gedankliche Schritt, daß John Gower einen Fehler gemacht haben *mußte*. Und nun deswegen im Gefängnis saß. Nicht bloß Gower hatte einen Fehler gemacht, korrigierte sich Charlie. Er hatte doch sicher auch eine gewisse Schuld an dem, was passiert war? Immerhin war er der angebliche Experte, der Gower den letzten Schliff verpaßt hatte: Mr. Nie-Erwischt, wie ihm Patricia Elder zu Recht hingerieben hatte. Warum hatten sie dann Gower erwischt – seinen Lehrling, wie ihm ebenfalls hingerieben worden war? Vielleicht konnte er sich hier leichter Klarheit über die Lage verschaffen, indem er einer Reihe von Ungereimtheiten auf den Grund ging. Jedenfalls hatte er Gower eingeschärft, keine unvertretbaren Risiken einzugehen, und er hatte ihm auch lange Vorträge über die Gefahren von zu großem Eifer gehalten, aber was hatte es noch gegeben, was auf die Situation hier zutraf? Schluß damit, entschied Charlie und wußte nicht, wie nahe seine augenblicklichen Überlegungen denen kamen, die Gower vor kurzem angestellt hatte. Was nutzte es in einer Radfahrerstadt, in Fahrzeugvermeidung ausgebildet worden zu sein? Schluß damit, dachte er wieder. Wie sollte ein Weißer in einem Land, dessen Bewohner so unterschiedliche Physiognomien hatten, andere beobachten oder verhindern, daß er selbst beobachtet wurde? Noch einmal, Schluß damit.

Gower war grün zu ihm gekommen und grün von ihm gegangen, um hierhergeschickt zu werden. Rein einsatztechnisch machte das keinen Sinn. Aber was machte bei dieser Operation überhaupt einen Sinn?

Der Hinweis, daß es außerhalb der Botschaft unmöglich war, gefahrlos zu operieren: In diesem Punkt, mußte er sich widerstrebend eingestehen, hatte die vertrocknete stellvertretende Generaldirektorin recht gehabt. Als er am Morgen zu der Hauptzufahrtsstraße zur Mission zurückgekehrt war, hatte er gesehen, daß unter den wenigen Autos, die dort vorbeikamen, wieder die zwei selben wie am Tag zuvor gewesen waren. Und wieder waren aus dem zweiten Auto zwei Männer gestiegen, von denen einer dieselbe braune Aktentasche und denselben fest zusammengerollten Regenschirm wie gestern dabeigehabt hatte.

Wenn er nicht zu Snow kommen konnte, dann mußte Snow zu ihm kommen. Aber wie? Und wo?

Charlie hatte die Telefonnummer der Mission und hätte von einem nicht zu identifizierenden Kiosk oder Verkaufsstand anrufen können, aber der Anschluß wurde vermutlich abgehört. Und außerdem würden sie Snow folgen, wenn er zu einem Rendezvous aufbrach. Also wie ... Charlie hielt inne. Irgend etwas hatte seinen Gedankenfluß zum Stocken gebracht, aber er konnte noch nicht erkennen, was es war. Noch etwas, das keinen Sinn ergab. Warum? fragte er sich. Warum waren seine Gedanken von etwas, das er nicht ausmachen konnte, plötzlich in eine andere Richtung gelenkt worden, als er überlegt hatte, wie er mit einem streng abgeschirmten Geistlichen in einer scharf überwachten Jesuitenmission Kontakt aufnehmen könnte? Er ging den Gedankengang, den er eben gehabt hatte, ein paarmal vor und zurück durch, aber es kam nichts dabei heraus. Auch das blieb eine Frage, auf die es keine vernünftige Antwort gab.

Also wie und wo? Der zweite Punkt war einfach. Es mußte im Schutz der Botschaft sein. Aber wie brachte er den Geistlichen dorthin?

Man wäre dort nicht begeistert, wurde Charlie sofort klar, als ihm die Idee kam. Vermutlich würde sich der Mann weigern und wäre auch dazu berechtigt, und wenn er das tat, konnte Charlie mit keinem besseren Vorschlag aufwarten. Aber es war das Beste, was ihm im Augenblick einfiel, und außerdem war es ein beruhigendes Gefühl, über etwas nachdenken zu können, was Aussicht auf Erfolg hatte. Es war sein zum Teil einfacher Ausweg aus der an sich schwierigen Situation. Aber trotzdem noch ein weiter Weg zum Ziel. Wie sollte er zum Beispiel einen verdächtigten und überwachten Geistlichen aus einer überwachten britischen Botschaft in ein Flugzeug und außer Landes schaffen, ohne entdeckt und abgefangen zu werden.

Alles zu seiner Zeit, entschied Charlie. Solange es ihm nicht gelang, Freunde oder beeinflußbare Leute zu gewinnen, hatte er das erste Problem noch nicht gelöst.

Die Empfangsdame in der Eingangshalle der Botschaft sah fragend auf, als Charlie vor ihrem Schreibtisch stehenblieb.

»Ich glaube, ein paar Leute erwarten mich«, sagte er mit einem gewinnenden Lächeln. Am Anfang gab er sich normalerweise immer Mühe, nett zu sein.

Es war zwar keine Ruhr, aber trotzdem schlimm genug, und statt das Wasser wegzuschütten, benutzte es Gower, um sich, so gut es ging, sauber zu halten. Obwohl er kurz vor dem Austrocknen stand, schaffte er es, sich weiter auf jeweils vier Schlucke Wasser zu beschränken. Seine Lippen waren aufgesprungen, und die Risse weiteten sich zu schmerzhaften Klüften, die zusätzliche potentielle Infektionsherde darstellten. Das Essen hatte er noch immer nicht angerührt.

Er war nicht mehr zum Verhör geholt worden, und da er nicht wußte, ob es draußen Tag oder Nacht war, hatte er jedes Zeitgefühl verloren. Er nahm an, daß er mehr als eine Woche in Haft war – weniger konnte es auf keinen Fall sein –, aber es hätte ohne weiteres länger sein können, an die zwei Wochen. Er rechnete damit, bald wieder verhört zu werden. Neben dem ständigen Lärm hatten auch die regelmäßigen Gucklochüberwachungen wieder eingesetzt. Gower glaubte, seinem Schlafnachholbedarf einigermaßen nachgekommen zu sein, und obwohl der Krach wieder losgegangen war, gelang es ihm ganz gut, sich dagegen abzuschotten und sich fast so etwas wie Ruhe zu verschaffen.

Es war Nacht, als er schließlich wieder aus seiner Zelle geholt wurde. Gower hatte zwar versucht, zwischen den Gucklochinspektionen Gymnastik zu machen, aber sobald er die Enge der Zelle verlassen hatte, bereitete es ihm große Mühe, geradeaus zu gehen. Er wankte von einer Seite auf die andere und stieß sogar zweimal gegen die Wachsoldaten, die ihn begleiteten. Auch die Füße zu heben, fiel ihm schwer; nachdem er es anfangs noch versucht hatte, verfiel er rasch wieder in ein schleppendes Schlurfen, in der Hoffnung, so wenigstens besser die Richtung halten zu können, was aber nicht der Fall war.

»Es ist aus und vorbei!« verkündete Chen mit einem triumphierenden Lächeln.

Nichts, worauf er reagieren sollte, entschied Gower. Alle Äußerungen auf ein Minimum reduzieren.

»Wir haben ihn verhaftet!«

Ihn registrierte Gower. Nicht mehr das Mißverständnis *sie*. Demnach war tatsächlich möglich, daß sie Snow am Tempel gefaßt hatten. »Ich weiß nicht, wovon Sie reden.« Wegen seiner aufgerissenen Lippen lispelte er.

»Vor ein paar Stunden. Und er hat schon gestanden. Alles zugegeben. War also nicht die Mühe wert, ihn zu dekken. Sie haben ausgespielt.«

Noch immer keine Reaktion. Beunruhigenderweise hörte Gower die Stimme des Chinesen erst normal laut, doch dann wie aus immer größerer Ferne, obwohl Chen weiter direkt vor ihm war.

Chen deutete mit dem Kopf auf die Stenographen. »Sie warten.«

Etwas, worauf er antworten konnte. »Worauf?«

»Ihr Leugnen ist lächerlich.«

»Gibt nichts zu leugnen.«

»Genau! Das ist bereits alles anderswo festgehalten.«

»Habe mir nichts zuschulden kommen lassen.«

»Sie werden besser behandelt, wenn Sie gestehen. Lassen Sie also diesen Unsinn! Sie dürfen baden. Bekommen besseres Essen.«

»Ich will mit meiner Botschaft sprechen.«

»Sie wurde benachrichtigt.«

Vorübergehend brachte die Antwort Gower aus der Fassung. »Warum ist niemand gekommen?«

»Sie dürfen mit jemandem sprechen, wenn Sie uns die Wahrheit gesagt haben.«

»Wir können Sie so lange hier behalten, wie wir wollen«, drohte Chen. »Wochenlang, wenn uns danach ist.«

Gower wünschte, die Stimme würde aufhören, ständig lauter und leiser zu werden. Es fiel ihm schwer, sich an alles zu erinnern, was gesagt worden war. Das war ein Bestandteil seiner Ausbildung gewesen: wichtig, sich an jedes Wort erinnern zu können. Und dann fiel es ihm ein. *Wir haben ihn verhaftet*, hatte Chen gesagt. Und dann: *Vor ein paar Stunden.* Das war nicht möglich! Obwohl er jedes Zeitgefühl verloren hatte, mußte er länger als eine Woche in Haft sein: länger als sieben Tage. Und die Abmachung war, daß Snow alle *drei* Tage zur Signalstelle kam. Eine Festnahme wäre also nicht erst vor ein paar Stunden erfolgt, sondern schon *Tage* zuvor. Demnach hatten sie den Geistlichen immer noch nicht. Sie verdächtigten ihn zwar, aber hatten ihn noch nicht festgenommen. Das Ganze war nur ein Bluff, um ihm ein Geständnis zu entlocken.

»Sie halten mich widerrechtlich fest. Ohne berechtigten Grund.«

»Hier gelten unsere Gesetze«, sagte Chen. »Sie werden uns sagen, was wir wissen wollen.«

Noch nicht, dachte Gower, noch lange nicht. Wenn überhaupt.

»Warum zum Teufel hat er nicht den Flug genommen, für den ein Platz für ihn gebucht war?« wollte Miller aufgebracht wissen.

»Das ist typisch«, sagte Patricia Elder, die nicht mit Charlies Manöver gerechnet hatte und sich ebenfalls darüber ärgerte, wenn auch nicht so sehr wie Miller. »Zumindest wissen wir, daß es nichts Ernstes sein kann. Der Sonderabteilung liegt eine definitive Fotoidentifikation vom Flugschalter der Pakistan International Airlines vor.«

»Warum macht dieser Mensch so was?«

»Ich glaube fast, das weiß er in den meisten Fällen selbst nicht.«

44

Der Empfang in der Botschaft war förmlich, aber nicht so unverhohlen feindselig, wie Charlie das schon gelegentlich erlebt hatte. Sein Äußeres schien Anlaß zu verhaltenem Erstaunen zu geben, aber daran war er gewöhnt. In diesem Fall gab er die Verwunderung mit in den Nacken gelegtem Kopf zurück: Der Mann mußte einiges über eins achtzig sein. Natürlich sprachen sie erst offen miteinander, als sie in Samuels' Büro waren. »Eine höchst unerfreuliche Geschichte«, begann der Leiter der politischen Abteilung, nachdem er die Tür geschlossen hatte.

»Das sagen alle.« Selbst im Sitzen wirkte Samuels so groß, als stünde er. Was er zum Glück nicht tat.

»Gower war an dieser Botschaft akkreditiert, Herrgott noch mal! Wenn die Chinesen weiter diese Spionagevorwürfe erheben und auch noch halbwegs beweisen können, kommt es unter Umständen zu diplomatischen Ausweisungen.«

»Darum bin ich hier. Um zu verhindern, daß sie bewiesen werden können.«

»Sie waren nicht in der Maschine, mit der sie eigentlich hätten eintreffen sollen. Ich habe zwei Stunden gewartet.«

»Das tut mir leid«, sagte Charlie leichthin. »Hab' einen anderen Flug genommen.«

»London verlangt eine Erklärung. Man ist sehr verärgert.«

»Die kriegen sie später«, sagte Charlie beiläufig. »Noch irgendwelche Einzelheiten über Gowers Festnahme?«

»Nur daß es in der Nähe eines taoistischen Tempels passiert ist, im Westen der Stadt.«

Darauf hatte man in London bereits aufgrund des Bezirks geschlossen, in dem Gower festgenommen worden war. Genauso, wie man angenommen hatte, daß Gower zwar unterwegs gewesen war, um das Signal zu geben, aber noch nichts Belastendes getan hatte, als er verhaftet wurde. »Sonst nichts?«

Samuels schüttelte den Kopf. »Und nichts deutet darauf hin, daß wir Zugang zu ihm erhalten.«

Zeit, sich zu vergewissern, womit er im Fall des Falles von seiten der Botschaft rechnen konnte. »Eigentlich hätte von London eine Anweisung bei Ihnen eingehen müssen, daß Sie mir jede nur erdenkliche Unterstützung zukommen lassen sollen.«

Samuels verzog das Gesicht. »Das ist richtig.«

»Mit einem Zusatz des Foreign Office?«

»Ja.« Samuels schien nur widerwillig zuzustimmen.

»Ich muß mich darauf berufen.«

In einer abwehrenden Geste hob Samuels die Hände. »Der Botschafter hat aufs nachdrücklichste protestiert: wegen des Ärgers, den wir wegen ihrer Leute bereits hatten. Und auch . . . na ja, daß nun auch Sie noch daherkommen und die Botschaft vielleicht noch weiter in diese Geschichte hineinziehen.«

»Ich versuche, ein Problem zu lösen, nicht zu verschlimmern.«

»Sir Timothy hat sich mit Gower getroffen. Hat ihn gewarnt . . .« Ein schnaubendes Lachen. »Was es genützt hat, sieht man ja! Und Ihnen ist sicher auch klar, was das zur Folge haben kann.«

»Helfen Sie mir auf die Sprünge«, bat ihn Charlie. Um sich seiner größtmöglichen Kooperation zu versichern, mußte er sich auf die Gangart des Diplomaten einstellen.

»Falls Gower ein Geständnis ablegt, könnte dabei auch Sir Timothys Name fallen!« sagte Samuels ungeduldig. »Der Botschafter! Mit einem Spionagefall in Verbindung gebracht! Er könnte zu den Ausgewiesenen gehören!«

Er hätte eben nicht so blöd sein dürfen, sich da überhaupt einzumischen, dachte Charlie. »Um so mehr Grund, mich bei der Lösung dieses Problems nach Kräften zu unterstützen.«

»Er wird sich nicht mit Ihnen treffen«, erklärte Samuels.

Charlie blinzelte ehrlich überrascht, was nicht oft vorkam. »Ich möchte mich gar nicht mit ihm treffen.«

Jetzt schien Samuels überrascht. »Er dachte, das wollten Sie. Wegen des Drucks vom Foreign Office.«

»Auch unabhängig davon, daß man nachher immer klüger ist, halte ich es für unklug von ihm, daß er sich mit Gower getroffen hat.«

»Noch etwas.« Wichtigtuerisch hob Samuels die Hand. »Wir wollen soviel wie möglich wissen. Wir möchten nicht noch einmal vor vollendete Tatsachen gestellt werden, wie das bei Gower der Fall war. Der Botschafter verlangt . . .« Er lächelte entschuldigend. ». . . ersucht Sie, ihm soviel wie möglich über die Angelegenheit mitzuteilen. Und Sie werden die ganze Zeit nur mit mir verhandeln. Mit niemand sonst. Ist das ebenfalls klar?«

Charlie runzelte die Stirn. Diesmal war seine Verwunderung jedoch anderer Natur. Gerade in Anbetracht der Tatsache, daß Samuels eben erst sein Bedauern über den persönlichen Kontakt mit Gower geäußert hatte, war dieser Vorschlag doppelt unlogisch. Und die Annahme, er würde über Geheimdienstangelegenheiten mit ihnen sprechen, war absurd. War das wirklich der Fall? Unter normalen Umständen bestimmt. Aber hier konnte man schwerlich von normalen Umständen sprechen.

Als Samuels Charlies Gesicht sah, setzte er ein noch entschuldigenderes Lächeln auf. »Das ist Sir Timothys erste Prestigestellung. Bisher hatte er eher unbedeutende Positionen. Er muß erst noch Erfahrungen sammeln.«

Die Erklärung akzeptierend, nickte Charlie. »Ich werde um Dinge bitten, um die ich sonst nicht im Traum bitten würde.«

Samuels' Lächeln verflog. »Könnten Sie das vielleicht etwas genauer erklären!«

»Ich muß jemand in die Botschaft bringen.«

»Die Person, die Sie außer Landes schaffen sollen!« Der Leiter der politischen Abteilung schaltete sofort.

Charlie war klar, daß er das nicht bestätigen durfte. Das war für ihn genauso unzulässig, wie es für Samuels unzulässig war, ihn danach zu fragen. Ganz gleich, für wie dramatisch sie die Lage hielten, war es unvorstellbar, daß der Leiter der politischen Abteilung oder der Botschafter oder das Foreign Office zulassen würden, daß jemand, der seiner Überführung so nahestand wie Jeremy Snow, in die Botschaft kam. Da gab es nur eins, entschied Charlie: lügen und Zeit schinden. Es war, als begegnete er einem alten Bekannten, der sich in einer dunklen Ecke versteckt hielt. »Nein. Einem solchen Risiko würde ich Sie hier auf keinen Fall aussetzen. Bei der Person, mit der ich mich treffen möchte, handelt es sich um einen Mittelsmann, mehr nicht.«

»Sie haben Nerven! Dadurch käme es trotzdem zu einer nachweisbaren Verbindung! Das kann ich nicht zulassen. Ebensowenig wie der Botschafter.«

»Ganz offensichtlich hat Gower versucht, es *außerhalb* der Botschaft zu tun. Jetzt sitzt er im Gefängnis. Und uns droht ein diplomatisches Fiasko . . . möglicherweise eine Reihe von Ausweisungen, wie Sie selbst gesagt haben: vielleicht sogar die Ausweisung des Botschafters.«

»Trotzdem ist das für mich kein Argument.«

Aus dieser Entgegnung glaubte Charlie einen gewissen Mangel an Nachdruck herauszuhören. »Der Mann ist Europäer. Jemand, der schon mehrmals in der Botschaft war. Er wird keinen Verdacht erregen, wenn er hierherkommt.«

Samuels hatte den Kopf auf die Seite gelegt, ein Ausdruck neugierigen Interesses. »Ein Angehöriger der europäischen Gemeinde? Jemand, der an öffentlichen Veranstaltungen hier in der Botschaft teilgenommen hat?«

Charlie zögerte. Er wollte keinen Deut mehr herausrükken als unbedingt nötig. »Ja.«

Das Lächeln kehrte zurück. »Kein Problem. In vierzehn Tagen haben wir hier wieder eine Veranstaltung! Sie können gern daran teilnehmen und das Ganze hinter sich bringen, ohne daß jemand etwas mitbekommt!«

Charlie seufzte. »John Gower wird verhört. Es wird ihm jeder Kontakt zu Personen verwehrt, die ihm irgendwelche Aufschlüsse geben könnten, was inzwischen hier draußen passiert. Glauben Sie im Ernst, er hält noch zwei Wochen durch, bevor er zu reden beginnt? Und möglicherweise etwas sagt, das den Botschafter – namentlich – mit dieser Angelegenheit in Verbindung bringt? Während die gefährdete Person weiterhin in Peking ist? Das kann ich mir nicht vorstellen, beim besten Willen nicht. Ich glaube, daß es schon lange davor ganz gewaltig kracht.«

Samuels wandte den Blick ab, schien aber nicht zu wissen, worauf er ihn richten sollte, weshalb er ihn ziellos durch den Raum wandern ließ. »Einfach schrecklich, diese Geschichte!«

»Darüber waren wir uns bereits einig.« Dabei kam das Schlimmste noch.

Nun trat ein längeres Schweigen ein, während dessen jeder darauf wartete, daß es der andere bräche. Charlie hielt länger durch als der Diplomat.

»Nur daß jemand hierherkommt? Jemand, der hier bekannt ist und keinen Verdacht erregt?«

»Mehr will ich nicht.« Charlie fragte sich, warum er kein schlechtes Gewissen hatte. Lange Übung, nahm er an.

»Und dann geht er wieder weg?«

»Ja.« Ein Fünkchen Wahrheit.

»Und dann?«

»Verschwinde ich auch. Und mit mir alle Probleme. Ihnen bleibt dann nur noch, Gower rauszuboxen. Was Sie auch schaffen werden, wenn ihm die Chinesen nichts anlasten können.«

»Ist Ihnen klar, daß das für meine Karriere das Aus bedeuten könnte?«

Wie furchtbar, dachte Charlie: Gower konnte währenddessen ruhig weiter mit den Eiern an einem rostigen Nagel hängen. »Natürlich ist mir das klar. Ich würde doch nichts tun, was sich nachteilig auf Ihre Karriere auswirken könnte. Um *meine* geht es doch dabei schließlich auch.« Letzteres war mit Sicherheit richtig.

»Ehrenwort?«

»Ehrenwort.«

»Also gut!« erklärte Samuels mit dem Ton eines Generals, der zehn Kilometer hinter der Front seinen Soldaten den Befehl erteilt, gegen das feindliche Feuer anzurennen. »Bringen Sie ihn meinetwegen her! Jetzt kommt es vor allem darauf an, diese dumme Geschichte endlich hinter uns zu bringen, ein für allemal aus der Welt zu schaffen.«

»Ich bin Ihnen sehr dankbar, daß wir uns schon mal soweit einigen konnten. Ich werde bei meiner Rückkehr nach London einen entsprechenden Hinweis weiterleiten.«

Das Lichtschalterlächeln ging an und aus. »Vielen Dank.«

»Da ist aber noch mehr, worauf wir uns einigen müssen«, tastete sich Charlie behutsam vor.

»Was?«

»Wie wir ihn hierherkriegen.«

»Aber ich dachte . . .«

». . . Er muß erfahren, daß ich hier bin. Muß er gesagt bekommen. Als Fremder kann ich dort, wo er ist, nicht hingehen. Könnte sein, daß es das war, was Gower probiert hat. Und dem Telefon traue ich auch nicht.«

»Wie dann?« Da war sie wieder, die alte ablehnende Haltung.

»Durch jemand, der *nicht* fremd ist, jemand, der in letzter Zeit so oft da war, daß sie es wahrscheinlich gar nicht registrieren würden, wenn er noch mal hinginge.«

»Jemand aus der Botschaft!«

Inmitten all des diplomatischen Schwulsts gab es erstaunlich hellsichtige Momente, fand Charlie. »Ja.«

»Sie müssen mir alles sagen.«

Das mußte er, fand auch Charlie: Zwar nicht unbedingt alles, aber wesentlich mehr, als ihm lieb war. »In Ihren Berichten ans Foreign Office war mehrmals davon die Rede, daß Father Robertson schwer erkrankt ist . . .«

». . . Ist er der Mann?« entfuhr es Samuels erstaunt.

». . . und von Dr. Pickering, dem Botschaftsarzt, behandelt wurde«, sprach Charlie zu Ende. »Außerdem hieß es in diesen Berichten, daß Dr. Pickering auch jetzt noch ab und zu nach dem Kranken sieht.«

»Das stimmt«, gab Samuels zögernd zu.

»Demnach spricht also nichts dagegen, daß Dr. Pickering noch einmal in die Mission geht. Morgen zum Beispiel?«

»Ich habe Sie etwas gefragt, was Sie mir noch nicht beantwortet haben.«

Charlie wäre es lieber gewesen, er hätte keinen Namen nennen müssen, aber das ließ sich nicht vermeiden. »Nicht Father Robertson. Father Snow.«

»Snow!«

»Er ist nur ein Nachrichtenübermittler«, log Charlie. »Er hat keine Ahnung, was er eigentlich tut.«

»Nein!« erklärte Samuels ungehalten. »Ich habe Ihnen gestattet, den Mann hierherzubringen. Ich akzeptiere, daß es nicht anders geht, daß es keine andere Möglichkeit gibt. Aber jetzt wollen Sie auch noch, daß sich ein *Botschaftsangehöriger* aktiv an dieser Sache beteiligt. Weiß Gott, welchen Gefahren Sie den Mann dadurch aussetzen! Er könnte festgenommen werden. Wie Gower. Das kann ich unmöglich zulassen. Das geht zu weit.«

Wahrscheinlich stimmte das sogar, mußte ihm Charlie zugestehen: zumindest, wenn sich der Betreffende bewußt war, was er tat, da ihm dadurch die Möglichkeit einer aufrichtigen Beteuerung seiner Unschuld genommen war. »Er wird dadurch keinen Gefahren ausgesetzt«, erklärte Charlie. »Alles, worum ich Sie ersuche, ist, daß Dr. Pickering, wie er das in den letzten zwei, drei Wochen gelegentlich getan hat, einen Hausbesuch in der Jesuitenmission macht, um Father Robertson zu untersuchen. Und bei dieser Gelegenheit soll er Snow sagen, daß in der Botschaft jemand ist, der ihn sofort sprechen möchte. Was soll daran riskant oder gefährlich sein?«

»Das ist einfach zuviel verlangt«, erklärte der Leiter der politischen Abteilung.

»Angesichts einer möglichen diplomatischen Katastrophe? Der drohenden Ausweisung des Botschafters?«

»Das ist . . .«

». . . die einzige Alternative.«

Nachdenklich beugte sich der ungewöhnlich große Diplomat über seinen Schreibtisch, Stück für Stück, wie ein gesprengtes Hochhaus, das in sich zusammenstürzte. »Das ist . . . das geht zu . . .«

»Warum fragen wir nicht einfach den Doktor selbst?« Wenn er noch mehr Leute einweihte, konnte er gleich Zeitungsannoncen aufgeben und vom Dach Lautsprecherdurchsagen machen, dachte Charlie. Er haßte es, so sehr auf andere angewiesen zu sein: haßte es, nicht völlig unabhängig zu sein und sich so auf andere verlassen zu müssen. Das war wirklich ein beschissener Job: der beschissenste überhaupt.

»Werden Sie es akzeptieren, wenn er ablehnt?«

»Wenn Sie es akzeptieren, wenn er mitmacht.«

Samuels zögerte eine Weile. »Wer von uns beiden soll es ihm beibringen?«

»Sie«, schlug Charlie vor. »Oder auch ich, wenn Ihnen das lieber ist.«

»Ich«, entschied der Diplomat.

In dem Mann, der ihm als George Pickering vorgestellt

wurde, erkannte Charlie sofort den Typ Arzt, der seinen Patienten ein schlechtes Gewissen macht, daß sie krank sind. Der Anzug des Mannes spannte sich um seinen fülligen Körper, und kaum begann Samuels mit seiner auf ein Minimum reduzierten Erklärung, wandte sich Pickering Charlie zu, um ihn durch seine ungewöhnlich große Brille mit einem beunruhigend durchdringenden Blick zu taxieren. Charlie fand, der Mann sah wie der Großvater aller Eulen aus. Er ließ seinen Blick auch noch auf Charlie ruhen, als Samuels geendet hatte, und sagte erst nach längerem Schweigen: »Hängt das mit dieser Verhaftung zusammen?«

»Ja«, gab Charlie zu.

»Kommt überhaupt nicht in Frage.«

»Die Sache ist völlig ungefährlich.«

»Ich bin Arzt. Sonst nichts.«

»Können Sie sich vorstellen, wie es inzwischen um Gowers Gesundheitszustand bestellt ist?«

»Damit müssen Sie in Ihrem Job rechnen.«

»Was soll denn das für eine Einstellung für einen Arzt sein?«

»Meine.«

»Sprechen Sie denn sonst nicht mit Snow, wenn Sie in die Mission gehen?«

»Natürlich spreche ich mit ihm!«

»›In der Botschaft möchte Sie jemand sprechen.‹ Sieben Worte.«

»Dann machen Sie es doch selbst.«

»Ich habe Ihnen doch gesagt, warum das nicht geht.«

»Und ich habe gesagt, das kommt nicht in Frage.«

Andererseits war er nicht entrüstet aus dem Raum gestürzt, dachte Charlie. »Sieben Worte.«

»Warum sollte ich?«

»Um ein diplomatisches Debakel zu verhindern. Und das Leiden eines Mannes im Gefängnis zu verkürzen.«

»Beides geht mich nichts an.«

»Da bin ich aber anderer Meinung.«

»Wir wollen die Sache so schnell wie möglich hinter uns

bringen, George«, schaltete sich an dieser Stelle Samuels ein. »Und so gut wir können.«

»Verlangen Sie von mir, daß ich es tue?« fragte Pickering.

Samuels schüttelte den Kopf. »Es bleibt ganz Ihnen überlassen.«

Charlie spürte ein Nachlassen des Widerstands. »Sieben Worte.«

Wieder schwieg Pickering eine Weile, bevor er sagte: »Verdammter Blödsinn, das alles: Kinderkram.«

»Werden Sie es tun?« fragte Charlie.

»Nur Ihre Nachricht übermitteln. Sonst nichts.«

Charlie vermutete, daß Pickering an sich von Anfang an dazu bereit gewesen war und sich nur geweigert hatte, um sich bitten lassen zu können. Was die Leute nur immer für Spielchen spielten, dachte er. Aber er selbst hatte ja auch einige zu spielen. Die Anrufe am Flughafen schaffte er ohne fremde Hilfe, aber für die Zugauskünfte und -reservierungen war er auf Samuels' Chinesischkenntnisse angewiesen. Es dauerte zwei Stunden. Als er sich beim Leiter der politischen Abteilung bedankte, sagte er: »Soviel ich in seinem Personalbogen gelesen habe, sind Sie und Snow etwa gleich groß. So ein Zufall, nicht?«

»Ganz gleich, was Sie im Sinn haben, Sie brauchen erst gar nicht zu fragen«, sagte Samuels.

Die Anfrage des Pflichtverteidigers, ob Natalia bereit sei, als Leumundszeugin für Eduard auszusagen, wurde ihr zu ihrer Verwunderung durch nachrichtendienstliche Kanäle übermittelt. Falls sie überhaupt damit gerechnet hatte, war sie davon ausgegangen, sie würde ihr direkt nach Leninskaja geschickt. Sie bediente sich für ihre Antwort desselben Wegs und lehnte das Ersuchen ab.

45

Das Problem Jeremy Snow bekam eine ganz neue und tiefere Dimension, sobald der Geistliche den Raum betrat, den Samuels für dieses Treffen in der Botschaft zur Verfügung gestellt hatte. Nach dem Gespräch mit Snows ehemaligem Führungsoffizier in London aufgrund dessen, was er in den Akten gelesen hatte, erwartete Charlie einen überheblichen und rechthaberischen Mann. Aber von Arroganz keine Spur. Der asthmatische Geistliche hechelte vor innerer Anspannung. Kaum hatte er den Raum betreten, stieß er hervor: »Gott sei Dank, daß Sie hier sind. Ich habe die Lage völlig falsch eingeschätzt.« Das ließ Charlie zu der Überzeugung gelangen, daß Snow schon wenige Minuten nach seiner Festnahme zusammenbrechen und ein umfassendes Geständnis ablegen würde.

»Das läßt sich alles noch hinbiegen«, sagte Charlie, dem das Trostbedürfnis des Geistlichen nicht entgangen war. Obwohl er die Personenangaben in den Unterlagen gelesen hatte, überraschte ihn Snows Größe.

»Was ist mit dem Mann, der verhaftet wurde? Er ist doch meinetwegen gekommen, oder?«

»Ihre Sicherheit ist seine Sicherheit.«

»Sind Sie da auch sicher?«

War er nicht, stellte Charlie fest. »Absolut«, sagte er. »Aber wir dürfen uns nicht den kleinsten Fehler erlauben. Wir haben nur eine Chance. Darum will ich alles wissen, von Anfang an. Und mit ›von Anfang an‹ meine ich den Moment, in dem man an Sie herangetreten ist, für London zu arbeiten. So ausführlich, wie Sie sich erinnern können.«

Es dauerte sehr lange, weil Charlie den Geistlichen häufig unterbrach, um auch das winzigste Detail aus ihm herauszukitzeln. Er ließ sich zum Beispiel auch nicht mit Allgemeinheiten abspeisen, die sich allein aufgrund seines Aktenstudiums in London hätten erschließen lassen. Mehrere Male mußte Snow längere Pausen einlegen, bis sich seine Atmung wieder beruhigte, und als er schließlich fertig war, saß er ausgelaugt und zusammengesunken auf seinem Stuhl. Trotzdem war Charlie noch nicht zufrieden.

»Das Kontaktproblem ging erst mit Foster los?«

Snow nickte. »In den letzten sechs Monaten. Mit Bowley und Street gab es keinerlei Schwierigkeiten. Foster meinte, wir müßten wesentlich vorsichtiger sein und die Gelegenheiten, bei denen es für meine Besuche in der Botschaft einen begründeten Anlaß gäbe, würden vollauf ausreichen und wir müßten die Treffen außerhalb der Botschaft auf ein absolutes Minimum reduzieren.«

»Wie lang war dieser Zhang Sulin Ihre Quelle?«

»Nicht ganz ein Jahr, würde ich sagen. Er kam ganz kurz nach dem Tiananmen-Massaker zum erstenmal zum Unterricht, aber natürlich hatte ich zuerst keine Ahnung, daß er ein Dissident war. Er war während des Massakers am Tiananmen.«

»Wie gut war er? Als Quelle, meine ich?«

»Er schien sehr umfangreiche Kontakte in Peking zu haben. Einmal hat er mir erzählt, er hätte nach Tiananmen ständig mit seiner Verhaftung gerechnet, weil ihn alle anderen Festgenommenen kannten und er dachte, sie würden ihn beim Verhör verraten. Aber es passierte ihm nichts. Er gab mir auch ein paar Tips für Schanghai.«

»Warum kam er nicht mehr zum Unterricht?«

Das habe ich nie erfahren. Eines Tages kam er einfach nicht mehr: ohne vorherige Ankündigung. Ich dachte schon, er wäre doch noch verhaftet worden, denn er schrieb sehr viel und war an der Abfassung zahlreicher Wandzeitungen und Flugblätter beteiligt. Aber wie es scheint, war er weiter auf freiem Fuß. Bis er letzten Monat verhaftet wurde.«

»Wußte er, daß Sie die Informationen weiterleiten?«

»Nicht so, wie Sie vielleicht denken. Für ihn sah es sicher so aus, als würden wir uns einfach miteinander unterhalten, und er ging vermutlich auch davon aus, daß ich es anderen erzählen würde, außerhalb Chinas.

Darum ging es ihm in erster Linie: nach draußen zu tragen, daß es im Land Widerstand gibt.«

»Das heißt, er wird Sie nennen.«

»Er könnte höchstens sagen, daß er eine Weile im Englischunterricht bei mir war. Das war ohnehin kein Geheimnis. Aber nicht, daß ich wußte, daß er zur Dissidentenbewegung gehörte oder sich auch nur dafür interessierte.«

Das spielte in diesem Zusammenhang keine Rolle, dachte Charlie. Die Verbindung zwischen Zhang und Snow würde bei der Vernehmung des chinesischen Dissidenten herauskommen und wahrscheinlich war sie es schon. Und das lieferte, nach chinesischem Recht, hinreichend Anklagepunkte für einen richtigen Spionageprozeß. Und das noch ohne Berücksichtigung von Snows Reise und den Fotos aus Schanghai, auf die sie geduldig warteten, in dem Glauben, Snow säße in der Falle und Gower wäre ihnen auf Gedeih und Verderb ausgeliefert. Das erinnerte Charlie an etwas, und er sah zu dem kleinen Schreibtisch hinüber, der vermutlich in dem leider vergeblichen Versuch, mehr Platz zu schaffen, zur Seite geschoben worden war. Mit einer Kopfbewegung deutete er auf das Päckchen, das darauf lag, und sagte: »Das sind Ihre Fotos.«

»Ich habe die dabei, die Li mir gegeben hat.« Snow langte in die Brusttasche seines Jacketts.

Charlie breitete die in London manipulierten Fotos auf dem Tisch aus und legte dann das jeweilige Gegenstück des Chinesen darunter. Die Aufnahmen waren nicht vollkommen identisch – die harmlosen chinesischen Fotos waren nicht genau vom gleichen Standpunkt aufgenommen –, aber Charlie war klar, daß das bei dem, was die Chinesen damit vorhatten, keine Rolle spielte. Die Spezialisten in London hatten ihr Bestes getan. Snows Abzüge sahen aus, als wären sie sehr schlampig entwickelt worden. Nur auf einem war andeutungsweise ein Schiff zu sehen, und hätte er nicht ausdrücklich danach gesucht, hätte es Charlie auf den ersten Blick für eine Wolkenbank gehalten. Das Problem war, daß die Chinesen danach suchen würden.

»Sie sind sehr gut«, sagte Snow neben ihm.

»Aber nicht gut genug«, sagte Charlie.

»Was sollen wir dann tun?« fragte der Geistliche besorgt.

Wieder wurde Charlie bewußt, wie schnell der Mann unter dem leisesten Druck zusammenbräche. »Es gibt eine Möglichkeit, das ganze Problem zu umgehen«, sprach er ihm neuen Trost zu. »Wir kriegen das schon hin.«

»Wann?«

»Morgen.«

Trotz seines schweren Atems war Snows erleichtertes Seufzen unüberhörbar. »Ich habe Father Robertsons Erlaubnis, mich abzusetzen.«

»Das haben Sie mir bereits erzählt.« Beichtgeheimnis hin oder her, Charlie wäre es lieber gewesen, der Geistliche hätte es mit den Vorschriften der klerikalen Bürokratie nicht so genau genommen.

»Ich möchte so bald wie möglich nach Rom. Ich werde darum bitten, mich für eine Weile zurückziehen zu dürfen. Ich brauche viel Zeit für mich.«

»Fürs erste soll uns nur interessieren, wie wir aus Peking rauskommen.«

»Ich mache nichts mehr«, erklärte Snow.

Charlie sah den Geistlichen verständnislos an. »Was machen Sie nicht mehr?«

»Für Sie arbeiten. Ich dachte, es wäre wichtig, und denke es immer noch. Aber es hat zuviel Leid über andere gebracht. Über den Mann, der verhaftet wurde. Und über Father Robertson. Ich muß für vieles um Vergebung bitten, im Gebet.«

»Das erwarten wir auch nicht von Ihnen, nicht mehr. Wir sind einverstanden, daß Sie aufhören wollen.« Sobald Snow Peking verlassen hatte, war mit ihm sowieso nichts mehr anzufangen. Aber Charlie hielt es nicht für nötig, ihm das so deutlich unter die Nase zu reiben.

»Was soll ich tun?« fragte Snow gehorsam.

»Genau das, was ich Ihnen sage. Und in genau der Reihenfolge, die ich Ihnen sage. Halten Sie sich einfach strikt an meine Anweisungen . . .« Er griff nach den Fotos aus London, behielt sie aber noch in der Hand. »Die Chinesen werden eine Weile brauchen, um zu beweisen, daß sie manipuliert worden sind. Auf jeden Fall länger als einen Tag . . .« Er begann, die Abzüge in zwei Gruppen aufzuteilen, wobei er auf eine Seite das Foto legte, auf dem am offensichtlichsten etwas zu sehen war, was Snow nicht hätte fotografieren dürfen, und dann noch eine weitere Aufnahme aus Schanghai und drei harmlose Fotos hinzufügte. Den Rest gab er Snow. »Für Li.«

»Er wird merken, daß ein paar fehlen.«

»Ich weiß«, sagte Charlie sofort. »Sie werden es ihm sogar sagen. Aber vergessen Sie nicht: Alles in der Reihenfolge, wie ich es Ihnen sage.«

»Und wie soll ich vorgehen?«

»Sie sind nicht sicher, ob Li bloß vom Amt für Ausländerangelegenheiten ist oder tatsächlich vom Amt für öffentliche Sicherheit?«

Snow schüttelte den Kopf. »Ich bin ziemlich sicher, er ist vom Sicherheitsamt. Als ich ihm vorschlug, ihm die Fotos zu bringen, hat er abgelehnt und gesagt, er käme selbst vorbei.«

»Gut.« Charlie zögerte. Um jedes Mißverständnis von seiten Snows auszuschließen, wollte er sich so klar wie möglich ausdrücken. »Worum es uns geht, ist folgendes: Wir müssen versuchen, bei den Leuten, die die Mission und die Botschaft überwachen und einen Zusammenhang zwischen uns herstellen könnten, ein Maximum an Verwirrung zu stiften.«

»Wieviel Zeit, glauben Sie, haben wir?« fragte der Geistliche verzagt.

Mach mir bloß nicht jetzt schon schlapp, dachte Charlie, es war schon beunruhigend genug, grundsätzlich damit rechnen zu müssen, daß der Mann zusammenbrach. »Genügend«, machte er ihm Mut. »Es wird aber nicht einfach, und es gibt einiges, was schiefgehen kann, aber wenn Sie tun, was ich Ihnen sage, stehen die Chancen, daß es klappt, recht gut.« Das war eine Übertreibung, mußte Charlie zugeben, aber ihm fiel keine bessere Möglichkeit ein, und er hatte schon wesentlich brenzligere Fluchtversuche unternommen – zum Beispiel aus Moskau, als er Natalie das erstemal verlassen hatte –, aber das hier war auch eine ziemlich haarige Geschichte.

»Sagen Sie mir einfach, was ich tun soll.«

Snow sprach mit einer Stumpfheit, einer Resignation, die Charlie nicht gefiel. »Morgen früh rufen Sie im Ausländeramt an. Versuchen Sie Li zu erreichen. Aber übertreiben Sie es nicht. Wir wollen bloß den Anschein erwecken, daß Sie *versucht* haben, sich mit ihm in Verbindung zu setzen: damit er und alle anderen in die verkehrte Richtung losrennen, wenn sie Ihre Nachricht kriegen. Hinterlassen Sie ihm also eine Nachricht, daß Sie ihm etwas vorbeibringen. Dann gehen Sie persönlich ins Ausländeramt ...«

»Ich soll ins Ausländeramt gehen?« entfuhr es Snow verblüfft. »Zuerst«, erklärte ihm Charlie. »Bevor Sie sich ins Amt für öffentliche Sicherheit begeben.«

Snow schüttelte verständnislos den Kopf. »Aber was soll das denn für einen Sinn haben ...«

»Das gleiche werden die Leute denken, die die Mission überwachen, um zu sehen, was Sie machen. Überlegen Sie doch mal! Wo würden Sie in deren Augen zuallerletzt hingehen?«

Jetzt war die Kopfbewegung ein langsames Nicken, aber die Zweifel überwogen noch. »Sicher nicht dorthin.«

»Wird es sie also verwirren?«

»Möglicherweise.«

»Das Amt für öffentliche Sicherheit ist in einem großen Gebäude untergebracht? Wie das Amt für Ausländerangelegenheiten?«

»Ja.«

»Geben Sie die Fotos, die Sie von mir bekommen haben, im Ausländeramt für Li ab. Zusammen mit einem Brief, in dem Sie sich entschuldigen, daß sie nicht vollständig sind. Schreiben Sie, Sie wollten nachfragen, was aus dem Rest geworden ist. Verlassen Sie das Ausländeramt durch einen anderen Ausgang als den, durch den Sie es betreten haben. Im Amt für öffentliche Sicherheit erkundigen Sie sich, ob es möglich ist, noch eine Rundreise zu machen. Stellen Sie einen Antrag auf eine Reisegenehmigung . . .« Snow sah ihn an, aber Charlie war nicht sicher, ob er irgend etwas verstand. »Verstehen Sie, was ich sage?«

»Ich verstehe, was Sie sagen, aber nicht, was Sie damit bezwecken.«

»Verwirrung stiften«, wiederholte Charlie. »Verlassen Sie auch das Sicherheitsamt auf einem anderen Weg, als Sie es betreten haben. Jetzt kommt der gefährlichste Teil: die eigentliche Flucht.«

»Zum Flugplatz?« riet Snow, um auch etwas beizutragen.

»Das werden sie hoffentlich denken. Ich werde für übermorgen auf Ihren Namen einen Platz für einen Direktflug nach England buchen. Sie sollen denken, Sie hätten noch ausreichend Zeit, um einzuschreiten. Auf keinen Fall soll die Verwirrung in Panik ausarten.«

»Und weiter?«

»Sorgen Sie dafür, daß Sie gegen drei Uhr nachmittags aus dem Amt für öffentliche Sicherheit kommen. Gehen Sie erst zu Fuß. Damit eine mögliche Beschattung ebenfalls zu Fuß erfolgt und nicht im Auto. Auf diese Weise können Sie sie leichter abhängen, wenn Sie ein öffentliches Verkehrsmittel nehmen. Fahren Sie direkt zum Hauptbahnhof, zum Fünf-Uhr-Expreß nach Schanghai.«

»Das dauert . . .«

»Ich weiß, wie lange das dauert«, schnitt ihm Charlie das Wort ab. »Und außerdem sollen Sie nicht zu erkennen geben, daß Sie nach Schanghai wollen. Kaufen Sie sich eine Fahrkarte nach Nanchang. Der Expreß dorthin geht um vier Uhr fünfundvierzig. Ich habe mich bereits erkundigt. Mit Ihrer Fahrkarte kommen Sie durch die Sperre zu den Bahnsteigen. Wenn man Sie dann immer noch beschattet, dauert es mindestens eine Viertelstunde, um rauszukriegen, *wohin* Sie eine Fahrkarte gelöst haben, und wenn man es rausgefunden hat, nützt das erst mal auch nicht viel, weil Sie in Wirklichkeit ganz woanders hinfahren werden. Laut Fahrplan hält der Nanchang-Expreß erst nach acht Stunden zum erstenmal an. Die Verfolger können also vorher nicht zusteigen. Und wenn doch – obwohl ich bezweifle, daß sie das so schnell hinkriegen, zumal es mitten in der Nacht sein wird –, werden sie mindestens bis Nanchang brauchen, um den ganzen Zug zu durchsuchen und festzustellen, daß Sie nicht drin sind. Steigen Sie auf jeden Fall in den Zug nach Nanchang ein, damit man sich an Sie erinnert. Kurz vor der Abfahrt steigen Sie wieder aus. Ich habe auch die Bahnsteignummern nachgesehen. Gehen Sie zwei Gleise weiter zum Zug nach Schanghai. Ich werde dort in einer Schlafwagenkabine auf Sie warten. Und mit einer Fahrkarte für Sie. Die immer *ich* an der Tür vorzeigen werde, wenn der Schaffer zum Kontrollieren kommt. Sobald Sie also in der Kabine sind, kriegt Sie niemand mehr zu sehen. Wir werden hauptsächlich nachts unterwegs sein, wenn alle schlafen.«

»Was passiert in Schanghai?«

»Nichts, hoffe ich. Vier Stunden nach unserer Ankunft geht eine Maschine nach Manila. Beide Tickets werden auf meinen Namen ausgestellt sein. Wir fahren vom Bahnhof direkt zum Flughafen.«

»Sie haben vergessen, daß wir eine Reisegenehmigung brauchen.«

»Das gilt nur für Sperrgebiete. Und zwischen Peking und Schanghai gibt es keine. Das habe ich, wie alles andere auch, genauestens überprüft. Und Sie werden nicht im Zug nach Nanchang sitzen, auf den das zutrifft.«

Mit gesenktem Kopf saß Snow eine Weile nachdenklich da. »Gut.«

Charlie war nicht sicher, womit sich der Geistliche einverstanden erklärte. »Glauben Sie, das schaffen Sie?«

»Ja.«

»Alles?«

Wieder eine Pause. »Das muß ich wohl.«

Ähnlich defätistisch antwortete Charlie: »Ja.«

»Von dem Augenblick an, in dem ich zu Ihnen in die Schlafwagenkabine komme, ist Ihre Verbindung mit mir offensichtlich. Dann können Sie genauso verhaftet werden wie ich? Und wie der andere Mann?«

Ein Punkt, dem Charlie eminente Bedeutung beimaß. »Ja.«

»Ich möchte nicht noch mehr Schwierigkeiten machen, niemandem! Warum lassen Sie es mich nicht allein versuchen?«

»Weil das kein Einmannjob ist! Sie brauchen Hilfe und Deckung im Zug und Hilfe, wenn Sie am Schanghaier Flughafen Ihr Ticket abholen . . .« Charlie zögerte. »Das ist die einzige Möglichkeit, Sie außer Landes zu bringen.« Ihm wäre auch lieber gewesen, es hätte eine Alternative gegeben.

»Muß ich heute nacht in die Mission zurück?«

Charlie schwankte, ob er sich wünschen sollte, der Mann möchte etwas mehr als dumpfen Gehorsam zeigen, wenigstens einen Funken Eigeninitiative, auch wenn das die Gefahr mit sich brachte, daß er improvisierte. »Bis Sie morgen früh im Ausländeramt anrufen, müssen Sie in der Mission ganz Ihrem gewohnten Trott nachgehen.«

Zum erstenmal zeigte Snow eine Reaktion. »Was kann ich mitnehmen, wenn ich gehe?«

»Ihren Paß.« Charlie bedauerte den gereizten Unterton seiner Stimme. »Mehr nicht! Sie dürfen nichts mitnehmen, was darauf hindeuten könnte, daß Sie nicht mehr in die Mission zurückkehren!«

Snow runzelte die Stirn. »Ich brauche einen Rosenkranz. Und meine Bibel.«

»Paßt die Bibel in Ihre Tasche?«

Ganz offensichtlich überlegte Snow, ob er lügen sollte. Doch dann sagte er: »Eigentlich nicht.«

»Dann nicht.«

»Ich habe sie aber immer bei mir.«

»Nein!«

»Vielleicht kann ich Father Robertson bitten, sie nach Rom zu schicken.«

»Father Robertson muß, wie alle anderen auch, in dem Glauben gelassen werden, daß Sie in die Mission zurückkehren werden.«

»Aber er ist . . .«, begann Snow, doch Charlie ließ ihn nicht ausreden.

». . . gefährdet«, sagte er knapp. »Sein Schutz besteht darin, nichts zu wissen! Wenn er durch irgend etwas zu erkennen gäbe, daß er schon vorher etwas gewußt hat, könnten sie ihm anlasten, mit Ihnen unter einer Decke gesteckt zu haben!«

Snow schüttelte wieder den Kopf. »Ich bin nicht sicher . . .«, begann er und verstummte.

»Kein Gepäck. Keine Verabschiedungen«, schärfte Charlie dem Geistlichen ein. »Hier geht es nicht nur um Sie. Und um Ihre Sicherheit. Sie haben doch selbst gesagt, was für Vorwürfe Sie sich wegen des armen Teufels machen, den sie festgenommen haben. Was aus ihm wird, hängt ganz davon ab, daß Sie nicht erwischt werden. Und auch meine Sicherheit. Zwei Leute, die darauf angewiesen sind, daß Sie alles richtig machen. Klar?«

»Klar.« Es klang sehr unsicher.

»Keine Extratouren! Auf gar keinen Fall!«

»Ich habe gesagt, ich habe verstanden!« Jetzt war Snow derjenige, der ärgerlich wurde.

Schlagartig wurde Charlie sehr nervös. Außer Edith, vor langem, und Natalie, vor kürzerem, gab es auf der ganzen Welt nur einen Menschen, auf den er sich immer hundertprozentig hatte verlassen können. Sich selbst. Er hatte noch nie gern mit anderen sogenannten Profis zusammengearbeitet, weil es irgendwann unweigerlich immer Ärger gab. Diesmal war es nicht einmal ein Profi. Er hatte jemand am Hals, der jeden Augenblick zusammenbrechen konnte. »Wiederholen Sie noch mal alles!« befahl er. »Von Anfang bis Ende!«

Snow brauchte zwei Versuche, um es richtig hinzukriegen. Am Schluß sagte er: »Jetzt habe ich alles im Kopf.«

»Das will ich auch hoffen!« sagte Charlie, ohne zu überlegen.

»Und ich werde um Seinen Schutz und Beistand beten«, versprach Snow leise.

Nach der ersten Auseinandersetzung hatte Miller das stehengelassene Parfüm mit keinem Wort mehr erwähnt, und Patricia hatte es verständlicherweise auch nicht getan. Sie hatte ihn auch nicht gefragt, wie lange Ann in London bleibe, weil sie nicht den Anschein erwecken wollte, als machte sie sich Sorgen, obwohl das der Fall war. Er würde sie bitten müssen, wieder in die Wohnung am Regent's Park zu kommen. Da wollte sie eisern bleiben. Erst nahm sie sich noch vor, beim erstenmal unter irgendeinem Vorwand abzulehnen, aber je mehr Tage vergingen, desto mehr ließ ihre Entschlossenheit nach, und schließlich wurde ihr klar, daß sie doch wieder einlenken würde. Aber fragen müßte er sie auf jeden Fall. Von sich aus würde sie nicht angekrochen kommen.

»Wozu hat Muffin eigentlich erst so ein Theater veranstaltet, daß er unbedingt solo operieren will, wenn er dann sowieso gleich in der Botschaft vorstellig wird?« fragte der Generaldirektor.

»Wenigstens wissen wir jetzt, daß er eingetroffen ist. Und daß die Mission definitiv überwacht wird.« Warum fragte Peter nicht? Sie war *sicher*, daß Ann nicht da war.

»Das ist das beunruhigendste.«

»Ich dachte eigentlich, das wären die hartnäckigen Weigerungen, Gower betreffend.«

»Dann hast du nicht scharf genug nachgedacht«, rügte sie Miller barsch. »Es kann nur heißen, daß Gower immer noch dichthält.«

Patricias Gesicht brannte wegen des schroffen Tons, aber sie beschloß, nicht weiter darauf einzugehen. »Und wie soll es nun weitergehen?«

»Dem chinesischen Botschafter wird übermittelt, daß wir in Erwägung ziehen, unseren Botschafter zu Beratungszwecken zurückzuziehen.«

»Ist das nicht etwas riskant?«

»Natürlich ist es das!« Wieder dieser schroffe Ton. »Wir bluffen. Wir können bloß hoffen, diese Dreckskerle merken es nicht.«

46

Da nach der Beichte die Feindschaft zwischen ihnen vollständig geworden war, hätte es Snow eigentlich leichterfallen müssen, die Mission ohne ein Wort des Abschieds zu verlassen, aber er wollte trotzdem nicht so gehen. Obwohl nie eine emotionale Bindung zwischen ihnen bestanden hatte, fand Snow, daß Father Robertson zumindest einen warnenden Hinweis verdient hatte. Es war genauso Betrug, nichts zu sagen, wie es Betrug gewesen war, sich von ihm die schützende Beichte abnehmen zu lassen. Das Argument des Mannes, der gekommen war, um ihn hier rauszuholen – *sein Schutz ist, nichts zu wissen* – erschien ihm beim frühmorgendlichen Gebet in der hallenden, staubigen Kirche nicht mehr so einleuchtend wie noch knapp vierundzwanzig Stunden zuvor in dem engen Botschaftszimmer.

Snow betete lange. Besonders inbrünstig betete er um Vergebung für die Fehler und Verfehlungen, die er, wie er inzwischen einsah, begangen hatte. Dann um Mut für das, was er heute vorhatte. Und schließlich um das Gelingen seiner Flucht, wobei er im selben Atemzug um Vergebung für die Schwäche bat, die das zeigte.

Während er betete, merkte er, daß Father Robertson in die Kirche kam und sie wieder verließ, um woanders zu beten. Als Snow in den Wohntrakt ging, war von dem alten Geistlichen weit und breit nichts zu sehen. Snow schlug das Ganze so auf den Magen, daß er nichts zu essen wollte. Aber er machte Kaffee, genug für sie beide. Noch immer tauchte Father Robertson nicht auf.

Schließlich rief Snow nach ihm. Keine Antwort. Er sah

in das leere Büro und klopfte schließlich zaghaft an Father Robertsons Schlafzimmertür, da er schon fürchtete, er könnte einen neuen Fieberanfall bekommen haben. Er warf einen Blick nach drinnen. Das Zimmer war leer, das Bett ordentlich gemacht.

Seufzend fand sich Snow damit ab, daß sich das Problem seines Abschieds von selbst gelöst hatte. Father Robertson würde keinen Deut schlechter von ihm denken, wenn er merkte, was passiert war. Wahrscheinlich konnte der alte Mann gar nicht noch schlechter von ihm denken, als er das ohnehin schon tat. Das Ganze hätte also nur seiner eigenen Gewissensberuhigung gedient. Und war folglich unwichtig. Snow hoffte inständig, Father Robertson würde durch sein Nichtwissen tatsächlich geschützt.

Nach nur wenigen Schlucken Kaffee begann sein Magen noch mehr zu rumoren, so daß er den Rest wegschüttete. Die Übelkeit machte ihm mehr Sorgen als die Spannungen in seiner Brust, die eigentlich gar nicht so schlimm waren, zumindest nicht so schlimm, wie er erwartet hatte. Vorerst brauchte er das Spray jedenfalls noch nicht.

Die manipulierten Fotos vor sich auf dem Schreibtisch ausgebreitet, schrieb Snow, wie vereinbart, an Li und entschuldigte sich, daß die Bilder nicht vollzählig waren. Als er fertig war, blieb er noch eine Weile nachdenklich sitzen. Sollte er auch Father Robertson einen Brief schreiben? Entschlossen legte er den Füller beiseite und stand auf. Diese Entscheidung hatte jemand anderer für ihn getroffen, sagte er sich immer wieder.

Es gelang ihm nicht, Li im Ausländeramt telefonisch zu erreichen. Die Vermittlung ließ ihn sofort mit der chinesischen Bürokratie Karussell fahren, indem sie ihn zu einer Abteilung durchstellte, die ihn erst mal eine Weile warten ließ, bevor sie ihn an die nächste weiterverband. Dort nannte Snow dann ganz bewußt seinen Namen und hinterließ die vereinbarte Nachricht, bevor er sich ein drittes Mal durchstellen ließ. Aber ehe sich jemand meldete, hängte er auf.

Bevor Snow die Kirche verlassen hatte, hatte er sich dort noch einmal wehmütig umgesehen. Dasselbe tat er nun in der Mission und in seinem Zimmer, um seine Aufmerksamkeit schließlich auf seinen Schreibtisch zu konzentrieren. Der Paß glitt mühelos in die Innentasche seines Jacketts. Den Rosenkranz steckte er in eine Außentasche und klopfte überflüssigerweise noch einmal von außen dagegen, um sich zu überzeugen, daß er sich nicht durch den Stoff abzeichnete. Seine Bibel, das abgegriffene, vielbenutzte Buch, das ihm seine Eltern am stolzen Tag seiner Priesterweihe geschenkt hatten, war der einzige Gegenstand, der auf seinem winzigen Privataltar lag. Sie paßte in keine seiner Taschen. Er legte sie auf den Tisch zurück und schlug das Deckblatt auf, um die Widmung zu lesen, die er auswendig kannte. Die Tinte, mit der seine Mutter seinen Namen geschrieben hatte, war bereits im Verblassen und braun verfärbt. Er klappte die Bibel wieder zu, ließ sie aber auf dem Schreibtisch liegen. Er wollte sie mitnehmen. Mußte sie mitnehmen, seinen kostbarsten Besitz. Wenn er sie in der Hand trug, hieß das nicht, daß er die Mission verlassen wollte. Er war Geistlicher. Geistliche hatten eine Bibel bei sich, wenn auch im restriktiven China nur selten. Aber der Katholizismus war nicht verboten, er war offiziell zugelassen. Snow griff wieder nach der Bibel und probierte aus, wie es aussah, wenn er sie in seiner Handfläche aufrecht am Oberkörper hielt. Er war sicher, daß sie kaum vorstand und praktisch nicht zu sehen war. Und wenn doch, hätte man sie am ehesten für eine Brieftasche halten können, wobei eine Brieftasche nicht bedeutete, daß er etwas Besonderes vorhatte. Er würde sie mitnehmen, beschloß er.

Er war schon an der Tür, als er an seine Medizin dachte. Die zwei Sprays aus dem Badezimmerschränkchen beulten seine Tasche stärker aus als der Rosenkranz. Als er schließlich in der Tür der Mission stand, im Begriff, auf die Straße hinauszutreten, überkam ihn schlagartig solche Angst, daß er für einen Moment außerstande war, sich von der Stelle zu rühren.

»Lieber Gott, bitte hilf mir!« sagte er laut. »Hilf mir!« Er zwang sich loszugehen, was ihm nur mit großer Mühe gelang. Es war, als litte er an einem Krampf oder einer Lähmung.

Der bedeckte Himmel schien die Hitze auf die Straße zu drücken, auf der es wie üblich von Menschen und Fahrrädern wimmelte. Die Nachtabtrittsammler waren nirgendwo zu sehen, aber der Gestank ihrer Fracht hing in der Luft. Das letztemal, daß ich diesen Weg gehe, inmitten dieser Menschen, inmitten dieser Gerüche, dachte Snow, ich fliehe, laufe davon. Ich werde diesen Ort nie wieder sehen.

Gab es Leute, die ihn beobachteten? Der Mann in der Botschaft glaubte das offenkundig, und in Anbetracht von Lis Verhalten hatte er vermutlich recht. Allerdings war Li schon über eine Woche nicht mehr in die Mission gekommen, sogar fast zwei Wochen nicht mehr, um genau zu sein. Vielleicht verdächtigten sie ihn inzwischen gar nicht mehr. Vielleicht . . . verärgert über sich selbst, erstickte er die Hoffnung. Er wußte nicht, warum Li nicht in die Mission gekommen war, aber er wußte, in welchem Bezirk John Gower festgenommen worden war, und das hieß, daß ihr Verdacht nicht ausgeräumt war. Es war ein Wunder, daß er nicht schon längst verhaftet worden war. Darum mußte er schleunigst weg, und heute war seine Chance. Seine *einzige* Chance, wenn er dem ungepflegten Mann aus der Botschaft glauben durfte. Snow wußte nicht, wie er mögliche Beobachter ausmachen könnte. Würde es wirklich so einfach werden, sie zu verwirren und abzuhängen, wie der Mann gestern behauptet hatte? Gestern hatte es sich ganz einfach angehört. Jetzt nicht mehr. Die Anweisungen, die er bis ins kleinste zu befolgen hatte, erschienen ihm jetzt vollkommen unzulänglich: aussichtslos. Ihm war immer noch übel, und seine Brust schnürte sich zusammen. Er hätte an die Schutzmaske denken sollen. Ein paar Leute trugen eine, und vielleicht hätte sie etwas geholfen. Zu spät, um noch mal umzukehren. Es gab kein Zurück mehr. Er mußte weiter. Der Einband der Bibel in seiner Hand war bereits feucht und schlüpfrig vor Schweiß. Er wollte keine unnötige Aufmerksamkeit auf sie lenken, indem er sie von der einen Hand in die andere wechselte. Mußte bald etwas gegen das Asthma nehmen. Sinnlos, es hinauszuzögern. Nutzte außerdem nichts. Lieber schnell was dagegen unternehmen, bevor es zu schlimm wurde. Heute konnte er sich keinen schweren Anfall leisten.

Snow hielt aus, bis er die Bushaltestelle erreichte. Sobald er sich in die chaotische Schlange eingereiht hatte, holte er das Spray hervor. Er war froh über seine sofortige Wirkung und die beruhigende Gewißheit, nicht zu lange gewartet zu haben. Er nahm die Bibel in die andere Hand.

Um zum Amt für Ausländerangelegenheiten zu kommen, mußte er zweimal umsteigen. Der Beginn des Verwirrspiels, dachte er zuversichtlich, als er auf das Gebäude zuging. Er hätte gern gewußt, ob die Männer, die ihn beschatteten, noch verwirrter waren als er. Im Innern des Gebäudes herrschte jedenfalls verwirrend hektisches Getriebe. Es wimmelte von Menschen, die durch die Gänge schoben und drängten, herumgeschickt von Beamten, die ihre Aufgabe darin sahen, nie eine Entscheidung zu treffen, sondern sie auf jemand anderen abzuwälzen, und zwar möglichst so, daß keine Spur zu ihnen zurückführte. Der Geistliche versuchte, sich das Gewimmel zunutze zu machen, indem er in zwei überfüllte Büros ging und sich dort gerade so lange aufhielt, daß die jeweiligen Beamten später bestätigen könnten, er habe noch andere Abteilungen aufsuchen wollen. Erst im vierten Büro unternahm er einen ernsthaften Versuch, sich nach Li zu erkundigen, wobei er den Namen Li Dongming mehrmals wiederholte. Aus der Verständnislosigkeit, die er damit auslöste, schloß er schließlich, daß Li tatsächlich vom Amt für öffentliche Sicherheit sein mußte. Er mußte mit allem Nachdruck darauf dringen, daß der Beamte sein an Li adressiertes Päckchen entgegennahm, und erst im letzten Moment fiel ihm auch noch ein, eine Empfangsbestätigung zu verlangen, die er notfalls als Beweis vorlegen konnte, daß er die Fotos abgeliefert hatte.

Das Menschengedränge um ihn herum war zu dicht, zu beengend, und er wurde wie von einem Strudel davon erfaßt und durch die Korridore gespült. Snow spürte, daß ein neuer Asthmaanfall im Anzug war. Er wollte stehenbleiben und verschnaufen, obwohl er wußte, daß das nicht möglich war. Darum ließ er sich einfach von dem Menschenstrom forttragen. Einmal stieß er gegen eine starre, felsähnliche Menschengruppe. Er spürte, wie ihm die Bibel zu entgleiten drohte, bekam sie aber gerade noch rechtzeitig wieder zu fassen. Seine Atmung verschlechterte sich. Bei dem Versuch, Verwirrung zu stiften, wurde er selbst in Verwirrung gestürzt.

Der Seiteneingang war klein und unauffällig, ganz anders als der pompöse Haupteingang, durch den er das Gebäude betreten hatte. Snow ließ sich an die Seite spülen und rettete sich erleichtert auf die Straße hinaus. Trotz der drückenden Hitze war es im Freien kühler als im Innern des Gebäudes. Er wollte stehenbleiben, Atem schöpfen, aber er wußte, daß er das nicht durfte. Er zwang sich weiterzugehen, froh, daß er diesmal nicht auf den Bus warten mußte. Es hielt gerade einer, als er die Haltestelle erreichte, so daß er schon nach wenigen Minuten wieder unterwegs war. Schwer atmend ließ sich Snow auf einen Sitz niedersinken. Er war schweißgebadet, und wegen seines keuchenden Atems sahen sich die Leute in seiner Nähe sofort nach ihm um. Snow legte die Bibel ganz offen in seinen Schoß, um beide Hände von ihrem nassen Einband nehmen zu können und alles trocknen zu lassen. Nach und nach beruhigte sich sein Atem. Nach ihm war niemand in den Bus gestiegen, da war er ganz sicher. Wenn er wirklich beschattet worden war, dann hatte er seine Verfolger abgeschüttelt. Plötzlich – wunderbarerweise – erschienen ihm die Anweisungen des Mannes aus der Botschaft nicht mehr unzulänglich und aussichtslos. Es würde klappen, die Flucht gelingen. Sein Atem beruhigte sich.

Das Hauptquartier des Gong An Ju war ganz anders. Es war der Sitz des allmächtigen Kontrollorgans der Volksrepublik, ihr alles sehendes Auge, ihr alles hörendes Ohr. In den Fluren wimmelte es zwar von Menschen, aber es herrschte nicht das Getriebe und Gedränge wie im Ausländeramt. Snow fühlte sich nicht wohl, konnte es kaum erwarten, von hier wegzukommen, aber er hielt sich an seine Anweisungen. Er wartete, bis eine Kabine frei wurde, erkundigte sich wegen einer weiteren Urlaubsreise, diesmal in den Norden des Landes, und hinterließ seinen Namen und die Adresse der Mission. Inzwischen war er sich seiner Sache so sicher, daß er geringfügig von seinem Marschplan abwich und vorschlug, am nächsten Tag noch einmal herzukommen, um ein Antragsformular auszufüllen und seine geplante Reiseroute einzutragen. Der Beamte witterte sofort seine Chance, daß nicht er derjenige sein würde, der am nächsten Tag den Schreibkram erledigen müßte, und erklärte sich ohne langes Hin und Her einverstanden.

Fast geschafft, dachte Snow, als er das Gebäude wieder durch einen Seiteneingang verließ und wieder Glück mit dem Bus hatte. Es kam gerade einer angefahren, als er die Bushaltestelle erreichte. Diesmal stiegen direkt hinter ihm zwei Männer ein, die aber lange vor dem Bahnhof wieder ausstiegen. Es war erst zwanzig vor vier. Er hatte also noch genügend Zeit, selbst wenn er am Fahrkartenschalter länger warten müßte.

Und er *mußte* warten. Vor jedem Schalter war eine lange Schlange geduldiger Reisender, fast jeder mit genügend Gepäck, um in einem anderen Teil des Landes ein neues Leben anzufangen. Snow zuckte zusammen und stieß sogar einen erschrockenen Schrei aus, als ihn plötzlich jemand fest am Ellbogen zupfte. Der Geldwechsler war zahnlückig und schnurrbärtig und trug einen westlichen Anzug, der ihm nicht paßte. Snow spielte das Spiel von Angebot und Ablehnung mit und stellte dabei besorgt fest, wie schnell ihm die Luft wegblieb. Es dauerte fünf Minuten, bis der Mann aufgab. Noch etwas, was ich nie mehr mitbekommen werde, dachte Snow. Oder möchte. Er setzte sich ab, verließ das Land für immer. Und war froh darüber. Ganz gleich, ob und wie er hier von Nutzen gewesen war, damit war nun Schluß.

Was sollte er den Ordensoberen in Rom erzählen? Jedenfalls nicht die ganze Wahrheit, dachte er. Gerade so viel wie nötig. Er konnte anführen, daß Zhang Sulin bei ihm im Unterricht gewesen war. Was ja auch stimmte. Und daß er lange nicht gewußt hatte, daß der Mann ein politischer Aktivist war und daher gefährlich. Auch das stimmte. Zhangs Festnahme war öffentlich bekanntgegeben worden. Deshalb hatte er, mit Father Robertsons Dispens, das Land unbedingt verlassen müssen, um nicht ohne sein Verschulden in diese Affäre verwickelt zu werden und dadurch den Fortbestand der Jesuitenmission in Peking zu gefährden. Das mußte genügen, fand Snow: Rom würde seine Begründung abzeptieren und seinen politischen Weitblick würdigen. Und er konnte sich sein reines Gewissen bewahren. Nichts, was er sagte, diente der bewußten Irreführung.

Ihm war nicht mehr übel, und sein Atem hatte sich nach dem Schreck, den ihm der Geldwechsler eingejagt hatte, wieder beruhigt. Die Bibel lag fest und tröstlich in seiner Hand, nicht mehr feucht. Auch sein Selbstvertrauen, ebenso fest und tröstlich, kehrte zurück. Was würde er lesen, wenn er sich im Schlafwagen nach Schanghai versteckt hielt? In den Philipperbriefen gab es verschiedene Anleitungen zur Überwindung des Bösen, unter anderem eine sehr treffende Stelle über den Kampf gegen die Mächte der Finsternis, wie er ihn in den letzten drei Jahren in Peking mit Sicherheit geführt hatte. Er zügelte die Anmaßung auf der Stelle. Vielleicht waren die Sprüche zutreffender: vor allem die Warnung, Hochmut komme vor dem Fall. Nur daß er nicht zu Fall käme. Er käme heil aus China raus. Der Plan des Mannes aus der Botschaft klappte genauso reibungslos, wie er ihm das versprochen hatte. Morgen um diese Zeit wären sie auf den Philippinen und in Sicherheit, vielleicht sogar schon weiter. Es gab keinen Grund, nach London zu fliegen. Der Mann hatte ihm bestätigt, daß ihre Zusammenarbeit beendet sei. Wahrscheinlich war es kein Problem, von Manila einen Flug nach Rom zu kriegen, und wenn nicht direkt, dann würde er eben irgendwo umsteigen. Das konnte er mit dem Mann während der Zugfahrt besprechen. Auf jeden Fall würde er direkt nach Rom fliegen, wenn es irgendwie möglich war.

Endlich kam Snow an die Reihe. Er überlegte, ob er einfach oder hin und zurück nehmen sollte. Diese Frage hatten sie nicht geklärt. Er nahm eine Rückfahrkarte. Wahrscheinlich würde sich der Schalterbeamte an ihn erinnern, wenn man sich nach ihm erkundigte, denn er war ein Europäer, der eine Fahrkarte für die Hartsitzklasse gekauft hatte.

Snow stellte sich geduldig an, um durch die Bahnsteigsperre zu kommen. Es beunruhigte ihn nicht weiter, daß sich seine Atemnot wieder einstellte. Sie war nicht schlimm, kaum der Rede wert, und angesichts der Anspannung der letzten paar Minuten hatte sie sich fast zwangsläufig einstellen müssen. Nur noch ein paar Minuten, schätzte er: sieben, bis der Zug nach Nanchang abfuhr, zweiundzwanzig bis zur Abfahrt des Zuges, in dem er wirklich sein würde, nach Schanghai. Ohne daß ihm die Kontrolleure irgendwelche Aufmerksamkeit schenkten, passierte er die Sperre zum Hauptbahnsteig des Sackbahnhofs, von dem die einzelnen Gleise für die ankommenden und abfahrenden Fernreisezüge abgingen. Alles war genau so, wie der Mann in der Botschaft gesagt hatte: mit zwei Gleisen, beide leer, zwischen den Zügen. Vielleicht hundert Meter Entfernung, zu Fuß eine Sache von einer Minute. Inzwischen konnte er es kaum mehr erwarten, zu dem Mann aus der Botschaft zu kommen, von ihm versteckt zu werden und gesagt zu bekommen, was er tun sollte und wie er es tun sollte. Er hatte seine Sache aber auch allein sehr gut gemacht: sich strikt an die Anweisungen gehalten. Außer der Bibel. Er war froh, daß er sie mitgenommen hatte.

So kurz vor der Abfahrt waren die Waggons der Hartsitzklasse nach Nanchang bereits bis auf den letzten Platz besetzt. Snow hielt es nicht für nötig, sich von der Tür zu entfernen. Vier Minuten. Sicherheitshalber hob er das Spray an seinen Mund. Drei Minuten. Draußen auf dem Bahnsteig setzte die unmittelbar vor der Abfahrt übliche Betriebsamkeit ein: eine Lautsprecherdurchsage, schwer zu verstehen, die Rufe der Schaffner und unter dem Waggon hervorzischender Dampf. Der ganze Zug machte einen Ruck nach vorn, als sich die Bremsen zu lösen begannen.

Snow stieg aus. Froh über den Sichtschutz, kletterte er in den vom Bahnsteig aufwallenden Dampf hinab. Kein Grund zur Eile, überhaupt kein Grund. Jede Menge Zeit. Ächzend erwachte der Zug neben ihm zum Leben und hustete mehr Dampf aus, asthmatisch wie er selbst. Nicht mehr weit vom Hauptbahnsteig jetzt, höchstens zehn Meter. Sobald er den Hauptbahnsteig erreichte, brauchte er nur noch die zwei dazwischenliegenden Gleise zu passieren. Ganz nahe. Praktisch schon da. Snow bog auf den Hauptbahnsteig. Das war der Moment, in dem ihn Charlie sah.

Charlie stand schon lange am Fenster des Schlafwagenabteils und hielt nach dem Geistlichen Ausschau. Er wollte ihn gleich an der Tür abfangen, wenn er einstieg, und ihn so schnell wie möglich in ihr Abteil lotsen. Snow ging genau richtig, so, wie er sollte, zielstrebig, aber nicht so hastig, daß er aufgefallen wäre. Alles lief bestens, fand Charlie, optimal.

Jemand mußte etwas gerufen haben, eine Aufforderung stehenzubleiben. In seinem Schlafwagenabteil hatte Charlie jedoch nichts gehört. Alles spielte sich in einer schrecklichen stummen Szene vor ihm ab. Snow blieb abrupt stehen und starrte auf etwas, was für Charlie durch die Waggons verdeckt war. Dann wirbelte der Geistliche herum. Jetzt sah sie Charlie auch: Männer in Khakiuniformen und Zivilbeamte, die von der Bahnsteigsperre ausstreuten. Die Männer in Zivil fuchtelten wild mit den Armen. Immer noch konnte Charlie nichts hören. Snow drehte sich wieder um und rannte auf den Zug zu, den er zu erreichen versucht hatte, blieb aber gleich wieder stehen. Jetzt kam der Trupp, den Snow zuerst gesehen hatte, in Charlies Blickfeld. Der Geistliche sah verzweifelt, hoffnungslos, in beide Richtungen: Charlie konnte seinen offenen, nach Luft schnappenden Mund sehen und seine vor Angst weit aufgerissenen Augen.

»Du sitzt in der Falle«, sagte Charlie zu sich selbst. Und ich auch, dachte er.

Snow rannte wieder los, allerdings nicht auf eine der beiden Gruppen zu. Vielmehr sprang er vom Bahnsteig auf das Gleis hinunter, dumm und sinnlos, so sinnlos dumm, daß keiner der beiden Trupps Anstalten macht, ihm zu folgen, weil er nirgendwohin konnte.

Charlie merkte, was Snow vorhatte. Der Zug nach Nanchang setzte sich in Bewegung, aber ganz langsam, weil die Bremsen noch immer nicht ganz gelöst waren, und Snow stolperte über die leeren Gleise, um ihn zu erreichen.

Es war blinde, verzweifelte, besinnungslose Panik, ohne eine reelle Aussicht auf Erfolg, weil die geschlossenen Türen selbst für jemand von Snows Größe von den Gleisen nicht zu erreichen waren. Trotzdem versuchte es Snow. In diesen letzten paar Momenten lief er schon gar nicht mehr richtig. Die Arme um die Brust geschlungen, torkelte er über die Gleise. Nachdem er ein paar Schritte neben dem Zug hergestolpert war, unternahm er einen letzten, verzweifelten Versuch, zum Türgriff hochzuspringen und sich daran hochzuziehen. Er bekam ihn sogar zu fassen, und ganz kurz, ein paar Sekunden, schien er daran zu hängen. Doch dann ließ er los und fiel zurück, nicht auf das leere Gleis daneben, sondern unter die Räder des Nanchang-Expreß. Der fuhr weiter, Waggon für Waggon, ohne daß ihn jemand anhielt.

Charlie wartete nicht, bis der Zug aus dem Bahnhof gefahren war. Er stieg aus und entfernte sich so, daß er nicht an dem Bahnsteig vorbeikam, von dem der Zug nach Nanchang gerade abgefahren war. Nachdem er die Sperre passiert hatte, ging er auf der anderen Seite des Gitters wieder zurück, um sich die Unglücksstelle anzusehen. Inzwischen wimmelte es von Soldaten. Ein Trupp war hinter dem Schanghai-Expreß hervorgekommen. Andere bildeten zusammen mit den Zivilbeamten vom Amt für öffentliche Sicherheit einen undurchdringlichen Kreis um den auf den Gleisen liegenden Toten, der jedoch dem Blick entzogen war. Es wurde viel geschrien und gestikuliert, aber die meisten standen bloß da und schauten. In einem der Zivilbeamten im Mittelpunkt des Menschenauflaufs erkannte Charlie Li Dongming, von dem er in London mehrere Fotos gesehen hatte.

Im Vorbeigehen sah Snow, daß es eine Bibel war, die Snow bei sich gehabt hatte. Er mußte sie fallen gelassen haben, als er die Gleise entlanggerannt war. Sie war offen auf den Bahnsteig gefallen, und wie eine unsichtbare Hand, die nach einer verblätterten Stelle suchte, wehte der Wind die dünnen Seiten erst auf die eine, dann auf die andere Seite.

»O mein Gott!« Samuels schluckte schwer. Sein Adamsapfel zuckte auf und ab. »Sind Sie sicher, daß er tot ist?«

»Ein Zug hat ihn überfahren. Mindestens vier Waggons. Natürlich ist er mausetot!«

»Und Sie? Weiß man über Sie Bescheid?«

»Nein.« Charlie war froh, daß die Reservierungen für den Schlafwagen nicht namentlich erfolgt waren. Die Flugbuchungen, die auf falsche Namen erfolgt waren, müßten storniert werden.

»Sie müssen London Bescheid geben«, sagte der Leiter der politischen Abteilung. »Das müssen wir beide, den jeweils zuständigen Stellen. Was werden Sie melden?«

»Daß Snow tot ist. Und daß die Verbindung unterbrochen ist. Vorausgesetzt, er gesteht nicht, gibt es jetzt nichts mehr, was sie Gower zur Last legen können.«

Samuels sah Charlie mit gekräuselten Lippen an. »Nur das!« sagte er angewidert.

»Das ist doch alles, was sie in London wollten«, entgegnete Charlie. »Was anderes hat die doch nie interessiert.

Die denken bestimmt, es sei optimal gelaufen.« Das dachte er nicht. Er dachte, daß er sich in Zukunft besser vorsehen mußte denn je. Und ein paar andere Leute auch.

47

Dann passierten in kürzester Zeit eine Menge Dinge. Ein paar gute. Ein paar schlechte. Und ein paar, bei denen sich Charlie nicht fürs eine oder andere entscheiden konnte.

Offiziell mitgeteilt bekam die Botschaft Snows Tod von Father Robertson, und den wiederum hatten die Chinesen davon in Kenntnis gesetzt. Es wurden keine Spionagevorwürfe gegen den toten Geistlichen erhoben. Das war der Punkt, dem in den Schreiben vom Foreign Office an Samuels und von Patricia Elder an Charlie die vordringlichste Sorge gegolten hatte. In derselben per Kabel übermittelten Nachricht erteilte die stellvertretende Generaldirektorin Charlie Anweisung, so bald wie möglich nach London zurückzukehren. Er bestätigte den Empfang nicht.

Father Robertson kam zweimal in die Botschaft, um die entsprechenden Schritte für die Überführung des Toten nach England zu veranlassen, wo er in der Familiengruft in Sussex bestattet werden sollte. Bei beiden Gelegenheiten traf sich Samuels persönlich mit dem Geistlichen, und bei einer dritten begleitete er ihn ins Amt für Ausländerangelegenheiten, um die letzten Formalitäten für die Freigabe der Leiche zu erledigen. Charlie bat darum, bei den Treffen in der Botschaft still dabeisitzen zu dürfen. Als Samuels ablehnte, legte Charlie, der den Leiter der politischen Abteilung für einen aufgeblasenen Kotzbrocken hielt, seine Besuche in der Botschaft so, daß er immer dann dort war, wenn Father Robertson hinkam. Er sah einen leicht gebückten, gramgebeugten Mann, den die jüngsten Ereignisse sichtlich mitgenommen hatten. Dr. Pickering war zwangsläufig immer dabei, wenn sich Samuels mit dem Geistlichen traf. Darüber hinaus nahmen auch noch

Plowright und Nicholsen an diesen Treffen teil, und für den Fall, daß irgendwelche rechtlichen Fragen aufträten, begleiteten sie die beiden auch ins Ausländeramt, was sich jedoch als überflüssig erwies.

Samuels erklärte sich nur widerstrebend bereit, sich nach dem Besuch im Ausländeramt mit Charlie zu treffen.

»Ich kann wirklich nicht verstehen, was Sie immer noch hier wollen!« brauste der Leiter der politischen Abteilung auf. »Sie haben Anweisung erhalten, nach London zurückzukehren. Warum tun Sie das nicht?«

»Ich möchte verhindern, daß etwas passiert, womit wir nicht gerechnet haben. Das ist doch wichtig, oder nicht?«

»Es wird nichts passieren. Sie haben die Leiche freigegeben. Alle Formulare unterzeichnet. Es ist vorbei, Gott sei Dank.«

»Wie geht es Father Robertson? Er wirkt ganz schön mitgenommen.«

»Sein Zustand ist sehr bedenklich.«

»Er hat nicht irgend etwas gesagt, was ich wissen sollte? Worüber meine Dienststelle in Kenntnis gesetzt werden müßte?« Charlie erfuhr nicht gern etwas aus zweiter Hand.

»Natürlich nicht!« stieß Samuels unwirsch hervor. »Er weiß nicht, daß ich weiß, was Snow war. Und das Geständnis, das Snow ihm gegenüber abgelegt hat, ist durch das Beichtgeheimnis geschützt, oder nicht?«

»Ich dachte bloß, er könnte Ihnen vielleicht gesagt haben, ob Li noch mal in die Mission gekommen ist.«

»Fragen kann ich ihn das ja wohl kaum, oder? Auch das ist etwas, was ich eigentlich nicht wissen kann.«

»Was gibt's aus Rom?«

Samuels zuckte mit den Achseln. »Bestürzung und Trauer. In ihren Augen war Snow das Opfer eines tragischen Unfalls.«

»Die Sache ist noch keineswegs ausgestanden«, rief ihm Charlie in Erinnerung. »Für uns ist der Fall erst dann erledigt, wenn John Gower freikommt. Und das wird er nur, wenn er nicht zugibt, wer er wirklich ist.«

Samuels rutschte unbehaglich auf seinem Stuhl herum. »Der Botschafter rechnet damit, abberufen zu werden. Nicht auszudenken, wenn Gower gesteht. Das wäre die Bestätigung, daß die britische Regierung direkt involviert war. Ein weiterer Grund, warum wir Sie loshaben wollen. Wir müssen für jede einzelne Person einen Grund anführen können, warum sie sich in der Botschaft aufhält. Sie sind zu oft hergekommen.«

»Ich kann mit nichts in Verbindung gebracht werden«, sagte Charlie gereizt.

»Sie haben Snow in die Botschaft gebracht. Dadurch ist eine Verbindung hergestellt. Außerdem waren Sie am Bahnhof, als er starb.«

»Aber ich wurde nie identifiziert«, hielt ihm Charlie entgegen. Abgesehen davon, daß er unglaubliches Glück gehabt hatte, war er auch sehr raffiniert vorgegangen.

»Wir sind hier in China, verdammt noch mal! Wenn die Ihnen ans Leder wollen, genügt ihnen das vollauf, und erst recht, wenn Gower gesteht und die Chinesen noch jemand einen Schauprozeß machen wollen!«

Charlie nickte, allerdings nur Samuels zuliebe. »Deswegen bleibe ich bestimmt nicht. Ich darf auf keinen Fall offiziell mit einer Hilfsaktion für Gower in Verbindung gebracht werden.«

»Ich kann also dem Botschafter sagen, daß Sie abreisen? Und dem Foreign Office auch?«

»Sehr bald«, sagte Charlie. Von wegen, dachte er.

»Ich weiß, worauf Sie aus sind!« platzte Samuels unvermittelt heraus. »Sie hoffen, daß Gower freigelassen wird und Sie ihn nach Hause begleiten können. Aber das ist Wahnsinn.«

Irgend etwas war tatsächlich Wahnsinn, fand Charlie, er hätte bloß gern gewußt, was. »Das wäre es allerdings. Deshalb denke ich auch nicht im Traum daran.«

»Verschwinden Sie endlich!« fuhr ihn Samuels an. »Ihre Anwesenheit ist eine Gefahr für die Botschaft.«

Eigentlich nicht, fand Charlie. Es war zwar richtig, daß ihn die Häufigkeit seiner Besuche in der Botschaft mehreren Botschaftsangehörigen als das zu erkennen gegeben hatte, was er war, aber aller Wahrscheinlichkeit nach hatten sie ihn mit dem öffentlich angeklagten Gower in Verbindung gebracht und nicht mit Snow. Und da er Pickering hatte ersuchen müssen, Snow eine Nachricht zu überbringen, war auch eine Verbindung zwischen ihm und dem Geistlichen hergestellt. Aber das war alles nur intern. Nach *draußen* war nichts durchgedrungen. Samuels hatte also bloß Panik und redete einen Haufen Scheiße.

Ganz bewußt suchte Charlie den Doktor am selben Nachmittag auf, an dem er sich auch mit Samuels getroffen hatte. Pickering begrüßte ihn mit erwarteter Barschheit, aber nicht mit offener Feindseligkeit. Und weniger herablassend als der Leiter der politischen Abteilung.

Der Botschaftsarzt stimmte Charlies beiläufiger Eröffnungsbemerkung zu, daß Father Robertson verständlicherweise ziemlich mitgenommen wirke. »Was mir gar nicht gefällt, so kurz nach dieser anderen Geschichte.«

»Snow hat mir erzählt, Sie hätten nervliche Erschöpfung diagnostiziert.«

Pickering nickte. »Wir – das heißt Snow und ich – sind damals übereinbekommen, daß ich die Ordensleitung in Rom verständige, wenn ich zu der Überzeugung gelangen sollte, daß Robertsons Gesundheitszustand die Fortsetzung seines Aufenthalts in Peking nicht mehr zuläßt.«

»*Läßt* denn das sein Gesundheitszustand Ihrer Meinung nach noch zu?«

»Gerade noch. Man muß natürlich auch den Schock über Snows Tod berücksichtigen. Er könnte sich durchaus wieder erholen, wenn er das Ganze einigermaßen verdaut hat.«

Charlie mußte unwillkürlich an das denken, was ihm Snow bei ihrer ersten Begegnung gestanden hatte, und entschied, daß es dem alten Mann wahrscheinlich mehr Schwierigkeiten bereitete, das zu verkraften – und damit zu leben –, was er bei der Beichte erfahren hatte. »Und wenn nicht?«

Pickering zog die Schultern hoch. »Ich weiß nicht, an

wen ich mich in Rom wenden sollte. Bisher bin ich immer stillschweigend davon ausgegangen, daß das Snow in die Hand nehmen würde, wenn es soweit wäre. Der heftigen Reaktion nach zu schließen, mit der Robertson auf diese Frage reagiert hat, als wir dieses Thema früher mal angeschnitten haben, dürfte er jedenfalls seinen Ordensoberen kaum selbst eine Abberufung aus gesundheitlichen Gründen vorschlagen. Ganz im Gegenteil.«

»Wie viele britische Patienten haben Sie in Peking?«

Wieder ein unschlüssiges Achselzucken. »Keine Ahnung. Einige jedenfalls, und zwar feste. Und natürlich bin ich in Notfällen für jeden Briten zuständig, der krank wird. Auf ausdrückliche Anweisung des Foreign Office.«

»Und Father Roberson war so ein Notfall?«

»Das fand jedenfalls Snow.«

»Father Snow war selbst krank. Er litt an chronischem Asthma. Das hat er mir gesagt, obwohl eigentlich kein Grund dazu bestand.«

»Ja?« Pickering wurde langsam unruhig, ein vielbeschäftigter Mann, dessen Zeit über Gebühr in Anspruch genommen wurde.

»Warum haben eigentlich nicht *Sie* ihm seine Medikamente verschrieben? Er brauchte ständig Sprays, aber er hat mir erzählt, daß er sie nicht über die Botschaft bezogen hat, und auch sonst keine Medikamente. Er mußte sich alles aus Rom kommen lassen. Das verstehe ich nicht.« Wieder einmal dachte Charlie, daß das Snow einen idealen Vorwand – und eine Kontaktmöglichkeit – geliefert hätte, um so oft in die Botschaft zu kommen, wie er wollte.

Auf und ab gingen die Schultern. »Diese Frage hat sich uns nie gestellt. Der Einfachheit halber wurde alles für die Mission über die Botschaft weitergeleitet. Das war schon so, als ich hierherkam. Aber natürlich habe ich Snow bei einer früheren Gelegenheit mal gesagt, er könne sich jederzeit an mich wenden, wenn er Probleme habe. Hat er aber nie getan. Bestand wohl kein Anlaß. Er war ja auch noch jung. Asthma ist etwas, womit man einfach leben muß.«

Ganz kurz hatte Charlie das Bild des großen, ungelenken

Geistlichen vor sich, wie er vor Schmerzen die Arme um seinen Oberkörper schlang, während er neben dem losfahrenden Zug herhastete, unter den er wenig später fallen sollte. »Das war vielleicht ein Fehler.«

Pickering runzelte die Stirn. »Was meinen Sie damit?«

Der Doktor hätte es ohnehin nicht verstanden, entschied Charlie und riß sich von dem Gedanken los, um sich wieder zu konzentrieren. »Nichts«, sagte er.

»Ich mache mir um diesen Gower Sorgen«, sagte Pickering.

»Ich auch.«

»Ich weiß zwar nicht, wie sie ihn behandeln, aber ich würde mal sagen, nicht sehr gut.«

»Sie müssen uns bald Zugang zu ihm gewähren.«

»Möchte man eigentlich meinen. Aber nachdem ich nun schon eine Weile in China lebe, bin ich mir da nicht mehr so sicher. Die kennen hier keine Logik, keine westliche jedenfalls.«

»Mir wäre lieber, es wäre so. Dann wäre die Sache einfacher.«

»Was werden Sie jetzt tun?«

»Abreisen vermutlich.«

»Wann?«

»Darüber hat mir Peter Samuels bereits einen Vortrag gehalten.«

Überraschenderweise grinste Pickering. »In einem Land wie diesem wird man leicht paranoid.«

»Das habe ich schon gemerkt.«

»Wir sind hier alle sehr nervös. Keiner von uns hat in letzter Zeit irgend etwas anderes mitgekriegt als diesen ständigen Druck und die Anschuldigungen. Ganz schön beängstigend, wenn man ständig hier leben muß.«

»Das kann ich mir vorstellen.«

Zurück im Hotel, gelangte Charlie zu der Einsicht, daß es wenig Sinn hatte, noch länger in der chinesischen Hauptstadt zu bleiben. Er hatte nie mit dem Gedanken gespielt, Gower nach Hause zu begleiten. Und Snow, der Grund für seine Anwesenheit, war tot. Trotzdem wollte Charlie noch nicht abreisen. Es war ihm zur zweiten Natur geworden, in einer Situation, die ihm noch Kopfzerbrechen bereitete, unter jedem Stein nachzusehen, auch wenn er nicht wußte, was er darunter eigentlich suchte.

Er hielt sich mehrere Tage von der Botschaft fern. Versuchshalber brach er, unter fast sofortigem Protest seiner schmerzenden Füße, zu einem kurzen Besichtigungsrundgang auf einem der üblichen Touristenpfade auf und konnte dieses schmerzensreiche Unternehmen mit der Gewißheit beenden, daß er nicht observiert wurde und sich folglich nicht in unmittelbarer Gefahr befand. Dabei hielt er sich jedoch immer vor Augen, wie schwierig es war, sich in diesem Land diesbezüglich genauso sicher zu sein wie in einer westlichen Umgebung und wie unzureichend Gower auf die Situation vorbereitet gewesen war, mit der er konfrontiert worden war.

Schließlich zog es Charlie, fast unvermeidlich, wieder in das Viertel zurück, in dem die Mission lag. Allerdings hatte er nicht vor, sich mit Father Robertson zu treffen, zumal das unter Umständen nicht ganz ungefährlich war. Er war froh, daß er zur gleichen Zeit hergekommen war wie beim ersten Mal, und er schlug auch wieder dieselbe, für seine Zwecke optimale Route ein. Nicht ganz so froh war er allerdings darüber, daß er sich zur Tarnung wieder in denselben Seidenladen zurückziehen mußte, weil er sich damit wiederholte, und das war kein Zeichen von Professionalität. Allerdings blieb ihm nicht viel Zeit, sich darüber den Kopf zu zerbrechen, denn da war etwas anderes, was seinem geübten Blick sofort auffiel und seine Aufmerksamkeit auf sich lenkte: etwas, was wie so vieles andere keinen Sinn ergab.

Charlie sah Father Robertson die Straße entlangkommen, und sein erster Gedanke war, daß er den Geistlichen jetzt ansprechen könnte, was er dann aber doch nicht tat. Der alte Mann war immer noch gramgebeugt, aber etwas weniger gebückt als bei seinen Besuchen in der Botschaft. Auch sein Gang war energischer: Dr. Pickering würde sich freuen über die Besserung seines Zustands. Um diesbezüglich ganz sicherzugehen, kam Charlie am nächsten Tag noch mal her. Diesmal legte er sich in dem Park in der Nähe der Mission auf die Lauer, wo es genügend Versteckmöglichkeiten gab. Diesmal ging es Father Robertson sogar noch besser. Und diese Entwicklung bestätigte sich auch am dritten Tag, als der alte Geistliche, pünktlich wie immer, fast geschäftig die Straße hinunterging. Ein Mann mit festen Gewohnheiten, stellte Charlie fest. Er war froh über sein Versteck im Park und beschloß, keinen Versuch zu unternehmen, mit dem Missionsleiter zu sprechen. Charlie mochte feste Gewohnheiten, aber immer nur bei anderen, nie bei sich selbst. Wirklich erstaunlich, was man manchmal unter einem Stein finden konnte.

Samuels nahm Charlie wutschnaubend in Empfang, als er wieder in die Botschaft kam. »Wo haben Sie die ganze Zeit gesteckt?«

»Mich von hier ferngehalten, wie Sie es wollten.«

»In London ist der Teufel los. Man ist Ihretwegen völlig aus dem Häuschen . . .« Er hielt ihm mehrere Telegramme hin. »Ein paar waren auch an mich adressiert. Man will wissen, warum Sie nicht schon, wie befohlen, vor Tagen zurückgekehrt sind.«

»Das hielt ich, jedenfalls damals, nicht für richtig.« Noch eine Frage, die geklärt werden mußte, dachte er in Erinnerung eines früheren Gesprächs. »Warum haben Sie nicht im Hotel angerufen? Sie wußten doch, wo ich war.«

»Ich wollte nicht den Eindruck erwecken, als würde Sie die Botschaft suchen. Jedenfalls möchte ich nicht in Ihrer Haut stecken, wenn Sie zurückkommen!«

»Ich freue mich auch nicht besonders darauf«, gab Charlie aufrichtig zu. Trotzdem *mußte* er zurück.

Eine Weile saßen sie sich in Samuels' Büro wortlos gegenüber. Dann sagte der Diplomat: »Ich bin vom Botschafter – und vom Foreign Office – dazu ermächtigt, Ihnen zu *befehlen*, diese Botschaft und das Land zu verlassen. Mit der nächsten Maschine nach London. Die morgen früh um zehn geht. *Ich* werde Ihnen einen Platz reservieren.«

»Das wäre wirklich nett«, sagte Charlie lächelnd. »Ich wollte nämlich auch abreisen. Demnach ist uns also beiden gedient, oder?«

»Ich glaube nicht, daß Sie das überleben.«

»Das sollte ich eigentlich Gower beibringen«, sagte Charlie. »Wie man überlebt.«

»Das ist Ihnen aber nicht besonders gut gelungen.«

»Das haben mir auch schon ein paar andere Leute gesagt.«

»Wir erhalten endlich Zugang zu ihm. Der genaue Zeitpunkt steht noch nicht fest. Aber wir haben eine förmliche Zusicherung. Und ohne daß der Boschafter aus Protest abberufen werden mußte.«

Charlie beugte sich vor. »Keine Spionagevorwürfe?«

»Nein.«

»Er hat also dichtgehalten?«

»So sieht es aus. Deshalb die Panik in London. Sie waren der letzte Risikofaktor.«

Es wurde wirklich Zeit heimzufahren, dachte Charlie. Vermutlich war das gar keine so schlechte Beschreibung für ihn: ein besorgniserregender Risikofaktor. »Sehr erfreulich, das mit Gower. Eine enorme Erleichterung.« Wie lange würde er brauchen, um wieder auf die Beine zu kommen?

»Nicht vergessen«, schärfte ihm Samuels ein. »Morgen vormittag: zehn Uhr.«

»Keine Sorge«, versprach Charlie.

Er verließ Peking am nächsten Morgen, allerdings nicht in der Maschine nach London. Charlie nahm einen früheren Inlandsflug nach Kanton, von wo er mit dem Zug weiter nach Süden fuhr. Als er per Bus die Grenze nach Hongkong überquerte, dachte er, Samuels würde bestimmt eine ordentliche Standpauke über sich ergehen lassen müssen, daß er sich nicht persönlich vergewissert hatte, daß er auch tatsächlich in der Maschine nach London saß.

In Chung Hom Kok, genau im Mittelpunkt der Insel Hongkong, gibt es eine Einrichtung, die sich Composite

Signal Station nennt. Dabei handelt es sich um eine große elektronische Abhöranlage des britischen Nachrichtendienstes, ähnlich dem weltumspannenden Abhörzentrum in den Government Communication Headquarters in Cheltenham in der englischen Grafschaft Gloucestershire. Obwohl die Composite Signals Station wesentlich kleiner ist als die Abhöranlage in England – und in Hinblick auf die Rückgabe Hongkongs an die Chinesen im Jahr 1997 bereits im Abbau begriffen –, verfügt sie dennoch über die entsprechenden technischen Voraussetzungen, um den gesamten Funk- und Telefonverkehr bis hinauf nach Peking sowie bis zum russischen Flottenstützpunkt in Wladiwostok und zur Raketenbasis auf Sachalin abzuhören.

Charlies Sicherheitsstatus war hoch genug, um die gewünschten Auskünfte zu erhalten, zumal seine Anfragen sehr gezielt und deshalb leicht zu beantworten waren. Er mußte nur vier Stunden bleiben und erreichte noch den Nachtflug über Rom nach London.

Charlie glaubte, inzwischen genug herausbekommen zu haben, um verschiedenes andere erraten zu können. Er bestieg das Flugzeug deprimiert und mit einer eiskalten Wut im Bauch. Er schlief nicht, und er trank nichts. Während der höchste Konzentration erfordernden Endphase, in der die einzelnen Teile zu einem sinnvollen Ganzen zusammengefügt werden mußten, war Alkohol nie förderlich. Auf halber Strecke zwischen Rom und London stellte er fest, daß er diese Endphase vielleicht noch gar nicht erreicht hatte. Darum begab er sich nach der Ankunft in London nicht sofort in die Westminster Bridge Road.

Statt dessen fuhr er mit dem Zug nach Norden, zur nationalen Erfassungsstelle für Geburten, Todesfälle und Eheschließungen in Southport bei Liverpool. Auch diesmal wußte er genau, was er suchte. Allerdings mußte er zwei verschiedene Abteilungen aufsuchen, so daß er, deprimierter denn je, den Nachmittagszug nach London nicht mehr erreichte.

Dort ging er am nächsten Morgen ins Records Office in Kew, wo sämtliche früheren diplomatischen Dienstverzeichnisse archiviert waren, die ihn wiederum an das Mitgliederverzeichnis des General Medical Council weiterverwiesen. Er hatte Glück. Die Männer, die er suchte, waren zwar pensioniert, lebten aber in Sussex, so daß er nur eine Stunde fahren mußte. Mit keinem von beiden brauchte er viel Zeit.

Charlie hatte damit gerechnet, daß sein Telefon bereits klingeln würde, wenn er sein Büro in der Westminster Bridge Road betrat. Bei der Sicherheitskontrolle unten am Eingang war ganz deutlich ersichtlich geworden, daß Anweisung erteilt worden war, sein Erscheinen unverzüglich zu melden.

Es klingelte schrill. Julia sagte: »Um Himmels willen, Charlie, wo hast du bloß gesteckt?«

»Hier und da.«

»Sie wollen dich sprechen!«

»Hab' ich mir fast gedacht.«

John Gower sollte nie erfahren, wie lange er noch durchgehalten hätte. Und wollte es auch nicht erfahren. Nie. Aber später – beim Debriefing – gab er ganz offen zu, daß er nicht mehr weit davon entfernt gewesen war aufzugeben. Einen Tag vielleicht. Der Wassermangel hatte bedenkliche Ausmaße angenommen, er hatte ständig halluziniert, und der Durchfall war so schlimm geworden, daß er sich nicht mehr sauberhalten konnte. Er war zu erschöpft gewesen, um sich noch vor sich selbst zu ekeln.

So erschöpft sogar, daß er nicht einmal merkte, daß der schlafraubende Lärm und die Gucklochinspektionen aufgehört hatten. Erst als er sich waschen durfte, merkte er, daß er es geschafft hatte.

Gehorsam rappelte er sich hoch, als die Wachen die Zelle betraten. Er mußte sich anfangs von ihnen stützen lassen. Ganz automatisch wollte er draußen auf dem Flur nach links gehen, zum Verhörraum mit dem hartnäckigen Herrn Chen, aber sie führten ihn in die andere Richtung. Er merkte erst, daß es eine Duschkabine war, als er davorstand und sie ihm aus seiner stinkenden, schmutzstarrenden Gefängniskluft halfen.

Und dann, als er unter dem stechenden Strahl der Dusche stand und seine letzten Adrenalinreserven mobilisierte, dämmerte es ihm. Geschafft! dachte er, gewonnen! Er hatte sie geschlagen! Er riskierte, das Wasser aus der Dusche in seinen ausgetrockneten, aufgesprungenen Mund fließen zu lassen, aber er war vernünftig genug, nicht zuviel hinunterzuschlucken, um seinen Magen nicht noch mehr in Aufruhr zu versetzen.

Als er aus der Dusche kam, lagen ein Rasierapparat und Rasierseife für ihn bereit, und die saubere Gefängniskleidung, die er zum Anziehen bekam, war nicht steif von vorherigem Gebrauch. Er wurde nicht in die Zelle zurückgeführt, sondern in einen Raum im Erdgeschoß mit einer abgeteilten Toilette und einem richtigen Bett mit Matratze, Kopfkissen und sauberen Laken.

Am Nachmittag kam ein Arzt, um seine Lippen zu untersuchen. Er gab ihm eine Salbe, die er zwei Tage lang alle drei Stunden auftragen sollte. Das Essen, das er bekam, war nicht mehr verdorben. Das Wasser kam in einem geschlossenen Zinnkrug.

Am vierten Tag nach seiner Entlassung aus der Zelle wurde er zu einem Chinesen gebracht, der sich ihm nicht vorstellte. »Morgen dürfen Sie mit Angehörigen Ihrer Botschaft sprechen«, teilte ihm der Mann mit.

»Wo ist Mr. Chen?«

Der Mann ignorierte die Frage.

Als der entscheidende Augenblick kam, brachte es Natalia nicht über sich, das zu tun, was sie so sorgfältig geplant hatte. Mehrere Tage lang bewahrte sie die Akten in ihrem Büro auf und holte sie immer wieder hervor, um sie jedoch gleich wieder zurückzustellen, und ständig sagte sie sich, es könnte sich so vieles geändert haben. Vielleicht hatte Charlie geheiratet. Oder zumindest jemand anderen gefunden. Es hatte also keinen Sinn oder Zweck zu tun, was sie vorhatte. Immerhin hatten sich Charlie zwei Gelegenheiten geboten, mit ihr zusammenzuleben, und er hatte keine genutzt. Unabhängig von allen beruflichen Überlegungen konnte das nur bedeuten, daß er sie nicht genügend liebte. Wenn er sie genügend liebte, hätte er eine Möglichkeit gefunden. Irgendeine. Und wenn er sie nicht genügend liebte, welches Interesse sollte er dann an Sascha haben? Und selbst wenn er Interesse gehabt hätte, was hätten sie, einmal ganz rational betrachtet, schon tun können, um sich eine gemeinsame Zukunft zu schaffen? Sie waren durch mehr als Meilen getrennt – und würden es immer bleiben.

Doch dann sagte sie sich, daß er verdient hatte, es zu erfahren: sogar ein Recht darauf hatte. Was auch immer zwischen ihr und Charlie gewesen – oder nicht gewesen – sein mochte, durfte bei ihren Überlegungen keine Rolle spielen. Ihre einzige Sorge mußte Sascha gelten. Und darum mußte es Saschas Vater erfahren.

Und nicht nur, daß sie die Londoner Episode überlebt hatte, sondern auch, daß sie ihre Stellung behauptet hatte – sogar befördert worden war – und daß Sascha deshalb immer versorgt und gut behütet wäre.

Schreiben wollte sie nicht. Hatte sie auch noch nie gewollt. Abgesehen von der damit verbundenen Gefahr, so gering sie nach dem Sieg über Fjodor Tudin auch sein mochte, könnte der Umstand, daß sie schrieb, den Eindruck wecken, als wollte sie um etwas bitten, was nicht der Fall war. Sie bezweckte damit nur, Charlie mitzuteilen, was er wissen sollte. Sonst nichts.

Gedankenversunken ließ Natalia den Blick auf der Londoner Akte ruhen, die sie hatte zusammenstellen lassen, und dann fiel ihr plötzlich eine Möglichkeit ein, und sie mußte lächeln. Vorsichtig nahm sie ein Foto heraus. Holte ein zweites aus ihrer Handtasche und schrieb etwas darauf, ganz kurz.

Am Abend, als sie im Schlafzimmer ihrer Wohnung in Leninskaja packte, sagte Natalia zu ihrer kleinen Tochter, die wach in ihrem Bettchen lag: »Wir fahren in Urlaub, mein Schatz. Deutschland ist ein schönes Land.«

Es war eine naheliegende Vorsichtsmaßnahme, Rußland zu verlassen, zumal das aufgrund der neuen Freiheiten inzwischen sehr einfach war. Vermutlich hätte sie sogar nach England fahren können. Aber das wollte sie nicht: trotz aller Entschlossenheit – und trotz aller Mühe, die sie sich gegeben hatte – konnte sie nur so weit fahren. Aber nicht weiter. Nicht nach England.

48

Julia Robb deutete mit dem Zeigefinger auf die eingeschaltete Sprechanlage. Gleichzeitig schüttelte sie den Kopf und sagte stumm »später«. Charlie nickte und ging auf Patricia Elders Büro zu, aber Julia hielt ihn zurück und deutete auf die Tür des Generaldirektors, während sie über die Sprechanlage sein Eintreffen durchgab. Charlie zwinkerte ihr zu, als er die Richtung änderte. Er fand, sie sah sehr hübsch aus.

Peter Miller saß steif und aufrecht hinter seinem Schreibtisch. Patricia Elders Stuhl stand seitlich davon, aber so, daß auch sie Charlie zugewandt war. Einen dritten Stuhl gab es nicht. Diese Idioten, dachte Charlie. Aber es störte ihn nicht weiter, daß sie so blöd waren, ihn wie einen unartigen Schuljungen stehen zu lassen. Schuljunge, Lehrer, wo war da schon der Unterschied? Ganz schön bescheuert, die beiden. Was ihn allerdings störte, war das Stehen. Seine Füße waren gar nicht begeistert. Er schätzte, daß er etwa fünfzehntausend Meilen zurückgelegt hatte, und im Augenblick fühlte er sich, als wäre er jede davon zu Fuß gegangen.

»Ich verlange eine Erklärung! Und zwar eine richtige. Und möglichst auch eine einleuchtende.« Millers normalerweise verbindlich glatte Stimme war gepreßt vor Ärger.

Wirklich schade, daß er ihnen nicht gleich herausgeben konnte, dachte Charlie. »Scheint doch alles ziemlich nach Wunsch verlaufen zu sein«, brachte er vor. »Vor meiner

Abreise aus Peking hat mir Samuels noch gesagt, Gower käme frei.«

»Er wird ohne Anklage freigelassen«, bestätigte ihm Patricia Elder. Auch sie schien Probleme mit dem Tonfall zu haben.

»Nach außen hin ist also überhaupt nichts passiert«, sagte Charlie. »Wenn man mal davon absieht, daß Gower festgenommen wurde. Aber das läßt sich mit einer gezielten PR-Kampagne über eine irrtümliche Festnahme und Inhaftierung wieder hinkriegen. Wieso also die Aufregung?«

»Sie hätten schon vor fünf Tagen aus Peking abreisen sollen! In einer Maschine, in der die Botschaft einen Platz für Sie gebucht hat. Wo zum Teufel haben Sie in diesen fünf Tagen gesteckt?«

Sie waren wirklich nicht sehr gut, fand Charlie, beide nicht. Auf keinen Fall hätte Miller solche Wut zeigen sollen. »Ich war nur vorsichtig«, sagte Charlie leichthin. »Snows Tod war eine Tragödie. Da wollen wir doch nicht gleich die nächste, oder?«

»Sie sind arrogant!« erklärte Miller. »Arrogant und hochnäsig! Ich habe gesagt, ich verlange eine Erklärung!«

»Ich verstehe wirklich nicht, warum Sie sich so aufregen«, sagte Charlie mit wahrer Unschuldsmiene.

»Sie sind spurlos verschwunden!« schrie Miller. »Wir dachten, die Chinesen hätten Sie vielleicht geschnappt, wie Gower. Wir wollten bei den chinesischen Behörden schon Erkundigungen einziehen, wie wir das bei ihm getan haben.«

»Wir wollen wissen, was passiert ist!« verlangte die Frau.

»Es ist eine Menge passiert, was keinen Sinn ergab – noch immer keinen ergibt –, und deshalb bin ich den offensichtlichen Risiken aus dem Weg gegangen.« Charlie lächelte erwartungsvoll.

»Kommen Sie uns bloß nicht dumm!« warnte der Generaldirektor.

»Tue ich doch gar nicht!« erklärte Charlie. »Aber Sie

müssen doch zugeben, daß ein paar seltsame Dinge passiert sind. Dinge, die sich nicht zusammenreimen.«

»Wie zum Beispiel?« wollte Miller wissen.

Charlie hob und senkte die Schultern. Seine Füße taten wirklich verteufelt weh. »Sie werden mich für unverschämt halten.«

»Das tun wir bereits«, sagte die Frau.

»Gower zum Beispiel«, fuhr Cahrlie fort, ohne sich aus der Ruhe bringen zu lassen. »Es hätte ein Riesenproblem geben können, wenn Snow zusammen mit Zhang Sulin und den anderen politischen Aktivisten vor Gericht gestellt worden wäre. Darum war es extrem wichtig, das zu verhindern. Zu wichtig, hätte ich eigentlich gedacht, um jemand völlig unerfahrenen und unerprobten wie Gower gleich bei seinem ersten Einsatz damit zu beauftragen. Und Gower war nicht nur unerfahren und unerprobt. Er war auch in keiner Weise darauf vorbereitet, unter den ganz speziellen Bedingungen zu operieren, wie sie in China herrschen.«

Das löste ein gewisses Unbehagen aus, und Miller warf Patricia Elder einen flüchtigen Blick zu. »Das war tatsächlich ein Fehler, muß ich zugeben.«

»Der wahrscheinlich nicht so schlimme Folgen gehabt hätte, wenn Sie Ihrer Aufgabe entsprechend nachgekommen wären«, sagte Patricia Elder defensiv.

»Es war also meine Schuld?« fragte Charlie hinterfotzig.

»Ursprünglich zugegebenermaßen ein Fehler von uns, der aber durch keinerlei Hinweise oder Ratschläge Ihrerseits abgeschwächt wurde«, sagte sie.

Du bringst mich nicht aus der Ruhe, meine Teuerste, dachte Charlie, die Frage ist bloß, wie sehr ich dich noch ärgern werde. »Dann wäre da noch diese Geschichte, warum Snow von der Botschaft ferngehalten wurde. Das habe ich nie so recht kapiert.«

»Eine Anordnung von uns. Der Grund dürfte auf der Hand liegen.«

»Dann der Umstand, daß sich die Ereignisse geradezu überstürzt haben«, fuhr Charlie fort. »Und vor allem auch ihre Reihenfolge. Wenn die Chinesen eine Spionagezelle auffliegen lassen wollten, warum haben sie Gower dann so früh gefaßt? Warum haben sie ihn nicht die Nachricht für Snow deponieren lassen und gewartet, bis Snow sie abholen kam? Das wäre doch das Naheliegendste gewesen.«

»Deren Fehler, daß sie zu früh zugeschlagen haben«, sagte Miller. »Welchen Grund könnte es dafür sonst geben?«

»Das weiß ich nicht. Jedenfalls haben sie im Bahnhof, als sie sich Snow tatsächlich zu schnappen versuchten, verdammt schnell zugeschlagen. Wie das allerdings möglich war, ist mir ein Rätsel.«

»Wieso?« fragte Patricia Elder.

»Woher wußten sie zum Beispiel, daß er dort war?« fragte Charlie.

Miller seufzte ungeduldig. »Um Himmels willen, Mann, das ist doch hoffentlich klar! Weil sie ihm gefolgt sind!«

Charlie schüttelte skeptisch den Kopf. »Es war nicht einfach, eine Möglichkeit zu finden, Snow rauszuholen. Schließlich mußte ich damit rechnen, daß sie auf sämtlichen Flughäfen nach ihm fahnden würden. Deshalb habe ich die falsche Buchung von Peking vorgenommen. Und ihn ins Ausländeramt und ins Amt für öffentliche Sicherheit geschickt ...«

»Was genauso schiefgegangen ist wie alles andere, was Sie ihm und Gower beizubringen versucht haben!« schnaubte Miller.

»Aber genau das ist doch das Problem.« Charlie ließ sich nicht unterkriegen. »Es war das Beste, was mir einfiel – das einzige, was mir einfiel –, und ich war mir keineswegs sicher, daß Snow wirklich dazu in der Lage wäre. Schließlich hatte er keinerlei reguläre Ausbildung. Deshalb habe ich ihm auch nicht zugetraut, daß er es allein schaffen würde. Ich habe ihm alles Schritt für Schritt vorgegeben: wußte genau, wo er zu welchem Zeitpunkt sein würde und was er jeweils tun würde. Deshalb habe ich am Amt für öffentliche Sicherheit auf ihn gewartet und bin ihm gefolgt. Natürlich, ohne daß er mich bemerkt hat. Ich habe sehr viel Abstand gehalten. Um zu sehen, ob ihm noch jemand folgte. Wäre das der Fall gewesen, hätte ich am Bahnhof eine zufällige Begegnung vorgetäuscht: Europäer, der sich verlaufen hat, bittet anderen Europäer um Hilfe. Um die Sache abzublasen und einen neuen Versuch zu starten. Aber es ist ihm niemand gefolgt. Ich war ganz sicher. Er hatte sie abgehängt. Ich bin ihm den ganzen Weg bis zur Schlange vor dem Fahrkartenschalter gefolgt. Wo ich mir meiner Sache noch sicherer wurde. Deshalb bin ich schon voraus zum Zug nach Schanghai, um auf ihn zu warten . . .«

Miller seufzte wieder. »Für mich hört sich das an wie eine schwache Rechtfertigung für ein klägliches Versagen, das das Ende Ihrer weiteren Zukunft in dieser Abteilung bedeutet.«

Charlie runzelte wegen der Drohung die Stirn, ließ sich aber nicht durch sie beirren. »Denken Sie doch mal nach!« verlangte er. »Es waren mindestens zwanzig Mann. Soldaten und Zivilbeamte. Und Li, der die Aktion leitete. Gehen wir mal rein hypothetisch davon aus, sie *sind* ihm gefolgt, obwohl ich weiß, daß das nicht der Fall war. Das wären zwei oder drei Mann gewesen. Allerhöchstens vier. Zwischen seiner Ankunft auf dem Bahnhof, als er sich in die Schlange vor dem Fahrkartenschalter einreihte, bis zu dem Moment, in dem er vom Nanchang-Expreß zum Zug nach Schanghai überwechseln wollte, wo ich auf ihn gewartet habe, sind genau siebzehn Minuten vergangen. Das weiß ich. Ich habe jede einzelne gezählt.«

»Was soll diese Detailklauberei?« fragte Miller, der seinen Ärger nur mühsam in Zaum halten konnte.

Weil es Details sind, die für mich sprechen, nicht für dich, dachte Charlie. »Selbst wenn sie ihm gefolgt wären, hätte die Zeit nicht gereicht, zwanzig Mann, Soldaten und Zivilbeamte, an Ort und Stelle zu schaffen. Mit Li als Leiter der Operation. Da werden Sie mir doch recht geben, oder?«

»Sie haben sich eindeutig getäuscht«, erklärte Miller. »Er wurde eben doch beschattet.«

Falsch! dachte Charlie. »Auch dann hätte die Zeit nicht gereicht.« Wieviel mehr konnte er in diesem Stadium noch sagen? Wieviel mehr konnte er überhaupt sagen? Nicht viel. Es war ein Jammer, mehr als ein Jammer.

»Tatsache ist, sie *waren* an Ort und Stelle!« hielt ihm Miller entgegen. »Worauf wollen Sie eigentlich hinaus?«

»Ich habe Ihnen zu erklären versucht, warum ich mir mit dem Nachhausekommen etwas Zeit gelassen habe. Ich hielt es für das Beste, den für mich gebuchten Flug zur Ablenkung zu benutzen und das Land auf einem anderen Weg zu verlassen.«

»Auf welchem?«

»Über Hongkong. Schrecklich anstrengend. Ich hatte chronischen Jetlag.«

»Sie haben auf unsere Kosten Urlaub gemacht!« hielt ihm Patricia Elder vor.

»Da waren noch ein paar andere Dinge in Peking, aus denen ich nicht recht schlau wurde«, fuhr Charlie fort. »Zum Beispiel, daß die Mission ganz offensichtlich observiert wurde. Das war ohne große Mühe zu erkennen, als ich mich zum erstenmal in ihre Nähe begab . . .« Charlie mußte husten. »Doch dann ist etwas Komisches passiert. Am Tag nach Snows Tod war ich noch mal da. Und wissen Sie was? Die Überwachung war aufgehoben. Die Mission wurde nicht mehr observiert.«

»Was ist daran so überraschend?« fragte Patricia Elder. »Snow, ihr Verdächtiger, war tot!«

»Ein Geistlicher von zwei«, rief ihnen Charlie in Erinnerung.

»Was?« fragte Miller.

»Snow war der jüngere Geistliche. Trotz seines Asthmas war er körperlich in besserer Verfassung und somit eher in der Lage, zur Informationsbeschaffung längere Reisen durch das Land zu unternehmen. Aber wenn Sie für die Überwachung der Mission zuständig gewesen wären, hätten Sie dann aufgrund Ihrer langjährigen Geheimdiensterfahrung nicht geargwöhnt, Father Robertson und Snow könnten zusammengearbeitet haben? Und daß es nicht schaden könnte, die Mission weiter überwachen zu lassen, um herauszufinden, was Father Robertson täte? Und das um so mehr, als Father Robertson schon einmal im Gefängnis war? Und zwar wegen staatsfeindlicher Aktivitäten?«

Miller zeigte seine Verachtung immer noch ganz unverhohlen. »Wenn Sie mich fragen, interessieren sich die Chinesen einfach nicht für ihn.«

»Das tun sie aber«, sagte Charlie. »Ich wollte ganz sichergehen, daß die Überwachung der Mission auch wirklich aufgehoben worden war. Ich hatte nämlich vor hinzugehen, um mit Father Robertson zu sprechen. Aber zum Glück habe ich das nicht getan. An den letzten zwei Tagen, an denen ich die Mission beobachtet habe, habe ich nämlich Father Robertson mit Li Dongming gesehen, mit dem Mann, der Snow auf seiner Reise begleitet hat und ihn dann bis zu dem Moment verfolgt hat, als er unter den Zug geriet und ums Leben kam . . .«

»*Was?*«Die Frage kam von Miller, seine Stimme kaum mehr als ein Hauchen.

»Li und Father Robertson«, sagte Charlie noch einmal. »Ihr Verhältnis schien sehr freundschaftlich. Sie haben sogar herzhaft miteinander gelacht. Einmal habe ich sie auf der Straße, die an der Mission vorbeiführt, beobachtet. Sie gingen ein längeres Stück nebeneinander her. Robertson hielt sich an Lis Arm fest, aber er wirkte ganz und gar nicht wie der gebrechliche alte Mann, den ich kurz zuvor in der Botschaft gesehen hatte.«

Beide sahen Charlie an. Patricia Elders Mund stand leicht offen. Von ihrem Ärger war nichts mehr zu spüren.

Charlie beobachtete sie genauso eindringlich. »Ich konnte nie recht verstehen, warum die Chinesen Robertson, nachdem sie ihn eingesperrt hatten, gestattet haben, weiter im Land zu bleiben und die Mission zu leiten. Außer, sie hätten ihn im Gefängnis umgedreht. Und er hätte sich bereit erklärt, für sie zu arbeiten. Dann ergäbe das

Ganze mit einemmal einen Sinn. Sie hätten ein Mitglied der europäischen Gemeinde in Peking mit Zugang zur britischen Botschaft, die ideale Operationsbasis für einen Spion. Ein Riesenfang . . .«

». . . Nein!« Miller schüttelte den Kopf. Seine Stimme hörte sich immer noch an wie aus weiter Ferne. »Nein!«

»Würde das nicht auch erklären, warum Robertson immer noch in der Mission sitzt, warum sie immer noch nicht geschlossen ist? Auch wenn es ihnen nicht gelungen ist, Gower und Snow den Prozeß zu machen, wäre doch anzunehmen gewesen, daß sie die Mission schließen und Robertson rauswerfen würden. Aber das haben sie nicht getan. Weil er viel nützlicher für sie ist, wenn er bleibt, wo er ist.«

»Dafür gibt es nicht einen Beweis!« platzte Patricia Elder heraus. »Das sind alles nur Vermutungen, die lediglich darauf basieren, daß Sie Li und Robertson zusammen gesehen haben. Und wir haben nur Ihr Wort darauf. Es könnte jemand anderer als Li gewesen sein.«

»Er war es«, erklärte Charlie. »Ganz bestimmt. Ich glaube, in der Jesuitenmission in Peking hat schon lange ein Geistlicher für England und einer für die Chinesen gearbeitet. Vermutlich, ohne daß einer vom anderen wußte. Wir sollten besser die Botschaft warnen, glauben Sie nicht?«

»Ja«, gab ihm Miller recht. Er hörte sich besorgt an.

»Also war es doch kein klägliches Versagen?« hakte Charlie nach.

»Nein . . . vielleicht nicht . . .«, stotterte Miller. »Wir müssen alles genauestens auswerten.«

»Ja«, stimmte ihm Charlie zu. »Es muß alles genauestens ausgewertet werden.« Aber nicht mehr von mir, dachte er, ich bin sicher, daß ich alles richtig beisammenhabe.

Natalia wählte Köln als Standort, und am dritten Tag machte sie eine Dampferfahrt auf dem Rhein. Das Schiff legte unterwegs mehrere Male an, am längsten in Koblenz.

49

Es war Charlies Vorschlag gewesen, ins Kenny's in der Hampstead Heath Street zu gehen, wo sie an ihrem ersten gemeinsamen Abend essen gewesen waren. Julia erklärte sich einverstanden, ohne sich etwas dabei zu denken, und machte auch, als sie hinkamen, keine Bemerkung, so daß sich auch Charlie nicht dazu bemüßigt fühlte. Außerdem hatte er sich bei der Wahl des Lokals ohnehin nicht viel gedacht. Größere Bedeutung maß er dagegen der Wahl des Tisches bei. Nach einigem Überlegen entschied er sich schließlich für einen Eckplatz ziemlich weit hinten, in der Hoffnung, die Hintergrundmusik aus einem Lautsprecher ganz in der Nähe möchte übertönen, worüber sie sprachen. Und es gab eine Menge, worüber sie zu sprechen hatten. Er bestellte eine Flasche Chablis und sagte der Bedienung, sie hätten es mit dem Essen nicht eilig und wollten mit dem Bestellen noch warten.

»Wenn mich nicht alles täuscht«, begann Charlie, »war bei euch heute der Teufel los, als ich wieder abgezogen bin.«

»So aufgelöst habe ich bisher noch keinen von den beiden gesehen«, bestätigte ihm Julia.

Charlie grinste zufrieden. »Miller hat gesagt, er würde mich feuern. Aber das war, bevor ich ihm von Robertson erzählt habe.«

»Eine fürchterliche Geschichte, das Ganze.«

»Dabei kennst du noch nicht mal die Hälfte davon.«

»Auch das ist schon genug.«

»Das glaube ich nicht.«

Stirnrunzelnd sah Julia von ihrem Weinglas auf. »Vergiß bitte nicht, daß ich die Privatsekretärin von beiden bin.«

»Und für wen, glaubst du, arbeitet Robertson?«

Das Stirnrunzeln blieb. »Vielleicht weiß ich doch nicht alles.«

»Es war ein abgekartetes Spiel«, begann Charlie. »Alles. Von Anfang bis Ende. Von dem Moment an, als Snow Erlaubnis erhielt, mit Li diese Rundreise zu machen und ich

Patricia Elder unterstellt wurde und sie mir zu verstehen gab, in Zukunft hätten sie nur noch untergeordnete Aufgaben für mich: alles zu dem Zweck, um mich in meinem Frust schmoren zu lassen und abzulenken. Und dann haben sie mir Gower geschickt, den Mann, der beim Verhörwiderstand so gut abgeschnitten hatte. Ich sollte ihm den letzten Schliff verpassen, und anschließend haben sie ihn gleich nach China geschickt, wofür er *nicht* ausgebildet war.«

Julia schüttelte den Kopf. »Charlie, ich verstehe überhaupt nichts.«

»So ging es mir ziemlich lang auch. Es sollten mal wieder ein paar Dumme den Kopf hinhalten: ich, Snow, Gower. Wir hätten alle zusammen von den Chinesen einkassiert und im Zuge der geplanten Dissidentenprozesse vor Gericht gestellt werden sollen. Und uns *wäre* auch der Prozeß gemacht worden, wenn Snow nicht ums Leben gekommen wäre. Dadurch wurde die Beweiskette durchbrochen. Und ihre Pläne durchkreuzt, zumindest was die Spionageprozesse gegen uns angeht. Robertson kann trotzdem zufrieden sein. Das heißt, er könnte zufrieden sein, wenn ich nicht gemerkt hätte, daß die Überwachung der Mission aufgehoben worden war, und wenn ich ihn vor allem nicht mit Li gesehen hätte . . .«

»Bitte, Charlie!« flehte Julia.

»Robertson arbeitet aber trotzdem nicht für die Chinesen!« fuhr Charli fort. »Er arbeitet für *uns*. Er ist der Mann, der optimal postiert ist und den wir um so dringender brauchen werden, wenn wir 1997 alle unsere Einrichtungen in Hongkong verlieren: der Mann, der so wichtig ist, daß wir dafür geopfert werden sollten.«

»Woher weißt du das?«

»Das wollte ich eigentlich von dir hören! Eigentlich bist du in der Position, das zu wissen. Robertson gilt doch als unser Mann, oder?«

»Es gibt Dinge, die ich nicht wissen darf.«

»Ich hatte gehofft, *das* wüßtest du. Und würdest es mir sagen.«

»Tut mir leid.«

»Mir hätte es auch leid getan, wenn ich geschnappt worden wäre. Sehr leid sogar.«

»Das kann ich einfach nicht glauben! Bestimmt täuschst du dich!«

Charlie füllte ihre Gläser nach. »Vermutlich dachten sie, irgendwie könnten sie schon alles vertuschen, wenn uns die Chinesen den Prozeß gemacht hätten, aber sie haben sich trotzdem ziemlich ungeschickt angestellt. Samuels sollte abberufen werden. Pickering auch. Sie taugen nichts, keiner von beiden. Und außerdem kommen sie nicht miteinander aus und streiten sich ständig. Das hat jedenfalls Snow durchblicken lassen, als er mir von ihrem Besuch in der Mission erzählt hat, als Robertson krank war.«

Julia sah ihn unverwandt an, nur ihr Kehlkopf bewegte sich, das Weinglas vor ihr hatte sie völlig vergessen.

»Abgesehen davon brauchst du mir auch gar nichts zu sagen«, fuhr Charlie lächelnd fort. Ebensowenig, wie sie ihm, bestätigendes Wort für bestätigendes Wort, hatte ausbuchstabieren müssen, was zwischen Miller und seiner Stellvertreterin lief.

»Ich habe dir von Anfang an gesagt . . .«

». . . Ich weiß.« Charlie war unbeeindruckt von ihrem Protest. »Ich bitte dich ja auch nicht darum, mir etwas zu sagen . . .« Er schien überrascht, daß die Flasche leer war, und hielt sie der Bedienung zum Zeichen, daß sie eine neue bringen sollte, kurz hoch. »Ich habe China über Hongkong verlassen. Hast du davon gehört?«

Sie schüttelte den Kopf. »Nein.«

»Aber du kennst die Composite Signals Station in Chung Hom Kok, von der der gesamte elektronische Nachrichtenverkehr in Peking abgehört werden kann?«

»Ja.«

»Natürlich wurde dort alles abgehört. Für Miller oder Elder stellte das allerdings kein Risiko dar, weil sie ja alle Fäden in der Hand hatten und das Ganze als irrelevant abtun konnten. Die einzige Gefahr bestand darin, daß jemand anderer Wind davon bekam. Jemand wie ich zum Beispiel.«

Julia war sehr blaß geworden. »Du willst doch nicht etwa andeuten . . .!«

»Nicht andeuten«, korrigierte sie Charlie. »*Behaupten.* Snows Codename war ›Jäger‹. Das hat er mir selbst gesagt. Hat ihn selbst ausgesucht, aus der Genesis. *Esau war ein listenreicher Jäger, ein Mann des Feldes.* So hat sich Snow selbst gesehen: als listenreich. Der arme Teufel. Während Snow mit Li unterwegs war, telegrafierte London an Foster und fragte über eine offene Leitung an, wann ›Jäger‹ nach Peking käme. Und Foster, der ein Angsthase und ein Trottel war und genau deshalb für diesen Posten ausgesucht worden war, gab, weil das so üblich war, ebenfalls über eine offene Leitung den genauen Tag von Snows Rückkehr durch. Damit hatten die Chinesen, die ihre eigene elektronische Überwachung aller Botschaften durchführen, ein konkretes Datum, von dem an Snow bei einem späteren Prozeß zweifelsfrei als Spion erkennbar war. Der Name ›Jäger‹ fiel auch noch ein zweitesmal, und zwar in einem Notkabel, das Foster abschickte, nachdem Li in die Mission gekommen war, um nach den Fotos zu fragen.«

»Das sind alles nur Vermutungen«, brachte Julia unsicher vor. »Du hast keine Beweise, daß die Chinesen das alles abgefangen haben.«

»*Jedes* Land überwacht den Nachrichtenverkehr der ausländischen Botschaften! Und für Peking gab es eine Menge abzuhören. Am Tag vor Gowers Abreise traf in der Botschaft ein weiteres Kabel aus London ein. Sein Inhalt lautete: *Zweiter Jäger kommt.* Alles, was Gower nach seinem Eintreffen in Peking also noch gefehlt hat, war ein Schild um den Hals.« Charlie machte eine Pause. Warum, fragte er sich, hatte sich Gower nicht an seinen Rat gehalten, immer seine eigenen Reisevorbereitungen zu treffen? Mangelnde Erfahrung, vermutete Charlie. Er lächelte wieder, diesmal, weil die Bedienung die zweite Flasche brachte. Da Julias Glas noch voll war, unangetastet, schenkte er nur sich nach. »Das ist noch nicht alles. Ich habe Patricia Elder ausdrücklich darum ersucht, alles, was meine Entsendung nach Peking betraf, über Diplomatenpost laufen zu lassen, um zu verhindern, daß eine per Funk eingehende Nachricht abgefangen werden könnte. Doch einen Tag, *bevor* ich in Peking eintraf, ging dort ein offenes Kabel über *Jäger drei* ein. Mein Glück, daß ich nicht in der Maschine war, mit der sie mich erwartet haben.« Mit Glück, dachte Charlie, hatte das überhaupt nichts zu tun.

Endlich nahm Julia einen Schluck Wein. Leise sagte sie: »Ich habe alle Kabel getippt . . . mir war nicht klar . . . mein Gott, Charlie, ich habe das alles getan, ohne zu ahnen, wofür man mich da eigentlich eingespannt hat . . .!«

»Das ist nicht deine Schuld. Und auch nicht wichtig.«

»Nicht wichtig! Snow ist tot. Und bisher wissen wir auch nicht, was Gower alles durchgemacht hat. Dir hätte es genauso gehen können. Oder schlimmer!«

Zeit, zum nächsten Punkt überzugehen, fand Charlie. »Wäre da nicht etwas gewesen, was Samuels gesagt hat, wäre ich vielleicht gar nicht auf die Idee gekommen, in Hongkong nachzuforschen. Eigentlich blöd. Einfach nur, weil ich eben auf alles höre. Er sprach davon, Gower sei ›einkassiert‹ worden. Das ist typischer Geheimdienstjargon, nicht, wie Diplomaten reden. Und später hat er mir erzählt, daß Snow Father Robertson bei der *Beichte* gestanden hat, was er getan hat, damit ihm Robertson die Erlaubnis erteilen würde, sich abzusetzen. Snow hat *mir* erzählt, daß er das getan hatte. Nur mir. Und ich habe es sonst niemand erzählt. Demnach konnte es Samuels nur von einer einzigen anderen Person erfahren haben: von Robertson selbst. Da waren auch noch eine Reihe anderer Dinge. Zum Beispiel, daß der Leiter der politischen Abteilung am Bett eines kranken Missionars Wache hält, was ein Mann in seiner Stellung und mit seiner Überheblichkeit nie täte – es sei denn, er war der Führungsoffizier des Mannes und hatte Angst, Robertson könnte seinem schlechten Gewissen über das, was er tat, in seinen Fieberträumen Luft gemacht haben. Übrigens ist auch mit keinem einzigen Wort nach Rom durchgedrungen, daß Robertson schwer erkrankt war. Oder daß die Chinesen Snow im Visier hatten. Das weiß ich deshalb, weil ich auf dem Heimflug kurz in Rom Zwischenstation gemacht habe. In der Ordensleitung hatten sie keine Ahnung, wovon ich eigentlich redete. Das war ein großer Vorteil, daß der gesamte Nachrichtenverkehr über die britische Botschaft lief: Samuels konnte alles zensieren. Er hatte überall fest den Daumen drauf.«

Julia bewegte den Kopf, ziellos, wie betäubt.

»Samuels ist doch der Geheimdienstchef vor Ort, nicht wahr?«

Die Kopfbewegung wurde gezielter, eine Weigerung, die Frage zu bejahen.

»Snows Tod war für mich der Beweis«, fuhr Charlie fort. »Um die irreführenden Flugbuchungen vorzunehmen, genügte mein Englisch. Aber für die Abfahrtszeiten der Züge und die Schlafwagenreservierungen war ich auf Samuels' Mandarinkenntnisse angewiesen. Deshalb waren die Chinesen am Bahnhof mit so vielen Leute zur Stelle: Samuels hat Robertson gesagt, wie wir unsere Flucht geplant hatten. Und Robertson hat die Leute alarmiert, für die er zur Zeit wirklich arbeitet.«

»Nein!« widersprach Julia sofort. »Wenn sie angeblich wußten, daß Snow im Zug nach Nanchang war – ihn geschnappt haben, als er ihn verließ, um zu dir zu kommen –, wie kommt es dann, daß sie dich nicht erwischt haben?«

»Versucht haben sie es sehr wohl.« Charlie lächelte sie an. »Der Schanghai-Expreß war nicht der einzige Zug, der um fünf Uhr abfahren sollte. Vier Gleise weiter gab es auch einen nach Changsha. Ich habe Samuels gesagt, daß ich diesen Zug nehmen würde. Und das war auch der Zug, der von Soldaten umstellt war, als ich wegging.«

»O Gott!« stieß Julia entsetzt hervor.

»Das war ein weiterer Grund, weshalb ich von Peking nicht den Flug nehmen wollte, den zu nehmen mir Samuels befohlen hatte und freundlicherweise für mich gebucht hatte.«

»Glaubst du, sie hätten dir und Gower tatsächlich den

Prozeß zu machen versucht, wenn sie dich erwischt hätten?«

»Wenn sie mich erwischt hätten, ja.«

»Bist du sicher, Pickering war auch daran beteiligt?«

»Damit wären wir bei der hirnrissigen Art, wie Snow geführt wurde. Nicht am Anfang. Da wurde Snow von seinem Führungsoffizier ordentlich geführt. Das war ein gewisser Bowley. Dann kam George Street. An ihren Liaisonaktionen war nicht das geringste auszusetzen. Snow erhielt ausreichend Gelegenheit, sich mit ihnen zu treffen: zum einen durch Einladungen zu Botschaftsveranstaltungen, zum anderen aber durch die wesentlich häufigeren Besuche, wenn er sich beim Botschaftsarzt seine Asthmamittel holte. Ich habe mich bei zwei ehemaligen Botschaftsärzten erkundigt, die sich mittlerweile in Sussex zur Ruhe gesetzt haben. Doch dann kam Pickering nach Peking. Derselbe Pickering, der auf einer sicheren Leitung – die aber in Hongkong abgehört wurde – ein Kabel nach London geschickt hat, in dem er über ein Treffen, das ich mit ihm hatte, Meldung erstattete. Derselbe Pickering, der von dem Augenblick an, in dem er in Peking ankam, die Asthmamittellieferungen an Snow einstellte und ihm sagte, er solle seine Medikamente künftig aus Rom beziehen. Alles zu dem Zweck, um ihn von der Botschaft fernzuhalten. Und genauso hielt sich auch Foster den armen Teufel vom Leib. Allerdings wußte Foster nicht, daß er ganz gezielt dazu benutzt wurde, Snow ständig zu exponieren und ihn zu zwingen, auf diese lächerliche Signalprozedur zurückzugreifen, die seit dem Ende des kalten Kriegs, von dem alle soviel Gedöns machen, absolut passé ist. Foster – den Akten zufolge auch ein Berufsanfänger – war natürlich zu blöd, um Verdacht zu schöpfen.«

»Aber warum haben sie Foster abberufen, und Gower und dich hingeschickt?«

»Fosters Abberufung sollte Panik signalisieren, damit die Chinesen hellhörig würden. Du darfst nicht vergessen, wir wollten sie austricksen und Robertson absichern. Wir wußten nicht, daß wir uns selbst ausgetrickst haben. Daß

Gower reingeschickt wurde – und nach ihm ich –, signalisierte weitere Panik. Alles Teil von Millers und Patricia Elders tollem Plan. Und die Chinesen lachten sich halb kaputt über die Anstrengungen, die wir ihretwegen unternahmen.«

»Unvorstellbar, daß man Snow, Gower und dich opfern wollte, um einen einzigen Mann zu decken!«

Langsam schüttelte Charlie den Kopf. »Nicht, um jemand wie Robertson vor Ort lassen zu können. Ich weiß nicht, aber Robertson muß London immer wieder nützliche Dienste erwiesen haben. Dafür werden die Chinesen schon gesorgt haben. Sie müssen ihm Unmengen von echtem Material zugespielt haben, um seine Glaubwürdigkeit zu untermauern. Hast du eigentlich eine Ahnung, was ein als absolut zuverlässig geltender Agent anrichten kann, wenn er seinen eigenen Leuten Fehlinformationen zuspielt, die diese nie in Frage stellen, weil er angeblich so zuverlässig ist?«

Schaudernd schob ihm Julia zum Nachschenken ihr Glas hin. »Warum?« fragte sie scharf. »Warum das Ganze? Warum sollten Snow, Gower und du geopfert werden? Ich kann einfach nicht glauben, was du da sagst!«

»Wir haben uns von Robertson so viel versprochen, daß wir ihn mit allen Mitteln abzusichern versucht haben. Für den Fall, die Chinesen könnten Verdacht gegen ihn schöpfen, haben unsere Leute deshalb Snow angeworben. Natürlich hatten diese Trottel keine Ahnung, daß Robertson seit seiner Umerziehungshaft für die Chinesen arbeitete. Snow hat mir in der Botschaft erzählt, unsere Leute seien schon wenige Tage, nachdem er von seinen Ordensoberen nach Peking geschickt wurde und noch bevor das offiziell bekanntgegeben wurde, an ihn herangetreten. Auch dahinter kann nur Robertson gesteckt haben, den sie sicher vorher konsultiert haben. Jeder Fehler, den Robertson machte, konnte Snow in die Schuhe geschoben werden, der als *jederzeit* entbehrlich galt. Der Mann war für London einfach kein Thema. Bloß wurde er für die Chinesen ein Thema. Snow war nämlich einfach zu gut. Nimm zum Beispiel nur, was er auf dieser Reise beschafft hat, und das, *obwohl* ihm Li ständig auf den Fersen war. Snow war absolute Spitze! Folglich mußte er abserviert werden. Dazu kam noch, daß die Chinesen wieder mal gegen ihre Dissidenten vorgehen wollten. Aber nicht wie am Tiananmen. Der Aufschrei, der damals durch die Weltöffentlichkeit ging, war einfach zu laut. Sie konnten es sich nicht leisten, einfach aufs Geratewohl ein paar Leute zu verhaften und einzusperren. Die Sache mußte international akzeptabel sein. Robertson hat die Chinesen sicher sofort informiert, als Zhang Sulin zum erstenmal in die Mission kam. Und das lieferte den Chinesen den idealen Anlaß, landesweite Festnahmen durchzuführen und einen großangelegten – und bestens fundierten – Schauprozeß zu veranstalten. Sie brauchten dazu bloß die Verbindung zwischen Zhang und Snow nachzuweisen, die sicher beide gestanden hätten, und um das Bild abzurunden, hätten sie als Dreingabe noch Gower und mich verheizt. Einfach perfekt.«

Julia war erschöpft über den Tisch gebeugt. »Ich habe trotzdem noch Schwierigkeiten, dir zu folgen. Ich weiß nicht mal, ob ich dir überhaupt folgen will!«

»Es war ja auch nicht geplant, daß irgend jemand der Sache folgen kann«, tröstete sie Charlie. »Dafür haben Miller und Patricia Elder schon gesorgt, als sie das Ganze eingefädelt haben, um zu verhindern, daß Robertson wegen der Verbindung zwischen der Mission und Zhang Sulin aufflog. Und erst recht natürlich die Chinesen, die das Ganze gegen uns gerichtet haben, um sich eines lästigen Geistlichen zu entledigen.«

Da ihr offensichtlich nichts mehr einfiel, was sie dagegen hätte vorbringen können, richtete sich Julia wieder auf. »Und was wirst du jetzt tun?«

»Ich habe bereits alles getan, was ich tun kann«, sagte Charlie. »Ich habe sie vor Robertson gewarnt. Das ist das wichtigste. Das heißt, wir haben keinen Mann vor Ort mehr in Peking, aber wenigstens sitzen wir auch keinen Fehlinformationen mehr auf, solange der alte Sack noch lebt . . .« Er zuckte resigniert mit den Achseln. »Ich könnte sie wegen Samuels und Pickering und der abgefangenen Nachrichten hinhängen, aber du weißt genausogut wie ich, was ich damit erreichen würde: nichts. Sie würden alles leugnen. Es würde keine Stunde dauern, und sämtliche Beweise wären aus den Unterlagen in Hongkong verschwunden.«

»Wahrscheinlich hast du recht«, sage Julia bedrückt.

»Sie haben mich ganz schön angeschmiert. Nicht so schlimm, wie sie eigentlich vorhatten. Aber angeschmiert haben sie mich trotzdem.«

»Wenn es bloß etwas gäbe – irgend etwas –, was ich tun könnte!«

Jetzt richtete sich Charlie auf. »Du hast doch schon eine Menge getan.«

»Das ist einfach nicht fair!«

»Das ist das Leben nie.« Charlie hielt nach der Bedienung Ausschau. »Wir müssen noch bestellen.«

»Ich habe keinen Hunger.«

»Ich schon!« sagte Charlie aufgekratzt. »Das chinesische Essen war größtenteils total beschissen!« Er bestellte schwarzes Cajun-Chicken. Es war gut.

Charlie kam zügiger voran, als er erwartet hatte, deshalb blieb noch Zeit, in dem Hotel in Stockbridge haltzumachen, das dem exklusiven Anglerclub Privilegien einräumte. Dort hatten sie Islay Malt, den er als sein Privileg betrachtete. Er genehmigte sich zwei Gläser, während er weiter an einem Plan feilte, wie er in seinem Job überleben könnte. Die Falle, die er bereits gestellt hatte, erschien ihm sehr unzureichend. Er war noch immer nicht sicher, ob – oder wie – er seine Trumpfkarte ausspielen sollte.

Charlie traf pünktlich zu Beginn der Besuchszeit im Altersheim ein. Er ging kurz ins Büro der Heimleiterin, um sich für sein jüngstes Fernbleiben zu entschuldigen.

»Hauptsache, Sie sind wieder da«, sagte die Frau. »Wir haben etwas für Sie.« Als sie Charlies Reaktion nach dem Öffnen des Päckchens sah, sagte sie besorgt: »Was haben

Sie denn? Ich dachte schon, Sie werden gleich ohnmächtig.«

»Nichts«, sagte Charlie mit belegter Stimme. Auch er hatte gedacht, er würde umkippen. Und das war ihm noch nie passiert, auch wenn der Schock noch so groß war.

Das Päckchen enthielt zwei Fotos.

Eines war vom Generaldirektor und Patricia Elder. Wahrscheinlich hatte er sogar gesehen, wie es vor dem Stadthaus am Regent's Park aufgenommen worden war.

Das andere war von einem Baby. Auf der Rückseite stand in einer Handschrift, die er kannte, weil sie sich in Moskau häufig Nachrichten hatten zukommen lassen: »Sie heißt Sascha.« Und darunter ein Datum.

50

Charlie blieb so kurz wie möglich, aber es kostete ihn trotzdem ungeheure Mühe, am Bett seiner Mutter zu sitzen und die Unterhaltung auch nur einigermaßen in Gang zu halten. Da nutzte es auch nichts, daß sie aufgeweckter wirkte als seit Monaten und unaufhörlich sprach und, wie das Pflegepersonal nur zu offensichtlich von ihm erwartete, daß er wesentlich länger bliebe. Er verabschiedete sich mit dem Versprechen, sich das nächstemal mehr Zeit zu nehmen.

Immer noch zittrig, hielt er wieder am Hotel, dem ersten geeigneten Ort. Er konnte noch immer nicht fassen, wie nahe er einer Ohnmacht gewesen war, als er Natalis Handschrift erkannt hatte! Für solche Schocks war er inzwischen ein bißchen alt. Schock war zwar nicht das richtige Wort, aber es beschrieb die Wirkung ganz zutreffend. Ihm fiel kein passender Begriff ein, aber Offenbarung war ein Wort, das ihm in den Sinn kam. Flucht war – unerklärlicherweise – ein anderes. Dann begann er sich zu fragen, warum er überhaupt eine Bezeichnung dafür finden mußte, und ließ es einfach bleiben, zumal es genügend anderes gab, worüber er nachdenken mußte. Er bestellte noch einen Islay Malt, einen Doppelten, und ließ sich in einer Ecke nieder, wo er vor Störungen sicher war. Während er trank, beruhigte er sich weiter. Er legte das Päckchen vor sich auf den Tisch, nahm aber seinen Inhalt nicht sofort heraus. Kindischerweise sträubte er sich, es anzurühren, aus Angst, es könnte nicht wahr sein. Und das war nun wirklich kindisch, weil es wahr *war*. Trotzdem starrte er es weiter an wie eine Wahrsagerin ihre Kristallkugel.

Das Päckchen, fand er, mußte ihm viel mehr verraten als je eine Kristallkugel einer Wahrsagerin verraten hatte. Und er mußte jedes Zeichen erkennen und verstehen.

Seine erste und wichtigste Erkenntnis war nicht, daß er der Vater eines Mädchens namens Alexandra war, so wundervoll und unglaublich das auch sein mochte; so wundervoll unglaublich, daß er sicher noch ziemlich lange brauchen würde, um es ganz zu verstehen.

Sein erster und wichtigster Gedanke war, daß Natalia die Episode in London überlebt hatte: die Antwort auf eine bange Frage, die ihn hartnäckig immer wieder beschäftigt hatte, seit er beobachtet hatte, wie sie zu dem Rendezvous erschienen war, das er nicht eingehalten hatte. Sehr schnell erfolgte der einzig mögliche nächste Schritt. Er hatte sie nicht verloren! Natalia hatte ihn ausfindig gemacht. Folglich haßte sie ihn nicht, wozu sie in jeder Hinsicht berechtigt gewesen wäre. Und womit er auch gerechnet hatte.

Was sonst noch? Lies die Zeichen, lies die Zeichen! Zuviel Nostalgie konnte den klaren Verstand trüben, und mit einem solchen mußte er die Sache anpacken, wenn er sie nicht wieder verlieren wollte. Also nur auf die wichtigen Fakten achten, die die Nostalgie bereitstellte. Zwei entscheidende Punkte: Sie hatte überlebt, und sie hatte ihn gefunden. Der zweite war aufschlußreicher als der erste. Nicht nur ihn hatte sie gefunden. Auch Miller und Patricia Elder. Und was es mit dem Regent's Park auf sich hatte. Vorsicht! Das war kein Bluff-Doppelbluff/Agent-Doppelagent-Scheiß, wie er ihn erst kürzlich in Peking erlebt hatte. Was ihm Natalia anbot, war was rein Privates, nichts Berufliches. Als sie sich zu entscheiden versucht hatte, ob sie bei ihm in London bleiben sollte, war die Crux immer gewesen, daß sie unter keinen Umständen bereit gewesen wäre, als Überläuferin Geheiminformationen über ihr Land herauszurücken. Und Charlie kannte sie gut genug, um zu wissen, daß sich an ihrer Einstellung nichts geändert hatte.

Warum also hatte sie das Foto beigelegt, dessen Zustandekommen er durch einen erstaunlichen Zufall beobachtet hatte? Wobei das Foto nicht zufällig aufgenommen worden war, modizifierte er und vollzog hoffnungsvoll den nächsten gedanklichen Schritt: Es war *gezielt* aufgenommen worden. Im Rahmen einer Operation. Plötzlich fiel Charlie wieder der graue Ford ein, den er auf der Heimfahrt vom Altersheim im Rückspiegel beobachtet hatte, und einen Augenblick gestattete er sich die stille Genugtuung, daß er sich damals doch nicht getäuscht hatte. Dieselbe Operation?

Mochten die Schlüsse, die er daraus zog, noch so naheliegend und logisch sein, blieben sie dennoch Vermutungen. Trotzdem glaubte Charlie zu verstehen, was ihm Natalia mitteilen wollte. Sie hatte nicht nur überlebt, sondern war inzwischen so hoch aufgestiegen, daß sie sich der Ressourcen des russischen Nachrichtendienstes praktisch nach Belieben bedienen konnte. Und um dazu in der Lage zu sein, mußte sie in der Tat sehr hoch aufgestiegen sein.

Und das Päckchen, das er immer noch anstarrte, bestätigte es! Ihre Stellung war einflußreich genug, um nach Koblenz fahren zu können, wo sie es abgeschickt hatte. Aber warum ans Altersheim? Weil er ihr davon erzählt hatte! Während der Monate, die er in Moskau gewesen war, hatte ihn häufig beschäftigt, daß er seine Mutter nicht besuchen konnte, und davon hatte er auch Natalia erzählt. Allerdings konnte er sich nicht mehr erinnern, was er ihr erzählt hatte und was ihr so lange in Erinnerung geblieben sein könnte, daß sie auf den Ort gekommen war, von dem sie ihm gefolgt waren: bloß daß er sie wieder abgehängt hatte. Folglich war das Altersheim *alles*, was sie hatte, die einzige Möglichkeit, mit ihm in Verbindung zu treten.

Schließlich nahm Charlie die Fotos doch heraus und sah die Moskauer Aufnahme lächelnd an. Sie *war* in Moskau aufgenommen und an einem Platz, den er kannte. Alexandra – oder Sascha, wie Natalia sie offenbar nannte – war in einem verstellbaren Kinderwagen, der nach hinten gekippt war, und schien in die Kamera zu lächeln, obwohl sie eindeutig zu klein war, noch kein Jahr alt, um zu wissen, wie man für ein Foto lächelte. Aber es war der Hintergrund, für den sich Charlie interessierte. Es war eine Art Denkmal zu sehen, aber nur ein Teil davon, eine Halbkugel. Er war ganz sicher, daß er es kannte, aber es fiel ihm einfach nicht ein, auch wenn er es noch so aufmerksam anstarrte.

Notgedrungen wanderte seine Aufmerksamkeit nach und nach zum zweiten Foto weiter, und plötzlich wurde ihm in vollem Umfang bewußt, was er da vor sich hatte – und wie er es sich zunutze machen konnte. Er kicherte laut los, unterdrückte die Reaktion aber sofort.

Natalia und das Baby, das er nie gesehen und nie zu bekommen erwartet hatte, müßten vorerst noch warten. Zuerst mußte er sich um sein eigenes Überleben kümmern. Charlie glaubte, allen Grund zum Feiern zu haben, und überlegte, ob er sich noch einen Islay Malt genehmigen sollte, entschied sich dann aber dagegen. Er konnte es kaum erwarten, nach London zu kommen und alles hinter sich zu bringen.

Das Fotopapier hätte im Labor als russisches identifiziert werden können, und außerdem stellten Hochglanzfotos die denkbar besten Oberflächen für Fingerabdrücke dar. Also mußte er dagegen etwas unternehmen. Natalias Fingerabdrücke waren möglicherweise darauf und seine waren es mit Sicherheit, deshalb wollte er sich auf keinen Fall damit zufriedengeben, beide Seiten lediglich mit einem Tuch sauberzureiben. Das tat er aber trotzdem, so gründlich er konnte, bevor er mit der Aufnahme von Miller und Patricia Elder in die Kopierabteilung eines Kaufhauses ging. Wie es sich gehört, trug der Mann, der den Kopierer bediente, Handschuhe. Charlie behandelte die Kopien mit äußerster Sorgfalt und berührte sie nur an den Rändern, wo sich keine Fingerabdrücke abzeichnen konnten. Zurück in seiner Wohnung in Primrose Hill, benutzte er sogar eine Pinzette.

Er schnitt aus der jüngsten Ausgabe des *Evening Standard* Buchstaben aus, adressierte damit einen Umschlag an die Sicherheitsabteilung in der Westminster Bridge Road und steckte eine Kopie des Fotos hinein, auf dem Peter Miller und Patricia Elder Arm in Arm die Straße am Regent's Park entlanggingen.

Einen weiteren Umschlag mit einer Kopie dieses Fotos – aber ohne jeden weiteren Kommentar – adressierte er, ebenfalls mit ausgeschnittenen Buchstaben, an die Anschrift in Berkshire, die im *Who's Who* unter Lady Ann Miller angegeben war. Da auch der Poststempel von Bedeutung war, fuhr Charlie nach Kensington, um die Briefe einzuwerfen. Er berührte keines der Kuverts zu keinem Zeitpunkt mit bloßen Händen.

Er hatte ihnen eines ausgewischt, dachte Charlie, und zwar in jeder Hinsicht. Das hatten sie auch verdient – nach allem, was sie Jeremy Snow und John Gower angetan hatten und ihm hatten antun wollen. Sie hätten sich wirklich klar darüber sein sollen, wie hinterfotzig er werden konnte.

Natürlich hatte er Ausdrucke des gesamten Nachrichtenverkehrs mit der Pekinger Botschaft, der in Hongkong abgefangen worden war. Und Julia Robb hatte er nur deshalb davon erzählt, um die beiden so in Panik zu versetzen, daß sie die Unterlagen von belastenden Stellen säuberten. Trotzdem hätten sie immer noch über genügend Macht verfügt, um ihn fertigzumachen, wenn es bei dem Versuch, ihn loszuwerden, zu einer offiziellen Untersuchung gekommen wäre. Aber jetzt brauchte er sich deswegen keine Sorgen mehr zu machen.

Wie sie selbst vorhergesagt hatte, würde Julia wahrscheinlich gehen müssen, wenn Miller und Patricia Elder diskret in den Ruhestand versetzt und ein neuer Generaldirektor nebst Stellvertreter ernannt würde. Aber das war auch nur gerecht so.

In gewisser Weise hatte sie sich schäbiger verhalten als die anderen beiden. Im Gegensatz zu ihr hatten sie wenigstens keine Freundschaft vorgeschützt und schon gar nicht, gegen Ende zu, angedeutet, ihr Verhältnis könnte über die platonische Ebene hinausgehen. Allerdings nahm er an, daß sie es waren, die sie überredet hatten, sich so oft mit ihm zu treffen, wie sie das schließlich getan hatte, und sie unverzüglich zu informieren, falls er vor seiner Abreise nach Peking in einem unbedachten Moment irgendeinen Verdacht äußerte. Sie hatte sich nicht sehr geschickt angestellt, fand Charlie: hatte mehr verraten, als sie selbst herausgefunden hatte, vor allem über das Verhältnis von Miller und Patricia Elder.

Sich selbst ständig abzusichern, ganz gleich unter welchen Umständen, lief vermutlich darauf hinaus, niemand zu trauen, obwohl er Julia getraut hatte, bis er auf dem Rückflug von China Verdacht zu schöpfen begonnen hatte. Und darüber war er froh. Es hatte wirklich nicht lang gedauert, in der nationalen Registrierungsstelle in Southport herauszufinden, daß Julia Robb nie verheiratet gewesen war. Und daß sie auch keine Schwester hatte, mit der ihr nicht existenter Ehemann hätte durchbrennen können. Vielleicht hätte Julia bei ihrer rührseligen Geschichte nicht ganz so sehr auf die Tränendrüse drücken sollen.

Nachdem er sich das eine Foto so gut zu seiner Absicherung zunutze gemacht hatte, konzentrierte sich Charlie nach der Rückkehr in seine Wohnung wieder auf das Bild seiner Tochter, die er nie gesehen und nie zu bekommen geglaubt hatte.

Sie *war* schön, fand er. Auf wundervolle, unschuldige, winzige Art schön. Er wollte wissen, wie sie sich anfühlte, anhörte, roch, wie sie *war*. Das wollte er. Aber wie? Wie? Wie?

Und dann erkannte er den Hintergrund. Es war tatsächlich eine Halbkugel, eine Nachbildung der Raumkapsel, in der Juri Gagarin in den Himmel hochgeschossen worden war, um Rußlands – und der Welt – erster Mensch im All zu werden: die Nachbildung, die am Fuß des häßlichen Denkmals zu Ehren dieser Pionierleistung am Moskauer Leninskaja Prospekt angebracht war. Aber was bedeutete das alles? Bedeutete es überhaupt etwas? Auf jeden Fall. Natalia hätte das alles nicht getan, wenn nicht jedes einzelne Detail eine Bedeutung gehabt hätte. Charlie drehte das Foto immer wieder um, von Natalias Nachricht auf der Rückseite zu dem Bild auf der Vorderseite und wieder zurück.

Und dann hörte er damit auf. Sie hatte nicht bloß *Sie heißt Sascha* geschrieben. Da war auch noch ein Datum, offensichtlich Saschas Geburtstag. Damit gab ihm Natalia zu verstehen, daß sie bereits schwanger gewesen war, als er die Verabredung mit ihr nicht eingehalten und sie allein nach Rußland hatte zurückkehren lassen. Und daß er der Vater war. Ein Tag, der sich in zwei Monaten jährte.

Er hatte einen Zeitpunkt, wurde Charlie klar. Und einen Ort.